KNAUR

Bei Knaur sind bereits folgende Bücher erschienen:
Die Herrin der Kathedrale
Die Kathedrale der Ewigkeit
Der Sünderchor
Die Mutter des Satans
Revolution im Herzen

Über die Autorinnen:
Dr. Claudia Beinert, Jahrgang 1978, ist genauso wie ihre Zwillingsschwester Nadja in Staßfurt geboren und aufgewachsen. Claudia studierte Internationales Management in Magdeburg, arbeitete lange Zeit in der Unternehmensberatung und hatte eine Professur für Finanzmanagement inne. Sie lebt und schreibt in Würzburg und Leipzig.
Dr. Nadja Beinert studierte ebenfalls Internationales Management und ist seit mehreren Jahren in der Filmbranche tätig. Die jüngere der Zwillingsschwestern ist in Erfurt zu Hause.
Besuchen Sie die Autorinnen unter:
www.beinertschwestern.de
www.facebook.com/beinertschwestern

CLAUDIA
& NADJA
BEINERT

DAS
JULIUS
SPITAL

ÄRZTIN IN
STÜRMISCHEN ZEITEN

ROMAN

Besuchen Sie uns im Internet:
www.knaur.de

Aus Verantwortung für die Umwelt hat sich die Verlagsgruppe Droemer Knaur zu einer nachhaltigen Buchproduktion verpflichtet. Der bewusste Umgang mit unseren Ressourcen, der Schutz unseres Klimas und der Natur gehören zu unseren obersten Unternehmenszielen. Gemeinsam mit unseren Partnern und Lieferanten setzen wir uns für eine klimaneutrale Buchproduktion ein, die den Erwerb von Klimazertifikaten zur Kompensation des CO_2-Ausstoßes einschließt.
Weitere Informationen finden Sie unter: www.klimaneutralerverlag.de

Originalausgabe August 2020
Knaur Taschenbuch
Ein Imprint der Verlagsgruppe
Droemer Knaur GmbH & Co. KG, München
Alle Rechte vorbehalten. Das Werk darf – auch teilweise – nur mit Genehmigung des Verlags wiedergegeben werden.
Redaktion: Heike Fischer
Covergestaltung: Patrizia Di Stefano / U1berlin
Coverabbildung: Spital Illustration, © Patrizia Di Stefano
Frau, © Richard Jenkins Photography
Spital Foto, © agefotostock / Alamy Stock Foto
Satz: Adobe InDesign im Verlag
Druck und Bindung: CPI books GmbH, Leck
ISBN 978-3-426-52377-3

2 4 5 3 1

Überall Professor Röntgen,
Die Begeist'rung will nicht end'gen,
Mir allein wird bei dem Klange
Dieses Namens schrecklich bange,
Und es faßt mich grauser Schrecken;
Mußte er denn auch entdecken,
Diese memento-mori-Strahlen?
In den Blättern und Journalen
Und in allen Auslagfenstern
Wimmelt's heute von Gespenstern!
Schwarze grausge Krallenhände,
Wirbel, Rippen ohne Ende,
Grabentstiegene Skelette
Grinsen üb'rall um die Wette
In den Straßen, auf den Wegen,
Kalt und höhnisch mir entgegen,
Um mich im Traume noch zu pein'gen!
Ja, ich kann seit vielen Tagen
Mich nicht auf die Gasse wagen,
Darf, soll mich die Furcht nicht lähmen,
Kein Journal zur Hand mehr nehmen,
Und ich fühl's, daß ich zum Schluß
Noch am Gruseln sterben muß!
Schreibt sodann auf meine Truhe,
Daß in mir, der ich hier ruhe,
Ward ein Opfer hingerafft
Der modernen Wissenschaft!

»Stoßseufzer eines Furchtsamen« von O. E. W.,
aus: Meggendorfer Humoristische Blätter 25, 74 (Mai 1896)

PERSONENVERZEICHNIS

(Übersicht über die wichtigsten Charaktere, historische Persönlichkeiten sind mit einem *Sternchen versehen)

Die Familien Winkelmann-Staupitz und Hertz

Viviana Hedwig Winkelmann-Staupitz, Ärztin aus Leidenschaft, Lehrerin für wissenshungrige, junge Damen und Frauenrechtlerin.

Doktor Richard Staupitz, Ehemann von Viviana, praktizierender Arzt.

Henrike Maria Hertz, Tochter von Anton und Ella Hertz, Enkelin von Viviana Winkelmann-Staupitz. Sie besitzt die gleiche Leidenschaft für die Medizin wie ihre Großmutter.

Ella Pauline Hertz, geb. Winkelmann, Vivianas Tochter, Mutter sowie Haus- und Ehefrau. Ella hat ihre Gründe, ihre Tochter von Medizinstudien fernzuhalten.

Anton Oskar Hertz, Ellas Ehemann, Schwiegersohn von Viviana, Direktor des Oberbahnamts Würzburg der *Königlich Bayerischen Staatseisenbahnen*.

Am Juliusspital und an der Königlich Bayerischen
Julius-Maximilians-Universität zu Würzburg,
genannt »Alma Julia«

Rudolf Albert von Kölliker*, Professor für Anatomie, Experimentalphysiologie und Vergleichende Anatomie.

Konrad Rieger*, Professor der Psychiatrie und Oberarzt am Juliusspital.

Wilhelm Oliver von Leube*, Professor der Medizinischen Klinik, Pathologie und Therapie, Oberarzt am Juliusspital und als »Magenarzt Deutschlands« berühmt.

Anna Gertlein, Wärterin am Juliusspital auf der Magenstation von Professor von Leube.

Ruth, Wärterin in der Abteilung für weibliche Irre im Juliusspital.

Professor Theobald Pauselius, Rektor der Alma Julia.

Weiterhin

Isabella Stellinger, die beste Freundin von Henrike Hertz.

Jean-Pierre Roussel, Medizinstudent an der Alma Julia, der Henrike den Kopf verdreht.

Karl Georg Reichenspurner, Beamtensprössling, dem Henrike den Kopf verdreht hat. Ihn soll sie heiraten.

Klara Oppenheimer*, Frauenrechtlerin und Frau mit Herz, später Würzburgs erste Kinderärztin.

Freifrau Auguste Groß von Trockau*, Frauenrechtlerin und Vorsitzende des Frauenheil-Vereins in Würzburg, Schriftstellerin.

Nicht zu vergessen

Professor Wilhelm Conrad Röntgen* *sowie* **Seine Königliche Hoheit der Prinzregent Luitpold*** aus dem Hause Wittelsbach.

MIT
ANGST

(1895–1897)

1

Dezember 1895

Ich glaube nicht, dass das eine gute Idee war, Henrike. Es ist überfüllt hier drinnen.« Sobald sich deutlich mehr Damen als Herren in einem Raum befanden, fühlte Anton Hertz sich unwohl. Wenn es dann auch noch so emsig und aufgeregt wie in einem Taubenschlag zuging, wollte er am liebsten auf dem Absatz kehrtmachen. Irritiert schaute er sich im Kaufhaus Rosenthal um. Hunderte aufgeregte Damen hatten sich für das moderne Freizeitvergnügen »Shopping« wie für einen Empfang beim ersten Bürgermeister zurechtgemacht. Anton lockerte seinen Krawattenschal, ihm war schrecklich heiß.

»Papa, ich finde den Ausflug ins Kaufhaus eine ganz hervorragende Idee!«, widersprach Henrike, warf mit einer kühnen Geste ihr halb offenes rotes Haar auf den Rücken und trat an der Seite ihrer Freundin Isabella der unüberschaubaren Warenauswahl entgegen, die mithilfe von Spiegeln, Lampen und reichlich Dekorationsstoffen wie auf einer Theaterbühne inszeniert war. Für Henrike stellten Kaufhäuser einzigartige Reisen in eine polierte Welt der Schönheit und des Reichtums dar. Sie boten die seltene Möglichkeit, dem alltäglichen Trott einer sechzehnjährigen jungen Dame aus gutbürgerlichem Haus zu entfliehen, die seit einigen Jahren lernte, ein wertvolles Mitglied der Gesellschaft zu werden, indem sie ihre Mutter auf Visiten begleitete, in der Töchterschule zu brillieren versuchte, Haltung in allen Lebenslagen einübte und im Klavierspiel unterrichtet wurde.

»Frauen sollten möglichst von Warenhäusern ferngehalten werden«, war Anton überzeugt und atmete tief durch, während Henrike sich an den glitzernden Waren kaum sattsehen konnte.

»Aber warum denn fernhalten, lieber Herr Hertz?« Isabella griff nach einem ausgestellten Parfüm, sprühte es sich auf den Handrücken und sog genüsslich den schweren Duft von Sandelholz und Vanille ein. »Es ist doch eine wunderbare Ablenkung vom langweiligen

Alltag, ein Paradies für junge Damen«, wagte sie, dem Vater ihrer besten Freundin zu gestehen.

Eine Gruppe Damen neben ihnen bewunderte das Parfüm »Vere Novo«, welches das Haus Guerlain in diesem Jahr neu herausgebracht hatte. Für Henrike sah allein schon der Flakon nach einer sündhaft teuren Sache aus.

Anton tupfte sich mit seinem Stofftuch die Stirn unter dem Zylinder. »Langweilig?«, fragte er dann verwundert, hatte aber Schwierigkeiten, die Mädchen wegen des Lärms und der Aufregung gut zu verstehen. »Wie können Haushaltsführung und Töchterschule langweilig sein? Ihr lernt für euer Leben! Warenhäuser hingegen sind Verkaufsmaschinen, die die weibliche Psyche manipulieren«, sagte er und schaute empört in Richtung der Fenster. Konnte denn niemand dieses stickige Gebäude einmal ordentlich durchlüften? Anton sehnte frische Luft herbei.

»Und die *männliche* Psyche manipulieren Warenhäuser etwa nicht?«, fragte Henrike verständnislos, woraufhin sich einige Damen auffällig nach ihnen umdrehten.

Steifen Schrittes führte Anton sie vom Parfümtresen weg. Die Blicke der Damen waren ihm unangenehm, auch wenn seine Tochter nicht zum ersten Mal frei aussprach, was sie dachte. »Die männliche Psyche ist nicht so leicht manipulierbar, Liebes. Sie ist gefestigt genug. Anders als die weibliche.«

Henrike lächelte verschmitzt, als sie entgegnete: »Aber hast du vorhin nicht gesagt, du bräuchtest bald einen neuen Zylinder, nachdem du das Modell in der Auslage unten gesehen hattest? Ist das keine Manipulation deiner Psyche? Ich finde deinen alten noch sehr gut erhalten.«

Als Henrike merkte, dass ihrem Vater so schnell keine passende Erwiderung einfiel und er sich erneut etwas hilflos im überfüllten Kaufhaus umschaute, wollte sie ihn nicht bloßstellen. »Aber vor allem sind wir ja wegen Mama hier. Wir wollten etwas Schönes für sie aussuchen. Du kannst am Heiligen Abend doch nicht ohne ein Geschenk vor sie hintreten.«

»Weihnachten ohne Geschenke? Das geht nicht, Herr Hertz!«, war auch Isabella überzeugt und strich über einen ausgestellten Fuchspelzumhang. »Das tut man einer Dame einfach nicht an.« Nach einer kurzen Atempause flüsterte sie Henrike ins Ohr: »Und schon gar nicht, wenn man sie wahrhaft liebt.« Die Mädchen kicherten, wie so oft, wenn sie über die Liebe sprachen.

»Natürlich suche ich ihr ein Geschenk aus, etwas anderes hatte ich gar nicht vor, nur deshalb bin hier«, stammelte Anton. Bei der Eisenbahn war in den letzten Wochen so viel zu tun gewesen, dass er die Weihnachtseinkäufe darüber beinahe vergessen hätte. »Ich möchte deiner Mutter ein schönes Armband kaufen«, verkündete er. »Das wünscht sie sich schon länger.«

»Die Schmuckabteilung ist im zweiten Obergeschoss«, wusste Isabella sofort. »Wir beraten Sie bei der Auswahl, Herr Hertz, einverstanden?«

Henrike und Isabella führten den steifen Anton auf die neue Rolltreppe, und kurz darauf standen sie vor einem gläsernen Verkaufstresen, unter dessen Glasplatte die Schmuckstücke so verführerisch funkelten wie Kronjuwelen. Gold, Silber, Edelsteine, wohin Henrike auch schaute. Sie hatte noch nie so viel Schmuck auf einem Haufen gesehen.

Anton ließ sich ein goldenes Armband mit Diamanten zeigen, das Isabella ihm vorgeschlagen hatte, aber als er den Preis hörte, gefiel es ihm dann doch nicht mehr so gut. Zumindest aber, dachte er, haben sie im Kaufhaus Festpreise im Gegensatz zu den vielen kleinen Läden in der Domstraße und um den Markplatz herum, wo gefeilscht werden muss, bis es peinlich für beide Seiten wird.

Der Verkäufer zeigte ihm nun zwei Armbänder im rückwärtigen Tresen, die etwas preiswerter waren und sofort auf Antons Interesse stießen. Die nächsten Kunden warteten schon ungeduldig neben ihm.

»Meine Ella mag Blau sehr gerne«, verriet Anton dem Verkäufer, der genauso fein gekleidet war wie die meisten der einkaufenden Damen. Dagegen wirkte Antons altmodischer Gehrock in die Jahre gekommen, obwohl er in ihm wie immer eine gute Figur machte. Henrike lächelte. Ihr Vater liebte ihre Mutter, das bemerkte Henrike in Momenten wie gerade eben, wo er für einen kaum wahrnehmbaren Augenblick, als er ihren Namen aussprach, verträumt geschaut hatte. Und für Anton Hertz, der sich öffentlich stets jede zärtliche Berührung und jedes private Wort verbot, kam dies gar schon einer Übertretung seiner eigenen Regel gleich. Da schritt er doch viel lieber stolz und steif durch die Stadt und schwärmte vom bayerischen Schienenverkehr.

»Armbänder mit blauen Steinen, ja, die sind dort drüben«, sagte der Verkäufer und wechselte erneut mit Anton den Verkaufstresen. Zwischendurch schielte der Verkäufer immer wieder zu den anderen Kundinnen, die langsam ungeduldig wurden. Anton beeindruckte das nicht im Geringsten, er wollte sich für die Auswahl Zeit nehmen. Das Geschenk war schließlich für seine Ella bestimmt.

»Ich glaube, dein Vater kommt zwei Minuten ohne uns zurecht.« Isabella zog Henrike mit sich fort, vorbei an Damen- und Herrenuhren, die zusammen hunderttausend Mark wert sein mussten. »Ich wollte dir die neueste Modelieferung aus Paris zeigen.« Isabella stoppte vor einer Gruppe von lebensgroßen Puppen, wovon eine ein elegantes Festkleid trug und einen Hut, der so groß wie das Dach eines Regenschirms war.

»Voilà! Das ist sie.« Isabella nahm den übergroßen Hut vom Kopf der Puppe, die nun glatzköpfig dastand, ebenso ihren eigenen Winterhut und setzte sich das neue Modell auf. Der übergroße Hut war aufgeputzt mit sommerlichen Blumen und einer riesigen gelben Schleife aus Tüll.

Für Henrikes Geschmack war er zu groß und zu auffällig. »Willst du ihn zum Diner mit der Champagnerfamilie Siligmüller tragen? Nächste Woche?«

Isabella betrachtete sich im Spiegel neben den Puppen. »Aber nur, wenn er dir auch gefällt.«

»Bellchen, dein Verehrer wird begeistert sein!«, war Henrike überzeugt und seufzte dennoch.

»Für dich finden wir auch noch den Richtigen, Rike.« Mit diesen

Worten setzte Isabella Henrike den Pariser Hut auf und strich ihr dabei durch die kupferroten Haarsträhnen, die im Licht der Kaufhausbeleuchtung zu funkeln schienen.

Henrike schloss die Augen und stellte sich vor, wie ein junger Herr ihr entgegenkam. Einer, der ihr endlich einmal gefallen würde. Er muss geistreich sein, sanft und humorvoll, dachte sie sehnsüchtig. Und gerne mit mir diskutieren wollen. Liebe zur deutschen Sprache und seinen eigenen Kopf haben, und nicht nur nach der Pfeife seiner Eltern tanzen. Er sollte mich respektieren, mit all meinen Vorzügen und Schwächen und immer ehrlich und aufrichtig zu mir sein. Am liebsten wäre mir ein Poet wie der große Dichter Goethe. »Ich glaube, der einzige Mann, der mir mein Herz zu stehlen vermag, liegt seit Jahrzehnten in Weimar begraben.«

»Du redest doch nicht etwa schon wieder vom alten Goethe!«, echauffierte sich Isabella gespielt.

Zwei ältere Damen drängelten sich an Henrike vorbei, aber sie war in Gedanken versunken und bemerkte gar nicht, dass sie im Weg stand. Henrike liebte alles, was Goethe je geschrieben hatte. *Es schlug mein Herz geschwind zu Pferde.*

»Konzentrier dich auf die Lebenden, nicht auf die Toten!«, forderte Isabella. »Schau mal, der dort mit dem zurückgekämmtem Haar und den etwas vorstehenden Augen. Das wäre doch einer für dich.« Sie hatte Mühe, nicht in lautes Lachen auszubrechen. »Der sieht dem guten Goethe doch irgendwie ähnlich, findest du nicht?«

»Der ist mindestens dreißig! Und damit viel zu alt!«, entrüstete Henrike sich halb ernst, halb im Spaß. »Den jungen Goethe möchte ich!« Die meisten jungen Herren in Würzburg gefielen ihr allein schon deswegen nicht, weil sie arrogant und großspurig auftraten, aber vor allem schrecklich unromantisch waren.

»Und was hältst du von dem?« Isabella zeigte auf einen vornehm gekleideten, jüngeren Herrn, der sympathisch wirkte und zudem kaum älter als sie selbst zu sein schien. Er betrachtete ein paar Lederhandschuhe unweit des Ankleideraumes, dann hob er den Blick. Er hatte wohl gespürt, dass er beobachtet wurde.

Er lächelte, als sich sein Blick mit dem von Henrike traf. Henrike schaute darauf sofort peinlich berührt weg.

»Komm!«, raunte Isabella ihr zu und führte sie in Richtung des Ankleideraumes, wo die Abteilung für Winter-Accessoires begann. Der junge Herr betrachtete nun einen vornehmen Pelzmuff.

Henrike war der vorschnelle Vorstoß unangenehm, sie blieb stehen. Wenn der sympathische Mann meinem geliebten Goethe nur etwas ähneln würde, sinnierte sie, hätte er sich längst wortreich und reimend bei mir vorgestellt. *Mein schönes Fräulein, darf ich wagen, meinen Arm und Geleit Ihr anzutragen?*

»Ich weiß nicht«, entschuldigte sie ihr Zögern. »Vermutlich gefalle ich ihm gar nicht.«

»Henrike, du bist bezaubernd. Ich kenne keinen Mann, dem du nicht gefällst!« Entschlossen nahm Isabella den ausladenden Pariser Hut von Henrikes Kopf, setzte ihn sich selbst wieder auf und trat mit eleganten Schritten vor den jungen Herrn.

Henrike flüchtete sich kurzerhand in den Ankleideraum, die ganze Sache war ihr zu peinlich. Sie verschloss die Tür mit dem kleinen samtbehangenen Fenster hinter sich, um wirklich in Sicherheit zu sein. Als sie sich umwandte, stieß sie einen spitzen Schrei aus. Die Ankleide war wie ein kleiner Salon ausgestattet, mit plüschigem Teppich, einer Chaiselongue und einem Tisch, auf dem eine Dose mit in Silberpapier eingewickelten Süßigkeiten stand. Aber das war nicht der Grund für ihren Schreck. Sondern die Person, die mit ihr im Raum war und sich nun halb hinter der Chaiselongue in der Ecke des Raumes verkrochen hatte. Erschrocken schaute sie zu Henrike, als richtete die ein Gewehr auf sie.

Die Frau trug lediglich einen dünnen, ungebleichten Leinenkittel. Ihre Füße waren nackt, obwohl es eiskalter Winter draußen war. Es musste sich um eine Bettlerin handeln, die sich verlaufen hatte. War die Weihnachtszeit nicht vor allem eine Zeit der Nächstenliebe? Henrike wollte der reglosen Frau gerade eine Münze reichen, als es vor dem Ankleideraum laut wurde. »Wir suchen eine vom Rieger!«, rief jemand in befehlsgewohntem Ton, sodass es in der gesamten Verkaufsetage zu hören war. »Hat jemand sie gesehen?«

Eine vom Rieger? Henrike legte die Münze auf den Tisch neben die Bonbonschale, sprang zur Tür und schob den Vorhang des kleinen Fensters etwas beiseite. Soweit sie erkennen konnte, waren die Gendarmen mindestens zu viert. Ein Hund kläffte neben der glatzköpfigen Puppe, deren Tüllhut Isabella noch immer auf dem Kopf trug. Wohl ein Gendarm, den Henrike nicht sehen konnte, rief: »Wir suchen eine Irre aus dem Juliusspital. Sie ist entflohen!«

Unruhe kam auf und Getuschel.

Henrike hielt die Luft an. Das Juliusspital war ein grässlicher Ort. Ihre Eltern vermieden es tunlichst, auch nur über das Krankenhaus an der Juliuspromenade zu sprechen. Wahrscheinlich nannte ihre Mutter die Straße vor dem Spital deswegen auch immer noch bei ihrem alten Namen: »Untere Promenade«.

Henrike ließ den Vorhang wieder sinken und presste sich mit dem Rücken gegen die Tür. Eben noch hatte sie Mitleid mit der Frau »vom Rieger« gehabt, aber nun, da sie wusste, dass diese eine Irre war, bekam sie es mit der Angst zu tun. Die Hände wurden ihr feucht, und ihr Herz schlug schneller. Über Irre sprach man in ihren Kreisen selten, aber wenn man es tat, fielen dabei stets die Worte »gefährlich« und »unberechenbar«. Irre stellten eine Bedrohung für den guten Ruf und die Gesundheit einer großbürgerlichen Familie dar.

»Sie muss gefunden und wieder weggesperrt werden!«, kam es von draußen. Die Stimme näherte sich dem Ankleideraum.

Bevor Henrike den Ankleideraum verließ, schaute sie die zerbrechlich wirkende Frau noch einmal an, der in diesem Moment eine einzige Träne die Wange hinablief.

»Nicht zurück«, flüsterte die Frau. »Nie wieder zurück.« Ihre Augen blickten starr zur Tür und erinnerten Henrike an die Augen einer Toten.

Jemand schlug ungeduldig gegen die Tür des Ankleideraumes.

Henrike fuhr erschrocken herum.

»Bitte nicht«, wimmerte die Irre kaum hörbar. Die Frau rührte Henrike, sodass sie es nicht übers Herz brachte, sie zu verraten. Kurz entschlossen breitete sie ihre Mantille über der Frau aus, dann öffnete sie die Tür der Ankleide einen Spalt weit. Sie machte sich so breit wie möglich, um den Herren den Blick in die Ankleide zu verstellen. »Ja, bitte?«

»Oh, verzeihen Sie«, sagte der Gendarm. Er errötete bei Henrikes Anblick, die zur besseren Tarnung vorher noch schnell den obersten Knopf ihrer Bluse geöffnet hatte und nun ihre Hand zum nächsten führte.

»Ich probiere eine neue Mantille«, log sie, das Herz in ihrer Brust hämmerte wild. Sie sah, wie sich ihr Vater, der durch sein kupferrotes Haar aus der Masse der feinen Damen herausstach, nach ihr umschaute. Als er sie entdeckte, kam er mit dem Zylinder vor der Brust auf den Ankleideraum zu. Isabella stand immer noch bei dem sympathischen Herrn und unterhielt sich mit ihm. Hoffentlich sprach sie mit ihm über die Auswahl des richtigen Pelzmuffs. Das war ihr allemal lieber, als dass sie Henrikes Vorzüge anpries. Die beiden waren die Einzigen, die noch einigermaßen entspannt schienen, obwohl doch eine Irre im Kaufhaus gesucht wurde.

»Die Störung ... tut mir ... tut mir leid«, stotterte der junge Gendarm und tat sich offenbar schwer, den Blick von ihr zu nehmen.

»Komm weiter, Franz!«, mahnte ihn sein Kamerad.

Henrike schloss die Tür der Ankleide wieder. Vorsichtig, als befände sich ein wildes Tier unter ihrer Mantille, nahm sie das Kleidungsstück von der verängstigten Frau.

»Danke«, formten deren trockene Lippen tonlos.

Erst jetzt schaute Henrike sich das Gesicht der seltsamen Person genauer an. Ihre Haut war aschgrau und ihre Züge eingefallen, dabei konnte sie kaum älter sein als sie selbst. Ihre Vorderzähne jedenfalls waren tadellos. Als die Frau sich so mühsam wie eine Achtzigjährige erhob, wurde Henrike die Situation unheimlich. Ob die Irre sie jetzt doch noch anfallen würde? Die Münze lag noch immer neben der Bonbonschale.

Fluchtartig verließ Henrike den Ankleideraum, schloss die Tür hinter sich und lief ihrem Vater und Isabella in die Arme.

»Du siehst ja ganz blass aus, Rike«, stellte Anton sofort fest, »bitte nimm etwas mehr Haltung an.«

»Du hast mich ganz schön hängen lassen«, flüsterte Isabella Henrike mit einem vielsagenden Blick zu. »Er wäre an dir interessiert gewesen.«

Henrike schüttelte peinlich berührt den Kopf. Zu ihrem Vater sagte sie in wenig überzeugendem Tonfall: »Es geht schon.« Sie hatte gerade ihre erste Irre gesehen und war heil davongekommen. Eigentlich sollte sie froh sein. Sie nahm wieder eine damenhafte Haltung an.

Anton deutete auf die Innentasche seines Gehrocks. »Ich habe ein silbernes Armband mit hellblauen Beryllsteinen für deine Mutter gekauft. Das Christusfest kann jetzt also kommen.«

»Schön«, antwortete Henrike einsilbig und ging auch auf die weiteren Erzählungen ihres Vaters über die Auswahl in der Schmuckabteilung nur mit einem »Gut« oder »Aha« ein.

»Ich bezahle noch schnell den Hut und kläre die morgige Abholung durch unser Personal.« Isabella eilte zum Kassenraum.

Bevor sie zurück ins Erdgeschoss fuhren, wandte Henrike sich noch einmal zum Ankleideraum um und erschrak, als die Tür dort offen stand. »Ich möchte schnell nach Hause«, bat sie. *Nie wieder zurück,* hörte sie die Frau aus dem Ankleideraum in ihrer Erinnerung sagen. Was war das doch für eine unheimliche Begegnung gewesen.

Anton rief eine Kutsche, die zuerst Isabella zu Hause absetzte und danach in die Eichhornstraße fuhr.

Das Dienstmädchen lief ihnen entgegen, als sie gerade aus der Kutsche stiegen. »Es ist etwas Schlimmes passiert.«

»Ella?« Panisch schaute Anton zu den prächtigen Fenstern der Wohnung im zweiten Obergeschoss des Bürgerhauses mit der Nummer fünf hinauf.

»Die ehrenwerte verwitwete Frau Winkelmann ist im Palais verstorben«, berichtete das Dienstmädchen.

Anton atmete erleichtert aus.

»Urgroßmutter, nein!«, rief Henrike. Sie hatte sich zuletzt mit ihrer Urgroßmutter gestritten, weil Elisabeth ihr Heiratskandidaten aufzudrängen versucht hatte. Und jetzt sollte es keine Möglichkeit mehr zur Aussöhnung geben?

Als Henrike sich kurze Zeit später mit ihrer Mutter auf den Weg zum Palais machte, war sie in Gedanken aber nicht nur bei der verstorbenen Elisabeth Winkelmann. Die Frau mit dem toten Blick ging ihr nicht mehr aus dem Kopf. Hätte sie sie doch den Gendarmen ausliefern sollen? Ihr Kittel hatte nicht einmal Taschen gehabt, in denen sie Geld oder etwas zu essen hätte aufbewahren können. Schauriger hätte ihr geliebter Goethe keinen Roman schreiben können.

2

1. Januar 1896

Ella erwachte, weil ihr der unangenehme Geruch von Verdorbenem seltsam säuerlich in die Nase stieg. Sie wollte sich umschauen, doch das grelle Licht blendete sie, sodass sie nur blinzeln konnte. Sie tastete um sich wie eine Blinde. Das metallene Bettgestell fühlte sich kalt und die Bettwäsche rau an. Wie war sie in ein fremdes Bett gekommen?

Es wurde dunkler neben Ella. Ein ihr unbekannter Mann mit einem kunstvoll gedrehten Schnauzbart trat vor sie, so viel konnte sie bei aller Unschärfe doch erkennen. Wer war er? Panisch tastete sie nach ihrer Kleidung. Sie trug nur ein leinenes Hemd, das auf ihrer Haut und den empfindlichen Brustwarzen scheuerte. Wo war sie, und wer hatte sie entkleidet? Sie machte die Augen wieder zu. Sie wusste nur, dass sie zuletzt vor dem Grab ihrer Großmutter gestanden hatte.

Während der säuerliche Geruch ihr weiterhin in der Nase biss, sah sie sich erneut in Trauer vereint neben ihrer Mutter Viviana und ihrer Tochter Henrike auf dem Friedhof stehen. Beim Griff zur Weihwasserschale hatte sich plötzlich alles um sie herum zu drehen begonnen. Der brennende Schmerz im Oberbauch war urplötzlich da gewesen. Sie hatte sich gekrümmt, und ihr war schwarz vor Augen geworden.

»Frau Hertz?«, holte eine freundliche Stimme sie aus der Erinnerung zurück.

Vorsichtig öffnete Ella die Augen, nur langsam gewöhnte sie sich an die Helligkeit. Noch immer war der Mann mit dem kunstvollen Schnauzbart über sie gebeugt. Er trug einen weißen, vornehmen Kittel mit Goldknöpfen, einem dünnen Mantel ähnlich. Neben ihm und in Ellas Griffweite hing ein Seil von der Decke mit einer Schlaufe am Ende, bei dessen Anblick sie sofort an einen Galgen dachte. Würde sie sterben?

»Frau Hertz, ich bin Professor von Leube. Sie sind zusammengebrochen und befinden sich nun auf der Magenstation des Königlichen Juliusspitals«, erklärte er ihr laut, deutlich und langsam.

Im Juliusspital? Unter Würgen erbrach Ella sich in einen Spucknapf, den ihr eine Wärterin hinhielt. Seit vielen Jahren mied sie das Spital um jeden Preis. Sie spähte zu den anderen Patientinnen. Sie lagen zu acht in dem kahlen Saal, in dem das Auffälligste die mit Kreide beschriebenen Schiefertafeln über den Betten waren.

»Die Hauptsymptome für die Diagnose Ulcus ventriculi pepticum sind Schmerzen und Magenblutung mit oder ohne Perforation«, sagte Professor von Leube und wandte sich dabei einer Gruppe junger Herren hinter ihm zu, von denen er wie ein Heiliger bewundernd angeschaut wurde.

Ella drehte sich mühsam im Krankenbett auf die Seite und versuchte, sich die Mundwinkel mit einem Tüchlein zu säubern. Selten hatte sie sich elender gefühlt. Ich, im Spital? Allein der Gedanke bereitete ihr schon Schmerzen.

»Achten Sie besonders auf die Art des Schmerzes«, erklärte Professor von Leube seinen Studenten. »Der Schmerz wird von den meisten Patienten als von einer ganz konkreten Stelle ausgehend beschrieben, von der aus er in den Rücken und den Bauch ausstrahlt.« Er wandte sich wieder an Ella. »Ist das korrekt, Frau Hertz?«

Ella nickte kurz, dann reichte sie der Wärterin, die den Spucknapf nach wie vor bereithielt, das Mundtuch zurück. Vier Jahrzehnte lang habe ich das Spital nicht mehr betreten, rechnete Ella zurück. Am liebsten hätte sie sich unter ihrer Bettdecke verkrochen wie das kleine Mädchen, das sie seit Jahrzehnten nicht mehr war. Aber der Professor kam noch näher und ebenso die Studenten, die sich über sie beugten, als sei sie nun die wundersame Erscheinung. So viele und so tief, dass Ella bald nur noch ein kleines Stück von der Decke des Krankensaals sehen konnte, von der sich der weiße Farbanstrich in Schichten löste und an der augenscheinlich Blut klebte. Bei dem Gedanken, wie es dorthin gelangt sein könnte, lief ihr ein eiskalter Schauer über den Rücken.

»Frau Hertz«, sagte Professor von Leube und rückte sich den Krawattenknoten zurecht. »Sie brauchen keine Angst zu haben. Das ist eine ganz normale Visite, und wir werden Ihnen nicht wehtun, soweit es sich vermeiden lässt.« Er setzte sich auf ihre Bettkante und lächelte väterlich. »Beschreiben Sie uns Ihren Schmerz bitte genauer.«

Bis auf einige Erkältungen war Ella noch nie krank gewesen, aber selbst das bekam sie vor Schock nicht über die Lippen. Sie sah den Professor nur weiterhin völlig verunsichert an. Neben seinem kunstvollen Schnauzbart waren seine warm blickenden, braunen Augen mit der kleinen, runden Brille am augenfälligsten. Er wirkte sympathisch. Aber Professor von Leube ist Teil des Spitals und damit Teil meines Schmerzes, Teil meines Unglücks, dachte sie im nächsten Moment.

»Frau Hertz, hören Sie uns?« Professor von Leube beugte sich noch tiefer zu ihr hinab, und auch die Wärterin bemühte sich, Ellas Aufmerksamkeit zu gewinnen, indem sie sagte: »Frau Hertz, sagen Sie dem Professor bitte, welche Art von Schmerz Sie verspüren. Können Sie das?« Sie hielt noch immer den Spucknapf in der Hand.

Ella fühlte sich in dem Spitalshemd, als wäre sie nackt. Und wo war ihr neues Armband, das Anton ihr zu Weihnachten geschenkt hatte? Auf dem Friedhof hatte sie es noch getragen.

»Es brennt ein bisschen«, antwortete sie schließlich und rieb sich das Handgelenk, an dem sich das Armband befunden hatte. Jahrzehntelang hielt der Schmerz mit dem Spital in ihr nun schon an. Anton, bitte hole mich hier heraus!, bat sie in Gedanken und schaute am Professor vorbei zur Tür, der seinen Studenten nun erklärte: »Die meisten Patienten mit einem peptischen Magengeschwür, einem Ulcus ventriculi pepticum, beschreiben den Schmerz, den sie verspüren, als brennend und häufig nicht länger als eine Viertelstunde andauernd. Viele Betroffene fühlen sich dabei wie zusammengeschnürt.«

Unvermittelt nickte Ella.

Die Wärterin strich ihr beruhigend über die Schulter, aber Ella rülpste vor Aufregung, während der Galgen über ihrem Bett baumelte.

»Ihre persönlichen Sachen habe ich im Stationsschrank eingeschlossen«, sagte die Wärterin leise.

»Wir untersuchen jetzt Ihren Magen, Frau Hertz«, kündigte Professor von Leube an. »Das ist eine Standarduntersuchung. Haben Sie keine Angst.«

Die Wärterin half Ella wieder zurück in die Bettmitte. Sie hatte weiche, warme Hände, deren Berührungen guttaten. Professor von Leube schlug Ellas Decke bis zu den Oberschenkeln zurück. Ella riss vor Schreck die Augen weit auf.

»Es muss sein«, sagte die Wärterin mitfühlend. »Ohne die tägliche Visite kann der Professor den Verlauf Ihrer Krankheit nicht beurteilen.«

Ella hielt die warmen Hände der Wärterin fest, während Professor von Leube ihren Bauch abtastete. Noch nie war sie von jemand anders als Anton an dieser Körperstelle berührt worden. Professor von Leube stellte ihr Fragen zu ihrer Krankengeschichte und zu Vorerkrankungen, die Ella einsilbig beantwortete. Ich im Juliusspital?, war alles, woran sie nach wie vor denken konnte.

»Student Kannengießer, Sie dürfen.« Der Professor wies mit der Hand auf Ella, als wäre sie eine Ware im Schaufenster des Kaufhauses Rosenthal und erklärte den umstehenden Studenten: »Und übrigens haben wir in den letzten Jahren hier im Spital beobachtet, dass bei fünf bis zehn Prozent aller Todesfälle ein Magengeschwür eine der Ursachen dafür war.«

Ella wollte lieber sterben, als diese entwürdigende Situation noch länger durchzustehen. Sie schloss die Augen, damit sie das Befingern ihres Leibes wenigstens nicht mehr mit ansehen musste.

»Das Durchfühlen verdickter Geschwürstellen oder eines Tumors setzt großes technisches Geschick voraus«, fuhr Professor von Leube fort.

Ella sah helle Punkte vor ihren geschlossenen Augenlidern tanzen, sie blinzelte. Geschwüre? Diesen Begriff nahm ihre Mutter regelmäßig in den Mund. Ein Geschwür war die Zerstörung von Haut oder Schleimhaut, die stets eine Narbe zurückließ. Anders als Wunden durch Verletzungen entstanden Geschwüre nicht durch Unfälle, sondern durch Infektionen, Tumore oder andere gestörte Körperreaktionen. Aber Ella war immer gesund gewesen und hatte bei sich niemals irgendeine gestörte Körperreaktion bemerkt, von den jüngsten Magenschmerzen einmal abgesehen. Aber Magenschmerzen sind nichts Besonderes, war Ella überzeugt, kaum erwähnenswert.

»Patienten mit einem Geschwür klagen wie andere Magenkranke über dyspeptische Erscheinungen wie Völlegefühl, Oberbauchschmerzen oder Magenbrennen. Daneben sind saures Aufstoßen, Sodbrennen und Bluterbrechen typisch. Ich vermute, liebe Frau Hertz, dass die Untersuchung Ihres Erbrochenen mit Kongopapier einen erhöhten Gehalt an Säure und natürlich Blut ergeben wird.«

Unter ihren nunmehr halb geschlossenen Lidern hervor sah Ella, wie die Wärterin dem Professor den Napf mit ihrem Erbrochenen hinhielt. Allein von dem Geruch, der daraus aufstieg, musste sie schon wieder würgen. Zwei Betten weiter pupste die Patientin ungeniert.

Professor von Leube betrachtete den Inhalt des Spucknapfes so detailverliebt wie ein Gemälde. »Der Magen verdaut sich selbst durch zu viel Magensäure«, erklärte er Ella.

Während ihr halb verdauter Nahrungsbrei wie eine Trophäe unter den Studenten herumgereicht wurde, entschied Ella, das Spital noch heute zu verlassen. Sie musste Anton eine Nachricht schicken oder ihre Mutter um Hilfe bitten, was ihr aber unangenehm war. Um keinen Preis wollte sie jemandem Umstände bereiten, weswegen sie auch ihre nächtlichen Brechanfälle vor ihrer Familie verschwiegen hatte. Ebenso wie ihre Magenschmerzen, die sie bereits seit einer geraumen Weile plagten. Und schon gar nicht hatte sie ihrer Mutter davon erzählt, die sie beim ersten Anzeichen einer Erkältung stets wie eine Schwerkranke behandelte. Vermutlich war es auch Viviana gewesen, die für ihre Unterbringung im Spital verantwortlich war. Ella hatte ihr nie von ihrem Schmerz mit dem Spital erzählt.

»Anhand der Anamnese und meiner Untersuchung das Erbrochene der Patientin betreffend ...«, der Professor machte eine Pause, weil sich in diesem Moment eine andere Patientin übergab, und bedeutete der Wärterin mit einem Wink, sich um die Frau zu kümmern, erst danach sprach er weiter: »... können wir so gut wie sicher sein, dass wir hier den Fall eines peptischen Geschwürs vorliegen haben.« Er zeigte auf die Schiefertafel am Kopfende des Bettes, auf der in Kreidebuchstaben Ellas Name geschrieben stand. Bei den Patientinnen in den Nebenbetten waren auf den Tafeln unter deren Namen bereits die Diagnose und die verordnete Arznei zu lesen.

Professor von Leube nahm Ellas Hand. »Sie sind nicht die erste Patientin, die sich im Spital etwas fürchtet und der ärztliche Untersuchungen wenig Freude bereiten.« Er lächelte fürsorglich und aufrichtig, wie an seinen Augenfältchen deutlich erkennbar war.

Ella nickte ungläubig, während sie gleichzeitig hin und her überlegte, wie sie ihrem Ehemann schnellstmöglich Bescheid geben könnte, damit er hierherkäme, um sie zu retten. Eine neue Welle von üblen Gerüchen schwappte zu ihr herüber, eine seltsame Mischung von saurer, halb verdauter Nahrung, von Reinigungsmitteln und Angstschweiß. Sie biss die Zähne zusammen. Hoffentlich würden Anton und Henrike ihr Leben lang gesund bleiben. Das Spital war eine Gefahr für ihre Familie.

Schwungvoll erhob sich Professor von Leube von Ellas Bett. »Einige Fälle von Magengeschwüren heilen nach Wochen, andere erst nach Jahren«, sagte er, während die Wärterin zu Ella zurückkam und sie wieder zudeckte, was sich wie eine kleine Befreiung anfühlte. Aber hatte der Professor nicht gerade von Wochen gesprochen, die sie hierbleiben sollte?

»Student Kolbinger, was sind die häufigsten Ursachen für Magengeschwüre?«

»Unzweckmäßige, schwer verdauliche Nahrung«, antwortete der

Student nach einigem Überlegen, »feuchte Wohnungen, Missbrauch von Spirituosen. Oft auch der Genuss von scharfen Speisen, wenn ich mich recht erinnere.«

Ein anderer Student, der seine Hand auf das Gestänge am Fußende von Ellas Krankenbett gelegt hatte, als gehöre ihm das Bett und ihr Körper, fügte noch hinzu: »Eigentlich sind sämtliche unverdaulichen Speisen ein Problem, weil für sie viel Säure im Magen gebildet werden muss. Mit der vielen Säure kommt die Magenschleimhaut nicht klar.«

Ella zog ihre Knie unter der Decke an. Sie wusste von Magenkranken, die irgendwann diesen seltsam sauren Geruch nicht einmal mehr von sich abschrubben konnten.

»Welche Ursache hat Student Kolbinger vergessen?«, fragte der Professor in die Runde.

Lange wusste niemand eine Antwort, bis eine Frauenstimme selbstsicher vortrug: »Erbrechen und Magengeschwüre können auch durch zu viel Aufregung und zermürbende Gedanken hervorgerufen werden.«

Trotz ihrer Schmerzen kam Ella im Bett hoch. »Mutter?«

Viviana drängte sich mit Henrike an der Hand durch die Studentengruppe bis zu Ellas Bett vor. Die Aufmerksamkeit der angehenden Ärzte galt nun Viviana und nicht mehr Professor von Leube.

Ella wiederum hatte nur Augen für ihre Tochter Henrike, die das Spital niemals hätte betreten sollen. Anstelle von Henrike wäre besser Anton gekommen.

»Frau Winkelmann-Staupitz, guten Morgen«, sagte der Professor und straffte sich vor Viviana. »Genau darauf wollte ich hinaus: Auf den Einfluss des Gemüts auf den Magen. Sie wissen allerdings, dass die Besuchszeiten erst später beginnen?«

»Guten Morgen, Professor von Leube.« Viviana deutete ein Nicken an. »Verzeihen Sie die Störung Ihrer Visite, aber ich musste unbedingt nach meiner Tochter sehen. Nach ihrem Zusammenbruch gestern habe ich mir große Sorgen gemacht.«

Ella konnte Henrike ansehen, wie sehr ihr der Anblick der Patientinnen im Krankensaal zusetzte. Ihre Tochter sah sich bedrückt um, vermutlich, weil sie zuvor noch nie so viel Elend gesehen hatte. Ella war überzeugt, dass ihre Tochter spüren konnte, welches Unheil vom Juliusspital ausging.

Gleichzeitig hatte Ella, deren Hand Viviana unter der Decke nun liebevoll ergriff, den Professor jedoch nach wie vor beobachtet. Dessen Gesichtszüge hatten sich während der Antwort ihrer Mutter zusehends verhärtet.

»Wenn wir bei allen Müttern eine Ausnahme machen würden ...«, begann er in einem Ton, der kaum noch fürsorglich und freundlich klang. Ella kannte diese Art von Reaktion auf so selbstbewusste Frauen wie ihre Mutter bereits besser, als ihr lieb war, und ihr Herz zog sich zusammen.

»Lautet Ihre Diagnose unverändert auf Ulcus ventriculi pepticum?«, fragte Viviana ihrerseits nun ebenfalls kühler. Unter ihrem Winterhut trug sie ihr langes gelocktes Haar nur halb zusammengenommen, was Ella nie wagen würde. Anton schätzte es, wenn seine Angetraute ihr Haar in der Öffentlichkeit in einem kunstvoll frisierten Knoten trug.

Die Studenten begannen zu tuscheln. Henrike wiederholte leise: »Ulcus ventriculi pep... was?«

Die Wärterin strich Ella erneut ermutigend über die Schulter und erklärte ihr und Henrike: »Das ist ein Magengeschwür, das von der Übersäuerung des Magens herrührt.«

Ella und Henrike beobachteten, wie die Wärterin im Folgenden einer Patientin beim Aufstehen half, sie an den langen Tisch in der Raummitte führte und dort auf einen Stuhl setzte. Sie tat es mit großem Geschick, mit Geduld und einer Ruhe, die Ella als beruhigend empfand. Wäre die Wärterin nicht, sie würde – auch ohne, dass Anton sie hier herausholte – aus dem Spital flüchten. Die Wärterin war äußerst zierlich und schmal gebaut, mit Armen so dünn wie Ästchen. Es war Ella ein Rätsel, woher sie die Kraft nahm, die um vieles größeren und schwereren Patienten im Bett zu wenden und sie beim Gehen zu stützen. Ihre weiße Schürze über dem grauen Kleid war mit allen möglichen Flecken besudelt. Einzig die weiße Haube schien noch sauber zu sein.

»Ja, es ist ein Ulcus ventriculi pepticum. Das Geschwür sitzt an der vorderen Magenwand«, hörte Ella den Professor mit ungeduldigem Unterton sagen. »Ein Karzinom können wir ziemlich sicher ausschließen. Mehr bespreche ich nur unter Kollegen. Wenn Sie genauere medizinische Informationen brauchen, Frau Winkelmann-Staupitz, schicken Sie Ihren Ehemann vorbei.«

Mit demütigenden Situationen wie diesen war Ella aufgewachsen. Sie zerrissen ihr das Herz, denn sie wusste, wie sehr diese ihre Mutter verletzten, auch wenn sie es sich nicht anmerken ließ. Ella schloss die Augen, um die Tränen zurückzuhalten. Gerade spielte ihre Diagnose keine Rolle für sie. Gerade litt sie am Schmerz ihrer Mutter. Hier im Spital hatte Viviana ihre Leidenschaft für die Medizin entdeckt und Freude am Helfen und Heilen gefunden. Hier hatte sie ihre Säbel mit den Professoren Virchow und von Rinecker gewetzt und viel von Professor von Marcus gelernt, sodass sie eine gute Ärztin geworden war, auch wenn sie sich offiziell nicht so nennen durfte. Ella erinnerte sich vor allem an die Zitronenplätzchen, mit denen Professor von Marcus und seine Frau sie als kleines Mädchen gefüttert hatten. Professor von Marcus war für sie wie ein Großvater und der Mentor ihrer Mutter gewesen.

Zwar hatte Viviana nie studiert und vor einer Kommission von Professoren ihre medizinische Fachprüfung abgelegt, aber vor Richard und vor Professor von Marcus hatte sie alle Fragen korrekt beantwortet und auch bei den praktischen Vorführungen geglänzt. Damals war Ella zehn Jahre gewesen.

Seit nunmehr dreißig Jahren heilte ihre Mutter an der Seite von Richard, Ellas Ziehvater. Seit dreißig Jahren gingen Ellas Eltern in die ärmeren Viertel der Stadt, um jene Kranken und Presshaften zu untersuchen, die es nicht bis ins Spital schafften. Es waren Eisenbahnarbeiter aus dem Grombühler Viertel, Dienstboten, Tagelöhner und Handwerker, wie Ellas leiblicher Vater Paul in seinen jungen Jahren einer gewesen war, bevor er später als Bildhauermeister berühmt wurde. Seit mehr als vierzig Jahren rümpften vor allem die Bürgerlichen die Nase über Viviana Winkelmann-Staupitz.

Ella dachte oft, dass kluge Frauen ein Giftstachel im Fleisch der Gesellschaft waren, unliebsame Elemente, die man unbedingt loswerden wollte, weil sie wehtaten. Als Tochter einer – wenn auch heimlichen – Ärztin hatte sie alle Höhen und Tiefen miterlebt. Wann immer ihre Mutter im Kampf für das Recht der Frauen auf Bildung nicht vorankam, hatte dies Ella doppelt und dreifach getroffen, und sie hatte alles dafür gegeben, ihre Mutter wieder aufzumuntern.

»Kein Karzinom also«, sagte Viviana gefasst, aber Ella hörte aus ihrer Stimme ganz deutlich die Enttäuschung darüber heraus, dass Professor von Leube eine Frau als Menschen zweiter Klasse behandelte. »Das ist eine sehr gute Nachricht.« Vivianas Blick glitt gedankenverloren zum Fenster. Ella meinte, ihre Mutter sehne klügere Zeiten herbei.

»Frau Hertz braucht jetzt Bettruhe, regelmäßige Überwachung und leichte Kost«, erklärte die Wärterin nun beschwichtigend, der die aufgewühlte Stimmung wohl ebenfalls nicht entgangen war, und Professor von Leube nickte daraufhin.

»Bettruhe könnte ich auch zu Hause halten«, wagte Ella einen Vorstoß mit dünner Stimme. »Und leichte Kost wäre gleichfalls kein Problem.« Sie setzte sich im Bett auf.

Henrike beeilte sich hinzuzufügen: »Zu Hause ist es viel behaglicher und riecht zudem nicht so nach ... na ja ... so streng, so komisch sauer.« Einige Studenten lächelten über ihren Kommentar, einer flüsterte seinem Kommilitonen etwas zu und grinste anzüglich dabei.

Aber Professor von Leube schüttelte den Kopf. »Frau Winkelmann-Staupitz, erklären Sie Ihrer Tochter doch bitte, warum sie besser hierbleiben sollte und es in einem Krankenhaus gottgegeben anders riecht als im heimeligen Salon«, verlangte von Leube. Doch bevor Viviana auf die Schnelle etwas erwidern konnte, wandte er sich bereits ab, wobei sein langer weißer Kittel mit den goldenen Knöpfen auffällig aufflog. »Fahren wir nun mit unserer Visite fort und schauen uns als Nächstes ein malignes Karzinom an«, sagte er zu seinen Studenten und schritt zuversichtlich ans Bett einer weiteren Patientin. Kurz schenkte die Wärterin Ella und Viviana noch ein mitfühlendes Lächeln, dann folgte sie dem Professor.

Ella sackte kraftlos ins Bett zurück. *Ich soll wochenlang im Spital bleiben?* Ihr Magen brannte wie Feuer, aber sie sagte nichts, weil es ihre Situation nur noch verschlimmert hätte.

»Ella, mein Schmetterling«, sagte Viviana leise und tupfte ihr eine verirrte Träne von der Wange. »Professor von Leube ist für seine unfehlbaren Diagnosen bekannt. Er ist ein guter Arzt, und hier im Spital wirst du mit allem Nötigen versorgt.«

Henrike traute sich doch noch, auf Ellas Bettkante neben ihrer Großmutter Platz zu nehmen. Verunsichert wickelte sie eine Haarsträhne um den Zeigefinger. »Muss sie wirklich ...«, begann sie, »Großmama, du bist doch eine so gute Ärztin. Warum kannst du Mama nicht zu Hause überwachen und versorgen? Das wäre doch die Lösung!« Kühn warf Henrike ihr halb offenes rotes Haar auf den Rücken zurück. »Unsere Familie ist voller Ärzte, aber trotzdem soll Mama«, sie senkte ihre Stimme, »noch länger in diesem grässlichen Juliusspital bleiben?«

Unwillkürlich nickte Ella bei dem Wort »grässliches Juliusspital«. Henrike war der Sturm in der Familie. Die ungeduldigste der drei Winkelmann-Frauen, ein rothaariger Wirbelwind. Dabei sowohl ganz eindeutig eine Winkelmann als auch ein Ebenbild ihres Vaters. Ihr kupferrotes Haar und die weit auseinanderstehenden Augen hatte sie genauso von Anton geerbt wie ihr bestimmendes Wesen.

Ellas größtes Glück war Henrike, die sie unbedingt vor einem so zermürbenden Schicksal wie dem ihrer Mutter beschützen wollte. Zum Glück hatte sie das Interesse ihrer Tochter in Richtung Literatur lenken können. Als emsige Leserin wurde man weder angefeindet noch beschimpft und niemals mit Dreck beworfen.

»Professor von Leube ist der beste Magenarzt Deutschlands«, betonte Viviana abermals. »Sollte es zu einem Durchbruch deines Geschwürs kommen, ist er schnell zur Stelle und kann sofort operieren. Magengeschwüre können selbst im Heilungsprozess noch durchbrechen. Deshalb wäre es lebensgefährlich, dich jetzt nach Hause zu lassen, Ella.«

Die Frau, an deren Bett sich die Studentengruppe und Professor von Leube gerade befanden, gab in diesem Moment ein schreckliches

Stöhnen von sich, sodass Ella und Viviana dorthin schauten. Henrike allerdings warf Professor von Leube einen bösen Blick zu, der vom Leiden seiner Patientin unbeeinträchtigt weiterhin über den Magenkrebs dozierte: »Der hochverehrte Professor Virchow war der Meinung«, erklärte er gerade, »dass der hauptsächliche Faktor für die Entstehung eines Karzinoms solch häufige Reize wie Traumen sowie Entzündungs- und Geschwürprozesse seien.«

»Aber Großmama, wir sollten Mama nicht bei diesem Professor lassen. Hast du nicht bemerkt, wie unhöflich er dich behandelt hat?«, beharrte Henrike.

»Ist schon gut, das waren bloß unbedachte Worte. Er ist vermutlich mit dem falschen Fuß aufgestanden«, wiegelte Viviana ab.

Ella war jedoch überzeugt, dass ihre Mutter es besser wusste.

»Ich würde so nicht mit mir reden lassen! Wenn Großpapa Richard das gehört hätte, er hätte den Professor zumindest ermahnt«, war Henrike überzeugt. »Und außerdem sehen alle Kranken hier so bleich und unglücklich aus. Wie soll man denn da gesund werden? Ist Krankheit außerdem nicht etwas Intimes?« Ihr Blick glitt zum Bett nebenan, in dem eine übergewichtige Frau lag, deren nacktes Bein halb unter der Decke hervorschaute. Die Wärterin tupfte ihr den Schweiß vom Gesicht. Im Hintergrund bewegte sich von Leube mit der Gruppe von Studenten an das nächste Krankenbett, wo der Professor erneut nach der Wärterin verlangte. Er rief sie »Wärterin Anna«. Dann wurde die nächste Patientin vor der Studentenschar entblößt.

»Die beste Betreuung bekommst du unbestritten im Spital«, sagte Viviana in einem Tonfall, den Ella seit ihrer Kindheit kannte und der keinen Widerspruch mehr zuließ. »Ihr könnt Ellas Gesundheit doch nicht so leichtfertig aufs Spiel setzen, nur weil es hier schlecht riecht!« Viviana schaute ihrer Tochter dabei tief in die Augen. »Hier bist du medizinisch sogar noch besser versorgt als in der Privatklinik von Professor von Leube. Denn im Notfall kommt hier das geballte Wissen aller Ärzte zusammen. Ich will kein Risiko eingehen.«

Ellas Magen krampfte schon, wenn jemand das Wort »Spital« nur flüsterte. »Ich werde mich zusammenreißen«, sagte sie leise, wagte aber nicht darüber nachzudenken, was die nächsten Stunden und Tage bringen könnten. Sie schaute sich erneut um, und ihr fiel auf, dass einige Studenten Henrike beobachteten, obwohl der Professor noch immer vor ihnen dozierte. Soeben hielt er einen Schlauch hoch, begleitet von den Worten: »Die Einführung der Magensonde ist eine unbedeutende Operation, die sehr leicht zu erlernen und mit großer Sicherheit auszuführen ist. Ich verweise auf meine entsprechende Vorlesung über die Krankheiten des Magens und des Darms, die jeden zweiten Dienstagvormittag stattfindet.«

»Mama, was hältst du davon, wenn ich dir zur Ablenkung ein paar Bücher vorbeibringe?«, schlug Henrike vor.

»Das ist nett von dir«, sagte Ella nach einer Weile, dachte aber im gleichen Moment, dass sie ihrer Tochter das Spital eigentlich bis auf Weiteres ersparen wollte. »Bitte gib die Bücher deinem Vater mit, wenn er mich besuchen kommt, Rike.«

»Wir vermissen dich zu Hause, Mama.« Henrikes Stimme klang nun traurig. »Auch Papa macht sich Sorgen. Er sagt, dass ohne dich nichts seine Ordnung hat. Ohne dich schläft er ziemlich schlecht. Er wird ins Spital kommen, sobald er bei der Eisenbahn-Gesellschaft entbehrlich ist.«

Ella war gerührt von Henrikes Bericht. Normalerweise schlief Anton ausgezeichnet, nicht einmal eine vorbeifahrende Dampflok konnte ihn wecken.

Ella bekam von ihrer Mutter einen Abschiedskuss auf die Stirn gedrückt und ließ sich von Henrike noch versprechen, nicht wieder herzukommen. Als die beiden den Krankensaal gerade verlassen wollten, ging alles ganz schnell. Die Patientin im Nebenbett fing an zu zittern, keuchte und spie gelbe Galle. Henrike schrie vor Schreck auf, Ella zog sich ihre Bettdecke bis unters Kinn.

Als Erste sprang Viviana zu der Leidenden, las die Diagnose auf der Kreidetafel und drehte die Frau auf die Seite, damit sie ihr Erbrochenes nicht einatmete und daran erstickte.

Ella musste zum ersten Mal mit ansehen, wie ein Mensch mit dem Tod rang. Im nächsten Moment war auch Professor von Leube bei der

Patientin, seine Studentenschar folgte ihm wie ein Schatten. Er gab Wärterin Anna genaue Anweisungen, die daraufhin sofort zur Tat schritt. Dann wandte er sich Viviana zu. »Gehen Sie jetzt!«, verlangte er ungehalten. »Ich bin hier der Arzt!« Als Viviana zögerte, setzte er noch hinzu: »Verlassen Sie endlich meinen Krankensaal!«

Ella presste sich die Hände auf die Ohren. Diese Feindseligkeit hatte sie noch nie ertragen. Und lebend hier wieder herauskommen? Das würde sie vielleicht auch nicht mehr.

3

2. Januar 1896

Der ruhige Conrad war nicht die Art von Forscher, von der man Sensationelles erwartete. Er erinnerte Albert viel zu sehr an sich selbst. Conrads besondere Fähigkeit lag in der genauen und gewissenhaften Detailarbeit, er war ein Experimentalphysiker vom alten Schlag. Fast zärtlich ging er mit seinen physikalischen Apparaturen um. Wer meine Apparaturen schlecht behandelt, ist mein Feind, pflegte Conrad zu sagen.

Albert lächelte milde, denn er selbst hielt es ähnlich mit seinem Mikroskop auf dem Schreibtisch. Und noch eine Tatsache gefiel ihm besonders an den aktuellen Geschehnissen. Conrad, dem er freundschaftlich verbunden war, war einer der wenigen Professoren in deutschen Landen, der ohne Abitur zum Studium zugelassen worden war und sich deswegen nicht in Bayern hatte habilitieren dürfen. Die Würzburger Kreise bezeichneten diesen Umstand als »des Professors Fleck im Lebenslauf«. Albert fand diesen Fleck hervorragend, er passte ganz wunderbar zu dem, was er gerade in den Händen hielt. Die von Conrad gemachte Entdeckung, deren Beschreibung er gerade in den Händen hielt, war dessen nachträgliche Rechtfertigung an das Königreich Bayern mit Ausrufungszeichen!

Aufgeregt schritt Albert Kölliker vor das Fenster seines Büros, die jüngste Ausgabe der Schriftenreihe der Physikalisch-Medizinischen Gesellschaft in der Hand. Er war Ehrenpräsident der Gesellschaft und mochte Menschen, deren Kraft in ihrer Ruhe und Zurückhaltung lag. Als Züricher war ihm die Zurückhaltung fast schon angeboren. Aber nicht nur mit Spannung und Wohlwollen, sondern auch mit Unbehagen schaute er auf die Zukunft seines jüngeren Kollegen, der in jenem Jahr geboren worden war, in dem Albert in der Zeitschrift für wissenschaftliche Botanik erstmals die Existenz einzelliger Tiere behauptet hatte. Das lag fünf Jahrzehnte zurück. Verdammt, was war er doch alt geworden!

Albert dachte an seine ersten Jahre an der Würzburger Universität und am Juliusspital zurück, als er und Rudolf Virchow noch an den menschlichen Zellen geforscht hatten und Virchow als großer Begründer der Cellular-Pathologie und als Sieger aus ihrem kleinen Wettstreit hervorgegangen war. Omnis cellula a cellula! Albert war zu vorsichtig gewesen mit der schnellen Verbreitung seiner wissenschaftlichen Erkenntnisse, vermutlich hatte ihm damals das dafür notwendige wissenschaftliche Selbstbewusstsein gefehlt. Andererseits war er auch dankbar dafür, dass ihm jene öffentliche Aufregung um seine Person, die Kollege Virchow widerfahren war, erspart blieb. Albert hatte sich in Würzburg eingerichtet, seine alte Schweizer Seele war inzwischen »a weng frängisch« geworden – ein wenig fränkisch. Schon seit einigen Jahren lud Conrad eine ansehnliche Zahl von Doktoren, Professoren und anderen Freunden und Bekannten in seinen Institutsgarten zu Krocketspielen und Zitronenlikör ein. Diese Zusammenkünfte bereiteten Albert besonderes Vergnügen. Es waren Sonntage voller Entspannung und anregender Unterhaltungen, oft auch fern ihrer Fachthemen. Albert freute sich schon auf die nächste Einladung.

Er schlug das Schriftenheft der Physikalisch-Medizinischen Gesellschaft auf und führte sich den Grund seiner Aufregung im sanften Winterlicht am Fenster vor Augen. In seiner Vorstellung sah er das bedruckte Papier schon aufleuchten, so ungeduldig war er darauf, die

Entdeckung bald vorgeführt zu bekommen. Eben weil er Conrad als zurückhaltenden und vorsichtigen Wissenschaftler kannte, war er überwältigt von dem, was der Freund als »Vorläufige Mitteilung« auf den letzten zehn Seiten des Schriftenbandes vor wenigen Tagen seinen naturwissenschaftlichen und medizinischen Kollegen zur Kenntnis gegeben hatte.

Über eine neue Art von Strahlen lautete der Titel der Mitteilung, die so nüchtern verfasst war, wie es Albert in Anbetracht der außergewöhnlichen Umstände selbst kaum möglich gewesen wäre.

Sie begann glänzend und auf den Punkt gebracht mit den Worten:

Lässt man durch eine Hittorf'sche Vakuumröhre die Entladungen eines größeren Ruhmkorff's gehen und bedeckt die Röhre mit einem ziemlich enganliegenden Mantel aus dünnem, schwarzem Karton, so sieht man in dem vollständig verdunkelten Zimmer einen in der Nähe des Apparates gebrachten, mit Bariumplatincyanür angestrichenen Papierschirm bei jeder Entladung hell aufleuchten, fluoreszieren, gleichgültig ob die angestrichene oder die andere Seite des Schirmes dem Entladungsapparat zugewendet ist.

Je öfter Albert die »Vorläufige Mitteilung« las, umso aufgeregter wurde er. Er fühlte sich wie ein junger Student, der das erste Mal vom schier unendlichen Vermögen der Naturwissenschaften erfuhr. Zeit seines Lebens hatte er sich wenig mit der Physik beschäftigt. Physik hatte die letzten Jahrzehnte hindurch – soweit er das als Anatom beurteilen konnte – als »abgeschlossene Wissenschaft« gegolten. Kaum jemand wollte Physik studieren. Vorlesungen über Experimentalphysik wurden vor allem von Medizinern, Pharmazeuten und Chemikern besucht.

Albert verstand immerhin, dass Conrad keine neuen Apparaturen für sein Experiment konstruiert, sondern lediglich mit bereits existierenden Instrumenten wiederholt hatte, was andere Erforscher der Kathodenstrahlen schon mehrmals vor ihm experimentiert hatten. Einzig die Ummantelung der Vakuumröhre hatte er variiert und dafür ein anderes fluoreszierendes Material verwendet, die restlichen Änderungen waren kaum erwähnenswert. Er überflog einige der wichtigsten Textstellen.

Man findet bald, dass alle Körper für dasselbe durchlässig sind, aber in sehr verschiedenem Grad. Einige Beispiele führe ich an. Papier ist sehr durchlässig ... dicke Holzblöcke sind noch durchlässig ... Körperteilchen ... bilden für die Ausbreitung ein Hindernis und zwar im Allgemeinen ein desto größeres, je dichter der betreffende Körper ist.

Albert hob den Blick und schaute durch das Fenster zum Pfründnerbau des Spitals hinüber. Links davor zerfiel das Gartenhaus, aus dem er vor vielen Jahren aus- und in die Neue Anatomie eingezogen war. In Gedanken las er die »Vorläufige Mitteilung« weiter; ganze Sätze kannte er inzwischen auswendig, so oft hatte er sie bereits gelesen.

Von besonderer Bedeutung ... ist die Tatsache, dass photographische Trockenplatten sich als sehr empfindlich für X-Strahlen erwiesen haben ... Hält man die Hand zwischen den Entladungsapparat und den Schirm, so sieht man die dunkleren Schatten der Handknochen in dem nur wenig dunklen Schattenbild der Hand.

Er ging die Schattenfotografien, die als Kontaktabzug der Fotoplatten entstanden waren, auf der Fensterbank durch. Conrad hatte sie ihm ausgeliehen. Da waren neben den besagten Handknochen auch Schattenbilder vom Profil einer Tür, eines Drahts auf einer Holzspule, eines in einem Kästchen eingeschlossenen Gewichtssatzes. Das Interessanteste für den Anatomen in Albert war aber unbestritten das Schattenbild von Berthas Handknochen, an denen der Ehering deutlich zu erkennen war. Conrads Ehefrau war einst eine einfache Gastwirtstochter gewesen, er hatte unter seinem Stand geheiratet. Noch so ein »Fleck im Lebenslauf«, den Albert an seinem Freund sympathisch fand.

Er nahm die Fotografie auf und hielt sie gegen das Licht des Fensters, sodass sie auf einer Höhe mit dem Gartenhaus neben diesem zu schweben schien. Das Juliusspital hatte seinen Ruf als erstes Universitätskrankenhaus inzwischen an die Charité abgeben müssen. Die Würzburger Medizinische Fakultät stand allerdings immer noch auf Rang drei der Medizinischen Fakultäten im Deutschen Kaiserreich. Und selbst das schien ihm noch zu hoch gegriffen; das alte Gartenhaus stand durchaus exemplarisch für den Zustand des Spitals. Die Studenten gingen lieber nach Berlin, die Zeit der großen Entdeckungen in Würzburg war vorüber. Dort bedurfte es vieler Reformen und Neubauten.

Allein sein begeisterter Freund und Kollege Wilhelm Oliver von Leube und vielleicht noch der verrückte Professor Rieger hielten die Fahnen für Würzburgs Medizinische Fakultät hoch, besaßen aber bei Weitem nicht die gleiche Anziehungskraft, mit der ein Virchow oder ein Schönlein die Würzburger Hörsäle gefüllt hatten. Maßgebend für den Ruhm eines Krankenhauses ist der Ruf seiner Ärzte. Die Zeit raste dahin, die Medizin entwickelte sich weiter, und in gleichem Maße wuchs der Anspruch an die deutschen Universitäten. Frauen wollten auf neuen Gebieten arbeiten und immer mehr lernen. In Würzburg war diese Entwicklung vor allem Viviana Winkelmann zu verdanken. Alberts Enkeltochter hatte bei ihr einen Sonntagskurs besucht und war begeistert gewesen. So viele Zeichen wiesen in Richtung einer neuartigen Zukunft. Das Spital jedoch trabte der Moderne wie ein müdes Pferd hinterher.

Albert beobachtete, wie der Wind lose Äste durch den Spitalgarten trieb. Berthas Hand auf dem Schattenbild schien nach dem maroden Gartenhaus zu greifen wie der Tod nach einem Seuchenkranken. Albert ließ die Fotografie sinken. Conrads Hochspannungsexperiment könnte ein Wendepunkt sein und dem Spital zu neuem Ruhm verhelfen. Conrads Entdeckung hatte das Potenzial, zu einer der größten in der Wissenschaftsgeschichte nach der Bändigung und Entfachung des Feuers vor zweiunddreißigtausend Jahren zu werden! Eine neue Medizin-Epoche stand bevor.

Dabei hatte Conrad auf keinerlei bessere Voraussetzungen zurückgreifen können als andere Physiker vor ihm. Für sein Experiment hatte er lediglich die Naturerscheinungen hochgespannter Ströme beobachtet, die durch Vakuumröhren strömten. Dabei hatte er plötzlich Licht gesehen, obwohl es dieses nach den damaligen wissenschaftlichen Erkenntnissen dabei gar nicht geben durfte. Konsequent war er dieser Lichterscheinung nachgegangen und war auf diese Weise auf seine »X«-Strahlen gestoßen, die durch die Materie hindurchgingen.

Als Nebenergebnis und Beweismittel seiner Beobachtungen waren dabei die Schattenbilder entstanden. Als Zufallsergebnis, wie Conrad betont hatte. Er war damit zu einem Sprinter geworden, der von hinten an den großen Physikern seiner Zeit vorbeizog, und mit dem keiner mehr gerechnet hatte.

Die Berechtigung, für das von der Wand des Entladungsapparates ausgehende Agens den Namen »Strahlen« zu verwenden, leite ich zum Teil von der ganz regelmäßigen Schattenbildung her, die sich zeigt, wenn man zwischen den Apparat und den fluoreszierenden Schirm (oder die photographische Platte) mehr oder weniger durchlässige Körper legt.

Albert konnte sich an Berthas Hand nicht sattsehen. Ihre langen Fingerknochen und der Ehering waren auf dem Negativabzug der Fotoplatte weiß, weil die »neue Art von Strahlen« nicht durch sie auf die fotografische Platte hatten hindurchdringen können. Je durchlässiger ein Körper, desto dunkler war sein Abbild auf dem Negativabzug. Das Schattenbild ermöglichte einen Blick in das Innere von Berthas Hand, ohne das chirurgische Messer ansetzen zu müssen. Was für ein Geniestreich! Da bekam sogar Albert auf seine alten Tage hin vor Aufregung noch eine Gänsehaut. Wenn man von nun an Hände durchleuchten und in den Körper hineinschauen konnte, was würde fortan noch ungesehen bleiben? Selbst gut verhüllte Körperteile könnten mit der »neuen Art von Strahlen« sichtbar gemacht werden.

Albert legte die Schattenbilder sorgsam in die Mappe zurück und machte sich auf den Weg zum Physikalischen Institut am Pleicher

Ring. Seine alten Beine fühlten sich voller Spannkraft an, sodass er meinte, über dem Boden zu schweben. Er wollte Conrad, der eher ungern vor einer großen Runde sprach, von einem Vortrag vor der Physikalisch-Medizinischen Gesellschaft überzeugen, und ein zweites Anliegen ersann er in diesem Moment gleich mit. Er glaubte, nein, er wusste, dass die neue Medizin-Epoche auch Frauen Chancen bieten würde, und zwar als Wissenschaftlerinnen und nicht nur als schmückendes Beiwerk am Arm ihrer klugen Männer. Es war höchste Zeit. Man musste das alte, verstaubte Denken hinterfragen, die Entdeckung könnte den Auftakt dazu geben. Frauen sollten nicht länger im Haus zurückgehalten werden. Vor allem gab es *draußen* viel mehr Wunder als Gefahren zu erleben. Davon war Albert überzeugt, und deswegen wollte er seinem Freund Conrad zusätzlich auch noch vorschlagen, Viviana Winkelmann-Staupitz und ihren Gatten zur sonntäglichen Krocketrunde einzuladen. Gewiss würde das Medizinerehepaar ihre Runde auf sehr fruchtbare Weise beleben. Er schätzte beide als Ärzte und als Menschen, seit Jahrzehnten.

Albert wusste, dass er einen Teil seines Überschwangs seiner Senilität zuzuschreiben hatte, aber der andere Teil war begründet! Sofern die Strahlen das Potenzial besäßen, das er ihnen allein aus medizinischer Sicht zuschrieb, reichte eine einmalige Veröffentlichung im Blatt der Physikalisch-Medizinischen Gesellschaft niemals aus. Wissenschaftler in aller Welt mussten von ihrer Entdeckung erfahren! Sie könnten der einzigartige Triumph werden, den das Spital so dringend nötig hatte. Eine Initialzündung für einen tief greifenden Umbruch in der Diagnostik. Für die Medizin und für das Juliusspital bräche eine neue Epoche an. Conrad Röntgen war hier im beschaulichen Würzburg ein Geniestreich gelungen!

4

Mitte Januar 1896

So geräuschlos wie möglich drehte Viviana sich zu Richard um, der noch schlief. Ihren Ehemann regelmäßig atmen zu hören und die Umrisse seines Profils in der fliehenden Dunkelheit zu betrachten, gab ihr Frieden. Das Licht der Morgendämmerung drang gedämpft durch die Vorhänge und ließ Richard friedlich und zufrieden wirken. Auch deswegen war der Morgen der schönste Teil des Tages für sie. Da waren nur sie, Richard und der Frieden. Weder Hektik, Leid und Tod noch elektrisches Licht, das Räume sommertaghell erleuchtete. Vor wenigen Jahren war das elektrische Licht über die Welt gekommen und hatte die Medizin verändert. Es war der Anfang vom Ende der Dunkelheit, dachte Viviana und betrachtete Richards Gesicht, die grauen Koteletten und sein vom Liegen zerwühltes Haar. Die Würzburger liebten die neue Helligkeit, die die Elektrizität erzeugte, aber Viviana war froh, dass Samstag war und das Licht an diesem Morgen im Palais ausgeschaltet blieb. Erst morgen würden ihre Sonntagsschülerinnen für die Unterrichtsstunden ins Palais zurückkehren. Für heute stand ein Gang ins Spital auf dem Plan. Sie wollte schauen, ob es ihrer Tochter besser ging und ihr Magengeschwür verheilte. Hoffentlich war Ellas Zusammenbruch kein schlechtes Omen für das neue Jahr.

Schon das vergangene war ein schwarzes Jahr für Viviana gewesen. Erst war im März die große Frauenrechtlerin Louise Otto-Peters gestorben und dann vor wenigen Tagen ihre Mutter. Zwei außergewöhnliche Frauen, die unterschiedlicher nicht hätten sein können, sie beide geprägt hatten und deren Verlust sie traurig machte. Der Tod, der Tod. Kurz schloss sie die Augen und dachte an die imposante Grabstätte ihrer Familie, die sich in der ersten Abteilung auf dem Friedhof befand, in der auch Würzburger Bürgermeister, Justizpräsidenten und königliche Staatsräte begraben lagen. In der ersten Abteilung befanden sich die Grüfte von Würzburgs Adel und der angesehensten Kaufmannsfamilien. Die Plätze dort waren rar und selbst mit großem Namen nicht so einfach zu bekommen.

In goldenen Lettern hatte sich ihre Mutter ihren Namen neben dem ihres Ehemannes Johann Winkelmann eingemeißelt und bemalt gewünscht, darunter stand der von Valentin Winkelmann. Vivianas Bruder hatte ihren Wunsch, ein uneheliches Kind auszutragen und Ärztin zu werden, strikt verurteilt. Er hatte sie für den Untergang des Bankhauses Winkelmann verantwortlich gemacht. Tatsächlich hatte mit Ella, dem unehelichen Kind eines in den Augen der Familie nicht standesgemäßen Mannes, das Zerwürfnis ihrer Familie einst begonnen. Eine Wunde, die nie ganz verheilt war.

Von Valentins Freitod hatte Viviana kurz nach ihrem Dorotheen-Spektakel erfahren. Im Jahr 1855 war das gewesen, und es hatte sie zutiefst erschrocken, wie verzweifelt und unglücklich er gewesen sein musste. Ihr Bruder hatte heimlich Männer geliebt und sich deswegen sowie wegen seiner ruinösen Bankgeschäfte am Ende aufgehängt. Seine schwangere Frau Dorette war zurück zu ihren Eltern nach Köln gezogen. Was aus ihr und dem Kind geworden war, hatte Viviana nie erfahren.

Unter der Bettdecke schob sie ihre Hand zu Richard. Wie jede Nacht schlief er auf dem Rücken, mit eng an den Oberkörper gelegten Armen. Behutsam, damit sie ihn nicht aufweckte, schob sie ihre Hand unter die seine. Sie genoss die Wärme, die von seinen Fingern ausging. So blieb sie liegen und atmete in der Morgendämmerung das Leben und die Liebe ein. Am liebsten hätte sie auf diese Weise einmal einen ganzen Tag verbracht.

Der Tod ist ein schrecklicher Gefährte!, ging es ihr durch den Kopf. Sie hoffte so sehr, vor Richard zu sterben, damit sie seinen Verlust nicht ertragen musste. Ihre Mutter hatte mit diesem Schmerz noch fast vierzig Jahre lang leben müssen, für Viviana war das unvorstellbar. Sie erinnerte sich noch gut an ihre Eltern in glücklichen Zeiten, und wie Elisabeth vor der Würzburger Gesellschaft auf besonderen Diner-Abenden ihre gläsernen Orchideen präsentiert hatte. Orchideen waren die exzentrischsten Anverwandten des Pflanzenreichs, die exquisitesten aller Blumen, die Königinnen der Duftpflanzenwelt.

Viviana stieg aus dem Bett und ging in die Ankleide. Dort zog sie ihr langes weißes Nachthemd aus und jenes Morgenkleid aus reinweißer Seide mit allerhand Volants auf Schultern und Ärmeln an, das ihre Mutter ihr geschenkt hatte. Elisabeth hatte es nicht lassen können, sie in Seide, Rüschen und Schlafkorsette zu kleiden. Heute trug Viviana das Morgenkleid zu ihrem Gedenken und ohne das übliche Missfallen.

In dem Zimmer neben ihnen war vor vielen Jahren ihr Vater gestorben. Nur er hatte das Temperament von Vivianas Mutter zu zügeln gewusst. Genauso war es auch mit Richard und ihr. Nur Richard vermochte es, Viviana in den aufwühlendsten Lebenslagen zu besänftigen und zu trösten. Vor allem wenn der Verlust geliebter Menschen ihr schwer zusetzte, begann sie an Tagen wie dem heutigen, über die großen Fragen des Seins zu sinnieren. Über die Zeit, über die Menschen, über Licht und Dunkelheit. An allen anderen Tagen verschlang sie der Alltag.

Viviana begab sich in das Reich ihrer Mutter, das sich im dritten Obergeschoss des Palais befand. Das dritte Obergeschoss war zuletzt ganz allein von Elisabeth bewohnt worden. Die breite Treppe knarzte, als sie mit baren Füßen die Stufen hinaufstieg. Ein Geräusch, das ihr schon seit den Jahrzehnten, in denen das Stadtpalais in der Hofstraße ihr Zuhause war, vertraut war.

Die alte Henna, Stubenmädchen im Palais seit Generationen, kam ihr aus der Mansarde mit einer Öllampe entgegen. In der Mansarde war das Personal untergebracht. »Wünschen gnädige Frau den Morgentee?« Henna knickste und hob die Lampe auf Kopfhöhe, sodass Viviana geblendet zurückwich.

Sie wollte kein Licht, nicht an diesem Morgen. »Für mich heute gar kein Frühstück, für meinen Mann bitte alles so wie an jedem Samstag, danke«, sagte sie, schirmte mit der Hand ihre Augen vor dem hellen Lichtschein ab und zog sich in das Zimmer ihrer verstorbenen Mutter zurück.

»Sehr wohl, gnädige Frau«, hörte sie das Stubenmädchen noch sagen, dann war es wieder ruhig und dunkel um sie herum.

Viviana lehnte sich mit dem Rücken gegen die Tür. Dieses Zimmer war Mutters liebstes im ganzen Haus gewesen, ihr geheimes Reich, in dem sie ihre gläserne Orchideensammlung aufbewahrt hatte.

Viviana schloss die Augen, in ihrer Erinnerung hörte sie Richard neben sich ruhig atmen. Sie selbst atmete oft viel zu hektisch. Schon seit einigen Jahren hatte sie das Gefühl, dass sie mit der immer schneller dahinrasenden Zeit nicht mehr mithalten konnte. Die immer schnellere Gangart, die Veränderungen in der Stadt, all die zahlreichen Entdeckungen in Wissenschaft und Technik. Bis heute weigerte sie sich, einen dieser modernen Telefonapparate zu benutzen. Sie wollte nicht mit einem Magneten und einer Membran sprechen. Um als Ärztin bestehen und auch als Lehrerin an ihrer Sonntagsschule die neuesten Entdeckungen vorstellen zu können, kam sie dennoch nicht darum herum, sich inhaltlich mit den Neuerungen der letzten Jahre auseinanderzusetzen.

In rasendem Tempo waren viele ihrer Träume die Medizin betreffend wahr geworden. Wissenschaftler hatten die Bakterien entdeckt, die für Cholera und Tuberkulose, für die Beulen- und Lungenpest verantwortlich waren. Gleiches galt für Tetanus und Diphterie, für die sogar schon ein Heilserum hergestellt wurde, das auch im Juliusspital Anwendung fand. Die Medizin der Zukunft war so vielversprechend, dass Viviana einfach nicht aufhören konnte, Kranke zu heilen, ihnen Hoffnung zu geben. Schweren Herzens hatte sie sich unlängst aus der Frauenbewegung zurückgezogen. Das war kurz nach dem Tod von Louise Otto-Peters gewesen.

Das erste Mal war sie Louise Otto-Peters auf dem großen Frauentreffen im Jahr 1865 in Leipzig begegnet, auf dem der Allgemeine Deutsche Frauenverein mit Louise als seiner ersten Vorsitzenden gegründet worden war. Viele männliche Zeitungsredakteure hatten über das Treffen als die Leipziger Frauenschlacht geschrieben, welche Verunglimpfung! Das war aber nur eine von vielen Ungerechtigkeiten, die dem Verein und seinen Mitgliedern seitdem widerfahren waren. Es lag noch viel Arbeit vor den Frauen. In Leipzig hatte Viviana als Rednerin mit ihrer Geschichte und ihren Visionen vor dreihundert

Gleichgesinnten gesprochen. Über ihre Anfänge im Juliusspital als Medizinbegeisterte, über die Treffen mit mutigen Würzburger Frauen, über die Thesen der Dorothea Erxleben über weibliche Bildungsfähigkeit und letztendlich über den Erfolg ihrer Sonntagsschule im Palais. Eine berauschende, kämpferische Stimmung hatte sich entwickelt und wie ein Feuer unter den Frauen ausgebreitet, Louise hatte es entzündet. Das wog Demütigungen wie zuletzt die von Professor von Leube auf. Dennoch war sie derer müde.

Die Aufbruchsstimmung jener Jahre ließ trotz der Trauer über den Tod ihrer Mutter ein Lächeln über Vivianas Gesicht huschen. Elisabeth Winkelmann war fünfundachtzig Jahre geworden. Selbst im Tod war sie noch stolz und schön gewesen. Und anders als Louise Otto-Peters war ihre Mutter nie krank gewesen. Sie war einfach in ihrem Bett eingeschlafen und nicht wieder aufgewacht.

In Gedanken sah sie Ella beruhigend ihre Hand streicheln, wie am Tag von Elisabeths Beerdigung. Ella, mein Schmetterling, dachte Viviana. Sie kannte keinen Menschen, der warmherziger und gütiger als ihre Tochter war. Ella und auch die Freude über Henrike gaben ihr die Kraft, die Sonntagsschule weiterzuführen und zusätzlich mit Richard noch mehrmals in der Woche zu den ärmsten Kranken zu eilen. Ella, Henrike und die Liebe, die sie für Richard empfand, waren ihr größtes Glück. Richard war ein außergewöhnlicher Mann, der sogar damit leben konnte, dass sie seinen Familiennamen nach der Hochzeit nicht wie sonst üblich einfach angenommen, sondern stattdessen um den ihren in Voranstellung erweitert hatte. Durch Würzburgs feine Gesellschaft war ein Aufschrei gegangen. Wie konnte sie, eine verheiratete Frau, sich Winkelmann-Staupitz nennen? Auch Louise Otto-Peters hatte sich den Unmut der Leute wegen ihres Doppelnamens zugezogen, für den sie sich als Zeichen ihrer weiblichen Selbstständigkeit entschieden hatte.

Richard war die Liebe ihres Lebens. Natürlich stritten sie sich hin und wieder, über die Ansichten von Descartes zum Beispiel oder darüber, dass Viviana an seiner Seite noch viel zu oft mit dem Medizinkoffer unterwegs war, anstatt sich ab und an auch einmal auszuruhen.

Aber an der Medizin wollte Viviana immer noch aktiv Anteil haben, sie wollte Erkrankten weiterhin Hoffnung geben, das war ihre größte Erfüllung. Auch wenn sie dies nur an Richards Seite tun durfte, weil ihr ein offizielles Medizinstudium verwehrt geblieben war. Sie begleitete Richard zu seinen Patienten wie eine Wärterin, dennoch war bekannt, dass sie wie ein ordentlicher Arzt diagnostizierte und heilte. Bitter war nur, dass sich Ella so rigoros von der Medizin abgewandt hatte. Anfangs hatte das noch ganz anders ausgesehen. Als kleines Kind hat Ella lieber mit dem Stethoskop als mit ihrer Puppe gespielt.

Viviana blinzelte, dann öffnete sie die Augen. Nur ein schmaler Lichtstrahl stahl sich zwischen den samtenen Vorhängen in den Raum und färbte ihn dunkelgrau. Sie konnte ihre Mutter hier noch spüren, etwas von ihr war hiergeblieben. Nur dank Ella hatte sich Viviana zumindest wieder ein Stück weit auf ihre Mutter zubewegt, nachdem zunächst für eine lange Zeit normale Gespräche zwischen ihnen, ein Austausch ohne Wut oder Vorwürfe, unmöglich gewesen waren. In den letzten Jahren hatten Viviana und Elisabeth manches Mal sogar über dieselbe Sache gelächelt.

Viviana trat vor das Bett und betastete dessen kunstvoll gedrechselte Pfosten. Sie vermisste ihre Mutter. Elisabeth war immer im Palais gewesen, ein fester Bestandteil des riesigen Hauses. Die letzte lebende Person ihrer Familie, in der sie aufgewachsen war. Ernestine und Constanze, Vivianas Groß- und Urgroßmutter waren kurz nacheinander 1860 und 1861 gestorben. Besonders die einstmals stumme Constanze war Viviana bis zu ihrem Tod eng ans Herz gewachsen. Sie hatte immer wieder Ehrlichkeit im Umgang miteinander angemahnt, was Viviana ihr bis heute hoch anrechnete. Elisabeth hatte sich damit bis an ihr Lebensende schwergetan.

Alles in Elisabeths Zimmer befand sich noch genau dort, wo es an ihrem Todestag gewesen war. Das Bett, die Walnusskommode, der Fauteuil ihres Großvaters vor dem Fenster sowie das in Stoffe eingehüllte Porträt. Vor einem Jahr war es fertiggestellt worden. In den nächsten Tagen würde Viviana es mit goldener Rahmung aufhängen.

Sie schlug den Vorhangstoff von der oberen Hälfte des Bildnisses.

Samtenes Licht fiel auf Elisabeths Gesicht in Öl. Das Porträt zeigte eine stolze, anmutige Frau in grauem Kleid. Seit dem Tod ihres Ehemanns hatte sie nie wieder Farbe getragen. Elisabeth hatte niemals auch nur einen Anflug von Stolz auf Viviana gezeigt. Nicht als Viviana die Sonntagsschule eröffnet hatte, nicht als sie an Richards Seite ihre erste Blinddarmoperation erfolgreich absolvierte, oder bei irgendeiner anderen Gelegenheit.

Viviana zog den Stoff wieder über das Porträt. Die wenigsten Menschen schauten sich noch Gemälde an. Es war modern geworden, Fotografien zu betrachten. Fotografien machten den Augenblick sichtbar. »Lichterfüllt« war das Wort der Zeit. Die Menschen wollten in den hintersten Winkel des Lebens schauen, sie machten die Nacht zum Tag.

Viviana zog die schweren Fenstervorhänge nun gänzlich zu, sodass auch der letzte Rest Helligkeit aus dem Raum verschwand. Die Dunkelheit fühlte sich so angenehm an wie ein kühler Raum an einem heißen Sommertag. Sie blieb noch eine Weile vor dem Porträt stehen, bevor sie das Zimmer wieder verließ. Die Treppe knarzte erneut unter ihren Füßen.

Wieder im Schlafzimmer zurück, setzte sie sich auf den Hocker vor die Frisierkommode neben dem Bett, auf der auch ihr Hochzeitsfoto stand. Richard schaute sie auf der Fotografie verschmitzt an, als würde er sie in diesem Moment zum ersten Mal sehen, als verliebe er sich während der Aufnahme in sie. Sie musste lächeln. Fünf Jahre Zeit hatte ihr Richard nach ihrem ersten Kuss gelassen, damit sie sich auch wirklich sicher sein konnte, ob er der Richtige für sie war. Sie war es noch heute. Und noch heute schaute er sie manchmal so verschmitzt wie auf der Fotografie an, obwohl er anfänglich doch so kühl und steif gewesen war, dass sie ihn »Doktor Grimmig« getauft hatte.

Richard trat hinter sie, strich ihr die Locken von der Schulter und küsste ihren Hals. Sie genoss seine Zärtlichkeiten wie eben noch die Dunkelheit.

»Träumst du von unserer Hochzeit?«, fragte er noch verschlafen, zog sie vom Hocker hoch und schlang seine Arme um sie.

Viviana schmiegte ihren Rücken an seine Brust. »Die Welt scheint sich immer schneller zu drehen, und die Winkelmann-Frauen sind nun nur noch zu dritt.« Auch wenn ihre Mutter ihren Einsatz für die Frauenbewegung nie gutgeheißen hatte, war sie dennoch ein Teil von Vivianas Geschichte, ein Teil ihrer Familie.

»Elisabeth ist nur woanders.« Richard legte sein Kinn auf ihre Schulter. Die grauen Haare stehen ihm besser als jedem anderen Mann, den ich kenne, fand Viviana beim Blick in den Frisierspiegel. Sie nickte, woraufhin er sie aufs Bett ziehen wollte. Es gab Nächte, da benahmen sie sich noch immer wie frisch Verliebte, nur zärtlicher und geduldiger.

»Ich möchte zu Ella ins Spital«, sagte sie und widersetzte sich seinem Bestreben schweren Herzens.

»Ist es wirklich schon zehn Uhr?«, fragte er überrascht.

Sie löste sich von ihm. »Zu zehn Uhr ist die Kutsche bestellt.«

Richard streckte die Hand wieder nach ihr aus. »Und du möchtest noch immer nicht, dass ich dich begleite?«

Viviana schüttelte den Kopf. »Bleib du für den Fall, dass es einen medizinischen Notfall bei einem unserer Patienten gibt, hier. Du weißt, dass am Wochenende häufig was passiert. Ich richte Ella gute Besserung von dir aus«, entgegnete sie dennoch dankbar für seine immerwährende Bereitschaft, an ihrer Seite und für ihre Tochter da zu sein.

»Bist du schon bezüglich der Einladung zum Krocket bei den Röntgens zu einem Entschluss gelangt?«, fragte er noch. »Ich würde schon gerne hingehen. Es ist eine nette Möglichkeit für Gespräche unter Kollegen.«

Viviana hielt inne. Sie hätte die Einladung am liebsten abgesagt, weil die meisten der dort eingeladenen Professoren sie sowieso niemals als Kollegin akzeptieren und der Sonntag deshalb ein einziger Spießrutenlauf für sie werden würde, bei dem keine Entspannung möglich war. Aber anstatt Richard mit ihrer Enttäuschung anzustecken, hob sie den Blick und lächelte sanft. »Du solltest auf jeden Fall hingehen. Es wird bestimmt ein netter, amüsanter Herrennachmittag. Sagtest du nicht, dass die Professoren Kölliker und Rieger auch mit von der Partie wären?«

»Das größte Vergnügen würde es mit dir mittendrin sein, Liebes!«, stellte er sofort klar.

»Und wer übernimmt dann unsere ärztliche Bereitschaft?«, entgegnete sie ebenso schnell. »Außerdem glaube ich, dass die Herren entspannter sein werden, wenn ich nicht dabei bin. Bitte geh du und entschuldige meine Abwesenheit mit unserer ärztlichen Verpflichtung. Ich möchte die netten Röntgens nicht vor den Kopf stoßen.« Früher wäre Viviana zu solchen Veranstaltungen mit wehenden Röcken gerauscht, heute besaß sie dafür keine Energie mehr.

»Gut, dann gehe ich alleine«, entschied Richard und erwiderte ihr sanftes Lächeln.

Viviana verließ das Schlafzimmer, erledigte ihre Morgentoilette und kleidete sich an. Die alte Henna band ihr das Haar in einem lockeren Knoten auf dem Oberkopf zusammen, wobei sie einige kürzere Locken aussparte und sie ihr über Stirn und Ohren fallen ließ. So war es modern geworden, vor allem aber war es bequem. Auf den Knoten kam der breitkrempige Winterhut.

Als sie im Eingangsbereich auf die Haustür zutrat, kam Richard ihr nachgelaufen. »Hast du nicht etwas vergessen?«, fragte er, nur in seinen Morgenrock gekleidet. Sein Lächeln war überwältigend. Seine Augen funkelten leidenschaftlich.

Viviana tastete erst nach ihrer Geldbörse und dann nach dem Hut, sie hatte alles bei sich. Wollte er sie doch noch dazu überreden, mit ihm zum Krocket zu gehen?

Richard kam auf sie zu und breitete seine Arme aus. »Pass auf dich auf!« Er umarmte sie innig, was einiges Geschick wegen ihres ausladenden Winterhuts bedurfte.

»Ich war in Gedanken schon bei Ella im Spital«, entschuldigte sie ihre Zerstreutheit.

Sie küssten sich lange. Nur widerwillig löste sie sich von ihm und verließ das Palais. Beim Gedanken an den unhöflichen Professor von Leube rumorte ihr Magen. Er würde auch an den Krocketnachmittagen teilnehmen. Da war es nur gut, dass sie ihn wenigstens dort nicht wiedersehen musste.

5

Mitte Januar 1896

Ellas Magenbrennen und die Krämpfe wurden nicht besser. Hoffentlich bleibt mir, dachte sie verkrampft, das Schicksal meiner Bettnachbarin erspart, die trotz der Bemühungen von Professor von Leube an einem Durchbruch des Magen-Darm-Kanals gestorben war.

Die neuerdings unter den Ärzten und Studenten herrschende Unruhe verstärkte die schlechte Stimmung im Krankensaal noch. Sie sprachen über eine epochale Entdeckung, und immer wieder war dabei auch von einem »Professor Röntgen vom Physikalischen Institut« die Rede. Wärterin Anna sprach von einer »Entdeckung der Zauberstrahlen«, mit denen man ungesehene Dinge sichtbar machen könne. Ella wiederum hätte am liebsten das Juliusspital unsichtbar gemacht.

Die Stunden und Tage zogen sich endlos dahin. Jeden Morgen eine Visite vor aller Augen, samt Entblößung bei der Untersuchung und dann die Körperreinigung am kupfernen Waschbecken hinter der Tür vor den Augen der anderen Patienten. Täglich fremde Hände an ihr. Der Spitalsgeistliche hielt sie dazu an, morgens und abends zu beten, aber Ella sprach ein halbes Dutzend Gebete jeden Tag.

Ihre Behandlung hatte mit der Ausspülung des Magens begonnen, wofür sie einen Schlauch hatte schlucken müssen. Eine unangenehme Prozedur war das gewesen, bei der Professor von Leube ihr im Mund herumgefingert hatte. Zwei Mal hatte er den Magenschlauch neu anlegen müssen, weil sie wegen seiner Finger gewürgt hatte. Nach der Ausspülung hatte sie Zuckersirup trinken und unterschiedliche Positionen im Bett einnehmen müssen, damit die Arzneiflüssigkeit auch mit jeder Stelle ihres Geschwürs in Berührung kam. Zum Essen war ihr die sogenannte Leube-Kur verordnet worden, die in den ersten Tagen lediglich aus flüssiger Nahrung bestand, vor allem aus Milch und Brühe. Nach und nach wurde diese etwas fester.

Drei Tage ließ sich Ellas Magenblutung mit der Eisblase auf dem Bauch nicht stillen. Erst am vierten Tag, an dem Anton sie endlich besuchen kam, begann die Blutung allmählich nachzulassen. Ella hätte es keine Stunde länger ohne ihn ausgehalten. Anton erschien während der normalen Besuchszeit. Als er in seinem zweireihigen Gehrock und mit dem Zylinder auf dem Kopf steifen Schrittes vor sie trat, hätte sie sich am liebsten an ihn gelehnt, damit er sie festhalten konnte. Aber ihr Ehemann zeigte nicht gerne Zärtlichkeiten und Zuneigung in der Öffentlichkeit.

»Das Wichtigste ist«, sagte er und schaute sich wie ein Inspektor im Krankensaal um, »dass du wieder gesund wirst. Der Professor meint, dass es mit deiner Heilung langsamer als bei anderen Patienten vorangeht. Und vielleicht sollte ich dir ein hübscheres Nachtkleid vorbeibringen lassen. Ich bin entsetzt, wie ...«

Ella zog ihre Decke bis an ihr Kinngrübchen hoch. »Das Spitalshemd ist Vorschrift. Die Patientenordnung verlangt es.«

Anton nahm seinen Zylinder ab und presste ihn wie einen Schutzschild vor die Brust. Er war noch nie zuvor in einem Spital gewesen, nicht einmal als Besucher. »Vorschrift?« Er schaute zur Patientenordnung, die neben der Tür angeschlagen war. »Dann muss es wohl so sein. Aber falls du wieder einmal krank wirst, bestehe ich darauf, dass unser Hausarzt dich behandelt.«

»Mutter behauptet, dass Professor von Leube der beste Magenarzt ist, den es gibt«, wagte sie einzuwerfen. Wenn jetzt auch noch Anton davon sprach, wie schrecklich es im Spital war ...

»Deine Mutter glorifiziert das Juliusspital«, war Anton überzeugt. Und das sagte er Ella nicht zum ersten Mal.

»Ganz sicher wird unser Hausarzt auch mit einem Magengeschwür fertig.«

Ella wollte unbedingt das Thema wechseln. »Weißt du etwas über die Zauberstrahlen von Professor Röntgen?«

»Liebes«, setzte Anton an und wollte gerade nach ihrer Hand greifen, wie er es zu Hause im Ehebett jeden Abend tat, als er sich gerade noch rechtzeitig an sein Gebot über Zärtlichkeiten in der Öffentlichkeit erinnerte, woraufhin er seine Hand wieder zurückzog. »Die Zauberstrahlen sind eine Sache für Professoren und nicht für Patienten.

Konzentriere du dich auf deine Heilung«, sagte er fast zärtlich. »Henrike und ich wollen dich so bald wie möglich wieder zu Hause haben.« Seine Züge wurden weicher, dennoch vermied er es, sich dem Krankenbett und Ella mehr als zwei Handbreit zu nähern. »Du warst immer kerngesund, du schaffst das.«

»Bestimmt«, entgegnete Ella in überzeugtem Tonfall, damit sich Anton nicht noch mehr Sorgen machte. »Bestimmt«, wiederholte sie.

»Dann kann ich ja beruhigt weiterarbeiten.« Anton arbeitete als Ingenieur bei den Königlich Bayerischen Staatseisenbahnen, die dem Königlichen Staatsministerium des Königlichen Hauses und des Äußeren unterstellt war. Damit war Anton dem Wittelsbacher Prinzregenten Luitpold als seinem obersten Dienstherrn unterstellt, den er sehr verehrte. Vor allem projektierte er Brücken, Stationsumbauten, Verladestellen und, wie er Ella nun stolz berichtete, ab nächster Woche auch einen Lokschuppen in Kitzingen, in dem die Dampflokomotiven angeheizt wurden. In seiner Begeisterung für seinen Beruf schien er sogar zu vergessen, wie unangenehm es im Spital war. Aber anstatt nach seinen Berichten vom Oberbahnamt sehnte sich Ella nur nach einer zärtlichen Berührung.

Anton zog seine silberne Taschenuhr aus der Westentasche und prüfte die Zeit. Ella erspähte den Stand der Zeiger. Noch zwanzig der dreißig Minuten, die nahen Verwandten zum Besuch zugestanden wurden, blieben ihnen.

*

Henrike griff noch schnell nach dem Buch, das sie auf der Sitzbank abgelegt hatte, und stieg aus der Kutsche. Die Pferde-Eisenbahn ratterte nur knapp auf der Juliuspromenade an ihr vorbei. Ihr sehnsüchtiger Blick folgte dem Gefährt, in dessen offenem Wagen sie nur allzu gerne einmal gesessen und ihr Gesicht in den winterlichen Fahrtwind gehalten hätte. Aber anstatt eine Abenteuerfahrt zu unternehmen, trat sie nun vor das Portal des grässlichen Juliusspitals. Nie wieder zurück!, hörte sie die Frau mit dem leblosen Blick sagen, die ihr auch über den Jahreswechsel hinaus nicht aus dem Kopf gegangen war. In der Silvesternacht hatte Henrike sogar geträumt, dass die Frau im Ankleideraum sie wie ein wildes Tier ansprang und wirres Zeug redete. Schweißgebadet war sie aufgewacht.

Auch heute musste Henrike sich dazu zwingen, in das Juliusspital hineinzugehen und nicht wieder umzukehren. Und am besten schaute sie dabei auch das Personal, das ihr auf dem Weg in den Krankensaal ihrer Mutter begegnete, nicht an, dann würde dieses sie ebenfalls nicht weiter beachten und damit auch nicht ihre ungewöhnlich gewölbte Mantille.

Henrike bekam vom Pförtner ein Besucher-Billett ausgestellt, und kurz darauf stand sie schwer atmend vor dem Bett ihrer Mutter.

»Was machst du hier?«, fragte Ella ungläubig.

Henrike setzte sich zu ihrer Mutter auf die Bettkante. »Ich weiß, dass ich nicht noch mal herkommen sollte, Mama«, sagte sie und nahm dabei den Bettgalgen ins Visier, »aber mit Goethe wird es dir bestimmt bald besser gehen. Gerade eben ist dieses Exemplar beim Buchhändler angekommen. Bitte sehr.«

Ella nahm das Buch entgegen. *Die Mitschuldigen* war ein kurzweiliges Lustspiel in einem Akt. Aber Henrike ließ ihr nicht die Zeit, um kurz darin zu blättern, sondern sprach aufgeregt weiter: »Und hier ist auch noch die *Wiener Tageszeitung* vom sechsten Januar für dich. Die musst du lesen! Hier in Würzburg wurden, ich zitiere«, Henrike hielt die Zeitung stolz und steif wie ihre Lehrerin vor das Gesicht, »›wurden epochale Ergebnisse auf medizinischem und physikalischem Gebiet erreicht‹. Und weißt du was? Der Kaiser soll Professor Röntgen sogar per Telegramm zu seiner Entdeckung gratuliert und ihn nach Berlin eingeladen haben.«

Anton nahm Henrike die Zeitung aus der Hand und faltete sie ordentlich zusammen. »Rike, das ist zu viel Aufregung für deine Mutter.«

»Aber Papa!«, fuhr Henrike ungeachtet seines Einwandes fort. »Stell dir nur vor, dass man mit den Zauberstrahlen sogar durch jedwede Wäsche hindurchschauen kann. Bis ins Innerste eines Menschen!«

Anton räusperte sich verlegen. »Sprich etwas leiser, Kind!«

Aber Henrikes Begeisterung war nicht so einfach beizukommen. »In den Kaffeehäusern und sogar im Kaufhaus Rosenthal sprechen die Menschen von nichts anderem mehr als von der Wunderkamera des Professor Röntgen, die uns alle durchsichtig macht bis in unsere Seele hinein. Ist das nicht aufregend?«

»Später.« Anton zog Henrike mit sanftem Griff vom Bett hoch. »Und bewahre bitte Haltung, Henrike Maria! Wir sind hier nicht im häuslichen Schlafzimmer.« Anton zupfte an seinem perfekt sitzenden Lieblingskrawattenschal herum, dessen Enden, wie es Mode war, im V-förmigen Ausschnitt seiner Weste verschwanden. Der Seidenschal war mit weißen und hellblauen Rauten gemustert und von einem gelben Rand eingefasst. Das war exakt das Muster des Wappens, das auf jedem Waggon und jeder Lokomotive der Königlich Bayerischen Staatseisenbahnen zu sehen war.

Bevor Henrike Haltung annahm, quittierte sie die Anweisung ihres Vaters mit einem stillen Seufzer. Manchmal war er ihr einfach zu steif. Ihre Gedanken kehrten wieder zu den Strahlen von Professor Röntgen zurück. Im Kaufhaus Rosenthal hatte sie gestern gehört, wie ein Kunde einem anderen erzählte, dass die X-Strahlen der Fotografie sehr ähnlich seien, weswegen man die neue Entdeckung auch »X-Strahlen-Fotografie« nenne. Auf der steinernen Mainbrücke hatten Studenten die Erfindung mit Gesang und Wein gefeiert und den Artikel der *Wiener Tageszeitung* laut vorgelesen. Henrike war selbst überrascht darüber, dass dieses Thema sie derart in seinen Bann schlug. Bisher hatte sie vor allem für Dichter geschwärmt.

»Danke für das Buch«, sagte Ella und lächelte dabei schwach.

Widerwillig schob Henrike die Gedanken an die Zauberstrahlen beiseite, sie war schließlich wegen ihrer Mutter hier. »Wenn ich mir vorstelle, wie du hier die ganze Zeit so einsam liegst, möchte ich dich am liebsten nach Hause entführen. Hoffentlich lenkt dich der Goethe etwas ab.«

»Es geht schon«, beschwichtigte Ella, aber ihre Augen sagten etwas anderes. »Das Brennen im Magen lässt schon nach.«

»Hat Professor von Leube denn schon gesagt, wann du nach Hause darfst, Liebes?«, fragte Anton.

»Bei seiner ersten Visite sprach er davon, dass die Heilung mehrere Wochen dauern wird ..., und die haben heute mit dem Rückgang der Blutung erst begonnen.«

»Für den Fall, dass es noch länger dauert, habe ich noch eine Überraschung für dich mitgebracht.« Henrike zog einen Strauß gelber, roter und weißer Rosen unter ihrer Mantille hervor und strahlte ihre Mutter an. »Ich möchte, dass du wenigstens etwas Buntes bei dir hast, etwas, das besser riecht als ...«, sie machte mit dem Kinn eine Bewegung in den Saal hinein und rümpfte dabei die Nase, »jedenfalls ... es sind importierte Rosen.«

Anton war mit leeren Händen gekommen, wie ihm erst jetzt bewusst wurde. Henrike sah es an seinem verlegenen Gesichtsausdruck. »Für die nächsten Tage muss ich nach Aschaffenburg reisen«, eröffnete er ihnen nun, vielleicht um von den Blumen abzulenken. »Zum alljährlichen Kongress der Eisenbahn-Ingenieure.«

Ella nickte verständnisvoll, Henrike sah ihrer Mutter auch die Enttäuschung ob dieser Nachricht an. Warum musste der Kongress auch ausgerechnet jetzt stattfinden, wo ihre Mutter ihren Vater am meisten brauchte?

»Ich besorge eine Vase für die Rosen, ja?« Bestimmt täte es ihrer Mutter gut, noch ein paar ungestörte Momente mit ihrem Vater zu haben, wenn er sie schon die nächsten Tage nicht besuchen konnte. Henrike schaute sich nach einer Wärterin um, konnte aber keine erblicken. Der Krankensaal war voller Besucher. »Ich schaue draußen nach einer Vase.«

»Komm bitte gleich wieder zurück!«, rief Ella ihr hinterher.

Henrike verließ den Krankensaal und ging den Flur hinab. Ein älteres Ehepaar kam ihr entgegen. Schließlich entdeckte sie eine Tür, auf der Wart-Personal geschrieben stand, und klopfte an. »Wärterin Anna?«

Als es still blieb, öffnete sie vorsichtig die Tür. Die Besuchszeit endete bald. Sie blickte in eine Kammer mit einem Tisch in der Mitte, neben dem ein paar gefüllte Wassereimer standen. Ein Stück weiter hinten sah Henrike ein Bett, in dem eine Frau ruhte. Sie trug das graue Kleid und die Schürze der Wärterinnen. Ob sie schlief? Auf Zehenspitzen näherte sie sich der Frau. Es war Wärterin Anna, die ihrem Äußeren nach die unauffälligste Person war, die Henrike jemals gesehen hatte. Anna war schmächtig und hager, ihre Haut so weiß wie eine gekalkte Wand. Sie lag mit dem Oberkörper auf der Liege, ihre Beine befanden sich jedoch außerhalb, als sei sie gerade weggetreten. Ob sie tatsächlich ohnmächtig war? So bleich hatte Ella auch ausgesehen, bevor sie ins Juliusspital gekommen war. Jedenfalls drohte sie, jeden Moment aus dem Bett zu fallen.

Bevor Henrike Hilfe holen ging, hob sie die Beine der Wärterin daher noch an und legte sie auf die Pritsche. Zum Glück atmete die Frau noch. Aber gesund ist sie bestimmt nicht, war Henrike überzeugt. Sie sprang zur Tür und rief in den Flur: »Professor von Leube?«

Ihre Rufe verhallten ungehört. Wie sehr wünschte sie sich jetzt doch ihre Großmutter herbei. Als Ella ohnmächtig geworden war, hatte Viviana sie mit kaltem Wasser besprenkelt, erinnerte Henrike sich. Sie zögerte keinen Moment, einen der mit Wasser gefüllten Eimer neben dem Tisch zu nehmen und diesen mit Schwung über der ohnmächtigen Wärterin auszugießen.

Die Wärterin schnappte nach Luft, und es dauerte nicht lange, da schlug sie die Augen auf. Desorientiert schaute sie sich um und Henrike an. Ihr graues Kleid war auf der Brust und den Schultern klitschnass, und die Haare klebten ihr zusammen mit der Wärterinnenhaube am Kopf.

»Es tut mir leid ...«, druckste Henrike herum und stellte den Eimer zurück neben den Tisch. Dann half sie der Wärterin dabei, sich aufzusetzen.

»Mir ist ein wenig schwindelig geworden«, murmelte die Wärterin und rieb sich die Stirn. »Haben Sie mich ...?«

»Ich wollte eigentlich nur nach einer Vase für den Rosenstrauß fragen«, entgegnete Henrike und sah zu, wie Anna wackelig wieder auf die Beine kam. Sie war entsetzt über deren ausgetretene Halbschuhe, es war eiskalter Winter draußen. Wenigstens Stiefeletten brauchte man bei solch frostigen Temperaturen. »Sie sehen sehr erschöpft aus. Soll ich Ihnen eine Kutsche rufen, die Sie nach Hause bringt?«

Wärterin Anna schnaubte abfällig. »Eine Kutsche?«

»Soll ich Professor von Leube suchen gehen?«, schlug Henrike als Nächstes vor.

»Es geht schon wieder«, sagte Anna beherrschter, dann schaute sie Henrike genauer an. »Sind Sie nicht die Tochter von Frau Hertz?«

Henrike löste das Band ihres Winterhuts und nahm ihn ab. »Ich bin Henrike Hertz. Angenehm.«

Wärterin Anna setzte sich eine frische Haube auf und band sie am Hinterkopf zusammen. »Ich bin Anna Gertlein, und Blumen sind im Spital nicht erlaubt«, entgegnete sie dabei.

Dass das Mitbringen von Blumen gegen die Krankenhausregeln verstieß, war Henrike schon beim ersten Besuch klar geworden. Dennoch hatte sie ihre Mutter unbedingt aufmuntern und dabei nicht nur auf Herrn Goethe vertrauen wollen. Ella war sehr geruchsempfindlich; Rosen konnten Wunder wirken.

»Können die Blumen wirklich der Genesung schaden?«, fragte sie und erinnerte sich gleichzeitig an die liebevolle Art, mit der Anna Gertlein die Patientinnen in Saal drei pflegte. Am Bett ihrer Schützlinge war ihr Tonfall stets weich, ja sogar liebevoll.

»Die Blumen könnten Bakterien enthalten, die schädlich sind«, beschied ihr Anna Gertlein in lehrerhaftem Ton. »Wie haben Sie die überhaupt am Pförtner vorbeibekommen?«

Henrike lächelte verwegen. »Ich habe sie unter meiner Mantille versteckt.«

Wärterin Anna straffte sich. »Danke, Fräulein Hertz, für Ihre Hilfe, aber jetzt gehen Sie besser.« Sie drehte Henrike den Rücken zu, holte ein frisches Kleid aus einer Kiste unter dem Bett und zog sich, ohne Rücksicht auf Henrikes Anwesenheit, um.

»Ich habe Ihnen gerne geholfen«, gestand Henrike. Die Wärterin, die Glückliche, muss kein Korsett tragen, stellte sie in Gedanken unter halb gesenkten Lidern fest. »Sie setzen sich so fürsorglich für die

Kranken ein, ohne jede Angst oder Ekel. Das bewundere ich«, gestand Henrike und senkte ihre Stimme für den nächsten Satz. »Denn wer arbeitet schon gerne in diesem Zuchthaus für Kranke.«

»Zuchthaus für Kranke?« Anna Gertlein wandte sich abrupt zu ihr um. »Was weiß denn schon so ein reiches Töchterle wie Sie übers Juliusspital?« Ihr Blick wanderte von Henrikes feinem Glockenrock über die Kostümjacke und die Mantille mit der Umrandung aus feinem Nutriafell. »Sie haben ja keine Ahnung.«

Henrike drückte ihren Hut an die Brust. »Es tut mir leid, wenn ich Sie beleidigt habe. Das war nicht meine Absicht.« Sie verstand zwar nicht, wie die Wärterin ihr das Lob als Beleidigung auslegen konnte, aber ein und dieselben Worte vermochten oftmals völlig unterschiedliche Reaktionen auszulösen. Was einer meinte, war nicht immer das, was der andere verstand. Auch davon lebte die Literatur, von sprachlichen Missverständnissen. Während Henrike noch nach entsprechenden Sprachbeispielen in den Texten ihres Lieblingsdichters suchte, öffnete Wärterin Anna schon die Tür. »Ich muss zu meinen kranken Patienten.«

»Und meine Rosen …?«, fragte Henrike noch, aber da ging die Wärterin auch schon an ihr vorbei und verließ den Raum.

Henrike ließ die Blumen in dem zweiten Wassereimer neben dem Tisch zurück. Wenn die Rosen Ella schon nicht erfreuen durften, dann wenigstens eine um die Gesundheit ihrer Mutter bemühte Wärterin. Auch wenn diese so launisch war wie Anna.

Als Henrike den Krankensaal wieder betrat, lag ihre Mutter mit abwesendem Blick im Bett, und ihr Vater befingerte seine silberne Taschenuhr. Er drehte und wendete sie und schaute ständig darauf. Das tut er immer, wenn er sich unwohl fühlt, wusste Henrike.

Da bat Wärterin Anna die Besucher auch schon, sich zu verabschieden, weil die Besuchszeit für nahe Verwandte vorbei war. Sie sprach nun wieder höflicher, so als habe sie einen Schalter in sich umgelegt.

»Die Rosen sind eine Gefahr für deine Gesundheit, ich will kein Risiko eingehen«, sagte Henrike ihrer Mutter noch und nahm sich vor, sie wieder zu besuchen, sobald ihr Vater in Aschaffenburg wäre.

Anton ließ die anderen Besucher vorangehen, dann folgte er ihnen mit der *Wiener Tageszeitung* vom 6. Januar 1896 unter dem Arm. Henrike drückte ihre Mutter noch einmal fest und spähte dabei auch noch einmal zu Wärterin Anna hinüber. Die hielt einer Patientin gerade die Hand und tröstete sie. Ihre kühle Art war wie weggeblasen. Sie sprach mit weicher Stimme und lächelte aufmunternd. Für Henrike hatte sie keinen Blick mehr übrig.

Es ist dennoch ein schönes Gefühl, eine Retterin zu sein, dachte Henrike, egal, wie kühl Anna Gertlein darauf reagiert hat, und egal, dass es im grässlichen Juliusspital passiert ist. Und dass Henrike kein oberflächliches »Töchterle« aus reichem Hause war, würde sie der Wärterin schon noch beweisen. Falsche Anschuldigungen konnte sie einfach nicht auf sich sitzen lassen!

*

Für die Zeit, in der ihr Vater den Kongress der Eisenbahn-Ingenieure in Aschaffenburg besuchte, wohnte Henrike bei ihren Großeltern im Palais. Auch im Palais war die Würzburger Entdeckung Tagesgespräch. Beinahe stündlich machten neue Zeitungsartikel die Runde, die es aufgrund der X-Strahlen-Fotografie für bewiesen ansahen, dass der menschliche Leib nur ein Gewand darstelle, das im Tod von der Seele entkleidet würde. Herr Stellinger, Isabellas Vater, hatte jüngst sogar einen pompösen Champagner-Empfang gegeben, um die X-Strahlen zu demonstrieren.

Isabella war an Henrikes erstem Abend im Palais zu Gast gewesen und bis zur Lesestunde geblieben, ein lieb gewordenes Ritual der Winkelmann-Frauen. Dazu legten sie sich nebeneinander ins Bett und lasen einander vor. Abwechselnd wählten sie die Bücher aus, zuletzt hatte Henrike Goethes *Faust* auswendig zitiert.

Trotz Isabellas Anwesenheit und der schönen Literatur war Henrike an jenem Leseabend jedoch abgelenkt gewesen. Sie musste immer wieder an die Begegnung mit Anna Gertlein im Spital denken, zudem waren im Palais bis spät in die Nacht hinein Lobgesänge auf der steinernen Mainbrücke zu hören gewesen. Professor Röntgen wurde als Wohltäter der Menschheit gefeiert.

Schließlich fasste Henrike einen Entschluss. Sie wollte die Wärterin noch einmal ansprechen und eine wichtige Sache richtigstellen. Und so kehrte sie keine zwei Tage nach der Abreise ihres Vaters zum Kongress wieder ins Spital zurück. Zuerst besuchte sie ihre Mutter, der sie schwören musste, dass dieser Besuch ihr letzter sein würde. Danach gelang es Henrike, Anna Gertlein auf dem Flur abzufangen. Sie zogen sich in die Kammer für das Wartpersonal zurück.

»Um auf unsere letzte Begegnung zurückzukommen. Auf welcher Grundlage glauben Sie denn, über mich Bescheid zu wissen?«, fragte Henrike die Frau mit der Schürze und Haube in herausforderndem Ton. Denn auch wenn Anna Gertlein sie lediglich als »reiches Töchterle« bezeichnet hatte, war in ihren Worten doch mitgeschwungen, dass sie Henrike als eine lebensfremde, verwöhnte Göre betrachtete. Als ein verhätscheltes »Töchterle« eben.

»Sie meinen damit meine Bemerkung über so reiche Töchterle wie Sie?«, fragte Anna Gertlein. Ihr Blick verdunkelte sich. »Das lässt sich nicht so einfach erklären.«

Henrike fand, dass die Wärterin unverändert abgekämpft und ausgemergelt aussah. »Alles lässt sich in Worte fassen!«, protestierte sie und dachte dabei an Goethe, Kleist und Lessing, die dies meisterlich verstanden. Leidenschaft, Lug und Trug, Hass und Liebe. Verständigung. Und vor allem Missverständnisse.

»In Ihrer Welt vielleicht, aber nicht in meiner!« Wieder klang die Wärterin so kühl wie bei ihrem ersten Gespräch.

»Wir alle leben in derselben Welt«, widersprach Henrike.

Heftig schüttelte Anna Gertlein den Kopf. »Und warum wohnen die Menschen in Würzburg dann nach Reichtum getrennt voneinander? Allein Würzburg besteht schon aus vielen Welten. Wie viele gibt es dann erst in Bayern, in Europa … auf dem gesamten Kontinent?«

Henrike wusste so schnell keine Antwort darauf, denn über so etwas sprach man in der Töchterschule nicht. Genauso wenig wie über die neuen X-Strahlen, die zum großen Bereich der wissenschaftlichen Themen gehörten, für die sich Frauen nicht zu interessieren hatten.

»Wenn es angeblich nur eine einzige Welt geben soll, sagen Sie mir doch, ob Sie schon jemals im Grombühl waren«, verlangte die Wärterin zu wissen.

»Dort hinzugehen, erlaubt mir mein Vater nicht«, gestand Henrike kleinlaut, die sich sicher war, dass die Wärterin mit dem »Grombühl« die Stadtgegend meinte, die in ihren Kreisen »Grombühler Viertel« genannt wurde – niemals nur »Grombühl«.

»Sehen Sie, genau das meine ich!« Anna Gertlein drehte ihr nun den Rücken zu und begann, die Wäsche zu falten. »Töchterle wie Sie wissen einfach nicht Bescheid, wie es in der Welt draußen zugeht«, murmelte sie.

»Aber meine Großmutter ist oft im Grombühler Viertel«, fiel Henrike als Rettungsversuch ein. »Sie ist Ärztin und versorgt dort zusammen mit meinem Großvater kranke Menschen.« Doch fragte sie sich insgeheim nun zum ersten Mal, warum sie Viviana noch nie dorthin begleitet hatte. Vielleicht weil ihre Eltern es stets vermieden, über Großmutters Tätigkeit zu reden, und sofort das Gesprächsthema wechselten, sobald jemand über Medizin sprach.

»Ihre Großmutter ist Viviana Winkelmann?« Anna Gertlein legte das Betttuch, das sie erst zur Hälfte gefaltet hatte, weg. »Dieselbe Viviana Winkelmann, die auf den Feiern während der Maskenbälle den Spitalsprofessoren die Leviten gelesen hat, damit auch Frauen Ärztinnen werden dürfen?«

Jetzt war Henrike diejenige, die verblüfft war. »Das hat meine Großmutter getan?« Sie wusste natürlich, dass Viviana heimlich als Ärztin arbeitete und in ihrer Sonntagsschule Frauen unterrichtete. Aber dass sie sich mit Professoren angelegt hatte? Auch mit so einschüchternden wie Professor von Leube? Vermutlich war das ja sogar der Grund dafür gewesen, dass ihre Urgroßmutter nie stolz auf Viviana gewesen war. Elisabeth Winkelmann hätte es niemals gewagt, sich mit den Großen der Stadt anzulegen.

Henrike erinnerte sich an das letzte Gespräch mit ihrer Urgroßmutter am Tage ihres Todes, an dem sie über aussichtsreiche Hochzeitskandidaten für Henrike gesprochen hatten. Nein, eigentlich hatte einzig und allein ihre Urgroßmutter darüber gesprochen, während Henrike nur mit halbem Ohr hingehört hatte. Schließlich waren sie unzufrieden auseinandergegangen, man könnte sogar sagen im Streit. Henrike war überzeugt, ihre Emotionalität von ihrer Urgroßmutter geerbt zu haben. Nun fühlte sie sich schrecklich schlecht, keine Gelegenheit mehr zur Versöhnung zu haben. Aber selbst jetzt, wenn sie nur daran dachte, bald die Ehefrau eines steifen Herrn werden zu müssen, drohte Wut in ihr aufzusteigen. Viel lieber wollte sie mit ihrer Freundin Isabella frei sein, durch Würzburg spazieren und niemals auf die Leseabende im Palais verzichten. Sie kannte keinen einzigen jungen Herrn, der auch nur im Ansatz ihr Herz berührte. Männer waren unsensibel, die wenigsten in schöner Literatur bewandert, die sie so liebte, und außerdem schrecklich ernst. Kein einziger junger Mann, den sie kannte, konnte einen guten Witz erzählen. Nicht einer brachte sie zum Lachen. Mit Isabella konnte sie dagegen so sehr lachen, dass sie sogar Seitenstechen davon bekam. Ein paar mehr von diesen Lachanfällen hätten Urgroßmutter Elisabeth vielleicht auch geholfen, dachte Henrike nun wieder traurig.

»Das mit Viviana Winkelmann weiß ich aus dem Grombühl«, sagte Anna Gertlein schon etwas versöhnlicher. »Eine Nachbarin von mir verfolgte ihr Schauspiel damals von einem Fenster des Pfründnerbaus aus, als sie noch als Wärterin dort arbeitete.«

Henrikes Traurigkeit verging schnell wieder. »Das ist unglaublich!«

»Ihre Großmutter ist die Ausnahme, die die Regel bestätigt. Sie ist anders, keine arrogante, reiche ...« Anna Gertlein wandte sich wieder ihrer Wäsche zu. Kaum hörbar sagte sie: »Ihre Großmutter würde verstehen, was ich mit unterschiedlichen Welten meine.«

Henrike trat um den Tisch herum. »Es mag in Würzburg unterschiedliche Viertel geben, aber für mich sind alle Menschen gleich! Ich würde jedem, den ich wie Sie neulich bewusstlos vorfinde, helfen.« Gleichzeitig fragte sie sich, was man ihr sonst noch über die Vergangenheit ihrer Großmutter verschwiegen hatte, und warum? Unwillkürlich musste sie an die Wunderkamera von Professor Röntgen denken, die Ungesehenes sichtbar machen konnte. Ob das auch bei

Gedanken und Erinnerungen möglich wäre, wenn man die Strahlen auf das Gehirn richtete?

Anna Gertlein legte einen Kissenbezug zusammen, dann schaute sie auf. Ihre mausgrauen Augen blitzten auf. »Sind Sie wirklich so mutig, wie Sie tun?«

Henrike nickte sofort. Eigentlich noch mutiger! Ihr Vater würde sie sogar als übermütig bezeichnen.

Zu ihrer Verwunderung griff Wärterin Anna daraufhin nach einer Schürze und hielt sie Henrike hin. Es war eine Spitalschürze, wie sie auch Anna über ihrem grauen Kleid trug. Sie baumelte vor Henrikes Gesicht hin und her. »Beweisen Sie es!«

Henrike schluckte, ein ungutes Gefühl breitete sich in ihr aus. »Mit einer Schürze?«

»Im Juliusspital kann man gerade jede helfende Hand gebrauchen. Die Innere Abteilung quillt geradezu über von Patienten mit Geschwüren und Magenverrenkungen«, hörte sie Anna Gertlein hinter der Schürze sagen. »Und ausgerechnet jetzt sind viele Wärterinnen krank.«

Was Henrike erneut vor Augen führte, dass man in Krankenhäusern schneller krank wurde als draußen. Es gehört schon viel dazu, wenn einer ins Juliusspital will, pflegten die Würzburger seit jeher zu sagen. Henrike fixierte die Schürze, die noch immer unheilvoll vor ihrem Gesicht hin und her schwang.

»In der Abteilung vom lustigen Professor ist Personal besonders knapp«, erklärte die Wärterin, und Henrike wusste nicht, ob es Schadenfreude oder Genugtuung war, die in Annas Stimme mitschwang.

Mit der flachen Hand schob Henrike die Schürze beiseite, um der Wärterin in die Augen schauen zu können. »Bedauerlicherweise würden meine Eltern das niemals erlauben«, sagte sie und war insgeheim froh, ihre Eltern als Alibi verwenden zu können. Sie senkte den Blick auf die ausgetretenen Halbschuhe der Wärterin.

Anna Gertlein ließ die Schürze nun sinken. »Sehen Sie, es gibt also doch unterschiedliche Welten, die nichts miteinander zu tun haben!« Wieder blitzten ihre mausgrauen Augen auf. »Ich habe gewusst, dass Sie sich zu fein für diese Arbeit sind!«

Henrike schaute wieder auf. Das Juliusspital war ein unsäglicher Ort, ihre Mutter litt hier wie ein Tier, und ihr Vater war froh, wenn er bei seinen Besuchen nicht lange bleiben musste. Henrike selbst hielt den seltsam sauren Geruch manchmal nur mit Mundatmung aus. Aber niemals würde sie sich zu fein sein fürs Anpacken und Trösten von Patienten! Mensch sei Mensch, schrieb Schiller. Und dann war da noch der Verdacht, dass man ihr einiges vorenthielt, was ihre Großmutter betraf und was mit dem Juliusspital aufs Engste verknüpft zu sein schien. Sie richtete ihren Blick fest auf die Wärterin, als sie sagte: »Ich mache es doch.« Nur um Ihnen zu beweisen, dass ich mir für diese Arbeit nicht zu fein bin!, hätte sie am liebsten noch hinzugefügt, aber das musste die Wärterin ja nicht wissen.

Anna Gertlein benötigte einen Moment, um sich wieder zu fangen. »Dann ziehen Sie sich das Wärterinnenkleid an und setzen die Haube auf. Ich warte vor der Tür auf Sie«, sagte sie, als sie ihre Stimme wiedergefunden hatte, und zeigte dabei auf ein Regal. »Ich kann Sie rüberbringen. Und vergessen Sie nicht, Ihre feine Kleidung mitzunehmen.« Anna Gertlein löste ein Band aus ihrem Haarknoten und reichte es Henrike. »Und binden Sie sich Ihr gesamtes Haar ganz eng am Hinterkopf zusammen.« Nach dieser Anweisung verließ sie den Raum.

Henrike hatte sich das Haar noch nie selbst gebunden. Immerhin bekam sie einen eierförmigen Knoten hin. Sie zog ihr Jäckchen, ihren Rock und die vornehmen Wintersachen aus, nur das Korsett behielt sie an. Ein letzter sehnsüchtiger Blick galt ihrer reinweißen Seidenbluse. Das graue Wärterinnenkleid war zum Reinschlüpfen und Knöpfen an der Seite, darüber kam die Schürze, deren Bänder sie zu einer kunstvollen Schleife auf dem Rücken band. Die Verwandlung fühlte sich unwirklich an. Zur Sicherheit steckte sie sich noch ihre Ziegenlederhandschuhe ein. Wer wusste schon, was sie alles anfassen musste. Dann trat sie aus der Kammer des Wartpersonals in den Flur und folgte der ihr vorauseilenden Anna Gertlein.

Als sie auf der Höhe von Krankensaal drei waren, schaute Henrike demonstrativ weg. Sehr wahrscheinlich würde sie ihrer Mutter in den nächsten Stunden mit ihrem Tun keine Freude bereiten – sollte diese jemals davon erfahren. Aber warum verschwieg man ihr Großmutters Vergangenheit? Warum war die Medizin nie ein Thema zu Hause, wo doch Viviana Winkelmann-Staupitz anscheinend stadtbekannt war? Sogar eine einfache Wärterin kannte sie und sprach mit Achtung von ihr. Als wüsste jeder Fremde mehr als Henrike.

»Unser Ziel ist die Irr...«, Anna Gertlein korrigierte sich rasch, »... die Krankenabteilung am anderen Ende des Gebäudes.« Strammen Schrittes ging sie voran. Ihre kaputten Schuhsohlen schlappten bei jedem Schritt. Henrike schloss zu ihr auf. Krankensaal folgte auf Krankensaal, sie überholten Patienten mit dunkelroten Pusteln, so groß wie Haselnüsse.

Henrike machte ein Kreuzzeichen und sprach leise vor sich hin: »Heilige Mutter, bitte verhindere, dass ich zu den Pockenkranken komme. Und schütze mich vor der Tuberkulose.« Den weiteren Weg über hielt sie ihren Blick fest auf den Boden gerichtet.

Wärterin Anna erklärte ihr: »Der größte Teil unserer Patienten sind sogenannte arbeitende Arme, danach kommen die Pfründner vom Spital und Menschen, die fern ihrer Familie leben und hier niemanden haben, der sie pflegen kann. Also Studenten, Kleriker, Schüler aus den Internaten, Dienstboten oder Handwerksgesellen.«

Der Flur des Spitals war unendlich lang, das Gebäude kam Henrike beim Durchschreiten viel größer vor als bei ihren letzten Besuchen. Hier und da blätterte Farbe von den Wänden. Henrike ging die Krankheiten durch, die sie aus der Zeitung, aus der Literatur oder aus Gesprächen kannte. Ihr fielen Augenkrankheiten ein, Brüche und natürlich Seuchen wie Diphterie und Cholera. Dumas' Kameliendame war tuberkulös gewesen. Wie weit entfernt von mir wohl die Tuberkulosekranken liegen? Das Juliusspital ist das größte Kranken-Zuchthaus der Stadt, es fehlen eigentlich nur noch Gitter vor den Fenstern, ging es Henrike durch den Kopf.

»Die häufigsten Krankheiten im Spital sind die Krätze bei Handwerkern, Tuberkulose bei Studenten und Fieberkrankheiten wie Scharlach, Pocken und Angina.« Anna Gertlein zählte alles schonungslos auf, ohne Rücksicht auf Henrikes Befindlichkeit zu nehmen, die ein zartes Gemüt hatte und an Elend nicht gewöhnt war. »Dann Menstruationskrankheiten und Hysterie bei weiblichen Dienstboten. Und nicht zu vergessen die Syphilis, die sehr oft Gesellen befällt.«

Henrike hörte Jammern und Stöhnen aus den Krankensälen, als wollten die Patienten Anna Gertleins Aufzählung der Krankheiten akustisch untermalen. In jedem Flurabschnitt roch es ähnlich: nach säuerlichen Ausdünstungen, nach Essig und Angstschweiß. Erst im hinteren Teil des Flures veränderte sich der Geruch.

»Wir sind da!« Wärterin Anna zeigte auf die Tür am Kopfende des Flures. Darauf stand geschrieben: Abteilung für weibliche Geisteskranke.

»Zu den Irren soll ich?« Henrike machte auf dem Absatz kehrt. Alles, was sie über Irre wusste, war, dass sie weggeschlossen gehörten. Und dass sie sich offensichtlich in Kaufhäuser verirrten und nie mehr ins Juliusspital zurückwollten. Und einen schaurig totenähnlichen Blick besaßen.

Doch Anna Gertlein verstellte Henrike den Weg. »Also doch zu fein, das Fräulein?«

Henrike hätte am liebsten genickt, doch sie antwortete mit einem »Niemals«, trat dann zurück vor die Tür am Ende des Ganges und klopfte. Ihr Herz schien ihr vor Aufregung aus der Brust springen zu wollen. In ihren Schläfen hämmerte es, und sie spürte, wie ihre Hände feucht wurden.

Auf der anderen Seite der Tür hörte sie ein rhythmisches, metallisches Klirren, das immer lauter wurde, als würde sich jemand mit einem Schlüsselbund der Tür nähern. Und so war es auch.

Henrike fuhr bei jeder Umdrehung des Schlüssels im Schloss zusammen. Irre stellten eine Gefahr für die Gesellschaft dar!

Es dauerte eine Weile, bis die Tür aufgeschoben wurde. Vor Henrike baute sich eine Frau so groß und muskulös wie ein Holzfäller auf. Sie trug ihr Haar kurz geschoren. Ihre gesamte Erscheinung war das genaue Gegenteil der irren Frau im Ankleideraum des Kaufhauses Rosenthal, denn sie strotzte nur so vor Kraft, und ihre Vorderzähne waren bräunlich verfärbt. Bestimmt hätte sie auch nicht hinter die hübsche Chaiselongue gepasst.

Die Frau stemmte ihre Arme in die Hüften. »Was is?«, verlangte sie in einem Ton zu wissen, der Henrike klarmachte, dass keine Antwort die richtige wäre. Vorsichtig spähte sie in den Flur der Irrenabteilung. Hinter der Irren im Körper eines Mannes lief eine Frau auf und ab und sprach dabei mit sich selbst. Stolz und erhaben schritt sie daher, als trüge sie Purpur und Spitze. Dabei war sie lediglich in ungebleichtes Leinen gekleidet, was Henrike nur allzu bekannt vorkam.

»Bist die Neue?«, fragte die kräftige Frau, auf deren Oberlippe Henrike bei genauerem Hinsehen doch tatsächlich Barthaare entdeckte.

Sie nickte ungläubig und wurde von Anna Gertlein mit den Worten: »Sie hilft nur für ein paar Stunden, Wärterin Ruth!«, in die Abteilung geschoben.

Die kräftige Frau hieß also Ruth und sollte die Irrenwärterin sein? Allein das war schon verrückt! Erst jetzt fiel Henrike auf, dass auch Ruth ein Wärterinnenkleid trug, aber ohne Haube und Schürze. Und dass sie im Gegensatz zu Anna Gertlein darin wie verkleidet wirkte. Der Stoff spannte sich über ihren Oberarmen und über ihrer Hüfte wie ein breites Gummiband.

Henrike spürte, wie ihr der Angstschweiß in jede Pore schoss. Dennoch bekam sie heraus: »Bis halb acht bin ich hier. Und nur für heute.« Sie hätte besser auf ihre Mutter hören und nach dem ersten Besuch nie wieder ins Juliusspital kommen sollen! Dann würde sie jetzt ein paar Zeitungsartikel über die X-Strahlen lesen oder Isabella über den Experimentierabend ihres Vaters ausfragen und anschließend über den Sohn des Champagnerfabrikaten Siligmüller kichern, der Isabella so gut gefiel.

Ein letztes Mal drehte sie sich zu Anna Gertlein um, die ein spöttisches Lächeln nicht verbergen konnte. Dann zog Wärterin Ruth sie in den Flur der Irrenabteilung. Die schwere Tür schlug krachend hinter ihnen ins Schloss und wurde fest verschlossen.

Henrike hatte ein ungutes Gefühl im Magen. Sie hatte nicht nur Angst vor dem Irrenhaus, sondern auch vor den Kranken und der grobschlächtigen Wärterin. Irre waren unberechenbar. Das wusste jeder. Erneut spähte sie den breiten Flur hinab, von dem zu beiden Seiten mehrere Türen abgingen. Stimmengewirr drang zu ihr. Henrike hatte sich bisher für furchtlos gehalten, doch seit ein paar Minuten wusste sie es besser.

Hinter der ersten Tür zu ihrer Linken rumste es. Schnell bewegte Henrike sich auf das Ende des Flures zu. Dort blieb ihr Blick an einer seltsamen Maschine hängen. An einer senkrechten Eisenstange, die mittels eines ihr unbekannten Mechanismus und einer Rolle an der Decke befestigt war und bis zum Boden reichte, war ein Sitz befestigt. Im oberen Teil der Stange hing zudem noch eine Kurbel, die wohl von der Seite aus bedient wurde.»Ein seltsamer Schaukelstuhl«, murmelte Henrike und näherte sich dem Gerät, angetrieben von einer gruseligen Faszination.

Wärterin Ruth kam ihr nach und sagte mit ihrer rauen Männerstimme: »Des is a Drehmaschin.«

Henrike hatte noch nie von einer solchen Maschine gehört, obwohl sie die Tochter eines Ingenieurs war.

Wärterin Ruth klärte sie daraufhin in breitem Fränkisch, wie Henrike es nur von den Dienstboten her kannte, auf: »Auf derer Stuhl kame früher tobende Irre, um sie um die eigene Achse zu drehn. Der Stuhl macht vierzig Umschwingungen pro Minut, wenn man gut kurbelt.« Dann sagte sie ganz nah an Henrikes Ohr: »Anfangs verändern sich nur die Gesichtszüg von die Irre, sie werde blass und pisset sich ein, bevor se ohnmächtig werde.« Henrike konnte Ruths fauligen Atem riechen. Es war eine so schreckliche Vorstellung, jemanden bis zur Bewusstlosigkeit zu drehen, dass ihr davon übel wurde. Zum Glück hatte die Wärterin von »früher« gesprochen, was die Benutzung der Maschine betraf.

»Danach kotzet sie, ihr Kopf sackt auf die Schulter, und bald is ihr ganzer irrer Körper kraftlos.« Wärterin Ruth lachte, als bereitete ihr diese Vorstellung Vergnügen. »Spätestens nach fünf Minute kotzet se den gesamte Mageninhalt raus.«

Henrike wandte sich ab, um sich nicht ebenfalls übergeben zu müssen. »Ich will das nicht wissen.«

»Mit dere Drehmaschin wurde störrische Irre zur Ruh gebracht. Reservewärterinnen, die faul sind, die komme da noch heut drauf!« Das Lachen von Wärterin Ruth konnte Bäume fällen.

Henrike glaubte, es hier keine Minute länger auszuhalten! Sie wollte auf die Abteilungstür zulaufen, aber die Wärterin packte sie wie eine ihr untergebene Gefangene. »Beruhich dich jetzt endlich a mal! Mir habe kei Zeit für Kindereie«, verlangte sie nun wieder todernst. »Bist wohl ne ganz Weiche. Dabei sind hier nur die unkomplizierte Fälle. Die wirklich harten sind in derer Klinik am Schalksberg.«

In diesem Moment kam die Frau mit dem vornehmen Gang, die Henrike schon zuvor aufgefallen war, auf sie zu. Endlich ließ die Wärterin Henrikes Arm los.

»Armes, verängstigtes Kindchen«, sagte die vornehme Frau im ungebleichten Irrenkittel zu ihr, »lassen Sie sich eins von mir sagen. Sie dürfen sich nie von der ungehobelten Ruth einschüchtern lassen.«

»Nicht einschüchtern lassen«, wiederholte Henrike verwirrt und drückte sich ihre vornehme Wechselkleidung fest an die Brust.

»Darf ich mich Ihnen vorstellen? Ich bin Gräfin Sinaretta von Weikersheim.« Sie neigte den Kopf mit mehr Grazie, als Henrike es jemals gekonnt hätte. »Mein Urgroßvater war der …«

»Des is ja wohl die Höh, Sina!«, schimpfte Wärterin Ruth. »Du hast mei Reservewärterin gar nichts zu sage. Verschwind in dei Bett, sonst gibt's Eiswasser!«

Die mit Sina Angesprochene flüsterte Henrike ins Ohr: »Nur nicht einschüchtern lassen«, dann reckte sie erneut das Kinn und schritt hoheitsvoll von dannen.

Nun trat Wärterin Ruth in ihrer ganzen muskulösen Breite mit dem viel zu engen Wärterinnenkleid wieder an Henrikes Seite, deren Gedanken an dem furchtbaren Wort »Eiswasser« hängen geblieben waren. Sie ließ sich in den Vorratsraum schieben, der rechts neben der Drehmaschine lag. Dort sollte sie ihre private Kleidung in ein Fach legen und bekam den ersten Auftrag. »Du beginnst dei Arbeit bei de Unreinliche«, befahl ihr die Wärterin.

Henrike verstand nicht. »Was hat Unreinlichkeit mit der Krankheit des Geistes zu tun?« Noch immer versuchte sie, in ihre Gedanken versunken, herauszubekommen, was es mit dem Eiswasser auf sich hatte.

»Die Unreinliche sind schwachsinnig. Sie vergesse alles, habe kei Orientierung und scheitern an allem!« Ruth drückte Henrike Schrubber und Scheuerlappen in die Hände. »Wasser gibt's aufm Klo nebean, und die dreckige Wäsch kommt dort nei.« Sie zeigte auf eine Kiste an der Wand, aus der es übel roch. »In Saal der Unreinliche geht's die dritte Tür links nei, und jetzt fang endlich a mal an!« Nach einem genervten Seufzer ließ sie Henrike in der Vorratskammer zurück.

Henrike hatte sich ihre Tätigkeit als Wärterin ganz anders vorgestellt, vorwiegend unter dem Aspekt der Nächstenliebe. Mit liebevollen Gesten wollte sie den Kranken helfen oder ihnen zum Beispiel zur Beruhigung schöne Literatur vorlesen. Mit Besen, Schrubber und Scheuerlappen zwang sie sich vor den Saal der Unreinlichen. Noch einmal wanderte ihr Blick dabei zur Drehmaschine am Ende des Flures, dann stieß sie die Tür mit spitzen Fingern auf. Dass die Unreinlichen nicht eingeschlossen waren, konnte ein gutes Zeichen sein.

Henrike betrat zum ersten Mal in ihrem Leben einen Irren-Saal. Darin befanden sich sechs Betten und ein langer Holztisch, auf dem Wärterinnenkleider und -schürzen wild durcheinanderlagen. Es war ein bedeckter Wintertag, nur wenig Licht fiel durch die vergitterten Fensterstäbe in den Raum. Henrike roch das Öl in der Hängelampe und Urin. Erst ihr zweiter Blick galt den kranken Frauen. Eine wiegte sich in einem Schaukelstuhl, zwei andere lagen apathisch in ihren Betten, und zwei weitere saßen am Tisch. Alle trugen die ungebleichten Spitalkittel, die am Rücken zusammengeschnürt wurden.

Stroh knisterte, als die Frau im Bett links unter dem Fenster sich zu Henrike umdrehte. Ihre Züge wirkten so starr, als wären sie in Stein gehauen. Einst muss sie eine schöne Frau gewesen sein, vermutete Henrike, mit großen Augen, einer geraden Nase und hohen Wangenknochen. Doch jetzt war ihr Körper ausgezehrt und ihr Gesicht verhärmt. Henrike stellte das Putzzeug ab und zog sich ihre Ziegenlederhandschuhe an. Sie spürte, dass sie feindselig beäugt wurde.

»Wer bist du?«, schimpfte eine der beiden Frauen am Tisch, die Henrike auf fünfzig Jahre schätzte. Das graue, verfilzte Haar stand ihr vom Kopf ab.

»Ich bin Henrike Hertz«, entgegnete sie nach einigem Zögern, weil sie nicht wusste, wie man am besten mit Unreinlichen redete und ob sie einen überhaupt verstanden.

»Bist hier, um uns zu beklauen?«, wetterte die Frau mit dem verfilzten Haar.

»Nein. Das würde ich niemals tun!« In ihrem ganzen Leben hatte Henrike noch niemanden bestohlen. Höchstens hatte sie der Köchin einmal etwas Dörrobst stibitzt. Das war aber auch schon alles.

»Sie klaut ganz sicher, ich sehe es ihr an!«, kam es von der anderen Seite des Saales. »Rothaarige klauen immer!«

Henrike schaute sofort dorthin. »Das ist nicht wahr!«

»Sag uns wenigstens deinen Namen, wenn du uns schon beklaust!«, sagte jemand hinter ihr. Auch dorthin wandte sich Henrike sogleich.

»Ich bin Henrike Hertz«, wiederholte sie. »Und ich stehle nicht.« Zum Beweis zog sie die Taschen ihres Wärterinnenkleides nach außen. »Ich bin hier, um sauber zu machen.« Die Frau mit dem verfilzten Haar raffte ein paar Gegenstände zusammen. »Mich beklaust du nicht noch mal.«

»Noch mal?« Henrike war verwirrt. »Sie müssen mich mit jemandem verwechseln. Ich bin heute das erste Mal hier.«

Die Frau im Schaukelstuhl erhob sich und setzte sich an den Tisch. Sie begann, die Schürzen zu falten, wobei sie stammelte: »Eine gute Wärterin hat nicht geschwätzig zu sein und nicht neugierig. Ein Mangel an Verschwiegenheit bringt Probleme für Wärterin und Kranke.« Nach einer kurzen Pause fuhr sie fort: »Eine gute Wärterin ist sparsam für sich und das Haus, wo immer es ihr möglich ist.«

»Sind Sie auch eine Wärterin?«, fragte Henrike vorsichtig und aus sicherer Entfernung.

»Oberwärterin der Chirurgischen Klinik«, bestätigte die Frau und faltete eine weitere Schürze sorgsam zusammen.

»Aber wieso sind Sie dann hier in der Irrenabteilung?«

»Wo soll ich sein?«, fragte die Frau zurück, wandte sich aber bereits dem nächsten Wäschestück zu.

Henrike schluckte. »In der ...«, sie brach ab und betrachtete die Frau am Tisch genauer. Dabei bemerkte sie, dass die Oberwärterin jedes Mal lächelte, wenn es ihr gelang, eine Schürze perfekt zusammenzufalten. »Eine gute Wärterin hat behutsam mit Feuer und Licht umzugehen.«

Henrike konnte sich kaum vorstellen, dass die Frau am Tisch einst andere Wärterinnen angeleitet hatte. »Es tut mir leid«, murmelte sie und begann, etwas verlegen unter den Betten und auf dem Fußboden um den Tisch herum nach Dreck zu schauen.

»Seht ihr, jetzt sucht sie unseren Schmuck!«, sagte die Frau mit dem verfilzten Haar.

»Lügnerin, Lügnerin«, keifte nun die Frau, die ihrem Äußeren nach die Älteste im Saal sein musste. »Die Rote lügt ganz sicher.«

Henrike kehrte erst um den Tisch herum, dann zog sie ein Bündel Unterhosen darunter hervor. »Hau ab hier!«, erboste sich die Frau mit den Filzhaaren, stand vom Stuhl auf und trat vor Henrike, um ihr das Bündel Unterwäsche wieder zu entreißen. Sie war zierlich und welk, besaß aber trotzdem Kraft. »Kommt hier rein, sagt uns nicht mal ihren Namen und beklaut uns auch noch!« Gerade holte sie mit der Hand aus, um Henrike eine Ohrfeige zu verpassen, als die Tür aufging.

Die Frauen um Henrike verstummten augenblicklich. Wärterin Ruth stapfte in den Saal, woraufhin die kranken Frauen innehielten. »Kommst voran, Mädle?«, wollte sie von Henrike wissen, die Arme in die Hüften gestemmt.

Henrike wusste nicht, warum sie das tat, aber sie nickte.

»Eine gute Wärterin hat das Vertrauen der Kranken zu den Ärzten auf jede mögliche Art zu vermehren«, kam es vom Tisch. Alle Schürzen lagen nun wieder kreuz und quer sowie verknittert da.

Wärterin Ruth nahm Henrike die schmutzige Unterwäsche aus den Händen und trat damit vor die einst schöne Frau im Bett. »Hast se wieder versteckt, gib's zu!«, verlangte sie, aber die kranke Frau gab gar nichts zu.

Daraufhin schmiss die Wärterin die dreckige Wäsche auf den Boden und wandte sich wieder zu Henrike, allerdings ohne dabei die Patientin aus den Augen zu lassen. »Du versteckst dei schmutzige Unterhose, weil den Weg zum Klo ned mehr findst!«

»Natürlich finde ich den richtigen Weg«, rechtfertigte diese sich und ging zur Tür.

Henrike war die Situation sehr unangenehm, die bloßgestellte unreinliche Frau tat ihr leid.

»Beachte des Gered ned!«, wies Wärterin Ruth sie an. »Sonst hältst es hier ned lang aus.«

Henrike hatte aber gar nicht vor, es hier lange auszuhalten.

»Und wenn sie dir auf die Pell rück, stoß sie weg!«, verlangte die Wärterin. Zur Demonstration stieß sie eine der Frauen so heftig von sich weg, dass diese stolperte und hinfiel. »Lass dir ned des Kleinste gefalle!« Mit diesen Worten verließ Ruth unbeeindruckt den Irren-Saal.

Vor Empörung stand Henrike der Mund offen. Wie konnte die Wärterin diese Frau absichtlich stoßen? Die Betroffene rieb sich das schmerzende Knie, doch als Henrike ihr hochhelfen wollte, wurde sie von ihr weggeschubst. In der Irrenabteilung ging es schlimmer zu als in einem Schauerroman, und Henrike hatte einige Schauerromane gelesen. Mit Gruselgeschichten kannte sie sich aus!

In der ihr noch verbleibenden Zeit vermied sie es, die Frauen auch nur im Entferntesten anzuschauen. Stattdessen versuchte sie, an etwas anderes zu denken. An die letzte Wanderung mit ihrem Vater auf den Großglockner zum Beispiel. Ihr Korsett kniff sie bei jeder Bewegung, geschnürt war das Putzen eine doppelte Strapaze. Nirgends war Henrike sich jemals so unerwünscht und zugleich so hilflos vorgekommen wie hier. Sie wischte den Saal der Unreinlichen und brachte die dreckige Unterwäsche in die Kiste in den Vorratsraum. Auf dem Rückweg sah sie die einst schöne Frau neben die Drehmaschine urinieren. Als die sie bemerkte, tat sie so, als sei nichts geschehen, und ging an Henrike vorbei. Sie fand so lange nicht in den Saal der Unreinlichen zurück, bis Henrike ihr die Tür öffnete und mit der Hand in ihn hineinwies.

Schließlich wischte Henrike auch den Unrat neben der Drehmaschine weg. Sie vermied es dabei tunlichst, das Foltergerät zu berühren, nicht einmal mit Handschuhen. Zu grausig war die Vorstellung, dass einige Patienten des Spitals einst damit gefoltert worden waren. Warum war diese schreckliche Maschine mittlerweile nicht fortgeschafft worden?

Ein Schrei weckte Henrikes Aufmerksamkeit von Neuem. »Aura!«, rief jemand mit schwacher Stimme. »Aura!«

Wärterin Ruth trat in den Flur und zog Henrike mit sich. »Das solltest dir mit anschaue. Des is a unterhaltsames Spektakel.«

Ein Zimmer wie das, das Henrike nun betrat, hatte sie noch nie gesehen. Es war rund, besaß keine Ecken oder Kanten und keinerlei Möbelstück. Der Boden war mit einem dicken Teppich ausgelegt. Die Kranken trugen seltsam wattierte Hauben mit Kinnriemen.

»Sie spürn, wenn sie die Aura krieche«, erklärte Wärterin Ruth. »Zu Anfang schreie se.«

Gebannt beobachtete Henrike, wie eine vielleicht zwanzigjährige Frau, deren Haar, das aus der wattierten Haube heraushing, jedoch schon schlohweiß war, zu Boden stürzte. Es sah aus, als setzte ihre Atmung aus, sie wirkte äußerst steif.

»Was sollen wir jetzt tun?«, fragte Henrike, die nervös für zwei war. Sie wollte jetzt nicht auch noch jemanden sterben sehen.

Die Wärterin verschränkte seelenruhig ihre muskulösen Arme vor der flachen Brust. »Mir müsse nur schaue, dass sie weich falle. Erst wenn alles vorbei is, bringe mir se ins Bettle zurück.«

Henrike wandte sich ab, sie wollte das Leid nicht länger mit ansehen. Insgesamt hielten sich neben der am Boden Liegenden noch fünf weitere Frauen in dem runden Zimmer auf, alle trugen sie Fallhauben.

»Sieh hin, verdammt noch a mal!«, zwang Wärterin Ruth sie und packte Henrike so fest am Kinn, dass es schmerzte. »Dann weißt beim nächste Mal, wovor du kei Angst habe musst.«

Ganz sicher wird es kein nächstes Mal geben!, war Henrike überzeugt. Sie schmeckte Blut, weil sie sich vor Schreck auf die Lippe gebissen hatte. »Sie atmet nicht mehr«, stellte sie erschrocken fest. »Sie wird sterben!« Sie dachte an ihre Urgroßmutter Elisabeth und deren Beerdigung. Wenn Elisabeth Winkelmann sie hier sehen könnte, würde sie sich im Grab umdrehen.

»Des wird gleich wieder.« Wärterin Ruth winkte ab, als ginge sie die Not der Patientin nichts an. »Wenn sie wieder zu sich kommt, bringst sie nach hinten in den Wachsaal und schnallst sie ans Bett. Die vierte Tür links.« Sie drückte Henrike einen Schlüssel in die Hand, musterte zuvor aber noch deren Ziegenlederhandschuhe mit hochgezogenen Augenbrauen.

»Bitte, bleiben Sie!«, bat Henrike verängstigt. Sie verstand nicht, warum ihre Großmutter so auf das Juliusspital schwor.

Die Wärterin stöhnte. »Jetzt hab di ned so! Die Zeit reicht ned, um hier zu zweit bei de Fallsüchtige rumzustehe. Pass im Wachsaal auf, dass alle in ihre Bette bleib, und schnall sie unbedingt fest.«

Ich soll eigenhändig jemanden festschnallen? Das war doch nichts anderes, als jemandem Gewalt anzutun, was Henrike zutiefst zuwider war.

»I muss jetzt zu de Ruhige und zu de Manische«, sagte die Wärterin und stapfte davon. »Zu unsere vornehme Gräfin von Weikersheim. Du glaubst doch ned wirklich, dass die adelig is, oder?«

Es gibt also die Manischen, die Fallsüchtigen, die Unreinlichen und die Ruhigen, schlussfolgerte Henrike, und Eiswasser. Ihr wurde es eiskalt.

»Schmitzlerin?«, hörte sie Wärterin Ruth noch über den Flur grölen. »Des Klo ist a Tür weider!«

Die Atmung der Fallsüchtigen setzte langsam wieder ein, und Henrike fühlte sich schon fast erleichtert, als die Glieder der Patientin rhythmisch zu zucken begannen und blutiger Schaum aus ihrem Mund trat. Nach zehn Minuten kam die Frau wieder zu sich. Verwirrt blickte sie sich um.

»Haben Sie sich wehgetan?« Henrike berührte sie ganz vorsichtig.

Die Frau scharrte mit dem Fuß auf dem Teppichboden, krampfte zum Glück aber nicht mehr.

Henrike half ihr hoch. »Ich bringe Sie ins Bett«, sagte sie und war schon auf Gegenwehr oder zumindest eine Beschimpfung eingestellt, aber die Frau mit dem schlohweißen Haar und der Fallhaube ließ sich ohne Weiteres von ihr nach draußen führen.

Im Wachsaal half Henrike ihr ins Bett und schnallte sie vorsichtig fest. Als die fallsüchtige Patientin eingeschlafen war, schickte Wärterin Ruth Henrike in den Saal der Ruhigen, wie sie ihn nannte, um auch dort zu kehren und zu wischen. Der Nachmittag wollte kein Ende nehmen.

Henrike griff sich Besen und Kehrblech und betrat den ihr gewiesenen Saal. »Guten Tag, ich bin die Reservewärterin Henrike Hertz«, stellte sie sich vor und richtete den Blick auf die vergitterten Fenster, damit sich keine Frau von ihr bedroht fühlte wie zuvor im Saal der Unreinlichen. Wie dort waren auch hier an den zwei Längswänden Betten aufgestellt, allerdings mit Matratzen und nicht nur mit Strohsäcken. Vor dem Fenster stand der obligatorische Schaukelstuhl und in der Mitte des Saales der Tisch zur Einnahme der Mahlzeiten.

Die erste und einzige Antwort, die sie erhielt, kam von einer Patientin gleich im Bett vorne links an der Tür, die murmelte: »Nie wieder zurück.«

Henrike konnte lange nicht schlucken vor Schreck. Da saß die Frau aus dem Kaufhaus vor ihr. Die Gendarmen hatten sie also doch wieder eingefangen! Sie stellte die Reinigungssachen ab und trat vor sie hin.

Die Patientin hob ihren leeren Blick, aber als sie Henrike sah, leuchtete ein zartes Flämmlein in ihren Augen auf, das von Leben sprach.

»Es tut mir leid«, flüsterte Henrike ihr zu. Die Traurigkeit und Hoffnungslosigkeit der Frau rührten sie und ließen sie ihre Ängste einen Moment lang vergessen. Sie ergriff die Hand der Kranken und streichelte sie. Sie wusste nicht, warum sie die folgenden Worte sprach, aber sie wollte ihr Mut machen: »Es wird wieder gut werden«, sagte sie und lächelte aufmunternd.

Wieder leuchtete das Flämmlein Leben in den Augen der Patientin auf.

Dann ging die Tür auf. Henrike trat sofort von der Patientin weg, ergriff den Besen und machte sich schon darauf gefasst, mit grobem Tonfall von Wärterin Ruth eine neue Aufgabe zugewiesen zu bekommen.

Aber statt der Wärterin betrat ein junger Mann mit Klemmbrett und Maßband den Raum. Er war in ein modernes Jackett gekleidet, das um einiges kürzer war als die altmodischen Gehröcke, die ihr Vater mit so viel Würde trug. Sein ungewöhnlich dunkler Teint und seine Haare ließen den jungen Mann fast wie einen orientalischen Magier wirken.

»Guten Tag, Mademoiselle«, sagte er und deutete eine Verbeugung vor ihr an. »Ich wusste gar nicht, dass *Monsieur le Professeur* eine neue Wärterin eingestellt hat.«

»Ich bin nur heute da«, beeilte sich Henrike zu sagen und dachte, wie gut doch etwas Höflichkeit in diesen Mauern tat.

»Ich bin Student von Professor Rieger und unterstütze ihn bei den Schädelmessungen«, erklärte er und trat neben Henrike. »Mademoiselle Vogel, darf ich?«, sprach er jene Patientin an, der Henrike eben noch die Hand gestreichelt hatte.

Sie kehrte den Boden, während der Student die Schädel der Kranken vermaß, und verfolgte sein Tun immer wieder aus den Augenwinkeln heraus. Er maß den Schädelumfang von Ohr zu Ohr, dann entlang der Hutlinie und schließlich noch vom Halswirbel bis zum Stirnansatz, sofern sie das richtig mitbekam, denn sie wollte ihn nicht ständig anstarren. Der Student sprach mit den Frauen und erklärte ihnen sogar, was er tat. Es war angenehm, seiner Stimme zu lauschen, und immer wieder flocht er einzelne französische Wörter in seine Sätze ein.

Er schien klug zu sein, und gleichzeitig behandelte er die Frauen sehr behutsam. Zweimal meinte Henrike sogar, dass er zu ihr herüberschaute. Vermutlich wollte er aber nur prüfen, ob sie gründlich sauber machte.

Als er die Schädel aller sechs Frauen im Saal vermessen hatte, verabschiedete er sich. »Schade, dass Sie nicht öfters herkommen, Mademoiselle«, sagte er noch zu Henrike und verschwand dann mit seinem Klemmbrett und Maßband genauso plötzlich, wie er zuvor erschienen war.

Henrike wurde wieder in den Wachsaal gerufen, wo sie Wache halten sollte, weil eine Patientin panisch geworden war. Sie zappelte trotz der Schnürriemen wie ein wildes, gefangenes Tier im Bett. Am liebsten hätte Henrike sie losgemacht. Das Heulen der Kranken zerriss ihr das Herz.

Pünktlich um halb acht legte Henrike die Wärterinnenkleidung wieder ab und zog sich ihre vertrauten Sachen an. Immerhin hatte sie es einen halben Tag in der Irrenabteilung des Spitals ausgehalten, und Anna Gertlein würde sie nicht länger als verwöhntes Töchterle bezeichnen können. Aber für das, was sie in den zurückliegenden Stunden hatte erleben müssen, war das nur ein schwacher Trost.

»Des dacht i mir schon!« Wärterin Ruth schloss die schwere Abteilungstür auf. »A Mädle, des mit Handschuh kommt, des is hier fehl am Platz.«

Ein letztes Mal stieg Henrike der üble Mundgeruch der Wärterin in die Nase. Dann verabschiedete sie sich mit den Worten: »Auf nimmer Wiedersehen«, und drehte ihr den Rücken zu. Die Irrenwärterin hatte sie nicht einmal nach ihrem Namen gefragt und sie, ohne sie vorher zu fragen, einfach geduzt.

Henrike war unendlich erleichtert, als die Tür hinter ihr ins Schloss fiel, aber vor allem geschockt und überfordert. Erschöpft lehnte sie sich mit dem Rücken an die Wand im Flur und glitt weinend an ihr hinab. Sie wollte schon ein Taschentuch aus ihrer Rocktasche ziehen, um sich die Tränen wegzuwischen, als sie oberhalb des Taschentuchs einen Zettel ertastete, in den etwas Hartes gewickelt war. Sie entfaltete das brüchige Papier und fand eine Münze darin. Es war jene Dreimarkmünze mit dem Konterfei von König Otto I. von Bayern, die sie der Irren als Almosen auf den Tisch im Ankleideraum des Kaufhauses gelegt hatte. Auf dem Papier stand in krakeliger Schrift geschrieben:

Befreien Sie mich.
Sie sind meine letzte Rettung!
Nie wieder zurück.

Dieser Zettel kann nur von Fräulein Vogel stammen, war Henrike sicher. Im Saal der Ruhigen hatten alle Frauen mit dem gleichen leblosen Blick vor sich hin geschaut. Aber was konnte Henrike tun? Plötzlich kamen so viele unterschiedliche Gefühle in ihr hoch. Bestürzung, Mitgefühl und Mitleid, aber auch Wut, Unverständnis und Hilflosigkeit. Sie verdammte Anna Gertlein, die sie in diese Situation gebracht hatte, und schaute im nächsten Moment wieder zur Tür der Irrenabteilung. »Niemals würde ich stehlen«, beteuerte sie und schloss die Augen, weil sie wenigstens einen einzigen Moment nichts mehr sehen wollte.

»Das würde ich auch nie behaupten«, vernahm sie da eine Stimme und Schritte, die rasch näher kamen.

Sie öffnete die Augen. Ein zarter Mann mit grauem, ungewöhnlich kurzem Haar stand vor ihr. Henrike rappelte sich auf und nahm wieder Haltung an. Der zarte Mann war einen halben Kopf kleiner als sie. Sie wurde misstrauisch, weil er einen seltsamen, rot-schwarz gestreiften Anzug trug und sein Gesicht viel zu jung für einen schon ergrauten Menschen war. Nur zur Sicherheit trat sie einen Schritt zurück, musterte ihn aber weiterhin aufmerksam. Sie rief sich die steifen Gesichter der unreinlichen Frauen in Erinnerung und suchte im Gesicht des zarten Mannes nach Ähnlichkeiten im Ausdruck.

»Lassen Sie mich raten«, sagte er halb amüsiert, halb ernst.

»Sie meinen, was ich geklaut haben soll?«, antwortete sie aufgewühlt und steckte den Zettel und die Münze in ihre Rocktasche zurück.

Er führte sie vor ein Fenster, von dem aus sie in den beleuchteten Innenhof des Spitals blicken konnte. Draußen war es genauso düster wie im Saal der Unreinlichen, obwohl dort eine Öllampe gebrannt hatte.

»Wenn ein so hübsches Mädchen wie Sie weinend vor der Tür der

Irrenabteilung sitzt, kann das nur zwei Ursachen haben«, hörte sie den zarten Mann sagen. »Entweder Sie haben Liebeskummer«, woraufhin sie vehement den Kopf schüttelte, »oder Sie hatten gerade Ihre erste Begegnung mit seelenkranken Menschen.«

Henrike seufzte aus tiefstem Herzen. »Letzteres.«

Der zarte Mann hielt sicheren Abstand zu ihr. »Darf ich Ihnen einen Tipp geben, wie Ihnen die nächste Begegnung leichterfallen wird?«

»Ganz sicher wird es kein nächstes Mal geben!«, antwortete Henrike sofort und dachte: Kein Wunder, dass die Irrenabteilung unterbesetzt ist.

»Machen Sie es sich da nicht ein bisschen zu einfach?«, fragte er zurück.

»Ich habe mir fast eine Ohrfeige eingefangen, und gleich mehrere Irre stempelten mich zur Diebin ab.« Henrikes Blick verlor sich im Innenhof des Spitals. »Die Arbeit bei den Irren ist unmenschlich.«

»Unmenschlich ist sie nur für den, der das Irresein noch nicht verstanden hat«, sagte er ihr.

Henrike wandte sich dem zarten Mann wieder zu. »Noch nicht verstanden hat?«

»Das wichtigste Elementarphänomen der menschlichen Verstimmungen ist einerseits die ärgerliche, zum Zorn neigende und andererseits die fröhliche, überschwängliche Verstimmung«, erklärte er ihr. »Wann waren Sie das letzte Mal richtig zornig? Ich meine, außer vielleicht in diesem Moment?«

Henrike senkte den Blick. Ihr Vater sagte oft, dass der Zorn eine junge Frau hässlich machen würde. Deswegen war es ihr auch unangenehm, dass ihr der zarte Mann ihren Zorn gerade angesehen hatte, aber er gab ihr gleichzeitig auch das Gefühl, dass er Verständnis für sie aufbrachte. »Das letzte Mal war ich sehr zornig, als meine Urgroßmutter mit mir über geeignete Hochzeitskandidaten redete. Sie behauptete, dass es an der Zeit für mich sei, mich gut zu verheiraten, und sie hat dabei sogar den Namen Karl Georg Reichenspurner ins Gespräch gebracht.« Ausgerechnet diesen aalglatten, aufstrebenden Beamten!, fügte sie in Gedanken noch hinzu.

»Sehen Sie, jeder Mensch kann zornig, fröhlich oder auch mal verwirrt sein. Denken Sie nur an die ganzen Röntgen-Verrückten in der Stadt. Sie scheinen beinahe den Verstand wegen der neuen Strahlen zu verlieren. Irresein ist nichts anderes als das, was normale Menschen auch sind. Unsere Patienten hier sind es nur in einem ungewöhnlich gesteigerten Ausmaß und in einer zeitlich längeren Dauer. Im Irrsinn wiederholen und steigern sich die gesunden Zustände nur. Eigentlich ist der Unterschied zwischen gesund und krank gar nicht so groß. Sie waren bei den Unreinlichen? Unseren dementen Damen?«, fragte er. »Ich finde sie einfach köstlich.«

Der Mann muss ein Irrenwärter sein, mutmaßte Henrike. Sie fand ihn nett, aber als »köstlich« hätte sie ihre Erfahrung im Saal der Unreinlichen keineswegs beschrieben.

»Die Menschen hinter dieser Tür dort«, er wies auf die Tür der Irrenabteilung, »sind einfach nur besonders menschliche Menschen«, sagte er weiter. »Menschen mit einem besonders großen Herzen.«

Henrike nickte beeindruckt. Sie dachte an den Studenten mit den schwarzen Augen, dem dunklen Teint und Haar, der keine Angst vor den Patientinnen gehabt hatte. Besonders menschliche Menschen, wiederholte sie in Gedanken. Das klang fast freundlich und damit ganz und gar unrealistisch.

»Haben Sie keine Berührungsangst«, holte er sie aus ihren Gedanken zurück. »Trauen Sie sich, sich von den Schicksalen der Frauen berühren zu lassen. Zeigen Sie Herz für die menschlicheren Menschen.«

Henrike war ergriffen von so viel Mitgefühl und Anregung. Der zarte Wärter war das genaue Gegenteil der groben Ruth.

»Die menschlicheren Menschen haben gute Wärterinnen, Interesse und auch Zuneigung nötiger als jeder andere Kranke hier im Spital. Sie haben einfach nur eine eigene Art, Danke dafür zu sagen.« Er lächelte zärtlich. »Wie wäre es, wenn Sie damit beginnen würden, diese Kranken einfach nicht mehr als Irre, sondern als menschlichere Menschen anzusehen?«

Henrike wollte schon unvermittelt nicken, weil der zarte Mann so einnehmend sprach. Aus seinem Mund klang alles, als wäre es einfach und friedlich. Aber im letzten Moment erinnerte sie sich daran, dass ihre Tätigkeit als Reservewärterin eine einmalige Angelegenheit gewesen war.

»Ich bin mir sicher, Sie schaffen das«, sagte er. »Sie wirken stark und geistig gefestigt auf mich.«

»Meinen Sie das wirklich?« Henrike war verblüfft. »Aber Sie kennen mich doch überhaupt nicht.«

»Versprechen Sie mir zwei Dinge? Erstens würde es mich freuen, wenn Sie zurückkämen, und zweitens betrifft Ihre Gefühle. Wenn Sie das nächste Mal wegen der menschlicheren Menschen weinen müssen, dann ...«

»Ja, dann?«, wollte Henrike wissen.

»Dann tun Sie es drinnen vor ihnen. Die kranken Damen müssen sehen, dass ihre Wärterinnen auch Gefühle haben und sie Sie mit ihrem Verhalten verletzen können.«

Henrike versuchte, sich Wärterin Ruth weinend vorzustellen, aber es gelang ihr nicht. Stattdessen sah sie vor ihrem inneren Auge wieder, wie die Wärterin eine der Kranken zu Boden gestoßen hatte.

Er hielt ihr seine Hand entgegen. »Geben Sie mir darauf Ihre Hand?«

Henrike zögerte. Eigentlich hatte sie nie wieder hierherkommen wollen!

Aber wenn stimmte, was er behauptete, gewänne sie mit einem oder zwei weiteren Tagen, die sie in der Krankenabteilung verbrachte, vielleicht einen Einblick in die menschliche Psyche. Das könnte eine interessante Sache werden, sogar ihr Vater hatte bei den Weihnachtseinkäufen im Kaufhaus Rosenthal von der männlichen und der weiblichen Psyche gesprochen. Schon damals hätte sie ihm gerne bewiesen, dass die Psyche von Frauen nicht anfälliger, nicht schwächer war als die männliche, aber dafür hatten ihr die richtigen Argumente gefehlt. Das Angebot des zarten Mannes versprach außerdem Abwechslung vom eintönigen Töchteralltag.

Sie näherte ihre Hand der des netten Mannes mit den grauen Haaren, zögerte aber noch einzuschlagen. Das Zünglein an der Waage war schließlich der französische Student, der sich ein Wiedersehen mit ihr gewünscht hatte, auch wenn er, das versuchte Henrike sich zumindest einzureden, eher eine untergeordnete Rolle für ihre Entscheidung spielte. Nie würde sie wegen eines jungen Herrn, der Goethe nicht einmal ähnlich sah, solche Umstände machen. Und erneut hörte sie in ihren Gedanken Fräulein Vogel ›Nie wieder zurück!‹ sagen. Schließlich schlug sie ein.

»Schön, Sie in meiner Mannschaft zu haben«, sagte er ihr. »Mit wem habe ich übrigens die Ehre?«

»Mit Henrike Hertz«, sagte sie mit einem Mal ungewohnt schüchtern. »Und ich? Mit wem habe ich die Ehre?« Vorsichtig reckte sie ihr Kinn ein Stück. Ihr Blick blieb erneut an seinem gestreiften Anzug hängen.

»Konrad Rieger.« Er verbeugte sich tief vor ihr. »Professor Konrad Rieger, Leiter der Irrenabteilung des Juliusspitals. Ein Arzt mit einem großen Herzen für die Seelenkranken.«

Seine Vorstellung traf sie wie ein Blitz. Ein Professor? Und obendrein leitete er die Irrenabteilung? In ihrer Erinnerung hörte sie die Gendarmen im Kaufhaus »eine vom Rieger« suchen.

Sie beobachtete, wie er einen Schlüssel aus seiner Hosentasche holte. Bevor er die schwere Tür zur Irrenabteilung öffnete und dahinter verschwand, zwinkerte er ihr zu.

Henrike war fassungslos, wegen des Professors und ihres Versprechens an ihn, des Hilferufs von Fräulein Vogel und weil die Wanduhr im Flur schon acht Uhr anzeigte.

*

An den Tagen, die auf ihren ersten Dienst im Juliusspital folgten, vermochte Henrike an nichts anderes mehr zu denken als an ihre Erlebnisse mit den Irren. Sie war abgestoßen und fasziniert zugleich, und unkonzentriert bei allem, was sie tat. Ihre Lehrerin in der Töchterschule musste sie mehrmals ermahnen, und viel zu oft war ihr Vater nicht mit ihrer Haltung zufrieden, weil Henrike, sobald sie angestrengt nachdachte, den Rücken nicht mehr durchstreckte, sondern in sich zusammensackte.

Sie war hin- und hergerissen, ob sie ihr Professor Rieger gegebenes Versprechen nicht doch wieder zurücknehmen sollte. Er hatte behauptet, dass irre Menschen gar nicht so anders wären als normale Menschen.

Diese Einschätzung widerspricht allem, was ich bisher über kopfkranke Menschen gelesen oder gehört habe, grübelte Henrike und bekam Kopfschmerzen darüber. Es klang einfach unglaublich! Doch der Professor hatte ihre Neugier entfacht wie ein Feuer – und die menschlicheren Menschen ihre Angst.

Aber vor allem wollte sie Fräulein Vogel wiedersehen. Sie glaubte, ihr helfen zu können, und sei es vielleicht nur mit einem aufmunternden Lächeln. Da war dieser kleine Funken Freude in den ansonsten leblos dreinblickenden Augen des Fräuleins gewesen, als Henrike sie gestreichelt hatte.

Isabella würde ihr für die Stunden im Juliusspital bestimmt ein Alibi geben. Sie waren vertraut miteinander, solange sie denken konnte. Isabella, dessen war sie sich sicher, verriete sie gewiss nicht, sie war als Einzige eingeweiht. Ihren Eltern erzählte Henrike deshalb, dass sie mit ihrer besten Freundin die Lyrik der Romantiker durchginge. Zumal diese kleine Notlüge ja nur an zwei oder drei Freitagen notwendig sein würde. Denn der Freitag war der Tag, an dem es keine anderen Verpflichtungen für die Tochter der Familie Hertz gab, keine Schule, keine Teevisiten oder Unternehmungen, bei denen man sie der Würzburger Gesellschaft präsentierte.

Den Zettel mit Fräulein Vogels Hilferuf und die Dreimarkmünze in der Rocktasche, stieg Henrike daher am nachfolgenden Freitag in der Juliuspromenade aus der Kutsche. Eingeschüchtert schaute sie an der Fassade des Spitals hinauf. Es war ein Bollwerk mit dicken Mauern wider den Tod und ein Gefängnis zugleich. Sie hielt sich länger als nötig am Griff der Kutschentür fest. Sie fühlte sich schlecht, weil sie ihre Eltern angelogen hatte.

Der Pförtner stellte ihr ein Wärterinbillett aus, wofür Professor Rieger schon eine entsprechende Anweisung hinterlegt zu haben schien.

Wärterin Ruth öffnete ihr missmutig die schwere Abteilungstür.

»Nun also doch wieder da, des feine Mädle?«, brummte sie beim Anblick von Henrike, die sich mit einem Lächeln Mut zu machen versuchte. Mit den Worten »Wer hät's gdacht!« packte die Wärterin Henrike am Oberarm und zog sie mit dem rasselnden Schlüsselbund in der Hand in die Irrenabteilung.

Henrike biss die Zähne zusammen. »Ich würde heute gerne zuerst bei den ruhigen Frauen helfen.«

»Bei de Ruhige? Du schiebst erst a mal Wache im Wachsaal. Los!«

Das hatte Henrike sich anders vorgestellt, hatte sie doch nach Fräulein Vogel schauen und ihr Mut machen wollen.

Die Stunden im Wachraum verliefen sehr unangenehm. Die angebliche Gräfin von Weikersheim zog wild an den Festschnallriemen, und Henrike musste die Wärterin herbeirufen, die der Patientin eine milchige Flüssigkeit zur Beruhigung einflößte. Dass die vornehme Gräfin so aufgeregt sein und hässlich verzerrte Züge haben könnte, hatte Henrike sich zuvor überhaupt nicht vorstellen können. Die Psyche ist doch eine unerklärliche Sache, dachte sie bei diesem Anblick. Und ihr wurde erneut bewusst, was sie schon beim ersten Mal so sehr gestört hatte: Wärterin Ruths respektloser Umgang mit den Menschen hier.

Nach zwei Stunden wurde Henrike aus dem Wachsaal entlassen, durfte sich aber wiederum nicht um die ruhigen Frauen kümmern. Als Nächstes sollte sie eine fallsüchtige Frau füttern und dabei immer im Hinterkopf behalten, dass diese jeden Moment einen Anfall erleiden könnte. Das Essen war noch nicht beendet, da befahl ihr Wärterin Ruth auch schon die nächste Aufgabe: das Reinigen des Gemeinschaftsraumes der Irrenabteilung und danach der Drehmaschine, obwohl es schon sieben Uhr war. Nachdem Henrike eine Weile die Sitzkonstruktion der Drehmaschine geputzt hatte, hielt sie es nicht mehr aus und schlich sich auf Zehenspitzen zum Saal der Ruhigen. Leise öffnete sie die Tür und lugte hinein.

»Wer ist da?«, fragte eine müde Frau, die im Bett unterm Fenster lag.

»Reservewärterin Henrike Hertz«, antwortete sie schüchtern, trat ein und schloss lautlos die Tür hinter sich. Nur eine kleine Lampe brannte auf dem Tisch in der Raummitte, es war düster im Saal. Hinter den Gitterstäben des Fensters meinte Henrike die Umrisse des vollen Mondes zu sehen. Eine bleierne Schwere lag im Raum.

»Fräulein Vogel?«, fragte sie und wandte sich dem Bett links der Tür zu. Aber das Bett war leer.

Nie wieder zurück!, dachte sie sofort. »Ist sie ... wieder entflohen?«

Niemand antwortete. Auch wenn sie wusste, dass menschlichere Menschen draußen eine Gefahr darstellten, war sie dennoch ein klein wenig froh darüber, dass das Fräulein erneut hatte entkommen können. Es war sein sehnlichster Wunsch gewesen. Es bedurfte sicher einiger gewiefter Anstrengungen, erst die breitschultrige Wärterin zu überwinden und danach die schwere, stets verschlossene Abteilungstür unbemerkt aufzuschließen. Zumal die Wärterin den Schlüsselbund in der Abteilung ja nicht achtlos herumliegen ließ. Henrike strich über die Bettdecke, die ihr frisch bezogen zu sein schien.

»Sie ist weg, für immer«, sagte die Patientin im Nebenbett. Henrike wandte sich ihr zu.

Wie ein Geist saß die Frau in ihrem Leinenkittel auf der Bettkante und hielt eine Fotografie in der Hand. Sie konnte kaum zwischen ihrem langen Pony, der ihre Augen verdeckte und auf Henrike wie ein Sichtschutz vor dem Grauen der Welt wirkte, hindurchschauen. »Sie ist uns nur kurz voraus.«

Sie wollen also auch fort, wollte Henrike gerade fragen, als eine Stimme aus dem Bett gegenüber sagte: »Hat sich aufgehängt mit dem Bettlaken am Fenster. Henrike, die nicht mehr als die Umrisse der Sprecherin unter ihrer Bettdecke ausmachen konnte, zuckte zusammen. Fräulein Vogel war tot? Sie setzte sich auf das Bett des Fräuleins, das schon – wie ihr jetzt bewusst wurde – hergerichtet worden war, um die nächste Patientin hinter Gittern zu halten. Sie holte die Dreimarkmünze aus der Tasche ihres Wärterinnenkleides und betrachtete sie. Sie hatte die Münze Fräulein Vogel als Glücksbringer zurückgeben wollen.

»Sie hatte mich gebeten, ihr zu helfen«, flüsterte sie beklommen und ließ das Geldstück zurück in ihre Kleidertasche gleiten.

»Sie hat auf ihre Retterin gewartet«, sagte die Frau mit der Fotografie in der Hand mit hohler Stimme, ohne sich zu bewegen. Als sei die Selbsttötung einer Patientin ein normaler Vorgang, als rührte dies niemanden mehr.

»Hat tagelang gewartet.«

Für Henrike klang es wie eine Anklage. »Auf mich?«

»Gestern hat sie es nicht mehr ausgehalten.«

Henrike spürte, wie ihr die Tränen aufstiegen. »Ich, ich ... es tut mir leid.« Wäre sie einen Tag früher hergekommen, hätte sie den Tod von Fräulein Vogel vielleicht verhindern können. Sie spürte Tränen ihre Wangen hinablaufen. »Ich ... ich wollte ihr ... gerne helfen«, stieß sie hervor und wurde immer verzweifelter. Wegen ihr war ein Mensch gestorben?

»Es ist meine Schuld«, stieß sie hervor.

»Sie hat es nicht mehr ausgehalten«, wiederholte die Frau mit der Fotografie in der Hand und ließ den Kopf hängen, sodass Henrike ihre Augen hinter dem viel zu langen Pony nicht mehr sehen konnte. Nun wandten zwei weitere Frauen den Kopf zu Henrike. Sie sahen verloren aus, mit dem gleichen leblosen Blick hatte Henrike damals auch Fräulein Vogel im Ankleideraum des Kaufhauses hocken gesehen.

Weinend lief sie aus dem Saal und in den Vorratsraum, wo sie sich umzog und auch die Münze aus der Seitentasche des Wärterinnenkleides holte, um sie nicht an diesem Ort zurückzulassen.

»Wegen mir ist sie tot«, murmelte sie betreten und war gerade auf dem Weg zu Wärterin Ruth, als sie mit gesenktem Blick im Flur in den französischen Studenten hineinlief, dem wohl vor Schreck Klemmbrett und Maßband aus den Händen fielen. Er war aus dem Saal der Fallsüchtigen gekommen. »Verzeihen Sie, Mademoiselle.«

Schnell wischte sie ihre Tränen fort und bückte sich, um das Maßband aufzuheben.

»Sie weinen ja, *vous pleurez*.« Er griff gleichfalls nach dem Maßband und ihrer Hand und schaute sie mitfühlend an. Sie war noch nie jemandem mit so schwarzen Augen begegnet.

»Das ist nicht wichtig.« Sie zog ihre Hand zurück. Wegen ihr war jemand gestorben.

Sein Blick ließ sie nicht los. »Ist es wegen Mademoiselle Vogel?« Er nahm das Klemmbrett vom Boden auf.

»Woher wissen Sie ...?«

»Sie erwähnte Ihren Namen zuletzt öfters.« Er funkelte sie magisch an, als er mit seinem französischen Akzent sagte: »Enrike.«

Worauf Henrike wieder zu weinen begann. »Fräulein Vogel wollte, dass ich ihr helfe«, brachte sie schluchzend hervor, »aber ich komme immer nur freitags von zu Hause weg. Es ist meine Schuld, dass sie sich etwas angetan hat.«

»Ganz sicher ist es nicht Ihre Schuld, Mademoiselle Enrike!«

»Doch, ich hätte ihren Tod verhindern können.«

»›Wir versuchen, allen Frauen hier zu helfen‹, sagt Professor Rieger gerne, ›aber nicht bei allen gelingt es uns‹. *Vous comprenez,* Enrike? Sie verstehen? Und das liegt nicht nur daran, dass es zu wenige Menschen gibt, die Irrenarzt oder Irrenwärterin werden wollen.«

»*Je comprends*«, antwortete sie, damit er sie nicht für dumm hielt. In Wirklichkeit war sie verwirrt, auch weil er sich die Zeit nahm, ihr etwas zu erklären. Henrike betrachtete den französischen Studenten von der Seite. Sein Profil war ungewöhnlich. Die breite, zugleich kühn geschwungene Nase, das kantige Kinn, das fast schwarze, kräftige Haar. Seine Lippen waren schwungvoll gewölbt und von einem einzigartigen, dunklen Rot.

Er öffnete die Tür zum Saal der ruhigen Frauen und bat sie, an den Tisch mit dem Licht zu treten. Niemand beachtete sie. »Aber wir sollten nie aufhören, es zu versuchen«, sagte er.

Henrike schaute sich um. Neben dem Bett des verstorbenen Fräulein Vogel lag nun die Fotografie, die die Patientin mit dem langen Pony vorhin noch in den Händen gehalten hatte.

»Sie alle hier brauchen unsere Hilfe, Ihre Hilfe«, betonte der Student.

Sie nahm die Fotografie vom Boden auf und betrachtete sie im schwachen Licht. Es war ein gelbstichiges Bildnis von der Größe einer Butterdose, das eine Familie, bestehend aus Mutter, Vater und einem Jungen im Alter von etwa sechs Jahren zeigte. Sie hatten sich hübsch gemacht für den Besuch im Fotoatelier Glock in Würzburgs Kaiserstraße. Der Vater trug eine Fliege um den Hals, eine wie Henrike sie von den besseren Arbeitern kannte, die ihr Vater bei der Bahngesellschaft befehligte. Die Mutter war in eine gute Bluse aus changierendem Stoff gekleidet, deren Kragen in Rüschen um ihren Hals lag. Eine Fotografie, gemacht in glücklichen Zeiten, das sah man den Gesichtern an. Die Abgelichteten zeigten alle das typisch sanfte Atelierlächeln samt dem verträumten Blick. Der Name des Ateliers war in geschwungenen Buchstaben unter das Bild gedruckt. Nur anhand des daumennagelgroßen Leberflecks auf der rechten Wange der fotografierten Frau erkannte Henrike, dass diese die Patientin mit dem langen Pony war, auch wenn sie mit ihren losen Haaren und dem Irrenhemd kaum noch wiederzuerkennen war. Auf der Fotografie trug sie das dunkelblonde Haar zu einer Schnecke auf dem Oberkopf gedreht, die Stirnfransen waren exakt geschnitten und sorgsam auf der Stirn drapiert. Es ist, als ob jeder Mensch mindestens zwei Gesichter besitzt, dachte Henrike in diesem Moment. Als sie wieder aufblickte, war der französische Student wie auf magische Weise verschwunden.

Sie schob der Patientin die Fotografie zurück unter die totengleiche Hand, dann verließ sie den Krankensaal und das Spital.

Draußen in der Winterkälte, in der niemand nur im Leinenkittel herumlaufen sollte, beschloss sie, dass sie zumindest versuchen wollte, den irren, menschlicheren Frauen zu helfen. Sie musste einfach. Nur dadurch vermochte sie, ihre Schuld an dem toten Fräulein Vogel vielleicht wiedergutzumachen.

Und außerdem war da auch noch die rätselhafte Vergangenheit ihrer Großmutter, die aufs Engste mit dem Juliusspital verknüpft zu sein schien. Nur im Juliusspital konnte Henrike mehr über ihre familiären Wurzeln erfahren.

6
März 1896

Wie Viviana es auch drehte und wendete, sie durfte ihren Schülerinnen das »neue Licht« von Professor Röntgen nicht vorenthalten, seine X-Strahlen, die auf die Initiative von Professor Kölliker hin in »Röntgen'sche Strahlen« umbenannt worden waren. Womit das noch vor weniger als zwei Jahrzehnten als »neues Licht« gepriesene elektrische automatisch zum »alten Licht« degradiert wurde. Wieder schweiften ihre Gedanken – wie so oft in den letzten Wochen – zu Ella ab. Sie machte sich Sorgen um ihren Schmetterling.

Viviana war nervös. Die vielen Veränderungen, die die Entdeckungen der letzten Jahre mit sich brachten, überforderten sie, außerdem dachte sie meist gleichzeitig an so viele Dinge, dass sie immer öfter durcheinanderkam. Schon seit Wochen fiel es ihr schwer, sich ausschließlich auf eine Sache zu konzentrieren. Sie blies eine der Kerzen auf dem Schreibtisch vor sich aus. Ihr Blick glitt zum alten Bücherregal ihres Vaters. Hier in seinem ehemaligen Herrenkabinett, das sie als Büro nutzte, war bis auf den Schreibtisch noch alles genauso wie zu seinen Lebzeiten. Sie nannte den Raum mittlerweile das »Damenkabinett«.

Wieder schweiften ihre Gedanken ab. Wie oft hatte sie schon erlebt, dass unglaubliche Entdeckungen anfangs von der Presse als Hirngespinst eines Verrückten abgetan worden waren. Im Fall Röntgen war das jedoch nicht der Fall. Seit dem ersten Artikel in der *Wiener Tageszeitung* las man nur überschwängliches Lob. Kurz nach Professor Röntgens Besuch beim Kaiser in Berlin war es anderen Wissenschaftlern gelungen, seinen Versuch nachzustellen, weil es in fast jedem Physiklabor eine Hittorf-Crookes'sche Röhre und einen hochspannungsliefernden Apparat gab. Inzwischen wurde das Experiment weltweit nachgestellt und die Ergebnisse auf eine breitere Basis gestellt. Zuletzt war dann noch der Physiker Philipp Lenard aus Bonn ins Licht der Öffentlichkeit getreten und hatte die Entdeckung der

X-Strahlen für sich beansprucht. Er betonte, dass ohne seine Grundlagenforschung zu den Kathodenstrahlen und ohne seine Hinweise an Röntgen – den Aufbau des Experiments betreffend – diesem die große Entdeckung gar nicht möglich gewesen wäre und deshalb ihm, Lenard, die Ehrung als Entdecker zustünde. Viviana war noch unschlüssig, was sie von dieser Behauptung halten sollte. In der Krocketrunde am vorletzten Sonntag hatten die anwesenden Herren und Professor Röntgen sich nicht dazu geäußert, das wusste sie von Richard. Wahrscheinlich fanden sie die Behauptung zu abstrus, um sie ernst zu nehmen.

Viviana war, als würde das Leben aufgrund seiner zunehmenden Komplexität immer unschärfer werden. Die Welt schien sich beständig schneller zu drehen, die Ereignisse rauschten nur so an ihr vorbei. Alles wurde gläsern und lichterfüllter. Viviana zog sich das ungebleichte, abgetragene Tuch mit den Fransen enger um die Schultern. Ihre Freundin Magda Vogelhuber hatte ihr das Tuch einst geschenkt. Es ist traurig, dachte Viviana, dass Magda schon so viele Jahre tot ist. Auch nach Vivianas Wegzug aus der Pleich waren sie befreundet geblieben. Ihr Sohn Bruno war Landwirt in Dettelbach geworden und inzwischen selbst schon Großvater.

Viviana löschte nun auch die zweite Kerze und lehnte sich im Stuhl zurück. Zur Ruhe kam sie nur im Dunkeln. Die Welt wurde immer heller, elektrifizierter und durchschaubarer. Sie wurde müde darüber, und die Winkelmann-Frauen waren nun nur noch zu dritt. Elisabeth Winkelmann war seit drei Monaten tot. Vivianas Generation war nun die nächste, die der Tod holen würde, obwohl sie noch für zwei Leben zu tun hatte.

Ella hingegen war noch jung, zumindest aus dem Blickwinkel einer Dreiundsechzigjährigen. Ella war ihr Schmetterling, denn die erste Bewegung ihres Kindes im Leib hatte sich so zart wie der Flügelschlag eines Schmetterlings angefühlt. Seit zehn Wochen wurde ihre Tochter nun schon im Spital kuriert, aber entlassen wollte Professor von Leube sie immer noch nicht. Den Magen machte krank, womit die Seele nicht fertigwurde. Das hatte Viviana schon häufiger bei Patienten erlebt.

Sie nahm eines der neuen Röntgen'schen Schattenbilder vom Schreibtisch auf. Mondlicht beschien diese. Auf den ersten Blick sah man darauf lediglich so etwas wie eine Ansammlung kunstvoller Nebelschwaden vor einem schwarzen Nachthimmel. Doch der weiße Nebel formte das Becken eines Mannes, das Scham-, das Darm-, das Sitz- und das Kreuzbein, den ersten Lendenwirbel und den Oberschenkel mit Hals. Mondweiß trat die Gelenkpfanne vor den dunkleren Weichteilen hervor. Das Schattenbild zeigte das Becken des alten Meisters Gruber, einem ihrer ersten Patienten und der einstige Lehrmeister von Ellas leiblichem Vater Paul. Gestern war Richard mit Meister Gruber im Physikalischen Labor in der Domerpfarrgasse gewesen, wo die Durchstrahlungen angeboten wurden. Einen halben Tag lang hatten sie dort Schlange stehen müssen. Seit der Durchstrahlung stand außer Frage, dass der über Achtzigjährige an einer linksseitigen Schenkelhalsfraktur litt – einem Knochenbruch im Bereich des Oberschenkelhalses –, was ohne die Durchstrahlung nur eine Operation hätte bestätigen können.

Viviana konnte sich der neuen Entdeckung nicht verschließen, obwohl es ihr bislang noch nicht einmal gelungen war, sich vollständig an die Glühbirne zu gewöhnen. Richard wusste dank der Gespräche an den Krocketnachmittagen, dass die Entdeckung der Strahlen auch im Juliusspital freudig aufgenommen wurde. Besonders für die Innere Medizin gewannen die Röntgenbilder jeden Tag mehr an Bedeutung. Fremdkörper, Kugeln, abgefeuert aus Kriegsgewehren, verschluckte Kleinteile, Gelenkprobleme und Knochenbrüche – all das konnte fortan ohne operativen Eingriff erkannt werden.

Viviana wünschte in diesem Moment, dass Professor von Marcus, ihr einstiger Mentor, die innere Fotografie noch hätte miterleben dürfen. Solange sie zurückdenken konnte, war Würzburg stets die Stadt gewesen, in der die Diagnostik, vor allem unter Professor Schönlein und Professor von Marcus ihre größten Fortschritte gemacht hatte und Tradition besaß. Deshalb passten die Strahlen auch so gut nach Würzburg, deren Entdecker, ginge es nach Viviana, Professor Röntgen auch bleiben sollte. Denn was würde es für Würzburg und für das Juliusspital bedeuten, sollte Lenard die Entdeckung zuerkannt werden?

Ich muss meinen Schülerinnen die Röntgendurchstrahlung vorführen!, beschloss sie in diesem Moment. Ihre Schülerinnen sollten Einblicke in alle wichtigen wissenschaftlichen Fachbereiche erhalten, zu denen die Experimentalphysik nunmehr ebenfalls gehörte. Aber wo bekäme sie auf die Schnelle einen kenntnisreichen Physiker her? Physiker waren derzeit so heiß von der Presse, von Ärzten, Patienten und auch von der neugierigen Allgemeinheit begehrt, dass sie Mangelware waren. Im Notfall, so überlegte sie, müsste ich mich eben in Röntgens »Vorläufige Mitteilungen« einlesen und das Experiment eigenhändig nachstellen.

Wehmütig dachte sie an die Frauenbewegung. Ihre aktive Arbeit dafür hatte sie aus Zeitgründen aufgeben müssen. Fast vierzig Jahre hatte sie für die Bildung der Frau gekämpft. Fast genauso lange bot sie bildungshungrigen Frauen in ihrer Sonntagsschule schon das Wissen an, das den Knaben im Rahmen des Abiturs ganz selbstverständlich vermittelt wurde. Ein Wissen, das man den Mädchen an den üblichen Töchterschulen, die es auch in Würzburg gab, allerdings vorenthielt, und denen man stattdessen Haushaltsführung, Sprache und Konversation als erstrebenswerte Lernziele anpries, die ihnen für ihren weiteren Lebensweg zu genügen hatten. Zu wenig war erreicht worden, wenn auch immerhin ein Dutzend ihrer Schülerinnen an der Züricher Universität angenommen worden war und noch mal so viele in den Vereinigten Staaten von Amerika studiert hatten. In keinem anderen zivilisierten Land stieß das Verlangen der Frauen nach wissenschaftlicher Bildung auf so heftigen Widerstand wie im Deutschen Kaiserreich.

Viviana fegte das Röntgenbild so heftig vom Schreibtisch, dass es vor den einstigen Lesesessel ihres Vaters segelte. Mindestens zwei Damen gab es in ihrer Klasse, deren Intellekt und Neugier sie überdurchschnittlich hoch einschätzte, um nicht zu sagen, deutlich höher als den der meisten männlichen Studenten. In ihren Gedanken begann sie schon, ein Schreiben an das Ministerium zu formulieren, obwohl das nicht mehr ihre Aufgabe war.

Irgendwann, sie wusste nicht mehr, wie viel Zeit vergangen war, schaute sie auf und sah Richard im Türrahmen stehen.

»Du bist wunderschön, wenn du nachdenkst«, sagte er. »Ich könnte hier stundenlang stehen und dich überzogen von Mondlicht ansehen.«

Viviana lächelte erschöpft. »Wie lange stehst du denn schon da?«

»Nicht lang genug, um genug zu haben. Und trotzdem solltest du langsam schlafen gehen. Es ist schon zwei, und morgen früh um acht Uhr stehen Krankenbesuche im Grombühl an. Die Familie Voss und die Kinder der Hotzes verlassen sich auf uns.« Er trat nun hinter sie an den Schreibtisch und massierte ihren Nacken.

»Ich will meinen Schülerinnen die Röntgen-Strahlen demonstrieren«, sagte sie, ohne auf seinen Ratschlag einzugehen.

»Daran hatte ich auch schon gedacht«, gestand er.

Seine Finger waren warm und strichen zärtlich über ihren Hals.

»Nur sind, soweit ich weiß, die Hittorf-Crookes'schen Röhren und fluoreszierenden Schirme mittlerweile in ganz Bayern ausverkauft«, sagte er.

»Können wir sie uns denn von einem Hersteller außerhalb Bayerns liefern lassen?«

Er antwortete mit einer Gegenfrage. »Du willst deinen Schülerinnen das Experiment wirklich selbst vorführen?«

Viviana schwieg nachdenklich.

Er zog sie zu sich hoch. »Ist das nicht zu viel für dich?«

»Ich möchte, dass meine Schülerinnen mit den männlichen Abiturienten mithalten können. Und bestimmt sind die Strahlen bald auch Lehrstoff am Gymnasium. Neulich haben sie sie sogar auf dem Marktplatz in einer schwarzen Box vorgeführt wie auf einer Kirmes. Für einen Taler pro Person.«

Richard schüttelte den Kopf. »Unsere Zeit wird mit jedem Tag verrückter. Mir hilft das Krocketspielen sehr gut, um mich einmal zu entspannen. Vielleicht kommst du doch mal mit«, versuchte er es erneut. Seit einigen Wochen übte er Krocketschläge im Garten hinter dem Haus. »Albert Kölliker hat sich schon nach dir erkundigt.«

»Aber es gibt so viel zu tun hier.« Sie küsste ihn lang und innig. Er war ihre Rettung vor der schnellen Zeit.

»Trotzdem möchte ich, dass du deine Gedanken an die Sonntagsschule jetzt im Damenkabinett zurücklässt«, bat er nach dem Kuss und führte Viviana ein Geschoss höher, wo sich ihr Schlafzimmer befand.

Dort befreite Richard sie von ihren Kleidern, zog sich selbst ebenfalls aus und sie ins Bett, wo er ihren Hals zu liebkosen begann. Und es gelang Viviana tatsächlich, nicht mehr an Röntgen, an Lenard oder an die Sonntagsschule zu denken. Einzig Ella, deren Magengeschwür nicht gut verheilte, wollte ihr nicht aus dem Kopf gehen.

Richard fuhr mit der Kuppe seines Zeigefingers die Form ihrer Hüften und Oberschenkel nach. Viviana wollte sich ihrem Ehemann so gerne hingeben, aber Ella verhinderte es. Meine Tochter, womit kämpfst du in deinen Gedanken, und warum vertraust du dich mir nicht an?

7

September 1896

Henrike zeigte dem Spitalspförtner ihr Eintrittsbillett, dann ging sie in das zweite Obergeschoss des Curistenbaus. Seit Monaten kam sie nun schon heimlich her. Inzwischen kannte sie alle Säle der Irrenabteilung und war immer noch froh, wenn nicht alle Türen gleichzeitig aufgingen und ein heilloses Durcheinander entstand, was schon öfters passiert war. An manchen Tagen riss das Geschrei und Gezeter nicht ab, an anderen wiederum war die Stille erdrückend. In den warmen Monaten, wenn die Sonne hoch am Himmel stand, warfen die Fenstergitter Schatten auf die Böden der Krankensäle.

Wie immer ließ Wärterin Ruth sie ein. Henrike war außer Ruth noch keiner anderen Irrenwärterin begegnet. Sie vermutete inzwischen sogar, dass Ruth in der Abteilung bei den weiblichen Irren lebte. Einmal hatte Henrike mitbekommen, wie die Wärterin der Ältesten im Saal der Unreinlichen die Essensration aus fadenscheinigen Gründen gestrichen und diese selbst gegessen hatte. Sie schlief auch hier.

»Du kümmerst dich heut um de Ruhige!«, befahl ihr Wärterin Ruth an diesem Septemberfreitag gewohnt harsch. Ihr Wärterinnenkleid spannte sich wie immer über ihren Oberarmen und dem Bauch. »Der Professor Rieger braucht den Gemeinschaftsraum jetzt. Nimm die Irre mit ins Gärtle. Da störe se wenicher. I muss die Abteilung für a halb Stund verlasse.«

»Ich soll sie in den Garten begleiten, alleine?« Auch wenn Henrike inzwischen viele Handgriffe und Abläufe in der Irrenabteilung vertraut waren, bedeutete dies noch lange nicht, dass sie ein halbes Dutzend Kranke alleine im Griff hatte.

»Du kannst sie auch ins Klo einsperre!«, sagte die Irrenwärterin. »Hauptsach, sie störe den Professor ned!«

Es ist traurig, dass Professor Rieger auf eine Wärterin wie Ruth angewiesen ist, ging es Henrike durch den Kopf. Dabei haben die menschlicheren Menschen gute Wärterinnen, Interesse und Zuneigung doch viel nötiger als jeder andere Kranke im Spital. Ruth aber schien jeden Moment auszunutzen, den der Professor nicht neben ihr stand, um nach ihren eigenen Vorstellungen zu arbeiten, das Wohl der Patienten lag ihr dabei nicht am Herzen.

Henrike schaute zum Gemeinschaftsraum, dessen Tür geschlossen war. Immer montags und donnerstags kam Professor Rieger zur Visite, ansonsten nur dann, wenn es einen Notfall gab. Deswegen sah sie ihn nur selten, was sie schade fand, da sie nur freitags hier war.

Sie zog ihr Wärterinnenkleid und die Schürze an, band sich die roten Haare zu einem Knoten am Hinterkopf und setzte die Haube auf. Dann begab sie sich zum Saal der Ruhigen. Sie wusste inzwischen, dass die Ruhigen depressiv waren und eigentlich nur nach außen hin ruhig wirkten. Sie waren antriebslos, ständig müde und interessierten sich für nichts. Das Leid der Welt schien auf ihren Schultern zu lasten, weshalb sie innerlich ständig angespannt waren und schlecht schliefen.

Noch nie war Henrike die Verantwortung für einen ganzen Saal Kranker übertragen worden, Wärterin Ruth war bisher immer in Rufweite gewesen. Im Notfall würde sie Professor Rieger aus dem Gemeinschaftsraum holen müssen. Der Professor war davon überzeugt, dass sich ein gleichmäßiger Tagesrhythmus von der körperlichen auf die geistige Ebene jedes Patienten übertrug, zumindest hatte sie ihn das einmal sagen hören. Einen wesentlichen Teil der Behandlung bildeten deswegen immer wiederkehrende Arbeiten, die den Schicklichkeitssinn und die Verstandeseinsicht förderten.

Henrike öffnete die Tür zum Saal der Ruhigen. Auf den drei Betten an der rechten Wand lagen und saßen Frau Löffler, Frau Eisele und Frau Hahn; auf der gegenüberliegenden Seite standen die Betten von Frau Weidenkanner, Frau Kreuzmüller – wie immer mit der Fotografie in der Hand –, und das vor einem Monat eingelieferte Fräulein Weiss, das im Bett des verstorbenen Fräulein Vogel schlief. Henrike kannte inzwischen alle Patientinnen mit Namen, auch das machte die Kranken menschlicher.

»Wollen wir in den Garten gehen und uns dort die Herbstblüher anschauen?«, fragte sie bemüht fröhlich, um die traurigen Damen aufzumuntern.

Frau Hahn schüttelte den Kopf, Frau Eisele ließ sich in ihrem Klagesermon nicht aus der Ruhe bringen, und Fräulein Weiss sagte: »Wir sind um diese Zeit im Gemeinschaftsraum. Wird uns das jetzt auch verboten, nach all dem, was wir sowieso schon durchmachen mussten?«

»Es ist alles gut, niemand verbietet Ihnen den Gemeinschaftsraum«, versuchte Henrike, sie zu trösten, und erklärte ihnen dann, dass Professor Rieger den Raum heute ausnahmsweise nutzen würde.

Frau Löffler, die im Bett lag, schüttelte niedergeschlagen den Kopf, als hätte man ihr zum hundertsten Mal einen Herzenswunsch abgeschlagen. Sie hatte schon zwei Mal versucht, sich umzubringen. Unter den depressiven Patienten musste sie besonders beobachtet werden. Henrike schaute wie ein Luchs nach ihr. Noch einmal wollte sie nicht zu spät kommen.

Bei so viel Traurigkeit fiel es Henrike nicht leicht, gute Laune zu verbreiten, zumal sie nach wie vor oft an Fräulein Vogel dachte, deren Selbstmord sie vielleicht hätte verhindern können. »Jetzt im September sind im Garten Herbstblüher zu bewundern, in den allerschönsten Farben«, schwärmte sie trotz allem.

»Das interessiert mich nicht«, sagte die alte Frau Weidenkanner mit leerem Blick, der Henrike besonders berührte, weil er sie an ihre Urgroßmutter erinnerte. Wenn Elisabeth Winkelmann sich unbeobachtet gefühlt hatte, hatte sie manchmal ebenso hoffnungslos dreingeschaut und die Arme genauso wie Frau Weidenkanner vor der Brust verschränkt.

Am liebsten hätte Henrike laut geseufzt, doch stattdessen ging sie zu Frau Weidenkanner hinüber, die steif am Tisch auf der Vorderkante eines Stuhles saß. Die Patientin war davon überzeugt, dass sie die Menschen, mit denen sie zu tun hatte, allein durch ihre Anwesenheit schädigte. Äußerlich wirkte sie wie gelähmt, innerlich war sie rastlos. Das erkannte Henrike daran, dass sie unentwegt einen Würfel zwischen den Fingern drehte. Manchmal selbst dann noch, wenn sie ihre Arme vor der Brust verschränkte und wie ihre Urgroßmutter Elisabeth schaute.

»Ich möchte mit Ihnen Herbstblüher im Garten suchen«, verkündete Henrike.

Erwartungsgemäß zeigte sich keine Patientin hocherfreut, aber dass überhaupt niemand antwortete! »Wenn Wärterin Ruth kommt und sieht, dass Sie nicht im Garten waren, wird sie ...«, sagte Henrike nun bedeutungsschwer, weil sie sich nicht anders zu helfen wusste.

Fräulein Weiss und die alte Frau Weidenkanner schlurften daraufhin zur Tür. Henrike half auch Frau Eisele und Frau Hahn, die immer wieder Hüftschmerzen hatte, aus dem Bett. Als sie dann aber auch Frau Kreuzmüller bei der Hand nehmen wollte, stockte sie. Die Frau saß auf ihrem Bett und hielt wie immer die Familienfotografie in ihren Händen, die jedoch zerrissen war. Zudem weinte sie leise vor sich hin.

»Bitte, Frau Löffler, lassen auch Sie uns kurz allein«, sagte sie und an die anderen Frauen gewandt: »Gehen Sie alle schon einmal in den Flur«, weil Frau Kreuzmüller anders als sonst war.

Bei den depressiven Frauen konnte sie sicher sein, dass diese keinen Schritt weiter als in den Flur gehen würden. Nur deswegen konnte sie sie unbeaufsichtigt aus dem Zimmer schicken, bat sie aber, die Tür geöffnet zu lassen.

Henrike setzte sich zu der Kranken und strich ihr das viel zu lange Stirnhaar liebevoll hinter die Ohren, damit sie ihr in die Augen schauen konnte. Wie sehr sie deren lebloser Blick doch an Fräulein Vogel erinnerte. »Warum haben Sie das Bild zerrissen? Sie und Ihr Mann sind darauf ein so hübsches Paar.«

Frau Kreuzmüller schüttelte kaum merklich den Kopf, sie fühlte sich sichtbar unwohl.

»Sie sind immer noch hübsch«, sagte Henrike ihr. »Ich könnte Ihnen beim nächsten Mal das Haar genauso wie auf dem Foto stecken.« Behutsam drehte Henrike das Haar der Patientin zu einer Schnecke zusammen. »Es fehlen nur ein paar Haarklemmen.«

Frau Kreuzmüller schaute misstrauisch auf Henrikes Arm und rückte dann weg von ihr, sodass ihr das Haar wieder ins Gesicht fiel.

»Kommen Sie, Frau Kreuzmüller, wir brauchen beide etwas frische Luft. Und wenn Sie möchten, klebe ich Ihre Fotografie wieder. Ja?« Sie nahm Frau Kreuzmüller bei der Hand.

Gemeinsam erhoben sie sich vom Bett und verließen den Saal.

»Nicht kleben«, sagte Frau Kreuzmüller zu ihr im Flur, bevor sie zu den anderen stießen.

Henrike verstand sie kaum, weil aus dem Gemeinschaftssaal männliche, laute Stimmen drangen. Es kam hin und wieder vor, dass Professor Rieger zu Demonstrationszwecken seine Vorlesungen in die Abteilung der weiblichen Irren verlegte. Zu gerne hätte sie dabei einmal Mäuschen gespielt. Sie liebte es zu diskutieren. In der Töchterschule war sie kaum zu bremsen, wenn es um den Austausch von Argumenten ging, und im Bereich der Literatur gar ungeschlagen. Erbärmlich träge hingegen arbeitete ihr Hirn bei Redewendungen und Konversationen in einer fremden Sprache.

Zum ersten Mal, seitdem sie hier arbeitete, betrat Henrike den kleinen Garten, der den Irren des Juliusspitals vorbehalten war. Der Garten wurde vom Badehaus, einer Küche und einer Kapelle eingeschlossen. An seinen Seiten waren Beete angelegt, die übrige Fläche war Rasen. Freitags und mittwochs stand der Garten ausschließlich den weiblichen Irren zur Verfügung. Die männlichen Irren, die im ersten Obergeschoss des Curistenbaus untergebracht waren, hatten andere Zutrittszeiten, um ein Zusammentreffen der Geschlechter zu vermeiden. Wärterin Ruth hatte sich schon sehr abfällig über die Wollüstigen unter den manischen Patienten geäußert.

Langsam, damit die Frauen ihr gut folgen konnten, schritt Henrike an der Rabatte vor dem Küchengebäude entlang, aus dem der Geruch angeschmorter Zwiebeln ins Freie drang. Die Patientinnen blieben an der Tür, die vom Curistenbau in den Garten führte, zurück. »Wer eine Pflanze zuerst erkennt, darf es gerne sagen«, motivierte sie die Patientinnen. Auf den ersten Blick machte sie Goldruten und Sonnenhüte aus. »Was halten Sie davon, wenn diejenige von Ihnen, die die meisten Pflanzen kennt, am Ende ein Lied vorsingen darf?« Die ruhigen Frauen sprachen nicht viel, deshalb würde ihnen das Singen vielleicht leichterfallen oder auch nur das Summen einer Melodie, um sich auszudrücken.

Fräulein Weiss war die Erste, die sich in den Garten wagte. Langsam ging sie an den blumenbedeckten Rabatten entlang. Die anderen Frauen musste Henrike förmlich am Arm in den Garten hineinziehen. Einzig Frau Löffler war nicht von der Stelle zu bewegen.

»Wie heißt diese rapsgelbe Blume doch gleich noch einmal? Silber, Bronze ...«, dachte Henrike laut nach und nickte den Frauen aufmunternd zu, aber keine sagte daraufhin etwas. Auf ihren Gesichtern lag der ewig gleiche, leere Ausdruck, den sie auch im Saal hatten. Nur Fräulein Weiss gab sich Mühe und sah sich die Blumen wenigstens an.

»Ist das eine Hyazinthe?«, fragte Henrike und wies auf ein ganzes Meer von Sonnenbräuten, die leuchtend gelb und rostfarben vor dem schokoladenbraunen Laub des Wasserdosts blühten.

Wieder keine Reaktion. Nur Frau Weidenkanner drehte den Würfel immer schneller zwischen den Fingern.

Langsam wurde Henrike ungeduldig. »Wenn Sie es nicht wissen, raten Sie doch einfach. Mit etwas Glück fällt Ihnen der Name dann vielleicht wieder ein.«

Frau Weidenkanner schüttelte den Kopf. »In meinem Leben hatte ich noch nie Glück, warum sollte das ausgerechnet im Irrenhaus anders sein?«

Eine der Frauen brabbelte etwas vor sich hin, wovon Henrike allerdings nur die Wörter »nicht« und »singen« verstand. »Das tut mir leid, Frau Weidenkanner«, entgegnete sie schließlich. »Aber ich bin überzeugt«, sagte sie dann, weil die ruhigen Frauen in ihr vor allem den Wunsch auslösten, sie zu trösten und aufzumuntern, »dass jeder Mensch mindestens einmal im Leben richtiges Glück hat. Also, wer kennt den Namen dieser Pflanze?«

Frau Hahn trat nun neben sie, blieb aber stumm.

»Das ist eine Goldrute«, sagte Henrike, schenkte Frau Hahn ein Lächeln und ging dann zur nächsten Pflanzengruppe, aber auch von der Herbstanemone wollte niemand etwas wissen. Sie zeigte auf weitere Gewächse, und nach einer Weile schlug Frau Kreuzmüller sogar einmal einen Namen vor, wenn auch den falschen. Frau Weidenkanner murmelte etwas, das für Henrike verdächtig nach »Mauerpfeffer« klang, der weit und breit nicht zu sehen war.

»Das bedeutet dann wohl, dass ich singen darf«, sagte Henrike, nachdem sie jeder der verdutzten Pflanzenkennerinnen als Dankeschön für ihren Einsatz die Hand geschüttelt hatte.

Es war ihr zwar etwas unangenehm zu singen, weil die meisten Damen vermutlich gar kein Lied hören wollten, aber Henrike wollte Wort halten. Wer die meisten Pflanzen kannte, durfte singen.

Henrike stimmte das Lieblingslied ihres Vaters an. »Auf, auf zum fröhlichen Jagen, auf in die grüne Heid. Es fängt schon an ...« Am ersten Tag in der Irrenabteilung war ihr größter Fehler gewesen, sich von der schlechten Stimmung der Kranken anstecken zu lassen. »Tridihejo, dihejo, dihedihedio tridio«, sang sie und schaute zu Frau Löffler, die nach wie vor am Eingang des Gartens ausharrte. »Tridio, hejo, dihejo, tridio, tridio.« Henrike dachte beim Singen an die letzte Jagd, von der ihr Vater ihr berichtet hatte und an der sie gerne teilgenommen hätte. Aber das war unvorstellbar für eine junge Dame, außer sie trug der Jagdgesellschaft den Erfrischungskorb hinterher. »Frühmorgens, als der Jäger in grünen Wald 'neinkam ...«, sang sie weiter und vergaß darüber fast, wo sie sich befand.

Die angebliche Gräfin von Weikersheim stand im zweiten Obergeschoss am Fenster und begann, mit einzigartig eleganten Bewegungen durch die Gitter hindurch zu dirigieren, als säße das versammelte Würzburger Theaterorchester zu ihren Füßen.

»Schau, wie das Heer der Sterne, den schönen Glanz verliert«, sang Henrike weiter. Sie fühlte sich wie im Rausch, wenn sie erst einmal eine Melodie auf den Lippen hatte. »Und wie sie sich entfernen, wenn sich Aurora rührt!«

Als sie fertig gesungen hatten, sagten die Anwesenden länger nichts. Erst nach einer längeren Pause erklang vorsichtiger Applaus.

Henrike schaute zum zweiten Obergeschoss hinauf, von wo der Applaus kam. Die angebliche Gräfin von Weikersheim, die eigentlich Sina Weber hieß, verbeugte sich elegant, als gelte der Applaus ihr. Im Zimmer unmittelbar daneben, im Gemeinschaftsraum, hatte Professor Rieger das Fenster geöffnet, und um ihn herum drückten gleich ein halbes Dutzend Studenten die Köpfe an die Gitterstäbe.

»Wundervoll interessant vorgetragen, Mademoiselle!«, rief der französische Student neben dem Professor. Da war er wieder! Sie hatte ihn in den letzten Wochen nicht mehr gesehen und sich schon gefragt, warum er keine Schädel mehr vermaß. Oder nach ihr schaute.

Henrike beschattete ihre Augen mit der Hand vor der Herbstsonne. »Wir haben uns die Herbstblüher angesehen!«, rief sie hinauf.

Professor Rieger und der französische Student winkten ihr zu, dann schlossen sie das Fenster wieder und konzentrierten sich erneut auf den Unterricht.

Henrike wollte die Frauen gerade wieder in ihren Saal zurückführen, da stellte sich ihnen Wärterin Ruth in ihrer ganzen muskulösen

Breite in den Weg. Ihr Körper wirkte wie eine unüberwindbare Mauer. »Des is ja wohl die Höh! Wenn die Irre schon a mal im Gärtle sind, müsse se Gartearbeit erledige und ned nutzlos rumstehe!«, schimpfte sie gerade einmal so laut, dass der Professor sie im zweiten Stock nicht hören konnte, und stieß Frau Löffler in den Garten. »Na los, mach schon!«

In Henrike kehrten schlagartig Unmut und Traurigkeit zurück, als die Frauen zu den Gießkannen schlurften und mit der Arbeit begannen. Henrike half mit und versuchte, ihnen dabei gut zuzureden. Aber selbst die Zusicherung eines neuen Blumenrundgangs am kommenden Freitag wurde nur freudlos zur Kenntnis genommen. Als Nächstes schickte die Wärterin Henrike zur Aufsicht in den Wachsaal. Gegen sieben Uhr gab sie Essen aus.

»Eine gute Wärterin achtet bei ansteckenden Krankheiten darauf, dass sie nie im Krankenzimmer isst oder trinkt«, murmelte Frau Sonntag am Tisch mit dem Teller vor sich.

Danach musste Henrike noch den Flur schrubben, wobei sie es auch wagte, ihr Ohr an die Tür des Gemeinschaftsraums zu legen. Denn die Essenszeit war die einzige Zeit, zu der Wärterin Ruth einmal nicht schrie, meckerte oder lachte, dass einem das Blut in den Adern gefror. Wenn sie aß, war sie ruhig und vielleicht sogar zufrieden.

Professor Rieger spricht im Gemeinschaftsraum über Erinnerungslosigkeit und Gedächtnisschwächen, sinnierte Henrike über die wenigen Passagen, die sie hatte erlauschen können. Seine Erinnerungen für immer zu verlieren, war für sie unvorstellbar, Erinnerungen waren ein Band, das Freunde und Familie zusammenschweißte. Sie schrubbte die letzten Meter im Flur, und nachdem die Demonstration beendet war, auch noch den Gemeinschaftsraum. Am liebsten hätte sie hier und jetzt ihr Korsett abgelegt, es störte sie bei der körperlichen Arbeit immer mehr. Leider hatte der französische Student die Abteilung sofort nach der Vorlesung verlassen. Sie hätte sich gerne noch mit ihm unterhalten.

Als sie den Tisch und die Stühle im Gemeinschaftsraum beiseiteschob und dabei gegen den Tisch stieß, fiel ein Buch zu Boden. Sie hob es auf, um es zurückzulegen, dabei blieb ihr Blick unwillkürlich am Titel hängen. *Leitfaden zur Psychiatrischen Klinik* stand auf dem Einband geschrieben. Als Autor wurde Professor Konrad Rieger genannt.

Henrike setzte sich und schlug das Buch auf. »Objekte der psychiatrischen Klinik sind Individuen, die auffallende Abnormitäten in Bezug auf ihr psychisches Leben zeigen«, las sie. »Im Allgemeinen lässt sich behaupten, dass Abnormitäten des psychischen Lebens parallel gehen mit abnormen Vorgängen im Gehirn.«

Henrike schaute nachdenklich auf. Das bedeutete ja, dass die menschlicheren Menschen an einer Gehirnkrankheit litten. Sie erinnerte sich an den teuren Bildband mit Röntgenbildern, den Isabella ihr neulich gezeigt hatte, die allerneueste Ausgabe, die noch am selben Tag vergriffen gewesen war. Alle Knochen des menschlichen Körpers waren darin abgebildet gewesen, sogar die Zähne, aber nicht das Gehirn. Welche Form und Festigkeit es wohl besaß und welche Farbe?

Obwohl sie schon seit acht Monaten in die Irrenabteilung kam, hatte sie noch nie über das Gehirn nachgedacht. Sie blätterte weiter im Buch. Fett gedruckte Wörter weckten ihre Aufmerksamkeit. »Die allgemeine Pathologie der Geisteskrankheiten unterscheidet krankhafte Störungen des Denkens, des Fühlens und des Handelns.«

Plötzlich hörte sie Schritte, die sich dem Gemeinschaftsraum näherten und die sie sofort zuordnen konnte. Sie sprang auf, versteckte das Buch unter dem Sitzkissen des Stuhls und griff nach dem Schrubber.

»Was faulenzt du hier?« Wärterin Ruth baute sich im Türrahmen auf, die Hände in die Hüften gestemmt. Sie zog Henrike in den Flur und drehte ihren Kopf zum Drehstuhl. Ruth schien eine Vorliebe für Foltermethoden zu haben, denn immer wieder redete sie darüber und drohte den Kranken damit. Zuletzt hatte sie sogar faule Wärterinnen auf das Foltergerät setzen wollen und von Eiswasserbegießungen zur Beruhigung der Manischen gesprochen. Professor Rieger hatte die Anwendung dieser Methoden zwar untersagt, aber ganz sicher war Henrike sich nicht, dass die Wärterin sich an das Verbot hielt.

Henrike wollte gerade ansetzen, sich zu rechtfertigen, als die Wärterin sie informierte: »Mir habe a Fall fürs Isolierzimmer!«

»Das Isolierzimmer?« Henrike schluckte und stellte den Schrubber beiseite. Das Isolierzimmer war ihr nicht weniger unangenehm als die Drehmaschine. Während ihrer gesamten Zeit in der Irrenabteilung hatte sie bisher nur ein einziges Mal im Isolierzimmer helfen müssen.

Ruth ging ihr voran. »Komm, aber schließ erst die Putzsache weg!«

Im Isolierzimmer half Henrike Ruth dabei, eine manische Pfründnerin, die tobsüchtig eine andere Kranke angegriffen hatte, auszuziehen. Denn angezogen würde die Kranke Urin und Fäkalien länger am Körper tragen. Im Isolierzimmer befand sich weder ein Bett noch sonst irgendein Gegenstand, nicht einmal einen Nachttopf gab es. Das Fenster war vergittert, die Wände weiß und kahl. »Wenn du dich ned bald beruhigst«, drohte Wärterin Ruth der Manischen, die keifte und um sich schlug, »wirst in Professor Riegers Klinik auf den Schalksberg gebracht, wo die allerschlimmsten Fälle behandelt werde!«

Henrike vermochte sich nicht vorzustellen, dass es noch schlimmere Gehirnkrankheiten gab als die der hiesigen Spitalsirren, und in diesem Moment geschah es. Die Manische holte mit der rechten Hand aus und zerkratzte ihr mit den Fingernägeln die linke Wange. Henrike schrie auf, was die Kranke aber nur noch mehr anstachelte. Wärterin Ruth schlug daraufhin so lange auf die Patientin ein, bis diese wimmernd am Boden lag. Henrike war zwar eingeschritten und hatte sich zwischen Ruth und die Frau gestellt, aber ihr Versuch, die kräftige Wärterin zu stoppen, war gescheitert. Ruth hatte sie einfach beiseitegeschoben und aus dem Zimmer befohlen.

Henrike betastete die Kratzer auf ihrer Wange und starrte erschrocken auf ihre blutigen Finger. Wie sollte sie das ihren Eltern erklären? Die Schmerzensschreie, die aus dem Isolierzimmer drangen, verfolgten sie bis in die Küche, wo sie Verbandszeug fand und ihre Wange notdürftig versorgte.

Es war Viertel acht, als Henrike wieder ihre Alltagskleidung trug, die roten Haare ihr wie bei jedem Ausgang unter dem Hut auf die

Schultern fielen und sie den Leitfaden unter dem Sitzkissen des Stuhls im Gemeinschaftsraum hervorzog. Mit dem Buch vor der Brust verließ sie die Irrenabteilung und hielt auf das andere Ende des Verbindungsflurs zu, wo sich Professor von Leubes Magenstation befand.

Als Henrike in Krankensaal drei eintraf, half Anna Gertlein dort gerade einer Patientin beim Trinken. Behutsam stützte sie deren Kopf und hielt ihr den Becher an die Lippen. Sie lobte die Bettlägerige für jeden Schluck. Die Wärterin von der Magenstation sah noch genauso erschöpft und ausgezehrt aus wie schon vor Monaten. Seit der Entlassung ihrer Mutter hatte Henrike die Wärterin gemieden und diese sie ebenso. Doch nun führte sie ihre brennende Wange gezwungenermaßen wieder auf die Magenstation zurück. »Ich muss Sie dringend sprechen, Anna!«

Anna Gertlein ließ den Trinkbecher sinken. »Ich bin gerade beschäftigt.«

»Ich kann warten«, log Henrike und lehnte sich demonstrativ gelassen gegen den Türrahmen des Krankensaals. In weniger als fünfundvierzig Minuten kam das Abendessen in der Eichhornstraße auf den Tisch. In Wahrheit durfte sie keine Minute mehr vertun. Nur weil sie seit Januar an keinem Freitag unpünktlich gewesen war, war ihre Notlüge mit Isabella noch nicht aufgeflogen. Aus den zwei oder drei weiteren Diensten als Reservewärterin waren Monate geworden, weil Henrike glaubte, ihre Schuld am Tod von Fräulein Vogel noch nicht abgearbeitet zu haben. Keiner ihrer Patientinnen ging es mittlerweile sichtlich besser.

Anna Gertlein gab der Patientin den Trinkbecher und folgte Henrike auf den Flur, wo ihr Henrike ihre zerkratzte Wange zeigte.

»Und?«, fragte Anna beim Anblick der Wunde mit kühlem Unterton.

»Die Schramme stammt von einer manischen Kranken im Isolierzimmer«, erklärte Henrike und ließ den Satz eine Weile wirken, bevor sie weitersprach: »Sie glaubte wohl, ich sei ihr Entführer, der sie im Wahn regelmäßig heimsucht.«

Doch Anna Gertlein zeigte noch immer kein gesteigertes Interesse an Henrikes Wunde. »Ich habe schon gehört, dass Sie immer noch in der Irrenabteilung sind«, sagte sie schließlich.

»Seit acht Monaten, einmal jede Woche«, antwortete Henrike. Das machte über dreißig Freitage, an denen sie noch nicht von ihren Eltern ertappt worden war. »Begreifen Sie jetzt, dass ich kein reiches, verwöhntes ›Töchterle‹ bin?«

»Zumindest schließe ich's nicht mehr aus«, gestand die Wärterin nun schon kleinlauter.

»Was schließen Sie nicht aus, dass ich nicht verwöhnt bin und auch nicht so schnell aufgebe?«, beharrte Henrike.

»Nein, dass in Ihnen das Blut von Viviana Winkelmann fließt!«

»Natürlich, Viviana ist schließlich meine Großmutter!«, antwortete Henrike und überlegte, ob Anna mit ihren Worten nicht noch etwas anderes gemeint haben könnte.

»Ist das Ihr Buch?«, fragte die Wärterin.

»Das ist ein Leitfaden über psychiatrische Krankheiten«, antwortete sie. »Ich habe es mir geliehen.« Es war ihr unangenehm, mit dem ungefragt mitgenommenen Buch in der Hand ertappt worden zu sein.

»Sehen Sie, genau das meine ich damit, wenn ich vom ›Blut der Viviana Winkelmann‹ in Ihren Adern spreche.« Anna Gertlein wandte sich in ihren abgelaufenen Schuhen zum Gehen und hatte die Tür zum Krankensaal schon geöffnet, als Henrike eindringlich bat: »Anna, warten Sie bitte.« Sie folgte Anna auf den Flur hinaus und griff nach ihrem Arm, wobei ihr das Buch aus der Hand glitt. »Großmama selbst weicht mir stets aus, wenn ich etwas über ihre Vergangenheit erfahren will, und auch meine Eltern meiden das Thema. Bitte erzählen Sie mir, was damals geschehen ist.«

Anna Gertlein fixierte Henrike eine Zeit lang, dann meinte sie schließlich: »Meine Großmutter, die am Spital als Reservewärterin arbeitete, als Professor Virchow noch hier war, kennt den Anfang der Geschichte.«

»Großmutters Anfang?«, fragte Henrike hoffnungsvoll.

Wärterin Anna nickte wissend, und ihre mausgrauen Augen flackerten auf, als sie sagte: »Im Grombühl erzählen sich die Alten, dass es bei Ihrer Großmutter damit anfing, dass sie ...«

»Wärterin Anna! Vertrödeln Sie hier etwa kostbare Zeit und lassen unsere Curisten unbeaufsichtigt?«, verlangte die Oberwärterin zu wissen, die aus den Tiefen des Flures auftauchte. »Sie haben eine Perforation zu versorgen, Ihr Verhalten ist unverantwortlich!«

Anna Gertlein senkte den Blick vor ihrer Vorgesetzten, entgegnete dann aber nur wenig demütig: »Es tut mir leid!«, nickte Henrike noch kurz zu und öffnete die Tür zum Krankensaal wieder. Die Oberwärterin ging in die andere Richtung davon.

Henrike sah ihre Felle schon davonschwimmen, als sich Anna Gertlein doch noch einmal zu ihr umwandte und sagte: »Es begann wohl so, dass Ihre Großmutter heimlich Medizinbücher las und Vorlesungen von Professor von Marcus belauschte.« Nach diesen Worten zog sie die Tür des Krankensaals hinter sich zu.

Vor Henrike tauchte plötzlich das Gesicht ihrer Großmutter auf. Viviana arbeitete neben Richard als Ärztin und hatte anders als sie mit schöner Literatur nur wenig am Hut. Sie lasen solche zwar gemeinsam, aber ihre tiefblauen Augen fingen erst beim Studium eines ihrer medizinischen Journale richtig zu leuchten an. Henrike versuchte, sich Viviana im Alter von siebzehn Jahren vorzustellen, was gar nicht so schwierig war.

Henrike zögerte, das Lehrbuch wieder vom Boden aufzuheben. Ihre Eltern wollten ganz sicher nicht, dass sie medizinische Bücher las. Ein paarmal hatte sie die beiden schon über ihre Großmutter streiten hören, zuletzt als ihr Vater entschieden hatte, diese nicht mehr so oft zu besuchen. Anton war davon überzeugt, dass Henrike im Palais nur Flausen in den Kopf gesetzt werden würden.

Mehrere Atemzüge lang starrte sie auf das Buch auf dem Spitalboden, als wäre es ein gefährliches Tier, dem man besser nicht zu nah kam. Mit dem heimlichen Studium von Medizinbüchern hatte es bei ihrer Großmutter also begonnen. Sie ging in die Hocke, las erneut den Titel und sagte dann halblaut zu sich selbst: »Ich sollte nicht«, aber ihre Hand näherte sich dem Buch trotzdem. Die Kratzer auf ihrer Wange brannten und ließen sie wieder an die handgreiflich gewordene Manische im Isolierzimmer denken und daran, dass sie beim Verlassen der Irrenabteilung durch die halb geöffnete Tür ein vorsichtiges Summen im Saal der Ruhigen vernommen hatte. Sie hatte die Melodie ihres Jagdliedes wiedererkannt, obwohl es nur ganz leise erklungen war.

Plötzlich kam Anna aus dem Krankensaal gestürzt. »Professor von Leube, kommen Sie schnell!«, rief sie den Flur hinab, und schon sah Henrike den Professor in seinem weißen Kittel mit den Goldknöpfen heraneilen. Augenblicklich nahm sie den Leitfaden vom Boden auf und lief davon. Erst einmal wollte sie das Buch in Sicherheit bringen, was sie danach mit ihm machen würde, könnte sie später immer noch entscheiden.

Hastig zeigte sie dem Pförtner ihr Ausgangsbillett, dann bestieg sie die nächste freie Kutsche. Vom Spital bis zur Wohnung der Familie Hertz war es zwar nur ein kurzer Fußmarsch, aber es war schon dunkel draußen, außerdem wohnte Isabella in der entfernter gelegenen Ludwigstraße, aus der Henrike offiziell zurückkommen musste. Manchmal stand ihre Mutter bereits am Fenster, um nach ihr Ausschau zu halten.

Doch bevor sie anfuhren, wurde zu Henrikes Überraschung auf einmal die Kutschentür aufgerissen. »Mademoiselle Enrike, ich bitte Sie auf ein Wort!« Der französische Student schaute zu ihr auf. »Darf ich mich zu Ihnen setzen?«

Henrike versteckte das Buch hinter ihrem Rücken. Dann erst bat sie den jungen Mann, auf der gegenüberliegenden Sitzbank Platz zu nehmen. War es vielleicht sein Buch, das er nun von ihr zurückhaben wollte?

»Ich wollte Ihnen noch sagen, dass Mademoiselle vorhin eine ganz *formidable* Sängerin war.«

Wenn Henrike doch nur gewusst hätte, was *formidable* bedeutete. Bitte lass das Buch nicht ihm gehören, heilige Maria!, bat sie im Stillen.

Da er nicht mehr ausgestiegen war, fuhr die Kutsche nun an. »Und wenn ich mich Ihnen erst einmal vorstellen darf, *je m'appelle* Jean-Pierre Roussel. Ich bin Student der Medizin an der Alma Julia, und vor allem interessiert mich die Psychiatrie.« Er deutete eine Verbeugung an, als sie gerade über den Dominikanerplatz fuhren. Die Pferde-Straßenbahn zog an ihnen vorbei, sie hatte stets Vorfahrt.

Jean-Pierre Roussel, wiederholte sie seinen Namen in Gedanken. Der Student war so angenehm und ganz und gar anders als Karl Georg Reichenspurner – jener aufstrebende Beamte, den ihr Vater ihr schönreden wollte. Karl Georg Reichenspurner trug Krawattenschals mit hellblau-weißen Rauten, genauso wie Anton.

»Erlauben Sie mir noch eine Anmerkung, Mademoiselle?«

Henrike nickte und grübelte darüber, wie man ›Sie haben dafür genau eine Minute Zeit‹ ins Französische übersetzte. So gerne sie sich auch weiterhin mit ihm unterhalten hätte, aber ihre Mutter durfte sie um keinen Preis alleine mit einem Mann sehen.

»Ihr Wettbewerb vorhin war eine interessante Idee für die ruhigen Frauen«, sagte er ihr, während sie noch nach den passenden Vokabeln suchte, um ihm auf Französisch zu antworten. Seine unergründlich schwarzen Augen ruhten auf ihr, kein einziges Mal wandte er den Blick von ihr ab.

»Danke«, sagte sie überrascht über das Lob, das erste, das sie bisher für ihre Anstrengungen überhaupt erhalten hatte. »*Merci.*«

Die Kutsche bog in die Eichhornstraße ein. »Die Frauen haben trotzdem weiterhin geklagt, ich konnte sie nicht trösten«, gestand sie ihm, während sie nervös aus dem Kutschenfenster blickte. Noch war die Kutsche vom Salonfenster aus nicht zu sehen.

»Verstehen Sie mich nicht falsch«, fuhr Jean-Pierre Roussel fort. »Viele Menschen haben das Bedürfnis, die depressiven Frauen zu trösten und ihnen Mut zu machen. *N'est-ce pas?* Aber das steigert ihre, wie sagt man, Hilflosenheit nur noch.«

»Ihre Hilflosigkeit, meinen Sie?«

»*C'est ça!* Das steigert die Hilflosigkeit der Kranken nur noch. Und Sie selbst werden nur unglücklich und vielleicht sogar aggressiv deswegen, weil Ihr Mitleid und Ihre *sollicitude* nichts bringen.«

Zum ersten Mal bereute Henrike, dem Französisch-Unterricht nicht mehr Aufmerksamkeit geschenkt zu haben. *Sollicitude – was heißt das übersetzt gleich noch mal?*

»Mit den Ruhigen ist es umgekehrt«, erklärte Jean-Pierre, »Mitleid steigert ihr Leid, Trost steigert ihre Trostlosigkeit, und Entlastung ist eher Belastung.«

Die Ruhigen sind tatsächlich noch trauriger geworden durch meine Versuche, sie aufzumuntern, dachte Henrike bei seinen Worten.

»Sie dürfen Mitleid nicht mit Mitgefühl verwechseln. Mitleid hilft wenig, aber Mitgefühl, in Frankreich sagen wir dazu *l'empathie*, ist im Umgang mit den Patienten sehr wichtig und zeichnet eine gute Wärterin oder einen guten Irrenarzt aus.«

Nunmehr lauschte Henrike den weiteren Erklärungen des Medizinstudenten voller Bewunderung. Er musste schon ein fortgeschrittenes Semester sein, so viel, wie er wusste. Von Empathie hatte sie auch schon gehört. Dies war die Fähigkeit, sich in andere Menschen hineinzuversetzen, die Welt mit deren Augen zu sehen und mit deren Sinnen wahrzunehmen.

»Die innere Anspannung des Gemütsdepressiven zeigt, dass er einen Kampf führen möchte, wofür Ärzte und Wärter ihm Respekt zollen sollten. Nur so stellen wir eine Atmosphäre her, in der ein Patient es wagt, sich mit dem Problem, das für seine Krankheit ursächlich ist, auseinanderzusetzen, und auf diese Weise einen anderen Weg als abnorme Ruhe, Apathie und Niedergeschlagenheit findet, damit umzugehen. *Vous comprenez?* Sie verstehen, Mademoiselle?«

Henrike nickte nachdenklich.

»Das eigentliche Problem der Ruhigen ist nicht ihre Hoffnungslosigkeit, nicht ihre *désespoir*. Sie haben ein anderes, oft tieferes Problem mit dem Leben. Im Idealfall geben wir den Patienten genug Selbstvertrauen, dieses Problem zu ergründen, sich ihm zu stellen und es zu lösen. Deswegen vermeide ich im Umgang mit ihnen Äußerungen wie ›Sie sehen heute aber schon viel besser aus!‹ oder ›Sie können ja lachen, Sie sind gar nicht depressiv‹.«

Henrike verstand, dass diese Art von Aussagen den Patienten eher kränkten, als ihm halfen. Sie klopfte gegen die Kutschenwand, damit der Kutscher anhielt und nicht bis vor die Wohnung fuhr. Nur so konnte Jean-Pierre Roussel noch unbemerkt von ihrer Mutter aussteigen. »Haben Sie das alles bei Professor Rieger gelernt?«, fragte sie beeindruckt von dem Studenten, der schon fast so klug wie ein Professor klang.

»Das meiste, ja. Nebenher lese ich aber auch, was andere Professoren veröffentlichen«, sagte er, und auch jetzt ließ er sie keine Sekunde aus den Augen, was ihr gefiel. »Aber jetzt möchte ich Sie nicht länger aufhalten.« Kurz strich er mit dem rechten Zeigerfinger zärtlich über die Schrammen auf ihrer Wange.

Ihr wurde es heiß und kalt bei seiner Berührung. Aus Unsicherheit zog sie ihren Kopf zurück. »Danke für Ihren Ratschlag«, sagte sie und drückte ihren Rücken gegen die Sitzbank, damit er das entwendete Buch beim Aufstehen nicht sehen konnte.

Er erhob sich mit den Worten: »Beim nächsten Mal erzähle ich Ihnen mehr, wenn Sie mögen, Mademoiselle.«

Henrike nickte sofort. Die Stundenglocke des Dominikanerklosters schlug, als er die Kutsche verließ.

»Aber nur, wenn Sie im Gegenzug für mich ein Chanson singen«, sagte er schon auf dem Gehsteig.

Henrike musste wegen seiner Forderung lächeln. Ihre nächsten Gedanken galten jedoch dem bestmöglichen Versteck für den geheimen Leitfaden, und wie sie ihren Eltern die Schrammen auf ihrer Wange erklären könnte. Gerade war sie das erste Mal von einem zärtlichen Magier berührt worden.

8

Januar 1897

Das könnte genau das Richtige sein! Genau dieser und kein anderer Freundschaftsbeweis. Die Anzeige betonte, dass das Angebot nur für allerbeste Freundinnen bestimmt sei. Nur die würden es nämlich wagen, sich gegenseitig ihre Knochen zu zeigen. Sie würden eine Röntgen'sche Schattenfotografie von sich machen lassen und ihr Exemplar jeweils der anderen schenken. Wer wirklich etwas auf seine Freundschaft gab, tauschte nicht mehr Ringe und Kettchen, sondern Schattenbilder. Und so wie Isabella Henrike kannte, würde der so etwas Verrücktes sehr gut gefallen.

Was Henrike schon seit einem Jahr mit ihren Besuchen in der Irrenabteilung wagte, war unglaublich. Niemand, den Isabella kannte, ließ ein gutes Haar am Juliusspital. Im Vergleich zur Arbeit als Reservewärterin schien ihr der Weg in eines der Physikalischen Labore der Stadt, in denen die Schattenbilder erstellt wurden, keine allzu große Herausforderung mehr für ihre Freundin zu sein. Das war gut, denn es war nötig, Henrike an ihren engen Bund zu erinnern. Seit Monaten schon wollte Henrike mit Isabella nur noch über Krankheiten des Gehirns sprechen, und immer wieder tauchte dabei der Name Anna Gertlein auf. Henrike tat zwar so, als würde sie die Wärterin nicht besonders mögen, aber Isabella wusste, dass die Sache in Wahrheit anders lag.

Sie vermisste ihre Gespräche über die leichten Themen von früher: über freche junge Herren, Liebesgedichte, und was sie auf einer gemeinsamen Reise durch Europa alles besichtigen wollten. Den Eiffelturm in Paris, den Big Ben in London und das Pantheon in Lissabon.

Der Schall der Glocke drang bis in das dritte Obergeschoss hinauf. Vater war wieder da! Endlich. Freudig sprang Isabella auf. Sie legte das Damen-Magazin, das die Anzeige mit den Schattenbildern enthielt, auf die Frisierkommode zurück, richtete ihre Frisur und die Spitzen an ihrer Bluse, dann schritt sie in vollendeter Haltung die breite Treppe hinab. Ihr Vater war eine Woche in Brüssel gewesen. Für ihn wollte sie schön und gepflegt sein, eine Tochter, auf die er stolz sein konnte.

Im Salon wurde Isabella vom Hausdiener empfangen. »Der gnädige Herr Stellinger lässt Ihnen telegrafisch ausrichten, dass er erst morgen aus Brüssel zurückkehren wird. Wegen der Akquise eines vielversprechenden Auftrags.«

Isabella nickte enttäuscht. Schon wieder ließ ihr Vater sie länger als verabredet alleine. Ihre Vorfreude schlug in Frustration um. Sie trat vor die Wand mit dem Nussbaum-Vertiko und dem Porträt ihres Vaters, das sie mit vorwurfsvollem Blick betrachtete. Franz Stellinger entdeckte Erfinder und lieh ihnen für die Herstellung ihrer Prototypen Geld, und zwar zu einem so frühen Zeitpunkt, zu dem dies noch keine Bank wagte. Er sagte oft, dass sich mit Patenten viel Geld verdienen ließe und dass seine Einkünfte auch Isabella zugutekämen. Für ihren Vater war es unverständlich, dass Professor Röntgen seine Strahlen nicht als Patent angemeldet und an die Industrie verkauft hatte.

»Er schickt Ihnen aber vorab schon dieses Paket, gnädiges Fräulein.« Der Hausdiener wies neben das Vertiko.

»Ich werde es später öffnen«, sagte Isabella, ohne die Sendung eines Blickes zu würdigen. Bestimmt war ein neues Kleid darin, ein »Entschuldigungskleid«, wie sie es nannte, von denen sie oben schon den ganzen Schrank voll hatte. Aus Hamburg hatte ihr Vater ihr vorletzten Monat einen Hut mit Fasanenfedern vorausgeschickt.

Isabella nahm an der langen Tafel Platz, die herrschaftlich eingedeckt war. Feines, milchweißes Porzellan stand bereit und für jeden Getränkegang ein anderes Kristallglas. Isabella konnte sich im Silberlöffel spiegeln. Zwischen den schweren, gusseisernen Topfuntersetzern räkelten sich antike Engelsfiguren aus Amsterdam.

Isabella sprach das Tischgebet und läutete nach dem ersten Gang. Nur wenige Sekunden später trat das Dienstmädchen ein und knickste. »Fräulein Isabella haben Rinderbouillon mit Wintergemüse als Vorspeise gewünscht.«

Unter Isabellas Augen wurde serviert, und der Hausdiener goss Birnensaft in ihr Kristallglas. Dann verließ das Personal den Salon, und Isabella war wieder allein.

Eine Weile trank und löffelte sie still vor sich hin, dann begann sie eines ihrer Gedankenspiele. Zu ihrer Linken dachte sie sich ihren Vater, zu ihrer Rechten ihre Mutter, und ihr gegenüber saßen Henrike und noch zwei andere Mädchen aus der Töchterschule. In ihrer Vorstellung hörte sie ihren Vater berichten: »Heute haben wir den ersten Patentvertrag bewilligt bekommen. Weitere folgen schon kommende Woche, schätze ich. Es geht um besondere Backsteine für Zimmerdecken.«

Isabella lächelte, weil ihr Vater so gute Nachrichten zu verkünden hatte, und erinnerte sich, wie er ihr vor seiner Abreise von den besonderen Hohlziegeln erzählt hatte. Sie waren röhrenförmig durchbohrt, weswegen sie leichter waren als die herkömmlichen Ziegel, viel mehr Wärme speicherten als diese, und obendrein konnte Material bei ihrer Herstellung eingespart werden. Nur ihres Vaters wegen interessierte sie sich für Ziegel. Wenn er von seinen Reisen zurück war, konnte sie ihm kaum mehr böse dafür sein, dass er sie so oft und so lange allein ließ.

Isabella klingelte nach dem Dienstmädchen und bestellte für Henrike einen Orangentee, den ihre Freundin besonders liebte. Das Dienstmädchen servierte das heiße Getränk genau an der Stelle der Tafel, an der Isabella in ihrer Vorstellung Henrike sitzen sah. In Gedanken hörte sie Henrike neugierige Fragen über Brüssel stellen. Danach kam ihr Vater wieder zu Wort. Isabella flocht Gesprächsfetzen aus ihrer letzten, echten Unterhaltung mit ihrem Vater in ihr Gedankenspiel mit ein. Er hatte ihr von Würzburgs Ruf als dem Mekka der Experimentalphysik vorgeschwärmt. Dieser Ruf würde sich, nachdem Professor Röntgen deutlich gemacht hatte, dass er und nicht Lenard der Erfinder der neuen Strahlen war, noch weiterverbreiten.

Isabella löffelte ihre Bouillon und lächelte ihre unsichtbaren Gäste an der Tafel an. Als sie ihren Teller leer gegessen hatte, berichtete sie Henrike und den Mitschülerinnen, was sie über Brüssel wusste und sie sich unbedingt anschauen müssten. Sie redete laut und deutlich und nicht nur in Gedanken. Ihre Mutter neben ihr nickte dazu, es war ein müdes Nicken, wie damals, kurz vor ihrem Tod.

Als Hauptgang bekam Isabella Rebhühner mit Morchelsoße und gebratene Kartoffeln serviert. Dazu einen hellen Steinwein, einen Silvaner von den Weinbergen des Juliusspitals.

Während des Hauptganges blieb es so still im Salon, dass Isabella sogar hören konnte, wie sie jedes einzelne Fleischstück hinunterschluckte. Um die Stille zu durchbrechen, sprach sie Henrike wieder an: »Ich würde gerne am Wochenende einen Ausflug machen.« Sie ertrug die Stille in dem riesigen Haus nicht länger, nicht einmal das

Personal nebenan machte Geräusche. Dass der einzige Laut im Raum allein noch das Klappern des Bestecks auf Porzellan war, mochte sie überhaupt nicht. Dann bekam sie eine Gänsehaut wie Henrike beim Anblick von Kreuzspinnen.

Ihr Blick blieb an der vollen Tasse Orangentee hängen. »Wir könnten eine Kutschenfahrt in den Rokokogarten von Veitshöchheim machen. Die Wege dorthin glitzern prächtig weiß, und der Würzburger *Telegraph* schreibt, dass es morgen einen schönen Tag mit einem strahlend blauen Himmel geben soll«, sagte sie, und in ihrer Vorstellung brach Henrike über diesen Vorschlag in Jubel aus.

Das Dienstmädchen servierte mit Creme gefüllte Vanillebrötchen, aber Isabella bekam keinen Bissen davon hinunter. Keine noch so perfekte Einbildung konnte Vaters Abwesenheiten und Verspätungen wettmachen. Manchmal glaubte sie, dass sogar das Personal schon Mitleid mit ihr hatte. Warum konnten ihr Vater und sie nicht wenigstens einmal so etwas wie ein ganz normales Familienleben haben? Seitdem ihre Mutter gestorben war, schmerzte sie dies besonders. In Henrikes Familie lief das viel besser.

9

Mai 1897

Gedankenversunken schaute Henrike aus dem Kutschenfenster. Die Weinberge zogen an ihr vorbei, die Rebenblüte hatte dieser Tage begonnen. Wie feine, weiße Farbtupfer wirkten die Blüten im hellgrünen Blättermeer. Der Ausblick über die Stadt wurde mit jedem Meter, den sie den Hang hinauffuhren, atemberaubender. Selbst die mächtigsten Bauwerke Würzburgs schrumpften in dieser Höhe und Entfernung bis zur Bedeutungslosigkeit zusammen. Henrike fixierte die Kirche des Stifts Haug im Tal, deren Kuppel in das städtische Häusermeer eingebettet war wie das Herz eines Menschen in seinem Körper. Fast fühlte sich die Fahrt wie ein sonntäglicher Ausflug in den Frühling an, wäre ihr Ziel nicht die Irrenklinik auf dem Schalksberg gewesen und hätte ihr nicht etwas Unangenehmes bevorgestanden. Schon seit Wochen trug sie die Dreimarkmünze in ihrer Rocktasche als Glücksbringer bei sich. Sie strich mit der Hand über die Stelle ihres vornehmen Rockes, an der sich in einer Innentasche die Münze befand.

»Es heißt, Professor Rieger habe für den Bau des neuen Irrenhauses viel Geld aus seinem privaten Vermögen dazugegeben, damit ein Warmwasseranschluss für die geplanten Bädertherapien gelegt werden kann«, hörte sie Anna Gertlein sagen, »und die Irren haben ihm geholfen, den Garten herzurichten.«

»Woher wissen Sie das alles?« Erst nachdem die Wärterin eine Weile nicht geantwortet hatte, wandte Henrike den Kopf vom Fenster wieder zu ihrer Begleiterin.

»Tilly weiß über diese Dinge immer gut Bescheid. Wer mit wem und warum ...« Auf Anna Gertleins Gesicht trat bei diesen Worten ein leichtes Lächeln.

Wenn Anna Gertlein lächelt, wirkt sie viel jünger, fiel Henrike auf. »Es ist nett, dass Sie angeboten haben, mich hierhinauf zu begleiten«, sagte sie mit entwaffnender Herzlichkeit, ihre zwei Bücher fest in den Händen. Das Gespräch lenkte sie von ihren Gedanken über die Klinik ab, in der laut Wärterin Ruth die »harten Fälle« behandelt wurden. Die irren Mörder und hirnlosen Schläger.

»Das Grombühl liegt ja gleich nebenan«, wiegelte Anna ab und schickte dann noch leise hinterher: »Es ist meine erste Kutschenfahrt.«

Henrike wusste lediglich zwei Dinge über das Grombühl. Erstens, dass ihre Großmutter dort regelmäßig Kranke versorgte, und dass dort zweitens viele Eisenbahner mit mehreren anderen Familien zusammen auf einer einzigen Hausetage wohnten und dafür wöchentlich Mietgeld zahlten. Man nannte das »Wohnen in Mietshäusern«. Henrikes Eltern mieden diesen Teil von Würzburg.

»Und Sie? Wollen Sie sich von Professor Rieger verabschieden?«, fragte Anna Gertlein.

Die Kutsche fuhr über eine Baumwurzel, sodass sie erst einmal gut durchgeschüttelt wurden und Henrike ihren Hut festhalten musste, bevor sie antworten konnte: »Jetzt, wo ich ein Publikum gefunden habe, vor dem ich mein Jagdlied vortragen kann, sollte ich gehen?« Erneut lächelte Anna sie an. »Nachdem ich das Jagdlied für die Ruhigen gesungen habe, habe ich es danach eine der Frauen summen hören.« Henrike spitzte die Lippen und sang in wehmütigem Ton. In ihrer Vorstellung befand sie sich im Garten bei den menschlicheren Menschen. »Tridihejo, dihejo, dihedihedio tridio.« Sie schaute aus dem Fenster, während sie sang, inzwischen war die Kutsche auf der Höhe der Festung Marienberg angekommen.

Wärterin Anna fixierte das in Henrikes Händen zuoberst liegende Buch. Es war eine illustrierte, großformatige Ausgabe von Goethes *Faust*. »Es tut mir leid«, sagte sie etwas weicher, nachdem Henrike ihre Gesangseinlage beendet hatte.

Die Stimmung der Wärterin schwankt wie Aprilwetter, dachte Henrike. Sie beobachtete, wie Anna Gertlein, als wäre sie verlegen, die Hände in ihrem fadenscheinigen Rock vergrub.

»Was tut Ihnen leid?«, fragte Henrike.

Anna Gertlein starrte nach wie vor auf den rot-goldenen Einband des illustrierten *Faust*-Buches, um Henrike bei den folgenden Worten nicht in die Augen sehen zu müssen. »Dass ich Sie damals nicht vorgewarnt habe. Wegen der Irren und der schauderhaften Wärterin, von der niemand mehr weiß als ihren Vornamen.«

Henrikes Züge verfinsterten sich bei dem Gedanken an die harsche Frau, die nur zu gerne mit dem Drehstuhl oder anderen Foltermethoden drohte und für drei aß.

»Es ist nämlich so, dass zu den Irren kein normaler Wärter will«, führte Anna Gertlein etwas beschämt aus. »Deswegen müssen die hohen Herren vom Oberpflegeamt Zuchthäusler, Alkoholiker und Menschen aus dem Arbeitshaus zulassen.«

»Wenn ich gewusst hätte, was in der Irrenabteilung auf mich zukommt, hätte ich es nicht gewagt«, gestand Henrike, aber ohne Zorn oder Wut in der Stimme. »Andererseits wollte ich Ihnen, Fräulein

Anna, aber unbedingt beweisen, dass ich keine verzogene Tochter bin.« Ein Beweis, der ihr Leben ziemlich durcheinandergebracht hatte.

Anna Gertlein hob den Blick. »Das haben Sie längst.«

Die ruhigen, die fallsüchtigen, die unreinlichen und die manischen Frauen verfolgten Henrike sogar in ihren Träumen. So manche Nacht wachte sie schweißgebadet auf, in anderen entsetzt oder weinend. Hätte sie nicht als Reservewärterin im Juliusspital zu arbeiten begonnen, müsste sie jetzt nicht unentwegt lügen und ihre Eltern über ihre für sie inzwischen so wichtig gewordene Tätigkeit im Unklaren lassen. Die ständige Angst davor, dass ihre Heimlichtuerei auffliegen könnte, war an manchen Freitagen kaum auszuhalten. Ihr schlechtes Gewissen wuchs mit jedem Gang ins Juliusspital. Die Wunde auf der Wange, die ihr von der manischen Patientin im Isolierzimmer beigebracht worden war, hatte sie ihren Eltern mehr schlecht als recht mit Isabellas missglückter Vorführung einer Wildkatze erklärt, und damit, dass der Vater ihrer besten Freundin im Hamburger Zoologischen Garten genau solch ein Exemplar gesehen habe. Im Übereifer habe ihr Isabella beim Nachahmen des Tieres versehentlich die Wange zerkratzt. Henrike wusste bis heute nicht, ob ihre Mutter ihr geglaubt hatte. Ihren Vater hingegen hatte ihr Bericht anscheinend überzeugt, denn er war unmittelbar danach ohne weitere Nachfragen zu Themen des Verkehrs und der Eisenbahn übergegangen.

»Und um auf Ihre Frage zu antworten«, nahm Henrike das Thema wieder auf, »nein, ich will Professor Rieger nicht um meine Entlassung bitten.«

Anna Gertlein konnte ihre Überraschung nicht verbergen. »Sie wollen wirklich bei den Irren bleiben?«

Wenn die Wärterin neugierig oder überrascht war, dann weiteten sich ihre grauen Augen wie die eines kleinen Mädchens. Henrike mochte sie. »Die menschlicheren Menschen tun mir leid«, erklärte sie ihre Entscheidung. »Gerade sie brauchen eine besonders menschliche Betreuung und eben keine Drehmaschinen zur Beruhigung.« Was sie Anna Gertlein nicht zu offenbaren wagte, war die Schuld, die sie mit Fräulein Vogels Freitod auf sich geladen hatte und die sie meinte, abarbeiten zu müssen.

»Eine menschlichere Betreuung für die Irren? Das klingt unmöglich. Schon auf den ›normalen‹ Stationen fehlen gute Wärterinnen.« Anna Gertlein strich sich eine Haarsträhne hinters Ohr. »Aber vor allem fehlt eine Krankenpflegeschule, die verantwortungsvolle und fachlich gute Wärterinnen ausbildet. Es ist ein Unding, dass sich viele Wärterinnen jahrelang vor den Kranken ekeln.« Ihre Züge verhärteten sich wieder. »Die meisten Wärterinnen machen die Arbeit nur, weil sie auf Kosten des Spitals verpflegt und im Krankheitsfall versorgt werden. Kaum einer geht es wirklich um das Wohl der Patienten.«

»Im Gegensatz zu Ihnen«, erwiderte Henrike im Vergleich zu Anna Gertleins heftig vorgetragenen Worten beinahe zärtlich. »Ich habe gesehen, wie liebevoll und ruhig Sie mit den Patienten auf der Magenstation umgehen.«

»Aber das Oberpflegeamt interessiert das nicht!«, antwortete Anna Gertlein mit bösem Blick, als gehöre Henrike dem Oberpflegeamt an. »Dort tun sie rein gar nichts dafür, damit besser ausgebildet wird.« Sie wischte sich mit dem Ärmel ihrer groben Bluse über das Gesicht und schaute aus dem Fenster, damit Henrike die Tränen der Empörung nicht sah, die ihr in die Augen traten.

»Es ist eine sehr anstrengende, fordernde Arbeit«, bestätigte Henrike. »Haben Sie dem Oberpflegeamt Ihre Sorgen schon einmal mitgeteilt?« Kies knirschte unter den Rädern der Kutsche.

»Ich?«, fragte Anna Gertlein entgeistert, als hätte Henrike ihr vorgeschlagen, sich zur Königin von Bayern krönen zu lassen.

»Die Oberwärterin würde mich nicht mal in die Nähe der ach so hohen Herren lassen!«, entgegnete Anna in abfälligem Ton. »Sie tut meine Gedanken als aufmüpfig und unangebracht ab. Sie sagt, dass auf Professor von Leubes Magenstation immer mehr Menschen überleben, weswegen doch alles in Ordnung sei.«

»Aber Sie meinen, dass das nicht an der Pflege liegt, sondern an Professor von Leubes modernen Diagnosemethoden und den Behandlungen?«

Anna Gertlein nickte. »So ist es«, antwortete sie nun kaum hörbar.
Die Kutsche hielt an, die Tür wurde geöffnet. »Wir sind da, meine Damen.«

Henrike erhob sich. »Darf ich Sie fragen, wie alt Sie sind, Fräulein Anna?«

»Neunzehn«, entgegnete Anna Gertlein nach einigem Zögern, dann zeigte sie auf den Eingang des Hauptgebäudes der Klinik.

»Dann sind wir fast im gleichen Alter. Ich bin achtzehn.« Henrike hatte Mühe, ihren Schreck zu verbergen. Wie musste Annas Leben bisher verlaufen sein, dass sie doppelt so alt wirkte, wie sie in Wirklichkeit war?

»Professor Riegers Büro ist im Haupthaus«, sagte Anna Gertlein. »Auf Wiedersehen, Reservewärterin Henrike.«

»Ich freue mich auf unser nächstes Wiedersehen, Wärterin Anna.«

Henrike bezahlte den Kutscher auch dafür, dass er die Wärterin nach Hause zurückbrachte. Das Grombühl schloss östlich an den Klinikbereich an. Die Kutsche rollte davon, und Henrikes Aufmerksamkeit galt nun ganz der neuen Klinik mit den »harten Fällen«.

Vor ihr lag ein mächtiges, mehrflügeliges Gebäude. Es war ein interessanter Gedanke, dass die Stadt den Irren hier oben zu Füßen lag. Henrike zeigte dem Pförtner ihr Spitalsbillett und erklärte ihm ihr Anliegen. Wohl, weil sie sehr vornehm gekleidet war, ließ man sie bis in das Büro von Professor Rieger vor.

Der Raum war ganz anders, als sie ihn sich vorgestellt hatte, nämlich voller dunkler, mächtiger Eichenholzmöbel. Überall lagen Schubladen, Schachteln und Auffangbehälter herum wie nach einem Sturm. Ihr Vater pflegte zu sagen, dass allein ein streng geordnetes Arbeitszimmer geordnete, klare Gedanken ermöglichen würde. Wenn es nur danach ging, musste Professor Rieger der verwirrteste Mensch in ganz Würzburg sein. Die einzige freie Stelle auf dem Boden führte in Form eines schmalen Pfades von der Zimmertür zum Schreibtisch am Fenster. Auf einem kleineren Tisch stand ein Korb, der bis zum Rand mit Schriften gefüllt war. Sogar das Sofa, dessen gestreifter Stoff Henrike an den Anzug des Professors erinnerte, war über und über mit Papieren belegt.

Bücher waren aus ihren Einbänden herausgetrennt und in neuen, breiteren zusammengefasst worden. Mehrere Bücher von einem halben Meter Dicke lagen auf dem Sofa. So etwas hatte sie noch nie gesehen. War sie wirklich im Büro von Professor Rieger?

Eine Viertelstunde wartete sie bei der Tür, dann machte sie ein paar Schritte in Richtung Schreibtisch. Auf halbem Weg beugte sie sich über den Schriftenkorb auf dem kleinen Tisch. Auf der zuoberst liegenden Schrift war als Verfasser ein Sigmund Freud genannt und der Titel lautete: *Zur Psychotherapie der Hysterie*.

Was die Hysterie wohl aus wissenschaftlicher Sicht ist?, überlegte sie sich und angelte gerade die Schrift aus dem Korb heraus, als sich die Tür öffnete.

»Fräulein Hertz!« Professor Rieger trat ein. »Ich freue mich, Sie zu sehen.« Er verbeugte sich genauso charmant vor ihr wie einst vor der Tür der Irrenabteilung.

Henrike war vor Schreck, beim heimlichen Stöbern erwischt worden zu sein, zur Salzsäule erstarrt. »Guten Tag, Professor.« Noch immer hielt sie die Schrift von Freud in der rechten Hand, ihre Bücher hatte sie sich unter die linke Achsel geklemmt.

»Von Freud kann ich Ihnen nur abraten!«, sagte Professor Rieger, packte mehrere Stapel Papiere und Schachteln auf das ohnehin schon überladene Sofa, bevor er sich selbst auf dessen Lehne setzte. »Genauso wie von all den anderen Autoren, deren Schriften ich in diesen Korb, meine *cloaca maxima*, werfe. Die meisten davon sind psychoanalytische Schriften.«

Soweit Henrike wusste, war die *cloaca maxima* einst der größte Abwasserkanal im antiken Rom gewesen. Aber von psychoanalytischen Schriften hatte sie noch nie etwas gehört, und noch nie war ihr jemand wie der zarte Professor Rieger begegnet. Von Sigmund Freud schien er zumindest nicht viel zu halten, nachdem er dessen Schrift – wie die Römer ihren Müll – in seiner persönlichen *cloaca maxima* entsorgt hatte.

»Bitte nehmen Sie Platz, wo immer Sie wollen, oder besser gesagt, können, und dann sagen Sie mir, was Sie herführt«, sagte er.

Henrike schaute sich hilflos um, woraufhin er einen der Stühle und die Hälfte des Sofas freiräumte, und auf Letzterem Platz nahm.

»Sind Sie hier, um mir aus dem *Faust* vorzulesen?« Er deutete auf das oberste der beiden Bücher, die sie, nachdem sie Freuds Schrift zurückgelegt hatte, nun wieder in ihren Händen hielt und sich wie einen Schatz, der in dem hier herrschenden Durcheinander verloren gehen könnte, vor die Brust presste.

»Woher wussten Sie, dass *Faust I* einen meiner Lieblingsdialoge der Weltliteratur enthält?«

»Sie lieben Goethe auch?«, fragte sie und schalt sich schon im nächsten Augenblick dafür, einem Professor der Psychiatrie eine so naive Mädchenfrage gestellt zu haben. Da steh ich nun, ich armer Tor! Und bin so klug als wie zuvor, kamen ihr unwillkürlich Goethes Worte in den Sinn.

Doch zu ihrer Überraschung sprang Professor Rieger vom Sofa auf, schob die herumliegenden Bücher, Schachteln und Einbände mit dem Fuß beiseite, sodass er in die Mitte des Raumes treten konnte. Wie auf einer Bühne stand er nun da und begann mit ausgebreiteten Armen vorzutragen:

Was kann die Welt mir wohl gewähren?
Entbehren sollst du! Sollst entbehren!
Das ist der ewige Gesang,
Der jedem an die Ohren klingt,
Den, unser ganzes Leben lang,
Uns heiser jede Stunde singt.

Henrike erkannte die Verse sofort. Sie entstammten jener Szene, an deren Ende der gequälte Faust den teuflischen Pakt mit Mephisto schloss und spielte in Fausts Studierzimmer, das in Henrikes Vorstellung gerade Gestalt anzunehmen begann. Wenn sie Goethe hörte, konnte sie nicht lange still sitzen. Fausts Klagerede über sein irdisches Leben war ein Feuerwerk an Emotionen. Sie band ihren Hut ab, legte ihre Bücher beiseite, trat neben Professor Rieger und trug dann, was ihn nicht weiter zu verwundern schien, vor:

Mit tausend Lebensfratzen hindert.
Auch muß ich, wenn die Nacht sich niedersenkt,
Mich ängstlich auf das Lager strecken,
Auch da wird keine Rast geschenkt,
Mich werden wilde Träume schrecken.

Professor Rieger ging ganz im Deklamieren von Faust auf.

Der Gott, der mir im Busen wohnt,
Kann tief mein Innerstes erregen,
Der über allen meinen Kräften thront,
Er kann nach außen nichts bewegen;
Und so ist mir das Dasein eine Last,
Der Tod erwünscht, das Leben mir verhasst.

Henrike wechselte die Tonlage, um Mephistopheles' Erwiderung vorzutragen:

Und doch ist nie der Tod ein ganz willkommner Gast.

Professor Riegers Augen sprühten geradezu vor Begeisterung, vor Zorn, vor Qualen und Liebe. In ihm steckten so viele Emotionen, wie Henrike es noch bei keinem anderen Mann gesehen hatte. Er rief:

O selig der! Dem er im Siegesglanze
Die blut'gen Lorbeern um die Schläfe windet,
Den er, nach rasch durchrastem Tanze,
In eines Mädchens Armen findet.
O wär' ich vor des hohen Geistes Kraft
Entzückt, entseelt dahingesunken!

Erschöpft taumelte er zum Sofa, schob weitere Bücher beiseite, legte sich darauf und schloss die Augen.

Sie blieb auf dem provisorischen Bühnenplatz stehen, wo sie sich und ihn heftig atmen hören konnte.

»Einzigartig«, sagte er nach einer Weile.

Henrike nickte mehrmals. Im Eifer des Gefechts hatte sich ihr Haar aus dem Knoten gelöst und fiel ihr nun über die Schultern, als sei sie gerade erst aus dem Bett aufgestanden. »Das erste Mal habe ich *Faust I* mit zwölf Jahren gelesen«, gestand sie.

»Ich meinte nicht Faust, ich meinte Sie«, sagte er.

Henrike spürte, wie sie puterrot anlief.

»Ich finde, Sie machen das ganz wunderbar mit den menschlicheren Menschen im Spital«, sagte er, weil sie länger nichts zu erwidern wusste. Erst jetzt öffnete er die Augen und schaute sie wieder an.

Henrike konnte das Blut in ihren Schläfen rauschen hören. Sie musste sich räuspern, um ihre Stimme wiederzufinden. Ihre Hände waren verschwitzt. »Ich wollte Ihnen etwas bringen, das Ihnen gehört«, meinte sie schließlich und bückte sich nach ihren Büchern. »Deswegen bin ich eigentlich hier.« Sie reichte ihm den Psychiatrie-Leitfaden. »Sie haben ihn neulich im Gemeinschaftsraum vergessen.« Das lag mehr als ein halbes Jahr zurück. Sie hoffte, dass er sich nicht mehr so genau an den Zeitpunkt erinnern konnte.

Mit einem »Oh« nahm Professor Rieger das Buch entgegen. Belanglos blätterte er darin herum, dann schaute er wieder auf. »Sie haben den Leitfaden gelesen?«

Henrike antwortete erst nach einer Weile, ihr Herzschlag hatte sich noch nicht wieder beruhigt. »Ein paar Seiten vielleicht«, untertrieb sie, weil sie von ihrem Vater wusste, dass Männer es nicht gerne sahen, wenn Frauen wissenschaftliche Bücher lasen. Ihr Vater war davon überzeugt, dass Klugheit den Frauen nur eine Menge Probleme einbrachte.

»Ist es denn so schlecht geschrieben, dass Sie es nicht bis zum Ende geschafft haben?«, fragte er mit einem schalkhaften Funkeln in den Augen. »Und darf ich Sie – bevor Sie sich eine passende Antwort zurechtlegen – daran erinnern«, fuhr er fort, »dass es als Psychiater eine meiner Spezialitäten ist, Vertuschungen und Lügen zu enttarnen? Können Sie sich vorstellen, mit wie vielen Menschen ich tagtäglich spreche, die ihre Krankheit mit allen Mitteln geheim halten wollen, nur weil sie ihnen unangenehm ist?«

Henrike dachte sofort an Frau Schmitzler, die einst schöne Frau aus dem Saal der Unreinlichen, die ihre dreckige Unterwäsche unter dem Bett versteckte, weil es ihr unangenehm war, sich nicht mehr an den Weg zur Toilette erinnern zu können. »Ich habe es gerne gelesen«, gestand sie schließlich. Ich bin zu einem fremden Professor ehrlicher als zu meinen Eltern!, dachte sie enttäuscht über sich selbst.

»Und jetzt sind Sie hier, weil Sie noch Verständnisfragen haben?«, fragte er, sprang vom Sofa auf und ging den Pfad zum Schreibtisch zurück, wo er mit einem winzigen Bleistiftstummel etwas notierte.

Sie wartete, bis er damit fertig war. »Ich bin nur hier, weil ich Ihnen Ihr Exemplar des Leitfadens zurückgeben möchte.«

Er klemmte sich den Bleistiftstummel hinters Ohr. »Woher wissen Sie, dass es mein Exemplar ist? Es könnte genauso gut einem meiner Studenten gehören.« Er trug sein graues Haar so kurz wie die einfachen Leute und keinerlei Barthaar. Trotz seiner grauen Haare wirkte er jugendlich agil und aufgeschlossen.

»Die handschriftlichen Randnotizen sind Ergänzungen, keine Fragen, was gegen einen Studenten als Besitzer spricht«, erklärte Henrike. »Außerdem finde ich, dass die Handschrift derart ausgeschrieben ist, dass sie eher zu einem erfahrenen Menschen passt, der schon Hunderte Seiten beschrieben hat. In ihrer Entschlossenheit ähnelt die Schrift dem Zahlenwerk meines Vaters. Hinzu kommt noch ...«, sie schaute sich erneut in dem chaotischen Büro um, »... dass die Notizen genauso unordentlich aussehen wie ...« Den Rest des Satzes verstünde der Professor sicher auch, ohne dass sie ihn aussprach. Rasch schickte sie noch die Worte: »Verzeihen Sie bitte«, hinterher.

»Fräulein Henrike«, sagte er, und sie dachte, jetzt würde er sie ermahnen, aber das tat er nicht. »Für Ehrlichkeit braucht sich niemand bei mir zu entschuldigen.«

Ihr Herz schlug schneller, weil er sie beim Vornamen genannt hatte.

»Sie sind eine kluge Frau«, sagte er und ging an ihr vorbei, um wieder auf dem freigeräumten Sofa Platz zu nehmen. »Deshalb machen

Sie mir jetzt bitte nicht weis, dass Sie keine Fragen mehr zum Leitfaden haben. Jeder meiner Studenten hat welche.«

Henrike hatte natürlich Fragen, aber sie hatte noch nie mit einem Professor über sein Wissenschaftsgebiet gesprochen. Und aus einem für sie unerfindlichen Grund war es ihr wichtig, sich gerade vor ihm nicht zu blamieren. Deshalb begann sie zögerlich: »Wenn ich es richtig verstanden habe, beurteilen Sie krankhafte Gefühlszustände, indem Sie diese mit den uns ›natürlich‹ erscheinenden Gefühlszuständen eines gesunden, normalen Durchschnittsmenschen vergleichen. Abweichungen gelten als krankhaft.«

Weil ihr Professor Rieger aufmerksam zuhörte und keine Anstalten machte, sie zu korrigieren, sprach sie weiter: »Gleichzeitig schreiben Sie, dass es auf dem Gebiet der krankhaften Gefühle schwieriger als auf dem Gebiet des krankhaften Denkens oder Handelns ist, eine scharfe Grenze zwischen Gesundheit und Krankheit zu ziehen.«

Professor Rieger lehnte sich im Sofa zurück. »Nennen Sie mir drei Symptome, die auf krankhaftes Fühlen hinweisen.«

Henrike musste nicht lange überlegen, da sie den Leitfaden mehrmals gelesen hatte. »Zwangsgefühle wie Platzangst, Wahngefühle wie krankhafte Abneigung und Gemütsstumpfheit.«

Er nickte. »Haben Sie den Unterschied zwischen Zwang und Wahn verstanden?«

Nun war sie diejenige, die nickte. »Zwang bedeutet, dass sich der Patient der Absurdität seiner Gefühle oder seines Handelns bewusst ist, sich ihnen aber ausgeliefert fühlt«, trug sie sich ihrer Sache gewiss vor. »Beim Wahn hingegen ist sich der Patient der Absurdität seines Fühlens oder Handelns nicht bewusst.«

Der Professor klatschte Beifall, was Henrike nur weiter befeuerte. Sie blickte kurz auf die herumliegenden Bücher, die beinahe überquellende *cloaca maxima* und die scheinbar wahllos im Raum verteilten Schubladen. »Wenn nur geringe Abweichungen von natürlichen Gefühlen schon genügen, um als Krankheit zu gelten, hängt es dann nicht vor allem davon ab, was der Psychiater, was Sie für ›normal‹ erachten? Ist das, was als Normalität angesehen wird, damit nicht auch etwas Subjektives? Und unterscheidet sich die Normalität des einen nicht zwangsläufig von der Normalität des anderen?«

Professor Rieger beugte sich vor, führte beide Hände wie zum Gebet gefaltet vor den Mund und schwieg nachdenklich. Ihr fiel sein Ehering an der rechten Hand auf.

»Sie haben recht, Fräulein Henrike. Ein Stück weit Subjektivität besteht und bleibt auch immer bestehen.« Er hob den Blick wieder. »Ich musste nur gerade an meine letzte Vorlesung zu diesem Thema denken, in der keiner meiner Studenten auf diese Frage gekommen ist.« Wieder ging er zum Schreibtisch, notierte dort etwas mit seinem Stiftstummel und kam zurück zum Sofa. »Bei Fällen, die im Grenzbereich zwischen Normalität und Abnormalität liegen, ist es wichtig, die äußeren Verhältnisse des Patienten besonders aufmerksam in die Diagnostik miteinzubeziehen.«

»Sie meinen so etwas wie Alter, Geschlecht und Bildungsgrad?«

Professor Rieger bat sie neben sich auf das Sofa. Nur eine Handbreit Abstand blieb zwischen ihnen.

»Wie würden Sie zum Beispiel entscheiden, wenn wir einen Patienten mit Zwangsgefühlen wie der Gynaekophobie hätten, der um keinen Preis behandelt werden will?«

Henrike überlegte länger, wie sich ein Patient mit panischer Angst vor Frauen wohl verhalten könnte. Sie konnte sich noch nicht einmal vorstellen, dass es das tatsächlich gab. Sie antwortete trotzdem: »Ich würde mich fragen, ob es jemanden gibt, der vor ihm geschützt werden müsste, ob er eine echte Gefahr für sich und andere darstellt, und ob er alleine zurechtkommen kann. Wenn er keine Gefahr wäre, würde ich ihn nicht ins Spital zwingen. Und wenn er außerdem noch jung wäre, würde ich mehr unternehmen als bei einem älteren Patienten. Einen alten Baum verpflanzt man nicht mehr.«

»In leichten, ungefährlichen Fällen sollte niemand gegen seinen Willen zum Objekt der Psychiatrie werden. Das haben Sie richtig erkannt. Nehmen wir einen zweiten praktischen Fall. Den Grenzfall eines Menschen, der unsozial und egoistisch auf Sie wirkt. Woran unterscheiden Sie, ob es sich bei ihm um den Beginn von Wahnideen, zum Beispiel den Wahn außerordentlicher geistiger Leistungsfähigkeit handelt oder um einen gesunden Egoisten, wie sie frei und glücklich zuhauf in unserer Gesellschaft existieren?«

Peinlich berührt, zuckte Henrike mit den Schultern. Es war ihr unangenehm, den Leitfaden anscheinend doch nicht gründlich genug gelesen zu haben.

»Häufig verrät sich der krankhaft Unsoziale dadurch, dass er mit seinem Handeln, Denken und Fühlen am meisten sich selbst schadet. Das ist der Unterschied zwischen einem an Größenwahn leidenden Geisteskranken und einem ›gesunden‹ egoistischen Menschen. Letzterer würde nie gegen sich selbst handeln oder sich selbst Schmerzen zufügen, weil das gegen den menschlichen Selbsterhaltungstrieb geht. Ein Kranker aber verliert diesen Trieb in Teilen. Verstehen Sie?«

Henrike nickte. »Ja.«

Es klopfte an der Tür.

Nach Professor Riegers »Herein« betrat Jean-Pierre Roussel das Büro. Er trug wieder sein modisches Jackett, das Henrike so gut gefiel. Sie hatte ihn schon länger nicht mehr gesehen. Nach ihrem Gespräch in der Kutsche, war er im Juliusspital immer in Eile gewesen und die letzten Monate gar nicht mehr zu den Demonstrationen im Gemeinschaftssaal der Irrenabteilung erschienen. Jetzt hatten seine schwarzen Augen sie sofort erfasst. Er blickte fragend von ihr zum Professor und dann zu ihrem Hut auf dem Stuhl. Er schaute sie an, als säße sie nackt auf dem Sofa. Sein Blick verdüsterte sich dabei, von dem gefühlvollen, netten Mann, der ihr zärtlich die Wange gestreichelt hatte, schien nichts mehr übrig geblieben zu sein. Henrike wurde es warm, wenn sie nur an seine Berührung dachte. Sie wünschte, er würde es wieder wagen. Unbewusst streichelte sie ihr *Faust*-Buch vor der Brust.

»Herr Roussel«, sagte sie und wollte ihn höflich begrüßen und wenigstens seine Hand nach so langer Zeit berühren, aber er beachtete sie schon nicht mehr.

»Würden Sie bitte kommen, *Monsieur le Professeur*«, bat er, an Professor Rieger gewandt. »Monsieur Sprost ... es ist passiert.«

Es ist passiert? Henrike lief ein eiskalter Schauer den Rücken hinab.

»Ich komme gleich«, entgegnete Professor Rieger. »Verständigen Sie bitte schon einmal den Leichenwäscher in der Anatomie, Monsieur Roussel.« Dann schickte er den Studenten fort.

Henrike schluckte fest, auch weil Jean-Pierre Roussel sie zum Abschied keines Blickes mehr gewürdigt hatte. »Ein Patient hat sich umgebracht?« Ihr wurde schlagartig kalt, sah sie in diesem Moment doch wieder Fräulein Vogels leblosen Blick vor sich und hörte sie um Hilfe schreien. *Nie mehr zurück.*

»Das gehört zur Psychiatrie mit dazu. Aber darüber dürfen wir das Lächeln nicht vergessen.« Professor Rieger lächelte Henrike an, die trotzdem bedrückt blieb und fror. Krankheiten, die einen Menschen in den Selbstmord trieben, waren die schlimmsten. Und außerdem schmerzte es sie, wie erbost der französische Student sie angeschaut hatte. In den ersten Wochen nach ihrem Gespräch in der Kutsche hatte sie insgeheim gehofft, er würde sie wieder ansprechen, was er aber nicht getan hatte.

Professor Rieger nahm sich noch ein Buch vom Stapel auf dem Sofa, dann verließ er an Henrikes Seite sein Büro. »Ist das die Ausgabe, die von Kreling illustriert wurde?« Er zeigte auf das *Faust*-Buch in ihren Händen.

»In der ersten Auflage, ja.« Sie schaute Jean-Pierre Roussel nach, der schon am Ende des Flures angekommen war und sich nicht mehr umdrehte. Als fliehe er vor ihnen.

»Würden Sie mir das Buch ausleihen, wenn ich Ihnen dafür eins von meinen gebe?« Professor Rieger hielt ihr das Buch mit dem Titel *Grundsätze und Voraussetzungen der psychiatrischen Praxis,* das er soeben mitgenommen hatte, vor die Nase. »Davon handeln meine nächsten Vorlesungen.«

Sie griff, ohne zu zögern, zu.

»Sie haben eine besondere Begabung für die Psychiatrie, Henrike«, sagte er ihr. »Sie sind für mehr als nur eine Wärterinnentätigkeit bestimmt.« Mit diesen Worten eilte er davon.

Henrike schaute ihm nach. Sie, eine besondere Begabung? Mehr als nur eine Wärterin? Genauso wie ihre Großmutter einst?

10

Mai 1897

Ella konnte nicht sagen, wie lange sie schon im Festkleid am Kopfende der Diner-Tafel saß. Die Gäste hatten die Wohnung in der Eichhornstraße bereits vor Stunden verlassen. Der prächtige Kronleuchter beschien sie taglichthell, und doch hatte sie Mühe, die müden Lider nicht zu schließen. Solange sie wach blieb, träumte sie wenigstens nicht. Mit den Fingern rieb sie über die gestickten Ornamente auf dem Leinendamast des Tafeltuchs. Es roch nach Lauge und glänzte. Sie schaute zum Pianoforte, zu Antons Sekretär und zur Standuhr. Wenn sie es richtig sah, zeigten die bronzenen Zeiger halb zwei an. Antons Schnarchen drang bis zu ihr in den Salon, wo sich auch der Essbereich befand. Beruhigen konnten sie diese regelmäßigen Töne schon länger nicht mehr.

Ihr Kopf glühte vor Anstrengung, das Brennen im Magen ignorierte sie. Allein wenn Sie nur an die Magen-Kur von Professor von Leube dachte, an die täglichen Visiten und das Juliusspital, begann ihr Verdauungsorgan schon zu schmerzen.

Ella ging ans Fenster, schob die schweren, champagnerfarbenen Vorhänge beiseite und öffnete es, was normalerweise die Aufgabe des Personals war. Die kühle Luft tat ihr gut. Am liebsten wäre sie jetzt mit einer Kutsche aufs Land gefahren, um dort frische Luft zu schnappen. Schon einmal war sie einfach losgefahren, und der Ortswechsel hatte ihr gutgetan. Ella atmete mehrere Male tief ein und aus, aber bald seufzte sie doch wieder. Seitdem sie im Spital behandelt worden war, hatte sich ihr Leben verändert. Sie war ängstlicher und misstrauischer geworden, auch freudloser. Sie erinnerte sich an das vorletzte Weihnachtsfest. Die Familie hatte glücklich ums Pianoforte gestanden, feierlicher Gesang den Salon erfüllt, und alle hatten sie vor christlicher Glückseligkeit gestrahlt. Ella lehnte sich ans Fenster und blickte über die Stadt, aber nur in Richtung St.-Kilians-Dom und Neumünster. Denn rechts ragten aus dem Häusermeer die Dachspitzen des Juliusspitals hervor.

Plötzlich stand Anton im Salon. »Liebes? Geht es dir gut?«

Ella fuhr herum. Ihr Ehemann sah verschlafen aus, er trug seinen Morgenmantel.

»Ella, du wirst dich noch erkälten.« Anton hielt seine silberne Taschenuhr in der Hand. Allabendlich legte er sie auf seinem Nachttisch ab, es war sozusagen der letzte Akt eines anstrengenden Tages, bevor er zufrieden auf die Matratze sank. »Was machst du denn um diese späte Stunde noch hier?« Er ging zu seinem Sekretär, ruckte dort den Stapel seiner bevorzugten Lektüre, die Magazine mit dem Titel *Die Dampflok,* zurecht und trat dann neben sie.

Ella atmete noch einmal tief ein, bevor Anton das Fenster schloss. Das Licht des Kronleuchters brachte sein kupferrotes Haar zum Leuchten.

»Und was sollen die Nachbarn sagen, wenn sie dich um diese Zeit am Fenster sehen?« Anton zog die Vorhänge zu. »Ist es wieder dein Magen?« Er nahm sie an der Hand und führte sie aus dem Salon, obwohl Ella viel lieber am Fenster stehen geblieben wäre.

»Heute gab es so viel zu tun«, antwortete sie, was auch stimmte, aber nicht der Grund dafür war, warum sie Angst vor dem Schlafen beziehungsweise vor den Albträumen hatte, die sie dann heimsuchten. Dies wollte sie auch weiterhin lieber für sich behalten. »Es war einfach ein bisschen viel für mich. Die Stoffauswahl für die neuen Vorhänge in Henrikes Zimmer, die Übungsstunden am Pianoforte und dann das aufwendige Diner mit der Familie von Geheimrat Schwenk.«

»Du hast heute Abend wunderschön für unsere Gäste gesungen, meine Liebe«, lobte sie Anton im Flur wie ein Lehrer seine Schülerin.

Ella wusste, dass sie nicht immer genau den richtigen Ton getroffen hatte, weil sie abgelenkt gewesen war, aber das sagte sie ihm nicht. Sie hatte auch nicht alles mitbekommen, was die Herren über das im September anstehende Kaisermanöver gesagt hatten, obwohl es das Gesprächsthema des Abends gewesen war. Wollten sie wirklich Henrike für das Begrüßungskomitee der sieben Bürgerstöchter vorschlagen?

Vor dem Schlafzimmer angekommen, zögerte Ella. Lange würde sie die Augen im Liegen nicht offen halten können.

Antons Hand lag schon auf der Türklinke, als er plötzlich innehielt und sich ihr zuwandte. »Möchtest du, dass ich weiteres Personal einstelle, um dich zu entlasten? Es wird in der nächsten Zeit noch geschäftiger bei uns zugehen, wegen der Organisation des Kaisermanövers.«

Ella schüttelte den Kopf. Das Personal konnte nichts dazu beitragen, dass es ihr endlich wieder besser ging.

Anton nahm sie fester bei der Hand. »Komm ins Bett, ich halte dich im Arm. Dann wird sich dein Magen auch beruhigen.« Er führte sie ins Schlafzimmer, legte seine Taschenuhr auf ihren angestammten Platz zurück und stieg ins Bett.

Ella entkleidete sich, was ohne die Hilfe ihres Dienstmädchens länger dauerte, legte ihren Schmuck ab und zog ihr Nachthemd an. Als sie neben Anton ins Bett glitt, hatte der die Augen schon längst wieder geschlossen. Er zog Ella an sich und legte den Arm um sie, wie er es versprochen hatte. Anton hatte noch nie ein Versprechen gebrochen, solange sie sich kannten. Er war verlässlich. Ella drückte sich an ihn und lauschte auf seinen Herzschlag. Ihrer ging doppelt so schnell.

»Alles ist gut«, versuchte Anton, sie zu beruhigen. »Und es wird mit jedem Tag besser. Wir führen das Leben, das ich mir immer für uns erträumt habe. Wenn ich nun auch noch bald Seine Königliche Hoheit den Prinzregenten treffe, kann es kaum noch besser werden.«

Ella rückte ein Stück weiter nach oben, sodass ihre Stirn seine Schläfe berührte.

»Ich bin zuversichtlich, dir, unserer Familie und unseren Freunden und Bekannten bald eine freudige Mitteilung machen zu können.« Anton hielt die Augen geschlossen und lächelte zärtlich, während er sprach. »Danach wird es dir bestimmt wieder besser gehen.«

Sosehr ich Antons Urteil normalerweise auch vertraue, aber in diesem Fall liegt er falsch!, war Ella überzeugt. Als einziger Ausweg aus ihrem Problem fiel ihr der Fortgang aus Würzburg ein.

Während Anton einschlief und bald sein regelmäßiges Schnarchen zu hören war, tauchte Ella in die Vergangenheit ab. Sie erinnerte sich daran, wie sie Anton, den Ingenieursstudenten, bei der großen Feier zur Entfestigung Würzburgs kennengelernt hatte. Die Würzburger feierten an diesem Tag, dass ihre Stadt, die vom König von Bayern lange als Festung eingestuft worden war und deswegen baulich nicht erweitert werden durfte, nunmehr endlich von ihrem Befestigungsgürtel befreit wurde. Das gesamte Bürgertum Würzburgs war zum Spatenstich der Abrissarbeiten auf den Beinen gewesen. Schon als junger Mann hatte Anton immer genau gewusst, was zu tun und wie das Leben zu absolvieren war. Er hatte Pläne für alles, aus jeder Lage gab es für ihn einen ordentlichen, gut sortierten Ausweg. Pläne wie für die einzelnen Entfestigungsabschnitte zwischen Neu-Tor und Rennweger Tor, die Studenten wie er damals hatten mitentwerfen dürfen. Pläne für das Leben, für den Haushalt, Pläne für ihre Wohnung in der Eichhornstraße und die Gäste, die er regelmäßig an seiner Tafel zu bewirten gedachte.

Anton war Ellas Eintrittskarte in eine sichere Welt ohne Beschimpfungen und Demütigungen gewesen. In Antons Leben hatte die Medizin keine Rolle gespielt. Zielstrebig hatte er sein geplantes Studium beendet, seine gewünschte Anstellung bei den Königlich Bayerischen Staatseisenbahnen erhalten, und dann hatten sie, wie geplant, geheiratet. Mehr als zehn Jahre und viele Tränen wegen ihrer unglücklich verlaufenden Schwangerschaften später hatte Ella dann ein gesundes Mädchen auf die Welt gebracht. Mit Henrike und Anton, der ihr Ruhe und Frieden bot, hatte ihr Leben einen glücklichen Verlauf genommen. Ein Leben voller geplanter Vorhersehbarkeiten und eingelöster Versprechungen, lange hatte sie sich deshalb sicher gefühlt.

Ella strich ihrem schlafenden Mann sanft über die Wange und das kupferrote Barthaar. Sie war ihm dankbar für alles Bisherige. Er war das genaue Gegenteil von ihrem Ziehvater Richard, auch äußerlich. Und sie liebte beide.

Ella nahm die Finger zu Hilfe, um ihre Lider aufzuhalten, aber die wurden bald steif darüber und schmerzten. Sie zählte Antons Herzschläge mit, ging den Abend mit den Schwenks durch und sang in Gedanken Schumann-Lieder, damit sie wach blieb. Erst als es draußen langsam hell wurde, schlief Ella ein, und ihr Albtraum kehrte zurück.

11

Juni 1897

Henrike kam es sehr gelegen, wieder einmal ein paar Tage bei ihren Großeltern im Palais wohnen zu dürfen. Im Palais konnte sie ungestörter in ihren Büchern lesen. Ihre Eltern waren nach München gefahren, wo eine Sitzung in der Generaldirektion der Königlich Bayerischen Staatseisenbahnen stattfand. Vor der Abfahrt war ihr Vater sehr aufgeregt gewesen, weil er darauf hoffte, dass auch der Prinzregent die Sitzung besuchen würde. Luitpold tauchte immer wieder einmal unverhofft in der Generaldirektion der Eisenbahnen auf. Die Würzburger waren unendlich stolz darauf, dass ihre Stadt die Geburtsstadt des Prinzregenten war, sie bauten und benannten Brücken und Brunnen nach ihm, und wann immer er aus München nach Würzburg kam, wurde er bejubelt und gefeiert.

Henrike hatte nur wenig mit dem Prinzregenten am Hut, obwohl Isabella gerne über den greisen Herrscher sprach, der schon seit der Entmündigung seines Neffen König Ludwig II. vor zehn Jahren für dessen geisteskranken jüngeren Bruder Otto die Regierungsgeschäfte übernommen hatte. Henrike schob das Interesse ihrer Freundin am Prinzregenten darauf, dass Isabella ein Faible für ältere Männer hatte, wahrscheinlich, weil sie ihren geliebten Vater so oft entbehren musste. Weil sie Luitpold so sehr bewunderte, hoffte Isabella auch darauf, zu den sieben Bürgerstöchtern zu gehören, die beim geplanten Kaisermanöver die adligen Gäste begrüßen und ihnen die Weinpokale reichen durften. Henrike wünschte sich dagegen, dass der Repräsentationskelch an ihr vorübergehen würde, auch wenn sie gern mit ihrer Freundin zusammen war. Zumindest die Isabella versprochene Fahrt in der Pferde-Straßenbahn hatte sie schon eingelöst. Noch lieber war sie jedoch bei den menschlicheren Menschen. Sie musste an Corinna Enders denken, deren epileptischen Anfall sie gleich an ihrem ersten Tag in der Abteilung miterlebt hatte. Mit ihrem schlohweißen Haar, der Fallhaube und dem einfachen Kittel wirkte sie so schutzlos und verlassen wie ein verwundetes Tier. Die Fallsüchtige rührte sie, auch ihr wollte sie helfen und las darum noch eifriger als bisher in ihren Psychiatrie-Büchern. Bis lange nach Mitternacht, wie heute auch.

Sie haben eine besondere Begabung für die Psychiatrie, Sie sind für mehr als nur eine Wärterinnentätigkeit bestimmt. Sie dachte wieder an das vollgestellte Büro von Professor Rieger, und wie er den verzweifelten Doktor Faustus für sie zitiert hatte. Professor Rieger war ein besonderer Mann. Er schaffte es zudem, dass auch sie sich besonders fühlte. Und Jean-Pierre Roussel, wo sind Sie in den letzten Monaten gewesen, und warum haben Sie mich zuletzt mit einem so finsteren Blick bedacht? Wenn sie nicht an Jean-Pierre oder Professor Rieger dachte, träumte sie von ihrer Zukunft. Sie stellte sich vor, dass sie Medizin studieren und Psychiaterin werden würde. Wie Professor Rieger.

Henrike schob das Buch unters Kopfkissen und stieg aus dem Bett. Sie trug ein altes Nachthemd ihrer Mutter, das aus handgewebtem Leinen, Häkelspitze am Ausschnitt und den verschnörkelten Initialen EPH für Ella Pauline Hertz versehen war. An der Knopfleiste befanden sich kleine Porzellanknöpfe. Henrike trug das Nachthemd oft, wenn sie nicht bei ihren Eltern schlief.

Ohne Licht anzumachen, ging sie in die Küche hinab und trank ein Glas Most. Danach wollte sie noch so lange weiterlesen, bis sie alle Inhalte des neuen Vorlesungsbuches verstanden hatte. Es handelte von der individuellen und sozialen Behandlung der Kranken und der speziellen Pathologie der Geisteskrankheiten, und Henrike war – bevor sie Durst bekommen hatte – bei der Beschreibung der Wasserkopfkrankheit angekommen. Das Gehirn des Menschen ist die grandioseste Leistung der Schöpfung! Davon war sie, je mehr sie las, zunehmend überzeugt. Nur leider gab es zu viele Schädigungen desselben.

Henrike wollte gerade wieder ins Schlafzimmer zurückkehren, als sie ein Poltern und Klirren im Damenkabinett vernahm. Auf nackten Füßen eilte sie durch den großen Salon, an dem die Ahnenporträts der Winkelmanns goldgerahmt an den Wänden hingen. Zuletzt war das Bildnis ihrer Urgroßmutter Elisabeth dazugekommen. Ein Krocketschläger stand an die Wand neben dem Kamin gelehnt, das war neu.

Auf dem Schreibtisch im Damenkabinett brannte eine einzige Kerze. Ihre Großmutter war gerade dabei, die Scherben des porzellanenen Lampenschirmes aufzusammeln, den Henrike sowieso nie gemocht hatte. Sie ging neben ihr auf die Knie. »Lass mich das machen, ich kann nachts so gut wie eine Katze sehen.«

Viviana erhob sich. »Danke, meine Kleine.« Sie trug ein seidenes Morgenkleid mit Volants, darüber das abgetragene Schultertuch mit den Fransen, das Henrike schon seit einer Weile an Anna Gertlein erinnerte, obwohl sie es als Kind immer nur an ihrer Großmutter gesehen hatte.

»Ich bin ungeschickt gewesen und gegen den Schirm gestoßen.« Viviana seufzte. »An manchen Tagen fühle ich mich wie eine zerstreute, alte Frau, die man besser nicht mehr an ihre Patienten heranlassen sollte.«

Dutzende Gedanken gingen Henrike durch den Kopf, während sie in die Küche lief, um ein Kehrblech zu holen. Ihre Großmutter wurde altersmüde? Was würde dann aus ihren vielen Patienten werden? Zurück im Kabinett kehrte sie die Scherben auf, während ihre Großmutter sich Blut vom Handballen tupfte.

»Warum bist du eigentlich noch wach?«, fragte Viviana. »Du solltest längst schlafen. Ist es etwa zu kalt oben?«

Henrike stellte das Kehrblech für das Dienstpersonal in den großen Salon, bevor sie antwortete: »Und warum bist du so spät noch wach?

Du siehst sehr müde aus. Ich bin dagegen putzmunter.« Sie warf ihr Haar mit der ihr in Fleisch und Blut übergegangenen kühn wirkenden Bewegung auf den Rücken und strahlte wie am Beginn eines neuen Tages. Ihre Großmutter hingegen hatte dunkle Augenringe, wirkte übernächtigt und kraftlos.

»Ich kann nicht schlafen«, gestand Viviana. »Schon seit Tagen nicht mehr. Ich habe einfach zu viele Sorgen, die mich nicht zur Ruhe kommen lassen.« Sie griff nach dem silbernen Kerzenständer und führte Henrike aus dem Kabinett. »Komm, ich bringe dich zurück ins Bett und lese dir eine Einschlafgeschichte vor, so wie früher.«

Beim Gang hinauf dachte Henrike an die Lesenächte der Winkelmann-Frauen, die in den letzten Monaten immer seltener geworden waren. Sie war stolz, dass ihre Großmutter sie immer als eine Winkelmann-Frau bezeichnet hatte, obwohl sie doch eine geborene Hertz war. Sie hätte es besser gefunden, wenn ihre Mutter auch einen Doppelnamen angenommen hätte, und sie hoffte, dass ihre Großmutter mindestens so alt wie ihre Urgroßmutter werden würde. Also fünfundachtzig.

In Henrikes Zimmer angekommen, wollte Viviana gerade ein Buch aus der Vitrine nehmen, da überlegte Henrike es sich anders. Ihre Großmutter mit den hängenden Schultern rührte sie. »Erzähle mir von deinen Sorgen. Vielleicht kann ich dir ja helfen.«

Viviana überlegte lange, bevor sie antwortete: »Ich mache mir immer noch Sorgen um deine Mutter und ihren Magen. Wir Ärzte sagen immer, wenn es im Magen rumort, können auch Sorgen und Ängste die Ursache dafür sein. Und dann sind da auch noch die Sonntagsschule, für die ich immer weniger Zeit habe, und die diversen medizinischen Artikel über die Röntgen-Strahlung, mit denen ich mich ausführlicher auseinandersetzen sollte. Der letzte, der mir aus Paris zugeschickt wurde, war auch der eigentliche Grund für mein Ungeschick mit dem Porzellanschirm. Kannst du dir vorstellen, Rike, dass jemand in Paris sogar eine Röntgendusche erfunden hat?«

Henrike war fassungslos. »Eine was?«

»Ja, ein Gerät, mit dem sich Damenbärte angeblich entfernen lassen. Es soll die Patientinnen nicht durchstrahlen, sondern bestrahlen!« Viviana verdrehte die Augen. »Für mich ist das Schindluder mit der Medizin treiben. Die Strahlen sollen für die Gesundheit und nicht fürs Geldverdienen eingesetzt werden.«

Sie ließen sich nebeneinander auf der Bettkante nieder.

»Die Leute werden noch verrückt wegen dieser Strahlen«, sagte Viviana kopfschüttelnd. »Unlängst fragte mich doch tatsächlich ein junges Dienstmädchen, eine ehemalige Patientin, ob ich ihren Bräutigam nicht mit den Strahlen durchsehen könne, damit sie ganz sicher wäre, dass er auch im Inneren gesund ist – erst danach wolle sie ihn heiraten.«

Henrike musste an die Röntgen'schen Schattenbilder denken, die Isabella und sie zum Spaß von sich hatten machen lassen, und bekam ein schlechtes Gewissen. Unter einer Diele in ihrem Zimmer in der Eichhornstraße verwahrte sie die Aufnahme in einem weißen Kuvert. Damit sie ihre Knochenbilder nicht verwechselten, hatten sie ihre Namen auf die Fotografien geschrieben. Doch nun kam Henrike dieser Freundschaftsbeweis ziemlich kindisch vor.

»Aber am meisten beschäftigt mich Ella. Sie verschließt sich immer mehr vor mir«, sagte Viviana. »Mein zarter Schmetterling.«

»Mit mir redet Mama auch kaum noch«, gestand Henrike und dachte an die heimlichen Kutschfahrten ihrer Mutter.

»Vielleicht richtet die Reise nach München ja etwas aus«, hoffte Viviana.

Henrike ließ sich ins Bett zurücksinken. »Aber in München trifft Papa sich tagsüber fast ausschließlich mit seinen Herren von der Eisenbahn. Mama sieht ihn nur abends. Ich weiß nicht. Vielleicht müsste er sich einfach mehr Zeit für sie nehmen. Stattdessen organisiert er jetzt auch noch dieses Kaisermanöver im September mit.«

»Ich habe das Gefühl, dass Anton wenig ausrichten kann, was Ellas Problem betrifft.« Viviana legte sich neben Henrike ins Bett und zog die Bettdecke über sie beide.

Doch während Viviana die Augen schloss und einzuschlafen versuchte, hatte Henrike noch etwas auf dem Herzen. »Großmama, darf ich dich etwas Vertrauliches fragen?«

Viviana ließ die Augen geschlossen. »Sicher, meine Kleine.«

»Wie war das eigentlich, bevor du mit Großvater verheiratet warst?«

»Was genau meinst du?«, hakte Viviana nach. »Wie wir uns kennengelernt haben?«

Henrike zögerte und drehte fast ebenso nervös an den Porzellanknöpfen ihres Nachthemds wie Frau Weidenkanner an ihrem Würfel. »Nein, ich meine ...«, sie senkte die Stimme, obwohl außer Viviana niemand da war, der sie hören konnte, »... wie bist du damals zur Medizin gekommen und später Ärztin geworden?«

Ihre Großmutter öffnete die Augen und setzte sich kerzengrade auf. »Das war alles sehr schwierig.«

Henrike richtete sich nun ebenfalls auf. »Und weiter?«

Viviana erhob sich aus dem Bett, setzte sich dann aber doch wieder auf die Kante. »Frauen durften damals genauso wenig studieren wie heute. Im Gesetz ist ein Immatrikulationsverbot für Frauen verankert.«

»Ein Immatrikulationsverbot für Frauen?« Henrike stemmte die Hände in die Hüften, eine Geste, die sie an Wärterin Ruth erinnerte, woraufhin sie ihre Arme schnell vor der Brust verschränkte.

»Wir sollten jetzt besser schlafen, die Geschichte lese ich dir morgen vor«, versuchte ihre Großmutter das Gespräch zu beenden und machte sich daran, Henrike zuzudecken. »Bläst du die Kerze aus?«

Aber Henrike tat nichts dergleichen. Dazu war ihr die Sache zu wichtig. Demonstrativ schob sie die Bettdecke wieder zurück. »Ich habe gehört«, begann sie vorsichtig, »dass du im Juliusspital mit deiner Forderung, dass Frauen das gleiche Recht auf Bildung haben wie Männer, ordentlich für Furore gesorgt hast, als du in meinem Alter warst.«

Henrike sah, dass ihre Großmutter zusammenzuckte.

»Das ist nichts«, sprach Viviana leiser und so zurückgenommen, als hätte sie die Wörter am liebsten verschluckt, »was einer jungen Dame wie dir als Leitlinie dienen sollte. Ich habe es deinen Eltern versprochen.«

»Du hast ihnen ein Versprechen gegeben, das mich betrifft?« Nun gab es erst recht kein Halten mehr für Henrike. »Was hast du ihnen versprochen? Bitte sag es mir! Wenigstens du solltest ehrlich zu mir sein. Bei Mama und Papa habe ich stets das Gefühl, dass sie mir einen wichtigen Teil unserer Familiengeschichte verheimlichen.«

Lange war es still. Henrike hörte ihre Großmutter kurz und schnell atmen.

»Ich bin so gut wie erwachsen und möchte auch so behandelt werden!«, fügte sie noch hinzu, was sie ihren Eltern schon lange hatte sagen wollen. »Aber ihr haltet mich anscheinend immer noch für ein kleines Kind.«

»Du bist kein kleines Kind mehr, das weiß ich sehr wohl.« Viviana strich Henrike zärtlich über das rote Haar. »Aber bei deiner Geburt habe ich deinen Eltern versprochen, dich nie auf einen anderen als den von ihnen gewählten Zukunftsweg zu bringen. Dazu gehört auch, dass ich dir nichts von meinen Bemühungen, Medizin studieren zu dürfen, und meinem Kampf für die Rechte der Frauen erzähle.«

»Aber warum denn nicht?« Henrike rutschte unruhig auf der Matratze herum. »Die Medizin ist doch dein Leben, wieso sollte man daraus ein Geheimnis machen?«

»Weil es Lebensschicksale und -wege gibt, die weitaus leichter zu gehen sind als der meine«, entgegnete Viviana traurig.

Henrike musste daran denken, wie schlecht Professor von Leube ihre Großmutter behandelt hatte, als diese einer Patientin in Not hatte helfen wollen. Sie gewann dank dieser Begebenheit eine Idee davon, was Viviana meinen könnte, und war dennoch nach wie vor davon überzeugt, ein Recht darauf zu haben, die Geschichte ihre Familie zu kennen.

Sie schmiegte sich an ihre Großmutter und sagte kaum hörbar: »Wärterin Anna, Mamas nette Pflegerin damals, als sie auf der Magenstation lag, sagte mir, und die weiß es von ihrer Großmutter, dass du heimlich Medizinbücher gelesen und Vorlesungen von einem Professor von Marcus belauscht haben sollst.« Bei der Vorstellung lächelte Henrike. »Ich kann mir gar nicht vorstellen, dass du jemanden belauschst. Wie hast du das überhaupt hinbekommen, ohne dass du bemerkt wurdest?« Henrike kannte ihre Großmutter als eine Frau, die sehr beschäftigt und oft ein bisschen zu ernst war, weil sie sich so viele Sorgen machte.

»Ich hatte mich hinter einer Rolltribüne versteckt, zudem war der Vorlesungssaal voll mit Studenten. Das war sehr aufregend. Damals fanden die Vorlesungen auch noch in der Pfründner-Aufnahme des Juliusspitals statt.«

Henrike war begeistert. »Das hast du dich wirklich getraut?« Viviana nickte. »Aber mir schlug dabei das Herz bis zum Hals, das kannst du mir glauben.« Sie lehnte sich gegen Henrike. »Es waren schwierige, aber auch lehrreiche Zeiten, die ich um nichts in der Welt missen möchte. Es waren die Jahre, in denen ich deinen Großvater kennenlernte, den ich anfangs noch ziemlich grimmig fand.«

Nun lächelten sie beide.

»Anfänglich arbeitete ich nur aus Not in der Apotheke des Spitals, weil ich Geld für mich und Ella zum Überleben brauchte. Dort wurde auch meine Neugier geweckt, wenig später belauschte ich dann die erste Vorlesung und wurde auch Zeugin einer Demonstration am Krankenbett für Studenten. Ich sah, wie Kranke aufgrund des diagnostischen Wissens von Professor von Marcus im Juliusspital neue Hoffnung zu schöpfen begannen. Von da an wollte ich Ärztin werden, um selbst Hoffnung geben zu können, auch denjenigen, die sich einen Spitalaufenthalt nicht leisten konnten. Professor von Marcus war ein wunderbarer Mensch, und am klarsten sah er mit dem Herzen.« Sie lächelte. »Anfangs war das Juliusspital aber nur eine schreckliche Festung des Todes für mich.«

»Für dich auch?«, entfuhr es Henrike, die sich darauf sofort die Hand vor den Mund presste.

Doch Viviana hatte ihren Lapsus anscheinend gar nicht bemerkt, sondern erzählte unbeirrt und in ihren Erinnerungen versunken weiter. »Aber als ich mit meinen eigenen Augen sah und erlebte, wie am Spital lebensrettend geforscht und geheilt wurde, wandelte sich mein Bild. Nur im Juliusspital bei den klügsten Medizinern der Zeit wollte ich lernen. Und Professor von Marcus hat mich dabei unterstützt, auch ohne offizielle Immatrikulation.« Ihre Züge verhärteten sich. »Aber weil ich für meinen Traum kämpfte, wurde ich gemieden, beschimpft, und einmal saß ich deswegen sogar im Zuchthaus. Meine Familie, die sehr auf die Wahrung gesellschaftlicher Konventionen bedacht war, hatte es nicht leicht, immer wieder war ich Stadtgespräch.«

Henrike schmiegte sich noch enger an ihre kühne Großmutter. »Ich finde dich sehr mutig.«

»Die meisten fanden mich wohl eher egoistisch. Mein Bruder hat mich sogar gehasst deswegen, und seine Frau Dorette warf mir vor, dass ich ihn mit meinem selbstsüchtigen Handeln in den Tod getrieben hätte.«

Henrikes Mund war vor Aufregung schon ganz trocken. »Hast du das denn?«

»Valentin und ich hatten nie richtig Gelegenheit für eine Aussprache. Ich weiß nicht, was er wirklich dachte.« Vivianas Gesichtsausdruck verdüsterte sich.

»Das ist so spannend, erzähl weiter!«, bat Henrike ihre Großmutter mit drängendem Tonfall.

»Es fällt mir schwer, darüber zu reden.« Viviana schüttelte traurig den Kopf. »Ich habe schon viel zu viel gesagt.«

Henrike fasste tröstend nach ihrer Hand. »Es tut mir leid, dass du eine so schwere Vergangenheit hattest.«

»Lesen wir doch noch eine Seite, bevor der Docht runtergebrannt ist? Dann kommen wir auf andere Gedanken.«

Henrike nickte vorschnell, weil sie ihre Großmutter nicht überfordern wollte, die das Gespräch offenbar sehr angestrengt hatte.

Viviana griff unter das Kopfkissen und zog Henrikes Buch hervor. »Wie wäre es mit ...«, sie zögerte beim Lesen des Titels: *Spezielle Pathologie der Geisteskrankheiten?*«

Henrike zuckte hilflos mit den Schultern. Nun lag er wieder auf ihr, der ernste Blick ihrer Großmutter.

»Ich nehme nicht an, dass du das Buch aus der Schule hast?«, fragte Viviana mit hochgezogener Augenbraue.

»Nein«, murmelte Henrike. Seit so vielen Monaten drehten sich ihre Gedanken nun schon darum, wie sie ihre Medizinbegeisterung und ihre Verbindung zum Spital geheim halten konnte.

»Von Professor Rieger aus dem Spital«, gestand sie. Sie konnte ihrer Großmutter nicht länger etwas vormachen, nicht nach allem, was sie gerade von ihr erfahren hatte. »Professor Rieger denkt, dass ich das Zeug zu einer Psychiaterin habe.«

Viviana erhob sich vom Bett und fasste Henrike scharf ins Auge, das konnte sie gut. »Jetzt bist du mit der Wahrheit dran, Rike!«

Henrike kaute an ihrer Unterlippe, bevor sie ihrer Großmutter so leise gestand, als spräche sie über ein geplantes Verbrechen: »Auf der Magenstation bei Mama damals, da war der Krankensaal zur Besuchszeit ziemlich voll. Erinnerst du dich?«

Viviana nickte verwirrt.

»In der Irrenabteilung sieht das ganz anders aus. Die wenigsten Angehörigen besuchen ihre geisteskranken Familienmitglieder. Kannst du dir vorstellen, dass sie sich wegen der Krankheit sogar ganz von ihnen abwenden? Der Bruder von der Schwester? Der Ehemann von seiner Ehefrau?« Henrike senkte betroffen den Blick. Sie musste an die traurige Frau Kreuzmüller mit der zerrissenen Fotografie denken, die ihr inzwischen zu offenbaren gewagt hatte, dass ihr Mann sie kein einziges Mal in den vergangenen zwei Jahren besucht hatte. Sie war überzeugt, dass er nichts mehr mit ihr zu tun haben wollte, weil sie ihm peinlich war mit ihrem kranken Hirn. Ihre frühere Nachbarin hatte sogar befürchtet, sie könne sie mit ihrem Wahnsinn anstecken. Henrike hatte Frau Kreuzmüller auf dieses Geständnis hin in den Arm genommen und ihr vielleicht etwas zu wohlwollend versichert, dass ihr Mann sie bestimmt bald besuchen werde.

Sie schaute wieder auf. »Kaum jemand will etwas mit den menschlicheren Menschen zu tun haben, Großmama. Manche Kranke werden monate-, ja sogar jahrelang eingesperrt. Sie fühlen sich, glaube ich, wie Aussätzige.«

»Aber was hat das mit dir zu tun?«, wollte Viviana ungeduldig wissen. »Wir lieben dich alle und würden dich niemals im Stich lassen. Und woher weißt du das alles überhaupt?«

Die letzte Frage überhörte Henrike in ihrem Eifer, sich zu erklären. »Als Psychiaterin könnte ich dazu beitragen, dass sich das ändert. Die Kranken sollen schneller und, wenn möglich, vollständig geheilt werden und in ihre Familien zurückkehren können, dafür bedarf es aber auch mehr Ärzte. Sie fühlen sich so schrecklich einsam. Kaum jemand will Irrenarzt werden, ich würde es tun! Ich will das Diagnostizieren lernen, Therapien entwickeln und im entscheidenden Moment Hilferufe erkennen können, bevor jemand seinem Leben ein Ende setzt. Als Wärterin könnte ich nur reagieren, als Ärztin aber agieren und wirklich etwas verbessern. Deswegen möchte ich Vorlesungen hören. Genauso wie du damals.«

Ihre Großmutter hatte begonnen, vor dem Bett auf und ab zu gehen. Die Kerze war inzwischen erloschen, aber dank des Mondlichts konnte Henrike Viviana weiterhin gut sehen. »Großmama, ich wollte dich fragen, wie ich das als Frau am besten erreichen kann«, schloss Henrike ihre Rede ab und atmete erleichtert aus, weil es endlich heraus war.

»Du willst also wirklich Medizin studieren?« Viviana stoppte abrupt. »Das wird deine Mutter schockieren und ihr bis ans Ende ihres Lebens den Schlaf rauben. Was du allerdings über die geisteskranken Menschen gesagt hast, kann ich nachvollziehen.«

»Ich möchte helfen, die menschlicheren Menschen zu heilen. Ich will, dass ihre Augen wieder leuchten, weil sie Hoffnung sehen. Und dafür muss ich Diagnostizieren und Therapieren lernen. Genauso wie es Professor Rieger in seinen Büchern beschreibt.«

»Ella wird mir das nie verzeihen!«, murmelte Viviana.

Henrike verließ nun ebenfalls das Bett und stellte sich vor ihre Großmutter. »Großmama, du bist die Einzige, die mich versteht und die mir helfen kann. Wenn ich nicht studieren darf, fühle ich mich wie ein Vogel, den man in einen Käfig eingesperrt hat. Ich darf die interessante Welt da draußen zwar sehen, aber nie Teil von ihr sein.« Seitdem Professor Rieger ihr ein Studium zutraute, traute sie es sich auch zu. Er hatte sie erst auf diese Idee gebracht.

Viviana barg das Gesicht in ihren Händen. »Warum ausgerechnet du?«

»Weil in mir dein Blut fließt, Großmama!«, war Henrike überzeugt. »Es war so einmalig, gestern Professor Riegers Empfehlungen für die Diagnostik zu hören und seine Fragen richtig beantworten zu können. Die meisten jedenfalls. Ich kann sogar schon einen normalen Egoisten von einem Patienten mit beginnendem Größenwahn unterscheiden. Und außerdem habe ich wegen Fräulein Vogel etwas gutzumachen.«

Langsam nahm Viviana ihre Hände vom Gesicht. »Zu studieren ist heutzutage komplizierter, als du denkst. Die Frauenbildung an Universitäten ist inzwischen noch strenger geregelt als zu meinen Zeiten. Es ist eigentlich aussichtslos.«

»Eigentlich?« Henrikes Frage blieb unbeantwortet in der Luft hängen. Sie verließ das Zimmer und kehrte mit einer brennenden Kerze zurück, weil Kerzenlicht ihre Großmutter milde stimmte. Mit dem hellen Licht, das Glühbirnen verstrahlten, hatte sie sich bis heute nicht angefreundet. »Ich würde jede noch so kleine Chance nutzen«, schwor Henrike. »Wenn ich doch nur Professor Riegers Vorlesungen besuchen dürfte! Und für Mama und Papa finde ich auch eine Lösung«, versprach sie. »Das ist auch mir wichtig.«

»Im letzten Jahr wurde ausnahmsweise eine Hörer*in* an der Würzburger Universität zugelassen«, begann Viviana, und Henrike konnte ihr ansehen, wie viel Überwindung es sie kostete, ihr dies zu erzählen. »Das ist jahrzehntelang keiner mehr gelungen, zumindest nicht offiziell. Es handelt sich dabei um Frau Professor O'Grady aus den Vereinigten Staaten von Amerika. Sie durfte Zoologie-Vorlesungen hören.«

»Sie war aber doch eine Professorin und keine Unstudierte wie ich?«, fragte Henrike bang.

»Ich sagte dir ja bereits, dass es eigentlich aussichtslos für eine junge Dame ohne Titel ist, und selbst wenn ... Sogar die Anwesenheit von Professor O'Grady verlief nicht ohne Komplikationen. Soweit ich weiß, dürfen seit dem vergangenen Wintersemester Frauen in Preußen einen Dispens vom Immatrikulationsverbot für Frauen beantragen. Aber Preußen ist nicht Bayern.«

Henrike horchte auf. »Einen Dispens?«

»Damit kann die Aufhebung eines Verbots ausnahmsweise erteilt werden. In Preußen wären deine Chancen größer. Aber das werden deine Eltern bestimmt nicht zulassen.«

»Ich möchte die Vorlesungen von Professor Rieger hören. Er ist mein Vorbild. Und weg von meiner Familie möchte ich auch nicht.« Henrike umarmte ihre Großmutter. »Ich möchte mich auch hinter Rolltribünen verstecken und Vorlesungen belauschen.« Sie lächelte trotz der Tränen in ihren Augen.

Viviana schob sie an den Schultern ein Stück weit von sich weg. »Das wirst du nicht, Rike. Das ist viel zu gefährlich!«

»Ach, Großmama. Ohne die Medizin sehe ich keine glückliche Zukunft für mich. Unter keinen Umständen!«, beteuerte Henrike, der die Tränen nun über die Wangen liefen. »Du hast es doch auch gewagt.«

Viviana zog Henrike wieder zu sich heran, küsste sie mütterlich auf die Stirn und strich über ihr Haar. Dabei sprach sie leise vor sich hin: »Wenn du in Würzburg an der Julius-Maximilians-Universität Vorlesungen hören willst, gibt es nur eine einzige Möglichkeit. Du musst beim Ministerium in München einen offiziellen Antrag stellen, der es dir erlaubt, als Hörerin an der Medizinischen Fakultät den Vorlesungen beizuwohnen. Das Ministerium muss zustimmen und Professor Rieger auch.«

Henrike hielt ihre Großmutter ganz fest. »Wenn ich ans Ministerium schreiben muss, damit mein Traum wahr wird, dann tue ich das. Ich möchte Ärztin werden, eine mit Herz.«

»Das klingt wundervoll. Aber bevor ich weiterrede, möchte ich, dass du mir die ganze Wahrheit über dich und das Juliusspital erzählst.« Sie löste sich aus der Umarmung ihrer Enkelin.

Jetzt war es Henrike, die nervös im Raum umherging.

Viviana legte ihr das Tuch mit den Fransen um die Schultern, das angenehm wärmte. Schließlich gestand ihr Henrike alles. Sie begann mit den Weihnachtseinkäufen im Kaufhaus Rosenthal, wo sie Fräulein Vogel das erste Mal begegnet war. Sie berichtete Viviana auch ausführlich von ihrem ersten Dienst in der Irrenabteilung. Sie erzählte ihr von den Unreinlichen, den Ruhigen, den Manischen und den Fallsüchtigen, von der schrecklichen Drehmaschine im Flur, von ihrem Tridihejo-Solo und von Wärterin Ruth, die an so manchem Freitag den Patienten die Essensrationen wegaß. Auch Anna Gertlein erwähnte sie und deren Heimat, das Grombühl. Und ihre Großmutter hörte aufmerksam zu, ohne zu schimpfen oder sie zu belehren.

Es wurde ein langes Gespräch, sie saßen eng beieinander. Henrike erfuhr darin mehr über die Menschen im Grombühl, über deren Nöte und Hoffnungen. Gebannt lauschte sie auch Vivianas Bericht über das Dorotheen-Spektakel und über Richards geduldige Lehreinheiten. Als die zweite Kerze heruntergebrannt war, graute bereits der Morgen.

Henrike erhob sich und streckte ihre Gliedmaßen. »Es fühlt sich befreiend an, sich endlich einmal alles von der Seele geredet zu haben. Danke, Großmama.«

»Ich muss das alles erst mal richtig verdauen. Und noch eine Sache, Rike. Eines wünsche ich mir noch von dir.«

»Ja, natürlich.« Henrike lächelte liebevoll. Ihre Großmutter war ihr in dieser Nacht noch vertrauter geworden.

»Du musst dich deinen Eltern offenbaren. Sie müssen deinem Antrag ans Ministerium ebenfalls zustimmen. Weihe sie in deine Träume ein. Mein Fehler damals war es, dass ich meine Träume zu lange verschwiegen habe.« Vivianas Blick fiel auf Henrikes Schultern. »Ich schenke dir mein Schultertuch als Mutmacher, es gehörte einst meiner Freundin Magda. Es hat mich auf meiner Reise durch die Welt der Medizin begleitet.«

Berührt von dieser Geste, streichelte Henrike über die Fransen des Tuchs. Sie spürte, dass etwas vom Mut und von der Kühnheit ihrer Großmutter in dieser Nacht auf sie übergegangen war.

12
Oktober 1897

Richard konnte noch nicht einmal seine Hand vor Augen sehen, so dunkel war es im Raum. Er stand vom Becken abwärts unbekleidet vor einem Leuchtschirm. Auf dessen anderer Seite hatte sich der Strahlenmediziner unter einem schwarzen Tuch, das ihn vor dem Fremdlicht schützte, positioniert. Richard blickte dorthin, wo er den Funkeninduktor und die Ionenröhre vermutete. Ihm war, als stünde ihm unmittelbar etwas Schreckliches bevor. Dabei war es nicht das erste Mal, dass er mit den Strahlengerätschaften zu tun hatte. Einige Dutzend Patienten hatte er schon auf ihrem Gang in das Strahlenzimmer begleitet. Die meisten hatten Angst vor der Durchleuchtung gehabt, wegen der unangenehmen Betriebsgeräusche des Funkeninduktors, und weil das Fluoreszenzlicht geisterhaft zitterte. Richard hatte sie beruhigt.

»Die Expositionszeit wird eine Stunde betragen«, hörte er den Ingenieur sagen, der neben dem Spitalsarzt noch mit im Raum war.

Eine Stunde klingt wie eine unvorstellbare Ewigkeit, dachte Richard. Die Jahre an Vivianas Seite hingegen waren wie im Flug vergangen.

Das war ihm erst seitdem ein mit ihm befreundeter Urologe vor zwei Wochen mittels einer rektalen Untersuchung durch die Darmwand hindurch eine inhomogene Verhärtung seiner Prostata ertastet hatte, bewusst geworden. Der Tastuntersuchung waren Schmerzen beim Urinieren und ein stockender Harnabfluss vorausgegangen – allesamt Symptome einer fortschreitenden Krebserkrankung. Die Geschwulst an seiner Vorsteherdrüse konnte aber immer noch gutartig sein, die Chance dafür stand wenigstens nicht bei null!

Sollten sich allerdings Geschwülste oder gar schon Tochtergeschwülste zeigen, sah es düster aus. Im fortgeschrittenen Stadium hatten sich Prostatakarzinome oft schon in das benachbarte Gewebe ausgebreitet, vornehmlich in die Lymphknoten oder die Knochen, und dort Tochtergeschwülste, also Metastasen, gebildet. Hatten die

Geschwülste erst einmal gestreut, waren nur noch palliative Maßnahmen möglich. Man machte den Erkrankten die Schmerzen bis zum Tod durch die Gabe von Opiaten erträglich. Richard hatte schon einige ältere Patienten, aber auch einmal einen Knaben mit Prostatakrebs bis zum Ende begleitet. Aber eigentlich wollte er nicht länger an den Tod denken. Das hatte er schon die letzten zwei Wochen über ausreichend getan, denn zwei Wochen hatte es gedauert, bis er einen Termin zur Strahlenuntersuchung erhielt, und das auch nur, weil man sich kannte unter Medizinern. Die Strahlenzimmer waren auf Wochen im Voraus ausgebucht.

Richard ließ die Stadtgespräche über das anstehende Kaisermanöver noch einmal Revue passieren, um sich vor Aufregung nicht zu übergeben. Er erinnerte sich auch an die Gespräche am jüngsten Krocketsonntag. Professor von Leube war sehr interessiert an Richards Bericht über die Magenerkrankungen im Grombühl gewesen und hatte sich bei einem Glas Zitronenlikör sogar nach dem Befinden von Viviana erkundigt. Vielleicht gelänge die Annäherung ihrer gegensätzlichen Sichtweisen über Frauen als Ärztinnen ja, wenn man sich etwas privater austauschte und miteinander anfreundete – eine gemeinsame Basis für mehr gegenseitiges Verständnis schuf. Richard mochte die Krocketrunde, und die Herren dort schätzten ihn. Aber wie lange würde er nach dem heutigen Tag noch spielen können?

Tausende Befunde hatte er während seiner ärztlichen Tätigkeit in den vergangenen Jahrzehnten gemeinsam mit Viviana überbracht. Hoffnungsbefunde, Sterbebefunde. Er glaubte, gelernt zu haben, wie man mit dem absehbaren Tod umging. Seine Atmung wurde flacher und schneller. Um nicht den Verstand zu verlieren, zählte er die Namen der Gäste auf, die in vier Tagen zum Kaisermanöver in Würzburg erwartet wurden. Kaiser Wilhelm II. mit Kaiserin Auguste Victoria, dann König Albert von Sachsen, König Wilhelm II. von Württemberg, Großherzog Ernst Ludwig von Hessen. Doch noch bevor er geendet hatte, hörte er bereits »Bitte nicht bewegen«, und wie der Hebelgriff am Induktor umgelegt wurde.

Es knisterte, das schnell wechselnde Entladungsgeräusch des Induktors war zu hören. Sobald der Strom floss, begann die Ionenröhre vom grüngelben Fluoreszenzlicht zu glühen. Die Lumineszenz flackerte im gleichen Maß, wie die Entladung schwankte. Richard meinte, dass seine Herzkammern vor Aufregung gerade genauso flimmerten und er gleich umkippen würde. Ein Angstschauer jagte seinen Rücken hinab. In Gedanken sah er die junge Viviana vor sich und erinnerte sich, wie sie das erste Mal miteinander gesprochen hatten, damals im Harmonie-Saal, in den sie sich als männlicher Student verkleidet gewagt hatte, um einen Vortrag von Professor Virchow zu hören. Dann erschien ihm die hoffnungsvolle Viviana, die während des großen Frauenkongresses im Jahr 1865 jeden Abend zu ihm ins Hotel in Leipzig zurückgekehrt war, wo sie sich in Erwartung einer neuen, weiblichen Zukunft geliebt hatten. Vor allem aber liebte er die reife Viviana, ihre Geduld und Zärtlichkeit, ihre gewachsene Schönheit, die sich angesichts seines baldigen Todes nochmals zu vervielfachen schien. Richard spürte eine atemraubende Enge in seiner Brust. Er klammerte sich an den hölzernen Ständer, an dem der Leuchtschirm angebracht war. Es war unvorstellbar, Viviana loslassen zu müssen. Das Sterben im Vergleich dazu erträglich.

Als das Surren der Röntgenapparatur immer leiser wurde, stand Richard so steif da, als hätte man ihn an den Leuchtschirm genagelt. Irgendwann wurde das Zimmer wieder erhellt. Richard zog seine Unterhose und die Hose hoch, richtete das Hemd und legte den Gehrock an. Das Geschwür kann auch gutartig sein.

Der Spitalsmediziner kam unter dem schwarzen Tuch des Leuchtschirms hervor, und sie gingen in ein Nebenzimmer, damit gleich der nächste Kranke bestrahlt werden konnte.

Richard bekam so schlecht Luft, als läge er verschüttet in einer Grube. Die sonore Stimme des Mediziners nahm er nur gedämpft wahr. »Das Karzinom in Ihrer Prostata nimmt das kleine Becken fast vollständig ein«, sagte der Mediziner mit Stirnrunzeln, nachdem Richard seinen Gehrock zugeknöpft hatte und ihn ansah. »Das Röntgenbild auf dem Leuchtschirm zeigt eine äußerst inhomogene, große Wucherung. Und leider sieht es ganz danach aus, als gäbe es bereits Tochtergeschwülste in den Knochen. Die Wirbelsäule bildet oft die erste Aussaatstrecke. Es tut mir leid.«

»Gut«, sagte Richard mechanisch. Gar nicht gut!, dachte er, aber ein Arzt sollte bei den schlimmsten Diagnosen Haltung bewahren.

Er verabschiedete sich und verließ das Zimmer. Sein Körper begann zu zittern. Kalter Schweiß schoss ihm aus jeder Pore. Gleichzeitig fror er. Er wollte nicht von Viviana getrennt werden. Er wollte sie nicht loslassen müssen. Niemals.

Wie er an diesem Tag ins Palais zurückgekommen war, wusste er später nicht mehr zu sagen. Nur eine Erinnerung an die Stunden nach der Durchstrahlung war ihm geblieben: Wie er ins Damenkabinett ging, Viviana in den Arm nahm und ihr zärtlich ins Ohr flüsterte, dass er bald sterben würde. Sie hatten sich einst in ihren jungen Jahren geschworen, sich ernsthafte Erkrankungen gegenseitig nie zu verschweigen.

13

November 1897

Henrike hatte sich schon fast an die bedrückende Stille im Saal der Ruhigen gewöhnt. Die Frauen hatten gerade ihr Abendbrot gegessen, und Henrike war beim Abräumen. Gerade als sie den Saal mit dem dreckigen Geschirr verlassen wollte, vernahm sie ein Schluchzen. Mit dem Tablett in den Händen wandte sie sich um. Auf den Betten an der rechten Wand saßen Frau Löffler, Frau Eisele und Frau Hahn, von denen aber keine weinte. Frau Weidenkanners Bett auf der gegenüberliegenden Seite des Saals war leer. Die Patientin stand steif neben dem Tisch und drehte den Würfel zwischen den Fingern. Henrike blickte nun zu Fräulein Weiss, die sich sofort abwandte, als sie bemerkte, dass Henrike zu ihr herschaute.

Henrike stellte das dreckige Geschirr ab und ging zu Fräulein Weiss, die sich auf ihr Bett an der Tür gesetzt hatte. Ihre Augen waren gerötet. Henrike setzte schon an, ihr ein paar aufmunternde Worten zu sagen, als sie sich an Jean-Pierre Roussels Hinweise erinnerte. Er hatte ihr geraten, die ruhigen Frauen nicht zu trösten, weil bei ihnen weder Mitleid noch Trost zu ihrer Gesundung beitrugen. Bei ihnen steigerte Mitleid nur das Leid, und der Trost ihre Trostlosigkeit.

Vielleicht tut ihr etwas frische Luft gut, dachte Henrike und kippte das Fenster. Draußen war es schon dunkel, kalte Winterluft wehte in den Saal. Sie musste an ihre bisher erfolglosen Versuche denken, Ella und Anton in ihre Träume einzuweihen. Erst wenn das geschafft wäre, wollte sie den Antrag an das Ministerium stellen. Und Jean-Pierre Roussel? Insgeheim hätte sie ihn gerne um seinen Rat gefragt. Neben Professor Rieger und ihrem Vater war der Student der einzige Mann, der sie bisher hatte weinen sehen.

Henrike setzte sich zu Fräulein Weiss aufs Bett, um der Patientin das Gefühl zu geben, dass sie nicht allein war. Kaum hörbar summte sie die Melodie des Tridihejo-Liedes.

Fräulein Weiss schluchzte erneut. »Damals, ich … ich …«, begann sie leise, ohne den Kopf zu wenden und Henrike anzuschauen. »Ich wäre gerne Lehrerin für Gesang geworden«, flüsterte sie.

»Das ist ein schöner Beruf«, wagte Henrike einen behutsamen Vorstoß, »und vermutlich eine Herausforderung, einer ganzen Schulklasse das Singen beizubringen.«

Fräulein Weiss fixierte einen imaginären Punkt über dem Tisch. Hinter dem Tisch saß Frau Kreuzmüller auf ihrem Bett und blickte starr auf ihre Fotografie, die sie nach jeder Besuchszeit, an der ihr Mann nicht kam, erneut zerriss. Anders als auf den meisten anderen Stationen des Juliusspitals waren in der Irrenabteilung Besucher nur einmal monatlich erlaubt.

»Welches Lied ist Ihr Lieblingslied?«, wollte Henrike von Fräulein Weiss wissen. Sie selbst liebte heitere Lieder. Viele der Schumann-Stücke, die ihre Mutter mochte, waren ihr zu getragen und zu freudlos.

Fräulein Weiss wischte sich die Tränen von der Wange. »Ich mag viele Lieder.« Ihre Worte waren kaum vernehmbar.

Henrike bemerkte, wie Frau Eisele vom Bett zum Schaukelstuhl in der Ecke ging.

»›Auf, auf zum fröhlichen Jagen‹ habe ich damals auch gesungen«, fügte Fräulein Weiss mit Sehnsucht in der Stimme hinzu, »zusammen mit den Nachbarskindern, die meine Schüler waren, als Übungsstunde für mich im Umgang mit Schülern.«

»Es ist ein wirklich schwungvolles Lied«, fand Henrike, die jedes Mal, wenn das Lied erklang, am liebsten auf ein Pferd gesprungen und ausgeritten wäre, obwohl sie gar nicht reiten konnte.

»Und der Johann«, erinnerte sich Fräulein Weiss und drehte den Kopf langsam zu Henrike, »hat sich immer in der ersten Textstrophe einen Spaß erlaubt.«

»Auf, auf zum fröhlichen Jagen«, zitierte sie die ersten Zeilen des Liedtextes, »auf in die ...«

»... grüne Heid«, wollte Henrike schon weitersingen, aber Fräulein Weiss schüttelte den Kopf: »›Auf zu der schönen Maid!‹, sang Johann stets.«

Henrike summte die Melodie weiter.

Vermutlich noch in Gedanken an ihre Zeit als Lehrerin versunken, stimmte Fräulein Weiss mit ein. Frau Kreuzmüller und Frau Hahn schauten von ihren Betten aus unberührt zu ihnen herüber. Auch Frau Eisele wandte sich ihnen nur gleichgültig schaukelnd zu.

Es dauerte eine Weile, bis Fräulein Weiss genug Mut hatte, das Lied auch zu singen. »Die Vögel in den Wäldern, sind schon vom Schlaf erwacht und haben auf den Feldern das Morgenlied vollbracht«, schaffte sie.

Henrike wurde es warm ums Herz, als das Fräulein, zuerst ganz leise, dann immer kräftiger, das Tridihejo-Lied auf sehnsüchtige Weise interpretierte. Dabei fiel ihr auf, dass Fräulein Weiss beim Singen offenkundig viel entspannter war als sonst. Sie sah sie dabei an, dirigierte mit ihren Händen, und ihre Füße tippten vorsichtig den Rhythmus auf dem Boden mit.

Musik macht etwas mit den Menschen, verstand Henrike in diesem Moment. Sie selbst empfand Musik als stimmungsaufhellend und aktivierend. Wie schön wäre es doch, wenn sich mehr Frauen aus diesem Saal für das Singen erwärmen würden!, dachte sie, aber der Blick in die trostlosen Gesichter der Kranken auf den gegenüberliegenden Betten beraubten sie ihrer Hoffnung wieder. Frau Löffler hatte sich sogar unter ihrer Decke verkrochen.

Ein Schritt nach dem anderen!, ermahnte Henrike sich und sah dabei Professor Rieger bei ihrer ersten Begegnung wieder vor sich, bei der er von sich als einem Arzt mit Herz gesprochen hatte. Die ruhigen Frauen berührten ihr Herz mit ihrer Sehnsucht, ihrem Starrsinn und ihrem In-sich-gekehrt-Sein. Sie wollte nicht vorschnell aufgeben, denn das würde Professor Rieger auch nicht tun. Und ihre Großmutter erst recht nicht. Viviana hatte bis heute nicht aufgegeben, ihr ganzes Leben lang gekämpft. Und sie, Henrike würde das auch tun und einen Chor gründen für die menschlicheren Menschen; mit dem sehnsüchtigen Fräulein Weiss hatte sie immerhin schon die erste Sängerin gefunden.

*

Henrike lugte durch feinste Plauener Spitze nach unten auf die Eichhornstraße. Es war jetzt schon das dritte Mal, dass ihre Mutter ohne Erklärung einfach so davonfuhr. Ob sie einen anderen Doktor wegen ihrer Magenschmerzen aufsuchte? Oder steckte etwa Schlimmeres dahinter? Flüchtete Ella sich in die Arme eines anderen Mannes? Schwer zu bewerkstelligen wäre dies nicht, weil Anton den ganzen Tag außer Haus war und es gar nicht mitbekommen würde.

Schon mehrmals hatte sich Henrike nach dem Befinden ihrer Mutter erkundigt, aber diese wich ihr immer wieder aus und schien sich für nichts mehr richtig zu interessieren, sogar die gemeinsamen Übungsstunden am Pianoforte hatte sie zuletzt abgesagt. Wie sollte Henrike ihr da von ihren beruflichen Träumen und Wünschen erzählen? Sie wollte zuerst alleine mit ihrer Mutter darüber sprechen und dann erst mit ihrem Vater. Aber Ella entzog sich ihr bei jeder Gelegenheit. Am liebsten wäre sie mit ihrer Mutter zu Professor Rieger gefahren und hätte ihn prüfen lassen, ob diese an einer Gemütsdepression litt. Zumindest einige der im Leitfaden beschriebenen Symptome trafen auf sie zu. Sie schien häufig unmotiviert und niedergeschlagen zu sein, aber vor allem voller Seelenschmerz. Henrike wollte nicht einfach wegschauen, denn mit den peinigenden Gefühlen einer Gemütsdepression gingen nicht selten Selbstmordgedanken einher.

Henrike ließ die Gardine sinken, setzte sich ans Pianoforte und spielte ein paar Töne. Dann dachte sie wieder an ihre derzeitige Lektüre. Sie hatte die allererste Grundregel der Diagnostik in der *Speziellen Pathologie der Geisteskrankheiten* längst verinnerlicht. Und die lautete, dass kein Symptom oder Symptomkomplex ausschließlich nur einem Krankheitsbild zugeordnet werden konnte. Die Psychiatrie ist beileibe nicht so berechenbar wie Vaters Ingenieurskunst, dachte sie. Aber genau das war es auch, was sie so sehr faszinierte. Vaters Hunderte von Zahlenreihen interessierten sie viel weniger. Sie wollte nicht nur rechnen, sondern auch beobachten und kombinieren. Sie wollte mit den Kranken sprechen. Ihr größter Wunsch war es, den menschlicheren Menschen besser helfen zu können. Nie wieder wollte sie eine Selbstmordgefährdung übersehen. Wie dies zu bewerkstelligen war, musste sie zuallererst lernen!

Je mehr sie ihrer Großmutter im Palais von ihrer Zeit in der Irrenabteilung erzählt hatte, desto sicherer war sie gewesen, den Hörerin-Antrag stellen zu wollen. Ob sie sich die Zustimmung ihrer Eltern zum Studium vielleicht erhandeln konnte? Sie würde Opfer bringen müssen, das war Henrike klar. Und sofort kam ihr bei dem Stichwort »Opfer« ein Name in den Kopf: Karl Georg Reichenspurner, der aalglatte, aufstrebende Beamte, den ihr Vater zu ihrem zukünftigen Ehemann ausersehen hatte. Henrike strich über die Fransen des Tuchs um ihre Schultern, das ihre Großmutter ihr geschenkt hatte. Ob Professor Rieger ihr helfen könnte? Sie war davon überzeugt, dass er wusste, wie man den richtigen Zeitpunkt für eine schwierige Aussprache fand, mit einem Gegenüber, das sich immer weiter in sich selbst zurückzog und sich vielleicht sogar in die Arme fremder Männer flüchtete.

Henrike überschlug den Ablauf der nächsten Stunden. Vorausgesetzt, dieser bliebe genauso wie in den vergangenen Monaten, käme ihre Mutter nicht vor sechs Uhr zurück, und ihr Vater träfe sowieso erst kurz vor acht aus dem Büro des Oberbahnamtes ein. Sie hatte also drei Stunden. Das sollte für einen Besuch auf dem Schalksberg ausreichen.

Henrike ließ sich ihre gefütterte Kostümjacke, den Winterhut und den Pelzmuff bringen, holte die *Spezielle Pathologie der Geisteskrankheiten* aus ihrem Zimmer und verließ die Wohnung. Dem Kutscher gab sie die Anweisung, sie über einen kleinen Umweg zur Klinik am Schalksberg zu fahren. Sie wollte Anna Gertleins Viertel sehen. Aber schon als die Kutsche über die Grombühl-Brücke fuhr, verschwand Henrikes Wohlgefühl. Das Eisenbahn-Viertel hing dunkel und grau am Hang neben den Weinbergen. Sie drückte ihr Gesicht ans Kutschenfenster, während sie an fünfstöckigen Häusern vorbeifuhren, die wie auf einem Schachbrett angeordnet waren. Die Straßen waren eng, die Häuserfluchten schmal. Nicht einmal der Schnee blieb hier lange weiß. Die Straßen waren schwarz vor Dreck und Schneeschlamm. Weit und breit war nichts Natürliches zu sehen, keine Tanne, kein Strauch, kein Garten. Und doch waren viele Menschen auf den Straßen. Sie sah junge Frauen, die genauso ärmlich wie Anna Gertlein gekleidet waren. Sie schob ihre Finger tiefer in den warmen Pelzmuff.

Als es weiter bergauf ging, blieb ihr Blick an einem Handkarren hängen. Zwei barfüßige Kinder spielten darin, deren Mutter war weit und breit nicht zu sehen. Bevor Henrike vierzehn Jahre alt geworden war, hatte ihr Vater sie ohne Aufsicht eines Erwachsenen nicht einmal in Isabellas Begleitung vor die Haustür gelassen. Unwillkürlich musste sie an Anna Gertleins Worte über die unterschiedlichen, nebeneinander existierenden Welten denken.

Vor drei Monaten beim Kaisermanöver, da hatte Würzburg geglänzt, die Menschen hatten den adligen Gästen zugejubelt. Isabella war tatsächlich zu einer der sieben Bürgerstöchtern auserwählt worden, die dem Prinzregenten beim Empfang einen Becher fränkischen Silvaner reichen durften. Nie zuvor hatte Würzburg mehr politische Prominenz beherbergt, nie zuvor war die Stadt so glanzvoll herausgeputzt worden, das bestätigte auch ihre Großmutter, die aufgrund ihres Alters auf weit mehr Festivitäten zurückblicken konnte als sie. Henrike aber dachte, während sie durch das Grombühl fuhr, dass ihre Heimatstadt in Wirklichkeit eben nicht nur glanzvoll war. Sie besaß auch dunkle Seiten, in ihr gab es Armut und Krankheit, und nicht alle Bürger hatten die Freiheit und die Möglichkeit, rauschende Feste zu veranstalten oder auch nur an ihnen teilzunehmen.

Sie pochte gegen die Wand, damit der Kutscher anhielt. »Bitte fahren Sie direkt zur schönen Promenade des Viertels und nicht nur durch dunkle Gassen«, bat sie.

Der Kutscher schaute sie verständnislos an. »Promenaden gibt es hier nicht, gnädiges Fräulein.«

»Dann wenigstens eine hübsche Kirche?« Anna Gertlein musste doch irgendwo zur Messe gehen.

»Es gibt noch keine, die wird gerade erst geplant«, sagte der Kutscher.

Henrike lehnte sich an die Kutschenwand zurück. »Dann bitte zur Klinik von Professor Rieger.« Das Grombühl war also ein Viertel ohne irgendetwas Schönes, ohne Hausmadonnen, ohne Kirchen, ohne Parks mit schmiedeeisernen Bänken mit Ausblick? Sie sah jedenfalls nichts anderes als Läden, arme Menschen und Wohnhäuser, dicht aneinandergedrängt. Die fetten schwarzen Buchstaben der Ladenschilder wiesen Bäckereien, Kolonialwaren, Kartoffelhandlungen und eine Apotheke aus. Beinahe in jedem Wohnhaus war im Erdgeschoss ein Gewerbe untergebracht. Gerade passierten sie eine Verkaufsstelle für Bettfedern, vor der ein kleines Mädchen stand und am Zipfel seiner Schürze kaute. Hierher kehrte Anna Gertlein jeden Tag nach der anstrengenden Schicht auf der Magenstation zurück? Henrike schluckte. Das Viertel wirkte verstörend auf sie.

Während der weiteren Fahrt hielt sie den Blick gesenkt und schaute erst wieder aus dem Fenster, als sie Kies unter den Kutschrädern knirschen hörte. Gab es auch Orte, die sich bestimmten Krankheiten zuordnen ließen? Wenn ja, stand das Grombühler Viertel für die Depression.

Am Eingang der Klinik zeigte sie ihr Billett des Juliusspitals vor und wurde eingelassen. Zielstrebig hielt sie auf das Büro von Professor Rieger zu. Doch selbst nach mehrmaligem Klopfen antwortete oder öffnete ihr niemand. Einige Minuten wartete sie noch, während ihre Gedanken zu den finsteren Häuserschluchten ins Grombühl wanderten. Dann klärte sie ein Mann auf, der sich ihr als Assistent des Professors vorstellte und offenkundig etwas aus dessen Büro holen wollte: »Professor Rieger ist heute den ganzen Tag bei Gericht.«

»Wie schade.« Henrike hatte sich schon auf das Gespräch mit dem Professor gefreut. In den zurückliegenden Monaten hatten sie nur wenige, förmliche Worte miteinander wechseln können. Sie reichte dem Assistenten das Buch, das der Professor ihr geliehen hatte und dessen Rückgabe der Vorwand für ihren Besuch gewesen war. »Würden Sie es Professor Rieger zurückgeben? Es war eine Leihgabe.«

Der Assistent schaute sie entgeistert an. »An Sie?«, fragte er dann, als sei sie eine Analphabetin.

Henrike ging nicht auf seine Worte ein. »Das ist sehr nett von Ihnen, danke«, sagte sie höflich, verabschiedete sich und ging davon. Vielleicht war es ja auch die Angst vor genau solchen Begegnungen, die sie immer wieder hatten zögern lassen, ihre Eltern einzuweihen und den Antrag an das Ministerium zu stellen. Sie fühlte sich an die Situation mit ihrer Großmutter und Professor von Leube im Spital erinnert.

Als Henrike auf dem Weg nach draußen in einen weiteren Flur einbog, verlangsamte sie ihren Schritt. Anstatt zum Eingang des Hauptgebäudes zurückzugehen, bog sie einmal rechts und dann links ab, stieg Treppen hinauf und ließ sich durch die Flure treiben. Sie kam an Laboratorien für chemische, physiologische und psychologische Forschungen vorbei – das besagten die Schilder an den Türen. Dann an der Weißzeug-Ausgabe und an den Arbeitsräumen der Ärzte und studentischen Praktikanten. Sobald sie jemand erblickte, ging sie schneller. Hier war sie im Haus der Wissenschaft, hier wurde auf dem Fachgebiet der Psychiatrie geforscht und geheilt.

Durch ein Fenster im zweiten Geschoss konnte sie die symmetrisch angelegten Bettenhäuser der Kranken sehen. Einige davon boten den

Patienten einen einmaligen Ausblick auf die Weinberge des Schalksbergs und auf Würzburg. Es gefiel ihr einmal mehr, dass den menschlicheren Menschen so etwas zugestanden wurde. Irgendwann stand sie vor einer großen Flügeltür, hinter der es absolut still war. Neugierig betrat sie den Raum. Vor ihr breitete sich ein Lehrsaal mit Theaterbestuhlung aus, in dem bestimmt einhundert Studenten Platz fanden. Die Stühle waren in mehreren Reihen aufsteigend angeordnet. Dort, wo Henrike im Moment stand, dozierte sonst vermutlich Professor Rieger. Sie lächelte in Erinnerung an ihre gemeinsame Deklamation von Goethes *Faust*. Dann nahm sie in der zweiten Stuhlreihe Platz, legte ihren Pelzmuff ab und schloss die Augen. Kurz darauf meinte sie, die Stimme von Professor Rieger zu hören. Aus der Verkennung des wichtigsten diagnostischen Grundsatzes, dass ein Symptom sich immer nur mehr oder weniger, aber nie völlig mit einer Krankheit deckt, gehen die meisten Irrtümer und Verwirrungen in der Diagnostik der Geisteskrankheiten hervor.

Henrike legte sich ein imaginäres Blatt Papier zurecht und tat so, als nehme sie einen Füller auf.

Dennoch existieren zwischen manchen Symptomen der allgemeinen Krankheiten und manchen der speziellen Pathologie viel nähere Beziehungen als zwischen anderen, fuhr Professor Rieger in ihren Gedanken fort, während sie sich vorstellte, seine Worte mitzuschreiben. In Wirklichkeit hielt sie ihre Augen geschlossen, um die erdachte Vorlesung vor ihrem inneren Auge konzentriert mitverfolgen zu können.

So also fühlte sich das Studieren in einem Hörsaal an, und sie musste sich nicht einmal hinter einer Rolltribüne verstecken. Es gefiel ihr ausgezeichnet. Mit geschlossenen Augen schaute sie sich unter ihren Mitstudenten um, in ihrer Fantasie waren auch Frauen darunter. In einem Hörsaal zu sitzen, das gefiel ihr hundertmal besser, als dem Prinzregenten einen Becher Wein zu reichen. Sosehr ihr Vater den Adligen auch verehrte, hätte sie diesen Moment im Hörsaal doch niemals gegen eine Begrüßung des Prinzregenten eintauschen wollen.

Irgendwann stellte sie sich vor, dass sie den Arm zu einer Frage hob, und in ihrer Fantasie forderte Professor Rieger sie zum Sprechen auf. Henrike hatte die Szene ganz klar vor Augen. Und dieses Mal formulierte sie ihre Frage nicht nur in Gedanken, sondern sprach sie laut aus, wenn auch mit geschlossenen Augen. »Wie verhält es sich mit der Gemütsdepression, Herr Professor?«, rief sie hinab zum Dozentenpult. »Ich denke gerade an eine Patientin, die zunehmend trauriger wird und sich in sich selbst zurückzieht. Seit Monaten schon wirkt sie niedergeschlagen und redet weniger als früher. Allerdings vermisse ich an ihr, was für die Gemütsdepression besonders typisch ist, nämlich, dass sie innerlich unruhig ist.« Henrike erinnerte sich, dass Frau Weidenkanner ständig einen Würfel in ihren Händen befingerte – ein Ausdruck ihres inneren Aufruhrs.

»Haben Sie Präkordialangst an ihr beobachtet?«, fragte der Professor zurück. Es klang sehr real!

Präkordialangst? Henrike blätterte in Gedanken ihre Lehrbücher durch und fand schließlich die Seite, auf der erklärt wurde, das Präkordialangst Angstgefühle waren, die zusammen mit einem beklemmenden Gefühl in der Herzgegend auftraten.

»Weder Präkordialangst noch die typische innere Unruhe bei Gemütsdepression. Zumindest habe ich nichts dergleichen beobachten können.« Henrike riss erschrocken die Augen auf. Die Frage des Professors war gar nicht mit seiner Stimme gesprochen worden!

Jean-Pierre Roussel stand am Dozentenpult und schaute zu ihr herauf. »Haben Sie bei der Patientin Wahnideen beobachtet, Mademoiselle?«

Henrike erhob sich kopfschüttelnd und griff nach ihrem Muff. »Entschuldigung«, sagte sie und ging peinlich berührt die Stufen hinab. Sie wusste, dass sie eigentlich gar nicht hier sein durfte, auch wenn sie sich insgeheim freute, ihn endlich wiederzusehen.

»Nun«, sprach Jean-Pierre unbeirrt weiter, »die Patientin könnte traumatisiert oder tief verwirrt sein, das würde ich bei den beschriebenen Symptomen nicht ausschließen, Mademoiselle.«

Traumatisiert? Ihre Mutter? Solange Henrike sich zurückerinnern konnte, war es Ella immer gut gegangen. Auf ihre genügsame Art war sie immer glücklich gewesen. Zumindest hatte es für Henrike so ausgesehen.

»Wieso habe ich diese *étrange idée,* diese seltsame Vorstellung, dass Sie ein ungewöhnlicher Mensch sind, Enrike?«, fragte er, allerdings so neutral, dass sie aus seinem Ton weder Zuneigung noch Ablehnung herauslesen konnte.

Henrike war am Dozentenpult angekommen. »Ich glaube, Sie sagen das nur, weil Sie mich nicht kennen«, entgegnete sie und reckte stolz das Kinn. Enrike, hallte seine Stimme in ihr nach, und sie spürte eine warme Welle durch ihren Körper streichen.

»Sie wollen mir weismachen, dass es normal für eine Mademoiselle ist, sich regelmäßig in die Irrenklinik am Schalksberg zu verlaufen?«

»Ich wollte nur ...«, begann sie, brach dann aber ab. Er hatte schon einmal, als sie das erste Mal hier bei Professor Rieger gewesen war, so seltsam reagiert. Aber sollte sie ihn jetzt, wo sie ihn endlich wiedersah, nicht wenigstens fragen, ob er wieder einmal mit ihr in der Kutsche ausfahren wollte? Vielleicht auf einen Ausflug in das romantische Sommerhausen? Aber im nächsten Moment schon zögerte sie, wie so oft, wenn es darum ging, den ersten Schritt in Richtung eines attraktiven jungen Mannes zu machen. Auch würden ihre Eltern eine Spazierfahrt ganz alleine mit einem Mann nicht gutheißen, selbst wenn der berühmte Goethe höchstpersönlich darum bitten würde.

Jean-Pierre Roussel wies zur Tür. »Kommen Sie, *s'il vous plaît.* Ich bringe Sie hinaus. Es gibt bauliche Probleme mit dem Saal, draußen sind Sie sicher.«

Doch Henrike wollte sich noch nicht von ihm verabschieden, sondern sich gerne weiter mit ihm unterhalten. Deshalb versuchte sie auf dem Weg hinaus immer wieder, ihn in ein Gespräch über die Klinik zu verwickeln. Kurz darauf knirschte Kies unter ihren Füßen.

Sie war unendlich erleichtert, als er sie doch nicht verabschiedete, sondern ihr den Weg in die Weinberge wies. »Gehen wir ein paar Schritte?« Ein schmaler Pfad führte von der Klinik weg.

Sehr gerne, dachte sie und nickte nervös. Kleinere Schneefelder lagen am Hang, der Weg war genauso schlammig wie die Straßen im Grombühl.

Eine Weile gingen sie schweigend nebeneinanderher. Verträumt wärmte Henrike ihre Hände im Muff und warf ihm immer wieder möglichst unauffällig einen Seitenblick zu.

»Hatten Sie inzwischen Gelegenheit, sich mit den ruhigen Frauen auf die von mir empfohlene Art auseinanderzusetzen?«, brach er das Schweigen.

»Ich habe die Frauen nicht mehr getröstet, aber sie öffnen sich mir nur langsam«, sagte sie. »Und die unreinlichen Damen vergessen mich immer wieder.« Zuletzt, kurz nachdem Fräulein Weiss begonnen hatte, ihr mehr von ihrem früheren Berufswunsch zu erzählen, war Wärterin Ruth dazwischengegangen und hatte die Patientin zur Gartenarbeit fortgetrieben. Was Jean-Pierre wohl dazu gesagt hätte?

»Von welcher Patientin aus dem Juliusspital sprachen Sie im Vorlesungssaal gerade?«, wollte er wissen und schaute sie aus seinen diamantschwarzen, undurchdringlichen Augen von der Seite an.

Sie konnte seinen Blick auf sich spüren, Blut schoss ihr in die Wangen. »Von niemand aus dem Juliusspital«, sagte sie nur und bemühte sich um einen Themenwechsel, weil sie die Probleme ihrer Mutter nicht vor ihm ausbreiten wollte.

»Sie waren viele Monate fort«, sagte sie. Aus Verlegenheit drehte sie sich Richtung Grombühl, damit er ihr Erröten nicht bemerkte.

Er ließ seinen Blick über die Stadt zu ihren Füßen gleiten. »Ich war in Paris, meine *maman* lag im Sterben. *Une mauvaise chose.*«

Eine schlimme Sache, dachte Henrike betrübt. Ein Leben ohne ihre Mutter wäre für sie unvorstellbar. »Das tut mir leid«, sagte sie und schob ihre heißen Hände tiefer in den Pelzmuff. Sie wagte nicht, ihn länger anzuschauen. Nicht dass er noch bemerkte, dass sie sich in ihn zu verlieben begann.

Jean-Pierres Blick verdüsterte sich. »Sie musste sich jede Mark für mein Studium vom Mund absparen. Und trotzdem würde das Geld ohne meine Stelle beim Rektor der Universität nicht zum Studieren reichen.«

Henrike blieb stehen. »Sie arbeiten für den Rektor, Jean-Pierre?«

»Ich übersetze für ihn Artikel aus französischen Fachzeitschriften ins Deutsche und korrespondiere in seinem Namen mit der Universität Sorbonne in Paris.«

»Und jetzt? Was werden Sie ohne das Geld Ihrer Mutter machen?«, fragte Henrike und wagte nun zumindest, sein modisches Jackett genauer zu betrachten. Zum ersten Mal fiel ihr auf, dass es ziemlich abgetragen war.

Er scharrte mit dem Fuß auf dem schlammigen Boden, dann schaute er sie an, dass es ihr heiß und kalt wurde. »Lassen Sie uns nicht über Geld reden, Enrike.«

Statt einer Antwort betrachtete sie seine Gesichtszüge genauer. Seine breite Nase, die kräftigen Brauen und die unergründlichen schwarzen Augen. Ihr Herz schlug schneller.

»Sie bewundern Professor Rieger, *n'est-ce pas?*« Er bedeutete ihr weiterzugehen.

»Von ihm kann ich …«, begann sie schon, mahnte sich dann aber zur Vorsicht und hielt mitten im Satz inne. Sie wollte verhindern, dass er wieder vor ihr flüchtete.

»Was können Sie von ihm, Mademoiselle? Sagen Sie es mir!«, forderte er nun ungeduldiger.

»Mir seinen Umgang mit den Kranken abschauen und Diagnostizieren lernen, außerdem finde ich ihn mutig«, führte sie ihren ursprünglichen Gedanken etwas abgeändert aus.

Er zögerte kurz, dann sagte er: »Ich glaube, Sie sind bereits eine mutige junge Mademoiselle. Dafür brauchen Sie den Professor nicht.«

»Ich, mutig? Wenn Sie wüssten!« Henrike beobachtete, wie sein gedankenversunkener Blick von ihr zu den Rebstöcken glitt. Mittlerweile war ihr kalt geworden. Jetzt ist vielleicht der romantische Moment gekommen, hoffte sie, von dem Isabella ihr schon so oft vorgeschwärmt hatte. Der berühmte Moment, in dem ein junger Herr seiner Herzensdame das Jackett oder den Gehrock zum Wärmen anbot. Henrike wünschte sich, dass er sie dabei ein weiteres Mal berühren würde.

»Wenn ich was wüsste?«, fragte Jean-Pierre aber nur.

Sie wich einer Schneeinsel aus. »Dass ich mich seit Monaten vor einem wichtigen Gespräch drücke und gar nicht mutig bin. Aber irgendwie ist der Moment immer unpassend.« Die Kälte kroch ihr die Beine hinauf und nistete sich in ihrem Bauch ein. Sie dachte, dass in Paris wohl andere Benimmregeln herrschten, wenn eine Dame fror.

»Das kenne ich.« Er ging einfach weiter. »Meine *maman* wollte immer, dass ich Theologie studiere. Sie wünschte sich einen Pfarrer, einen *prêtre,* zum Sohn. Ich aber wollte als Arzt arbeiten, als Irrenarzt, weil Geisteskrankheiten in unserer Familie liegen. Es ist nicht leicht, *pas aisé.*« Sein nunmehr trauriger Blick war auf die Weinberge gerichtet.

Dass er so offen über sich sprach, versöhnte sie damit, dass er ihr sein Jackett noch immer nicht um die Schultern gelegt hatte. »Und wie konnten Sie Ihre *maman* dann doch noch vom Medizinstudium überzeugen?«, fragte Henrike, während sie erneut seine kühnen Gesichtszüge studierte. Ihr Vater sagte oft, dass eine Dame eher zuhören als neugierige Fragen stellen sollte. Zum Glück konnte er sie gerade nicht hören.

Jean-Pierre überlegte eine Weile. »Ich habe versucht, auch ihre Sichtweise zu verstehen. *Finalement* hat sie überzeugt, dass ich mit meiner Arbeit dafür sorgen will, dass man sich der Irren eines Tages nicht mehr schämt.«

»Das ist ein schönes Ziel«, erwiderte Henrike berührt und musste an Frau Kreuzmüller denken, die überzeugt war, dass ihr Ehemann und ihr Sohn sich für sie schämten. Jean-Pierre Roussel inspiriert mich, war ihr nächster Gedanke.

Bisher hatte sie tatsächlich nur an ihre eigenen Wünsche und ihre eigene Zukunft gedacht. Jetzt überlegte sie zum ersten Mal, was eine Hörerin-Erlaubnis für ihre Eltern bedeuten könnte. Ihre Großmutter hatte von Häme und Spott gesprochen, die ihr als wissbegieriger Frau entgegengebracht worden waren. Aber war das nicht vor allem der damaligen Zeit geschuldet gewesen? War man heute nicht schon viel weiter – und die Reaktion des Assistenten von Professor Rieger vorhin damit lediglich ein Überbleibsel aus der Vergangenheit? Aber was wäre, wenn sein Verhalten immer noch die Regel darstellte?

»Wir sollten zurückgehen«, sagte Jean-Pierre Roussel. »Sie erkälten sich sonst noch, Enrike.«

Henrike verbiss sich jede spitze Bemerkung und machte auf dem Absatz kehrt, obwohl sie gerne noch mehr über ihn erfahren hätte. Außerdem hatte er ihr einen wichtigen Rat gegeben, wie sie ihre Eltern endlich in ihre Träume einweihen könnte. Sie durfte dieses Gespräch nicht weiter auf die lange Bank schieben. Und wann würde sie Jean-Pierre wiedersehen?

Als sie wieder vor der Klinik angekommen waren, traf gerade eine Kutsche auf dem Vorplatz ein. Henrike verabschiedete sich von dem Studenten, dann bestieg sie das Gefährt. Sie war überzeugt, dass Professor Rieger, wäre er eben mit ihr spazieren gegangen, ihr ganz sicher sein Sakko angeboten hätte. Und dennoch schlug ihr Herz wie wild. Als die Kutsche den Hang hinabfuhr, schaute sie vorsichtig, damit er sie nicht sah, durch das Fenster zurück. Da stand er noch immer vor dem Klinikeingang und blickte ihr nach. Obwohl er sie kein weiteres Mal berührt hatte, stellte sie sich vor, wie es wohl wäre, ihn zu küssen. Denn sie hatte noch nie einen Mann geküsst. Theoretisch kannte sie viele Beschreibungen aus der Literatur, aber praktisch? Henrike begann ihr Lieblingsgedicht zu zitieren, das von stürmischer Liebe, erwartungsvollem Wiedersehen und Sehnsucht handelte. *Willkommen und Abschied.* Bis zum Ende kam sie aber nicht, weil die Kutsche schon zuvor wieder in der Eichhornstraße eintraf.

Henrike öffnete die Wohnungstür nur einen Spalt und schob sich unauffällig hinein. Stimmen drangen aus dem Salon und aus der Küche zu ihr. Das Personal war um diese Uhrzeit dabei, das Abendessen vorzubereiten. Ob ihre Eltern schon im Salon saßen und auf sie warteten oder sich noch im Ankleidezimmer für das Essen zurechtmachen ließen? Wie eine Diebin schlich Henrike durch den Flur. In ihrem Zimmer warf sie die nasse Kostümjacke, ihren Hut und den Muff aufs Bett.

Da klopfte es an ihre Zimmertür. Entsetzt schaute sie an ihrem vom

Spaziergang verschmutzten Rock hinab. Wie sollte sie das ihren Eltern erklären? Sie setzte sich aufs Bett, schlang die Decke über ihre Beine und rief »Herein«.

Das Dienstmädchen betrat das Zimmer und fragte mit einem wissenden Lächeln, ob es ihr beim Entkleiden helfen solle. Henrike atmete erleichtert aus und schickte das Mädchen erst wieder fort, nachdem sie ihm die schlammverschmutzten Röcke und die feuchte Kostümjacke zur Reinigung übergeben hatte. Dann begann sie, sich eine Rede zu überlegen. Darüber, dass sie die Ängste und Sorgen der Eltern bezüglich eines Medizinstudiums ja verstünde und deshalb auch alles dafür tun wolle, um jede Schmach von ihnen fernzuhalten. Sie würde Tag und Nacht lernen und die beste Studentin werden, sodass ihr Vater stolz auf sie wäre.

Punkt acht Uhr läutete die Glocke zum Abendessen. Hell und klar übertönte sie die tiefen Stundenschläge der Standuhr. Ihre Mutter spielte auf dem Pianoforte Chopins *Polonaise in g-Moll*, als Henrike den Salon betrat. Sie hatten dieses Stück auch schon vierhändig gespielt. Chopin hatte die Polonaise im Alter von nur sieben Jahren komponiert. Vielleicht klang sie deswegen zum Teil noch so kindlich verspielt und nicht ganz so melancholisch wie seine späteren Kompositionen als Erwachsener.

Henrike nahm Platz, ohne das Pianoforte dabei aus den Augen zu lassen. Ihre Mutter war ganz in ihr Spiel versunken, sie hatte sogar die Kerzen auf dem Instrument angezündet. Ihr Vater beobachtete seine musikbegabte Ehefrau mit leuchtenden Augen. Als das Stück zu Ende war, applaudierte er vornehm. Henrike war überzeugt, dass ihre Mutter eine ebenso hervorragende Konzertpianistin abgeben würde wie sie eine Studentin.

Ihre Mutter kam an die Tafel, ihr Vater sprach das Tischgebet. Das Dienstmädchen servierte eine Fränkische Hochzeitssuppe – eine kräftige Fleischbrühe mit Grießklößchen, Gemüse und Schwimmerle. Die Lieblingsspeise ihrer Mutter.

»Als Überraschung für dich, meine Liebe«, betonte Anton und zupfte seinen hellblau-weißen Krawattenschal zurecht.

Ella lächelte ihn an, sagte aber während der Vorspeise kein einziges Wort.

Henrike merkte, dass ihr Vater aufgeregt war. Fehlte nur noch, dass er gleich nach seiner Taschenuhr griff, was er dann auch tat. Henrike wartete gespannt auf das, was nun kommen würde.

Die Standuhr tickte, als wollte sie Henrike zur Offenbarung antreiben. Enrike, hörte sie Jean-Pierre in Gedanken sagen. Er hatte der Kutsche lange nachgeschaut.

»Wisst ihr, was mir heute angetragen worden ist?«, eröffnete Anton das Tischgespräch und blickte abwechselnd zu Henrike, ihrer Mutter und auf seine Taschenuhr, die er auf den Tisch gelegt hatte.

Ella schaute nur kurz auf, weswegen Henrike sich genötigt fühlte, ihrem Vater ihre ganze Aufmerksamkeit zu schenken, und den französischen Studenten für ein paar Minuten aus ihrem Kopf verbannte.

»Was ist dir denn angetragen worden? Die Projektierung eines neuen Streckenabschnitts oder neuer Halteplätze?« Henrike interessierte das Verkehrswesen nicht besonders, was sie ihrem Vater aber niemals sagen würde.

Er räusperte sich, und Henrike machte sich schon auf einen Vortrag über die gesteigerten Verkehrsbedürfnisse Bayerns gefasst, wie er ihn seiner Familie vor jeder neuen Projektierung hielt. Für diesen Fall käme Henrike wahrscheinlich nicht mehr vor der Nachspeise zu Wort.

Anton holte tief Luft, aber anstatt sich über die Verkehrsbedürfnisse auszulassen, erhob er sich und zog ein Schächtelchen aus der Innentasche seines Gehrocks. »Die Königlich Bayerischen Staatseisenbahnen haben mich zum Direktor des Oberbahnamtes Würzburg ernannt.« Er strahlte über das ganze Gesicht, als er das Schächtelchen öffnete und ihnen stolz eine glänzende Brosche, ähnlich einem Orden, präsentierte. »Damit bin ich jetzt nicht mehr nur für den Unterhalt der Gebäude, sondern vor allem für die Auswertung der Verkehrsergebnisse und für die finanziellen Ergebnisse verantwortlich. Unter meiner Verantwortung entsteht der jährliche Geschäftsbericht des Eisenbahnbezirks Würzburg, der an den Generaldirektor und an das

Königliche Staatsministerium des Königlichen Hauses und des Äußeren geht. Prinzregent Luitpold wird lesen, was unter meiner Aufsicht erwirtschaftet und gerechnet wurde. Der Name Hertz wird in die Eisenbahngeschichte des Königreichs Bayern eingehen!«

Henrike sprang vom Stuhl auf und an die Seite ihres Vaters. »Papa, das ist ja wundervoll.« Feierlich nahm sie die Brosche aus dem samtenen Kästchen und steckte sie dem frischgebackenen Direktor an den Krawattenschal. Das Schmuckstück zeigte über den Buchstaben »K.Bay.Sts.B.« eine von Ranken umwundene Lokomotive. »Du bist eben der beste Ingenieur weit und breit.« Sie küsste ihn auf die Wange und fügte noch hinzu: »Es wurde aber auch höchste Zeit, so viel wie du immer arbeitest und rechnest.«

»Ist ja schon gut, schon gut«, besänftigte ihr Vater sie, aber Henrike merkte trotzdem, wie sehr er ihre Begeisterung genoss. »Jetzt setz dich wieder hin, wie es sich für eine junge Dame gehört. Mit dieser Beförderung hat von nun an niemand mehr einen Grund, meine Tochter nicht in die Auswahl der sieben ehrenwertesten und schönsten Bürgertöchter aufzunehmen.«

Henrike tat so, als hätte sie die Bemerkung nicht gehört. Das nächste Manöver oder die nächste Brunnenenthüllung oder Brückenbegehung, die den Wittelsbachern gewidmet war, wurde bestimmt schon geplant. »Jetzt kann jedermann sehen, dass du ein Direktor der Eisenbahn bist«, sagte sie, während ihr Vater erwartungsvoll zu ihrer Mutter schaute. Henrike musste erneut an Jean-Pierre denken. Wann würde sie ihn wiedersehen? Obwohl ihre letzte Begegnung nicht einmal eine Stunde zurücklag, kam es ihr so vor, als wäre seitdem bereits eine Ewigkeit vergangen.

Ella prostete Anton entgegen. »Das war immer dein größter Wunsch. Herzlichen Glückwunsch.«

Henrike fand, dass die Gratulation ihrer Mutter sehr verhalten ausfiel. Zudem wirkte Ella zerstreut, so als sei nur ihre körperliche Hülle anwesend, während sie mit ihren Gedanken ganz woanders weilte. Ihr Blick wirkte entrückt.

Das Medizinstudium!, schoss es Henrike in den Kopf, während ihr

Vater stolz weitersprach: »Und die Beförderung wurde mir von dem höchstpersönlich aus München angereisten Generaldirektor der Königlich Bayerischen Staatseisenbahnen verkündet!«

Ein besseres Stichwort als »verkünden« hätte Henrike sich nicht wünschen können, jetzt, da ihre Eltern beide das Weinglas erhoben hatten. Die unterschiedlichsten Gedanken wirbelten ihr durch den Kopf. Mit welchem Satz hatte Jean-Pierre wohl die Rede vor seiner Mutter begonnen? Während sie noch nach dem richtigen Einstieg suchte, klirrten die Gläser ihrer Eltern schon aneinander, und ihr Vater klingelte nach der Hauptspeise. »Und wisst ihr, welche Anekdote mir der Herr Generaldirektor aus München noch erzählte? Er unterhält übrigens beste Kontakte in das Ministerium des Inneren.« Anton strich stolz über die Brosche an seinem Krawattenschal.

Henrike legte sich immer noch ihre Einleitung zurecht. Ich möchte euch als Tochter stolz machen, indem ich vielen Menschen Gutes tun werde. Und unbedingt wollte sie das Symbol der Brücke in ihre kleine Rede aufnehmen. Sie wollte Brücken bauen, ganz ähnlich wie ihr Vater. Ihre Brücken würden allerdings nicht über Flüsse führen, sondern die menschlicheren Menschen wieder mit dem Rest der Gesellschaft verbinden. Über ihr angestrengtes Nachdenken wurde der Kärrnerbraten aufgetragen, dazu Kartoffelklöße. Erst da schaute sie wieder auf.

Ihre Mutter blickte stumm auf das Fleisch auf ihrem Teller. Als ihr Vater schon das Besteck aufnahm und das Dienstmädchen den Salon verließ, traute Henrike sich endlich: »Ich möchte auch etwas Wichtiges mit euch besprechen.« Wenn Jean-Pierre jetzt an meiner Seite stünde, dachte sie sehnsüchtig, wäre ich bestimmt mutiger. Ob er gerade an mich denkt, so wie ich an ihn?

»Welche Anekdote wolltest du uns erzählen, Anton?«, kam ihre Mutter Henrike zuvor.

Dieses Mal muss ich es ihnen sagen!, ermutigte sich Henrike und schaute nervös zwischen ihren Eltern hin und her. Dann schnitt sie das erste Stück von ihrer Bratenscheibe ab.

»Er berichtete mir von einem Antrag, der im Ministerium des Inneren eingegangen ist«, erklärte Anton und stach in die Rinderbrust auf seinem Teller. »Von einer Frau, die Theologie studieren will.«

Henrike hustete vor Schreck, sodass Anton schon nach dem Dienstmädchen rufen wollte. »Es geht schon, ich habe mich wohl am Brät verschluckt«, krächzte Henrike und trank einen Schluck. Der Kärrnerbraten war mit einer Farce aus Petersilie, Weißbrotwürfeln und Schweinebrät gefüllt.

»Wird das Ministerium ihren Antrag zulassen?«, fragte Henrike erst, nachdem sie wieder allein waren.

»Dass sie offiziell Vorlesungen hört?« Anton schüttelte den Kopf, wie er es manchmal tat, wenn er etwas Absurdes las, zuletzt über diesen Lenard, der behauptete, er hätte die X-Strahlen erfunden. »Daran habe ich so meine Zweifel. Und der Herr Eisenbahn-Oberinspektor Weilhammer ebenfalls. Deswegen hätte die Dame sich die Mühe mit dem Ministerium auch gar nicht erst zu machen brauchen.«

»Ist nicht alles der Mühe wert, was einem wichtig ist?« Henrike wagte nicht, ihrem Vater bei dieser Frage in die Augen zu sehen. Stattdessen schnitt sie weiterhin umständlich an der zarten Rinderbrust herum.

»Wenn Frauen in die Wissenschaft wollen, gibt es nur Ärger und Probleme. Nicht dass ich ihnen die zum Studieren notwendige Klugheit abspreche, aber was bringt es, wenn sie am Ende dafür im Zuchthaus landen? Warum für eine Sache kämpfen, die keine Aussicht auf Erfolg hat?« Anton sprach in einem Tonfall, als verkünde er eine unumstößliche Wahrheit. »Und außerdem wünscht sich jeder Ehemann doch vor allem eine sittsame Frau, die zu Hause bleibt und ihm das Heim zu einem behaglichen Ruheort macht. Eine Frau sollte sich nie freiwillig einer Gefahr aussetzen.«

Henrike schaute zu ihrer Mutter, die sich aber nicht zu dieser altmodischen Aussage äußerte. Minutenlang kaute sie auf einem Stück Kloß herum, während die Standuhr tickte und tickte.

»In Preußen gibt es wohl schon mehrere Hörerinnen. Dort scheint es weniger aussichtslos zu sein«, erklärte sie schließlich.

Ihrer Mutter glitt das schwere Silberbesteck aus den Händen und kam scheppernd auf dem Teller auf.

»Solche aufrührerischen Gedanken aus dem Munde meiner Tochter!« Anton schlug mit der Hand auf den Tisch, sodass Henrike zusammenzuckte. Weit mehr als die Reaktion ihres Vaters traf sie jedoch der traurige Blick ihrer Mutter.

»Wenn das meine Tochter wäre, die diesen Antrag gestellt hätte, ich hätte ihr ...« Schweiß trat Anton vor lauter Aufregung auf die Stirn.

»Was hättest du?«, fragte Henrike, die noch immer den traurigen Blick ihrer Mutter auf sich ruhen fühlte, nun aufgebracht.

Ihr Vater schob seinen Teller von sich weg. »Sie wäre nicht mehr meine Tochter! Solche aufrührerischen Gedanken gehören sich einfach nicht für die Tochter eines königlichen Beamten.«

Ihre Mutter erhob sich mit feuchten Augen. »Würdet ihr mich bitte entschuldigen? Ich muss mich hinlegen.«

»Liebes, ist es wieder dein Magen?«, fragte Anton sanfter, obwohl Henrike noch immer seine Wutader an der linken Stirnseite hervortreten sah.

»Ich habe letzte Nacht schlecht geschlafen«, entgegnete Ella nur.

Henrike war jedoch überzeugt, dass der schlechte Schlaf nicht die einzige Ursache für den Rückzug ihrer Mutter war.

Anton tupfte sich mit der Stoffserviette den Schweiß von der Stirn. »Du bist entschuldigt, Liebes. Ruh dich aus.«

Kurz streifte Ellas Blick noch einmal Henrike, bevor sie den Raum verließ. Henrike sah Tränen auf den Wangen ihrer Mutter.

»Du würdest mich, deine geliebte Tochter verstoßen?«, fragte sie, nachdem ihre Mutter den Salon verlassen hatte. Es war ihr unbegreiflich, wie Eltern ihre Kinder verstoßen konnten. Henrike dachte an die zwei Kleinkinder im Grombühl, die allein in dem Handkarren gespielt hatten.

Anton klingelte nach der Nachspeise, antwortete aber erst, nachdem sie aufgetragen war: »Rike, dich verstoße ich natürlich nicht.«

Henrike wollte gerade erleichtert ausatmen, als ihr Vater fortfuhr. »Es gibt ja auch gar keinen Grund dafür. Du wurdest gut erzogen, sodass dir solch irrsinnige Flausen gar nicht erst in den Kopf kommen.«

Flausen? Menschen heilen zu wollen, sind doch keine Flausen!, dachte Henrike erbost und ballte ihre Hände im Schoß zu Fäusten.

»Ich bin sehr stolz auf dich, so wie du bist.« Anton streichelte Henrike väterlich die Wange, dann aß er sein Stück Prinzregententorte. Eine Torte, die auf den Wunsch des Prinzregenten hin von seinem Hofbäcker aus sieben Lagen Biskuit mit Schokoladenbuttercreme kreiert worden war. »Deine Lehrerinnen äußern sich fast ausnahmslos positiv über dich. Bis auf das eine oder andere widerspenstige Wort, das ich dem Einfluss deiner Großmutter zuschreibe.«

Henrike hatte sich gerade den Mund mit der Stoffserviette abtupfen wollen, warf diese nun aber auf den Tisch zurück. »Bitte lass Viviana und Richard aus dem Spiel, Papa. Sie sind die besten Großeltern, die ich mir vorstellen kann.«

»Henrike Maria, ich bin entsetzt, in welchem Ton du mit mir sprichst!« In Antons Stimme schwang ein bedrohlicher Unterton mit. »Besinn dich eines Besseren, wir sind hier nicht bei den Hottentotten! Wir Hertz pflegen Manieren.« Anton öffnete den obersten Knopf seines Gehrockes, er schwitzte. »Deine manchmal wilde Art und das Werfen mit einer Serviette wird dir dein Ehemann unbedingt abgewöhnen müssen. Und jetzt iss bitte dein Stück Prinzregententorte, die gibt es schließlich nicht alle Tage.«

War es nicht bereits genug für heute? Musste er schon wieder auf das leidige, ärgerliche Thema ihrer baldigen Verheiratung anspielen? Verbissen faltete Henrike ihre Serviette wieder zusammen.

»Ich habe Karl Georg Reichenspurner übrigens für diesen Sonntag zum Spaziergang eingeladen«, sagte Anton schon etwas versöhnlicher. »Und jetzt, Kind, erzähle mir doch, was du uns vorhin sagen wolltest. Gibt es Neuigkeiten aus deinem Konversationskurs? Oder neue Werke im Sturm und Zwang?«

»Sturm und Drang, Papa!«, gab sie ärgerlich zurück. »Die Literaturepoche nach der Aufklärung heißt Sturm und Drang!« Er hatte ihr nicht einmal die Möglichkeit gegeben, dem Sonntagsspaziergang zu widersprechen. Henrike hatte Karl Georg Reichenspurner eigentlich im Tausch für die Erlaubnis, studieren zu dürfen, treffen wollen. Nicht aber einfach so, wie ihr Vater es gerade forderte.

Henrike legte das Gäbelchen, auf das sie gerade einen Riegel aus Schokoladenbuttercreme und Biskuit aufgeladen hatte, beiseite und verschränkte die Arme vor der Brust. Sie holte tief Luft wie ihr Vater vor der Verkündung seiner Beförderung. Am liebsten hätte sie ihm ihre Flausen ins Gesicht gesagt, aber in der unzugänglichen Stimmung, in der er sich gerade befand, würde er nach dem ersten Satz aufstehen und gehen, oder aber sitzen bleiben und einen Herzinfarkt erleiden. Bestimmt hätte Jean-Pierre ihr in diesem Moment Zurückhaltung empfohlen. Er deeskalierte lieber und ging überlegt und besonnen vor, wie im Falle der Diskussion über die Wahl seines Studienfaches mit seiner *maman*. Sie bewunderte ihn dafür und versuchte, ihn sich als Vorbild zu nehmen. »Ein anderes Mal«, sagte sie deshalb einzig aus Rücksicht auf ihren frisch beförderten Vater und starrte den Schokoladenüberzug ihres Tortenstückes an.

Nachdem Anton seine Torte bis auf den letzten Krümel aufgegessen hatte, erhob er sich so steif, als verließe er einen Kongress. »So schnell wie möglich muss ich mich mit dem finanziellen Zahlenwerk des Oberbahnamtes Würzburg vertraut machen.« Wieder strich er über die Brosche, die ihn als Eisenbahn-Direktor auswies. »Außerdem muss ich noch die Bahnwärter-Telefonlinie und die Auswechselung der eisernen Überbauten der Bahnbrücke über die Aurach bei Emskirchen beauftragen.« Er nahm sich noch die oberste Ausgabe der *Dampflok* vom Sekretär, dann ließ er Henrike allein im Salon zurück.

*

Isabella trug ihr neues lilanes Kostüm, eine weiße Bluse darunter und einen schwarzen Hut mit passender Krempe in der Farbe des Kostümstoffs. Sie fühlte sich erwachsen, modisch und elegant darin.

Sie klopfte an Henrikes Zimmertür und betrat nach einem »Herein« den Raum. Das Dienstmädchen war gerade dabei, ihrer Freundin Wadenwickel anzulegen.

»Ich habe schon von deiner Mutter gehört, dass es dir nicht gut geht«, sagte Isabella besorgt. Sie stellte ihre große Tasche auf die Frisierkommode, nahm ihren Hut ab und neben Henrike Platz.

Henrike setzte sich im Bett auf. Das Dienstmädchen war mit den Wadenwickeln fertig und verließ das Zimmer.

»Ich bin heute Morgen mit Fieber aufgewacht«, sagte Henrike, die gar nicht gut aussah, mit schwacher Stimme.

Isabella begann, sich ernsthaft Sorgen zu machen. »Und was meint euer Hausarzt dazu? Steht es sehr schlimm um deine Gesundheit?« Henrike war trotz erhöhter Temperatur aschfahl im Gesicht und hatte dunkle Augenringe.

»Er hat mir Bettruhe und Wadenwickel zur Fiebersenkung verordnet, weil er keine Krankheit diagnostizieren konnte. Bei allem Fieber kann ich aber immer noch erzählen.«

Eine Stunde später kannte Isabella die ganze Not ihrer Freundin und wusste natürlich auch über ihr misslungenes Geständnis und die letzte Begegnung mit dem französischen Studenten Bescheid, in den Henrike anscheinend heillos verliebt war. Zweimal hatte Isabella während Henrikes Bericht geprüft, ob die Zimmertür auch wirklich geschlossen war, damit selbst das Personal kein Wort, das gesprochen wurde, mithören konnte.

»Wenigstens sorgt sich dein Vater um dich«, meinte Isabella, während ihre Freundin mit Tränen in den Augen und wie ein Schatten ihrer selbst im Bett saß. Sie nahm Henrike in den Arm, auch wenn sie sich dadurch anzustecken drohte.

»Meinen Vater kümmern seine Erfinder und diese Röhrenhohlziegel mehr als ich.« Inzwischen fanden die Experimentierabende, zu denen halb Würzburg in die Ludwigstraße strömte, jeden Monat statt. Halb Würzburg versuchte, Professor Röntgen experimentalphysikalisch nachzueifern. Isabella war sicher, dass Röntgen bestimmt bald zum Stadtheiligen erklärt werden würde.

»Wenn Papa sich nur einmal nicht kümmern, sondern einfach zustimmen würde, könnte ich wenigstens den Antrag stellen«, schniefte Henrike. »Seine Eisenbahnen, seine Stationen und Güterabfertigungshallen lenken ihn aber, wie es aussieht, noch nicht genug ab.«

Isabella drückte die Freundin fest an sich. »Bitte sage so etwas nie wieder!«, verlangte sie dann ernst.

»Ach, Bellchen, verzeih mir.« Henrike löste sich aus der Umarmung und strich sich einige verschwitzte Haarsträhnen aus dem Gesicht. »Ich kann mein bisheriges Leben nicht einfach so fortführen und die Psychiatrie für immer vergessen. Und Jean-Pierre auch nicht. Er ist das genaue Gegenteil von Karl Georg.«

»Ich möchte ja auch nicht, dass du der todunglückliche Vogel wirst, der in einem Käfig hinter Gitterstäben die schöne Welt sehen, aber nie ein Teil von ihr sein darf«, stimmte Isabella ihr zu und griff damit das Bild auf, mit dem Henrike ihre schwierige Situation beschrieben hatte. »Zusammen finden wir bestimmt einen Ausweg für die Liebe und für die Medizin. Ganz bestimmt. Zusammen sind wir unschlagbar.«

Henrike fröstelte es. »Erst bezeichnet er Studienwünsche von Frauen als Flausen und Aufruhr, und dann kommt er auch noch mit diesem Karl Georg Reichenspurner daher.« Sie schnappte nach Luft. »Dabei hatte ich mit ihm doch einen Handel abschließen wollen: das Studium gegen den Spaziergang mit dem Reichenspurner.«

Isabella griff in ihre Tasche, wobei sich eine Locke aus ihrem voluminösen Dutt löste und ihr über das Ohr fiel. »Hier, eine kleine Aufmunterung.« Sie lächelte spitzbübisch und reichte Henrike ihren neuesten Kauf. »Zumindest vor Karl Georg Reichenspurners durchdringlichen Blicken solltest du damit in Sicherheit sein. Bei Jean-Pierre kannst du es ja dann ablegen.« Sie kicherte.

»Bellchen! Wir haben uns noch nicht einmal geküsst!« Henrike schälte das Geschenk aus mehreren Lagen Seidenpapier heraus. »Ein Korsett?«, fragte sie heiser.

»Kein normales Korsett, Rike.« Isabella zwinkerte Henrike zu. »Ein strahlensicheres Korsett.«

Henrike entrollte es mit fiebrigen Fingern, während Isabella erklärte: »Es heißt, dass bald viele junge Männer mit speziellen Brillen und Gläsern herumlaufen werden, um Frauen damit durch die Kleider zu schauen.« Isabella quiekte fast vor Aufregung. »Ich trage meins schon seit vier Tagen!« Sie umfasste ihre gertenschlanke Taille.

»Du meinst, ohne das Korsett kann mir bald jeder Fremde bis unter das Mieder schauen?« Henrike zog sich die verschwitzte Federdecke vor die Brust.

Isabella nickte bedeutungsschwer, wie sie es sich von ihrem Vater auf den Experimentierabenden abgeschaut hatte. »Dass es solche Brillen geben wird, ist sehr wahrscheinlich. Aber wir sind dann dagegen gewappnet.« Sogar ihr Vater war begeistert von den Korsetts.

»Und untenherum?«, fragte Henrike mit der Hand vor dem Mund.

Isabella lächelte erleichtert, die Ablenkung schien ihr gelungen zu sein. Sie zeigte auf ihren glockenförmigen Überrock. »Unterhosen soll es auch bald strahlensicher geben. In London sind sie schon längst dabei, welche zu entwickeln. Zuerst natürlich für Frauen.«

Henrike umarmte die Freundin. »Was würde ich nur ohne dich tun, Bellchen? Gib mir etwas Zeit, das Geld für das Korsett zusammenzubekommen.«

»Natürlich ist es ein Geschenk, Rike.« Isabella war erleichtert, als sie Henrike endlich wieder lächeln sah. Zum Glück hatte die Freundin zuvor schon länger nicht mehr von der Wärterin auf der Magenstation gesprochen, auf die Isabella zugegeben etwas eifersüchtig war. »Ich schau mir das Schattenbild deiner Knochen manchmal abends vor dem Einschlafen an«, gestand sie. Der innige Moment mit ihrer Freundin rührte sie. »Dabei hat es gar nicht wehgetan, als die Strahlen durch meinen Körper gesaust sind. Rike, stell dir vor. In den Vereinigten Staaten ist sogar jemand auf die Idee gekommen, Röntgen-Strahlen in Operngläser einzubauen, um die Damen auf der Bühne ... na, du weißt schon.«

»Gerade tun mir die Knochen bei jeder Bewegung weh«, stöhnte Henrike. »Reichst du mir bitte den Kamillentee?«

Isabella reichte ihr die Teetasse, half Henrike beim Trinken und erzählte ihr unter dem Siegel der Verschwiegenheit von ihrer Begegnung mit dem Sohn des Champagnerfabrikanten Siligmüller, den sie nur wenig prickelnd gefunden hatte.

»Und weißt du was, Rike?«, sagte Isabella, nachdem sie zum wiederholten Mal von der Übergabe des Weinkelches an den Prinzregenten geschwärmt hatte. Wobei sie nicht zu betonen vergaß, dass der Regent den Becher in einem einzigen Zug gelehrt und der fränkische Silvaner ihm vortrefflich geschmeckt hatte. »Ich finde, du solltest den Antrag heimlich stellen und auch weiter als Reservewärterin arbeiten.«

»Ich weiß nicht.« Henrike spielte mit den Fransen ihres Schultertuchs. »Mama wird auch so schon immer trauriger. Wenn ich noch länger lüge, macht sie das bestimmt nicht fröhlicher.«

Isabella legte das strahlensichere Korsett neben das Bett. Sie vermutete das Schlimmste. »Hat sie es wieder getan?«

Henrike nickte betreten. »Gestern erst ist sie wieder ohne Erklärung oder Verabschiedung in eine Kutsche gestiegen, und weg war sie.«

Isabella beugte sich vor. »Deine Mutter hat ein Geheimnis vor euch, so viel ist klar«, flüsterte sie. »Und da finde ich es nur gerecht, wenn du auch eines vor ihr hast.«

Henrike überlegte länger, bis sie sagte: »Ich halte es mit dem Lügen aber nicht mehr lange aus. Bis jetzt hat mich noch keiner von Mamas oder Papas Bekannten im Juliusspital gesehen, aber das wird nicht ewig gut gehen.«

»Mir scheint es aber der einzige Weg zu sein«, sagte Isabella nachdenklich. »Meinst du nicht, dass deine Eltern stolz auf dich sind und dich studieren lassen, wenn du die Zulassung als Hörerin erst einmal hast? Und Jean-Pierre wäre es bestimmt auch.«

»Wenn nur Papa in seiner Meinung nicht so festgefahren wäre! Er will keinen Aufruhr!« Henrike boxte kraftlos mit der Faust auf die Bettdecke. »Und bis ich Jean-Pierre wiedersehe, vergeht bestimmt noch eine Ewigkeit.«

Isabellas Augen funkelten verschwörerisch. »Dein Vater liebt doch Auszeichnungen, nicht wahr?«

Die Frage konnte Henrike nur bejahen. »Früher schimpfte Papa oft darüber, dass es für Ingenieure keine Orden wie für die Offiziere gäbe. Aber seine Beförderungsbrosche kommt einem Orden ziemlich nah.«

»Rike, es ist eine Ehre, als Frau an der Universität zugelassen zu werden. Das wird nur den Klügsten gestattet. Nimm zum Beispiel diese Frau Professor O'Grady, von der du mir vorgeschwärmt hast. Wenn du die nächste Hörerin werden würdest, wäre das eine echte Auszeichnung für eure Familie.«

»Aber dann löse ich mein Versprechen an Großmama nicht ein«, gab Henrike zu bedenken und strich so liebevoll über ihr Schultertuch, als berühre sie die Hände ihrer Großmutter.

Isabella schaute nachdenklich vom Schultertuch in Henrikes glasige Augen mit den tiefen Augenringen darunter. »Hast du mir nicht gesagt, dass deine Großmutter als junge Frau auch so einiges gegen den Willen ihrer Familie getan hat? Sie wäre vermutlich die Letzte, die deine Geheimniskrämerei nicht verstehen würde.«

»Vielleicht hast du recht.« Henrike begann, gedankenversunken an ihrer Unterlippe zu nagen. »Vielleicht sollte ich den Antrag doch heimlich stellen.« Sie glaubte ja selbst, dass ihre Großmutter ihr Handeln eher nachvollziehen könnte, nachdem sich ihr Vater so stur verhielt. »Ich könnte meine Eltern mit der Zulassung genauso überraschen wie Papa uns mit seiner Beförderungsbrosche.«

Isabella holte Schreibzeug aus der Kommode und legte Henrike ihren Glücksbringer, die Dreimarkmünze, die sie stets bei sich trug, obenauf. Dann hielt sie ihrer Freundin beides auffordernd hin. »Träume nicht dein Leben, sondern lebe deine Träume.«

MIT HOFFNUNG

(1898–1900)

14

Mai 1898

Albert von Kölliker hielt seine Hand wie einen Schirm hinter den Clusius-Enzian und betrachtete die intensiv blauen Kelchblätter der Pflanze. Sie waren innen weiß gestreift und formten zusammen eine Röhre. Die zarte Pflanze erinnerte ihn an seine früheren Forschungsreisen, von denen er einzigartiges Pflanzenmaterial für mikroskopische Untersuchungen mitgebracht hatte. In seinem Herzen war er immer auch ein Biologe und nicht nur ein Anatom gewesen.

Ein Schatten fiel auf den Clusius-Enzian. Conrad Röntgen war neben ihn getreten. Er trug einen jener inzwischen berühmten blauen Anzüge, ohne die er nicht mehr vorstellbar war. »Seine Blütenblätter leuchten so stark, damit er in der durch Wetterkapriolen verkürzten Bestäubungszeit möglichst schnell von Insekten gesehen wird«, erklärte Albert ihm.

Als Antwort bekam er den englischen Teakholzschläger mit der roten Markierung hingehalten. »Sie sind wieder an der Reihe, mein Freund.«

Albert kam aus der Hocke hoch und griff nach dem Schläger. »Zu gerne würde ich noch einmal einen Berg besteigen und mir dort ganze Enzianteppiche anschauen.« Als würden direkt hinter dem Physikalischen Institut die Schweizer Berge aufragen, glitt sein Blick über den Institutsgarten hinweg, in welchem Conrad Röntgen eine beeindruckende Auswahl an alpinen Pflanzen kultivierte, und das zweistöckige Gebäude hinauf zum fernen Himmel. Viel zu lang bin ich schon nicht mehr in der Schweiz gewesen, dachte er einmal mehr. »Aber mit meinen achtzig Jahren muss ich erst noch einen Berg finden, der mich nicht abwirft.« Zu seinem achtzigsten Geburtstag im vergangenen Jahr hatte er äußerst kunstvolle Geschenke bekommen. Sogar eine Straße war nach ihm benannt worden, wodurch er sich gleich noch einmal um zehn Jahre älter fühlte. Der Prinzregent hatte ihm den Titel »Excellenz« und den bayerischen Kronenorden verliehen, womit Albert geadelt war und seitdem das »von« in seinem Namen tragen durfte. Aber all das schien ihm im Nachhinein wenig zu sein im Vergleich zu der Freude, die er beim Anblick von Naturschönheiten wie dem Clusius-Enzian empfand. Aus diesem Grund war er auch altersbedingt von seiner Professur für Anatomie zurückgetreten, seine Lehrtätigkeit in Vergleichender Anatomie, Mikroskopie und Entwicklungsgeschichte führte er jedoch unverändert fort. Noch immer machte es ihm viel Freude, mit Studenten zu mikroskopieren und junge Menschen zu fördern, auch Frauen.

Conrad Röntgen bedeutete ihm, zu den anderen zurückzukehren. Auf der Rasenfläche des Institutsgartens hatte der Physiker das Krocket-Spielfeld mit Eckfahnen und Eckpfeilern markiert und die Aufstellung der weiß lackierten Torbügel und der Peg, dem Zielpflock, exakt ausgemessen. »Das ganze Leben ist eine Reise, auf der wir Gipfel und Täler erklimmen müssen, verehrter Albert«, sagte er.

Albert schätzte die Genauigkeit und Geduld, mit der Conrad das Spielfeld für das sonntägliche Krocketspiel noch immer persönlich herzurichten pflegte. »Oh ja, sicherlich. Gipfel und Täler«, bestätigte er, dachte dabei aber, dass sein Freund noch blasser als sonst aussah. »Aber mit nicht annähernd so guter Luft wie in den Alpen, denke ich.«

Albert überlegte, ob er Conrad auf die neuesten Nachrichten ansprechen sollte, die ihm auf der Zunge brannten. Philipp Lenard war wieder auf der Bühne der Wissenschaften zurück und zeigte sich alles andere als versöhnlich. Lenard sprach mit der Presse, auch mit der internationalen, und erhob sich dabei in einem deutlich missgünstigeren Ton als beim ersten Angriff – und genau das machte Albert Sorgen – nach wie vor zum Entdecker der Strahlen. Es sah ganz danach aus, dass Lenard sich für diesen neuerlichen Angriff stärker bewaffnet hatte. In seinem Interview mit dem Pester Lloyd verwies er auf eines seiner wissenschaftlichen Experimente, das zeitlich vor Conrads Entdeckung lag und bei welchem er – bei fast identischem Aufbau des Kathodenstrahlen-Experiments – schon Schatten gesehen haben wollte. Sehen wir nicht alle im Lauf des Lebens irgendwann einmal

Schatten? Lenard nannte Conrad einen Kriminellen, der ihm die Entdeckung geraubt hätte. Er hatte die Schlagworte »Die Affäre Röntgen« in die deutschsprachige Presselandschaft eingeführt. Hoffentlich verging dieser Angriff schneller, als Albert befürchtete. Lenard ging hintertrieben vor. Er nutzte es aus, dass Conrad Interviews ausschlug und öffentliche Auftritte mied.

Albert setzte zum Schlag an. Sie spielten im Doppel. Richard Staupitz, der mit von Leube zum blauschwarzen Team gehörte, hatte gerade das Tor verfehlt. Albert könnte jetzt den Sieg für sein Doppel erringen, wenn ihm der Torschlag für den vierundzwanzigsten Torpunkt gelang. Der Zielpflock danach war dann nur noch eine Formsache. Er schlug mit viel Gefühl und genau so heftig, dass es seine rote Kugel gerade einmal so durch das Tor schaffen könnte. Anfangs lief diese auch treu auf ihr Ziel zu, bis sie auf halber Strecke leicht abbog und gegen den Torbügel stieß.

»Das war ein hervorragender Schlag! Wie kann das nur sein?« Mit bloßen Händen und in dunkelblauer Sonntagskleidung tastete Conrad Röntgen den Weg ab, den die rote Kugel auf dem Rasen genommen hatte. Am Ende ergab seine Prüfung aber keine Unebenheiten. Am liebsten hätte er den Schlag wieder und wieder betrachten und vermessen wollen.

»Äußerst knapp, Kollege. Äußerst knapp«, würdigte Karl Schönborn den Schlag vom Tisch aus, seines Zeichens Chirurg und Oberwundarzt am Juliusspital.

Oliver von Leube brachte sich da schon für seinen Schlag hinter der schwarzen Kugel in Position. »Wir holen wieder auf«, versprach er zuversichtlich, war heute aber weniger gut gelaunt als sonst. Nach einem schiefen Seitenblick auf Richard Staupitz setzte er zum Schlag an. Etwas brodelte in von Leube, das sah Albert ihm an.

Albert trat neben Conrad, der den Weg der schwarzen Kugel verfolgte. »Geht es Bertha inzwischen besser?«, erkundigte er sich. Bertha war Conrads Gattin und seit der Erfindung der Röntgen-Strahlen die Frau mit der berühmtesten Hand des Kontinents. Das erste menschliche Schattenbild der Welt zeigte ihre Handknochen.

Conrad schaute vom Krocketrasen zum Wintergarten der Institutswohnung hoch und lächelte seiner Ziehtochter zu. Eigener Nachwuchs war den Röntgens nie vergönnt gewesen. »Berthas Nierenkoliken kommen immer wieder. Sie braucht weiterhin viel Ruhe«, antwortete er und fügte leise noch hinzu: »Wie ich auch.«

Albert meinte, sein Freund spiele damit auf die Ruhe vor dem Stänkerer Lenard an. Also waren die Neuigkeiten auch schon bis ins Physikalische Institut vorgedrungen. Einmal mehr bereitete Albert die Blässe seines Freundes Sorgen, der sich nach außen hin wie immer ungerührt zeigte. Einzig beim Kartenspielen und Rodeln jauchzte Conrad ungeniert und ging aus sich heraus. Manch einer seiner Freunde vermied es deswegen, mit dem Physiker am gleichen Kartentisch zu sitzen. Es waren Verabredungen, die zuletzt immer seltener geworden waren.

»Bitte richte Bertha meine herzlichsten Genesungswünsche aus«, bat Alfred gerade, als Oliver von Leube in Jubel ausbrach. Aber auch dieser war getrübter als gewöhnlich, nicht einmal bis zum Juliusspital war er heute zu hören. Von Leubes Kugel hatte gerade das Tor passiert und die gegnerische Kugel rocketiert, also getroffen.

»Damit ist der Rückstand aufgeholt!« Von Leube beendete seinen Spielzug mit einem einwandfreien Krocketschlag gegen den Torstab, ließ seinen Teampartner auf dem Rasen zurück und eilte Albert entgegen. »Meine gute Schlagkraft heute könnte an meiner verbesserten Fleischsolution liegen, die ich vorab aß«, sagte er schon wieder etwas besser gelaunt. »Und ich würde mich freuen, meine Herren, wenn Sie diese später ebenfalls probieren würden. Es wäre mir eine Ehre.«

»Natürlich, lieber Kollege«, bestätigte Albert, während sich Conrad einer Antwort enthielt. Er hatte schon von der Fleischsolution für Magenkranke gehört. Von Leube gab seinen Namen als Gütesiegel für deren Erprobung am Patienten her. Wie gut die Solution sich verkaufte, konnte Albert nicht einschätzen, aber zumindest von Leubes private Klinik im »Hotel Kronprinz« war voll belegt mit bessergestellten Magenleidenden. Sogar aus Italien und England strömten sie zur Behandlung herbei.

Albert beobachtete genau, mit welcher Konzentration sich Conrad nun seinem Torschlag widmete, jetzt lag es an dem Physiker, doch noch den Sieg für sein Team zu erringen. Der Torschlag war der schwierigste Schlag im Spiel, weil das Tor kaum breiter als die Kugel war. Kurz blickte er zu Richard Staupitz, der gerade ein Gespräch mit einem anderen Allgemeinmediziner begann, das Spielfeld dabei aber nicht aus den Augen ließ. Albert winkte ihm zu und wollte später unbedingt noch einige Worte mit ihm wechseln. Er plante nämlich, gemeinsam mit ihm einen Vortrag für den Frauenheil-Verein zu halten. Allerdings, je länger er – den inzwischen vom geschätzten Kollegen zum Freund gewordenen – Richard anschaute, desto steifer kam er ihm vor, geradeso als litte er an Organschmerzen in ebendiesem Moment.

Conrad Röntgen tat seinen Schlag. Mit einmaliger Geradlinigkeit passierte seine Kugel auf dem perfekt gekürzten Rasen das Tor, was den Versammelten einen respektvollen Applaus abverlangte. Das war der Gewinnerschlag für Albert und Conrad! Die Spieler stellten die Schläger auf den Transportwagen zurück und begaben sich zu den anderen Gästen, die am Rand des Spielfelds saßen und ihnen zusahen oder miteinander plauderten, und wo sie ein kühles Glas Silvaner und Liköre erwarteten. So verliefen alle Krocketsonntage bei den Röntgens für gewöhnlich. Einige von ihnen spielten eine Runde, erzählten, ruhten sich in den bereits aufgestellten Stühlen aus, und danach formierten sich die »Teams«, wie es in England hieß, neu.

Nach einer weiteren Runde, in der Albert mit Richard im Doppel verlor, näherte sich der Nachmittag langsam seinem Ende. Der schöne Maitag kühlte ab. Richard hatte zugesagt, den Vortrag für den Frauenheil-Verein mit ihm gemeinsam zu halten. Insgeheim hoffte Albert dabei auch auf das Engagement seiner Ehefrau Viviana. Aus der Nähe bestätigte sich Alberts Vermutung über Richards Schmerzen, obwohl dieser sie natürlich zu verbergen versuchte. Er war geschwächt, was Albert sehr leidtat. Mit dem Vortrag würde er auf jeden Fall warten, bis es Richard wieder besser ging.

Als die ersten Gäste sich verabschiedeten, ergriff Albert noch einmal das Wort vor seinen Universitätskollegen, und er bedeutete Richard, noch kurz bei ihnen zu bleiben.

»Ich wollte mit Ihnen noch den Hörerinnen-Antrag besprechen, bevor wir die Runde auflösen«, sagte er und stellte sein Likörglas ab. »Wir alle haben davon eine Abschrift auf unseren Schreibtischen liegen.«

»Es geht um meine Enkelin Henrike?«, fragte Richard.

Albert nickte. Von Leube funkelte ihn feindselig an.

»Wir sollten sehr vorsichtig damit umgehen«, gab Conrad Röntgen zu bedenken. »Wenn ich mich an das Drama von 1894 erinnere, könnte es brenzlig werden. Das Ministerium in München hat Würzburg auf dem Kieker, was das Frauenstudium angeht.«

Albert erinnerte sich noch gut an den Vorfall von 1894, und auch Schönborn schaute wenig begeistert drein. Vor vier Jahren war eine approbierte Brüsseler Ärztin an die Alma Julia und das Juliusspital gekommen und hatte an einigen Vorlesungen und Operationen von Schönborn teilgenommen. Dem Königlich Bayerischen Staatsministerium des Inneren war das zu Ohren gekommen und hatte von Conrad, der damals Rektor der Universität gewesen war, eine Stellungnahme zu dem unglaublichen Vorfall gefordert, weil solche Entscheidungen unbedingt über das Ministerium zu laufen hatten. Albert und Conrad waren sich damals einig gewesen, dass es das Beste sei, den Vorfall zu verharmlosen, und so hatte man nach München berichtet, dass die Brüsseler Ärztin lediglich die Klinischen Institute besucht, sich dort aber nicht fortgebildet habe. Conrad hatte die Angelegenheit als einen unbedenklichen Akt der Höflichkeit dargestellt, womit das Ministerium den Vorfall auf sich beruhen ließ. Danach war es geradezu einem Wunder gleichgekommen, dass Marcella O'Grady überhaupt als Hörerin zugelassen worden war.

»Wir müssen ihn natürlich abweisen!«, sagte von Leube klar und kalt, während Albert sah, wie sich Richard unter einer Schmerzwelle zusammenkrümmte.

Längere Zeit sagte niemand etwas, weil Conrad Röntgens Ziehtochter Josephina, die adoptierte Nichte von Bertha, eine mit dunklen Schokoladenstücken gefüllte Vorlegeschale an den Tisch brachte.

»Schokolade der von Isenburgs«, erklärte sie stolz. Auf jedes Stück war das Siegel der Würzburger Schokoladendynastie eingeprägt.

Alle griffen zu, bis auf Richard und von Leube. Letzterer fuhr fort: »Wenn ich richtig informiert bin, wurde auch der Antrag von Fräulein Hertz' Großmutter einst abgelehnt. Warum sollten wir den neuen Fall nun anders bescheiden?« Er schüttelte verständnislos den Kopf.

»Weil die Zeiten sich ändern«, sagte Richard. »Sie schreiten voran, und wir entwickeln uns weiter.«

»Weil wir Marcella O'Grady auch zugelassen haben«, fügte Albert gleich im Anschluss hinzu und korrigierte sich: »Ich meinte natürlich Frau Professor Boveri.« Professor Marcella O'Grady hatte im vergangenen Jahr Professor Theodor Boveri, wegen dessen Vorlesungen sie nach Würzburg gekommen war, geheiratet. An vielen Sonntagen waren die Boveris ebenfalls beim Krocket dabei gewesen, Marcella war eine ausgezeichnete Spielerin. Sie war der Grund dafür, dass Conrad Röntgen den Rasen nicht immer als Sieger verließ.

»Sie war schon Professorin, als sie den Antrag stellte, das ist ein entscheidender Unterschied!«, wandte Chirurg Schönborn ein, der sich aus politischen Diskussionen sonst eher heraushielt. »Und soweit ich weiß, besitzt Fräulein Hertz nicht die geeignete Vorbildung für medizinische Vorlesungen.«

»Sie ist sehr klug, neugierig und kann sich schnell in neue Themenstellungen einarbeiten.« Richards Stimme wurde weicher, als er über seine Enkelin sprach.

Albert hielt eine besondere Befähigung von Fräulein Hertz für gut möglich.

»Keine Frau kann das!«, schoss von Leube dagegen. »Einfach so von heute auf morgen zur Wissenschaftlerin werden. Dazu braucht es schon etwas mehr als Neugier.«

»Dann sind Ihnen solch kluge Frauen bislang vielleicht noch nicht vorgestellt worden?«, entgegnete Richard etwas ironisch, aber immer noch höflich.

»Kann sein.« Von Leube lächelte und sagte leise: »Ihre Frau jedenfalls kenne ich schon.«

Richards Züge verhärteten sich, und Albert konnte nicht sagen, ob vor einer neuen Schmerzwelle oder vor Wut. »Viviana ist eine wundervolle Ärztin! Sie kann gut mit jedem männlichen Arzt in Würzburg mithalten. Und wenn man Henrike die Möglichkeit gäbe«, wandte Richard sich wieder an die anderen, »könnte sie ihr Talent sicher ähnlich entfalten. Sie bräuchte nur eine Chance.«

»Pahh!«, ereiferte sich von Leube, Albert sah ihn rot anlaufen. »Wir sind hier doch nicht im Wunschkonzert des Städtischen Theaters!«

»Hören Sie doch auf, meine Herren«, versuchte Albert zu beschwichtigen. »Wir werden uns doch jetzt nicht in die Haare kriegen, nicht auf diese unschöne Art. Lassen Sie uns bitte sachlich bleiben.«

»Wissen wir denn, was Rektor Pauselius über den Antrag denkt?«, fragte Conrad Röntgen in die Runde.

Alle schüttelten den Kopf, von Leube schaute dabei provokativ Richard an, sodass es aussah, als schüttelte er den Kopf über die Verbohrtheit seines Kollegen. »Ich denke, wir sollten darüber abstimmen«, sagte er dabei. »Nur unter Universitätskollegen natürlich.«

Richard nickte der verbliebenen Runde zur Verabschiedung zu, dann verließ er den Institutsgarten.

Albert schaute seinem Freund Staupitz mit mitleidigem Blick hinterher. Der sah enttäuscht aus, hoffentlich hatte dieser unschöne Zusammenstoß ihm nicht die Freude an den Krocketsonntagen vermiest.

Als Albert sich wieder umwandte, stand von Leube in der Mitte der Runde. »Aber bevor wir eine so schwere Entscheidung treffen, sollten wir uns erst einmal stärken. Der Magen entscheidet bei vielem mit!«

Von Leube holte eine Dose aus seiner Ledertasche und ließ sie von der Haushälterin öffnen. Kurz darauf lagen auch Löffel, heißes Wasser und Kochsalz bereit. »Endlich darf ich Ihnen meine verbesserte Fleischsolution anbieten.« Reihum verteilte er die Löffel, seine Stimmung hob sich langsam wieder. »Meinem Mitstreiter in Erlangen ist es gelungen, einen noch reineren Geschmack zu erzeugen, die Haltbarkeit zu verlängern und die Zubereitungsweise weiter zu vereinfachen. Es genügt der Zusatz von heißem Wasser und etwas Kochsalz, und schon ist eine schmackhafte, leicht verdauliche Mahlzeit zubereitet.« Er goss Wasser in die Dose und gab etwas Salz hinein, dann rührte er um.

Conrad Röntgen nahm nachdenklich ein Stück Isenburger Schokolade, anstatt die Fleischsolution aus der Dose zu löffeln. Albert war überzeugt, dass sein Freund mit den Gedanken woanders war. Entweder bei Lenard oder bei dem Antrag von Henrike Hertz.

»Die Solution ist am besten bei Magen-Darm-Störungen anzuwenden, und wo auch sonst eine rasche Hebung des Kräftezustandes vonnöten ist«, erklärte Oliver von Leube. »Eine Büchse entspricht einem halben Pfund Fleisch.«

Albert sah zu, wie der undefinierbare Doseninhalt durch Rühren zu einer breiigen Masse wurde. Der Geruch erinnerte ihn an gebratenes Fleisch. Er aß, um den Kollegen nicht vor den Kopf zu stoßen und die Stimmung wieder zu heben. Zur Freude des Magenarztes kaute Albert bald sogar genüsslich, als sei ihm gerade eine Schweizer Fleischspezialität serviert worden. Die Fleischsolution schmeckt ... na ja ... nicht gerade nach einem gebratenen Stück Fleisch, dachte Albert, aber auf jeden Fall auch nicht »nach Apotheke«, was viele Patienten an den Spitalsmahlzeiten oft bemängeln.

»Bisher habe ich keine Hinweise darauf, dass unsere Fleischsolution von irgendeinem anderen Präparat, was die leichte Verdaulichkeit und den hohen Gehalt an Eiweiß angeht, übertroffen wird«, verkündete Oliver von Leube.

Conrad Röntgen legte schon bald seinen Löffel ab und griff lieber wieder nach der Schokolade. Umso deutlicher schob von Leube die Dose vor Schönborn, der keinen Widerstand zu leisten wagte.

»Ich bin dafür, dass wir Fräulein Hertz die Chance als Hörerin an der Alma Julia geben«, sagte Conrad unvermittelt, während Schönborn noch kaute.

Albert wollte gerade nicken, da fuhr Oliver von Leube auf und begann ihnen einen leidenschaftlichen Vortrag zu halten, in dem seine Fleischsolution keinerlei Rolle mehr spielte.

15

Juli 1898

Seit dem Beginn des Sommers ging Henrike fast täglich ins Palais. Um ihren Eltern eine böse Überraschung zu ersparen, hatte sie dem Ministerium als Antwortadresse auf ihren Antrag die Adresse ihrer Großeltern in der Hofstraße angegeben, denn daheim öffnete ihr Vater stets die Post. Die Sonne strahlte, Vögel zwitscherten. Es war ein schöner Spaziergang von der Eichhorn- in die Hofstraße, der immer ähnlich verlief. Nach nur wenigen Schritten dachte sie an die immer gleichen Themen: die Liebe und ihr Studium. Im Gegensatz zu ihrem ersten und letzten Versuch, ihre Eltern in ihre Träume einzuweihen, wollte sie für die Verkündung der Hörerschaft – sollte sie denn erteilt werden – eine ausgefeilte Ansprache für sie parat haben.

Acht Monate waren vergangen, seitdem sie ihren Antrag zum Postamt gebracht hatte. Schon wenige Tage danach hatte sie begonnen, an der geplanten Ansprache zu feilen. Statt einer Brücke wollte sie dieses Mal direkt die Eisenbahn als das Symbol der modernen Zeit und der Geschwindigkeit aufgreifen.

»Die Gesellschaft verändert sich so schnell, wie die Eisenbahn fährt«, sagte sie leise vor sich hin, als sie am St.-Kilians-Dom vorbeikam. Wenn sie doch nur endlich Bescheid bekäme. Der heiß ersehnte Brief vom Ministerium ließ schon viel zu lang auf sich warten. Auch wollte sie nicht mehr an den Sonntagen mit dem steifen Karl Georg Reichenspurner spazieren gehen müssen, sondern stattdessen von Jean-Pierre träumen dürfen. Sie starb fast vor Sehnsucht nach ihm. Seit Monaten war er nicht mehr in der Irrenabteilung aufgetaucht.

Was lange währt, muss einfach gut werden!, sprach sie sich in Gedanken Mut zu. Diese Zuversicht stärkte sie auch im Umgang mit den Frauen der Irrenabteilung. Fräulein Weiss aus dem Saal der Ruhigen fragte seit einiger Zeit immer wieder einmal nach ihr. Freitag für Freitag offenbarte sie Henrike weitere Details aus ihrer Vergangenheit. Seit Fräulein Weiss zehn Jahre alt gewesen war, hatte sie

Lehrerin werden wollen. Wenn sie das Wort »Lehrerin« Henrike gegenüber so vorsichtig aussprach, als sei es zerbrechlich, wurde ihr sonst so starres, ausdrucksloses Gesicht lebendig. Der Vater von Fräulein Weiss hatte ihr den Beruf verboten. Denn Lehrerin wurde eine Frau seiner Meinung nach nur, wenn sie keinen Mann abbekommen hatte. Diese Aussage kannte Henrike auch aus ihren Kreisen. Und so hatte Fräulein Weiss alle Heiratskandidaten verekelt, wofür ihr Vater sie geschlagen, tyrannisiert und erniedrigt hatte. Über Jahre hinweg hatte sie gelernt, ihre Emotionen zu unterdrücken, damit sie es mit ihrem Vater einigermaßen aushalten konnte. Darüber war sie immer trauriger und gefühlloser geworden und hatte sich für wertlos gehalten. Schlussendlich aber hatte sie es nicht länger ertragen und war weggelaufen.

Vater Weiss hatte sie jedoch gefunden und im Juliusspital in der Irrenabteilung wegsperren lassen. Seine Tochter habe den Verstand verloren, hatte er geschrien. In Wirklichkeit aber hatte Fräulein Weiss nicht den Verstand, sondern ihre Emotionen verloren. Sie hatte sie sich abgewöhnt, ihr Herz war taub geworden. Doch jetzt schien ihr das Singen zu helfen, wieder zu ihren Gefühlen zurückzufinden. Als Fräulein Weiss zuletzt vor sich hin gesungen hatte, hatte plötzlich Corinna Enders in das Lied mit eingestimmt. Sie wich Henrike selten von der Seite und ließ sich gerne die Hände streicheln. Solche Momente waren die schönsten in der Irrenabteilung. Denn Henrike hatte vor allem das Gefühl, dass den Patientinnen Nähe und Geborgenheit fehlten, körperliche Berührungen, wie sie normalerweise jede Familie im häuslichen Kokon austauschte. Ein Lächeln, eine Hand, die sich ihr entgegenstreckte – für Henrike waren es Hilfeschreie, mit denen sich die Kranken aus der sozialen Isolation befreien wollten. Sie würde daher besonders aufmerksam sein, um nie wieder einen dieser Schreie zu überhören.

Henrike erreichte das Palais, einen imposanten, vierstöckigen Bau mit breiten, schmuckumrahmten Fenstern. Wo früher im Erdgeschoss das Bankhaus ihres Urgroßvaters gewesen war, hatte ihre Großmutter zuletzt ihre Schülerinnen unterrichtet. Auch die Arztpraxis befand sich im Erdgeschoss und war wie die Schulräume über einen separaten Eingang zu erreichen.

Die breite Eingangstreppe führte vor das erste Obergeschoss des Hauses, wo die Salons, das Damenkabinett und die Küche waren – der öffentliche Teil des Hauses. Nur in diese Etage, niemals in die Privaträume in den Geschossen darüber, lud ihre Großmutter Besucher ein.

Viviana erwartete sie schon an der Eingangstür, sie hielt einen Brief in der Hand.

Aufgeregt nahm Henrike das Kuvert, kaum dass sie eingetreten war, entgegen und drückte es an ihre Brust. Als Absender war die Königlich Bayerische Julius-Maximilians-Universität zu Würzburg vermerkt.

Henrike war in freudiger Erwartung. Aber als sie ihre Großmutter genauer betrachtete, verfinsterte sich ihr Gesicht sogleich wieder. Wie es aussah, ging es Viviana immer noch nicht besser. Vor einigen Monaten schien sie sich quasi über Nacht in eine alte, gebrechliche und zerstreute Großmutter verwandelt zu haben. Seit Wochen ließ Viviana auch niemanden mehr ins Damenkabinett außer Richard. Und der schien ebenfalls um Jahre gealtert zu sein. Ob sie ihren Großeltern mit der Geheimhaltung ihres Antrags zu viel zugemutet hatte? Nur ihre Großeltern und Isabella wussten davon. Und ihre Großmutter war alles andere als begeistert von Henrikes Geheimnis gewesen.

Viviana bestellte Tee beim Dienstmädchen und ging Henrike dann in den royalblauen Salon voran, der seinen Namen vom brokatgesteppten royalblauen Überzug des Kanapees hatte, das mittig im Raum stand. Das Möbelstück war schon seit Generationen in Familienbesitz. Als der Tee gebracht wurde, setzten sie sich.

Doch Henrike war zu unruhig, um still zu sitzen. Bald erhob sie sich wieder und ging nervös vor dem Kanapee auf und ab. »Und was tue ich, wenn sie es mir doch nicht erlauben?«, fragte sie und schaute ihre Großmutter unentschlossen an, die jedoch in die hinterste, dunkelste Ecke des Raumes auf den royalblauen Vorhang starrte. »Großmama, hörst du mir zu?«

Viviana wandte den Kopf und blickte ihre Enkelin an. »Natürlich, Rike. Verzeih.« Sie nahm wieder Haltung an und trank einen Schluck Tee.

Henrike öffnete den Briefumschlag mit dem Finger, legte das Kuvert neben die Kristallschale mit dem Gebäck und entfaltete das Schreiben wie eine Schatzkarte. Dann las sie. Mit jedem Wort wich die Farbe aus ihrem Gesicht. »Das kann nicht sein!« Sie hielt ihrer Großmutter das Schreiben hin.

Viviana überflog es, erhob sich und nahm Henrike tröstend in den Arm, noch während sie die Abschiedsformel las. »Die Geschichte wiederholt sich«, sagte sie müde. »Ich hatte gehofft, wir wären inzwischen weiter.« Ein tiefer Seufzer folgte.

Henrike machte sich aus ihrer Umarmung frei und nahm den Brief wieder an sich. »Das Ministerium selbst hat sich nicht einmal um eine Antwort bemüht!« Das immerhin hätte der Prinzregent initiieren können, immerhin war sie die Tochter eines seiner Oberbahnamtsdirektoren. Die Würzburger verehrten den Prinzregenten auch dafür, dass er ein nahbarer »Bürgerkönig« war, aber davon merkte Henrike gerade gar nichts. »Bestimmt war es Professor von Leube, der meinen Antrag verhindert hat. Erinnerst du dich, Großmama, wie er dich damals angefahren hat, als du einer der Patientinnen in Mamas Krankensaal helfen wolltest?« Henrike sah an Vivianas plötzlich so klarem Blick, dass diese sich noch an jedes Wort, das damals gefallen war, erinnern konnte, und doch ging sie nicht auf Henrikes Vermutung ein.

»Als sie mir meinen Antrag auf die Gasthörerschaft ablehnten«, sagte Viviana, »stürmte ich sofort wütend in die alte Anatomie im Spital, weil dort Professor Virchows Büro war. Für mich war er der Schuldige.«

»Hast du ihm dort mal so richtig die Meinung gesagt, Großmama?«, wollte Henrike aufgebracht wissen. Wo war gleich noch mal das Büro von Professor von Leube? Oder sollte sie ihn besser bei der morgendlichen Visite auf der Magenstation abpassen?

Viviana nahm Henrike bei der Hand. »Aber im letzten Moment habe ich mich umentschieden. Und das war gut so. Denn wenn der

Professor überhaupt der Verantwortliche für den ablehnenden Bescheid gewesen ist, dann doch nur als das Sprachrohr unserer Gesellschaft. Das Sprachrohr einer männerdominierten Welt, in der wir Frauen dem anderen Geschlecht untergeordnet sind. Lass deine Enttäuschung erst einmal verrauchen, dann sehen wir weiter.«

Aber Henrike war nicht nach Abwarten und Teetrinken. »Wie können sie mir meinen sehnlichsten Wunsch abschlagen, nachdem sie mich so lange auf die Antwort haben warten lassen?« Henrike warf ihr rotes, halb offenes Haar schwungvoll auf den Rücken. Einmal mehr stand der Prinzregent für sie in keinem guten Licht da. »Es würde doch niemandem wehtun, wenn ich mit in den Vorlesungen säße.« Es war ja nicht so, dass extra für sie Vorlesungen gehalten werden sollten!

»Ich möchte dir etwas zeigen«, sagte Viviana, um ihre Enkelin zu beruhigen. »Komm mit, Liebes.«

Henrike folgte ihrer Großmutter in die Mansarde hinauf, wo das Dienstpersonal wohnte. Ihr Ziel war die Kammer am Flurende, die als Stauraum genutzt wurde. Ihre Großmutter begann dort, alte staubige Kisten durchzuschauen, während Henrike von einem Bein aufs andere trat und nicht wusste, was sie als Nächstes tun sollte. »Wenn ich Professor von Leube wiedersehe, frage ich ihn, warum er vor gebildeten, studierten Frauen wie uns solche Angst hat.« Henrike stemmte die Hände in die Hüften, genauso wie es Wärterin Ruth oft tat, wenn sie Unerschrockenheit und Dominanz demonstrieren wollte.

»Bitte werde nie respektlos, egal, wem gegenüber. Ansonsten hört dir bald niemand mehr zu. Wenn ...«, Viviana zögerte.

Henrike aber hatte Blut geleckt. »Wenn was?«

Viviana biss sich auf die Lippen.

»Großmama!«, insistierte Henrike. »Bitte hilf mir!«

Viviana beugte sich wieder über eine Kiste, und Henrike meinte schon, sie würde keine Antwort mehr bekommen, als ihre Großmutter, während sie weiterkramte, schließlich wie nebenbei sagte: »Wenn du gegen sie antrittst, musst du sie mit ihren eigenen Waffen schlagen.«

»Du meinst, ich soll mit Intellekt gegen sie antreten anstatt mit Wut?« Henrike dachte an das Ministerium in München und an die intellektuellen Medizinprofessoren des Spitals. Sie hatten ihr Schicksal in der Hand, von ihnen war sie abhängig. Professor von Kölliker wohnte nur wenige Häuser weiter in der Hofstraße. Ob er gegen ihren Antrag gestimmt hatte?

»Genau das meine ich. Du kannst sie nur mit Argumenten schlagen. Vorwürfe oder gar Beschimpfungen bringen dich nicht ans Ziel.« Zwischen braunen Hosen und einer Anzugjacke in der Kiste mit der Aufschrift »Pleich« wurde Viviana endlich fündig. Sie reichte Henrike eine beschmutzte Blattsammlung, deren Kanten brüchig waren. »Das hat mir damals geholfen, über die Absage hinwegzukommen.«

Deutsche Frauen-Zeitung stand auf dem Deckblatt geschrieben und *Dem Reich der Freiheit werb ich Bürgerinnen*. Henrike blätterte durch die vergilbten Seiten. Sie enthielten Artikel über die Rechte der Frauen. »Und nach dieser Absage hast du dann dein Dorotheen-Spektakel aufgeführt und viele Frauen dazu eingeladen, ja?«

»Zuerst haben wir es mit geheimen Zusammenkünften versucht, aber die Gendarmerie, unter der Führung des Offiziers von Öllkau, kam bald hinter die verbotenen Treffen und hat uns arretiert. Ich machte dann auf einem anderen Weg weiter. Ich wollte so viele Frauen wie möglich über ihr Recht auf Bildung aufklären.«

»Ein Recht auf Bildung«, wiederholte Henrike fasziniert. »Ja, genau das ist es. Ein Recht. Es ist falsch, dass Frauen überhaupt um ein Studium betteln müssen.« Das wurde ihr in diesem Moment erst bewusst, ebenso wie der Umstand, dass nicht nur sie selbst von dieser himmelschreienden Ungerechtigkeit betroffen war. Hätten Frauen das Recht zu studieren, gäbe es bestimmt auch nicht mehr zu wenige Ärzte für die menschlicheren Menschen. Ein Studium für Frauen bedeutete auch mehr Hoffnung für Frau Kreuzmüller und ihre Mitpatientinnen und: mehr Menschlichkeit.

Viviana drückte Henrike ein weiteres Blatt Papier in die Hände. »Damit bin ich mit meinen Bemühungen ein Stück weitergekommen.«

Henrike sog scharf die Luft ein. »Ein Flugblatt?« Sie las das darauf abgedruckte Gedicht mit dem Titel Mann und Weib, das sehr gut beschrieb, warum Frauen weniger wussten als Männer. Es war poetisch und spitzzüngig zugleich und besagte, dass Frauen nur ungebildeter waren, weil Männer ihnen Bildung verboten. Es gefiel Henrike auf Anhieb.

»Viele Frauen hörten damals zum ersten Mal davon, dass das, was sie bisher als Aufopferung in der Ehe und Häuslichkeit verstanden hatten, in Wirklichkeit Unterdrückung war«, erklärte Viviana ihr.

»Es ist auch nichts weniger als Unterdrückung!« Henrike blätterte wieder durch die *Frauen-Zeitung*. »Und das ist also Dorothea Erxleben?« Sie zeigte auf das Bild einer Frau, die im Profil gemalt war und klug lächelte. Der Name Dorothea Erxleben war immer wieder einmal im Palais gefallen, aber sobald Henrike nachgefragt hatte, wer dies sei, waren ihre Großeltern auf ein anderes Thema wie die Literatur oder das Wetter zu sprechen gekommen.

»Dorothea war mein erstes Vorbild.« Wehmütig strich Viviana über das Bildnis. »Ohne ihre mutigen Gedanken, die sie niedergeschrieben hat, wäre ich nie Ärztin geworden. Später dann beeindruckte mich auch Louise Otto-Peters. Sie war anders als Dorothea, vor allem aber noch lebendig.« Sie lächelte und drückte Henrike auch noch das Flugblatt in die Hand.

Zum ersten Mal seit Wochen schaute Henrike nicht in ein von Sorgenfalten durchzogenes Gesicht. »Frau Otto-Peters hat einen Doppelnamen, so wie du.« Sie sah die vorhin noch trüben Augen ihrer Großmutter nun tiefblau leuchten, als diese sagte: »Damals, im Jahr 1865, war ich dabei, als Louise und viele andere Frauen in Leipzig den Allgemeinen Deutschen Frauenverein gründeten.« Viviana setzte sich auf eine Kiste und schaute träumerisch an die Dachschräge, als befänden sich dort Fotografien, die die Geschehnisse aus der Vergangenheit zeigten. »Auf der Versammlung in Leipzig wurde Louise zur Vorsitzenden des Vereins gewählt. Sie besaß eine unheimlich große Ausstrahlung. Anfangs waren wir nur wenige, nicht mal fünfzig Frauen. Aber viele Jahre und viele Veranstaltungen später gehörten mehr als zehntausend Frauen dem Verein an. Louise starb ein halbes Jahr vor deiner Urgroßmutter, und ab diesem Jahr erschien auch ihre Zeitung nicht mehr.«

»Das ist so aufregend und so eindeutig ungerecht, dass man uns Frauen das Studieren verbietet. Aber warum steht die Bewegung still? Man hört gar nichts mehr von ihr.«

»Vor allem weil das Sozialistengesetz von Kanzler Bismarck politische Versammlungen streng reglementierte. Erst seit dessen Abschaffung – da warst du gerade mal elf Jahre – geht es wieder etwas voran.«

»Ich möchte auch für andere Frauen kämpfen und deinen Weg weitergehen, Großmama«, wurde Henrike sich immer sicherer. »Bis vor Kurzem dachte ich, mein Wunsch, studieren zu dürfen, ginge nur mich etwas an. Aber dem ist nicht so. Das Recht auf Bildung betrifft alle Frauen, alle Generationen. Und ...«, Henrike lächelte selbstbewusst, »... ›Verbunden werden auch die Schwachen mächtig sein.‹ Das wusste schon Schiller.«

Sie ließ sich von ihrer Großmutter auf eine der Kisten ziehen und legte die *Deutsche Frauen-Zeitung* in ihren Schoß.

»Willst du das deinen Eltern auch verheimlichen?«, fragte Viviana. »Du weißt, dass Schiller in Wilhelm Tell ebenfalls schrieb: ›Allzu straff gespannt, zerspringt der Bogen.‹ Und du hast zu viele Geheimnisse vor ihnen.«

»Aber sie würden mir die Frauenbewegung genauso wenig erlauben wie das Studium«, war Henrike überzeugt. »Mama lässt niemanden mehr an sich heran, und Papa ist als Eisenbahn-Direktor kaum noch zu Hause. Und wenn du ihn damals über den Antrag beim Ministerium hättest reden hören, würdest du mir ganz sicher beipflichten. Jede Form von Aufruhr ist ihm zuwider.«

»Was hältst du davon, wenn ich dich zu dem Gespräch mit deinen Eltern, das nun einmal notwendig ist, als Unterstützung begleite?«, schlug Viviana vor. »Wäre das nicht eine Möglichkeit?«

»Um die Wahrheit zu sagen, würde dabei doch nichts anderes herauskommen, als dass ich für die Frauenrechte erst gar nicht anzutreten brauche«, murmelte Henrike kleinlaut und fuhr enttäuscht die

Kanten des Flugblattes mit dem Zeigefinger nach. »Vermutlich würde Papa mich nach dem Gespräch für immer und ewig einschließen und mich nur noch zu Spaziergängen mit Karl Georg rauslassen.« Dann würde sie auch Jean-Pierre nie wiedersehen, was unvorstellbar war.

Viviana seufzte. »Dein Vater hatte schon immer recht festgefahrene Ansichten. Das stimmt wirklich.«

»Ich möchte vorher erst noch etwas über die Frauenbewegung nachdenken«, sagte Henrike. »Ich weihe dich ein, sobald ich entschieden habe, wie es weitergeht. Oder vielleicht besser nicht. Dann kann Papa dir deswegen auch keine Vorwürfe machen.«

Viviana drückte Henrike an sich. »Bitte pass auf dich auf, bei allem, was du tust. Die Gegner der Frauen haben ihre Augen überall, und sie sind deutlich in der Überzahl.«

Henrike stand auf und steckte die *Deutsche Frauen-Zeitung* und das Flugblatt zusammengefaltet in ihre Rocktasche. »Ja, natürlich passe ich auf mich auf.«

Aber Viviana beharrte: »Bitte sag das nicht so leichthin. Das Leben und ein gewisser Frieden sind sehr kostbar.«

Nun bemerkte Henrike wieder den düsteren Blick ihrer Großmutter wie schon vorhin in der Eingangshalle und im royalblauen Salon. »Großmama, jetzt klingst du, als würdest du bald sterben.« Bei diesen Worten überkam Henrike eine solche Traurigkeit, dass ihr die Kehle eng wurde und Tränen in die Augen traten.

»Ich bin gesund«, erwiderte Viviana nur. »Mach dir keine Sorgen um mich.« Sie lächelte gezwungen und küsste Henrike auf die Stirn. »Ich muss an den Schreibtisch zurück.«

Nebeneinander stiegen sie die Treppen hinab, Etage für Etage, bis in den Empfangsbereich. Dann verließ Henrike nach einer innigen Umarmung mit dem Schriftmaterial ihrer Großmutter das Palais.

Sie ging auf direktem Weg ins Juliusspital. Gedankenversunken lief sie durch die Spitalsflure und achtete weder auf die Patienten noch auf die Ärzte oder das Wartpersonal. Sie kam bei den männlichen Irrenpfründnern vorbei, ging am Badehaus vorüber und stand irgendwann vor dem Separierhaus mit der Leichenkammer. Dort drehte sie um und kehrte durch den Garten zurück in den Innenhof. Das Juliusspital hatte sie in ihren Bann gezogen. Für das Recht der Frauen auf ein Studium war sie zu kämpfen bereit. Das Immatrikulationsverbot war himmelschreiend ungerecht.

Kurz darauf kam sie im Mittelbau des Spitals an, einem kurzen Flügel, der sich Richtung Nordosten zwischen dem Curisten- und dem Pfründnerbau erstreckte. Von Wärterin Ruth wusste sie, dass man in diesem Gebäude im Erdgeschoss Irre früher tagelang angekettet hatte. Inzwischen gelingt es mir sogar, dachte sie, den einen oder anderen normalen Satz mit der Irrenwärterin zu wechseln, auch wenn mir Ruths grobe Art nach wie vor unangenehm ist.

Da hörte sie plötzlich die Stimme von Professor Rieger. »Ich möchte Ihnen heute gern von einem aktuellen Fall berichten.«

Wie angewurzelt blieb Henrike stehen. Professor Rieger las nicht in seinem Hörsaal am Schalksberg? Im nächsten Moment erinnerte sie sich daran, dass Jean-Pierre von baulichen Mängeln in der Klinik gesprochen und sie deshalb auch rasch aus dem Vorlesungssaal geführt hatte. Sie trat näher an die halb offene Tür. Wärme strömte ihr aus dem Hörsaal entgegen. Ob Jean-Pierre sich unter den Studenten befand?

Henrike lugte so vorsichtig in den Saal, als stünde sie hinter einer Rolltribüne. Sie lächelte in Erinnerung an die Erzählungen ihrer Großmutter von früher. Noch konnte sie Professor Rieger nur hören, nicht aber sehen.

»Ich möchte Ihnen im Folgenden beweisen, warum die Annahme, dass Kastration zu geistigen Schäden führt, reiner Aberglaube ist und daher ins Reich der Fabeln verwiesen werden muss«, dozierte er.

Henrike roch den Duft herber Parfüms. Was würde die eine oder andere Frau dazwischen schon schaden? Vorsichtig näherte sie sich der mindestens zwei Meter hohen Rückwand der hintersten Bankreihe. Die weiteren Stuhlreihen verliefen kontinuierlich abfallend bis zum Podium, auf dem der Professor stand.

Zuallererst versuchte sie, Jean-Pierre Roussel unter den Studenten auszumachen, konnte ihn aber nirgends entdecken. Dann war er wohl doch nach Paris zurückgekehrt und weit weg von ihr. Hatte er sein Studium doch aus Geldmangel oder wegen anderer dringender Angelegenheiten abbrechen müssen?

Henrike konzentrierte sich wieder auf Professor Rieger. Er trug auch heute seinen gestreiften Anzug, und zu ihrer Überraschung nickte er ihr kaum merkbar zu. Es war ihr unbegreiflich, dass ihr das alles hier verboten war, obwohl Professor Rieger ganz offensichtlich nichts gegen ihre Anwesenheit einzuwenden hatte.

»Für meine Argumentation reise ich zurück in das zwölfte Jahrhundert, in dem sich der große Theologe und Philosoph Peter Abaelard in die schöne Heloise verliebte, die eine Frau von außerordentlicher Geistes- und Herzensbildung war.« Professor Rieger lächelte seine Studenten an und sah dann zur obersten Bankreihe, hinter der Henrike halb verborgen stand, hinauf. »Dafür wurde er von Heloise' Onkel verstümmelt, oder sagen wir besser: schlecht kastriert.«

Henrike war von seinem Vortrag fasziniert. Immer wieder schlug der Professor den Bogen von der Psychiatrie zu großen Denkern und Dichtern. Er verstand es, seine Zuhörer zu fesseln, und er besaß offenbar die Größe, vor neugierigen Frauen keine Angst zu haben.

Kaum hatte sie diesen Gedanken zu Ende gebracht, wurde sie auch schon aus dem Saal gezerrt. Henrike konnte gar nicht so schnell reagieren, wie sie wieder draußen auf dem Flur stand. Der Pedell der Universität hielt sie fest am Arm gepackt. Neben dem Pedell standen der Rektor und eine Gruppe von steifen Männern, die sie noch nie gesehen hatte. Mit ihren zugeknöpften Gehröcken und bauschigen Bärten erinnerten sie Henrike an die altmodischen Ingenieurskollegen ihres Vaters.

Die Herren setzten sich ihre Zwicker auf die Nase, der Rektor ebenfalls, und begutachteten Henrike, ohne ein Wort zu sagen, von oben bis unten, als sei sie eine schlecht gearbeitete Skulptur.

»Lassen Sie mich los, Sie tun mir weh«, verlangte sie vom Pedell.

»Die ist irre und gehört auf den Schalksberg!«, wetterte einer der Männer so leidenschaftlich, dass ihm fast der Zwicker von der Nase fiel. »Zum Rieger gehört sie!«

Das stimmt!, dachte Henrike sofort. Aber aus einem völlig anderen Grund, als Sie meinen!

Erst als der Rektor mit einem Nicken sein Einverständnis gab, ließ der Pedell Henrikes Arm wieder los. »Bitte, Herr Pedell, führen Sie die werten Herren Ingenieure schon einmal in den Hörsaal voraus. Mit Professor Rieger ist abgesprochen, dass ich diesen während seiner Vorlesung das neue Beleuchtungssystem vorführen darf. Ich komme sofort nach.« Er sprach mit ruhiger und geduldiger Stimme, was Henrike darauf hoffen ließ, dass sie sich gleich wie zwei Erwachsene miteinander unterhalten würden.

Als der letzte der Herren im Hörsaal verschwunden war, schloss der Rektor die Tür und nahm seinen Zwicker wieder von der Nase. »Sie haben dort drinnen nichts verloren! Haben Sie unsere Absage nicht erhalten, Fräulein Hertz? Sie machen sich strafbar!« Er herrschte sie an, als sei sie ein kleines, dummes Mädchen.

Henrike war zunächst sprachlos. Ohne Vorlesungen, ohne mehr Wissen würde sie immer ein kleines, unwissendes Mädchen bleiben. Würden für immer alle Frauen kleine, unwissende Mädchen bleiben?

»Ich habe Ihr Schreiben erhalten«, entgegnete sie mit brüchiger Stimme. Es war ihre große Schwäche, dass ihr situationsbezogen auf die Schnelle meist keine schlagfertige Antwort einfiel. Vor allem dann nicht, wenn sie von irgendetwas, was ihr Gegenüber sagte, entsetzt oder schwer getroffen war und vorab keine passende Gegenrede hatte formulieren können. Aber ganz wortlos verließ sie das Schlachtfeld dennoch nicht. »Eine Absage nach acht Monaten«, sie machte bewusst eine Pause. »Immerhin. Wir Frauen hätten nicht so lang für einen Antwortbrief gebraucht.«

»Sie wagen es?« Der Rektor bebte vor Zorn. »Wenn jemand Sie noch einmal in einem Hörsaal des Spitals oder der Alma Julia sieht, erhalten Sie für immer Hausverbot!«, schrie er so laut, dass seine Worte durch die geöffneten Flurfenster hindurch auch im Innenhof des Spitals zu hören waren.

Eine Wärterin stoppte am Ende des Flures und machte sofort kehrt, als sie den Rektor sah. Dessen großporiges Gesicht war inzwischen dunkelrot angelaufen.

Henrike fiel zum Glück der Ratschlag ihrer Großmutter wieder ein. Sie suchte nach einem sachlichen Argument, mit dem sie den cholerischen Rektor zumindest wieder ein wenig beruhigen könnte. Doch da ihr erneut nicht die richtigen Worte in den Sinn kamen, entschied sie sich dazu, zu gehen. Sie wollte sich nicht länger erniedrigen lassen. »Auf Wiedersehen, Herr Professor Pauselius«, sagte sie deshalb nur und schritt davon.

Keiner anderen Frau soll es mehr so ergehen wie mir gerade, dachte Henrike entschlossen, während sie auf das Torgebäude des Spitals zueilte. Dafür wollte sie kämpfen, daran gab es spätestens jetzt keinen Zweifel mehr. Am liebsten hätte sie sofort mit der Arbeit für die Frauenbewegung begonnen, so wütend war sie noch immer.

»Henrike, warten Sie!«, rief da jemand, als sie im Innenhof angelangt war.

Anna Gertlein kam ihr nachgelaufen. »Wir haben uns in den letzten Wochen selten gesehen. Wie geht es Ihnen?«, erkundigte sich die Wärterin und rückte ihre Haube auf dem Kopf zurecht.

Henrike kramte in ihrer Tasche nach ihrem Billett. »Mir geht es gut«, antwortete sie im Gehen.

»Sie wirken durcheinander.« Wärterin Anna zeigte auf Henrikes Hände. »Sie zittern ja!«

»Ach, es ist nur …« Henrike war noch immer durcheinander vom Zusammenstoß mit Rektor Pauselius. Zur Sicherheit strich sie über ihre Rocktasche. Zum Glück waren die *Deutsche Frauen-Zeitung* und das Flugblatt noch da. Die Gegner der Frauen haben ihre Augen überall, davor hatte ihre Großmutter sie gewarnt. Ob Henrike Wärterin Anna vertrauen konnte?

Anna Gertlein entschied diese Frage für sie. »Ich möchte Ihnen etwas zeigen«, sagte sie leiser und schaute sich um, ob jemand in der Nähe war.

»Ich muss nach Hause!«, entgegnete Henrike. Noch heute wollte sie intensiver darüber nachdenken, wie sie den Kampf für Bayerns Frauen anpacken könnte.

Doch Anna Gertlein zog Henrike einfach mit sich. Auf ihrem Weg schaute sie sich ständig um, so als seien sie auf der Flucht oder würden etwas Verbotenes tun.

Anna Gertlein führte sie in den Pfründnerbau, wo sie unzählige Stufen erklommen, bis sie im Dachgeschoss ankamen. Nirgends brannte Licht, und Fenster gab es auch keine.

Die Wärterin von der Magenstation stoppte vor einer alten Tür. Ihre grauen Augen fixierten Henrike. »Sagen Sie nie jemandem, dass Sie hier oben waren, versprochen?«

Henrike nickte. Vermutlich würde sie nicht einmal wieder hierherfinden. Aber eigentlich wollte sie nach Hause, um über ihre nächsten Schritte nachzudenken.

Erneut schaute Anna Gertlein sich um. Als niemand zu sehen und zu hören war, klopfte sie in einem besonderen Rhythmus an die Tür. Einmal kurz, dann lang und noch zweimal kurz. Da, daaa, da, da!

Die Tür wurde einen Spalt weit geöffnet, ein schwacher Lichtschein traf Henrike. Anna schlüpfte in den Raum hinein und zog Henrike mit sich. Die Tür wurde sofort wieder verriegelt.

»Was riecht hier denn so schrecklich?« Der Geruch im Raum erinnerte Henrike an den eines toten Tiers.

Anna Gertlein zeigte auf eine irdene Schale, aus der ein brennender Docht herausragte. Es war die einzige, spärliche Lichtquelle im Raum. »Irgendwann riecht man das Unschlitt nicht mehr. Es stinkt zwar, ist aber das billigste Licht.«

Henrike schaute sich im Halbdunkel um. Da waren einige Wäscheleinen vor den Wänden, und an einem Nagel baumelte eine Wärterinnenhaube. Das verrußte, schwarze Viereck darüber könnte einmal eine Dachluke gewesen sein. »Wo sind wir hier?« Seltsamerweise roch sie neben totem Tier und Staub auch noch einen Hauch von getrockneten Kräutern.

»Hier sind wir vor der Oberwärterin sicher«, sagte da die Person, die ihnen auch die Tür geöffnet haben musste. Das Unschlittlicht hatte geflackert, als ihre Stimme erklungen war. Die junge Frau saß auf einem Stuhl und drehte sich ihnen nun zu. Ihre tief in den Höhlen liegenden Augen und die Schatten auf ihrem Gesicht verliehen ihr ein gespenstisches Aussehen. Wie Anna Gertlein trug sie ein Wärterinnenkleid und eine Schürze darüber.

»Das ist Frieda Schober von der Chirurgie«, stellte Anna Gertlein die gespenstische Frau vor.

Henrike erschien Professor Schönborn vor dem inneren Auge, der Leiter der Chirurgischen Klinik, und sie überlegte, ob er ihren Antrag wohl befürwortet oder abgelehnt hatte.

»Und wer bist du? Siehst a weng fertich aus.« Frieda Schober lehnte sich zurück und schlug ihre Beine lässig übereinander. Dabei rutschten ihr die Schürze samt Kleid bis knapp unters Knie.

»Henrike«, stellte sie sich vor. »Ich bin Reservewärterin in der Irrenabteilung von Professor Rieger.« Sie hatte noch nie eine Frau so ungeniert ihre Beine zeigen sehen.

»Heilige Mutter Maria«, sagte die gespenstische Frieda und machte keine Anstalten, ihre nackten Unterschenkel zu bedecken. »Dafür mei Respekt!«

»Sie braucht eine Stärkung«, sagte Wärterin Anna zu ihrer Kollegin und holte hinter einem alten Sessel eine Flasche hervor.

»Setzen Sie sich, Henrike«, bat Anna Gertlein höflich wie sonst selten und deutete auf den Sessel.

Henrike kam etwas zu elegant auf dem Sitzmöbel auf, das vermutlich schon seit fünfzig Jahren durchgesessen war. Sie schaute sich weiter um. Kleine Tonnen und Gefäße lagen überall achtlos herum. »Wo sind wir hier?« Und zum ersten Mal fragte sie sich, warum Anna eigentlich keinen fränkischen Dialekt sprach. Anscheinend stammte sie nicht aus der Gegend.

Anna Gertlein füllte eine gelbliche Flüssigkeit in zwei Becher, während sie antwortete: »Das war früher der Kräuterboden der Spitalsapotheke. Heute kümmert sich niemand mehr um diesen Raum.«

Wärterin Frieda schnippte ein Insekt von ihrem Knie. »Einiche von uns Wärterinne komme gelegentlich her, um Ruhe vor der Oberwärterin zu habe. Hier versteckt Anna auch ihren Stärkungstrunk.«

Henrike fragte sich, ob der Kräuterboden noch in Benutzung gewesen war, als ihre Großmutter angefangen hatte, in der Apotheke zu arbeiten. Und ob gerade auch an ihr Insekten hinaufkrabbelten.

Anna Gertlein reichte ihr einen der Becher. »Das ist ein alkoholfreies Kräuterelixier gegen Schwäche. Ein Rezept meiner Urgroßmutter. Es hilft auch gegen Aufregung und …«

Henrike hatte schon nach dem Becher gegriffen, als Anna Gertlein noch nicht einmal zu Ende gesprochen hatte. »… so, wie Sie vorhin an mir vorbeigerauscht sind, konnte das nichts Gutes bedeuten.« Nach diesen Worten trank sie.

Anna Gertlein kippt das Kräuterzeug runter wie mein Vater seinen sonntäglichen Verdauungsschnaps, dachte Henrike, nämlich mit einem einzigen Schluck und mit zusammengekniffenen Augen.

Henrike trank langsamer. Der Trank schmeckte so bitter, dass sie automatisch eine Grimasse zog.

Anna Gertlein setzte sich auf die rechte Lehne von Henrikes Sessel. »Ich hasse gehässige Menschen, die einen von oben herab behandeln! Rektor Pauselius ist ein Untier!«

Es tat Henrike gut, dass Wärterin Anna sich offensichtlich um ihr Wohlergehen sorgte und dass sie den Rektor auch nicht mochte. »Der Rektor hat mich aus der Vorlesung von Professor Rieger zerren lassen.« Henrike hatte Mühe, den erneut in ihr aufsteigenden Zorn zu zügeln. »Nur weil ich eine Frau bin.« Einem männlichen Studenten wäre das bestimmt nicht passiert. Es war zum Haareraufen!

Die gespenstische Frieda erhob sich. »Willkomme in der Welt der Wärterinne!« Sie schüttelte der irritierten Henrike die Hand wie einer Puppe.

Aber die verstand immerhin, dass sie nicht die Einzige war, die kämpfte. Auch wenn Wärterin Frieda seltsam und Anna Gertlein so launisch wie das Aprilwetter war, mochte sie die beiden. Vielleicht, weil sie mehr vom echten Leben wussten als viele andere. Sie stellten ihr einige Fragen, erzählten ihr von ihrem Alltag, und kaum eine halbe Stunde, nachdem Henrike den Kräuterboden betreten hatte, offenbarte sie ihnen ihren Antrag beim Ministerium und berichtete ihnen auch von der Absage. Es tat ihr gut, darüber reden zu können. Vor Fremden war es sogar einfacher.

»Aber warum tust des alles?« Frieda füllte sich nun ebenfalls einen Becher mit Kräuterelixier, dann betrachtete sie die Zeitung, die Henrike als Erklärung aus ihrer Rocktasche geholt hatte. »Gegen solche wie Pauselius komme ned a mal die Ärzt an. Bei dem Rektor vergeht sogar dem alten Kölliker des Grinse. Und das will schon was heiß.« Frieda presste sich einen unsichtbaren Zwicker auf die Nase und schaute streng, sodass jeder wusste, wenn sie nachäffte.

»Ich hatte gar keine andere Wahl«, gestand Henrike und senkte nachdenklich den Blick auf die *Deutsche Frauen-Zeitung*. »Ich will Ärztin werden, genau genommen: eine Ärztin mit Herz. Die Kranken sind monatelang in der Irrenabteilung eingesperrt, ohne ihre Familie. Ich will therapieren lernen, damit sie schneller nach Hause zurückkönnen.«

»Mit Herz«, wiederholte Anna Gertlein. Ihre Stimme klang verträumt, fast zart, aber gleich darauf sprach sie auch schon wieder so ernst und nüchtern wie gewohnt. »Wir brauchen weibliche Ärzte. Manchmal können nur Frauen Frauen verstehen. Ich könnte einige Beispiele nennen, wo Frauen als Ärzte hilfreicher wären als Männer.« Zum ersten Mal lächelte Anna Gertlein Henrike offen an.

»Würden Sie mir von diesen Beispielen erzählen, Anna?«, bat Henrike. Das könnte einer der Artikel in der neuen Frauen-Zeitung werden, ihrer Frauen-Zeitung.

Anna Gertlein nickte vorsichtig, als Wärterin Frieda noch meinte: »Du musst verrückt sei, so viel zu riskiere!« Mit ihren tief liegenden Augen fixiert sie Henrikes vornehme Kleidung von der Halsrüsche bis zum Rocksaum.

Henrike bekam eine Gänsehaut davon.

»Ich sehe das anders«, sagte Anna Gertlein, und ihre grauen Augen flackerten dabei wie das Unschlittlicht auf dem Boden. »Sie hat einen Traum, und ich finde, jeder sollte einen haben. Wovon träumst du, Frieda?«

Als erste Antwort kippte Frieda den Inhalt ihres Bechers mit einem einzigen Schluck hinter. »I und träumen?«, sagte sie dann und lehnte sich im Stuhl zurück. »Bist verrückt?«

»Und wovon träumen Sie, Anna?«, fragte Henrike.

»Davon, dass ich eines Tages eine Pflegeschule für Wartpersonal gründen darf«, antwortete Anna zurückhaltend.

»Träume nicht dein Leben, sondern lebe deine Träume«, sagte Henrike vor sich hin. Sie war berührt von Annas Wunsch. Ihnen beiden war daran gelegen, dass es den Patienten des Spitals besser ging. Das verband sie.

»Träume sind fei eh nur Schäume!« Wärterin Frieda kam vom Stuhl hoch und setzte sich die am Nagel hängende Wärterinnenhaube auf. Dann verließ sie den Kräuterboden.

»Das heißt, Sie werden wirklich nicht klein beigeben und die Absage hinnehmen?«, fragte Anna Gertlein, nachdem beide eine Weile geschwiegen hatten.

»Ich finde es eine Unverschämtheit, dass sie uns Frauen in Bayern nicht mal Vorlesungen hören lassen«, antwortete Henrike. Für sie gab es keine Zukunft ohne die Medizin, ohne das Wissen aus Professor Riegers Vorlesungen. Sie schaute sich im ehemaligen Kräuterlager um. An diesem seltsamen Ort und in diesem staubigen Sessel spürte sie, dass ihre Großmutter an ihrer Seite war wie ein Schutzschild.

Henrikes Blick blieb an dem stinkenden Unschlittlicht hängen. »Es gibt nur einen Namen, der zu der Frauen-Zeitung passt, die ich ins Leben zu rufen gedenke: LOUISE.« Die Zeitschrift sollte jene Ausstrahlungskraft besitzen, die ihre Großmutter an Louise Otto-Peters so sehr bewundert hatte. Henrike würde die Zeitung anonym herausgeben, sie musste für Hunderte von Frauen erscheinen. Die Artikel der LOUISE sollten Frauen davon überzeugen, für ihr Recht auf Bildung einzutreten.

»Wie Ihre Großmutter«, hörte sie Anna Gertlein beeindruckt sagen.

16
November 1898

Es war noch früh am Morgen, als Viviana vom Pfeifen des Windes erwachte und sofort auf der anderen Bettseite nach Richard griff. Seit Wochen hätte sie ihn am liebsten jeden Tag ohne Unterbrechung neben sich gehabt, um ihn festzuhalten, damit der Tod ihn nicht so schnell zu fassen bekam.

»Alles wird gut«, hatte Richard ihr gestern Abend ins Ohr geflüstert, aber Viviana wusste es besser. In den zurückliegenden Jahrzehnten hatte sie Dutzende von Krebspatienten sterben sehen.

Stöhnend wälzte Richard sich von einer Seite auf die andere. Sein Zustand brach ihr das Herz. In den vergangenen Monaten waren zu seinen Schmerzen beim Urinieren noch Knochenschmerzen hinzugekommen, auch verlor er zunehmend an Gewicht und litt an erhöhter Herzfrequenz. Immer öfter beschrieb er ihr innere Unruhezustände gepaart mit Erschöpfung. Nach mehreren Versuchen hatte Viviana es aufgegeben, ihn vom Arbeiten abhalten zu wollen. Vielleicht war dies ja seine einzige Möglichkeit, um sich von seiner Krankheit abzulenken.

Viviana stieg aus dem Bett und trat vor die Frisierkommode. Zärtlich strich sie mit den Fingern über das Gesicht des jungen Richards auf ihrem Hochzeitsbild. Schon seit Wochen hatte er nicht mehr so verschmitzt geschaut wie auf der Fotografie. Nach einem sehnsüchtigen Blick auf ihren schlafenden Ehemann verließ sie das Schlafzimmer und ging hinunter in das Damenkabinett. Es war mucksmäuschenstill im Haus, das einzige Geräusch war das Knarzen der Treppenstufen, wenn sie auf sie trat.

Im Damenkabinett schloss sie die Tür hinter sich und entzündete zwei Kerzen. Weil ihr Schreibtisch wegen der vielen neuen Apparate nicht mehr im Raum stand, musste die schmale freie Stelle im Bücherregal neben der Tür als Untersuchungstisch für ihre kranke Hand herhalten. Mit der rechten Hand beleuchtete sie ihre linke, die am zweiundvierzigsten Tag ihres Experiments weiterhin genas. Die Hand war zwar noch steif, aber die Schwellung und die Brandblasen waren zurückgegangen, sie schmerzte kaum noch. In einem Monat würde man vermutlich nichts mehr sehen. Ihre Versuche waren also ein voller Erfolg! Sie verliefen genauso, wie sie von den Ärzten, die sich mit den Heilungsfähigkeiten der Röntgen-Strahlen beschäftigten, beschrieben wurden. Die Heilkraft der Strahlen, die sich Viviana auch für die Behandlung Richards zunutze machen wollte, war an einem kleinen Mädchen entdeckt worden. Viviana hatte davon in einem der Röntgen-Journale gelesen, die seit der Umwidmung des Damenkabinetts in ihr privates Strahlenzimmer in einer Ecke des großen Salons lagen.

Die Patientin, die Vivianas Aufmerksamkeit beim Lesen des Journals auf sich gezogen hatte, war von einem auf Rücken und Hals verlaufenden, tierfellartig behaarten Muttermal entstellt gewesen. Zur Heilung war sie zehn Tage lang täglich zwei Stunden bestrahlt worden. Recht bald fielen ihr daraufhin tatsächlich die Haare aus, und das große Muttermal schien sich in Luft aufzulösen. Seit dieser Beobachtung beschäftigten sich Wissenschaftler weltweit mit der Entfernung von bösartigem Tumorgewebe. Und mit dem Physiker Lenard, der seine öffentliche Kampagne in der »Affäre Röntgen« in diesen Wochen ausweitete. Alle großen Zeitungen in Frankfurt, München, London und Breslau berichteten inzwischen wieder über Lenards Vorwürfe und vom angeblichen Raub seiner Entdeckung. Er verlangte, dass die Röntgen-Strahlen in Hochfrequenzstrahlen umbenannt werden sollten.

Viviana wendete ihre Hand und untersuchte jeden Zentimeter Haut im Kerzenlicht, auch im Handinneren schritt die Heilung der Strahlenschäden voran. Seit dem Tag, an dem Richard seine Diagnose erhielt, hatte sie kaum mehr über etwas anderes nachdenken können als darüber, wie sie ihrem Ehemann helfen könnte. Zuletzt häuften sich Berichte von Krebsbehandlungen, laut denen sich bösartige Geschwülste nach täglicher Bestrahlung erheblich verkleinert und Patienten sogar weniger Schmerzen empfunden hatten. Damit besaßen die Röntgen-Strahlen nicht nur eine heilende, sondern auch eine betäubende Wirkung bei Krebserkrankungen. Die Strahlen von Professor Röntgen waren ihre letzte Hoffnung.

Viviana wollte das Leben ihres Mannes nicht vom Juliusspital und den Physiklaboren der Stadt abhängig machen. Deren Strahlenzimmer waren auf Wochen im Voraus ausgebucht. Und tägliche Bestrahlungen wurden sowieso – wenn überhaupt – nur zu wissenschaftlichen Zwecken durchgeführt. Deswegen hatte sie im Palais an ihrer eigenen Hand erprobt, wie bestimmte Strahlendosen wirkten und welcher Körperabstand von der Ionenröhre vertretbar war. Während der zurückliegenden sechs Wochen war sie deswegen jeden Morgen um vier Uhr aufgestanden und hatte sich im Damenkabinett bestrahlt, die Wirkung beobachtet, notiert und optimiert.

Lange und ungeduldig hatte sie den heutigen Tag, es war der zweiundvierzigste Tag ihrer Bestrahlung, erwartet. Es war der letzte Tag ihrer sechswöchigen Versuchsreihe. Ihr Blick glitt über den Apparateaufbau, dem der Schreibtisch im Damenkabinett hatte weichen müssen. Funkeninduktor, Stromunterbrecher und Ionenröhre waren durch Starkstromkabel miteinander verbunden. Die Ionenröhre war häufig die Schwachstelle der gesamten Apparatur, weil deren Gasinhalt schwankte und damit auch die Härte der Strahlung. Viviana war es gelungen, ein Modell zu besorgen, das dieses Problem nicht mehr aufwies. Sie hatte das Dreifache des üblichen Preises dafür bezahlt, damit sie mit der gefragten Röhre noch vor den Spitälern und Laboren beliefert wurde. Vor sechs Wochen dann hatte die Ionenröhre das erste Mal ihr fluoreszierendes Licht und die Röntgen-Strahlung durch das Palais geschickt.

Seitdem hatte Viviana ihre linke Hand täglich bestrahlt, bei variierender Expositionszeit und mit unterschiedlichen Abständen zwischen Ionenröhre und Hand. Erst vierzehn Tage nach der ersten Bestrahlung war ihre Haut an der linken Hand wie nach einem Sonnenbrand gerötet gewesen. Nach den weiteren Bestrahlungen war ein brennendes Gefühl dazugekommen, ihre Hand war steif und äußerst schmerzempfindlich geworden. Sämtliche kleinen Härchen auf dem

Handrücken waren ihr ausgefallen und die Fingernägel nicht weitergewachsen. Die empfohlenen Essigwaschungen hatten die Rötungen nicht gemildert, zum Schluss hatten zwei großen Brandblasen ihre Hand aufgebläht wie einen Ballon.

Nach vier Wochen Bestrahlung war ihre Hand so unansehnlich und unbeweglich gewesen, dass sie Handschuhe hatte tragen müssen, damit ihr keine unangenehmen Fragen gestellt wurden. Zum Glück lief der Herbst auf den Winter zu, da fielen Handschuhe nicht weiter auf. Im Alltag waren sie inzwischen aus der Mode. Ihre Verbrennungen waren erst zurückgegangen, nachdem sie die Hand nicht mehr bestrahlt hatte. Ganz eindeutig verursachte die tägliche Bestrahlung Hautverbrennungen, dessen war sie sich bewusst. Im Tausch für ein längeres Leben ist es das mehr als wert, war sie überzeugt. Richard wusste von dieser Nebenwirkung.

Viviana hatte am eigenen Leib herausgefunden, dass es eine Grenze der Bestrahlung gab, die Expositionszeit und Härte der Strahlung betreffend, die man nicht überschreiten durfte. Jeder Apparaturaufbau besaß diesbezüglich sein eigenes Optimum, das von der Auswahl an Röhren, Induktoren und Stromunterbrechern abhing. Der Umgang mit den heilenden Strahlen war eine Gratwanderung, die sie bisher gut überstanden hatte. Ihre linke, noch steife Hand war der Beweis für ihren Erfolg. Wichtig war, nach einer Bestrahlungsperiode einige Wochen auszusetzen und das bestrahlte Körperteil zu schonen, bevor es erneut bestrahlt wurde.

Viviana ging ins Schlafzimmer zurück. Richard lag im Bett auf der Seite, sein Arm ragte in ihre Betthälfte hinein. Früher hatte es ihr Frieden gegeben, auf seine Atemgeräusche zu lauschen und ihn zu betrachten, während er schlief. Doch seit der Diagnose schmerzte sie sein Anblick. Für sie war Richard immer unverwundbar gewesen. Die Vorstellung von der Endlichkeit ihres Zusammenseins brachte sie fast um den Verstand. Die Endlichkeit des Lebens geliebter Menschen war genauso unvorstellbar wie die Unendlichkeit des Weltraumes. Jedes Mal, wenn sie daran dachte, hätte sie am liebsten laut geschrien vor Angst und Schmerz.

Sie legte sich wieder neben Richard. Er schwitzte, und seine Lider flatterten unruhig. Sogar noch beim Schlafen wirkte er verkrampft, was früher nie der Fall gewesen war. Am vorangegangenen Abend hatte er sich vor Schmerzen in der Wirbelsäule kaum bewegen können. Richard öffnete die Augen.

»Es ist so weit«, flüsterte sie und lächelte ihn aufmunternd an. Ihre jahrelange Erfahrung als Ärztin sagte ihr, dass sie den nächsten Satz besser nicht aussprechen sollte, aber sie konnte einfach nicht anders: »Ich werde dich heilen, Liebster.«

Sie zog Richards abgemagerte Hand an ihre Brust. Die vielen Schmerzen hatten ihm den Hunger geraubt, er war abgemagert.

So behutsam, als wäre sie die Kranke, streichelte Richard ihre steife linke Hand. Kurz darauf folgte sein prüfender, diagnostischer Blick darauf.

»Sie ist gut abgeheilt«, beeilte sie sich zu sagen.

»Du bist verrückt, das zu tun. Für mich, den steifen, alten Doktor Grimmig.«

Sie lachten beide auf eine neue, melancholische Art über seinen Scherz. Er küsste die Fingerspitzen ihrer linken Hand. Viviana wusste, welche Kraft es ihn kostete, seinen Bewegungsschmerz dabei zu verbergen.

»Früher bist du wirklich grimmig gewesen«, rechtfertigte sie sich gespielt erbost. Vermutlich zum einhundertsten Mal erzählte sie ihm nun, wie sie das Gespräch in der »Neuen Anatomie« des Juliusspitals erlebt hatte. Damals hatte er ihr die verschiedenen Seziermesser und einen langen Sektionsschnitt gezeigt. Ein normaler Mann hätte das Herz seiner Lieblingsdame mit Blumensträußen oder funkelnden Geschenken zu gewinnen versucht. Aber Richard war anders gewesen. Er hatte ihre Aufmerksamkeit dadurch erregt, dass er sie an seinem medizinischen Wissen teilhaben ließ. Damals hatte sie noch bei Magda Vogelhuber im Pleicher Viertel gewohnt.

Vivianas Gedanken sprangen zu der Kiste auf dem Dachboden, in der sie die Erinnerungsstücke aus ihrer Pleicher Zeit aufbewahrte. Die braune Hose und die Anzugjacke in der Kiste hatte Viviana vor

Jahrzehnten als Verkleidung getragen. Sie hatten einst Magdas Ehemann gehört. Richard hatte sie darin erkannt, aber nicht verraten. Wie bedenkenlos ich meinen Weg damals verfolgt habe, dachte sie wehmütig. Genauso wie Henrike heute. Viviana hatte ihrer Enkelin zuletzt eine Ausgabe der *Deutschen Frauen-Zeitung* und ihr Flugblatt vom Dorotheen-Spektakel geschenkt. Sie hatte Henrike einfach nicht sich selbst überlassen können, ohne erfahrenen Rat. Ein Mädchen mit diesem überbordenden Temperament? Von jeher war eine vom Wissen ferngehaltene Frau für Viviana ein kaum zu ertragender Anblick gewesen. Wenn sie dann auch noch der eigenen Familie entstammte ...

Es bewegte Viviana, wie ähnlich Henrike ihr in ihren jungen Jahren war, vielleicht sogar noch etwas stürmischer, hoffnungslos traumsüchtig und blind für Gefahren. Aber jede Ähnlichkeit und hoffnungsvolle Zukunftsaussicht war für Viviana nur halb so viel wert, wenn sie diese nicht mehr mit Richard teilen konnte. Niemand außer ihr wusste von seiner Krankheit. Sie wollte wieder enger mit Ella sein, aber gerade brauchte sie all ihre Kraft für Richard. Sie selbst war so gesund, wie eine fünfundsechzigjährige Frau es nur sein konnte.

»Komm, mein grimmiger Liebster!« Vorsichtig zog sie Richard aus dem Bett. Er bewegte sich wie ein Hundertjähriger.

Erneut blieb Vivianas Blick am Hochzeitsfoto auf der Frisierkommode hängen. Hand in Hand gingen sie in die erste Etage hinab. Viviana führte Richard in das Damenkabinett und dort vor den Leuchtschirm. Dann zog sie die schweren Vorhänge vor den Fenstern zu. Sie wollte nicht, dass die Lichtblitze draußen gesehen wurden und die Röntgen-Willigen danach auch vor dem Palais Schlange stehen würden. Sie kam so schon kaum mit ihrer Zeit aus.

Sie stellte die Ionenröhre am Stativ auf die genaue Höhe von Richards Tumorlage ein. Dann küsste sie ihn lange und innig, und er hielt sie ganz fest. Viviana löste sich erst von ihm, als sie fast keine Luft mehr bekam. Sie entblößte sein Becken und rieb die zu bestrahlenden Hautstellen mit Vaseline ein. Das schützte zumindest etwas gegen die Verbrennungen und Austrocknungen.

»Wir beginnen die tägliche Bestrahlung mit zwanzig Minuten Expositionszeit. Drei Wochen lang.« Sie bewegte die Ionenröhre noch etwas von Richard weg. Je näher die Röhre am Patienten war, desto schärfer wurde zwar das Röntgenbild, aber desto schneller führte die Strahlung auch zu Verbrennungen. Für die Behandlung brauchten sie keine Fotografie, deswegen war deren Schärfe auch nicht wichtig. Wichtig war einzig, dass Richard sich den Strahlen aussetzte. »Fünfzehn Zentimeter sollte der Abstand schon betragen, zur Sicherheit.« Sie maß es nach.

»Du warst von jeher meine Lebensretterin.« Mit sehnsüchtigem Blick schaute er sie an. »Du hast mein Leben erst lebenswert gemacht.«

Er wollte zu ihr, aber Viviana bat ihn, sich zwischen Schirm und Röhre nicht fortzubewegen. Sie wollte nun keine Minute länger zögern, um die bösen Zellen aus seinem Körper zu strahlen. Sie legte die rechte Hand an den Hebel des Funkeninduktors. Am liebsten hätte sie mit der steifen Linken Richards Hand gehalten. »Ich gebe dich nicht so schnell her, Richard Staupitz«, sagte sie und legte den Hebel um.

Der Funkeninduktor ratterte. Keinen Atemzug später floss Strom, und die Ionenröhre begann ihr schaurig schönes Leuchtspiel. Im gelbgrünen Fluoreszenzlicht sprach Viviana ein Gebet an die Herzogin des Frankenlandes, an die heilige Maria. Einmal mehr bat sie darum, dass Richard wieder gesund wurde. Viviana hatte gelesen, dass die Strahlen auf Tuberkulosebakterien und Diphteriebazillen gewirkt hätten, und in Chicago hatte ein blinder Knabe nach Bestrahlungen angeblich sogar wieder sehen können. Das waren alles viel größere Wunder, als ihren Richard von den bösen Geschwüren an seiner Prostata und Wirbelsäule zu befreien. Es musste einfach gelingen!

17
Februar 1899

Da, daaa, da, da. Henrike klopfte an die Tür auf dem Dachboden und wurde eingelassen. Inzwischen stieg sie öfters vor Dienstantritt zu dem ehemaligen Kräuterboden hinauf. Sie las dann in der *Deutschen Frauen-Zeitung* oder in einem ihrer Psychiatrie-Bücher, die sie mittlerweileauf dem Boden lagerte und deswegen nicht mehr zu Hause verstecken musste. Sie mochte den Ort, obwohl er düster und staubig war und immer noch nach totem Tier roch. Hier hatte ihre Großmutter oftmals Kräuter aufgehängt, nachdem sie ihre Arbeit in der Spitalsapotheke begonnen hatte, wie Henrike jüngst von Viviana erfahren hatte.

Sie schob die verrußte Dachluke auf und blickte über das Spital. Krähen flogen krächzend über den Innenhof, sie erinnerten sie an Aasgeier. Und so manches Mal, wenn sie an der Luke stand, stellte sie sich auch vor, wie ihre Großmutter einst dort unten an der Seite von Professor von Marcus über den Innenhof des Spitals gegangen war und Diagnosen mit ihm besprochen hatte.

Die Menschen im Juliusspital bildeten eine ganz eigentümliche Gemeinschaft. Inzwischen kannte Henrike nicht nur die Wärterin Frieda aus der Chirurgie, sondern auch Hertha von der Station der Hautkranken, Michaela aus dem Seuchenhaus und die hinkende Ottilie, die alle nur Tilly nannten. Tilly versah ihren Dienst in der Frauenklinik. Die Wärterinnen waren sehr gefrustet wegen der hohen Arbeitslast, die auf ihren Schultern ruhte, und wegen so manch einer Kollegin, die weder schreiben noch lesen konnte und auch sonst keinerlei Eignung für den Pflegeberuf besaß, weshalb sie weder Mitgefühl noch Geduld für die Kranken aufbrachte.

Aus Tillys und Michaelas Erzählungen wusste Henrike, dass die meisten Wärterinnen bis zur Erschöpfung arbeiteten. Der normale Dienst begann um fünf Uhr in der Früh und endete, wenn der letzte Kranke für die Nachtruhe im Bett lag. Das Arbeitspensum war kaum zu schaffen, und oft fehlte das notwendige Wissen über Wundpflege, Infektionsschutz und über Krankheitsbilder, um die Patienten angemessen versorgen zu können. Jede Frau konnte Wärterin werden. Jede, die keine besser bezahlte Arbeit fand, bemängelte Anna immer wieder. Viele Stunden sprachen die Wärterinnen über diesen Missstand. Nur wenige andere Themen schafften es darüber hinaus in den Kräuterboden hinauf. Eine dieser Ausnahmen bildete die »Affäre Röntgen«.

Henrike schloss die Dachluke und setzte sich wieder in den Sessel mit den breiten Armlehnen, während Michaela darüber schimpfte, dass Professor Röntgen sich nicht verteidigte und damit auch nicht öffentlich für seine Entdeckung und für Würzburg eintrat. Tilly setzte dem entgegen, dass es edler sei, nicht auf die Angriffe dieses Lenard zu reagieren. Frieda fand den »ganzen Zirkus« einfach nur nervig.

Henrike enthielt sich der Diskussion, denn ihr neues Manuskript war noch interessanter. Auf dem Deckblatt stand: Die Kastration in rechtlicher, sozialer und vitaler Hinsicht betrachtet von Dr. Konrad Rieger, Professor der Psychiatrie in Würzburg. Sie hatte es in ihrem Fach in der Irrenabteilung in ein Tuch eingewickelt gefunden, in dem normalerweise nur ihre Wärterinnenkleidung lag. Über dem Titel stand handschriftlich geschrieben: »Für Fräulein Henrike«.

Danke, Jean-Pierre, dachte sie und nahm sich vor, ihn auf einen Spaziergang einzuladen, auch wenn er sie dann wieder frieren ließe. Sie presste das Manuskript wie einen Schatz an die Brust. Er war also wieder hier und entweder zu neuem Geld gekommen oder hatte die Angelegenheiten, die er in Paris nach dem Tod seiner Mutter noch hatte erledigen müssen, nun geklärt. Endlich würde sie ihn wiedersehen. Auf jeden Fall musste er neulich doch im Hörsaal bei Professor Riegers Vorlesung gewesen sein und sie bemerkt haben, bevor der Pedell sie vor den Rektor geschleift hatte. Anders konnte sie sich dieses Geschenk jedenfalls nicht erklären, denn das Manuskript behandelte exakt jenen Vorlesungsstoff, den sie nicht hatte bis zu Ende hören dürfen. Obwohl der Eklat vor dem Hörsaal nunmehr schon Monate zurücklag, hatte Henrike ihn keineswegs vergessen. Genauso wenig wie Anna Gertleins Bemühungen, sie nach dem Vorfall zu trösten. Wenn man die Wärterin aus dem Grombühl näher kennenlernte, war sie ein ganz ausgefuchstes, aber vor allem nettes Mädchen. Eines mit Träumen, mit viel Mitgefühl und nicht nur Aprillaunen. Anna Gertlein war zwar nicht so nahbar wie Isabella und sah schon gar nicht so rosig und frisch aus wie diese. Wenn eine Farbe zu Anna passte, dann war es Grau. Mit Anna konnte Henrike auch nicht von Reisen in fremde Länder träumen und über junge Männer kichern, aber dafür war die Wärterin von der Magenstation verlässlich, und sie hatte das besondere Talent, aus wenig viel zu machen. Und sie träumte groß.

»Es gibt da diesen kleinen Raum, der noch zu meinem Zimmer gehört«, eröffnete Anna Gertlein Henrike auf dem Kräuterboden, nachdem die anderen gegangen waren. »Ich nutze ihn kaum. Er befindet sich im Hinterhof des Hauses. Wenn ich mich nicht irre, braucht eine Zeitung doch so etwas wie einen Redaktionsraum, auch wenn alles streng geheim ist.« Anna Gertlein sprach über eine Zeitungsredaktion, obwohl sie noch nie eine Zeitung gelesen hatte.

»Du hast recht, Anna, und es ist sehr nett von dir, dass du dir über meine Träume den Kopf zerbrichst. Ich darf doch ›du‹ sagen?«, fragte Henrike.

Anna nickte überrascht.

Über ein Redaktionsbüro hatte Henrike bislang noch keine Sekunde nachgedacht. Zu viele andere Dinge waren ihr seit dem Entschluss, LOUISE herauszugeben, durch den Kopf gegangen und hatten sie glücklicherweise von ihrer geheimen Sehnsucht nach Jean-Pierre abgelenkt.

Henrike hatte versucht, sich auf die Themen der Artikel zu konzentrieren, und überlegt, wo die Zeitung gedruckt werden könnte. Als Herausgeberin musste ihre Identität unbedingt geheim bleiben. Sie wagte nicht einmal daran zu denken, was es für die Stellung ihres Vaters bei der Eisenbahn bedeuten könnte, würde sie als die Urheberin eines politischen Aufruhrs entlarvt werden und ihr gesetzlich verbotenes Handeln auch auf ihre Familie zurückfallen. Die Zeitung musste gewissenhaft geplant und durchdacht werden.

»Ein Redaktionsbüro ist eine gute Idee«, würdigte sie Annas Vorschlag. Im ärmlichen Grombühl würde niemand das Büro einer bürgerlichen Frauen-Zeitung vermuten. Henrike war begeistert. »Wann darf ich den Raum sehen?«

Sie vereinbarten einen Tag in der Folgewoche, an dem ihr Vater zum Generaldirektor nach München reiste, drei Wochen vor Weihnachten. Dann musste sie ihn schon einmal nicht belügen.

»Vielen Dank, Anna.« Gedanklich war Henrike jedoch schon weiter. Nach der ersten Ausgabe wollte sie sich mit der LOUISE in die Frauenbewegung einklinken und neue Mitstreiterinnen gewinnen.

Als Henrike am Donnerstag vor dem zweiten Advent zusammen mit Anna den Raum in der Petrinistraße Nummer sieben betrat, hätte sie am liebsten sofort mit dem Schreiben begonnen. Es war zwar nur ein Kellerraum, in dem der Putz schon von den Wänden bröckelte und in dessen Ecke ein Haufen Kartoffeln lag, aber es blieb genügend Platz für einen Tisch, an dem sie arbeiten konnte. Isabella hätte der Raum weniger imponiert, sie war Pracht und Sauberkeit gewohnt. Zudem musste sie sofort niesen, sobald irgendwo nur ein Staubkörnchen lag. Aber in den besseren Vierteln hätte Henrike es gar nicht erst versuchen brauchen, denn dort kannte man entweder ihren Nachnamen und hätte bei ihren Eltern nachgefragt, oder, was wahrscheinlicher war, ihr als vermeintlich alleinstehender Frau gar nichts vermietet. Denn Frauen waren nicht vertragsfähig.

»Und es hat sogar etwas Tageslicht«, freute sich Henrike. Durch zwei winzige Fenster, die knapp über das Niveau des Hofpflasters ragten, fiel Licht in den Keller. Während der Wintermonate, wo es früh dunkel wurde, wäre jedes kleine bisschen Helligkeit von unschätzbarem Wert. Hier also würde sie sich an den Artikeln für die Rechte bayerischer Frauen versuchen. »Anna, der Raum ist sehr gut für die LOUISE geeignet«, bestätigte sie den fragenden Blick der Wärterin.

»Ist er nicht zu schäbig für dich?«, versicherte sich Anna mit zweifelndem Gesichtsausdruck.

»Ich möchte den Raum auf jeden Fall von dir mieten«, entschied Henrike und freute sich darüber, dass es voranging. Sie versuchte von

»Raum« und nicht von »Keller« zu sprechen, das klang gleich besser. Aus ihrer Tasche holte sie das Tuch mit den Fransen heraus, welches ihre Großmutter ihr geschenkt hatte. Schwungvoll warf sie es sich über die Schultern und stellte sich an die Stelle beim Fenster, wo ihr Schreibtisch hinkommen würde, gleich neben Annas Kartoffeln.

Sie vereinbarten eine Miete von zehn Mark monatlich, was dem Gegenwert von etwa zwanzig Broten entsprach. Für die Miete der ersten Monate reichte zunächst einmal jenes gesparte Geld, das ihre Eltern und Großeltern ihr mehr oder wenig regelmäßig zusteckten und das sie vor ihrer Zeit im Juliusspital meist in Tand, Süßes oder ein neues Buch investiert hatte. In ein paar Monaten wollte sie weitersehen. Vielleicht würden ihre Großeltern dann etwas Geld zur Miete beisteuern. Für weitere zehn Mark bekam Henrike zudem zwei Holzstühle und einen alten Küchentisch sowie eine Öllampe von der Wärterin. Als sie auf dem wackeligen Holzstuhl Platz nahm, summte sie das Tridihejo-Lied vor sich hin, das Corinna Enders und Fräulein Weiss inzwischen nicht nur an den Freitagen sangen. Die Redaktionsarbeit konnte beginnen! Ihre Tarnung war perfekt. Als Erstes jedoch schrieb sie Jean-Pierre einen Brief und bat ihn darin um ein Wiedersehen.

18

Mai 1899

Ella riss die Augen auf und kam schweißgebadet hoch. Das Herz hämmerte ihr so heftig in der Brust, dass sie sich vor Schreck krümmte. Das Nachthemd klebte ihr am Körper. Sie hatte diesen Albtraum genauso oder zumindest so ähnlich schon dutzendfach durchlebt. Mit jedem Mal verlor sie mehr den Glauben daran, dass alles doch noch gut ausgehen würde. Ob so spät noch Kutschen fuhren? Sie wollte zu ihm. Dort oben, wo sie sich immer trafen, war die Luft frisch und seine Worte tröstlich. Nur er verstand ihren Schmerz und vermochte es noch, sie aufzumuntern.

Anton hatte einen Atemaussetzer beim Schnarchen, fand aber bald wieder in seinen regelmäßigen Atemrhythmus zurück. Seitdem er befördert worden war, schlief er unruhiger. Seine Direktorenbrosche, die neben der Taschenuhr auf dem Nachttisch lag, funkelte Ella an wie ein übergroßes Auge.

Sie wischte sich die Tränen von den Wangen, so konnte es nicht weitergehen. Es wurde Zeit, dass sie zu einer Lösung kam, wie sie zukünftig mit Henrike umgehen wollte. Die freitäglichen Besuche bei Isabella nahm sie ihrer Tochter schon seit längerer Zeit nicht mehr ab. Sie hatte es an Henrikes einzigartigem Blick bemerkt, der sie sofort an den ihrer Mutter erinnerte. Genauso berauscht hatte Viviana immer ausgesehen, wenn sie von Treffen mit der Frauenbewegung oder nach erfolgreichen Tagen im Spital heimgekehrt war. Ella war damals noch klein gewesen, aber diesen einzigartigen Blick ihrer Mutter voller Leidenschaft, Hingabe und Begeisterung würde sie nie mehr vergessen. Den gab es nur in der weiblichen Linie ihrer Familie. Selbst Antons Begeisterung für Lokomotiven und Herausforderungen im bayerischen Schienenverkehr konnte da nicht mithalten.

Als einziger Ausweg für ein wieder friedlicheres Familienleben fiel Ella eine Hochzeit ein. Nur eine neue, große Aufgabe vermochte Henrike von ihrem gefährlichen Weg abzubringen. Mit Tränen in den Augen beschloss Ella, sich in nächster Zeit intensiver um infrage kommende Hochzeitskandidaten zu kümmern. Am meisten schmerzte sie jedoch, dass ihre Tochter sich ihr nicht anvertraute.

19
Mai 1899

Warum antwortete Jean-Pierre schon seit Monaten nicht auf ihren Brief? Es war fast, als sei er vom Erdball verschwunden. Henrike hatte schon einige seiner Mitstudenten nach seinem Verbleib gefragt, aber ohne Erfolg. Professor Rieger meinte, der französische Student halte sich vermutlich wie so oft in Paris auf, was Henrike noch mehr verwirrte. Jean-Pierre studierte doch hier in Bayern! Warum sollte er also monatelang in Frankreich sein? Ihr kam das alles sehr seltsam vor. Sie vermisste ihn an keinem Tag weniger. Konnte er das nicht spüren? Wenn ihm nun im riesigen Paris etwas zugestoßen war? Über ihre Sorgen und die Ungewissheit vergingen Wochen.

Isabella hatte ihr empfohlen, sich mit der Arbeit an der LOUISE abzulenken, damit sie endlich nicht mehr so verzweifelt an Jean-Pierre denken musste. Im Frühjahr gelang es Henrike allerdings nur zwei Mal, den Redaktionskeller im Grombühl aufzusuchen. Denn ihre Mutter bestand immer häufiger auf gemeinsamen Besuchen bei Bekannten und längeren Spaziergängen. Wie sollte sie da noch schreiben oder sich ablenken?

Trotz dieser Hindernisse konkretisierte sich der Umfang der ersten LOUISE langsam. Die Idee zum Artikel »Wie modern Goethe die Frauen sah« kam ihr in der Badewanne.

Bei ihrem zweiten Aufenthalt im Redaktionskeller war Anna Gertlein mit einem Tee vorbeigekommen, weil der Keller unbeheizt war. In Seidenblusen fror man schnell, dagegen nützte auch kein Schultertuch, das Henrike bei jedem Besuch im Grombühl trug. Außerdem verbarg sie ihr auffällig rotes Haar unter einem schmucklosen, grauen Damenhut, wie er zuhauf im Viertel zu sehen war.

Henrike nutzte die Zeit mit Anna Gertlein, um sie über jene Erfahrungen zu befragen, die dazu geführt hatten, dass Anna von der Notwendigkeit weiblicher Ärzte im Spital überzeugt war. Sie notierte jeden Fall, von dem ihr die Wärterin berichtete. Insgeheim wünschte sie, Jean-Pierre säße mit am Tisch. In den Gesprächen mit Anna Gertlein erfuhr sie auch Interessantes über Professor von Leube. Und über den Direktor der Chirurgischen Klinik, Professor Schönborn, wusste Anna auch einiges zu berichten, bei Fragen zu ihrem Privatleben wich sie jedoch aus. Alles, was Henrike über Anna wusste, war, dass sie nicht aus der Gegend stammte und alleine wohnte. Und vielleicht noch, dass sie gerne Kartoffeln aß.

Anstatt über Privates sprach die Wärterin über Operationsabläufe, Magendurchbrüche und Darmerkrankungen und darüber, wie vornehm es in von Leubes Klinik im »Hotel Kronprinz« am Residenzplatz zuging. Viele bekannte Gesichter, über die in den Zeitungen geschrieben wurde, wollten nur ihn an ihre Geschwüre, Katarrhe und Entzündungen heranlassen.

Mit dem Geld, das dort ein Patient für eine Behandlung bezahlt, könnte meine Großmutter zwanzig Eisenbahner im Grombühl versorgen – ein halbes Jahr lang!, dachte Henrike empört.

Im »Hotel Kronprinz« wurden die Kranken in Einzelzimmern mit eigenem Bad untergebracht. Große Krankensäle wie im Juliusspital gab es dort nicht mehr. Wenn Anna vom Spitalsalltag erzählte, stellte Henrike sich vor, wie sie und Jean-Pierre ähnlich ihren Großeltern als Ärzteehepaar zusammenarbeiten würden. Sie wurde langsam verrückt! Sie hatten sich ja noch nicht einmal geküsst. Was wäre, wenn er sich in Paris in eine andere Frau verliebt hätte? Seinem anziehenden Äußeren, den dunklen, geheimnisvollen Augen würden sicher die meisten Frauen erliegen. Der Gedanke zermürbte sie.

Als sie gerade wieder einmal über Jean-Pierres Verbleib rätselte, wurde Henrike von ihrer Großmutter mit einer Schreibkugel überrascht. Es gab noch Dutzende andere Gründe als eine Frau, die ihn in der französischen Hauptstadt zu halten vermochte. Oder etwa nicht?

»Ich habe die Schreibkugel oben bei den alten Sachen gefunden und dachte, du könntest sie gebrauchen. Als anonyme Redakteurin solltest du deine Handschrift auf jeden Fall mechanisieren«, sagte Viviana bei der Übergabe.

Henrike unterdrückte einen traurigen Seufzer wegen Jean-Pierre.

»Danke, Großmama«, sagte sie und legte Viviana ihre Ideen für die erste LOUISE dar. Neben dem Artikel über Goethes Frauenbild wollte sie über die Frauen-Universitäten in England und den Vereinigten Staaten von Amerika schreiben.

»Ich habe darauf auch schon so manchen politischen Brief verfasst«, sagte Viviana ihr. »Die Schreibkugel war mir eine treue Begleiterin in stürmischen Zeiten.«

»Und mir von jetzt an.« Henrike musste noch versprechen, weiterhin äußerst vorsichtig zu agieren, und brachte dann ihr kleines mechanisches Wunderwerk in den Redaktionskeller, um es sofort auszuprobieren. Wenn Jean-Pierre es sehen könnte, er wäre bestimmt begeistert, dachte sie.

Die Schreibkugel drückte die Buchstaben auf den vierundfünfzig Typenstangen, die wie die Stacheln eines Igels auf einer Halbkugel angeordnet waren, jeweils per Fingerdruck auf ein zylindrisch eingespanntes Papier von Oktavgröße. Das Schreibgerät mit der Nummer 137 war ein feinmechanisches Prachtstück, sogar für Henrike, die sich nie für Maschinen begeistert hatte. Auf dem Tisch im staubigen Redaktionskeller wirkte die 137 mit ihrer Messinglegierung wie ein Juwel. Für Henrike war sie schöner als jeder Schmuck, den sie jemals im Kaufhaus Rosenthal gesehen hatte.

Entschlossen, damit sie endlich nicht mehr nur an den französischen Studenten denken musste, legte sie den 12. Oktober als Erscheinungstermin der ersten LOUISE fest. Das war nicht zufällig das Datum des Dorotheen-Spektakels ihrer Großmutter. Damit blieben ihr noch fünf Monate, um den restlichen Inhalt zu erarbeiten, die geheime Verteilung und den Druck zu organisieren und das dafür notwendige Geld zu beschaffen. Fünf weitere Monate des Wartens auf ein Lebenszeichen von Jean-Pierre?

Nie zuvor hatte sie sich mit Finanzen beschäftigt. Von dem wenigen Geld, das sie für ihre Tätigkeit als Reservewärterin erhielt, konnte man selbst den Druck einer kleinen Zeitungsauflage nicht bezahlen. Inzwischen gab ihr Großvater die Hälfte zum Mietgeld für den Redaktionskeller dazu.

Beim nächsten Freitagsdienst stand auf einmal Jean-Pierre wie hingezaubert vor ihr im Flur vor dem Gemeinschaftsraum der Irrenabteilung. Der Assistent des Professors, der die Vertretung für die heutige Psychiatrie-Demonstration übernommen hatte, und die anderen Studenten hatten die Irrenabteilung schon verlassen.

»*Bonjour,* Enrike«, sagte er nur, als wären sie sich erst gestern über den Weg gelaufen. Als wäre ihr Wiedersehen nichts Besonderes.

»*Bonjour*«, entgegnete sie kühl, weil sie verletzt war. Doch innerlich bebte sie. Sie hatte erwartet, dass er – wenn er schon so lange ohne jede Nachricht verschwand – nach seiner Rückkehr wenigstens sehnsüchtig und mit einem Lächeln zu ihr kommen würde. Goethe hätte das gewiss getan!

»Sie leben also doch noch«, bemerkte sie spitz.

Er senkte den Blick, als habe er tatsächlich ein schlechtes Gewissen. »Es hat diesmal etwas länger gedauert *à Paris. Un peu compliqué tout ça.*«

Sie nahm ihn scharf in den Blick, damit er endlich etwas Vernünftiges sagte, etwas, das sie hören wollte.

»Es tut mir leid, Enrike«, sagte er nur. »Ich kann nicht darüber reden. Noch nicht.«

Ihre Vermutung, dass er anderweitig verliebt war, verstärkte sich. Am liebsten hätte sie mit etwas nach ihm geworfen. Ihre nächsten Worte brachen ihr das Herz. »Dann haben wir uns wohl nichts mehr zu sagen.«

»Aber ...« Er fuhr sich unwirsch durch das dunkelbraune Haar und murmelte etwas, das wie Françoise klang.

Jetzt reichte es! Um nichts in der Welt wollte sie etwas über seine Geliebte in Paris hören. »*Au revoir!*«, sagte sie und drehte sich um.

Plötzlich waren seine Hände an ihren Hüften. Mit einer sanften Bewegung zog er sie in den Gemeinschaftsraum und schloss die Tür hinter ihnen. Henrike dachte da immer noch an Françoise.

Jean-Pierre blieb ernst. »Ich möchte Sie gern wiedertreffen, Enrike, aber nicht hier.«

Sie wollte ihm sagen, wie unschön er sich verhielt, dass sie niemals seine Zweitfrau sein würde und dass er ein Schuft sei, weil er sich so lange nicht bei ihr gemeldet habe. Aber alles, was sie herausbrachte, war: »Ich vermisse Sie auch.« Nach diesen Worten wäre sie am liebsten vor Scham im Erdboden versunken.

Seine Stimme wurde etwas sanfter. »Vielleicht oben in den Weinbergen?«

Henrike schaute wie ein verwundetes Reh zu ihm auf. »Auf den Schalksberg traue ich mich nicht mehr. Rektor Pauselius hat mir sämtliche Hörsäle verboten.«

Er musterte sie eindringlich und dachte dabei etwas, das er ihr nicht sagen wollte. Sie wollte zu gerne wissen, ob er sie wenigstens etwas vermisst hatte. »Die Hauger Pfarrkirche Sankt Johannes?«, schlug sie aus Angst vor, er könnte es sich sonst doch noch anders überlegen und wieder monatelang verschwinden. »Montag, halb drei?«, flüsterte sie. Wenn ihre Eltern davon erfahren würden, wäre sie erledigt.

»*Oui*«, bestätigte er und streichelte ihr zärtlich die Wange. Darüber waren ihre Eltern und deren Regeln ganz schnell wieder vergessen. »Das wäre sehr nett.«

Sie wollte sich gerade an seine schlanken, dunklen Finger schmiegen, als die Tür des Gemeinschaftsraums aufgerissen wurde.

Sie sprangen auseinander.

»Des is ja wohl die Höh!« Noch im Türrahmen stemmte Wärterin Ruth die Hände in die Hüften, sodass das Wärterinnenkleid über ihren muskulösen Oberarmen jeden Moment zu platzen schien. »Was geht hier vor?« Sie schaute missbilligend von Jean-Pierre zu Henrike und wieder zurück. Corinna Enders spähte hinter ihr in den Raum.

»Nichts, was Sie etwas angeht, Madame!«, entgegnete Jean-Pierre, nickte Henrike noch einmal zu und verließ den Gemeinschaftsraum.

»Du hilfst beim Isoliere, anstatt hier anzubändle!«

»Ich habe nicht angebändelt!«, stellte Henrike mit heißen Wangen richtig, brachte die Fallsüchtige in den Epileptiker-Saal zurück und lief dann in das Isolierzimmer.

Als Henrike an diesem Freitag die Irrenabteilung verließ, hatte sie nicht wie sonst das Geräusch der schweren Abteilungstür, die ins Schloss krachte, in den Ohren. Stattdessen hörte sie immer wieder und selbst noch abends während des Abendessens mit ihren Eltern die Worte der Patientin Kessler im Flur, nachdem Henrike den Gemeinschaftsraum verlassen hatte. Frau Kessler hatte gesagt: »Die Rote und der Franzmann schmusen.«

*

Das Wochenende nach dem Wiedersehen mit Jean-Pierre nutzte Henrike, um ihren Artikel über Goethes Frauenbild für die LOUISE auszuformulieren. Die Tage bis zum nächsten Treffen mit ihm vergingen viel zu langsam. Ihre erste Liebe bestand vor allem aus Warten. Als dann endlich der Montag anbrach, sehnte sie mit jeder Minute den Nachmittag herbei.

Ihren Eltern sagte sie, dass sie um zwei Uhr bei Isabella eingeladen sei. Nach dem Treffen mit Jean-Pierre wollte sie dann wirklich zu Isabella, um mit ihr »shoppen zu gehen«. In den letzten Wochen hatte sie ihre beste Freundin doch etwas vernachlässigt.

Als sich der Minutenzeiger der Standuhr im Salon endlich der vollen zweiten Nachmittagsstunde näherte, hielt Henrike es kaum noch aus. Ihre Handflächen schwitzten, und ihr Puls schlug so schnell wie nach einem Streit. Sie verabschiedete sich von ihrer Mutter, stieg in eine Kutsche und ließ sich vor der Hauger Pfarrkirche absetzen.

Henrike kam zu früh, was ihr noch etwas Zeit gab, den besonderen Ort zu bestaunen, nicht zuletzt in der Hoffnung, dass dies ihre Aufregung mildern würde. Die Kirche war ein überwältigender, lichtdurchfluteter Kuppelbau. Vorne am Altar kniete eine einfach gekleidete Frau. Hier kam niemand aus der gehobenen Schicht her, hier waren sie und Jean-Pierre sicher.

Aufgeregt nahm Henrike in einer der mittleren Bankreihen Platz. Minute um Minute verstrich. Dann wurde es halb drei. Über die vergangenen Monate hinweg war sie empfindlich und launig geworden, wenn es um Jean-Pierre ging. Eben noch hatte sie von seinen dunklen Zügen und seinem anmutigen Profil geträumt, jetzt fragte sie sich, ob die Franzosen tatsächlich so viel schlechtere Manieren als die bayerischen Männer besaßen, dass sie ihre Damen frieren und warten ließen?

Die nächsten Minuten vertrieb sie sich mit dem Zurechtlegen von Textabschnitten für den Bericht über Louise Otto-Peters' Lebenswerk, der ihr Leitartikel werden sollte. Aber Schlag drei Uhr konnte sie sich auf keinen einzigen Satz mehr konzentrieren, so enttäuscht war sie darüber, dass Jean-Pierre sie versetzte. Und sie war noch so dumm gewesen, sich stundenlang auf das Treffen mit ihm zu freuen. Sie schimpfte sich eine Närrin, dass sie sich überhaupt auf eine Begegnung zu zweit eingelassen hatte.

Henrike sprach gerade ein Gebet zur Verabschiedung, als Jean-Pierre doch noch auftauchte. Obwohl er sich in einer Kirche befand, rannte er auf sie zu und setzte sich nah neben sie. »Sie sind noch da«, sagte er noch heftig atmend. »*Merci.*«

Sie dachte, dass er sich nun freiheraus entschuldigen würde, aber nichts dergleichen geschah.

Henrike reckte stolz das Kinn. Seine Unhöflichkeit verletzte sie, weil diese bedeutete, dass sie ihm nicht wichtig genug war, um sich rechtzeitig freizumachen und ihre Verabredung einzuhalten. Und dennoch fuhr sie seine eigenwillig schönen Züge mit einem sehnsüchtigen Blick ab.

Anstatt ihr zu sagen, wie sehr er sich freute, sie wiederzusehen, erklärte er: »Sie sollten sich in Acht nehmen, man redet über Sie, Mademoiselle Enrike. Das wollte ich Ihnen sagen, aber nicht vor Patienten.«

»Wer redet über mich?«, wollte sie trotzig wissen. Sie zitterte vor Aufregung. Nur deswegen wollte er sie wiedersehen?

Jean-Pierre fuhr sich unwirsch durch das Haar. Eine Handbewegung, die ihr wider Willen gefiel.

»Einige Studenten, zum Beispiel. Bitte passen Sie auf, was Sie tun. *Promis?* Versprochen?«

Sie erkannte ihre plötzlich viel zu zahme Stimme selbst kaum wieder. »Sie sorgen sich um mich?«

»Ich mache mir Sorgen um Sie, ja«, sagte er und zog sie am Arm zu sich heran. »*Vous avez tout à fait raison.* Damit haben Sie vollkommen recht.«

»Sie brauchen sich keine Sorgen zu machen«, entgegnete sie, während im Hintergrund die Scharniere des Portals quietschten. »Ich kann gut allein auf mich aufpassen.« Sie konnte sich sogar einen geheimen Redaktionskeller im Grombühl einrichten! Es tat weh, dass er nicht mehr lächelte wie neulich und die Vertrautheit zwischen ihnen wie weggeblasen war. Das war die Schuld von Françoise oder wie diese Frau in Paris auch immer hieß.

»Das weiß ich, und trotzdem kann ich nicht anders, Enrike«, sagte er, dieses Mal sehr leise, als spräche er von Herzen. »Aber ich bin vor allem deswegen hier«, sagte er und küsste sie ohne Ankündigung und ohne die übliche romantische Annäherung, von deren Kribbeln Isabella oftmals schwärmte.

Es war Henrikes erster Kuss. Sie sank in seine Arme und vergaß, dass sie sich in einem Gotteshaus befanden. Um nichts in der Welt wollte sie jetzt noch über das Gerede anderer Studenten nachdenken. Nicht einmal mehr die LOUISE hatte noch Platz in ihren Gedanken.

Seine Lippen waren warm und weich und fordernd. Seine linke Hand fuhr durch ihr Haar, und er stöhnte dabei leise auf. Sie erwiderte seinen Kuss mit all den Emotionen, die sich in ihr während des Wartens der vergangenen Monate angestaut hatten. Leidenschaft, Sehnsucht, aber auch Wut.

Er hielt sie fest bei sich, als wollte er sie niemals wieder loslassen. »*Je t'aime*«, hauchte er zwischen zwei Küssen.

Ich bin auch verliebt, wollte sie rufen, lachte aber nur vor Glück. »Geh bitte nie wieder zurück nach Paris«, flüsterte sie ihm ins Ohr.

Er küsste sie daraufhin nur noch sehnsüchtiger.

20

August 1899

Oliver von Leube war tief in einen Artikel aus dem *Würzburger Generalanzeiger* versunken, der einen Teilauszug aus einer Arbeit von Philipp Lenard enthielt. Der Redakteur schrieb, dass Lenard diese Worte im Frühjahr 1894 in den Annalen der Physik und Chemie veröffentlicht hatte, also beinahe zwei Jahre vor der Entdeckung der Röntgen-Strahlen durch Conrad Röntgen. Oliver las:

Die photographische Schicht kann ... bei langer Exposition auch sonst unbemerkbare Wirkungen zum Vorschein bringen. So zeigte sich zum Beispiel eine ziemlich kräftige Schwärzung hinter einem Kartonblatt. Das Kartonblatt bedeckte die photographische Schicht, und zwischen beiden waren Streifen verschiedener Metallblätter eingelegt.

Es klopfte, und sein Assistent trat ein. »Herr Professor, Ihre Vorlesung beginnt in dieser Minute.«

»Ist es wirklich schon so spät?« Oliver war so versunken in seine Lektüre gewesen, dass die Zeit nur so verflogen war. Gewöhnlich las er vor seiner Vorlesung über *Die Krankheiten des Magens und des Darmes*, die noch im alten Operationssaal des Curistenbaus stattfand, zwei Tageszeitungen durch.

»Ich komme gleich«, sagte er, vertiefte sich dann aber erneut in den Artikel. Ohne dabei aufzuschauen, bat er: »Es wäre sehr freundlich von Ihnen, wenn Sie schon einen Studenten für die Demonstration auswählen würden.« Oliver las weiter:

Diese Streifen bildeten sich ganz nach Maßgabe ihrer Durchlässigkeit heller im Negativ und auf dunklem Grunde ab, und ganz hell blieb die Schicht nur dort, wo ein dicker Metallrahmen über das Ganze gelegt war. Es waren also wirklich Kathodenstrahlen durch das dicke Kartonblatt gegangen.

Oliver zwirbelte die Enden seines Schnauzbartes, was er oft tat, wenn er unschlüssig war. Es sah ganz danach aus, dass Lenard tatsächlich die Wirkung der Strahlen schon vor Kollege Röntgen entdeckt hatte. Oliver legte sich seinen weißen Kittel an. Seine Ehefrau Nathalie hatte ihm das Kleidungsstück geschenkt und auf den goldenen Knöpfen bestanden. Er griff nach seiner Vorlesungstasche, prüfte noch schnell die Vollständigkeit ihres Inhalts und verließ dann sein Büro.

Mit wehendem Kittel und der Tasche unter dem Arm rauschte er durch die Flure des Curistenbaus. Seine Gedanken waren weiterhin bei der Experimentalphysik. Schon seit Monaten verfolgte er die »Affäre Röntgen« mit einer gewissen fränkischen Furcht, aber auch mit Faszination. Lenards Feldzug gegen Conrad Röntgen war einzigartig. Lenard hatte einer wichtigen deutschsprachigen Zeitung ein sympathisches, aber inhaltlich gepfeffertes Interview gegeben. Man sollte ihn mögen. Seit einigen Wochen hielt er zudem Gastvorträge über seine Kathodenstrahlen-Experimente und die Schatten, die er damals schon dabei gesehen haben wollte. Und es sah ganz danach aus, als erhielte er Applaus. Die Vorträge waren sein Weg, wissenschaftliche Fürsprecher um sich zu versammeln.

Oliver stoppte vor Krankensaal drei. »Dieser Fuchs von einem Physiker!«, stieß er aus. Denn Lenard trug exakt bei all jenen Institutionen und Assoziationen vor, deren Einladungen der öffentlichkeitsscheue Röntgen nie gefolgt war. Erst vor wenigen Tagen hatte eine Patientin, die aus Hamburg zur Behandlung ins »Hotel Kronprinz« gekommen war, ihm berichtet, dass man sich im Norden schon ein wenig über die Einfachheit der Röntgen'schen Experimente echauffiere. Conrad Röntgens Versuch, bei dem er die neuen Strahlen entdeckte hatte, sei so einfach, dass er von jedem halbwegs Interessierten nachgeahmt werden könne. Lenards Experimente dagegen seien von so komplex schöner Natur, dass nur Experten sie verstünden! Oliver bezweifelte zwar, dass Wissenschaft, um nützlich zu sein, auch kompliziert sein musste, aber der Bericht der Patientin hatte ihm doch zu denken gegeben. Im Norden schien die Stimmung bereits umgeschlagen zu sein. Für Lenard und gegen Röntgen. An keinem ihrer Krocketsonntage im Garten des Physikalischen Instituts hatte Röntgen den Konkurrenten jemals thematisiert. Oliver, Albert von Kölliker, die Boveris und der ganze Rest der Krocketrunde wussten zwar von Berthas Krankheiten und bekam regelmäßig Urlaubsbilder aus Pontresina gezeigt, aber das Thema Lenard war tabu. Genauso wie der Gedanke an Frauen als Wissenschaftlerinnen für ihn. Frauen in Hörsälen? Nur wenn sie Tische für eine Feier deckten. Zum Glück hatte man Henrike Hertz die Hörerschaft nicht erlaubt! Oliver hatte seine Kontakte, die bis in den Universitätssenat reichten, dafür spielen lassen. Zwar schätzte er Richard Staupitz als Kollegen, nicht aber als Mann und noch weniger als Frauenrechtler. Der Mann war nicht mehr gut bei Kräften, das wusste Oliver, und dennoch ging von ihm immer noch eine Gefahr aus. Wie es aussah, hatte Staupitz nämlich die Kollegen Kölliker und Röntgen auf seiner Seite. Er musste daher weiterhin wachsam sein, was ihn betraf.

Oliver bedeutete der Oberwärterin, die ihn gerade ansprechen wollte, dass er in Eile sei, und rauschte an ihr vorbei wie Caesar auf dem Weg zum Sieg. Von einem Studenten, der ebenfalls zu spät kam, ließ er sich die Tür zum alten Operationssaal öffnen. So bedrohlich sich der Sachverhalt über den wahren Entdecker der Strahlen für Würzburg auch entwickelte, hatte das Ganze doch etwas Gutes. Es war ein Lehrstück in Öffentlichkeitsarbeit, von dem sich Oliver einiges abschauen konnte. Seine Fleischsolution verkaufte sich nämlich nicht so erfolgreich wie erwartet, obwohl sie von keinem anderen Präparat übertroffen wurde, was die leichte Verdaulichkeit und den hohen Gehalt an Eiweiß anging. Folglich musste er neue Wege finden, und dank Lenard glaubte er, auch schon Licht am Ende des Tunnels zu sehen. Seine Nathalie war bereits dabei, sich nach einem größeren Zuhause umzuschauen. Ihr schwebte ein Schloss oder zumindest ein beachtliches Gutshaus am See vor. Oliver brauchte mehr Geld! Und noch mehr Akademiker auf seiner Seite, um geschlossen gegen aufmüpfige bildungshungrige Damen vorgehen zu können.

Mit einem kurzen »Grüß Gott« nickte er in Richtung seiner Studenten. Noch in Gedanken versunken, legte er Sonde, Chlorwasserbehälter und Lehrbuch zurecht. Sein Assistent wies auf einen Studenten in der ersten Reihe, der sich für die anstehende Demonstration zur Verfügung stellte. Die Studenten standen an den Geländern der Zuschauerreihen bereit. Früher war hier an zwei Tischen gleichzeitig operiert worden. Der Saal ermöglichte längst kein zeitgemäßes Arbeiten mehr, sinnbildlich dafür stand die urtümliche Beleuchtung der Operationstische mit Wachsstöcken.

Oliver begann seine Vorlesung über die Krankheiten des Magens und des Darmes wie üblich mit der Bedeutung der Magensondierung. »In der Verwendung der Magensonde spiegelt sich der große Fortschritt wider, den die klinische Medizin in unserem Jahrhundert gemacht hat. Dieser Fortschritt umfasst nicht nur die großen Fragen und Grundanschauungen in der Pathologie, sondern auch die kleinen und kleinsten und erhält seine besondere Gestalt in einem so unscheinbaren Instrument wie der Magensonde.« Oliver kannte die Inhalte und Beispiele seiner Vorlesungen auswendig. Selten war er darüber glücklicher gewesen als heute, weil ihm dies die Möglichkeit gab, parallel dazu weiterhin über Lenards Taktik, deren Modellhaftigkeit für seine Fleischsolution und über die Familie Winkelmann-Staupitz nachzudenken. Letztere ging ihm nicht mehr aus dem Kopf, was ein Zeichen dafür war, dass das Kapitel noch nicht abgeschlossen, der Sieg noch nicht endgültig errungen war. Sein Magen gab ihm ganz klare Signale in diese Richtung. Er war alles andere als entspannt, wenn ihm das Bild der stolzen Viviana Winkelmann-Staupitz vor dem inneren Auge erschien.

Während er vor seinen Studenten über die diagnostischen Zwecke der Magensonde dozierte, hielt er gedanklich für sich fest, dass er seiner Pressekampagne für die Magensolution ebenso einprägsame wie einfache Schlagworte geben musste, wie Lenard es in der »Affäre Röntgen« getan hatte. Und dass er Richard Staupitz mitsamt seiner Familie im Auge behalten musste.

»Mit der Magensonde spürt der Arzt Verengungen der Speiseröhre oder gefährliche Ausstülpungen auf. Auch Fremdkörper, die den Speisen durch Verkeilung den Weg versperren, werden bei der Einführung der Sonde bemerkt.« Oliver würde seine Geschichten, die er der Presse in Bayern, Preußen, ja im gesamten Deutschen Kaiserreich anzubieten gedachte, emotional gestalten. Lenard hatte immer wieder beteuert, dass der Raub seiner Erfindung sich genauso anfühle, als stehle man einer Mutter ihr Kind.

»Merken Sie sich auf jeden Fall den examensrelevanten Sachverhalt, dass mit einer Magensonde nicht nur Flüssigkeit in den Magen hinein, sondern auch herausbefördert werden kann.« Oliver kam auf die Möglichkeit der künstlichen Ernährung, der Untersuchung von Magensäften und auf die Diagnose von Magenkrebs zu sprechen. Erst vor zwei Tagen hatte er einer erst dreiunddreißigjährigen Patientin Magenkrebs diagnostizieren müssen. Auch davon erzählte er.

Oliver überblickte das Feld seiner Studenten heute zwiegespaltener als sonst, weil die Affäre Röntgen auch das Juliusspital und die Universität betreffen und einen Einbruch der Studentenzahlen mit sich bringen könnte. Bestimmt einhundert wissensdurstige junge Herren schauten gebannt auf sein Tun und schrieben seine Worte mit. Noch sind meine Vorlesungen voll, dachte Oliver, noch kommen wieder mehr Studenten nach Würzburg. In die alten, modernisierungsbedürftigen Mauern des Spitals war Leben zurückgekehrt. Seit der Entdeckung der Strahlen zog es nicht nur mehr Studenten, sondern auch wieder mehr Wissenschaftler nach Würzburg. Zwei neue Assistenten und sogar drei neue Professoren hatten seit 1896 für das Spital und die Universität gewonnen werden können, trotz der maroden baulichen Ausstattung. Aber wie lange würde das mit dem diskreditierten Lenard im Nacken noch gut gehen? Für Würzburg und das Spital könnte sich Lenard als bösartig wucherndes Geschwür erweisen.

Der veraltete Operationssaal führte Oliver den Zustand des Juliusspitals deutlich vor Augen. Eine Modernisierung war dringend notwendig und schien machbar, sofern die Studentenzahlen weiter anstiegen. Sofern Lenard den Ruf der Würzburger Universität nicht noch weiter in den Dreck zog. Maßgebend für den Ruhm eines Krankenhauses ist der Ruf seiner Ärzte!, pflegte man von jeher im Spital zu sagen, und das Gleiche galt auch für den Ruhm der Universität.

Olivers Gedanken glitten wieder zu Lenard, während er vor seinen Studenten von der Aufhebung des Schlingvermögens und dem Einsatz älterer Magensonden sprach. Oliver kam der Einfall, die berühmteren seiner Privatpatienten in seine Pressekampagne mit einzubinden. Sie könnten jeweils ihre persönliche, bewegende Geschichte erzählen und dabei seine heilende Fleischsolution erwähnen. Sofort kam ihm ein berühmter Maler in den Sinn, der jüngst mit Magenschmerzen ins »Hotel Kronprinz« gekommen war. Auf den waren die Zeitungen ganz besonders hungrig. Und vielleicht würde es noch mehr Wirkung zeigen, wenn Oliver mit seiner schönen Nathalie auf der den Artikel begleitenden Fotografie zu sehen wäre. Dann könnte sie auch gleich ihren Anteil an dem von ihr gewünschten Schloss mit beitragen. Famos!, dachte Oliver. Geradezu ein Geistesblitz, die Schönheit einer Frau in Verbindung mit magenschonender Ernährung zu zeigen! Wieder erschien ihm die stolze Viviana Winkelmann-Staupitz vor dem inneren Auge.

Er hielt seine Magensonde hoch. Mit ihr hatte er schon Hunderte Mägen sondiert. »Ich schwöre schon seit vielen Jahren auf Exemplare wie dieses, die in England hergestellt werden.« Oliver trat vor die erste Reihe der Studenten und reichte seine Sonde herum. »Die gummöse Sonde hat eine Länge von fünfundsiebzig Zentimetern und enthält einen Leitstab, den Mandrin, wofür ich spanisches Rohr mit einer Länge von sieben Zentimetern benutze. Das Wichtigste noch vor dem Mandrin aber sind die Enden der Magensonde. Beschreiben Sie mir, was Sie sehen, Student Körner«, bat er und positionierte gedanklich schon Nathalie und den Maler mit seiner Fleischsolution auf zwei Stühlen beim Fotografen.

Student Körner beschrieb korrekt, was er kurz vor dem abgerundeten Ende des Sondenstabs sah. Zwei seitlich in verschiedener Höhe eingelassene Löcher, zu denen Oliver ergänzte, dass sie »Fenster« hießen.

»Warum zwei Fenster und nicht nur eines?«, fragte er Student Wagenbrenner, den er bisher nicht als den Eifrigsten erlebt hatte.

Der Angesprochene konnte sich auf die zwei Fenster am Ende des

Schlauchs keinen Reim machen, was er mit einem hilflosen Schulterzucken zum Ausdruck brachte, aber sein Nachbar wusste: »Gäbe es nur ein Fenster und würde dieses verstopfen, wäre das fatal. Bei zwei Fenstern kann immer noch das zweite Fenster seinen Dienst tun.«

»Außerdem würde bei nur einem Fenster vermutlich die Magenschleimhaut schneller angesaugt werden, was nicht gewollt ist«, ergänzte ein anderer Student, woraufhin Oliver nickte.

Erneut blickte er über die Schar der versammelten junger Herren auf der ansteigenden Tribüne. Sie studierten erst im dritten Semester und waren trotzdem schon gut informiert und: genügsam. Der armselig ausgestattete Operationssaal schien sie nicht zu stören. Ganz sicher wäre das bei studierenden Frauen anders. Frauen waren per se schwerer zufriedenzustellen.

»Kommen wir nun zum praktischen Teil der Vorlesung.« Oliver winkte den Freiwilligen heran und bat ihn, sich auf den vorderen Operationstisch zu setzen. Die Kommilitonen sollten sich eng um diesen herum versammeln, damit sie die kleinteilige Arbeit genau verfolgen konnten.

Oliver reinigte seine Hände und die Sonde im Chlorwasser. »Vor dem Einsetzen der Sonde«, erklärte er, »benetze ich das gute Stück mit Wasser, um es später wieder leichter herausziehen zu können.« Er konnte sogar mit verschlossenen Augen sondieren, was er dem ohnehin schon blassen Studenten aber nicht antun wollte. »Ich neige den Kopf des Patienten leicht nach hinten.« Er machte es vor. »Den Mund muss er mäßig weit geöffnet halten. Es sollte immer noch eine dicke Zigarre zwischen Ober- und Unterkiefer passen. Am besten eine gute, kubanische Cohiba.« Die rauchte er mit dem Kollegen von Kölliker gerne mal, den es wieder auf seine Seite zu ziehen galt. Gegen Frauen an Universitäten.

Die Studenten lachten. Dass sie ihn mochten, gefiel Oliver. Er wollte nicht einer der unnahbaren Professoren sein.

»Als Nächstes greife ich mit dem Zeige- und dem Mittelfinger der linken Hand in den Mund des Patienten und drücke dessen Zungenwurzel nach unten. Bitte prägen Sie sich gut ein, wie meine rechte

Hand derweil den Sondenschlauch gleich einer Schreibfeder umfasst, können Sie es sehen?« Er beugte sich etwas zur Seite. Auch bat er seinen Assistenten um mehr Licht, der daraufhin zwei weitere Wachsstöcke anzündete.

»Achten Sie genau auf meine Fingerhaltung«, mahnte Oliver. Aber mitnichten dachte er selbst an seine Fingerhaltung, sondern wieder an Lenard und dessen erfolgreiche Auftritte in der Öffentlichkeit. Zuletzt war er mit seinen Gedanken bei seiner schönen Nathalie, dem Maler mit den Magenproblemen und einer Pressefotografie stehen geblieben. Wenn er den Umsatz der Fleischsolution verzehnfachen könnte, wäre das ein echter Erfolg. Das würde auch mehr Geld im Kampf gegen studierende Frauen bringen. Ich werde auf Tagungen von der Fleischsolution berichten, beschloss er in dem Moment, in dem er die Magensonde zwischen die Finger seiner linken Hand schob, die die Zungenwurzel hinabdrückten. »Wenn Sie spüren, dass sich die Sonde der Rachenwand nähert, drücken Sie mit dem Mittelfinger etwas von oben auf die Sonde. Dadurch neigt sich die Sondenspitze weiter nach unten und nach vorne und gleitet dann leicht in den Oesophagus, die Speiseröhre.« Oliver beobachtete das Befinden seines studentischen Patienten genau. Der junge Mann war zwar blass, aber weder verzog er das Gesicht, noch würgte er. »Eine Magensondierung klingt oft schlimmer, als sie eigentlich ist, meine Herren. Und nun schiebe ich die Sonde kontinuierlich weiter. Das einzige Hindernis stellt die Ringknorpelplatte dar. Meine Sonde überwindet sie, indem ich einen leichten Druck auf sie ausübe. Sehen Sie?« Er machte es vor, und seine Studenten traten noch näher an den Operationstisch heran und reckten die Hälse.

»Sobald Sie dann die Ringknorpelplatte überwunden haben, ziehen Sie das Mandrin aus dem Sondenschlauch.« Oliver gedachte, nicht nur auf Tagungen präsent zu sein, samt seiner Fleischsolution verstand sich, er würde auch Gastvorträge geben wie Lenard. Er sah die Umrisse der Stadtbilder von Paris, London und Wien vor sich, als er sagte: »Bis zur nächsten Vorlesung erwarte ich, dass jeder von Ihnen einmal im Beisein einer Wärterin sondiert hat.« Oliver war überzeugt, dass er auch das nicht von weiblichen Studenten verlangen könnte. Nie und nimmer! Frauen waren viel zu empfindsam für die Einführung eines Fremdkörpers in den menschlichen Leib. Nathalie wurde ja schon schwindelig, wenn er nur von Blut oder Magensaft sprach.

»Nachdem die Sonde den obersten Teil der Speiseröhre überwunden hat, sollte sie nun komplikationslos bis in die Magenhöhle hinabgleiten können«, erklärte er weiter und schob die Sonde tiefer. »Erst wenn die Spitze am Boden des Magens anstößt, spüren Sie wieder einen leichten Widerstand. Voilà!« Oliver war begeistert von seinen Ideen, von Paris und von den absehbar besseren Verkaufszahlen seiner Fleischsolution. »Und das Anstoßen der Magensonde am unteren Magenrand bringt uns auch zurück zur Diagnose mittels Sonde.« Oliver bat den Studenten mit der Sonde im Schlund, sich rücklings auf den Operationstisch zu legen. »Bitte atmen Sie auf jeden Fall ruhig weiter, Student Kraushaar.«

Oliver schob Jackett und Weste des Sondierten beiseite. »Je tiefer die untere Magenwand sitzt, desto wahrscheinlicher ist eine krankhafte Magenerweiterung.« Vorsichtig tastete er mit den Fingern die Bauchdecke unter dem Hemd des Studenten ab. Dabei achtete er darauf, dessen Haut nicht freizulegen. »Sie sollten die Sondenspitze nun erfühlen können.« Oliver ertastete sie sofort. »Nach meiner Untersuchung kann ich glücklicherweise verkünden, dass Student Kraushaar den fränkischen Klößen mit Schweinsbraten in einem äußerst gesunden Maße zugetan war.«

Wieder lachten alle, und jemand aus der zweiten Reihe rief: »Vielleicht aber dem Knäudele im Johanniterbäck?«

»Da gibt's das beste Knäudele der Stadt!«, war ein anderer überzeugt.

Oliver lächelte ebenfalls. Hin und wieder verzehrte auch er die fettige, geräucherte Blutwurst, das Knäudele. Aber nur in Maßen, damit er seinem Magen nicht zu viel zumutete. Während er den Studenten von der Magensonde befreite und ihm vom Operationstisch half, ging er zum Abschluss der Vorlesung noch die Komplikationen durch, die bei der Benutzung der Sonde auftreten konnten. Gedanklich war er da längst schon wieder bei Lenard, Röntgen und den Winkelmanns. Mit den neuen Ideen, auf die ihn Lenard gebracht hatte, kam es Oliver nun fast erträglich vor, dass Röntgen die Entdeckung der Strahlen abgesprochen werden könnte. Durch eine Aberkennung würde Würzburg genauso an Ansehen verlieren wie durch studierende Frauen! Niemand will das sehen oder erleben!, war er überzeugt. Es wäre ein Rückschritt in der Entwicklung der modernen Gesellschaft, wenn Frauen Dinge taten, für die ihr Hirn nicht gemacht war. Nach dem abgelehnten Antrag der Winkelmann-Staupitz-Enkelin waren noch weitere Anträge auf Zulassung als Hörerin eingetroffen. Es war unklar, wie der Senat mit dem Thema weiter umzugehen dachte, jetzt, da sich die Frauenanträge häuften, Gott verdammt noch mal! Schon einmal hatte Oliver vor dem Senat massive Gegenargumente gegen das Frauenstudium vorgetragen. Es ist an der Zeit, dass jemand den aufmüpfigen Frauen dieser Stadt endlich ihre natürlichen Grenzen aufzeigt!, sagte er sich, während er sich die Enden seines Schnauzbartes zwirbelte und sich dann in den studentischen Applaus hinein verbeugte.

21

Oktober 1899

In den vergangenen zwei Monaten hatte Henrike mehrere Versuche unternommen, ihre Texte für die erste Ausgabe der LOUISE fehlerfrei auf der Schreibkugel zu tippen. Dass sie mit dem Gerät aber nur langsam vorankam, lag dieses Mal nicht daran, dass sie gedanklich ständig mit Jean-Pierre beschäftigt war, sondern an der Schreibkugel.

Seitdem sie sich regelmäßig mit dem französischen Studenten traf, ging es ihr viel besser. Sie fühlte sich leicht wie Luft und sang manchmal einfach nur so vor sich hin. Meine Psyche ist schon etwas durcheinandergewirbelt, gestand sie sich insgeheim ein. Aber so kompliziert wie ihre Schreibkugel war sie dann doch nicht.

Henrike hatte sich das mechanische Schreiben einfacher vorgestellt. Die Zeilen verliefen nicht immer geradlinig, Tippfehler musste sie umständlich mit Füller und Tinte nachkorrigieren, und wenn das Wetter – wie an diesen ersten Oktobertagen – sehr feucht war, wurde der Farbstreifen an der Schreibkugel so klebrig, dass die eisernen Buchstaben daran haften blieben. Ihre 137 war eigensinnig wie eine junge, verliebte Dame! Sie lächelte in sich hinein. Es war ein schönes Gefühl, die Gewissheit zu haben, dass der Geliebte immer für sie da sein würde.

Henrike konzentrierte sich wieder auf die LOUISE. Die vier Artikel, die auf das Editorial folgten, lauteten in der Übersicht auf dem Deckblatt der Zeitung:

1. Der kämpferische Lebensweg der Louise Otto-Peters
2. Gegen separate Frauen-Universitäten
3. Wie modern Goethe die Frauen sah
4. Eine Erwiderung auf die Rede von Rektor Waldeyer über die Frauenfrage von der Friedrich-Wilhelms-Universität Berlin

Die Rede von Rektor Waldeyer war im *Würzburger Generalanzeiger* erschienen und hatte Henrike aus der Fassung gebracht. Der Professor behauptete darin nämlich, dass der »Zudrang der Frauen zum ärztlichen Beruf« nur deswegen so groß sei, weil Frauen irrtümlicherweise annehmen würden, dass sich die Krankenpflege, für die der Professor Frauen durchaus eine Eignung zusprach, mit der Ausübung des ärztlichen Berufes decke. Daraus folgerte er wiederum, dass die ganze Diskussion um das Frauenstudium nur ein Missverständnis sei.

Ein Missverständnis?!, hatte Henrike sich empört und heftig nach Luft geschnappt. Wenn Frauen wüssten, so schrieb der Professor weiter, was ein Medizinstudium tatsächlich beinhalte und wie handwerklich es in der Chirurgie zuginge, würden sie nicht mehr studieren wollen.

Erst war Henrike darüber erbost gewesen, dann hatte sie den Ratschlag ihrer Großmutter beherzigt und die Aussagen des Professors sachlich durchdacht. Ihr Wunsch, Ärztin zu werden, basierte auf keiner falschen Auffassung, sondern auf Überzeugung. Sie wusste, dass kranke Menschen in den Irrenabteilungen häufig selbstmordgefährdet waren. Sie kannte die Lerninhalte aus zwei Vorlesungen, und sie wusste auch, dass Sektionen und Demonstrationen von Operationen an der Übungspuppe und am Patienten Teil des Studiums waren. Unbestritten stellte ein Medizinstudium eine Herausforderung dar, die Henrike natürlich auch an ihre Grenzen bringen könnte. Aber sie wollte sich ihren Grenzen stellen und sie überschreiten können, wenn es notwendig war. In ihrem vierten Artikel schrieb sie genau darüber. Den Wunsch, bei körperlichen Leiden helfen zu können, besaßen viele Frauen, was vielleicht am Mutterinstinkt lag. Henrike fühlte sich unendlich durstig nach Wissen über die Funktionen des gesunden und kranken Körpers sowie des Gehirns im Speziellen, diesem einmaligen schöpferischen Wunderwerk. Die Erwiderung auf Rektor Waldeyers Rede handelte deshalb auch davon, dass bei den aktuellen frauenfeindlichen Verhältnissen weibliche Studenten erstens Energie fürs Studium und zweitens für die Vorbehalte männlicher Studenten und Professoren aufbringen müssten. Und aus dieser doppelten Belastung schlussfolgerte sie, dass Frauen, die das Studium schafften, ihre männlichen Kollegen an Klugheit meist sogar noch übertrafen. Das zeigte nicht zuletzt das Beispiel der Schweiz, wo Frauen schon längst zum Medizinstudium zugelassen waren.

Weiterhin sprach Henrike sich für gleiche Studieninhalte, gleiche Arbeitsgebiete und gleichwertige Abschlüsse aus. Sie nannte dies »das volle akademische Bürgerrecht für Frauen«. Nur wenn diese Forderungen rechtlich verbürgt sind, ist eine akademische Gleichstellung von Mann und Frau möglich, war sie überzeugt. Eine separate Frauen-Universität verhielte sich dagegen wie eine höhere Mädchenschule zum Knabengymnasium – andere Niveaus, andere Abschlüsse und unterschiedliche Lehrinhalte. Was ihre Leserinnen wohl zu dem provokanten vierten Artikel sagen würden?

An diesem vierten Oktobertag im Redaktionskeller stand die fehlerfreie Niederschrift der letzten Seite der LOUISE an. Die Abgabe des Gesamtwerkes hatte Henrike für den nächsten Tag vereinbart. Die LOUISE sollte pünktlich am 12. Oktober ihre Leserinnen erreichen. Ohne Großvater würde das alles nicht funktionieren, dachte Henrike und war sehr froh über seine Unterstützung. Richard hatte ihr einige Formulierungshinweise gegeben und ihr einige Schwach- und Angriffspunkte in ihrer Argumentation aufgezeigt, die sie anschließend überarbeitet hatte. Zudem übernahm er die Bezahlung der Druckerei und die Kosten für die Versendung. Ihre Großmutter hatte den Kontakt zur Druckerei vermittelt. Richard stimmte Henrike in ihrem Plädoyer gegen eigenständige Frauen-Universitäten zu, welches sie im zweiten Artikel formuliert hatte. Es war schön gewesen, gemeinsam mit ihm über den Texten zu brüten. Henrike war ein Stein vom Herzen gefallen, weil er nicht mehr so mager und hinfällig aussah und wieder öfters lächelte. Das machte auch ihre Großmutter glücklicher.

Glück? Henrike dachte bei diesem Wort sofort an Jean-Pierre und lächelte verträumt. Seine Küsse fluteten sie mit Energie. Ihr Austausch war geistreich und humorvoll. Beim letzten Treffen im Stift Haug hatte er sogar ihre Hand genommen und sie erst wieder losgelassen, nachdem sie die Kirche schon längst verlassen hatten.

Aber jetzt wird gearbeitet, ermahnte sie sich, und nicht geträumt! Henrike zog das Tuch mit den Fransen fester um ihre Schultern, spannte das Oktavpapier in den gewölbten Papierrahmen und klappte die Schreibkugel herunter. Die Vokale befanden sich auf der linken Seite der Tastatur, die Konsonanten auf der rechten. Die Zeichenlage war ihr inzwischen vertraut, ihre Finger fanden die Tasten blind. Sie legte los. Jeder neue Schlag einer Typenstange gegen das Oktavpapier brachte sie ihrem Wunsch von einer gerechteren Zukunft für Frauen ein klein wenig näher. Auf jeden Schlag folgte noch einer, noch kräftiger und noch vorwärtsdrängender. Wenn dann kurz vor jedem Zeilenende das Glockensignal erklang, betätigte sie die Zeilenschalttaste. Die Schreibkugel setzte die Wörter ausschließlich in Großbuchstaben zusammen.

Wärterin Anna brachte ihr Tee und eine Öllampe. »Warum schreibst du im Halbdunkeln?« Sie hustete.

»Du solltest etwas gegen deinen Husten tun.« Henrike schaute von ihrer Schreibkugel auf und in Annas erschöpfte Züge mit den kleinen grauen Augen. Die hielt ihr eine Tasse hin, aus der es angenehm nach Pfefferminze duftete. Die Öllampe erhellte den Schreibtisch und die Schreibkugel. Henrike hatte gar nicht bemerkt, dass es immer dunkler geworden war.

»Das ist nett, aber heute habe ich keine Zeit für Teepausen. Heute müssen die Druckvorlagen fertig werden. Und du, solltest du nicht längst im Spital sein?«

Anna stellte die Teetasse auf den Tisch, nahm auf dem wackeligen Stuhl neben Henrike Platz und schaute neugierig auf das eingespannte Oktavblatt. »Heute ist mein freier Tag.«

Soweit Henrike wusste, arbeiteten die Wärterinnen sechs Tage hintereinander und hatten danach einen freien Tag.

Anna knetete den Stoff ihres fadenscheinigen Rockes. »Und außerdem ist die Stimmung in letzter Zeit wegen Professor Röntgen und seiner vermeintlich gestohlenen Entdeckung sehr schlecht auf der Magenstation.«

Henrike erinnerte sich, dass man vor noch nicht allzu langer Zeit die Entdeckung der Strahlen auf den Brücken und Plätzen Würzburgs gefeiert hatte. Inzwischen tauchte der Name Röntgen immer seltener in Gesprächen auf. Dabei passt die Entdeckung der neuen Strahlen genauso gut zu Würzburg wie meine moderne LOUISE und »das volle akademische Bürgerrecht für Frauen«, fand sie. Eine Stadt wie Würzburg, in der seit Jahrhunderten Medizingeschichte geschrieben wurde, musste die Frauen endlich am Wissen und an der Gestaltung der Zukunft teilhaben lassen!

»Die Oberwärterin verlangt schon jetzt, dass wir nicht mehr ›Röntgen-Strahlen‹ sagen. Wir sollen nur noch ›Strahlen‹ sagen, das sei unverfänglicher«, meinte Anna. »Aber mir ist es egal, was sie sagt. Ich bilde mir meine eigene Meinung.«

»Wer wird eigentlich darüber entscheiden, wer der Entdecker der Strahlen ist?«, fragte Henrike.

Anna zuckte mit den Schultern, deren Knochen sich spitz unter ihrer Bluse abzeichneten. »Hertha von der Station der Hautkranken meint, dass das ein Gericht machen müsste.«

Henrike nickte. Das wäre wohl das Beste, dann könnten die Würzburger endlich wieder ruhig schlafen. »Oder aber, der Prinzregent schlichtet den Streit«, fiel ihr ein. »Bei allem, was die Würzburger mit ihren Brunnen und Brücken für den Prinzregenten schon getan haben, könnte er sich ruhig um diese Streitsache kümmern. Ich glaube sogar, dass das nächste Denkmal anlässlich seines achtzigsten Geburtstags schon in Planung ist.«

»Wenn Professor Röntgen wenigstens einmal etwas gegen die Angriffe von Lenard unternehmen oder ein Interview geben würde, bräuchte es die Hilfe des Regenten vielleicht ja gar nicht«, wandte Anna ein. »Man gewinnt fast den Eindruck, als wären Professor Röntgen die Vorwürfe, sein Ruf und der des Juliusspitals egal.«

»Oder aber die Vorwürfe gegen ihn stimmen, und er schweigt deswegen«, wagte Henrike leise hinzuzufügen, obwohl sie diesen Gedanken schon gleich wieder verwarf. »Aber nun sollte ich weiterarbeiten.« Sie konzentrierte sich wieder ganz auf ihre 137.

Im Folgenden wechselte sich das klappernde Geräusch der Typenstangen mit dem Glockensignal und dem Geräusch der Zeilenschalttaste ab. Für Henrike war es eine Musik des Werdens, und es fühlte sich prickelnd an.

Erst als das Oktavblatt zur Hälfte fehlerfrei beschrieben war, holte sie wieder tiefer Luft. Anna Gertlein war völlig in die Betrachtung der Schreibkugel versunken.

»Es ist eine magische Sache, nicht wahr?«, fragte Henrike und strich liebevoll über die messinglegierte Zeilenschalttaste.

»Du bist eine Magierin, dass du das alles wagst«, antwortete Anna, ohne den Blick von der Schreibapparatur zu nehmen.

»Wenn es eine Person gibt, die magisch ist, dann ist es Jean-Pierre«, vertraute Henrike der Wärterin an, ihre Finger lagen noch immer auf der Tastatur.

Anna schaute irritiert von der Schreibkugel auf. »Redest du von diesem dunkelhäutigen Studenten aus Paris?«

Henrike schwärmte weiter. »Jean-Pierre weiß so viel über die Behandlung der Krankheiten der menschlicheren Menschen.«

»Und was ist, wenn er wieder zurück nach Paris geht?«

»Das glaube ich nicht. Jetzt, wo wir uns ... na ja ...« Es fiel Henrike noch schwer, das Wort »küssen« gegenüber jemandem offen auszusprechen. Bevor sie sich verliebte, hatte sie eigentlich erst mit Isabella um die Welt reisen wollen. »Warst du schon mal verliebt, Anna?«

Anna umfasste ihre Teetasse und nahm einen langen Schluck.

»Ist schon gut, du brauchst es mir nicht zu sagen«, setzte Henrike hinterher. Aber ein wenig schmerzte es sie schon, dass die Wärterin ihr so wenig von sich verriet. Schließlich hatte Henrike ihr ihre größten Geheimnisse anvertraut: ihre Liebe zu Jean-Pierre und die Herausgabe der LOUISE.

»Es gab da mal einen Jungen«, begann Anna jedoch zu ihrer Überraschung, den Blick auf die Teetasse geheftet. »Aber der ist an Typhus gestorben, weil der zuständige Arzt erst zu den reichen Kranken lief.«

Instinktiv umarmte Henrike Anna. »Das tut mir leid.«

Anna ließ es zu, aber ohne die Umarmung zu erwidern. »Was tut dir leid?«, fragte sie erregter. »Dass Kaspar und ich nicht heiraten konnten oder dass die reichen Kranken bevorzugt werden?«

»Beides«, antwortete Henrike prompt und setzte sich wieder hin. »Du hast recht, der Geldbeutel sollte nicht darüber entscheiden, wie schnell jemand ärztliche Hilfe erhält.« Die Stimmung drohte zu kippen, weswegen sie unbedingt etwas Versöhnliches sagen wollte. »Ich finde es jedenfalls schön, dass wir uns seit dem Stärkungstrunk auf dem Dachboden duzen.«

Annas Gesicht hellte sich wieder auf.

Mit großer Geste nahm Henrike ihre Teetasse auf. »Lass uns Pfefferminztee-Brüderschaft trinken.«

»Wenn dann schon ›Schwesternschaft‹«, korrigierte Anna. Sie verhakten ihre Arme mit den Teetassen ineinander, tranken und kicherten danach wie zwei junge Mädchen. »Pfefferminztee-Schwesternschaft!«, wiederholten sie und prosteten, als schäumte Bier in ihren Tassen.

»Es sieht doch gar nicht so übel hier aus«, kam es von der Tür.

Henrike verschluckte sich fast am heißen Tee. »Bellchen, was machst du denn hier?« Sie sprang auf.

Isabella betrat den Redaktionskeller und schaute sich neugierig um, ihr Blick blieb an den Kartoffeln in der Kellerecke hängen. »Heute ist doch dein letzter Schreibtag, und da wollte ich dir beistehen. Ich habe eine Weile darüber nachgedacht und finde, beste Freundinnen sollten sich bis in den Staub folgen.« Sie nieste erwartungsgemäß.

Henrike schaute die Freundin kurz an, bevor sie sie in den Arm nahm. Isabella trug ein schickes rotes Kostüm und dazu den Hamburger Hut mit den Fasanenfedern, der eines der vielen Entschuldigungsgeschenke ihres Vaters war. »Es ist so schön, dass du da bist.«

Isabella löste sich aus Henrikes Armen und trat vor den Schreibtisch. »Und Sie müssen Anna sein«, sagte sie und streckte der Wärterin mit einem Lächeln die Hand im parfümierten Handschuh entgegen. »Schön, Sie endlich kennenzulernen.«

Anna wollte schon knicksen wie vor den Herren vom Oberpflegeamt. »Anna Gertlein. Ja, das stimmt«, sagte sie in dem kühlen Ton, mit dem sie früher auch mit Henrike gesprochen hatte, ohne die ihr hingehaltene Hand zu ergreifen.

»Anna habe ich meine Arbeit im Spital zu verdanken«, erklärte Henrike und schenkte der Wärterin ein dankbares Lächeln.

»Anfangs wollte ich«, entgegnete Anna, »dass du das Spital nie wieder betrittst, aber als du auf mein Angebot eingegangen bist, habe ich es sogar ein wenig bereut, dich ausgerechnet zu den Irren geschickt zu haben.« Anna lächelte Henrike kurz an, sagte aber dann: »Fräulein Isabella, Sie können meinen Stuhl haben. Ich wünsche den Damen eine angenehme Zeit.« Sie verließ den Redaktionskeller.

Isabella nieste erneut und schaute nachdenklich zur Tür. »Sie ist ein klein wenig launisch, oder?«

»Anna hat einen weichen Kern«, entgegnete Henrike und erinnerte sich an die ersten Begegnungen mit Anna. Die Wärterin von der Magenstation war wirklich launisch wie Aprilwetter. Aber wenn man sie besser kennenlernte, änderte sich ihr Verhalten, und sie wurde ausgeglichener und weniger misstrauisch.

»Und was für einen Kern habe ich«, fragte Isabella amüsiert, »wenn wir schon von Kernen reden?«

Henrike tat, als müsse sie lange darüber nachdenken. Sie rieb sich grübelnd das Kinn und verdrehte die Augen, bis ihre Freundin sie freundschaftlich anstieß. »Einen sehr lieben«, sagte sie schließlich zärtlich.

»Und nun bringen wir deine erste LOUISE zu Ende, ja?« Isabella nahm auf dem Stuhl neben der Schreibkugel Platz. Staub wirbelte auf, aber bevor sie erneut niesen konnte, bannte die messinglegierte Schreibkugel ihren Blick. Im Licht der Öllampe glänzte sie prächtig.

»Großmamas Leihgabe«, erklärte Henrike stolz, »sie hat genau diese Schreibkugel im Kampf für die Frauenrechte benutzt.«

Mit Isabellas Beistand gelang Henrike auch die zweite Hälfte der letzten Seite fehlerfrei. Damit war die LOUISE bereit für die Druckerei. Henrike sicherte die Druckblätter in einer Pappmappe und legte auch die Adressliste dazu. Sie plante, je ein Dutzend Exemplare an jeden bayerischen Lokalverein des Allgemeinen Deutschen Frauenvereins zu verschicken. Die restlichen Zeitungen würde ihr Anna helfen, in Würzburg zu verteilen. Anna ist mir ans Herz gewachsen, dachte Henrike still. Die gelöste Stimmung anlässlich der Pfefferminztee-Schwesternschaft hatte die Wärterin um Jahre jünger wirken lassen.

Noch am Abend des 4. Oktober trug Henrike ihre Pappmappe zur Post und gab deren Inhalt ohne Absender auf. Schon seit Jahrzehnten – das wusste Henrike von ihrer Großmutter – gab es in Würzburg eine Druckerei, deren Kunden nicht mit Namen, sondern lediglich mit Nummern und Lieferadressen im Auftragsbuch vermerkt wurden. Deshalb und weil man der Druckerei seine Druckvorlagen auch mit der Post zuschicken und sie auch auf ebenso anonymem Weg bezahlen konnte, hatte Henrike sie ausgesucht. Die Lieferung wurde auf Wunsch sogar an einen anonymen Ort geschickt, der nicht auf den Auftraggeber schließen ließ. Henrike ließ sich die Exemplare, die sie in

Würzburg verteilen wollte, vor ihren Redaktionskeller in der Petrinistraße liefern. Zunächst jedoch hieß es nun sieben Tage warten, eine Geduldsprobe, die sich als ähnlich nervenaufreibend erwies wie die Wartezeit vor dem Wiedersehen mit Jean-Pierre in der Pfarrkirche des Stifts Haug.

Nachdem drei der sieben Tage vergangen waren, sah Henrike Jean-Pierre wieder. Sie trafen sich an einer schwer einsehbaren Stelle am Main auf einer alten, rostigen Bank außerhalb der Stadt.

Er brachte ihr ein neues Vorlesungsmanuskript von Professor Rieger mit und erklärte ihr einige Dinge daraus. Nur kurz bewunderte sie seine Klugheit und sein Psychiatriewissen, dann küsste sie ihn frech.

»Enrike, du bist die erfrischendste junge Dame, die mir jemals begegnet ist«, raunte er zwischen ihren Küssen. »*Tu es ma drogue.* Ich bin süchtig nach dir.«

Tief hängende Äste mit rostbraunem Buchenlaub verbargen ihre Liebe vor dem Rest der Welt.

Er nahm sie in den Arm, und zusammen schauten sie dem dunklen Main beim Fließen zu.

Die Zeit vergeht und vergeht, dachte Henrike dabei. »Ich würde dich gerne meinen Eltern vorstellen, Jean-Pierre«, sagte sie in der Überzeugung, dass dies ein erster Schritt für mehr Ehrlichkeit in der Familie wäre. »Dann bräuchten wir uns nicht mehr heimlich zu treffen.«

Er erhob sich von der Bank und trat an die Uferböschung. »Mir gefällt es hier ... so allein.«

»Mir gefällt es ja auch, aber wenn ich nicht mehr lügen müsste, um dich zu sehen, wäre mir das lieber.« Sie trat neben ihn und legte den Kopf an seine Schulter.

Sein Blick verlor sich im Himmel über dem Fluss. »Gib mir noch etwas Zeit, *mon amour.*« Er begann, ihre Schulter zu streicheln.

Seine Nähe tat ihr gut, sie war wie eine wohltuende Verschnaufpause während des Ausdauerlaufs, als der sich die Herausgabe der LOUISE anfühlte. »Besuchst du mich mal im Redaktionskeller?« Zur Sicherheit nannte sie ihm die Adresse.

»Ich habe gerade viel für Professor Rieger zu tun, die Studie zu den Schädelmessungen ist fast fertig. Aber ehrlich gesagt, würde ich dich lieber hier sehen.«

»Ich verstehe«, antwortete sie, obwohl sie seine Abneigung gegen das Grombühl nicht wirklich verstand.

Im weiteren Gespräch, während dem sie sich bei den Händen hielten, weihte sie Jean-Pierre in die Inhalte der ersten LOUISE ein und verriet ihm auch den Namen der Druckerei.

Anders als ihre Großeltern oder Isabella äußerte sich Jean-Pierre aber nur zurückhaltend zu ihren Plänen. Begeisterte Worte sind auch nicht dringend notwendig, dachte sie. Seine Küsse bestärkten sie mehr als tausend Worte. Sie waren seine ganz eigene Art der Unterstützung. Begehrt zu werden, war ein einzigartiges Gefühl, das ihr Kräfte verlieh, die sie nie für möglich gehalten hatte.

*

Der 11. Oktober war der Tag, an dem die Druckerei am Abend die LOUISE vor den Redaktionskeller liefern wollte. Es war ein Samstag, und wie jede Woche nahm die Familie das Mittagessen an diesem Tag gemeinsam ein.

Als Henrike den hell erleuchteten Salon betrat, hatten ihre Eltern bereits an der Tafel Platz genommen. Ihr Vater saß aufrecht und steif. Ihre Mutter wirkte eher in sich zusammengesunken, auch wenn sie darum bemüht war, Haltung zu bewahren. Eine seltsam lauernde Stimmung lag in der Luft.

Während Henrike sich auf ihren angestammten Armlehnstuhl setzte, schauten sich ihre Eltern lange an. Henrike fiel ein Kuvert auf, das unter der Tuchserviette ihres Vaters hervorschaute. Ihr brach der Schweiß aus allen Poren. Befand sich in dem Kuvert etwa ihre LOUISE? Es konnte jedenfalls von der Druckerei stammen, gebleichtes Papier war inzwischen allgemein üblich. Sollte die Druckerei etwa fälschlicherweise ein Exemplar an ihre Adresse gesendet haben? Aber woher sollte diese Henrikes Namen und Adresse kennen?

Vor Ungewissheit wurde ihr fast schwindelig. In ihren zittrigen

Händen fühlte sich der Silberlöffel ungewohnt schwer an. Noch nie hatten sich die Zeiger der Standuhr im Salon so langsam bewegt, die Uhr musste kaputt sein. Schweigend löffelten sie die Maronensuppe. Zu Henrikes Bedauern verzichtete ihr Vater heute darauf, die Serviette zu verwenden. Dann hätte Henrike wenigstens den Absender auf dem Kuvert lesen können, denn wie es aussah, lag dieses mit der Adressatenseite nach unten.

Nachdem die Teller abgeräumt waren und die Familie wieder allein im Salon war, schaute Anton Henrike das erste Mal während dieser Mahlzeit länger an. Er verschränkte die Arme vor der Brust. »Du hast uns enttäuscht, Henrike Maria«, sagte er. Die Direktorenbrosche leuchtete auf seinem Krawattenschal im Salonlicht wie ein Lämpchen.

Enttäuscht? Henrike fühlte sich plötzlich so klein und machtlos, als sei sie einer von Vaters Angestellten bei der Eisenbahn. Sie versuchte, sich an die Rede zu erinnern, mit der sie ihre Eltern in ihre Träume hatte einweihen wollen und die sie auswendig gelernt hatte.

»Hast du uns nichts zu sagen?«, insistierte Anton und legte seinen Unterarm nun wieder auf die Serviette.

Doch vor Aufregung fiel Henrike nicht einmal der Anfang ihrer Rede wieder ein. Sie erinnerte sich lediglich noch daran, dass sie die Schnelligkeit der Eisenbahn in sie eingebaut hatte.

Ungeduldig pochte ihr Vater mit dem Finger auf den Tisch.

»Es tut mir sehr leid«, presste sie hervor und senkte den Blick auf den kreisrunden Abdruck, den ihr Suppenteller auf dem Tafeltuch hinterlassen hatte.

Jetzt ist alles vorbei!, schoss es ihr durch den Kopf, meine Eltern lassen mich nie wieder alleine auf die Straße, bis ich verheiratet bin. Sie würde Jean-Pierre nicht mehr wiedersehen und nicht mehr ins Spital gehen dürfen. »Ich wollte es euch schon so lange sagen, aber nie war der richtige Moment dafür da.«

»Ich mache mir ernste Sorgen um dich, Rike«, sagte ihre Mutter mit trauriger Stimme.

Henrike fiel auf, dass Ella müde und zermürbt aussah, ein bisschen wie Frau Kreuzmüller. Ihr Kinngrübchen, mit dem sie früher so fröhlich gewirkt hatte, war kaum noch zu erkennen.

Ihr Vater öffnete das Kuvert und zog dessen Inhalt heraus.

Henrike wollte gerade beginnen, alles zu beichten. »Damals, als du im Spital auf der Magenstation lagst, Mama, erinnert ihr euch noch an die Wärterin Anna Gertlein?«, fragte sie. »Es tut mir ja leid, aber ...«

Ihr Vater legte den Inhalt des Kuverts vor Henrike hin.

Henrike fuhr zusammen.

»Ich begreife nicht, wie du und Isabella auf die dumme Idee kommen konntet, ein Schattenbild machen zu lassen!«, erboste Anton sich.

Henrike begriff nur langsam, dass das Schattenbild der Grund für die Verstimmung ihrer Eltern war. Die LOUISE würde doch erscheinen! Vor Erleichterung lachte sie laut auf.

»Was ist denn nur mit dir los, Kind!« Anton schickte das Personal, das eben eingetreten war, mit dem Braten in die Küche zurück. »Was sind das nur für Manieren für eine junge Dame. Hast du außer Gelächter und einem ›Es tut mir leid‹ nichts anderes vorzubringen? Bei den Königlich Bayerischen Staatseisenbahnen sind solche Sperenzchen ein Kündigungsgrund! Derartiges Verhalten kann ich nicht akzeptieren, Rike.«

Henrike senkte schuldbewusst den Blick. »Da war diese verlockende Anzeige in dem Magazin«, gestand sie und fügte kleinlaut noch hinzu: »Die Durchstrahlung hat auch gar nicht wehgetan.«

»Wer von euch beiden hatte die Idee?«, wollte Anton wissen und wies mit der Hand auf die Schattenbilder.

»Ich!«, sagte Henrike sofort, damit Isabella nicht auch noch Schwierigkeiten bekam. Es schmerzte sie, wie leicht ihr Notlügen mittlerweile über die Lippen kamen.

»Solche Heimlichkeiten kann ich nicht durchgehen lassen!«, verkündete Anton und prüfte die Zeit auf seiner Taschenuhr. »Als Strafe sind die Besuche ...«, er trank erst einen Schluck Wein, bevor er weitersprach.

Bitte keinen Hausarrest!, flehte Henrike still. Ich will Jean-Pierre bald wiedersehen auf unserer Bank am Main und morgen die LOUISE verteilen.

»Als Strafe sind die Besuche bei deinen Großeltern für die nächsten zwei Monate gestrichen!«, verkündete ihr Vater.

»Nein!«, fuhr Henrike auf und schaute ihre Mutter bittend an. »Großmama und Großpapa haben nichts mit den Schattenbildern zu tun!«

Betreten senkte ihre Mutter den Blick. »Dein Vater entscheidet, nicht du.«

Anton klingelte nach dem Kalbsbraten. »Von wem solltest du dieses Interesse an den Strahlen denn sonst haben?«

»Es verursacht nur Probleme, wenn sich eine junge Dame mit wissenschaftlichen Themen beschäftigt«, sagte ihre Mutter und fügte kaum hörbar hinzu: »Wie der Medizin.«

Henrike erschrak mehr über den Nachsatz ihrer Mutter als über das Verbot ihres Vaters.

»Ich habe entschieden!«, verkündete Anton und klingelte nach dem Personal, damit der Braten endlich aufgetragen werden konnte. »Deine Großeltern wissen bereits Bescheid.«

Henrike entschied, dass es besser wäre, zu schweigen, wollte sie alles nicht noch schlimmer machen. Sie konnte sich nicht vorstellen, wie ihre Eltern reagieren würden, erführen sie von ihren Zukunftsplänen und davon, dass sie Zärtlichkeiten mit einem französischen, geheimnisvollen Studenten austauschte. In ihrer Vorstellung hörte sie ihren Vater schreien und sah ihre Mutter weinen. Schnell verdrängte sie die Bilder wieder, um nicht noch vor Angst zu sterben, bevor die LOUISE überhaupt das Licht der Welt erblickt hatte.

22

Oktober 1899

Jean-Pierre ging durch den dunklen Kellerflur, der zum Archiv des Juliusspitals führte. Im Auftrag des Rektors sollte er dort einige alte Journale ablegen, die Theobald Pauselius im Büro nur »unnötig Platz stehlen«, wie der Rektor der Universität zu Würzburg sich ausgedrückt hatte.

Der feuchte Geruch und die kühle Kellerluft erinnerten Jean-Pierre an die Pfarrkirche des Stifts Haug und die Küsse mit Henrike. Es war ihm schwergefallen, ihr zu widerstehen. Mit ihren weit auseinanderliegenden Augen hatte sie ihn förmlich gedrängt, sie zu küssen. Und es war ihm gelungen, dass ihre Gedanken einmal nicht um ihre Frauen-Zeitung kreisten. Es wäre besser, sie aufzuhalten!, war er überzeugt.

Er wollte gerade schneller gehen, als ihn die Stimme von Wärterin Ruth aufhorchen ließ. »Schau sie dir genau an!«

Was machte die Irrenwärterin hier unten im Keller? Er hatte einmal gehört, dass es im Keller Räume gab, in denen man früher Geisteskranke gezüchtigt hätte. Schreie von hier unten waren eine Etage höher nicht mehr zu vernehmen.

Jean-Pierre stoppte vor einer Tür, die nur angelehnt war. Staub lag auf dem rostigen Riegel. Er schob sie nur einen Spalt weit auf, sodass er in den Raum schauen konnte. Der Raum war kahl und weiß gefliest, Spinnweben hingen in den Ecken. In der Mitte stand eine Wanne, der einzige Gegenstand im Raum. Wärterin Ruth hatte die depressive Frau Kreuzmüller im Nacken gepackt und drückte ihren Kopf über den Wannenrand. »Wenn du noch a mal versuchst, dir was anzutun, kommst ins Eis!«

Frau Kreuzmüller wimmerte: »Heinz und Jochen, so helft mir doch!« Sie wand sich in dem festen Griff, aber die Wärterin zwang sie, in die Wanne zu sehen, und ließ nicht locker. »Noch a einziges Mal, und ich mach's wahr, und die Wanne is voll mit Eiswasser. Und sei dir sicher: Professor Rieger wird nichts davon erfahre! Und dei Heinz hat inzwische bestimmt a andre. Niemand will was mit geistige Krüppel zu tun habe.«

Ach ja, und du bist etwa kein geistiger Krüppel, Ruth?, dachte Jean-Pierre und spürte, wie sich jeder Muskel in ihm allein bei der Androhung eines Eisbades anspannte. Ein Kälteschock war Folter! Er vermutete, dass Heinz der Ehemann von Frau Kreuzmüller war und Jochen ihr Sohn. Aus Henrikes jüngsten Erzählungen wusste er, dass sie das Familienfoto inzwischen mehrmals zerrissen hatte.

»I habs so satt mit euch!«, schimpfte Wärterin Ruth in das Wimmern der Patientin hinein.

Jean-Pierre kannte die Prozedur des Eisbadens nur aus alten Büchern, Professor Rieger hielt nichts davon. Man half Menschen wie Frau Kreuzmüller nicht damit, dass man ihre Depressivität bekämpfte. Solange die Genesung eines depressiven Patienten nicht abgeschlossen war, brauchte er das Gefühl, in aller Ruhe weiter depressiv sein zu dürfen. Es war falsch, jemanden zu drängen, seine Depression oder sogar Selbstmordgedanken aufzugeben. Antriebslosigkeit und Apathie waren Schutz und Selbsthilfe, auf die der Patient so lange zurückgriff, bis er eine Lösung für sein Problem gefunden hatte. Erst danach war das Depressivsein überflüssig.

»Hast des verstand?«, wollte die Wärterin nun wissen.

Jean-Pierre wollte gerade dazwischengehen, obwohl er als Student dem Wartpersonal gegenüber nicht weisungsbefugt war, aber Frau Kreuzmüllers weinerliche Stimme hielt ihn davon ab.

Die Patientin begann, ihren Oberkörper langsam vor und zurück zu wiegen und versuchte sich an einem: »Tridihejo, dihejo ...«

Daraufhin ließ die grobe Wärterin sie völlig überrascht los.

Jean-Pierre erinnerte sich, wie Henrike das Lied im Garten geprobt hatte. »... auf in die grüne Heid«, fuhr Frau Kreuzmüller fort und wiegte ihren Oberkörper weiterhin vor und zurück. Ihre traurige Stimme berührte ihn. Es war, als vermochte der Gesang die Patientin gedanklich aus der bedrohlichen Situation im Keller an einen friedlicheren Ort zu versetzen. In die grüne Heid.

Jean-Pierre ließ sie weitersingen, und auch Wärterin Ruth ließ sie gewähren.

»Mir gehn jetzt zurück in die Abteilung«, brummte die Wärterin erst, als ihr Opfer das Lied beendet hatte. Sie zog Frau Kreuzmüller von der Wanne weg und schob sie vor sich her zur Tür.

Jean-Pierre konnte gerade noch rechtzeitig hinter die Tür springen, als die Wärterin sie aufschlug und mit der Patientin davonging.

Er presste sich die alten Journale eng vor die Brust. Auf jeden Fall wollte er die Methoden der Wärterin Professor Rieger melden. Eisbäder in dieser modernen Zeit?

Er setzte seinen Weg zum Archiv fort. Er sehnte sich nach Henrike.

23

Oktober 1899

An den ersten Tagen nach dem Erscheinen der LOUISE geschah so gut wie gar nichts. Hin und wieder sah Henrike ein Exemplar auf einer Parkbank liegen oder vom Wind getrieben über die Straße fliegen, als sie sich auf den Weg zur alten, rostigen Bank am Main machte, um dort Jean-Pierre zu treffen. Sie hatte die Zeitungen in einer heimlichen Nacht-und-Nebel-Aktion an öffentliche Plätze und vor beinahe jede Haustür in den besseren Vierteln gelegt. In den Kaffeehäusern der Stadt hörte sie immer wieder einmal, dass man über die LOUISE tuschelte. Eine ihrer Mitschülerinnen aus der Töchterschule brachte sogar ein Exemplar mit in den Unterricht und reichte es heimlich herum.

Henrike tat so, als sehe sie die Artikel zum ersten Mal. Einige ihrer Mitschülerinnen waren ganz hingerissen von dem Beitrag über Goethe, in dem es darum ging, wie gut der große Schriftsteller es doch verstanden hatte, in die Seele einer Frau hineinzuhorchen. Anders als ihre Lehrerin Fräulein Wackernagel stets behauptete, wurde darin auch der Vorwurf widerlegt, dass Goethe das weibliche Geschlecht geringer geschätzt habe als das männliche. Das Gedicht *Prometheus* und auch das Drama *Torquato Tasso* bewiesen es. Im *Prometheus* machte Goethe die Frau mit der Figur der Pallas zur Vermittlerin zwischen Gott und der Welt. Wie wunderbar! Und in dem Drama *Torquato Tasso* wies die Prinzessin im letzten Akt einen Mann zurück. Sie war diejenige, die entschied, nicht er. Goethes Heldin träumte außerdem von einem geistigen Band zwischen den Geschlechtern. Goethe ist ein Vordenker der Frauenbewegung gewesen, war sich Henrike gewiss, aber viel lieber noch als an Goethe dachte sie an Jean-Pierre.

Einen Monat nach ihrem Erscheinen wurden die LOUISE, Goethes Frauenfiguren und die heimliche Herausgeberin doch noch Stadtgespräch. Henrike genoss die Aufmerksamkeit für ihre Zeitschrift in Gedanken vom Kräuterboden des Spitals aus. Sie durchlebte diese Tage wie im Taumel, sogar ihr Vater kam auf den Artikel gegen die separaten Frauen-Universitäten zu sprechen, die er ebenfalls ablehnte, wenn auch aus anderen Gründen als seine Tochter. Es machte sie stolz, dass die LOUISE immerhin bis in die Welt eines Eisenbahn-Direktors vorgedrungen war.

Sie schwärmte Jean-Pierre von der Verbreitung ihrer Frauen-Zeitung vor und bekam prompt einen Kuss dafür. Er war unendlich zärtlich mit ihr, wenn er sie küsste und streichelte. Zuletzt hatte er sich jedoch so leidenschaftlich an sie gepresst, dass sie erschrocken zurückgefahren war.

»Es tut mir leid«, hatte er mit noch fiebrigem Blick gemurmelt, während der Main sanft an ihnen vorbeifloss.

Henrike wusste von Isabella, wie Männer sich verhielten, wenn das Verlangen sie überkam. Sie wurden dann wie Tiere vor der Fütterung, unruhig und ohne Verstand. Aber auch unwiderstehlich.

»Ich wollte dich nicht drängen, Enrike«, versicherte Jean-Pierre ihr und fuhr sich durch das schwarze Haar.

Henrike wusste, was passieren könnte, aber nicht durfte, wenn sie sich ihm ganz hingab. Für die Tochter eines Eisenbahn-Direktors war es selbstverständlich, mit Intimitäten bis nach der Hochzeit zu warten.

Doch wenn Jean-Pierre erregt war, erschien er Henrike auch verletzlich, und das zog sie an. Das Verletzliche einerseits und seine Selbstsicherheit andererseits. Es kitzelte in ihrem Schoß, wenn sie ihn berührte. Ihre Küsse wurden fordernder. Bevor es keinen Weg zurück mehr aus der sich steigernden Leidenschaft gäbe, wollte sie sich jedoch zurückziehen. Aber nur noch diesen und den nächsten Kuss. Und den übernächsten.

Einige Wochen nach Erscheinen der LOUISE verbreitete sich in Würzburg die Nachricht, dass ein Fräulein Danziger sich über das Ministerium des Inneren um einen Platz als Hörerin an der Alma Julia beworben hatte. Jenny Danziger wollte Medizin-Vorlesungen hören, ihr besonderes Interesse galt der Anatomie. Als Henrike mit der Planung der zweiten Ausgabe der LOUISE begann, geschah dann das Unmögliche: Fräulein Danziger wurde als Hörerin zugelassen. Henrike freute sich für das Fräulein, ungeachtet der Willkür, mit der Zulassungsentscheidungen getroffen wurden. Vielleicht hatte ihre LOUISE ja sogar ein Stück weit dabei mitgeholfen, dass einer Frau ohne Professorentitel die Hörerschaft ermöglicht wurde. Es hieß, dass weitere Anträge vor allem von Lehrerinnen im Ministerium vorlägen. Hatten die Herren im Ministerium ihre Einstellung über gebildete Frauen etwa geändert? Der Fall von Fräulein Danziger zeigte jedenfalls, dass die Zeit für bildungshungrige Frauen arbeitete. Vielleicht wäre in nicht allzu ferner Zukunft sogar noch mehr als eine bloße Hörerschaft möglich – sie müssten nur darum zu kämpfen wagen.

Über diese Gedanken gingen Wochen ins Land, in denen Henrike sich vor Aufregung wie elektrisiert fühlte, beinahe so, wie wenn Jean-Pierre sie wieder und wieder küsste. Wie es wohl war, sich einem Mann ganz hinzugeben?

Ein Vierteljahr nach Erscheinen der ersten LOUISE stand für Henrike fest, dass sie auf die Abschaffung des bayerischen Immatrikulationsverbotes für Frauen hinarbeiten wollte. Sie schöpfte Hoffnung, eines Tages vielleicht doch noch rechtmäßig einen Hörsaal betreten zu dürfen. Als eine Frau, die das volle akademische Bürgerrecht besaß. Und Jean-Pierre würde ihr dabei die Hand halten.

24

Januar 1900

Es war schon weit nach Sonnenuntergang, als Viviana und Richard Mundschutz und Handschuhe einpackten. Auch der Holzkasten mit dem Reisemikroskop sowie ein Fläschchen Karbolfuchsin kamen in die Ledertasche, die bei keiner Untersuchung fehlen durfte. Sie waren vom ältesten Sohn von Maurermeister Sommer in die Industriestraße gebeten worden. Die kindliche Beschreibung der Symptome klang besorgniserregend.

Bevor die Türglocke vom Palais geläutet worden war, hatten Viviana und Richard zum wiederholten Male das jüngste Schattenbild von Richards Prostata und Wirbelsäule betrachtet. Wie es aussah, würden sie doch nicht so schnell voneinander getrennt werden. Sie hatten sich in den Armen gelegen und zögerlich gewagt, wieder von der Zukunft zu träumen. Nach vielen Bestrahlungsmonaten und Pausen zur Erholung der strapazierten Haut hatten sich Richards Primärtumor und die Metastasen tatsächlich zurückgebildet. Sogar seine Schmerzen waren zurückgegangen. Die Behandlung war nicht komplikationslos gewesen, ihm hatten die Augen nach jeder Bestrahlung geschmerzt, und seine Haut war stark verbrannt gewesen. Erst während der bestrahlungsfreien Tage waren die Rötungen zurückgegangen.

Es ist richtig gewesen, auf die Röntgen-Strahlen zu vertrauen, dachte Viviana. Aber noch war Richard nicht über den Berg. Sie würden weiter bestrahlen müssen, vielleicht noch jahrelang, denn die Metastasen wuchsen wahrscheinlich wieder, sobald die Bestrahlung länger aussetzte. Immerhin fühlte sich Richard wieder so stark, dass er das Haus für Patientenbesuche verlassen konnte. Noch vor Monaten hatten die Kranken zu ihm kommen müssen, und Viviana hatte die Hausbesuche alleine übernommen. Um dies leisten zu können, hatte sie ihre Sonntagsschule geschlossen. Zu diesem Schritt hatte sie sich nur durchringen können, weil sie wusste, dass ihre Schülerinnen in der neu gegründeten Sophienschule unterkamen, die ebenfalls Abiturwissen vermittelte. Die Abiturbildung wie auch die Frauenbewegung hatte sie damit endgültig an die nächste Generation übergeben.

In der Kutsche, die sie ins Grombühl brachte, hielten Viviana und Richard sich bei den Händen. Er streichelte ihre immer noch steife linke Hand. Alles wird gut werden, wollte Viviana überwältigt von den Bestrahlungserfolgen dem Maurersohn auf der Kutschenbank gegenüber sagen. Vor Glück war ihr sogar danach, gleich morgen zu Professor Röntgens Wohnung zu laufen und ihm für die Entdeckung der Strahlen persönlich zu danken.

Gegen einundzwanzig Uhr trafen sie in der Wohnung der Familie Sommer in der Industriestraße ein. Sollte sich bestätigen, was sie vermuteten, war mehr als nur diese eine Familie in Gefahr. Die Knötchenkrankheit konnte – wenn sie in ihrer offenen Form auftrat – hoch ansteckend sein. Oft endete sie tödlich.

Ein Geruch nach gebratenen Zwiebeln vermischt mit Zigarettenrauch schlug ihnen schon im Treppenhaus entgegen. Viviana und Richard fanden den Maurermeister fiebernd im Bett vor. Bis auf seine Ehefrau, die Großmutter und den ältesten Sohn lag die Familie in drei Betten versammelt, die so dicht nebeneinandergestellt waren, als würden sie ein einziges Schlaflager bilden. Ein Vater mit fünf seiner Kinder.

Nur ein schmaler Gang blieb noch, um von der Tür zum Patienten zu gelangen. Ein alter Bauernschrank verdeckte die Hälfte des Fensters. Richard bat um mehr Licht für die Untersuchung, woraufhin der älteste Sohn mit einem Unschlittlicht wiederkam, das den Gestank in der Wohnung nur noch verstärkte.

Viviana wies die Kinder in den Betten an, sich ins Nebenzimmer zu begeben. Dort sollte sich jedes in eine andere Ecke stellen und auf sie warten. Gleich zwei von den Kleinen husteten, als sie den Raum verließen. Hoffentlich lag das nur an den scharfen Gerüchen in der Mietswohnung. Falls sie es wirklich mit der Knötchenkrankheit zu tun hatten, müssten jedes Familienmitglied, sämtliche Freunde und alle Kontaktpersonen untersucht werden.

Viviana öffnete das Fenster im Schlafzimmer, soweit dies mit dem Schrank davor ging, dann trat sie neben Richard. Er ist immer noch schmal und geht steif, aber es ist schön, dass wir wieder gemeinsam bei den Kranken sind, dachte sie. Alleine hätte sie sich der Knötchenkrankheit wahrscheinlich nicht gewachsen gefühlt.

Richard und sie banden sich jeder einen Mundschutz um und zogen sich Handschuhe über. Nur so geschützt durften sie sich nah an den Patienten heranwagen, ohne sich dabei selbst in Gefahr zu begeben. Viviana sah sich den kranken Maurer genauer an. Sein müder Gesichtsausdruck wurde von feucht glänzenden Augen beherrscht. Sofort fielen ihr seine eigentümlichen Atemgeräusche auf. Sie klangen hohl, wie wenn man über die Öffnung einer leeren Flasche blies. Die Geräusche konnten durch Abszesshöhlen in der Lunge verursacht sein.

Viviana ertastete einen weichen Puls am Handgelenk des Kranken. Richard ließ den Maurer, der sich kaum noch bewegen konnte, Auswurf in ein Glas husten. Mit dem bloßen Auge konnte er gelbliche Punkte und streifenförmige Blutbeimengungen erkennen. Wenn es tatsächlich die Knötchenkrankheit war und sich Blut im Auswurf befand, war die Krankheit schon weit fortgeschritten. Er stellte das Glas auf das Fensterbrett und fragte: »Haben Sie von Anfang an mit Auswurf gehustet oder eher trocken?«

Mit heiserer, klangloser Stimme versuchte der Maurer, ihnen zu sagen, dass erst der Husten und dann der Auswurf gekommen sei. Am meisten aber plage ihn ein Stechen in der Brust. Sein Gesicht glänzte vor Schweiß aufgrund der Anstrengung. Er hustete frei in die Luft, was das Schlimmste war, was er in seinem Fall tun konnte.

Viviana rief nach seiner Ehefrau und bat sie um einen Spucknapf sowie Leinentücher. Beides stellte sie neben den Kranken und wies ihn an, fortan nur noch dorthinein zu husten. Sollte er seit dem Infektionsmoment, der mindestens vier, eher sechs Wochen zurücklag, regelmäßig frei in die Luft oder in seine Hände gehustet haben, dürfte es an ein Wunder grenzen, wenn nicht schon das halbe Mietshaus infiziert war. Viviana wurde es angesichts dieser Vorstellung angst und bange.

Die Frau des Maurermeisters blieb im Zimmer, weil ihrem Mann die Stimme nun ganz versagte. Unter Tränen erklärte sie, dass schon leichte körperliche Anstrengungen Fieber bei ihrem Mann hervorrufen würden. Auch sprach sie von häufigen Farbwechseln im Gesicht. Hinter ihr drängte sich der Älteste in den Türrahmen.

Im Folgenden beschrieb Frau Sommer ziemlich genau, was der Krankheit ihren Namen bei den einfachen Leuten gab: das Dahinschwinden des Infizierten, das Abmagern, das Blass- und Mattwerden. Sie beschrieb die Symptome einer offenen Schwindsucht, die auch Knötchenkrankheit oder nach dem lateinischen Begriff für Knötchen – tuberculum – auch Tuberkulose genannt wurde.

Tuberkulose war die hinterhältigste Krankheit, die Viviana kannte. Die Ansteckung kam durch die Übertragung von Bazillen zustande, die von infizierten Menschen oder Tieren stammen konnten. Am häufigsten steckten sich Menschen an, die dicht gedrängt und unter einfachsten Verhältnissen lebten wie die Sommers. Dabei gelangte der Tuberkelbazillus aus der Atemluft des Kranken über die Luftwege in die Lunge des Gesunden. Ein Kuss oder ein Gespräch genügten, selbst ein Händeschütteln barg Risiken. Oder eine Nacht im selben Bett. Zudem verlief die Infektion anfänglich häufig symptomlos oder ging lediglich mit Erkältungssymptomen einher. Nach dem Übersprung drangen die Bakterien dann in das Lungengewebe ein, um es zu zerstören. Der Körper kapselte sie dort in einer Abwehrreaktion ein und ließ sie zu einer käsigen Masse schmelzen, hirsekorngroße Tuberkel entstanden. Viviana hatte bei der Sektion von Tuberkulösen schon Tuberkel gesehen. Es waren scharf umrissene Rundherde, die sich faserreich von anderem Gewebe abkapselten. Im Idealfall vertrockneten die Tuberkel im weiteren Krankheitsverlauf, wobei sie an frisch zerkrümelten Weichkäse erinnerten und verkalkten, bis schließlich nur noch Narben übrig blieben. Dann und nur dann konnten sie keinen großen weiteren Schaden anrichten und war die Krankheit nicht mehr ansteckend.

Anders stand es bei der offenen Tuberkulose, wenn die Bakterien sich aus der Einkapselung befreiten, wie es bei dem Maurermeister zu sein schien. Wie Motten Wolle durchlöcherten, zerstörten sie dann gesundes Gewebe. Unmittelbar darauf oder erst einige Jahre später. War Letzteres der Fall, zeigte sich die ganze Hinterhältigkeit der Krankheit. Die Tuberkulosebakterien besaßen die Fähigkeit, ihre Einkapselung jahrelang im Schlummerzustand zu überleben. Aber sobald das Immunsystem des Patienten geschwächt war, befreiten sie sich aus der Kapsel wie die Griechen aus dem Trojanischen Pferd. Sie breiteten sich im Gewebe, in den Lymphen und über die Blutbahnen auch in den Organen aus, und das Dahinschwinden des Befallenen nahm seinen Lauf.

»Mei Mann wird doch wieder gsund oder ned?«, fragte die Ehefrau schniefend.

Richard und Viviana schauten sich länger an, dann antwortete Richard: »Wir haben gerade erst mit der Untersuchung begonnen. Eine zuverlässige Diagnose können wir erst am Ende stellen und auch erst nach dem Blick ins Mikroskop.« Er deutete zum Glas mit dem Auswurf auf dem Fensterbrett. »Bitte haben Sie noch etwas Geduld, Frau Sommer.«

Viviana bewunderte ihren Mann für seinen ruhigen, besonnenen Umgang mit den Patienten. Jeder seiner Handgriffe saß, selbst nachdem er wochenlang keinen Hausbesuch mehr gemacht hatte. Sie hätte ihm stundenlang zuschauen können. Alles, was er tat, sagte oder auch nur andeutete, war gut und schön und richtig und nicht im Geringsten von seinem eigenen Leiden beeinflusst. Für Viviana war Richard der beste Arzt, den sie kannte.

»Die Nachbarn sache, Sie könne die schlimmste Krankheite heile.« Frau Sommer schaute Hilfe suchend von Richard zu Viviana. »Die Dorothea Aschenbrenner zwä Häusle weiter sacht das.«

»Wir tun unser Möglichstes«, versprach Viviana und konzentrierte sich wieder auf den Kranken. Frau Sommer schien keine Symptome einer offenen Tuberkulose zu zeigen.

Richard half dem Maurer dabei, sich aufzusetzen. Obwohl der abgemagert und schmal war, ließ er sich nur wie ein schwerer Sack Korn bewegen. Viviana packte deshalb nun ebenfalls mit an, damit Richard sich nicht gleich beim ersten Hausbesuch überanstrengte. Gemeinsam entkleideten sie den Mann und untersuchten seinen Körper. Seine Statur war schmächtig, sein Thorax flach und die Muskulatur schwächlich.

»Ein typischer schwindsüchtiger Habitus«, sagte Richard so leise zu Viviana, dass Frau Sommer es nicht hören konnte.

Sie nickte, dann perkutierte sie. Erst die Vorder-, dann die Rückseite des Thorax, von oben nach unten, so, wie sie es einst von Professor von Marcus gelernt hatte. Für den Rücken ließ sie den Maurer die Arme übereinander kreuzen und achtete darauf, dass die gesamte Schultermuskulatur erschlafft war. Besonders ausführlich klopfte sie den Bereich der Lungenspitzen mit den Fingern ab. Denn von dort aus breiteten sich die tuberkulösen Prozesse oftmals aus. Inzwischen hatte sie sich daran gewöhnt, ihre steife linke Hand nicht mehr zu verstecken. Sie vernahm einen auffallend tympanischen Klopfschall.

Richard ließ sich von der Ehefrau die Krankengeschichte der Familie erzählen und erfragte auch medizinische Auffälligkeiten in der Nachbarschaft. Noch bevor Frau Sommer fertig gesprochen und der Auswurf mikroskopisch untersucht war, war sich Viviana sicher, dass sie es mit einer akuten Lungentuberkulose zu tun hatten.

Als Frau Sommer auch die Krankengeschichte der Nachbarn fertig erzählte hatte, bebten ihre Lippen vor Aufregung. »Gäbt ihm doch a Tröpfle, des ihn gsund macht! Mir dürfe ihn ned verlier.«

Gegen Tuberkulose gibt es keine medikamentöse Behandlung trotz vieler Schwindelofferten in der Presse, hätte Viviana der Frau des Maurermeisters am liebsten gesagt, aber sie unterließ es. Richard kleidete den Maurer wieder an, Viviana deckte ihn zu. Nie wieder wollte sie anders arbeiten als mit Richard an ihrer Seite.

Viviana holte das Reisemikroskop aus dem Kasten und stellte das Fläschchen mit dem Karbolfuchsin daneben. Das Gerät war aus schwarz lackiertem Messing und gebläutem Stahl und kleiner und einfacher als die großen Mikroskope, die nur selten bewegt wurden. Eine Erinnerung an das Jahr 1880 überkam sie. Richard und sie hatten damals ihre erste und einzige Reise nach Berlin angetreten, weil Richard seinen einstigen Doktorvater, Professor Virchow, an der Charité wiedersehen wollte, nachdem dieser brieflich mehrmals das ausstehende Wiedersehen angemahnt hatte. Viviana hatte Richard kennengelernt, als er Virchows Assistent in Würzburg gewesen war. Viviana war nie warm geworden mit Virchows Art, und auch bei ihrem Besuch hatte sie gespürt, dass der Berliner Professor mit ihr – wahrscheinlich wegen ihrer selbstsicheren Art – nie wirklich warm geworden war. Er machte sie dafür verantwortlich, dass Richard eine glänzende Karriere als Pathologe versagt geblieben war, weil er sich mit den Aufgaben eines Allgemeinmediziners abgefunden hatte. Dabei hatte Viviana nie von Richard verlangt, dass er seine wissenschaftliche Karriere für sie aufgab. Er hatte es dennoch getan, und zwar mit einem Lächeln und nicht mit knirschenden Zähnen. Auf dem Rückweg von Berlin nach Würzburg hatten sie in Jena haltgemacht. Erst waren sie, damit Viviana ihre trüben Gedanken an den Professor vergaß, durch die Stadt flaniert, dann hatte Richard das Carl-Zeiss-Reisemikroskop erstanden und es ihr mit den Worten überreicht: »Es ist gut, wie alles gekommen ist. Ich würde jederzeit wieder so entscheiden.« Da erst hatte sie ihr Lächeln, das ihr in Berlin abhandengekommen war, wiedergefunden.

Richard zog einen Schemel ans Fensterbrett und ruckte das Reisemikroskop zurecht. Das Tuberkulosebakterium war weder mit bloßem Auge, noch unter dem Mikroskop ohne Weiteres sichtbar. Dazu mussten seine Zellen erst eingefärbt werden. Auf ein dünnes Deckgläschen löffelte Viviana etwas vom Auswurf des Maurermeisters. Dann träufelte sie erwärmtes Karbolfuchsin darauf, eine intensiv färbende Lösung, deren prachtvolles Rot der Bazillus bereitwillig annahm. Sie warteten, während Frau Sommer mehrmals den Raum verließ und wieder zurückkam und das Mikroskop wie ein Orakel anstarrte. Nebenan heulten und husteten die Kinder. Schlussendlich goss Viviana Säure über das Präparat, die dafür sorgte, dass die Farblösung aus allem anderen verschwand, nur nicht aus den vermuteten säurefesten Tuberkelbazillen. Sie schob Richard das Gläschen unter den Objekthalter. Er richtete den Spiegel aus und fokussierte die Einstellung des Mikroskops mit wenigen Handgriffen an Tubus und Prismentrieb. Nach Richards Blick durch das Okular war Viviana an der Reihe.

Sie schluckte vor Erstaunen über die zerstörerische Schönheit der Mikronatur. Prachtvoll rot und mit scharfen Konturen lagen die Koch'schen Tuberkulosebakterien vor ihr. Sie besaßen eine gerade oder leicht gekrümmte Stäbchenform. Viviana hatte in den Jahren der Tuberkuloseepidemien in Würzburg schon einige Tuberkulosebakterien unter dem Mikroskop betrachtet. Die des Maurermeisters lagen in Häufchen und in der zopfartigen Anordnung da, wie es typisch war. Jetzt gab es keinen Zweifel mehr und wenig Hoffnung für den Vater von sechs Kindern. Die Ergebnisse des Perkutierens deuteten auf beinahe faustgroße Löcher im Lungengewebe hin. Aber manche Dinge, dachte Viviana wehmütig, werden entgegen allen Prognosen und besserem Wissen doch wieder gut.

»Nach unserer Untersuchung sind wir sicher, dass Ihr Mann an Tuberkulose erkrankt ist. Es tut mir leid«, sagte Richard der Frau, die das Schlafzimmer gerade wieder betreten hatte.

Viviana hielt Frau Sommers Hand, die beinahe zusammenbrach.

»Bitte nicht auf die Betten setzen, die müssen erst desinfiziert werden«, bat Richard, und Viviana führte die Frau aus dem Schlafzimmer. Aus rot geränderten Augen schaute Frau Sommer im Dunkel des Flures zu ihr auf. »Dann müsse auch mei Kindle sterb?«

»Das muss nicht sein. Die Krankheit Ihres Mannes überträgt sich vor allem über Husten und Anatmen.« Viviana drückte die Hand der verwirrten Frau. Früher war auch sie davon überzeugt gewesen, dass sich die Knötchenkrankheit durch Vererbung verbreiten würde. Seit Professor Kochs Nachweis des Tuberkulosebakteriums Mycobacterium tuberculosis vor achtzehn Jahren an der Charité in Berlin wusste man es jedoch besser. »Wir werden jetzt alle hier im Haushalt lebenden Personen untersuchen, und dann sehen wir weiter.«

Richard ging in die Stube zu den Kindern. Viviana blieb noch etwas bei der aufgelösten Frau Sommer, dann half sie bei der Untersuchung der Kinder und der Großmutter. Bis in die frühen Morgenstunden hinein befragten sie die Familienmitglieder zu Symptomen und perkutierten sie. Um bei ihnen die geschlossene Tuberkulose diagnostizieren zu können, brauchten sie zunächst Tuberkulin aus der Apotheke, das aber nicht bei der Heilung half.

Viviana versuchte, Frau Sommer zu erklären, was sie in den nächsten Stunden zu tun hatte, und zog auch den ältesten Sohn zu der Unterweisung hinzu. Es galt, sämtliche Wäschestücke auszukochen, alle Räume stündlich durchzulüften und die Fußböden mit heißer Schmierseifenlösung zu scheuern. In den Spucknapf des bettlägerigen Familienvaters gehörte Wasser, außerdem musste der Napf täglich in den Abort entleert und desinfiziert werden. Geschirr und Besteck sollten in heißer Sodalösung gereinigt werden. Es dauerte lange, bis Viviana den beiden alle Maßnahmen erklärt hatte. Die Kinder sollten sich täglich waschen, und was Viviana am schwersten über die Lippen kam, war die Forderung, den Maurermeister und eine seiner Töchter unbedingt vom Rest der Familie zu isolieren. Gleich morgen früh würde sie deshalb im Isolierhaus des Spitals nach freien Betten fragen.

»Ned ins Juliusspital!«, rief Frau Sommer und blickte verzweifelt auf ihre Kinder.

»Im Spital können sie besser versorgt werden«, entgegnete Richard mit der Arzttasche in der Hand. »Bitte vertrauen Sie uns.« Er sagte es mit der tiefen, gutmütigen Stimmlage, der Viviana alles geglaubt hätte, sogar, dass endlich ein Heilmittel gegen die Tuberkulose entdeckt worden war.

»Wir kommen schon morgen wieder«, versprach sie. »Bitten Sie bis dahin die Herzogin des Frankenlandes um Beistand.«

Als Richard und Viviana vor der Wohnungstür der Familie Sommer standen, atmeten sie erst einmal tief durch. Sie schauten sich nur an und wussten, dass sie auch das gemeinsam durchstehen würden. Nach einer kurzen Verschnaufpause klopften sie an die Nachbarwohnung. Mit ängstlichem Blick begrüßte man sie, als brächten sie den Tod. Wo gleich ein Dutzend Familien Wand an Wand lebten, blieb wenig ungehört.

Bis zum frühen Morgen untersuchten Richard und Viviana sämtliche Familien, die zusammen mit den Sommers das Mietshaus in der Industriestraße bewohnten. Es stellte sich heraus, dass bereits eine alte Bäckerin und einige Kinder an offener Tuberkulose litten, das Sterben also auch schon in anderen Wohnungen begonnen hatte. Nach den Untersuchungen nahmen Richard und Viviana sich jeweils viel Zeit, den Bewohnern die wichtigsten Maßnahmen der Seuchenhygiene zu erklären. Alle bakterienhaltigen Auswurfstoffe mussten unbedingt unschädlich gemacht werden, um weitere Ansteckungen zu vermeiden.

Gegen acht Uhr morgens war Richard so erschöpft, dass er kaum noch durch das Mikroskop schauen konnte. Es waren die Nachwirkungen der Bestrahlungen. Viviana nahm ihren müden Ehemann an der Hand und ging mit ihm zum Wagnerplatz, wo Mietkutschen standen.

Nach einem Zwischenstopp im Palais, wo Richard Zeit hatte, sich kurz zu erholen, ließ Viviana sich ins Spital fahren. Es war wichtig, den Ausbruch der Seuche sofort zu melden. Kurz dachte sie an ihre Enkelin, die im Spital heimlich ihren Dienst in der Irrenabteilung versah. Sie würde sie warnen und ebenfalls unterweisen müssen. Denn Geisteskranke infizierten sich überdurchschnittlich häufig, wobei die Schwachsinnigen, die eher am Schalksberg untergebracht waren, die größte Tuberkulose-Mortalität aufwiesen. Gedanklich legte Viviana sich die nächsten Maßnahmen für das Grombühl parat. Wenn die Krankheit dort nicht rasch eingedämmt werden könnte, würde Würzburg lange nicht mehr zur Ruhe kommen. Sie überlegte, Taschenspucknäpfe überall dort zu verteilen, wo Menschen auf engstem Raum zusammenlebten. Sie wollte Informationsblätter über die

Seuchenhygiene ausgeben, und unbedingt brauchte sie Tuberkulin. Es war sehr wahrscheinlich, dass schon bald weitere Fälle der Knötchenkrankheit auch in anderen Stadtvierteln auftauchen würden. Frau Sommer hatte ihr bei der Verabschiedung außerdem tränenreich gestanden, dass ihr Mann zuletzt bei diversen Geheimräten Arbeiten durchgeführt hätte.

Bevor die Kutsche in die Juliuspromenade einbog, lehnte Viviana sich noch einmal in der gepolsterten Sitzbank zurück und mahnte sich zur Umsicht. Wenn sie alle Maßnahmen umsetzen und auch Kranke, die im Spital nicht aufgenommen wurden und sich keine Heilstätten leisten konnten, behandeln wollte, bräuchte sie viel Kraft. Das wusste sie aufgrund ihrer vier Jahrzehnte langen Erfahrung als Ärztin. Seuchenzeiten waren schlaflose Zeiten. Es galt, die Schwerstkranken zu isolieren, würdig in den Tod zu begleiten und die heilbaren Fälle zu kurieren. Außerdem mussten die Gesunden geschützt werden.

Es sah ganz danach aus, als ob die Tuberkulose wieder einmal aus ihrem Seuchennest hervorgekrochen war. Mit Richard an ihrer Seite aber war Viviana bereit, den Kampf gegen das Massensterben aufzunehmen. Und wie sie ihren Liebsten kannte, würde er für die Eindämmung der Seuche bis an seine Grenzen gehen. Aber noch war er nicht geheilt, das durften sie nicht vergessen. Nicht nur den Erkrankten, sondern auch den behandelnden Ärzten stehen stürmische Zeiten bevor, dachte Viviana. Obwohl, korrigierte sie sich, für eine Ärztin sind die Zeiten eigentlich noch nie anders als stürmisch gewesen.

25

Februar 1900

Freifrau Auguste Groß von Trockau entstammte dem fränkischen Uradel und war Schriftstellerin, die unter fremdem Namen veröffentlichte. Aber das war auch schon alles, was Henrike über die Vorsitzende des Vereins »Frauenheil« wusste, die ihr im Gästeraum des Sankt-Anna-Stifts gegenübersaß. Die Freifrau erinnerte Henrike an die freudlosen Gouvernanten, die dienstags und donnerstags immer vor der Töchterschule darauf warteten, ihre Schützlinge ohne jede Verzögerung von der Schultür bis nach Hause zurückzubegleiten, weil die Gefahren der Welt genau auf dem Weg dazwischen lauerten.

Die Beisitzerin der Freifrau, die sich ihr als Fräulein Klara Oppenheimer vorgestellt hatte, schaute sie mit aufmerksamem, aber vor allem offenem Blick an, wie ihn Henrike sonst nur von Männern kannte. Das Fräulein hatte kein glattes, schmales Gesicht wie die Frauen in Isabellas Modemagazinen, und dennoch wollte Henrike sie unentwegt anschauen.

Der Frauenheil-Verein, dem beide Fräuleins angehörten, war im vorletzten Jahr auf eine Initiative der höchsten Gesellschaftskreise hin mit dem Ziel gegründet worden, die höhere Bildung und Erwerbstätigkeit von Frauen zu fördern. Zu diesem Zweck organisierte der Verein auch akademische Vorträge für Frauen. Der Verein war ein wesentlicher Teil der Würzburger Frauenbewegung, der sich Henrike anschließen wollte. Ihre Großmutter hatte es gutgeheißen – aber erst nachdem sie ihre Enkelin über eine Stunde in das seuchenhygienische Verhalten bei Tuberkulose eingewiesen und ihr einen Mundschutz und Schutzhandschuhe aufgedrängt hatte. Henrike hatte versprechen müssen, zu den Grombühlern Abstand zu halten und im Spital stets den Mundschutz und die Handschuhe zu tragen.

Vier Monate war es nun her, dass die erste LOUISE erschienen war, und nun war es an der Zeit für die zweite Ausgabe, deren Leitartikel Jenny Danziger, die erste offizielle weibliche Hörerin, zum Thema haben sollte. Für mögliche weitere redaktionelle Inhalte hoffte Henrike auf Impulse oder gar Vorschläge der Vereinsfrauen. Doch sie musste es vorsichtig angehen, nicht einmal im Gespräch mit Fräulein Danziger hatte sie ihre Herausgeberschaft offenbart.

Bedeutungsschwer legte Henrike die LOUISE auf den Tisch vor die beiden so unterschiedlichen Frauen, hinter denen ein schwarzes Kreuz an der Wand hing.

Nach langem Zögern zog Auguste Groß von Trockau die Zeitung zu sich heran. Fräulein Oppenheimer nickte, weil sie die Zeitung wohl schon kannte.

»Was denken Sie über die LOUISE?«, fragte Henrike, nachdem Auguste Groß von Trockau keine Anstalten machte, die Zeitung aufzuschlagen. Henrike schätzte die Freifrau auf etwa sechzig. Fräulein Oppenheimer mochte um die dreißig sein. Sie schaute sie wieder an.

»Grundsätzlich werden in dieser neuen Frauen-Zeitung Gedanken geäußert, die wir teilen, Fräulein Hertz«, sagte Auguste Groß von Trockau, nachdem Henrike das Schweigen schon unangenehm geworden war. Wenn die Freifrau nicht sprach, war ihr Mund von einem Strahlenkranz feiner Fältchen umgeben.

»Darf ich Sie bitten, meinen Namen im Weiteren nicht mehr zu erwähnen?« Henrike räusperte sich umständlich. »Ich bin ohne das Wissen meiner Familie hier.«

»Wenn Sie das so wünschen, halten wir es so«, sagte Auguste Groß von Trockau. »Sie sollten nur wissen, dass unser Verein wenn nicht mit Geldmitteln, dann doch zumindest mittels persönlichen Engagements unterstützt wird, bei dem es schwierig werden dürfte, nicht in Erscheinung zu treten.«

»Haben Sie die Zeitung gelesen?«, fragte Fräulein Oppenheimer mit Blick auf die LOUISE.

Henrike spürte den interessierten Blick aus großen Augen auf sich. »Ja, ich habe die LOUISE gelesen.« Sie fixierte die Zeitung und darauf die Hand mit den langen Fingern der Auguste Groß von Trockau, als sie fragte: »Gibt es eigentlich eine Zeitung, die dem Frauenheil-Verein für seine Zwecke dient, so ähnlich wie ... wie ... die LOUISE?« Sie hatte Mühe, ein stolzes Lächeln zu verbergen.

»Es gibt bereits die NEUE BAHNEN, die Zeitung des gesamtdeutschen Frauenvereins«, erklärte Auguste Groß von Trockau knapp und deutlich. »Unter der Leitung von Auguste Schmidt in Preußen.«

»Aber speziell für Frauen im Königreich Bayern schreibt noch niemand«, ergänzte Fräulein Oppenheimer und fügte aufmunternd hinzu. »Was genau stellen Sie sich denn vor?«

»Die zweite Ausgabe soll bald erscheinen«, brach es verräterisch schnell aus Henrike heraus. Sie mahnte sich, langsamer und weniger leidenschaftlich zu sprechen. Was sie im Folgenden auch tat: »Die Herausgeberin der LOUISE würde sich freuen, wenn Sie die Visionen und Werte des Frauenheil-Vereins in die redaktionelle Arbeit an der LOUISE miteinbringen würden. Deshalb habe ich Sie auch aufgesucht, sie selbst will nicht erkannt werden.«

Die eng stehenden Fältchen um ihren Mund vertieften sich, als die Freifrau Groß von Trockau kurz ihre beinahe farblosen Lippen spitzte. Sie überlegte eine Weile. »Der Kopf hinter der Zeitung ist also tatsächlich eine Frau?«, fragte sie schließlich.

Henrike nickte zögerlich, sie war auf der Hut.

»Für den Anfang könnten wir unsere Veranstaltungen in der Zeitschrift ankündigen«, schlug Fräulein Oppenheimer vor. »Wie groß war denn die erste Auflage?«

»Fünftausend«, antwortete Henrike erneut viel zu schnell.

Auguste Groß von Trockau zeigte weder Zustimmung noch Ablehnung. Sie saß so unbewegt da, als müsse sie nicht einmal atmen. »Ihre Herausgeberin ist sich aber schon bewusst, dass es Frauen in Bayern verboten ist, Zeitungen oder Zeitschriften herauszugeben oder auch nur federführend zu redigieren?«, fragte sie.

Henrike fuhr der Schreck durch alle Glieder. Das hatte sie nicht gewusst! »Das ist der Herausgeberin die Sache anscheinend wert«, antwortete sie um Fassung bemüht. Die beiden Frauen durften nicht den Eindruck bekommen, dass die Herausgeberin die Dinge nicht im Griff hätte.

Henrike hob stolz das Kinn, was sie oftmals tat, wenn sie verunsichert war. »Die Herausgeberin bewarb sich vor zwei Jahren als Hörerin an der Alma Julia und wurde abgelehnt«, begann sie. »Sie hatte sich große Hoffnungen auf eine neue Welt voller Wissen, ungekannter Freiheiten und Möglichkeiten gemacht. Es ist ihr ein besonderes Anliegen, dass andere wissbegierige Frauen diese Erfahrung nicht ebenfalls machen müssen.«

Auguste Groß von Trockau fasste Henrike schärfer ins Auge.

»Ihre Herausgeberin hat alles allein geschrieben und trägt die gesamte Verantwortung?«

Fräulein Oppenheimer erhob sich angetan, ihr wacher Blick ließ Henrike nun nicht mehr los. »Und auch die Risiken?«

Henrike nickte schwach, sie hatte Mühe, ihre Enttäuschung zu verbergen. Die Frauen schienen kein Interesse an einer Zusammenarbeit zu haben. Es wäre besser gewesen, ich hätte Jean-Pierre um Beistand für die LOUISE ersucht, dachte sie. Sie sah ihn vor sich und meinte schon, seinen heißen Atem auf ihrer Wange zu spüren und erneut zu hören, wie er sie an seinen Gedanken über die moderne Psychiatrie teilhaben ließ. Zuletzt hatten sie sich lange über Frau Kreuzmüller unterhalten, der es immer schlechter ging. Sie drohte an Vereinsamung zu sterben. Henrike hatte sich in dem Gespräch mit Jean-Pierre fast schon ein bisschen wie ein angehendes Ärzteehepaar gefühlt. Sie mussten sich unbedingt etwas für Frau Kreuzmüller einfallen lassen! Sie wollte nicht wieder zu spät sein, wie bei Fräulein Vogel. Sie war sehr enttäuscht vom Verlauf des Gesprächs. »Nun gut ... dann gibt es wohl nichts weiter zu besprechen.« Sie erhob sich zum Abschied. Es würde keine Zusammenarbeit zustande kommen.

»Warten Sie!«, ließ sich die Freifrau plötzlich doch noch vernehmen. »Frauen wie Sie und Ihre Herausgeberin würden wir schon gerne in unseren Verein aufnehmen. Und ich denke, Klara hat vielleicht sogar schon die eine oder andere Idee, wie man die LOUISE aus der Gefahrenzone bringen könnte.«

Henrike hoffte, dass man ihr ihre unkeuschen Gedanken an Jean-Pierre nicht ansah. Außerdem passte ihre emotionale Empfindsamkeit nicht zu der furchtlosen Frau, die sie sein wollte. »Die Herausgeberin würde sich über weitere Redakteurinnen freuen«, sagte sie schließlich.« Ihr fiel ein Stein vom Herzen.

Die Freifrau und Klara Oppenheimer nickten. Henrike erkannte an ihren milden Blicken, dass sie vermutlich längst wussten, wer die geheime Herausgeberin war.

»Wir haben in zwei Wochen eine Sitzung unseres Vereinsgremiums«, sagte Auguste Groß von Trockau in ihrer knappen, deutlichen Art zu sprechen und kam um den Tisch herum. »Dort werde ich einen entsprechenden Vorschlag unterbreiten und Sie dann verständigen. Ohne Ihren Namen zu nennen, selbstverständlich.«

»Ich glaube«, sagte Henrike abschließend und nun wieder zuversichtlicher, »dass wir Frauen, wenn wir vereint vorgehen, gar nicht verlieren können.«

»Nur vereint haben wir Aussicht auf Erfolg!«, erwiderte Auguste Groß von Trockau scharf.

»Wie können wir Sie kontaktieren?«, wollte Fräulein Oppenheimer noch wissen.

»Bitte schicken Sie Nachrichten an das Haus meiner Großeltern Winkelmann-Staupitz in der Hofstraße.«

»Senden Sie Ihrer Herausgeberin unsere hochachtungsvollen Grüße«, sagte Auguste Groß von Trockau noch, dann brachte Fräulein Oppenheimer Henrike zum Portal. »Passen Sie auf sich auf«, sagte sie zum Abschied. »Auf sich und die Herausgeberin«, fügte sie schnell noch hinzu. Erneut lächelte sie Henrike ermutigend und offen an. Henrike spürte, dass Klara Oppenheimer auf ihrer Seite war.

Als sie das Stift verließ, hatte sie schon eine Vorahnung davon, wie es wäre, nicht mehr alleine im Redaktionskeller sitzen zu müssen.

Dann war sie mit ihren Gedanken wieder bei Jean-Pierre. Lange würde sie der Versuchung nicht mehr widerstehen können, sich ihm voll und ganz hinzugeben. Es ist das größte Geschenk, das ich einem Mann machen kann, dachte Henrike, und Jean-Pierre ist genau der Richtige für große Geschenke.

*

Henrikes Zuversicht, was LOUISEs weiteren Weg betraf, wuchs trotz der Bedrückung, die die Tuberkulose über Würzburg gebracht hatte. Immer weniger Menschen wagten sich aus Angst vor einer Ansteckung aus dem Haus, dabei halfen gerade Luftbäder, die Lunge zu reinigen. Die Seuche hatte auch Henrikes Blick auf die Nachbarschaft verändert. Im Hause der von Köllikers sollte es unter den Bediensteten zwei Fälle von offener Tuberkulose geben.

Solange sie zurückdenken konnte, war dies das erste Mal, dass Würzburg unter einer Seuche litt. Von ihrem Großvater wusste sie allerdings, dass die meisten hinkenden und buckligen Menschen im Stadtbild einstige Tuberkulöse waren, die den Befall ihrer Knochen oder Gelenke überlebt hatten. Und dass eine Menge entstellter, älterer Erwachsenengesichter nicht selten auf Hauttuberkulose zurückzuführen waren. Immer mehr Menschen gaben Tuch und Spucknapf nicht mehr aus der Hand. Jeder Huster konnte den Tod bringen! Die Stadt roch sogar anders: nach einer Mischung aus Desinfektion und Angstschweiß. Es kam ihr darüber hinaus so vor, als sei Würzburg in eine kollektive Depression verfallen.

Und dennoch sah Henrike Licht. Zwei Wochen nach ihrem Besuch bei den Damen des Frauenheil-Vereins hatte sie von Klara Oppenheimer einen Brief an die Adresse ihrer Großeltern erhalten. Im Namen des Vereins schlug Fräulein Oppenheimer ihr vor, die LOUISE aus Sicherheitsgründen einem männlichen Herausgeber zu unterstellen, Fräulein Oppenheimers Vater zum Beispiel, allerdings ohne der wahren Herausgeberin die Leitung der Zeitung zu entziehen. Klara Oppenheimer nannte ihr auch Themen für neue Artikel und lud Henrike zu der nächsten Veranstaltung des Vereins ein, bei der es um die Fortschritte der modernen Medizin ging. Aus aktuellem Anlass sollte dabei auch der derzeitige Stand der Forschung zur Tuberkulose erörtert werden. Als Vortragender war ein Professor Lehmann, Professor für Hygiene, der auch im Spital Unterricht am Krankenbett erteilte, geladen worden.

Henrike war überwältigt von dieser Rückmeldung, fuhr spontan zur Klinik am Schalksberg und schickte den Pförtner nach Jean-Pierre, der freitags oft in der Klinik anzutreffen war.

»Hast du eine Stunde Zeit?«, fragte sie ihn und zog ihn in die Kutsche. »Ich konnte einfach nicht länger warten.«

Er schaute sie etwas verwirrt an. »Du meinst, wir hier und jetzt in der Kutsche? Du möchtest ... « Er klang zum Verlieben verlegen bei der Vorstellung, sie könnte sich ihm hier und jetzt hingeben wollen.

Sie lachte vor Glück und Eifer und kostete seine Nervosität noch etwas aus, indem sie sich ihm entgegenbeugte und ihn kurz, aber leidenschaftlich küsste. Als sie sich mit feuchten Lippen wieder zurückzog, hielt er sie besitzergreifend an den Hüften fest. Seine Verlegenheit war der Begierde gewichen.

Sie lächelte verwegen. »Das meinte ich ... natürlich nicht.«

»Nein?«, fragte er und löste seine Hände widerwillig von ihren Hüften. Sie hatte die Hitze seines Körpers sogar durch ihre Kleidung hindurch zu fühlen geglaubt.

»Es gibt gute Nachrichten vom Frauenheil-Verein«, eröffnete sie ihm und nannte dem Kutscher eine Adresse, an der sie nie zuvor gewesen war.

Die Kutsche fuhr los, Kies knirschte unter den Rädern. Während sie an den Weinhängen vorbei in die Stadt hinabfuhren, berichtete sie Jean-Pierre von dem Brief und den Erwartungen, die sie in die Zusammenarbeit mit dem Verein setzte. Am liebsten hätte sie aus dem Kutschenfenster gerufen: Die neue LOUISE wird bald und mit noch mehr Schlagkraft als bisher erscheinen und ich nicht mehr alleine kämpfen. Der Altwarenhändler vom Wagnerplatz hatte ihr versprochen, ihr noch eine Schreibkugel zu besorgen, und Anna wüsste bestimmt, woher sie noch weitere billige Tische und Stühle bekäme. Sobald die Tuberkulose wieder eingedämmt wäre, wollte Henrike neue Redakteurinnen begrüßen. Sie schwärmte Jean-Pierre vom Redaktionskeller vor, und dass sie dort klarer als in jedem geschmückten, teuer ausstaffierten Raum denken könnte. Immer öfter saß Anna an ihrem freien Tag bei ihr und trank mit ihr einen Pfefferminztee. Im Keller hatte sie sogar schon über Ideen für die dritte Ausgabe der LOUISE gebrütet.

Jean-Pierre schaute im Verlauf ihrer Schwärmerei immer ernster drein, als wäre ihm das alles gar nicht recht. Er lehnte sich in der Kutsche zurück und sah mit starrem Blick aus dem Fenster. Sie fuhren durch Nebelschwaden.

Henrike hätte sein Profil stundenlang betrachten können, aber sein Rückzug irritierte sie. »Stimmt etwas nicht?«

Sie musste ihre Frage wiederholen, damit er reagierte.

»Wir könnten Ostern einen Spaziergang zusammen machen«, schlug er gedankenversunken vor, sah aber weiterhin nach draußen.

»Ostern?« Warum sprach er jetzt über Ostern? Bis dahin vergingen noch Wochen, bis dahin würden sie sicher noch viele Spaziergänge machen. Oder sich zumindest an ihrer alten, rostigen Bank am Main treffen.

»Du, ich und *tes parents*, deine Eltern«, fügte er noch hinzu und richtete sich auf. Seine Augen funkelten magisch, aber sein Gesichtsausdruck war nach wie vor außergewöhnlich ernst.

Er war endlich einverstanden, dass sie ihn ihren Eltern vorstellte? »Das wäre wundervoll«, entgegnete sie und küsste ihn überschwänglich.

Die Kutsche stoppte, und die Kutschentür wurde geöffnet.

Jean-Pierre nahm ihre Hand, nachdem sie die Kutsche verlassen und bezahlt hatten.

»*Voilà!* Die Traubengasse«, sagte sie ihm. Mit ihm an ihrer Seite fühlte sie sich fast schon wie eine Studentin. Im fortgeschrittenen Semester wohlgemerkt.

»Die Familie Kreuzmüller wohnt hier«, wusste Jean-Pierre. Er nickte sogleich, als wüsste er, was sie vorhatte.

Das Haus mit der Nummer vierundzwanzig war mehrgeschossig und lag am Südende der Gasse mit Blick auf die sich im Bau befindliche Adalberokirche. Den Menschen, die hier wohnen, geht es besser als den Arbeitern im Grombühl, mutmaßte Henrike, nachdem sie keine unbeaufsichtigten Kinder auf der Straße spielen sah, und alles schöner und sauberer auf sie wirkte. Die Bewohner des Viertels mussten niedere Beamte, bessere Handwerker oder Kaufleute sein.

Jean-Pierre ging ihr voran in das Haus, und erst als sie vor der Wohnungstür der Kreuzmüllers standen, ließ er ihre Hand los. Henrike läutete die Glocke.

»Mutter?«, vernahm sie die fragende Stimme eines Kindes hinter der Tür. Es kam auf die Tür zugelaufen und öffnete sie nun. Als es Henrike entdeckte, wurde sein hoffnungsfrohes Gesicht traurig. Der Flur der Wohnung war voller Rauch.

Henrike erkannte den Jungen von der Fotografie sofort wieder. Der vielleicht Zwölfjährige besaß auf der rechten Wange den gleichen Leberfleck wie seine Mutter. Er wirkte niedergeschlagen und etwas verwahrlost, was sie bei einer Familie in diesem Viertel nicht erwartet hätte. »Guten Tag, Jochen«, sagte Henrike und unterdrückte den Impuls, den übel riechenden Qualm mit der Hand wegzuwedeln. Sie bemühte sich um ein vertrauenserweckendes Lächeln. »Wir würden gerne deinen Vater sprechen.«

»Wen soll ich Vater melden?«, fragte Jochen trostlos.

Henrike und Jean-Pierre tauschten einen kurzen Blick. Dann sagte er: »Melde zwei Freunde deiner Mutter.«

Jochen verschwand in der Wohnung, und Henrike dachte, dass sie es nicht besser hätte formulieren können, um den Jungen nicht zu verschrecken.

Ein Mann in einem zerknitterten Hemd und mit schiefem Krawattenschal trat ihnen entgegen. In seinem rechten Mundwinkel hing eine Zigarette. »Sie wünschen?«

»Wir möchten mit Ihnen über Ihre Frau reden. Wir kommen vom Juliusspital«, erklärte Jean-Pierre.

Henrike fielen sofort die tintenbefleckten, gelblich verfärbten Finger des Mannes auf. Er musste Dichter oder Journalist sein. Und den ganzen Tag über rauchen.

Herr Kreuzmüller trat an ihnen vorbei und schaute sich misstrauisch im Hausflur um – nach wie vor, ohne dabei die Zigarette aus dem Mund zu nehmen.

»Es geht Ihrer Ehefrau nicht gut«, fuhr Henrike fort.

»Reden Sie doch leiser!«, herrschte er sie kein bisschen leise an.

Im Geschoss über ihnen hörte Henrike, dass eine Tür geschlossen wurde. Herr Kreuzmüller drängte sie in die Wohnung.

Der Salon der Familie war nicht einmal halb so groß wie Henrikes Zimmer in der Eichhornstraße.

»Ihre Frau würde sich freuen, wenn Sie und Jochen sie einmal besuchen kämen«, sagte Jean-Pierre. »Und Professor Rieger, das ist der Arzt Ihrer Frau, ist davon überzeugt, dass die Familie bei der Heilung einer Depression eine wichtige Rolle spielt.«

Jochen lugte um den Türrahmen. »Ist Mutter tot?«

»Geh in dein Zimmer!«, verlangte sein Vater. »Hier reden Erwachsene!«

Jochen zog sich hinter den Türrahmen zurück, aber Henrike konnte nicht hören, dass er sich weiter entfernte.

»Ich denke nicht, dass es gut ist, wenn mein Sohn und ich ins Juliusspital gehen«, sagte Herr Kreuzmüller und bat ihnen nicht einmal eine Sitzgelegenheit an. »Wegen Dora wollen die Nachbarn nichts mehr mit uns zu tun haben, und Jochen wird von den Nachbarskindern nur noch gehänselt.«

Henrike schaute sich in dem kleinen Salon um. Soweit sie es durch die Rauchwolken hindurch überhaupt beurteilen konnte, waren die Brokatvorhänge schon länger nicht mehr gereinigt worden. Auf der Kommode, dem Tisch und sogar auf dem Sofa standen halb volle Aschenbecher. »Das tut mir leid«, beeilte Henrike sich zu sagen. Aufgeschlagene Zeitungen lagen überall herum, und auf dem Fensterbrett stand eine Schreibmaschine, aus der das Korrekturband in Schlaufen heraushing.

Jean-Pierres Worte kamen von Herzen. »Ich weiß, wie Sie sich fühlen, Monsieur Kreuzmüller. Es ist keine leichte Situation für Sie, das wissen wir. Deswegen sind wir hier.«

Herr Kreuzmüller betrachtete Jean-Pierre von oben bis unten. Zum ersten Mal nahm er seine Zigarette, die nur noch ein Stummel war, aus dem Mund und drückte sie im Ascher auf dem Sofa aus. »Das wissen Sie ganz bestimmt nicht, junger Mann!« Mit zittrigen Händen zündete er sich eine neue Zigarette an. Sein Blick glitt durch das ungepflegte Zimmer, als würde ihm erst jetzt auffallen, wie heruntergekommen es war, seitdem seine Frau nicht mehr zu Hause war. »Die Scheidung ist bereits beantragt«, sagte er und zog dann mehrmals am Glimmstängel.

Henrike war bestürzt. »Wegen der Krankheit Ihrer Frau denken Sie an Scheidung?« Sie spürte Jean-Pierres Hand auf ihrem Rücken, und sein Blick bedeutete ihr, dass sie vorsichtig sein müsse. Sich in das Privatleben der Kreuzmüllers einzumischen, stand ihnen nicht zu.

»Ihre Frau braucht sie«, sagte Henrike schon sanfter, aber eigentlich hätte sie Herrn Kreuzmüller am liebsten geschüttelt und ihm gesagt, was für ein Feigling er doch war, seine Frau ausgerechnet dann, wenn sie ihn am meisten brauchte, im Stich zu lassen.

»Dora kann niemand mehr helfen«, sagte er und drehte ihnen den Rücken zu. »Bitte gehen Sie jetzt wieder. Wenn die Nachbarn erfahren, dass Sie von der Irrenabteilung des Spitals kommen, meiden sie uns noch mehr. Jochen hat keinen einzigen Spielkameraden mehr, und anstatt aufmunternder Worte ernte ich nur noch abschätzige Blicke von den Nachbarn.« Ihm versagte die Stimme.

»Sie wollen Ihre Frau aufgeben?«, fragte Jean-Pierre und nahm Henrike fest bei der Hand, als wollte er sie nie wieder loslassen. »Sie gehört doch genauso wie Ihr Sohn zur Familie! Oder schicken Sie Jochen ebenfalls fort, wenn er das nächste Mal Fieber bekommt?«

Herr Kreuzmüller senkte den Kopf, antwortete aber nicht.

»Bedeutet Dora Ihnen noch etwas?«, fragte Henrike leise.

Herr Kreuzmüller überlegte länger. Dann entgegnete er nur: »Bitte gehen Sie jetzt.«

»Ich bin zwar keine Ärztin«, setzte Henrike nach, »aber auch im Namen von Professor Rieger können wir Ihnen versichern, dass Geisteskrankheiten nicht ansteckend sind.«

Jean-Pierre nickte. »Das Einzige, was ansteckend ist, ist die Angst vor ihnen. Weil sich Krankheiten des Geistes nicht so einfach erklären lassen wie ein Magengeschwür, Gallensteine oder die Schwindsucht, Monsieur.«

Herr Kreuzmüller reagierte nicht.

Jean-Pierre wandte sich zum Gehen, aber Henrike blieb wie angewurzelt stehen. »Wenn Ihre Dora, der es sehr schlecht geht, tatsächlich sterben sollte, stirbt sie vor allem an Einsamkeit. Nur Sie und Jochen können das verhindern. Wenn Sie Dora einmal besuchen würden, findet sie vielleicht wieder neuen Lebensmut und überwindet ihre Depressionen«, sagte sie noch ergänzend.

Herr Kreuzmüller fuhr sich verunsichert mit der Hand übers Gesicht.

Jean-Pierre führte Henrike aus dem Salon. Im Flur stand Jochen, die Sehnsucht nach seiner Mutter stand ihm ins Gesicht geschrieben. Seine Augen hatten sich mit Tränen gefüllt.

Jean-Pierre wollte die Wohnung schon verlassen, aber Henrike zog ihre Dreimarkmünze aus der Rocktasche, die sie einst Fräulein Vogel hatte schenken wollen. »Hier, das ist ein Glücksbringer«, sagte sie Jochen und hielt ihm die Münze mit dem Konterfei von König Otto I. von Bayern hin. Ihr hatte sie schon genug Glück gebracht, jetzt war jemand anderes an der Reihe. Zögerlich griff der Junge danach, ein Lächeln stahl sich kurz auf sein Gesicht.

»Eine Ehe gilt doch in guten und in schlechten Zeiten, wie kann er das nur vergessen?«, empörte sich Henrike unten im Hauseingang.

»Angst macht vieles vergessen, *mon amour*. Angst kann auch blind machen.«

»Aber ist Liebe nicht stärker als Angst?«, fragte sie aufgewühlt.

»Nicht immer«, sagte er und blickte nun urplötzlich wieder ernst geworden über ihren Kopf hinweg zur Straße. »Ich muss dann wieder zurück zum Schalksberg. Versprichst du mir noch eine Sache?«

Sie nickte sofort. Ihm würde sie alles versprechen.

Er hob ihr Kinn mit seinem Zeigefinger an. »Bei allem Überschwang wegen des Frauenheil-Vereins, überstürze nichts.«

Sie bejahte seinen Wunsch mit einem Kuss. Dann trennten sie sich schweren Herzens.

Henrike ging ins Juliusspital. Wie erfüllend war es doch gewesen, sich gemeinsam mit Jean-Pierre für die Sache der menschlicheren Menschen einzusetzen. Wie glücklich sich ihre Großmutter und ihr

Großvater schätzen durften, jeden Tag zusammenarbeiten zu können. Kaum eine Minute müsste sie dann noch ohne Jean-Pierre sein. Der Besuch bei der Familie Kreuzmüller war zwar einerseits bedrückend gewesen, aber andererseits hatte er Henrike in ihrem Wunsch zu helfen und zu heilen nochmals bestärkt.

Noch vor dem Torgebäude band sie sich ihren Mundschutz um, zog die Handschuhe an und zeigte dem Pförtner ihr Eintrittsbillett. Auch der schützte sich mit einem Tuch vor Nase und Mund gegen die Schwindsucht.

An keinem Freitag zuvor hatte sie den Innenhof so zielstrebig betreten wie heute, als würden hier nicht Krankheit, Traurigkeit und Tod wohnen. Als quölle das Isolierhaus nicht über von Tuberkulösen, als müssten nicht Dutzende Kranke zur Pflege nach Hause zurückgeschickt werden, weil die Möglichkeiten des Spitals erschöpft waren.

Henrikes Blick glitt über die hoch aufragenden Spitalsbauten und blieb an dem Flurfenster hängen, hinter dem der Rektor sie vor zwei Jahren so unangenehm zurechtgewiesen hatte.

»Ich werde wiederkommen!«, versprach sie mit fester Stimme. »Als Studentin!« Dann lief sie zur Irrenabteilung im zweiten Stock des Curistenbaus.

Hinter ihr krachte die schwere Tür ins Schloss, ein Geräusch, das sie längst nicht mehr erschreckte. Henrike entschied, mit den Ruhigen in den Garten zu gehen, obwohl sich dort noch kein Frühblüher zeigte und es etwas nebelig war. Das helle, gedämpfte Licht tat den menschlicheren Menschen gut und die frische Luft den empfindlichen Lungen. Auch der Irrenabteilung sah man die Seuchenplage an, obwohl bisher bei keiner der seelenkranken Frauen die schlimme Krankheit nachgewiesen worden war. Die Gefahr der Ansteckung bestand aber nach wie vor. Jede Patientin trug deswegen einen unkaputtbaren Spucknapf und ein Hustentuch bei sich. Sogar beim Gang auf die Toilette und im Isolierzimmer war beides Pflicht.

Henrike war angewiesen, streng auf die Einhaltung der Seuchenvorschriften zu achten. Jedes Sputum galt es, sofort in den Abort zu entleeren und Spucknäpfe sowie Nachttöpfe zu desinfizieren. In der

Irrenabteilung wurde wenig gehustet, aber wenn doch, zuckte sogar Wärterin Ruth zusammen. Die hatte sie heute mit den liebreizenden Worten: »Du stinkst fei wie a ganze Fabrik voll mit Zigarette«, empfangen.

Es dauerte eine Weile, bis Henrike die Frauen aus ihren Betten bekam. Sie war fest entschlossen, ihren kleinen Chor heute ein Stück voranzubringen. Eigentlich begann es wie immer. Frau Eisele und Frau Weidenkanner klagten über das viel zu kalte Wetter und den Nebel, Frau Hahn über ihren Kittel, und dass sie ja gar nicht singen könne, und Frau Kreuzmüller war sogar der Spucknapf zu schwer. Henrike entgegnete Frau Hahn daraufhin, dass Singvermögen nicht entscheidend sei, und beschrieb die Freude, die ihr der Gesang machen würde.

Als sie die Patientinnen gerade in den Flur gelotst hatte, betrat Professor Rieger die Abteilung. »Sie sind auf dem Weg in den Garten?« Auch er trug einen Mundschutz und Handschuhe.

Henrike freute sich, ihn wiederzusehen, und nickte.

»Falls Sie wieder singen wollen, ich hätte noch eine Männerstimme für die Runde beizusteuern.« Er ging ihr in den Garten voran.

Henrike folgte ihm und führte die ruhigen Patientinnen vor das Beet, in dem im Sommer Goldruten wuchsen. Einzig Frau Löffler blieb wie immer am Eingang des Gartens stehen und war von dort nicht wegzubekommen.

Henrike bat Frau Kreuzmüller, den Text eines neuen Liedes aus dem Liederbuch vorzulesen. Frau Kreuzmüller stand aber nur apathisch da und sah Professor Rieger an wie einen Eindringling, während sie »Heinz«, den Namen ihres Mannes, vor sich hin murmelte.

Dann aber begann Frau Kreuzmüller den neuen Liedtext doch noch vorzulesen. Sie las stockend, murmelnd und schaute immer wieder hinter ihrem langen Pony unsicher auf. Henrike dachte daran, wie sehr die Familie unter deren Stigmatisierung als Geisteskranke litt.

Professor Rieger band seinen Mundschutz ab und nahm Henrike ein paar Schritte beiseite, den Blick weiter auf die Patientinnen geheftet. »Ich wollte Sie schon viel eher wiedersehen, aber meine gerichtlichen Verpflichtungen und der Ärger mit dem Oberpflegeamt haben mich unnützerweise davon abgehalten. Wie geht es Ihnen?«

Henrike lächelte den Professor hinter ihrem Mundschutz an, er trug auch heute einen Bleistiftstummel hinter dem Ohr. »Ich habe die Ablehnung meines Hörergesuchs überwunden«, sagte sie und ging ein paar Schritte an seiner Seite.

»Das ist gut, denn ich brauche Sie und Ihre ...«, führte er gerade aus, als Henrike sich kurz entschuldigte. Frau Kreuzmüller war beim Lesen so leise geworden, dass niemand sie mehr verstand.

Sie nahm die traurige Frau bei der Hand und strich ihr behutsam das überlange Stirnhaar hinter die Ohren, damit sie die anderen Chormitglieder besser sehen und das Tageslicht sie überhaupt erreichen konnte. »Wollen wir es gemeinsam versuchen?«

Frau Kreuzmüller antwortete zwar nicht, aber nachdem Henrike die ersten Zeilen laut und deutlich vorgetragen hatte, sprach die Patientin wieder mit. Henrike wurde leiser, je besser Frau Kreuzmüller wieder zu hören war. Schließlich trat Henrike zu Professor Rieger zurück. Das Lied »Im schönsten Wiesengrunde« besaß dreizehn Strophen.

Sie winkte der elfenhaften Corinna Enders zu, die oben im Saal der Fallsüchtigen stand und das Geschehen im Garten durch die Gitterstäbe hindurch verfolgte. Diese hatte vorgestern einen Anfall bekommen und war erst heute aus dem Wachsaal entlassen worden. Sie war die Einzige, die lächelte, wenn es ums Singen ging.

Frau Kreuzmüller war gerade bei der elften Strophe angekommen. Hier mag das Herz sich laben. Am ew'gen Festaltar ... Frau Löffler stand noch immer teilnahmslos am Eingang zum Garten.

Henrike und Professor Rieger gingen zu den Frauen zurück. Gerade hatte Frau Kreuzmüller »Singt mir zur letzten Stunde. Beim Abendschein« vorgelesen.

Henrike klatschte in die Hände. »Nachdem wir den Text des Liedes jetzt gehört haben, möchte ich es gerne mit Ihnen singen.«

Wie erwartet, regten sich die Frauen nicht, sondern schauten abwesend auf den Boden. Deswegen ging Henrike von Frau zu Frau und stellte sie mit sanften Gesten zu einem Kreis auf, aber ohne dass die Frauen sich berührten – wegen der Seuchengefahr. Professor Rieger brachte sich zwischen Henrike und Fräulein Weiss in Position. Doch nicht einmal auf seine Ermutigung hin bewegte sich Frau Löffler vom Garteneingang weg.

»So meine Damen, nun recht beschwingt!« Der Professor zwinkerte Henrike zu. »Sie würden mir und Reservewärterin Henrike eine Freude damit machen. Uns und sich selbst natürlich auch.«

»Im schönsten Wiesengrunde ist meiner Heimat Haus ...«, begann Henrike und schaute jede Patientin dabei an. Zu ihrer Freude stimmte Professor Rieger bald mit ein. »Da zog ich manche Stunde ins Tal hinaus ...« Sie und er sangen mit Freude und Sehnsucht von dem wundervollen Ort, der im Lied beschrieben wurde.

Sie hatte mit den Frauen vereinbart, dass es nicht schlimm wäre, Text oder Melodie oder beides zu vergessen, und dass Mitsummen erlaubt war. Zum Singen konnte sich aber nur Fräulein Weiss durchringen. Bei der zweiten Strophe sprach Frau Eisele den Text schon leise mit. Henrike setzte auf die Ansteckungskraft des Singens. Wenn sie sich häufiger zum Üben treffen würden, sängen vielleicht bald noch mehr Frauen mit. Dann könnten sie eines Tages sogar als kleiner Chor vor den anderen Kranken auftreten. Sie sang und gab dabei mit einer Hand den Takt vor. Als Frau Kreuzmüller den Liedtext aufgab und »Jochen« murmelte, zeigte sogar Fräulein Weiss, die es sich abgewöhnt hatte, Gefühle zu haben, echte Sorge.

Vielleicht sollte ich Fräulein Weiss in die Chorleitung miteinbeziehen, überlegte Henrike. Wenn das Fräulein eines Tages geheilt aus dem Juliusspital entlassen wird, könnte es immer noch Lehrerin werden. Und Lehrerinnen wiederum haben die besten Chancen, als Hörerinnen zugelassen zu werden. Das wusste Henrike von Jenny Danziger. Für Lehrerinnen galt das Lehrerinnenzölibat, was nichts anderes besagte, als dass Lehrerinnen, solange sie ihren Beruf ausübten, nicht heiraten durften. Sobald sie heirateten, erhielten sie Berufsverbot.

Fast eine ganze Stunde lang musizierten sie, dann wurde der Himmel dunkelgrau. Die erschöpften Patientinnen wurden in ihren Saal zurückgebracht, bevor Henrike und Professor Rieger sich in den Gemeinschaftsraum zurückzogen.

»Henrike?« Er kam ihr so nahe, dass sie seinen Atem auf ihrer Wange spüren konnte. »Wenn Sie immer noch Ärztin werden wollen, sollten Sie sich auch intensiver mit der Inneren Medizin auseinandersetzen. Denn sie macht einen wesentlichen Teil des Studiums aus.«

Sein Zutrauen und seine Bestärkung taten ihr gut.

»Das werde ich tun«, versprach sie und nahm sich vor, ihre Großmutter zu bitten, sie zukünftig ab und an bei Patientenbesuchen begleiten zu dürfen, sobald die zweite Ausgabe der LOUISE erschienen wäre. Vorher würde sie keine Zeit dafür haben, sie musste sich ja auch noch zu Hause zeigen. Zumal ihre Familie sich aufzulösen drohte. Jeder lebte nur noch in seiner eigenen Welt, das musste aufhören. Für ihren Vater gab es nur die Eisenbahn, für ihre Mutter nur den Rückzug und für sie, Henrike, nichts anderes mehr als Jean-Pierre, die Medizin und die LOUISE. Und Isabella, ihr Bellchen? Die hatte sie zuletzt ganz schön vernachlässigt.

»Ich muss jetzt zurück auf den Schalksberg«, sagte Professor Rieger. »Aber bei Gelegenheit werde ich Ihnen mal wieder etwas unter die Schürze legen.« Er lächelte zärtlich und zerrissen zugleich. Genau so, schoss es Henrike durch den Kopf, wie ich mir *Faust* vorstelle.

»Sie waren das?«, fragte sie verblüfft. Die ganze Zeit über hatte sie Jean-Pierre für den edlen Spender gehalten.

Er verbeugte sich galant vor ihr, dann ging er davon.

Als Nächstes wollte Henrike im Saal der Unreinlichen nach dem Rechten schauen, da stellte sich ihr Wärterin Ruth in den Weg. »Denkst wohl, dass was B'sonderes bist?«, schnauzte sie Henrike an.

»Ich verstehe nicht«, entgegnete Henrike und stellte Kehrschaufel und Kehrblech ab.

»Mit dem Geplärr da unne im Garte will'st wohl dem Professor imponier?«

Henrike fiel aus allen Wolken. »Plärren und imponieren?«

Im letzten Moment konnte sie sich gerade noch ein »Sind sie verrückt geworden?« verkneifen. »Ich dachte, dass das gemeinsame Singen den ruhigen Frauen Mut macht. Wenn wir ein richtiger Chor wären, könnten wir für die anderen Kranken singen, und die Frauen wären womöglich stolz auf sich.«

»Ein Chor aus ruhige, irre Weibsbilder?« Wärterin Ruth lachte rau, tief und lange. »Glaubst wirklich, du kannst die Weidenkanner und die Eisele zum Mitmach bring? Und sogar die Löffler?« Sie klopfte sich auf die Schenkel vor Vergnügen.

Jetzt reichte es! »Wie sollen die Frauen hier jemals selbstbewusster werden, wenn Sie so herablassend von und mit ihnen sprechen?« Es ging einfach nicht an, dass die Wärterin die Gesangsversuche der Frauen einfach als »Plärren« abtat. Schließlich hatten die Frauen es immerhin versucht, was ein wichtiger Schritt für sie nach vorne war.

»Du willst mir erklär, wie ich mit den Irre umgeh soll?« Ruths Gesicht erstarrte. »A Reservewärterin, die nur freitags kommt?«

»Auch wenn ich nur freitags herkomme, lese ich doch an den anderen Tagen viel über Psychiatrie.«

Wärterin Ruth taxierte Henrike abfällig von oben bis unten, dann blickte sie zur Tür der Ruhigen – und lachte erneut. Zu absurd schien ihr die Vorstellung zu sein, dass die ruhigen Frauen es jemals schaffen würden, gemeinsam zu singen. »Wenn du des schaffst, dass alle depressive Fraue im Chor mitmache …«, die Wärterin verschluckte sich fast vor Lachen.

»Was ist dann?«, fragte Henrike kühl.

»Dann sing i von ganz vorn mit!« Nach diesen Worten klopfte die Wärterin Henrike siegesgewiss auf die Schulter und stapfte in den Gemeinschaftsraum.

Henrike lief ihr hinterher. Frau Löffler, die sich nicht mal überwinden konnte, den Garten zu betreten, gehörte auch zu den Ruhigen. Sie zum Singen zu bringen, käme einem Wunder gleich. Ihre innere Stimme sagte ihr, dass sie die nächsten Worte auf keinen Fall laut aussprechen sollte. Ein Chor mit allen Ruhigen war in der Tat so gut wie unmöglich. Aber sie musste es der Wärterin endlich einmal beweisen. »Ihr Wort darauf, Wärterin Ruth!«, verlangte sie nach außen hin kämpferisch, in Wirklichkeit schlotterten ihr die Oberschenkel unter dem Wärterinnenkleid.

»Des is absurd, Kindle, a Chor aus lauter Irre! Mach dich ned unglücklich! Denn wenn du die Wette verlierst ...« Ruth schüttelte den Kopf. Sie hatte nicht einmal einen ihrer bösartigen Sprüche für die angebliche Gräfin von Weikersheim übrig, die gerade vor der Tür zum Gemeinschaftsraum innehielt.

»Wenn du verlierst, wirst mir an Jahr lang des Mittagesse persönlich und mit Knicks servier und danach noch abräum!«

Henrike streckte der Wärterin die Hand entgegen und forderte sie mit einem Nicken auf, einzuschlagen.

Wärterin Ruth konnte ihre Verblüffung nicht verbergen, einen kurzen Moment zögerte sie noch, bevor sie Henrikes Hand ergriff. »Die Wette gilt!«

Als Henrike das Spital am Abend verließ, konnte sie Ruths festen Griff und die Schwielen an ihren Händen immer noch spüren. Aber sie war entschlossener denn je, dieser Frau zu zeigen, wozu die menschlicheren Menschen imstande waren! So wahr sie Henrike Hertz hieß. Aber vor allem wollte sie, dass es den ruhigen Frauen endlich besser ging. Vielleicht könnte die Musik ihren Teil dazu beitragen.

26

Februar 1900

Die Wette mit Ruth jagte Henrike noch tagelang danach Angst ein und ging ihr selbst dann nicht aus dem Kopf, wenn sie zu Hause war und überlegte, wie ihre Familie wieder mehr zusammenwachsen könnte, oder an Jean-Pierre dachte.

Trotz der Tuberkulosegefahr hatte sie ihre Eltern davon überzeugen können, mit ihr einen Spaziergang auf der Hofpromenade zu machen, die vor dem Hofgarten der Königlichen Residenz verlief. Schon viel zu lang waren sie nicht mehr zu dritt unterwegs gewesen.

Auf dem Spaziergang begegneten sie weniger Menschen als sonst. Niemand aus ihrem Bekanntenkreis traute sich noch, Handwerker ins Haus zu lassen.

Während sie nebeneinanderher gingen, summte Henrike »Im schönsten Wiesengrunde« vor sich hin, formulierte im Kopf ihren nächsten Leitartikel und fragte sich, ob er Jean-Pierre wohl gefallen würde. Und ob er eine Idee hätte, wie man die depressive Frau Löffler doch noch zum Singen bringen könnte.

Die Wette gilt!, dröhnte Ruths Stimme in ihrem Ohr. Immer öfter musste sie auch an Heinz Kreuzmüller und seinen Sohn Jochen denken, und wie sehr sie unter der Krankheit, aber auch dem Verlust ihrer Mutter und Ehefrau litten. Eigentlich hätten auch Heinz und Jochen Hilfe gebraucht. Noch vor Ostern wollte sie die beiden erneut besuchen, mit ihnen reden und ihnen zuhören, nahm sie sich vor. Mit Jean-Pierre an ihrer Seite.

Die Familie erreichte den Luitpold-Brunnen vor der Königlichen Residenz, und Anton betrachtete das Reliefbildnis des Prinzregenten daran ehrfurchtsvoll. Sie kamen auf die Planung der Osterfeiertage zu sprechen, und Ella zeigte seit Langem wieder Begeisterung für anstehende Festivitäten und erkundigte sich sogar interessierter als sonst nach den Geschehnissen im Oberbahnamt. Henrike bemerkte auch, dass ihre Mutter sie öfters von der Seite anschaute. Hoffentlich war ihre heutige Fröhlichkeit ein erster Schritt auf dem Weg zur Besserung ihrer Gemütsdepression.

Henrike schlug einen Osterspaziergang vor, auf den sich die Eltern gerne einlassen wollten. Jean-Pierre erwähnte sie aber noch nicht. Das wollte sie erst kurz davor tun.

Die Aussicht darauf, dass sie ihren Eltern bald ihre große Liebe vorstellen durfte, hob ihre Stimmung derart, dass es ihr nicht einmal etwas ausmachte, dass die Familie Reichenspurner zum Diner eingeladen war. Ihr Vater hatte verkündet, er wolle der Niedergeschlagenheit der von der Seuche geplagten Stadt zumindest in seinem Salon mit Freude und Offenheit trotzen. Henrike hatte dafür Verständnis und wünschte sich nur, dass die Zeit schnell vergehen möge und sie in der kommenden Woche bald eine Möglichkeit fände, im Redaktionskeller weiterzuarbeiten und Jean-Pierre auf der Bank am Main zu treffen. Mit glühenden Wangen erinnerte sie sich an seine Verlegenheit in der Kutsche, als er geglaubt hatte, sie würde sich ihm hingeben. Er hatte die Situation nicht ausgenutzt, was sie in ihrer Meinung, dass er der perfekte Mann an ihrer Seite war, nur noch bestärkte. Der Spaziergang endete bei guter Laune für alle Familienmitglieder, sogar Ella lächelte.

Zwischen Spaziergang und Diner fand Henrike noch die Zeit, Klara Oppenheimers Brief zu beantworten. Sie bedankte sich für das in sie und die Herausgeberin gesetzte Vertrauen und schlug dem Fräulein einen Spaziergang im neuen Ringpark vor. Es wurde höchste Zeit, dass neue Mitstreiterinnen zur LOUISE stießen. Verbunden werden auch die Schwachen mächtig sein. Sie plante die erste erweiterte Redaktionskonferenz für die Woche vor Ostern.

Aus dem Gespräch mit Jenny Danziger hatte Henrike viele Gesichtspunkte mitgenommen, die es an der Situation einer Hörerin zu verbessern galt. Darüber wollte sie schreiben. So musste Fräulein Danziger für den Besuch jeder einzelnen Vorlesung die Zustimmung des betreffenden Dozenten einholen, was besonders kompliziert und schwierig wurde, wenn die Dozenten in einem Fach wechselten. Und das kam gar nicht so selten vor, befanden sich diese doch oft auf Forschungsreisen, Kongressen oder waren krank und wurden während dieser Zeit von Kollegen vertreten. Anders als ihre männlichen Mitstudenten durfte sie außerdem weder die universitäre Bibliothek nutzen noch andere Bildungsinstitutionen aufsuchen, die den männlichen Studenten uneingeschränkt offen standen. Am schlimmsten fand Henrike jedoch, dass Fräulein Danziger von den männlichen Studenten ausgelacht und verhöhnt wurde. Als ihr diese davon erzählte, hatte Henrike vor Zorn sogar die Hände zu Fäusten geballt. Das Problem für die Universitäten, davon war sie immer mehr überzeugt, sind nicht wissbegierige Frauen, sondern gehässige Männer, die ihre Pfründen sichern wollen.

Henrike versteckte ihren Antwortbrief hinter dem Schrank. Dort kam nicht einmal das Dienstmädchen beim Saubermachen hin. Gleich am nächsten Montag wollte sie den Brief zum Postamt bringen.

Eine Stunde, bevor das Diner begann, kam das Stubenmädchen, um Henrike zu frisieren und für den Abend anzukleiden. Kurz darauf stieß auch ihre Mutter zu ihnen. Ella trug ihr teuerstes Kleid, das sie der Familie schon zu Weihnachten präsentiert hatte. An ihrem Handgelenk funkelte das silberne Armband mit den hellblauen Beryllsteinen, welches Anton im Kaufhaus Rosenthal für sie ausgesucht hatte.

Ellas Fröhlichkeit freute Henrike sehr. Sie schalt sich dafür, jemals angenommen zu haben, ihre Mutter könne sich in die Arme eines Liebhabers geworfen haben. Mit einem zarten Lächeln beobachtete Ella, wie Henrike das Haar frisiert bekam, das elegant am Oberkopf mit einer Spitzenschleife befestigt wurde. Danach bekam Henrike ein Korsett angelegt, das ihre Brüste und ihren Hintern betonte, ihr auf Wespenformat geschnürt wurde und ihr den Bauch und ihre Organe dabei so sehr zusammendrückte, dass es sich unangenehm anfühlte. Lieber hätte sie das strahlensichere Korsett, das Isabella ihr geschenkt hatte, getragen. Im Spital hatte sie zuletzt ganz auf das unbequeme, einengende Kleidungsstück verzichtet und sich sofort wohler gefühlt. Aber heute Abend wollte sie alles zur Zufriedenheit ihrer wieder fröhlicheren Mutter tun.

Ella hatte sie gebeten, das Kleid aus champagnerfarbenem Batist, das sie ihr aus München mitgebracht hatte, zu tragen. Es betonte Henrikes Taille, und sein Rock floss wie Wasser an ihrem hochgewachsenen, schlanken Körper hinab. Die Ärmel waren an den Unterarmen halbtransparent und mit weiß gestickten Blüten verziert. Henrikes Hals und ihre Schlüsselbeine säumte feine Spitze. Der Batist des Kleides war so zart, dass er zu zerreißen drohte, fielen ihre Schritte nur etwas zu groß oder ihre Bewegungen etwas zu schnell aus. *Normalerweise entspricht das Kleid eher Isabellas Geschmack als meinem,* dachte Henrike, während sie sich im Spiegel betrachtete.

»Du bist wunderschön.« Ella versank im Anblick ihrer Tochter.

Henrike genoss die selten gewordene Anwesenheit ihrer Mutter und die vertraute Stimmung zwischen ihnen. Sie redeten über das Wetter, das Osterfest und über Kleider. Sie war sich sicher, dass ihre Mutter Jean-Pierre mögen würde.

Das Stubenmädchen legte Henrike gerade Rouge auf die Wangen, als es an der Wohnungstür klingelte. Ella erhob sich und prüfte noch ein letztes Mal den Sitz von Henrikes Frisur. Stimmen drangen zu ihnen. Anton begrüßte die Gäste.

»Sind wir etwa zu spät dran?«, fragte Henrike. Normalerweise warteten die Frauen bereits im Salon, wenn Gäste eintrafen.

»Bitte noch diese Strähne.« Ihre Mutter zeigte auf eine widerspenstige Strähne über Henrikes linkem Ohr, die sie ihrer Tochter dann selbst rasch noch unter eine Haarklemme schob. Als wirklich alles perfekt war, nahm sie Henrike bei der Hand und führte sie aus dem Zimmer.

Der Hausdiener brachte gerade die Zylinder und Gehstöcke der Herren in die Garderobe, als Ella und Henrike den Salon betraten. Der Raum war festlich erleuchtet, sogar den Korpus des Pianofortes hatte Ella am Morgen noch einmal auf Hochglanz polieren lassen. Sie selbst hatte sich um die Elfenbeinklaviatur gekümmert. Henrike schaute sich beeindruckt um. Ihr Vater trug einen Frack wie zur Oper, und auf seinem festlich weißen Krawattenschal saß unübersehbar seine Direktorenbrosche. Auch die Herren Reichenspurner waren festlich gekleidet mit langen Schößen an den Gehröcken, reinweißen Hemden, weißen Schleifen um den Hals und weißen Handschuhen. Am Revers von Karl Georgs Frack heftete eine Rose. Und Frau Reichenspurner duftete so betäubend wie ein ganzer Korb voller Lilien.

Karl Georg war ein Abbild seines Vaters. Blass, blond und mit einer kindlich flachen Stupsnase. Vater und Sohn trugen das Haar seitlich gescheitelt und den Bart perfekt gestutzt. Frau Reichenspurners Lilienparfüm verteilte sich im gesamten Raum, Henrike fand es etwas zu aufdringlich.

Ella führte Henrike am Arm zuerst an Anton und dann an den Gästen vorbei, einmal um die prachtvolle Nussbaumtafel herum. Karl Georg starrte Henrike dabei mit großen Augen an, sodass Herr Reichenspurner seinen Sohn anstoßen musste, damit dieser seinen Mund wieder schloss.

Hoffentlich vergeht der Abend schnell!, konnte Henrike nur denken. Sie wünschte sich auf die Bank am Main.

Wortreich stellte Anton seine Tochter den Gästen vor, dann nahm man Platz. Zunächst plänkelten die Herren über die politische Passivität des hochverehrten Prinzregenten, die dazu führte, dass die bayerischen Interessen hinter den preußischen zurückstehen mussten. Danach kam das Gespräch auf das neue Denkmal für den Prinzregenten, mit dessen Planung bereits begonnen worden war und das neben dem neuen Zentralbahnhof errichtet werden sollte. An seinem achtzigsten Geburtstag sollte die Grundsteinlegung stattfinden.

Henrike interessierte sich wenig für Denkmäler, und auch die beiden anderen Damen hörten nur halbherzig hin, wie sie fand. Karl Georg wurde die ganze Zeit über von seiner Mutter beobachtet, angestoßen oder korrigiert. Das schien ihn zu ärgern, aber er wagte keinen Widerspruch. Seine Bevormundung war sogar Henrike unangenehm.

Als Vorspeise wurde ein Silvaner-Süppchen mit Krebseinlage serviert. Als ihr Vater begann, über die gesteigerten Verkehrsbedürfnisse zu sprechen, drifteten Henrikes Gedanken endgültig aus dem Salon und ins Juliusspital. In Gedanken schritt sie über den Innenhof mit der Patientin Enders an der Hand. Sie waren auf der Suche nach einem geeigneten Ort, an dem ihr kleiner Chor vielleicht einmal singen könnte. Danach grübelte sie über die Depression und hörte Professor Rieger darüber dozieren.

»Fräulein Henrike?«

Unvermittelt lächelte Henrike. Es gefiel ihr, wenn Professor Rieger sie mit ihrem Vornamen ansprach. Mehr noch. Sie mochte ihn auf eine ganz besondere Weise. Anders als sie Jean-Pierre mochte, nein liebte.

»Fräulein Henrike?«

Henrike spürte die Hand ihrer Mutter auf ihrem Oberschenkel und begriff erst in diesem Moment, dass die Stimme, die zu ihr gesprochen hatte, gar nicht dem Irrenarzt gehörte.

»Sie träumen wohl gerne?«, fragte Herr Reichenspurner in väterlichem Tonfall. »Etwa schon von der Ehe?«

Am liebsten setze ich meine Träume in die Realität um!, dachte Henrike, antwortete aber ausweichend: »Nun ja, hin und wieder träume ich vom Reisen.« Vielleicht sogar einmal mit Jean-Pierre nach Paris? Dann würde sie auch endlich erfahren, was ihn monatelang dort festgehalten hatte.

»Henrike ist eine der besten Schülerinnen der Töchterschule«, lobte sie ihr Vater, was er vor ihr sonst noch nie getan hatte. Sie hatte gar nicht gewusst, dass er ihre schulischen Leistungen derart schätzte. Vor ihr betonte er immer nur, woran sie noch zu arbeiten habe.

»Sie könnte jeden großen Haushalt mühelos übernehmen«, war Anton überzeugt.

Henrike erstarrte. Was sollte diese Bemerkung? Sie hatte nicht vor, so schnell einen großen Haushalt zu übernehmen. Irritiert schaute sie zu ihrer Mutter, die lächelte.

»In Sprachen bin ich weniger begabt«, gestand sie aufrichtig, sosehr sie sich auch wünschte, fließend Französisch sprechen zu können. »An Zahlen wiederum lässt mich Papa nicht gerne heran.«

»Das Rechnen würde ich für meine Frau übernehmen«, meldete sich Karl Georg zu Wort, nachdem er sich etwas Mut angetrunken hatte. Seine Mutter bedachte seinen Kommentar mit einem unzufriedenen Blick, woraufhin er fast nur noch unter halb gesenkten Lidern hervorzuschauen wagte.

Die Herren stießen ihre Weingläser aneinander. »Auf die Ehe, in die jeder seine Fähigkeiten einbringt.«

Langsam dämmerte es Henrike, warum sie so hübsch angezogen worden war. Sie sollte den Reichenspurners gefallen! Aber es war nun einmal so, dass Jean-Pierre ihr tausendmal mehr gefiel als Karl Georg. Anders als Jean-Pierre würde der es bestimmt nie wagen, mit wenig Geld in ein fremdes Land zu gehen, um dort die Fächer zu studieren, die ihm seine Überzeugung und Leidenschaft eingaben. Henrike kannte keinen jungen Mann, der mehr unter der Fuchtel seiner Eltern stand als Karl Georg.

»Wir würden uns sehr freuen, Fräulein Henrike«, sagte Frau Reichenspurner, »wenn Sie für uns singen würden.«

Ich bin doch kein Zirkuspferd, das man in der Manege präsentiert und Kunststücke aufführen lässt!, dachte Henrike und meinte das Lilienparfüm von Karl Georgs Mutter fast schon schmecken zu können, so aufdringlich war es. Dagegen kam das zarte Silvaner-Süppchen nicht an.

»Eine großartige Idee!«, fand auch Anton und nickte Frau Reichenspurner wohlwollend zu. »Ella und Henrike sind hervorragende Duett-Sängerinnen.«

»Wollen Sie überhaupt singen, Fräulein Henrike?«, wandte sich Karl Georg das erste Mal direkt an sie. Nur ihm schien es aufgefallen zu sein, dass sie keine Lust dazu hatte.

»Aber mein Junge!«, herrschte seine Mutter ihn an. Sie war offenkundig empört darüber, dass er Henrike um ihre Meinung fragte. »Natürlich möchte Fräulein Henrike singen.« Sie lächelte mit ihrem Mund, der so breit war wie der eines Frosches.

Henrike wollte sich gerade herausreden, da erhob sich Karl Georg unter dem drängenden Blick seiner Eltern, trat um den Tisch herum, verneigte sich ungelenk vor ihr und schenkte ihr die Rosenblüte von seinem Revers.

Nur ihren Eltern zuliebe ging Henrike daraufhin zum Pianoforte, wo ihre Mutter schon bereitsaß und das Stubenmädchen die Kerzen anzündete. Die Rosenblüte ihres Verehrers hatte sie am Tisch zurückgelassen. Henrike stellte sich so hin, dass sie während des Singens Blickkontakt mit ihrer Mutter hatte. Ella stimmte ein verträumtes Schumann-Lied an. Henrike sang die zweite Stimme dazu und dachte dabei, wie sehr sie ihre Mutter doch liebte. Viel zu lang hatten sie nicht mehr gemeinsam Musik gemacht. Beim Singen sah Henrike nur ihre Mutter, Singen war auch eine Art der Verständigung. Aber sich mit Karl Georg nach diesem Abend erneut zu treffen, kam deswegen trotzdem nicht infrage. Sie liebte Jean-Pierre! Er war der Mann ihrer Wahl. Das Duett erhielt wohlwollenden Beifall.

Zur Hauptspeise wurde Zicklein-Braten serviert. Nicht einen Augenblick ließ Vater Reichenspurner Henrike beim Essen aus den Augen, verfolgte jede ihrer Bewegungen. Gäbe es am Ende dann eine Brosche für untadeliges Verhalten und Manieren?

Ihr Vater war in seinen Ausführungen gerade bei der Wichtigkeit des Paketpostverkehrs für das finanzielle Ergebnis seines Oberbahnamtes angelangt, als Herr Reichenspurner eine überraschende Neuigkeit einfiel. Er erzählte, dass Professor Röntgen Würzburg verlassen werde, weil er einen Ruf an die Universität München angenommen habe.

Henrike vermutete, dass der Physiker aus Würzburg und vor den Gerüchten um ihn floh. Sie bedauerte seinen Weggang, obwohl sie den schüchternen Physiker nie kennengelernt hatte. Ihr Großvater Richard hatte immer sehr nett über ihn gesprochen.

»Vielleicht ist ein Neuanfang in München gar keine so schlechte Idee«, meinte Herr Reichenspurner. »Ich hörte jüngst, dass Herr Lenard inzwischen sogar beim Kaiser vorsprechen durfte. Und der Kaiser soll ihm gewisse Kontakte in das Stockholmer Wissenschaftsmilieu vermittelt haben.«

Henrike war entsetzt und sah ihrem Vater an, dass es ihm ähnlich erging. Anton erwiderte prompt: »Die Vermittlung Lenards nach Skandinavien kann ich mir nur als einen Racheakt des Kaisers erklären, weil unser Professor den Ruf nach Berlin einst ablehnte.«

Henrike war stolz darauf, dass ihr Vater noch von »unser Professor« sprach.

»Sitzt in Stockholm nicht das Komitee für die Vergabe dieses neuen Wissenschaftspreises?«, fragte Anton.

Herr Reichenspurner wiegte nachdenklich den Kopf. »Das Nobelpreis-Komitee sitzt in Stockholm, ja.«

»Sie klingen so, als zweifelten Sie daran, dass Professor Röntgen die Strahlen entdeckt hat«, mischte Henrike sich nun ein, damit die Reichenspurners wenigstens eine Ahnung davon bekamen, worauf sie sich mit ihr einlassen würden.

Herr Reichenspurner schaute Henrike erschrocken an. »Sie interessieren sich für Politik und Physik, Fräulein Henrike?«, wollte er wissen.

Ihren Eltern zuliebe senkte Henrike den Blick etwas, aber auf keinen Fall zu tief. »Ich wünschte, Würzburg würde die Ehre als Entdeckungsort der Strahlen behalten dürfen.«

»Aha«, war alles, was Herr Reichenspurner erwiderte.

Unter halb gesenkten Lidern sah sie, wie er sich wieder ihrem Vater zuwandte und ihm erklärte: »Es ist nun mal so, dass Professor Röntgen für seine Entdeckung die von Lenard konzipierte Vakuumröhre verwendete und diese sich mit dem sogenannten Lenard-Fenster als besonders geeignet für die Entdeckung erwies. Ohne die Lenard-Röhre hätte die Entdeckung nie stattgefunden. Außerdem sind die Schatten, die Lenard schon 1894 sah, auch nicht von der Hand zu weisen. Sie erinnern sich an den eindrucksvollen Artikel im *Würzburger Generalanzeiger?*«

Henrike dachte, dass Herr Reichenspurner als Beamter vermutlich nicht sehr viel von Experimentalphysik verstand und die Debatte um die Strahlen deswegen gar nicht richtig beurteilen konnte. Genauso wenig wie die vielen andere Menschen, die nicht mehr jubelten. Einige verteufelten die Schattenbilder inzwischen sogar. Im Grombühl kannte Anna einen Schmied, der an nichts anderes mehr als an den Tod denken konnte, seitdem er seinen Schädel auf einem Schattenbild gesehen hatte. »Überall Professor Röntgen, die Begeist'rung will nicht end'gen. Mir allein wird bei dem Klange dieses Namens schrecklich bange!«, zitierte sie still ein unter den Wärterinnen des Spitals beliebtes Gedicht.

»Mit Gottes Hilfe könnte es noch gut für Würzburg und die Universität ausgehen«, beendete Anton das Gesprächsthema, damit die Stimmung nicht noch weiter sank.

Ob eine Ohnmacht Henrike vor den Reichenspurners retten könnte? Eine Ohnmacht wäre gar nicht so weit hergeholt, ihr wurde fast übel von so viel Meinungsmache gegen Professor Röntgen. Ganz eindeutig las Herr Reichenspurner zu viele Zeitungen und glaubte auch noch alles, was darin geschrieben wurde. Und dann war da immer noch das penetrante Lilienparfüm der unangenehmen Frau Reichenspurner. Karl Georg wagte kaum eine Regung, ohne seiner Mutter oder seinem Vater vorher einen verunsicherten Blick zugeworfen zu haben. Und dass ihm die Bevormundung unangenehm war, sah Henrike ihm an, so gut er es auch zu verbergen versuchte.

Es wurde feierlich still im Salon.

»Wir haben uns heute Abend hier eingefunden, um eine äußerst glückliche Fügung zu besiegeln«, begann Anton bedeutungsschwer, nachdem er zwei Scheiben vom Zicklein-Braten gegessen hatte. Sie hoben die Gläser.

Henrike glaubte, nicht richtig zu hören. Einzig ihr Glas stand noch auf dem reinweißen Tafeltuch. Ihre Eltern hatten sie ausgetrickst, weil sie wussten, wie sie zu Karl Georg stand. Genau jetzt ist der richtige Zeitpunkt, dachte sie, um ohnmächtig zu werden. Oft genug hatte sie diesen Vorgang im Spital gesehen. Bei den Fallsüchtigen kündigte sich ein Anfall durch das Erzittern der Hände und Füße an, dann schlossen sie die Augen und sanken in einer fließenden Bewegung zu Boden, als würden sie wie Wachs schmelzen.

»Ich bin sehr stolz«, übernahm Herr Reichenspurner bedeutungsschwer.

»Meine Aura ...«, murmelte Henrike, wie es auch die Fallsüchtigen in der Irrenabteilung taten, wenn ein epileptischer Anfall unmittelbar bevorstand, aber alle waren auf Karl Georgs Vater konzentriert, sodass ihre Worte ungehört im Salon verklangen. Sie konzentrierte sich auf das fallsüchtige Zittern ihrer Hände.

»Ich bin sehr stolz, dass es an diesem Abend endlich so weit ist. Hiermit gebe ich die Verlobung von unserem Karl Georg ...«

Jemand schlug so heftig gegen die Wohnungstür, dass es bis in den Salon zu hören war. Gerade hatte Henrike die Augen geschlossen und wollte mit der Phase des Wankens beginnen, bevor sie theatralisch zu Boden sank. Niemals würde sie sich mit Karl Georg verloben wollen!

»Hiermit gebe ich die Verlobung«, nahm Herr Reichenspurner seinen gewichtigen Satz wieder auf, »die Verlobung von unserem guten Karl Georg mit Fräulein ...«

»Verzeihen Sie die Störung, Herr Eisenbahn-Direktor Hertz.« Das Dienstmädchen betrat den Salon und strich nervös über seine Zierschürze.

Anton behielt sein Glas demonstrativ in der Hand. »Sie stören in einem denkbar ungünstigen Moment!«

Hinter dem Dienstmädchen drängte Henna in den Festsalon. Der Hausdiener versuchte erfolglos, das alte Stubenmädchen der Winkelmann-Staupitz wieder aus dem Raum zu ziehen. Henrike beobachtete alles unter halb gesenkten Lidern hervor. Sie wollte sich weiter für eine Ohnmacht bereithalten, ihr Vater ließ sich nie lange vom Personal stören.

»Aber in der Hofstraße geschehen schreckliche Dinge!« Henna trat von einem Bein aufs andere und schaute zu Henrike, obwohl sie Anton ansprach. »Bitte kommen Sie, Herr Direktor!«

Sofort schauten sich die Herren an. Die Angst in ihren Blicken erkannte Henrike sofort. Es war die Angst vor der Ansteckung mit Tuberkulose, die Angst, sich selbst mit ihr zu infizieren und an ihr zu sterben.

Henrike sprang auf und stieß dabei ihr Glas um. »Haben sich meine Großeltern angesteckt?«

Das Stubenmädchen schüttelte den Kopf. »Es ist …«

»Ja?«, wollte Henrike aufgeregt wissen. »Was ist passiert?«

»Wir sind mitten in der Verkündung der Verlobung unserer Tochter!«, brüskierte sich Anton und richtete mit Blick auf die Reichenspurners seinen Krawattenschal mit der Brosche. »Wir kommen morgen vorbei, Henna.« Er bedeutete Henrike wieder Platz zu nehmen, aber Henrike blieb stehen.

»Bei meiner Herrschaft sind so viele Männer von der Gendarmerie.« Henna biss sich auf die Nägel und klagte: »Und der Rektor ist auch da!«

Henrike riss die Augen auf. Die Anwesenheit des Rektors konnte nichts Gutes bedeuten, das sagte ihr ihr Gefühl.

»Der ehrenwerte Rektor der Königlich Bayerischen Julius-Maximilians-Universität zu Würzburg?« Herr Reichenspurner wechselte einen fragenden Blick mit seiner Frau. »Professor Pauselius?«

»Ja, Herr Rektor Pauselius, ich kenne ihn aus Artikeln in der Zeitung.« Henna rieb sich die Stirn, an der Henrike nun eine breite Schürfwunde entdeckte. Sie rief nach Verbandszeug und ging auf Henna zu. »Wir müssen sofort in die Hofstraße!«, verlangte Henrike. Der Rektor war ein cholerischer Mensch, vor ihm musste sie ihre Großeltern unbedingt beschützen!

»Henrike Maria, bitte setze dich wieder hin!«, verlangte ihr Vater und stellte sein Glas so heftig auf den Tisch zurück, dass der Wein aus ihm herausschwappte. Anton überlegte länger. Seine Wutader trat deutlich an der Stirn hervor. »Es tut mir sehr leid«, sagte er schließlich zu seinen Gästen. »Dürfte ich Sie wohl um etwas Geduld bitten? Es kann sich nur um einen Irrtum handeln.«

»Unter diesen Umständen würden wir es bevorzugen, heimzukehren.« Herr und Frau Reichenspurner erhoben sich von der Festtafel, einzig Karl Georg blieb sitzen und betrachtete Henrike mit verträumtem Blick.

»Aber bitte bleiben Sie doch, liebe Familie Reichenspurner.« Mit unruhiger Hand deutete Anton zum Pianoforte. »Ich würde Ihnen während meiner Abwesenheit das Dessert servieren lassen, und meine beiden Frauen würden für Sie singen.«

Ganz sicher würde Henrike kein Duett singen, während ihre Großeltern dem Rektor und der Gendarmerie ausgeliefert waren. »Wenn meine Familie in Gefahr ist, bekomme ich sicher keinen angenehmen Ton heraus«, protestierte sie auf die nette Art und zuckte hilflos mit den Schultern. An eine Ohnmacht war jetzt nicht mehr zu denken. Das würde ihren Großeltern nicht weiterhelfen. Sie musste zu ihnen!

»Wir kommen vielleicht ein andermal wieder«, sagte Herr Reichenspurner und wandte sich zum Gehen, aber Karl Georg konnte sich nicht von Henrikes Anblick im Batistkleid lösen. »Wie könnte Ihre Stimme jemals unangenehm klingen, Fräulein Henrike. Das ist gar nicht möglich.« Er kam, ohne dass seine Mutter ihn rechtzeitig festhalten konnte, um den Tisch herum, nahm die Rosenblüte neben Henrikes Dessertlöffel auf und steckte sie ihr vorsichtig und zart in den Batist über ihrer Brust.

Henrike hörte nur, dass Henna gerade die Wohnung verließ. Das Stubenmädchen war eine unaufgeregte Person, wenn sie unruhig wurde, schellten bei Henrike alle Alarmglocken.

»Komm jetzt, Junge!«, herrschte Frau Reichenspurner ihren Sohn an und zog ihn von Henrike weg wie einen Untergebenen.

Unter mehrfachen Entschuldigungen verabschiedete Anton seine Gäste, aber sobald die Haustür wieder geschlossen war, brach die Wut aus ihm heraus. »Warum müssen uns deine Eltern ausgerechnet jetzt einen Strich durch die Rechnung machen?!«, schrie er, was er selten tat.

Nun schaltete sich Ella ein, was Henrike ihr schon nicht mehr zugetraut hatte: »Wir können meine Eltern jetzt nicht im Stich lassen.«

Henrike meinte, dass ihr Vater vor Wut jeden Moment gegen die Wand schlagen würde. Um dem zuvorzukommen, wies sie den Hausdiener an, ihm Zylinder und Gehstock zu bringen, dann rannte sie in den Garderobenraum und kam mit zwei Kostümjacken zurück. Eine reichte sie ihrer Mutter, die andere zog sie sich selbst an.

»Wir gehen ohne dich!«, befahl Anton und schickte Henrike mit einem Wink auf ihr Zimmer. »Und über dein Verhalten heute Abend sprechen wir noch!«

*

Regen peitschte gegen die Kutschenwand, als wolle er sie antreiben. Henrike hatte gewartet, bis ihre Eltern die Wohnung verlassen hatten. Erst dann war sie ihnen gefolgt. Wie konnte ihr Vater von ihr verlangen, dass sie ihre Großeltern im Stich ließ? Ihr Gefühl sagte ihr, dass ihr etwas Schlimmes bevorstand. Kurz dachte sie an die LOUISE, schob den Gedanken aber bald wieder beiseite. Es war zu unwahrscheinlich, zu unvorstellbar, dass die Anwesenheit der Gendarmerie mit ihren geheimen Aktivitäten für die Frauenbewegung zusammenhing.

Die Hofstraße war schnell erreicht. Das Stubenmädchen öffnete ihr die Tür. Im Empfangsbereich, wo Henna gerade dabei war, den Straßendreck vom Marmorboden zu wischen, roch es nach Desinfektionsmitteln. Henrike erstarrte noch vor den Salons, als sie die aufgebrachte Stimme des Rektors vernahm. Sie kam aus dem großen Salon, und das Palais schien zu erbeben. Wenn jemand Sie noch einmal in einem Hörsaal des Spitals oder der Alma Julia sieht, erhalten Sie Hausverbot, für immer!, erinnerte sie sich mit Kopfschmerzen.

Sie spähte in den großen Salon, der hell erleuchtet war. Ihre Großeltern saßen zusammengesunken an der Tafel. Zu ihrer linken Seite standen Anton und Ella. Zu ihrer rechten stachen Henrike Männer mit preußischem Helm, dunkelgrünem Waffenrock und Gewehren ins Auge. Ihre Waffen waren Furcht einflößend. Vor ihnen ereiferte sich Rektor Pauselius mit seinem Zwicker auf der Nase, der ihn pedantisch und alt wirken ließ. Sein Gesicht war ungesund rot angelaufen, wie das eines Trinkers.

Henrike konnte sehen, wie ihre Großmutter bei jedem Satz des Rektors zusammenzuckte. Seit dem Ausbruch der Tuberkulose vor sechs Monaten hatten Viviana und Richard unermüdlich gegen die Verbreitung der todbringenden Krankheit angekämpft. Anklagend hielt Rektor Pauselius Viviana einige Papiere vors Gesicht.

Mit einer schlimmen Vorahnung betrat Henrike den großen Salon. Draußen regnete es in Strömen, die Tropfen hämmerten gegen die Fensterscheiben.

»Henrike Maria!«, kam ihr Vater auf sie zu. »Ich hatte dir doch verboten herzukommen.«

»Klären Sie Ihre Privatangelegenheiten zu Hause! Wir haben hier Wichtigeres zu regeln!«, ging der Rektor dazwischen, nachdem er Henrike böse angefunkelt hatte. Er befahl Anton zurück auf seinen Platz neben Ella.

»Die Briefe ans Rektorat!«, verlangte Rektor Pauselius und wackelte mit den Fingern in Richtung seiner Begleiter. Er bekam sie gereicht und schleuderte sie aufgebracht durch den Salon.

Henrike bekam eines der Blätter aus dem Papiersturm zu fassen und las es aufgeregt. Das Schreiben war auf das Jahr 1872 datiert, von ihrer Großmutter mit Viviana Winkelmann-Staupitz unterschrieben und mit einer Schreibkugel verfasst worden. Henrike erkannte es daran, dass es ausschließlich in Großbuchstaben geschrieben war, und natürlich am Oktavformat des Papieres. Selbst nach all den Jahren war das Papier noch leicht gewölbt von der typisch konvexen Einspannung des inzwischen veralteten Schreibgeräts.

Das Schreiben enthielt die Bitte um eine Erlaubnis, Vorlesungen an der Alma Julia hören zu dürfen. Viviana hatte sie offensichtlich im Namen einer ihrer Schülerinnen formuliert. In einem anderen Brief, der zu Henrikes Füßen lag, bat ihre Großmutter um die Möglichkeit, ausnahmsweise ein externes Abitur ablegen zu dürfen. Henrikes nächster Blick fiel auf eine Schreibkugel, die etwas abseits auf der Tafel angestrahlt vom elektrischen Licht funkelte wie ein übergroßes Weihnachtsgeschenk. Ihr Atem ging schneller. Fast taumelte sie in den Stapel aus Röntgen-Journalen, der schon seit Monaten im Salon lag. »Die LOUISE«, murmelte sie. Sie hatte noch nicht viele Schreibkugeln in ihrem Leben gesehen, aber das Modell auf dem Tisch sah genauso aus wie ihre 137. Flink trat sie hinter ihre Großeltern, bevor jemand sie daran hindern konnte.

Einer der Männer mit preußischem Helm und einem Gewehr in der Hand schaute zu Henrike in ihrem zarten, champagnerfarbenen Batistkleid, das ihr vom Regen durchnässt an den Oberarmen klebte. Dann wandte er sich wieder Viviana und Richard zu und verlangte zu wissen: »Wer war es nun, Sie oder er?«

»Ich allein habe das zu verantworten!« Richard erhob sich und streckte die Hände vor, damit man ihm Handfesseln anlegen konnte.

Henrike hatte gesehen, wie verzweifelt er zuvor Vivianas steife linke Hand gestreichelt hatte und wie mitgenommen er aussah. Sein Gesicht war kreidebleich. Sie selbst war starr vor Schrecken.

»Was ist hier überhaupt los?« Anton nahm seinen Zylinder ab. »Ich bin Eisenbahn-Direktor Hertz von den Königlich Bayerischen Eisenbahnen, und ich möchte sofort wissen, warum meine Schwiegereltern zu so später Stunde befragt werden, und vor allem aus welchem Anlass.« Henrike erkannte an Antons Wutader, dass ihm der Einsatz für seine Schwiegereltern sichtlich schwerfiel.

Ella klammerte sich an Antons Arm. »Sind Waffen denn unbedingt notwendig?«

Niemand reagierte auf ihren Einwand.

Rektor Pauselius wollte gerade in seiner Anklage fortfahren, als der Sprecher der Bewaffneten in sachlichem Ton noch einmal für Ella und Anton erklärte: »Ich bin Wachtmeister Krachner von der Gendarmerie-Station Würzburg, und das sind die Gendarmen Eisner und Mittag. Wir untersuchen die heimliche Veröffentlichung einer Frauen-Zeitung, die ohne Anmeldung beim bayerischen Presseregister erschienen ist und aufrührerische Inhalte verbreitet.«

Henrike blieb die Luft weg. Es ging also tatsächlich um ihre LOUISE! Jetzt, da die Zeitung mithilfe der Frauen vom Frauenheil-Verein so gut wie aus der Gefahrenzone gebracht war.

»Sie meinen diesen Sechsseiter?« Anton winkte ab und setzte sich den Zylinder wieder auf, um zu gehen. »Wegen ein paar gedruckter Zeilen stören Sie uns um diese späte Zeit?«

Henrike spürte den angstvollen Blick ihrer Mutter auf sich ruhen, brachte aber immer noch kein Wort heraus.

»Dieser Sechsseiter ist in fünftausendfacher Auflage gedruckt worden und hat Frauen über die Grenzen Würzburgs hinaus aufgewiegelt!«, riss Pauselius das Wort wieder an sich. »Sogar dem Prinzregenten ist dieses Verbrechen in seiner Geburtsstadt zu Ohren gekommen, und er war darüber nicht amüsiert.«

Anton schnappte nach Luft. »Der Prinzregent hat dieses Frauen-Blättchen gelesen?«

Kurz nur verspürte Henrike Genugtuung darüber, dass ihre LOUISE es so weit gebracht hatte. Das hätte sie niemals für möglich gehalten. Aber schon im nächsten Moment wurde ihr bewusst, was auf dem Spiel stand.

»Wir haben seitdem Dutzende von Anträgen von Frauen vorliegen, die nun glauben, sie hätten ein Recht darauf, sich an der Universität als Hörerinnen anmelden zu dürfen!«, schrie der Rektor. Henrike sah seine Speicheltröpfchen auf den Salontisch regnen. »Und Goethe wusste das angeblich auch schon. Pahh!«

»Viviana, hast du diesen Sechsseiter verfasst?«, fragte Anton. Groll schwang in seiner Stimme mit.

»Ich sagte doch gerade, dass ich es war«, insistierte Richard.

Henrike wollte laut »weder noch« rufen, aber Richard kam ihr zuvor. »Ich habe die Schreibkugel meiner Frau benutzt. Lassen Sie sie endlich in Ruhe. Sie ist unschuldig! Wie oft soll ich Ihnen das noch sagen!« Einmal mehr streckte er seine Hände vor, damit man ihm endlich die Handfesseln anlegte.

»Aber woher nehmen Sie überhaupt die Gewissheit, dass dies unsere Schreibkugel ist?«, wollte Henrike wissen. Ein kämpferischer Unterton lag in ihrer Stimme, wie zuletzt bei der Wette mit Wärterin Ruth, als sie wütend gewesen war und sich gleichzeitig provoziert gefühlt hatte.

Die Gendarmen schauten sie mit großen Augen an, und auch der Wachtmeister schien überrascht, dass sie in solch einer prekären Situation mitzureden wagte. Rektor Pauselius formulierte seinen Schrecken so: »Wollen Sie uns zum Narren halten?«

Der Wachtmeister erklärte sachlicher: »In der Druckerei Schuberth konnten wir nach einer Durchsuchung die Druckvorlagen für die LOUISE-Zeitung ausfindig machen.« Er hielt Anton sechs Papierseiten hin, die dicht beschrieben und in Oktavformat waren.

Henrike erkannte sie sofort wieder.

»Wir haben einen anonymen Hinweis erhalten, dass die Zeitung in einem Grombühler Keller in der Petrinistraße entstand. Dort haben wir auch diese Schreibkugel beschlagnahmt.«

»Einen Hinweis?«, wiederholte Henrike halblaut. Sie hatte doch alles so gründlich und sicher geplant und nur ihre engsten Vertrauten eingeweiht.

Pauselius zeigte mit ausgestrecktem Zeigefinger auf Viviana, als klage er sie der Hexerei an. »Nehmen Sie sie endlich fest, Herr Wachtmeister.« Vor Erregung nahm er seinen Zwicker von der Nase und fuchtelte mit ihm in der Luft herum. »Aufrührerische Frauen gehören ins Zuchthaus!«

»Aber was hat das mit meinen Großeltern zu tun?« Henrike schaute sich Hilfe suchend um. »Diese Schreibkugel ist bestimmt nicht die einzige in Würzburg«, warf sie ein, nachdem ihre Eltern nichts weiter zum Schutz von Richard und Viviana vorbrachten.

Das Gesicht des Rektors verzog sich zu einer grinsenden Fratze, während der Wachtmeister Anton nun die letzte Seite der Druckvorlage noch einmal näher vors Gesicht hielt und ihm erklärte: »Sehen Sie hier das tief sitzende W, und wie der Buchstabe P jedes Mal etwas zu kurz geraten ist?«

Anton fokussierte das Papier mit dem kritischen Blick eines Eisenbahn-Direktors. »Kaum sichtbar, aber ja«, musste er eingestehen.

»Jede Schreibkugel schreibt ein klein wenig anders«, sagte der Wachtmeister. »Jeder Buchstabe ist etwas anders gegossen, und jede Typenstange trifft etwas anders auf dem Papier auf. Und nachdem ich mir die früheren Briefe von Frau Winkelmann-Staupitz an die Universität – die uns Rektor Pauselius freundlicherweise zur Verfügung stellte – angeschaut hatte, war schnell klar, dass die Druckvorlagen auf ein und derselben Schreibkugel entstanden sind wie die Briefe. Sie weisen dasselbe tief sitzende W und das zu kurz geratene P auf.«

»Führen Sie sie endlich ab!«, verlangte Pauselius, für den die Sache damit beendet war, und steckte seinen Kneifer ein. »Sie war es, ganz sicher!«

Ein Gewehr wurde schussbereit gemacht.

»Nein!«, rief Henrike, mehr brachte sie nicht heraus.

Richard musste von den Gendarmen festgehalten werden, als Viviana sich erhob. Er schrie vor Schmerzen und Ohnmacht. Henrikes Herz stand still, als sie den unendlich liebevollen Blick sah, den ihre Großmutter ihrem Großvater zuwarf.

Beim nächsten Atemzug wurde Henrike klar, wer der Hinweisgeber gewesen war. Denn es kam nur eine einzige Person infrage, die einerseits eingeweiht gewesen war und andererseits eine Verbindung zum Rektor besaß. Die für den Rektor arbeitete. Sie war so dumm gewesen! Wie hatte die Liebe sie nur so blind machen können? Jean-Pierre hatte sie und die LOUISE verraten. Vermutlich hatte er dem Rektor die Informationen im Tausch gegen Extrageld überlassen. Bei ihrem ersten Spaziergang hatte er ihr erzählt, dass er für den Rektor arbeitete und öfters in Geldnot war.

Anton trat vor Viviana, sein Gesicht lag im Schatten seines Zylinders. »Wie konntest du nur so weit gehen? Das könnte mich meinen Rang und deine Enkelin die Verheiratung mit einem aussichtsreichen Bräutigam kosten!«

Der Wachtmeister packte Viviana an der steifen Hand, sodass sie vor Schmerz aufstöhnte.

Richard hing kraftlos im Griff der Gendarmen. »Wenn Sie ihr wehtun, bringe ich Sie um!«, presste er hervor.

»Sie war es ganz sicher nicht!«, rief Henrike in diesem Moment. »Und lassen Sie endlich meinen Großvater los!«

Doch Rektor Pauselius wusste es schon wieder besser. »Mit Frauen diskutieren wir nicht!«

»Jetzt sei endlich ruhig, Henrike Maria!«, befahl Anton in einem scharfen, aufgebrachten Tonfall, in dem er noch nie mit ihr gesprochen hatte. »Es reicht jetzt!«

Henrike stellte sich vor ihre Großmutter und wollte gerade den Mund öffnen, als Viviana ihr zuflüsterte: »Belass es dabei, du hast noch dein ganzes Leben vor dir. Wir hingegen ...«

Rektor Pauselius nahm seinen Zylinder. »Was für ein Schmierentheater! Dafür habe ich nun wirklich keine Zeit. Meine Pflicht der Stadt und dem Regenten gegenüber ist hiermit getan! Es ist unglaublich, dass wir in Seuchenzeiten überhaupt Kraft für solche Dinge erübrigen müssen. Gestern hat das Spital zweiunddreißig neue Todesfälle gemeldet!«

Henrike spürte die glühende rechte Hand ihrer Großmutter in der ihren, als sie mit lauter Stimme verkündete: »Großmama hat mir die Schreibkugel geborgt. Ich allein habe die Zeitschrift im Keller im Grombühl zu verantworten.«

Ella schaute Henrike so entgeistert an, als träfe sie jeden Moment der Schlag.

»Bitte halte dich hier heraus.« Anton wischte sich mit einem Tuch den Schweiß von der Stirn. »Es ist der falsche Zeitpunkt, um deine

Großeltern in Schutz zu nehmen. Hier geht es auch um deine Zukunft. Begreifst du das nicht?«

»Ich war es!«, schrie Richard, was klang wie ein letztes Aufbäumen.

»Ich bin die anonyme Herausgeberin der Frauen-Zeitung LOUISE«, wiederholte Henrike. Sie war völlig durcheinander, wusste einmal mehr nicht, wie sie beginnen sollte, und suchte nach den passenden Worten. Zudem spürte sie auf einmal einen Hustenreiz im Rachenraum. Sie schluckte ihn weg und atmete mehrmals tief durch. »Ich habe die Zeitung nach der großen Frauenrechtlerin Louise Otto-Peters benannt, weil sie mein Vorbild ist.«

»Das brächte eine Reservewärterin wie Sie doch niemals fertig«, sagte Pauselius, der schon an der Tür gewesen war. »Ein solches Unterfangen auf diese Art durchzuziehen. Und dann auch noch im Grombühl, wo es von Tuberkulosekranken nur so wimmelt.«

»Reservewärterin?«, murmelte Ella. Henrike sah ihre Mutter am ganzen Körper zittern.

»Sind denn jetzt alle hier verrückt geworden?« Anton musste sich setzen, jetzt verstand sogar der Ingenieur im Raum nichts mehr.

»Doch, eine Reservewärterin kann das sehr wohl schaffen!«, entgegnete Henrike an den Rektor gewandt, deren Lippen sich plötzlich wie von selbst bewegten. »Wärterinnen können überhaupt viel mehr, als Sie glauben, aber das ist ein anderes Thema.« Sie schaute ihren Vater an, während sie weitersprach: »Eine Reservewärterin kann das schaffen, wenn sie die Schreibkugel der Großmutter nimmt und sich einen Keller im Grombühl einrichtet, weil sie dort als sogenannte Bildungsbürgerliche nicht vermutet wird. Sie kann dort viele Monate über den Artikeln der LOUISE brüten, auch wenn es ihr dabei fast das Herz zerreißt, weil sie ihre Eltern über ihre Zukunftsträume und ihre häufigen Abwesenheiten belügen muss.« Henrikes Blick war jetzt bei ihrer Mutter angekommen. Der Wortstau in ihrem Kopf hatte sich gelöst. »Mein zweitgrößter Traum ist es, dass Frauen sich eines Tages an Bayerns Universitäten immatrikulieren dürfen. Weil es so viele neugierige Frauen gibt, die klug genug sind, ein Studium zu absolvieren.

Mein größter Traum aber handelt davon, dass meine Eltern genau das gutheißen würden.«

Ella taumelte gegen den Stuhl, und Anton war zu geschockt, um ihr beizuspringen. »Das kann nicht sein.«

»Sie haben ganz eindeutig zu viel Zeit in der Irrenabteilung verbracht, Fräulein Hertz! Ich werde Professor Rieger umgehend über Ihr Verbrechen mit der Zeitung informieren. Ihr Hörerin-Gesuch wurde abgelehnt, geben Sie endlich auf!«

»Du hast ein Hörerin-Gesuch gestellt?«, fragte Ella, die sich zum Glück an der Tischplatte hatte auffangen können.

Henrike hörte die Worte des Rektors nur noch wie aus weiter Ferne, sie hatte nur noch Augen für ihre Eltern. »Ich wollte es euch schon so lange sagen, aber mir fehlte der Mut.« Nur mit Mühe konnte sie ihre Tränen zurückhalten.

»Die Arbeit als Reservewärterin in der Irrenabteilung im Spital hat mich verändert«, fuhr sie fort. »Mein Leben hat sich verändert. Ich will Ärztin werden für geisteskranke Menschen, für menschlichere Menschen.« Es tat Henrike weh zu sehen, wie ihre Mutter bei dem Wort »Spital« zusammenzuckte, als würde man ihr ein Messer in die Brust stoßen.

»So ein Unsinn, Ärztin für menschlichere Menschen, meine Tochter.« Anton schüttelte den Kopf und blickte erschüttert in seinen Zylinder. Der Kragen seines Frackhemdes war durchgeschwitzt und nicht mehr reinweiß. »Du hast uns hintergangen, Rike? Wie lange schon?« Er schaute auf, als habe man ihn gerade geschlagen. »Und der Prinzregent hat das Pamphlet gelesen? Ich bin ruiniert.«

Henrike hatte ihren Vater noch nie so verletzt gesehen. »Reservewärterin im Spital bin ich, seitdem Mama damals bei Professor von Leube auf der Magenstation lag.«

»Nein!« Ella wandte den Kopf zu Viviana. »Du hast es gewusst?«

Viviana nickte mit feucht glänzenden Augen.

»Ich allein übernehme die Verantwortung!«, sagte Henrike. »Meine Großeltern haben nichts mit der LOUISE zu tun.« Sie trat vor den Wachtmeister und streckte ihm ihre Handgelenke entgegen.

»Nun bringen Sie sie schon ins Zuchthaus!«, forderte Pauselius den Wachtmeister auf.

»Ein unverheiratetes Fräulein als Straftäterin?«, fragte Herr Kirchner. »Das wiederum ist eine ganz andere Sache. Frauen, die nicht volljährig sind, dürfen nicht verhaftet werden. Und ich schätze, das Fräulein hier ist jünger als einundzwanzig Jahre.«

»Zwanzig«, sagte Henrike in einem Atemzug mit den für ihre Eltern bestimmten Worten: »Es tut mir so leid, dass es auf diese Weise herauskommt.« In fünf Monaten würde sie erst volljährig werden.

»Reservewärterin im Spital?«, hörte sie Ella wie weggetreten sagen. »Reservewärterin im … Spital? Reservewärterin …?«

»Ich glaube das alles nicht.« Anton sackte in sich zusammen. »Was zum Teufel hat meine Tochter als Wärterin im Spital zu suchen, wo obendrein noch niemand merkt, dass ihre Eltern darüber gar nicht informiert sind? Das ist ein Armutszeugnis vor allem für das Spital!«

»Ihre Vergehen, Fräulein Hertz, werden mindestens auf ein deftiges Strafgeld hinauslaufen und natürlich auf ein Schreibverbot!«, erklärte der Wachtmeister.

»Sie haben von heute an außerdem absolutes Hausverbot!«, ergänzte Pauselius. »Lassen Sie sich nie wieder an der Universität oder im Spital blicken!« Der Rektor rauschte aus dem Salon hinaus und zog die Eingangstür zum Palais wenig später krachend hinter sich ins Schloss.

Henrike stand wie zu Stein erstarrt da. Sie durfte das Spital nicht mehr betreten? Was wurde dann aus den menschlicheren Menschen? Und ihrem kleinen Chor, der sich gerade erst fand. Damit war auch die Wette verloren. Zu gerne hätte sie die grobschlächtige Wärterin in der ersten Reihe stehen und mitsingen sehen. Aber darum ging es eigentlich nur nebenbei. Wichtig war allein, dass der Chor das Selbstbewusstsein der Frauen stärken sollte.

»Ich werde morgen wieder vorbeikommen und Ihre Aussage protokollieren lassen. Dann wird auch entschieden, wie die Strafe für Sie ausfallen wird, Fräulein Hertz«, erklärte der Wachtmeister. »Diese Schreibkugel ist als Beweisstück beschlagnahmt. Und Sie alle, wie Sie hier versammelt sind,« wies er in die Runde, »verlassen auf keinen Fall die Stadt.«

Eine Minute später war die Familie im großen Salon unter sich.

»Ich fasse es nicht«, sagte Anton mit zitternder Stimme, »da ackert man Tag und Nacht, damit die Tochter einmal eine gute Partie machen kann, und dann diese Undankbarkeit!« Er baute sich vor Richard auf und deutete auf seine Direktorenbrosche am Schleifenschal. »Das alles habe ich auch für meine Tochter, eure Enkelin, getan.«

Ella starrte Viviana wie eine Erscheinung an. »Du hast dein Versprechen nicht gehalten«, sagte sie mit leiser Stimme und immer noch wie weggetreten.

Der Anblick ihrer Eltern war für Henrike weit schlimmer als der Umstand, dass ihre LOUISE gerade gestorben war. Kein Kampf war es wert, dass sie darüber ihre Familie verlor. »Ich gebe auf«, verkündete sie und spürte dabei Tränen ihre Wangen hinablaufen. Sie hatte alles verloren, sogar ihre große Liebe.

»Das brauchst du nicht mehr zu tun«, sagte Anton. »Deine Zukunft ist sowieso verwirkt. Mit dieser Vergangenheit nimmt dich keiner mehr zur Frau.« Er wandte sich ab und stützte Ella.

»Ich, ich wollte doch nur …!«, rief Henrike, dann unterbrach ein schmerzender Husten ihren Satz.

Ihre Großmutter war sofort bei ihr. »Ich brauche schnell mein Mikroskop! Wir müssen dich auf Tuberkulose untersuchen.«

MIT
MUT

(1900–1903)

27

April 1900

Albert von Kölliker stimmte es traurig, dass sie heute zum letzten Mal Krocket spielen würden. Nach dem Spiel würde Conrad Röntgen Würzburg den Rücken kehren, weil er einen Ruf der Universität München angenommen hatte, was für den Kollegen- und Freundeskreis doch etwas überraschend gekommen war. Conrad hatte sich keine große Abschiedsfeier mit Pomp und Täterätätä gewünscht, sondern ein Krocketspiel unter Freunden, wie sie es jahrelang im Garten des Physikalischen Instituts gepflegt hatten.

Albert stieg aus der Kutsche, ließ sich das Tablett mit dem Abschiedsgeschenk reichen und wollte gerade auf das Tor des Physikalischen Instituts zuschreiten, als ein Lärm zu seiner Linken ihn dorthin schauen ließ. Albert bat den Kutscher, noch kurz zu warten, stellte das übergroße Serviertablett zur Sicherheit in die Kutsche zurück und eilte auf die ihm wohlbekannten Herren Richard Staupitz und Oliver von Leube zu, die sich dort doch tatsächlich in aller Öffentlichkeit an den Kragen packten und beschimpften.

»Sie haben Henrike verraten!«, stieß Richard Staupitz hervor. »Das war ein Schritt zu viel!«

Es kostete Oliver von Leube wenig Kraft, den Angreifer von sich fernzuhalten, so steif und langsam, wie sich dieser bewegte. »Gehen Sie weg, ich weiß nicht, was Sie meinen!«

Albert wusste nicht, ob er dem Kollegen von Leube die gespielte Unschuld glauben durfte, dann schritt er entschlossen ein. »Meine Herren!«, trat er zu ihnen und trennte sie wie ein Sportrichter mit ausgestreckten Armen voneinander. »Wollen wir das nicht in aller Ruhe besprechen und vielleicht an einem geeigneteren Tag als heute?«

Zuerst schaute er Richard Staupitz an, weil dieser der besonnenere der beiden Männer war, aber heute war etwas in seinen Augen, das Albert nie zuvor gesehen hatte. Blanke Verzweiflung. »Zuerst verabschieden wir unseren Freund Conrad Röntgen, und an einem der nächsten Tage setzen wir uns dann zusammen und diskutieren Ihr Problem aus. Wenn Sie wünschen mit meiner Vermittlung.«

Oliver von Leube richtete den Kragen seines Gehrocks. »Es gibt nichts zu diskutieren!«

»Sie stirbt vielleicht!«, schrie Richard. »Meine junge, kluge Enkelin stirbt an der Schwindsucht.«

Albert war geschockt. Denn wenn ein Arzt eine solche Prognose abgab, hatte sie für ihn Gewicht. »Kann ich irgendetwas für dich tun?«

Inzwischen wusste ganz Würzburg von dem Eklat im Palais in der Hofstraße. Gerüchte und Geschehnisse verbreiteten sich in der Stadt genauso schnell wie Seuchen. Die Enkeltochter von Viviana Winkelmann-Staupitz war als die bis dato anonyme Herausgeberin der neuen, aufrührerischen Frauenzeitschrift namens LOUISE enttarnt worden. Aber von ihrer Schwindsucht wusste bislang wohl niemand etwas. Erst vor wenigen Tagen hatte Albert sich mit seinem Kollegen Rieger ausführlicher über Fräulein Hertz ausgetauscht. Der Irrenarzt hatte sich Sorgen gemacht, weil es seit Wochen kein Lebenszeichen mehr von Fräulein Hertz gab. Die junge Frau schien Rieger sehr am Herzen zu liegen, und auch Albert zollte ihr für ihren Mut Respekt wie einst schon ihrer Großmutter. Es schien, als habe sich die ganze Familie eingeigelt. Wenigstens im Organisationskomitee für das neue Prinzregenten-Denkmal hatte Albert den eifrigen Oberbahnamtsdirektor Hertz weiterhin erwartet, aber auch das war nicht der Fall gewesen.

Richard schwankte gefährlich. »Wenn sie hätte studieren dürfen, wäre alles anders gekommen«, sagte er heiser. »Und wie sie Viviana gedemütigt haben, ist unverzeihlich.«

Albert nahm ihn in den Arm. Es war eines der schlimmsten Dinge im Leben eines Menschen, erleben zu müssen, dass sein Kind oder Enkelkind vor ihm starb. Oliver von Leube passierte gerade das Tor des Physikalischen Instituts.

»Du solltest zurück nach Hause fahren und dich ausruhen«, empfahl er Richard und bot ihm seine Kutsche an. »Wir beten für Henrike.« Bevor Richard einstieg, nahm Albert noch das Serviertablett mit dem Abschiedsgeschenk aus dem Gefährt.

Richard schaute traurig zum Institut. »Ich hätte mich gerne noch von Conrad verabschiedet.«

»Deine Enkeltochter braucht dich jetzt mehr. Und du bist sehr erregt. Ich bestelle ihm deine Glückwünsche für die neue Herausforderung. Ja?«

Richard sackte auf die Kutschenbank, dann nickte er. »Du hast recht. Besser ich begegne Kollege von Leube heute nicht noch einmal. Gib meine besten Wünsche an die Röntgens für die Zeit in München, sie kommen von Herzen.« Die Kutsche fuhr los.

Alberts Pulsschlag war nach dem Gerangel auf zweihundert. Er musste mehrmals tief und ruhig atmen, bevor er als der gut gelaunte, besonnene Albert von Kölliker den Institutsgarten betreten konnte. Richard Staupitz war ihm ans Herz gewachsen.

Am Tor kam ihm das Ehepaar Boveri entgegen. Kollege Rieger vom Schalksberg und Chirurg Schönborn warteten dahinter. Sie bildeten – zusammen mit Albert und von Leube – Conrads engsten Freundeskreis. Bertha Röntgen begrüßte sie kurz, zog sich aber gleich wieder mit ihrer Ziehtochter Josephina zurück. Die Damen wollten sich noch etwas ausruhen, bevor am nächsten Tag die anstrengende Reise in die neue Heimat anstand, und bevor sie zum offiziellen Abschied wieder zu ihnen stoßen würden.

Die Herren der Krocketrunde standen mit sauertöpfischen Mienen versammelt, wie auf einer Beerdigung. Dabei hatte Conrad Röntgen das Feld für dieses letzte Spiel besonders sorgfältig hergerichtet. Torbügel für Torbügel hatte er zentimetergenau gesteckt. Die Position des Peg, des Zielstabes, sogar mit dem Maßband nachgemessen. Wie immer trug er einen dunkelblauen Anzug, er wirkte noch blasser als sonst. Albert konnte spüren, wie traurig sein Freund war, gleichfalls wie auf einer Beerdigung. Aber Albert wollte jetzt nicht an Beerdigungen denken, davon hatte er erst einmal genug. Erst jüngst hatten sie zwei seiner treuesten Dienstboten, die an Tuberkulose gestorben waren, zu Grabe getragen. Bei allen anderen Angestellten war der Tuberkulin-Test glücklicherweise negativ ausgefallen. Schon hier und jetzt sprach er ein schnelles Gebet für Richards Enkelin und für Richard gleich mit. Es musste schlimm um seine Familie stehen, wenn Richard Staupitz sich derart vergaß.

In der ersten Krocketrunde spielte Albert im Doppel mit Konrad Rieger den blauen und den schwarzen Ball gegen die Boveris, die den roten und den gelben Ball schlugen. Selbst der sonst so unterhaltsame Konrad Rieger wirkte heute wie betäubt.

Die erste Runde gewannen erwartungsgemäß die Boveris. Marcella Boveri war die beste Torschlägerin Würzburgs, und allein ihrem beherzten Spiel war es zu verdanken, dass Conrad und Albert sich ein Lächeln abrangen. Albert hörte Marcella Boveri gerne zu. Sie sprach mit sympathischem, amerikanischem Akzent und war eine besondere Persönlichkeit. Eine starke Frau, klug und eigensinnig, was Albert an seine geplante Verabredung mit Auguste Groß von Trockau am morgigen Tag erinnerte. Sie wollten den Vortrag für den Frauenheil-Verein konkretisieren, für den Richard wohl gerade keine Nerven hatte, weil seine Enkelin vielleicht starb. Die Stränge der Frauenbewegung liefen bei der Freifrau zusammen, sie hatte weitreichende Kontakte weit über Würzburg hinaus, auch nach München. Das brachte Albert zur Abschiedsfeier zurück.

Während der zweiten Krocketpartie kamen sie auf die neue Wohnung der Röntgens in der Äußeren Prinzregentenstraße in München zu sprechen und auf das nahe gelegene Prinzregententheater, das gerade gebaut wurde. Karl Schönborn berichtete von dem modernen Geist und der auflebenden Kultur in München, die ihn bei seinem letzten Besuch dort in ihren Bann gezogen hatten. Überall habe er nur feine und sinnige Bürger getroffen.

Sie sprachen distanzierter und steifer untereinander als an allen vorangegangenen Krocketsonntagen. Sie trauerten, das konnte Albert spüren. Konrad Rieger erkundigte sich bei Conrad Röntgen nach dessen Nachfolger am Physikalischen Institut, einem gewissen Wilhelm Wien. Knapp berichtete Conrad, dass Wien ein hoffnungsvoller Wissenschaftler sei, vor allem was das Gebiet der Wärmestrahlung beträfe. Oliver von Leube wollte die Stimmung heben, indem er eine

Anekdote über ein Riesenschnitzel bei seinem letzten Wienbesuch zum Besten gab. Sie lächelten verhalten.

Albert fixierte Oliver von Leube. Was unternahm der gegen die Frauenbewegung? In der Universität jedenfalls äußerte er sich bei jeder möglichen Gelegenheit feindlich. Beruflich schien es gerade nicht so erfolgreich für den Magenexperten zu laufen. Von Leubes große Vermarktungskampagne der verbesserten Fleischsolution war abgebrochen worden, nachdem das Aushängeschild der Kampagne, ein berühmter Maler, in von Leubes Luxusklinik gestorben war.

Mit der Frage: »Wie möchten Sie Ihr Ei serviert haben?«, zitierte Theodor Boveri sein erstes Gespräch mit einem Oberkellner in einem Hotel in Wien. Ein weiterer Versuch, der für etwas mehr Fröhlichkeit sorgen sollte.

»Hat die Art des Servierens Einfluss auf den Preis?«, hatte er daraufhin wissen wollen, was vom Oberkellner verneint worden war.

»Dann servieren Sie mir das Ei auf einem schönen großen Schnitzel«, hatte Boveri mit einem Schmunzeln geantwortet.

Wieder lächelten alle verhalten, Albert fiel es besonders schwer. Aber aus Verzweiflung, und um sich von den Gedanken an Richard Staupitz abzulenken, hätte er beinahe noch seinen besten Käse-Witz erzählt, ein Muss für einen Schweizer! Außerdem konnte er es immer noch nicht fassen, dass Röntgen Würzburg tatsächlich verließ. Conrad hatte sich in Würzburg immer wohlgefühlt. Als einer der dienstältesten Professoren der Universität, Ehrenbürger und Geheimrat noch dazu, hätte ihm Albert gerne mehr Mittel für sein Physikalisches Institut angeboten. Aber an höherer Stelle, namentlich bei Rektor Pauselius, war er damit nicht durchgekommen. Albert gab die Schuld für diese Absage auch Philipp Lenard, der die Menschen mit seinen Behauptungen verunsicherte. Die Wissenschaft war schon immer ein Schlachtfeld gewesen, auf dem mit scharfen Waffen gekämpft wurde. Und es hatte auch seit jeher Menschen gegeben, die Behauptungen allein deswegen für wahr hielten, weil sie vehement und laut vorgetragen wurden.

Unter Wissenschaftlern war man überzeugt, dass das letzte Ordinariat, die letzte Professur im Leben eines Forschers, die wichtigste sei. Als knapp Dreiundachtzigjähriger wusste Albert, dass dem fünfundfünfzigjährigen Conrad noch viele erkenntnisreiche Jahren bevorstanden. Sein Freund zeigte noch keinerlei Anzeichen von Vergesslichkeit oder wissenschaftlicher Nachlässigkeit. Das Physikalisch-Metronomische Institut der Ludwig-Maximilians-Universität in München, dessen Direktor Conrad nun werden würde, war erst vor wenigen Jahren für eine halbe Million Mark gebaut und ausgestattet worden. Für Physiker war die Ausstattung mit den neuesten Gerätschaften sehr wichtig, sie entschied über die Attraktivität der Berufung an eine Universität. Für Pathologen und Anatomen, wie Albert einer war, war hingegen lange Zeit die Anzahl der zur Verfügung stehenden Leichen das entscheidende Kriterium gewesen. Inzwischen waren ausgezeichnete mikroskopische Gerätschaften jedoch ebenso wichtig, wenn nicht sogar wichtiger, ganz zu schweigen von den engen Freundschaften, die sich über die Jahre entwickelt hatten. Er würde die Krocketsonntage im Institutsgarten schmerzlich vermissen.

Albert hatte sich dem Streben nach dem finalen Ordinariat immer widersetzt. Je länger er darüber nachdachte, desto überzeugter war er auch davon, dass Karriereziele nicht der treibende Grund für Conrads Weggang waren. Mehr Ruhm als mit den Röntgen-Strahlen war kaum zu erlangen, und Geld besaßen die Röntgens ebenfalls mehr, als sie in diesem Leben ausgeben konnten. Conrad und Bertha hatten – anders als Kollege von Leube – jedoch keine Freude an Luxus, auch bedeuteten ihnen herausgeputzte Menschen und Titel nichts. Die Erhebung in den Adelsstand lehnte Conrad strikt ab, und er korrigierte jeden Gesprächspartner, der zwischen seinen Vor- und seinen Nachnamen ein »von« einfügte.

Nach dem zweiten Spiel zog Albert sich in die Küche der Wohnung zurück, wo die Haushälterin sein Abschiedsgeschenk verwahrte und ihn auch schon erwartete. Er nahm das quadratische Tablett vom Durchmesser eines Beistelltisches auf. Die Haushälterin deckte alles mit einem Tuch ab. Albert hatte das Geschenk extra in Zürich anfertigen lassen.

Getragenen Schrittes und mit der besonderen Last in den Händen begab er sich in den Garten zurück. Fast fühlte er sich wie ein Sargträger und musste unvermittelt wieder an Richard Staupitz und seine Enkelin denken. Im Garten bildeten seine Freunde und Kollegen schon ein Spalier für seinen Einmarsch. Sie hatten sich gemeinsam für diese letzte Überraschung entschieden. Es war schade, dass Richard Staupitz nicht dabei sein konnte, aber seine Wut auf Oliver von Leube hätte die Verabschiedung überschattet.

»Lieber Conrad«, begann Albert noch im Gehen. »Wir dachten, dass du deine Krocketrunde am besten in Erinnerung behältst, wenn dunkle Schokolade dabei im Spiel ist.« Wann immer Albert den Physiker in seinem Büro aufgesucht hatte, hatte neben dessen Schreibgarnitur dunkle Schokolade auf einer Untertasse gelegen. Bertha stellte sie ihm jeden Morgen hin.

Die Haushälterin trug einen Tisch herbei, und Bertha und Josephina gesellten sich nun ebenfalls zu ihnen. Conrad Röntgen stellte seinen englischen Teakholzschläger auf den Transportwagen, dann trat Oliver von Leube neben Albert und zog das Tuch von der Überraschung wie ein Zauberer bei einer Vorführung. Ihm merkte man den kleinen Zusammenstoß vor dem Institutstor nicht mehr an. »Wenn Sie im fernen München wieder Krocket spielen oder Schokolade essen, denken Sie, lieber Conrad und liebe Bertha, bitte bei beidem an unsere Stunden hier im Institutsgarten zurück. Es war uns eine Ehre, aber vor allem eine große persönliche Freude.«

Zurückhaltender Beifall erklang.

Conrad lächelte scheu. Sein Gesicht mit den dunklen, tief liegenden Augen, den buschigen Augenbrauen und dem stets wachen, aber in sich gekehrten Blick, hellte sich etwas auf. Bertha und Josephina hakten sich bei ihm ein. Albert sah Bertha die Angst vor der Veränderung deutlich ins kränkliche Gesicht geschrieben. Um ihren Mund und ihre Augen hatten sich tiefe Falten gegraben. In München lagen Wohnung und Institut weiter auseinander, was vor allem für Bertha unangenehm war. Denn sie war sehr oft krank, und Conrad pflegte sie aufopferungsvoll, was bei längeren Wegen natürlich schwieriger wurde. Sie drückte sich an ihren Mann, der für eine Weile sprachlos blieb. Von den Röntgens hatte Albert gelernt, wie wenig Liebe und Verständigung mit Worten zu tun hatten. Albert drohte in Erinnerungen zu versinken, als Oliver von Leube ihn anstieß und Albert wieder zu sich kam.

»Anstatt einer langen Abschiedsrede, lieber Schokolade!«, sagte Albert daraufhin und überreichte Conrad das schwere Kunstwerk auf dem Tablett. »Ein Krocketschläger ganz aus dunkler Schokolade.« Er hatte ihn nach dem Abbild ihrer Schläger fertigen lassen. Der schokoladene Schlägerkopf ließ die Holzmaserung seiner Vorlage gut erkennen, und am Schaft war wie am Original eine Farbmarkierung angebracht.

Conrad nahm das Tablett mit der Schokolade entgegen, beschaute das Geschenk, als würde er jeden Zentimeter genau vermessen, und stellte es dann auf dem Tisch ab. »Vielen Dank, liebe Freunde. Es würde mich freuen, wenn wir brieflich weiter in Kontakt blieben.« Er schaute gütig und durchdringend in die Runde.

Albert sah, dass seinem Freund die Augen feucht wurden, und noch etwas anderes fiel ihm an Conrad auf: Kraftlosigkeit. Die Haushälterin brachte ein weiteres Tablett mit gefüllten Likörgläsern gerade zum richtigen Moment, bevor Albert selbst noch die Tränen kamen. Sie prosteten und tranken ohne Pomp und Täterätätä. Auf dem Tisch zwischen den Likörgläsern stand ein Spucknapf.

In der nächsten Krocketrunde spielte Albert mit Marcella Boveri im Doppel. Obwohl er sich sehr bemühte, vor ihr zu glänzen, misslangen ihm seine Schläge dennoch. Statt an das Spiel dachte er an die letzte gemeinsame Jagd mit Conrad in Rimpar und an den letzten gemeinsamen Waldspaziergang. Sie hatten es geliebt, auf ihren Spaziergängen »zu botanisieren«, wie Conrad es nannte, also Pflanzen am Wegesrand zu betrachten und zu erörtern. Was würde eigentlich aus der Züchtung der alpinen Pflanzen im Institutsgarten werden, wenn die Röntgens nicht mehr da waren? Und würden Richard und Viviana aufgeben, wenn ihre einzige Enkelin starb?

Albert schaute auf die Beete, und er merkte, dass Marcella Boveris

Blick dem seinen folgte. »Sie sind wirklich sehr besonders«, sagte sie und schaute von den Beeten zu den Röntgens.

Albert lächelte sie an. Conrad hatte Marcella gefördert, seitdem sie aus den Vereinigten Staaten von Amerika nach Würzburg gekommen war, um an der Universität die Zoologie-Vorlesungen ihres heutigen Ehemanns zu besuchen.

»Lieber Albert, Sie sind an der Reihe.« Marcella Boveri stieß ihn sanft an. »Jetzt kommt es auf Ihren Torschlag an.«

Albert hatte einige Talente, aber ganz sicher keines für Torschläge beim Krocket. Trotzdem lächelte er zuversichtlich, genauso, wie er es auch bei den aussichtslosesten Studenten getan hatte. So gut es ging, konzentrierte er sich auf das Ziel.

Erwartungsgemäß rollte Alberts rote Kugel eine ganze Handbreit am anvisierten Torbügel vorbei. »Die viele Schokolade macht mich einfach unruhig«, flunkerte er und schaute zum Tisch mit dem Schokoladenkunstwerk. »Als Schweizer ... Sie verstehen gewiss.« Doch in Wirklichkeit hatte ihn gerade der Gedanke an Lenard vom Spiel abgelenkt und ihm Sorge bereitet. Und das ging wohl auch Conrad Röntgen so. Seit der Übergabe des Geschenks hatte er sich nicht vom Fleck bewegt, sein Blick ruhte auf den Fenstern seiner Wohnung.

Albert holte ihn nun zum Spiel und hielt seinem Freund den Schläger mit der blauen Markierung hin. Er spielte im Doppel mit Oliver von Leube. Conrad bemühte sich um ein Lächeln, und auch Kollege Rieger sprang auf den Rasen und trug gestenreich, aber heute nur mit gedämpft pathetischer Stimme vor: »Frau Boveri fordert Sie gerade ein letztes Mal heraus, lieber Conrad!«

Marcella Boveri trat mit einem zärtlichen Blick neben ihren ehemaligen Förderer. »Ganz sicher wird es nicht das letzte Mal sein«, sagte sie ihm. Der legte daraufhin den Arm um sie.

Albert lenkte sich von seiner Traurigkeit mit Likör aus Pontresina ab, den die Röntgens aus ihrem letzten Urlaub mitgebracht hatten. Die Hand zitterte ihm, als er das Glas zum Mund führte. Gerade setzte Marcella Boveri zur Erzielung des letzten Stabpunktes an, der ihr zum Sieg noch fehlte.

Karl Schönborn war neben Albert getreten. »Es ist ein schlimmer Verlust für Würzburg, trotz aller ... na ja ... trotz aller Verstimmungen, was die Entdeckung angeht.«

Womit Lenard erneut in Alberts Gedanken war! Dabei hatte er doch gerade einmal nicht an diesen Mann oder den traurigen Richard Staupitz denken wollen. »Es kommt wohl noch schlimmer«, entgegnete er leise, obwohl er das eigentlich gar nicht hatte aussprechen wollen.

Schönborn schaute ihn irritiert an, aber als Albert nicht weitersprach, wollte der Chirurg auch nicht nachhaken.

Auch im dritten Spiel blieb Marcella Boveri mit ihrem Doppelpartner ungeschlagen. Albert war froh, dass sie Conrad nicht aus Mitleid gewinnen ließ. Das hätte die allgemeine Stimmung nur noch mehr getrübt und den Physiker enttäuscht. Vielleicht war sie die Retterin dieses Nachmittags. Niemand sonst, den er kannte, war so geschickt darin, durch eine Kombination von Rocket-, Krocket- und Fortsetzungsschlägen gleich mehrere Tore in einem Spielzug zu durchlaufen.

Die Spieler kamen erneut beim Likörtisch zusammen, und Conrad Röntgen verkostete den schokoladenen Krocketschläger. Zu diesem Zeitpunkt spürte Albert längst, dass sich sein Freund nach Ruhe und Rückzug sehnte. Er schaute immer länger zu seiner Wohnung hinauf.

Schließlich verabschiedeten sich die Gäste einer nach dem anderen – bis auf Albert. Bertha und Josephina brachten sie noch bis ans Tor. Zum Schluss blieben lediglich noch Albert und Conrad zurück.

Sie saßen am Tisch mit den Likörgläsern und dem leeren Spucknapf und blickten stumm auf den Krocketrasen. Albert übermittelte ihm Richards gute Wünsche für München, dann schwiegen sie wieder.

»Es gibt da noch eine Sache«, sagte Albert nach einer Weile. Was hätte er jetzt darum gegeben, mit dem Freund über die Leitfähigkeit und Wärmeausdehnung von Kristallen sprechen zu können oder über die Radioaktivität. Aber diese andere Sache lag ihm schwer auf dem Herzen, und er konnte seinen Freund darüber nicht im Unklaren lassen.

Conrad nagte an einem Stück Schokolade, ohne den Blick vom Rasen zu nehmen. Vielleicht ahnte er, welches Thema gleich zur Sprache kommen würde. »Wir waren immer ehrlich zueinander. Sprich, lieber Albert.« Er klang schwermütig und traurig.

Albert wagte nicht, seinen Freund bei den folgenden Worten anzusehen. Etwas verlegen tastete er nach ein paar Krümeln Schokolade, die sogleich unter seinen Fingerkuppen schmolzen.

»Es geht um diesen neuen, hoch dotierten Wissenschaftspreis aus Stockholm«, begann er schließlich.

»Den Preis des Alfred Nobel?«, fragte Conrad Röntgen zurück.

Albert nickte. Der Name »Nobel« war seit einigen Wochen in aller Munde. Der Nobelpreis war ein neuer, ungewöhnlich hoch dotierter Preis, den die *Königlich Schwedische Akademie der Wissenschaften* erstmals für das kommende Jahr 1901 ausgeschrieben hatte. Die *Akademie* in Stockholm plante, den Preis jährlich an jene Wissenschaftler zu vergeben, deren Erfindungen und Entdeckungen der Menschheit den größten Nutzen stifteten. Dies sollte eine Wiedergutmachung Nobels für die Zerstörungskraft sein, die das von ihm erfundene Dynamit über die Menschheit gebracht hatte. Die Preise sollten in den Fachbereichen Chemie, Physik, Medizin und Literatur sowie der Kategorie Friedensarbeit vergeben werden. Kandidaten durften entweder von der *Akademie* oder von namhaften Universitätsprofessoren vorgeschlagen werden. Jeder Preisträger erhielt ein Preisgeld von fünfzigtausend Kronen, was einen Betrag von einzigartiger Höhe in der Geschichte der Wissenschaft darstellte.

Albert wandte sich dem bedrückten Freund zu. »Du weißt, dass ich dich für den Preis vorgeschlagen habe«, sagte er. Conrad fixierte den Peg auf dem Rasen, während Albert weitersprach. »Ich unterhalte hochrangige wissenschaftliche Kontakte auch nach Stockholm, was aber auf deine Nominierung keinerlei Einfluss haben wird. Das ist mir wichtig.« Sein ganzes Berufsleben lang war Albert zu Kongressen und Verbänden in Europa und Amerika gereist und hatte wissenschaftliche Freundschaften gepflegt. »Allerdings ist über diese Kontakte etwas zu mir durchgesickert, das ich lieber nicht gehört hätte.« Albert pausierte und überlegte, wie er es am besten sagen sollte. »Eigentlich ist vorgesehen, dass lediglich die Preisträger bekannt gegeben werden und die Namen aller anderen Nominierten unter Verschluss bleiben.«

Conrad Röntgen nickte, als ahnte er, was Albert gleich sagen wollte.

»Philipp Lenard wurde auch vorgeschlagen«, sagte Albert und trank darauf erst einmal einen Zitronenlikör. Eine ganze Woche hatte er deswegen kaum geschlafen. Schlussendlich war er zu der Entscheidung gelangt, seinem Freund diese skandalöse Entwicklung der Dinge nicht vorenthalten zu dürfen.

»Ich halte Lord Kelvin für würdig«, sagte Conrad nur, anstatt sich zu seinem Konkurrenten zu äußern. Er erhob sich, und Albert folgte ihm an die perfekt gestochene Rasenkante.

Wortlos umarmten sie sich. Albert nahm sich vor, immer wieder einmal nach dem Enzian im Institutsgarten zu schauen. Danach verließ er seinen Freund. Selten hatte er sich so hilflos gefühlt. Er würde an diesem Abend und den folgenden nicht nur für Richard, Henrike und Viviana beten, sondern auch für Conrad und Bertha.

*

Als Conrad sicher war, dass der Freund fort und Bertha mit Josephina in der Wohnung war, ging er in sein Arbeitszimmer im Erdgeschoss des Institutsgebäudes. Lenard war für den Nobelpreis nominiert, sollte also den hoch dotierten Wissenschaftspreis erhalten? Das wäre, als würde man ihm seine Entdeckung aberkennen, als würde man den angeblichen »Raub der Entdeckung«, den Lenard behauptete, mit einem Preis für den Ankläger bestätigen. Die *Akademie* sagte damit, dass Conrad ein Verbrecher der Wissenschaft war! Die *Akademie* war eine angesehene Institution, deren Vergabe des Nobelpreises für Physik einem Richterspruch im Streit um die Entdeckung der Strahlen gleichkam. Er fühlte sich, als hätte Lenard ihm ein Messer zwischen die Rippen gerammt. Vor Atemnot kam Conrad nicht einmal mehr bis an seinen Schreibtisch. Mitten im Raum sackte er auf die Knie.

Er hatte keine Kraft mehr für München und den Direktorenposten, keine Kraft mehr für neue Forschungen, wenn er jetzt auch noch vor den Wissenschaftlern aller Welt für einen Diebstahl verurteilt wurde, den er nicht begangen hatte. Hinzu kam die Erschöpfung, die er dem jahrelangen Presse- und Ehrungsrummel um ihn verdankte. Er fühlte sich wie ausgequetscht, was Höflichkeiten und Dankesbezeugungen anging. Er war Ritter des Verdienstordens der Bayerischen Krone, des Großkomturkreuzes des Verdienstordens, des Verdienstordens vom Heiligen Michael erster Klasse, des Ordens Pour le Mérite für Wissenschaft und Kunst, des Preußischen Kronenordens zweiter Klasse, Komtur des Ordens der italienischen Krone, Träger der Prinzregent-Luitpold-Medaille in Silber und Mitglied des Maximilian-Ordens für Wissenschaft und Dekoration. Weiterhin war er der Inhaber von fünf Ehrenmedaillen, von mehr als einem Dutzend Ehrenmitgliedschaften, er war Ehrenbürger seiner Geburtsstadt, mehrfacher Preisträger und noch einiges mehr, das aufzuzählen, Conrad gerade die Kraft fehlte. Es war keinen Tag länger zu ertragen, ein berühmter Mann zu sein – und dann auch noch zu Unrecht öffentlich verurteilt zu werden. Lenard war ein Albtraum, dem vor allem der persönliche Ruhm wichtig war, der mit der Entdeckung einherging. Conrad selbst sprach von seinen Strahlen nie als den Röntgen-Strahlen, sondern nur von den X-Strahlen, wie er sie in seiner ersten »Vorläufigen Mitteilung« genannt hatte. Conrad hatte die Entdeckung nicht für sich oder seinen guten Namen gemacht, sondern für alle Menschen und für den Fortschritt, den die Naturwissenschaften ermöglichten. Lenard hatte die Strahlen nicht einmal als solche erkannt, sie fälschlicherweise für Kathodenstrahlen gehalten. Dabei waren X-Strahlen viel durchdringender als Kathodenstrahlen.

Immer noch kniend, begann Conrad seinen Oberkörper vor und zurück zu wiegen. »Meine X-Strahlen weisen ein scharfes Durchleuchtungsvermögen auf, Lenards Kathodenstrahlen dagegen nur schwache Schatten«, sagte er vor sich hin. »Das habe ich und nicht Lenard erkannt. Sonst gibt es dazu nichts zu sagen.« Und es gab noch weitere Unterschiede, aber die Welt schien aus den Fugen geraten zu sein. Conrad war es müde, um seine X-Strahlen zu kämpfen. Von Anfang an war ihm aufgestoßen, mit welchem Halbwissen man über seine Entdeckung sprach. Halbwissen war gefährlicher als Unwissen. Auch deswegen fütterte er die Presse nicht mit Gegenargumenten, es brauchte mehr als Halbwissen auf der Gegenseite. Zuallererst wollte er einfach wieder nur der Willy mit seiner Bertle sein, mit seinen Freunden Krocket spielen und sich über die Eigenschaften von Gasen im Vakuum Gedanken machen. Ruhm, Popularität und Feindschaften hatten ihn entseelt. Er fühlte sich leer und verbraucht.

Wenn er damals, am 8. November des Jahres 1895, als der Papierschirm erstmals aufleuchtete, geahnt hätte, was auf ihn zukommen würde, Conrad hätte das Papier lieber nicht fluoreszieren sehen wollen. Kraftlos sackte er zur Seite und blieb auf dem Boden liegen.

Im nächsten Augenblick spürte er, wie Bertha ihm liebevoll über die Wange strich. »Gemeinsam schaffen wir das«, sagte sie. Dabei wusste Conrad nicht einmal, ob seine Frau wegen ihrer Nierenprobleme das nächste Jahr überhaupt erleben würde.

28

August 1900

Die Übertragung des Tuberkulosebakteriums war auf mehreren Wegen möglich. Erstens durch die Berührung von damit infizierter Schleimhaut, was häufig bei Kindern vorkam, die sich ihre Finger in den Mund steckten, nachdem sie mit Bazillen von Erkrankten in Berührung gekommen waren. Ärzte infizierten sich vor allem über Hautwunden, dem zweiten Übertragungsweg, indem sie sich bei Sektionen oder Operationen tuberkulöser Patienten verletzten. Beides kam für Henrike nicht infrage. Als dritten Übertragungsweg gab es noch die Vererbung der Krankheit, was jedoch sehr selten vorkam. Aber selbst die Vererbung konnte in Henrikes Fall ausgeschlossen werden, weil es in ihrer Familie bisher keine Fälle von Tuberkulose gegeben hatte. Nicht einen einzigen!

Henrike musste sich daher durch das Einatmen tuberkulöser Luft angesteckt haben, dem vierten Übertragungsweg. Die mikroskopische Untersuchung und eine ausführliche Perkussion hatten den Tuberkuloseverdacht bestätigt. Sie litt an offener Lungentuberkulose und war wegen hoher Ansteckungsgefahr im Dachgeschoss des Palais isoliert worden. Bald darauf hatten Fieber, Nachtschweiß und die für Tuberkulose so typische Auszehrung eingesetzt. Nicht schlagartig, sondern langsam. Mit jedem Tag schritt die Krankheit unaufhaltsam fort. Schon die kleinste körperliche Anstrengung erzeugte einen Fieberschub. In den Nächten quälten sie Schweißausbrüche. Und sie hatte einen Widerwillen gegen jede Art von fester Nahrung entwickelt. Nach wenigen Wochen war sie nur noch Haut und Knochen. Tuberkulose schmolz Gewebe ein, zuallererst Fettgewebe.

Henrike sah Richard nur verschwommen vor sich. Er saß auf dem Bett, mit medizinischen Handschuhen und einem Atemschutz vor dem Mund und hielt ihre Hand. Die seine fühlte sich rau und knochig an. Sobald sie versuchte, Richard genauer anzuschauen, schob sich Rektor Pauselius vor das Gesicht ihres Großvaters. In ihren Träumen konnte sie den schrecklichen Mann noch immer keifen hören. Selbst wenn sie die Augen schloss, verschwand er nicht. Einmal kam Anna Gertlein dazu und keifte zurück. Niemand sonst wagte es, dem Rektor etwas entgegenzusetzen. Am allerwenigsten Jean-Pierre!

»Warum kommen Mama und Papa nicht her, um nach mir zu ...«, Henrike schnappte nach Luft, »... sehen, bevor es zu spät ist.« Ein Hustenfall schüttelte ihren Leib. Sie erbrach sich in die ihr hingehaltene Schüssel. Sang da irgendwo im Haus jemand ihr Tridihejo-Lied? Kaum eine Nacht verging, in der sie nicht von den ruhigen Frauen träumte.

»Deine Eltern haben sich nach dir erkundigt«, drang Richards Stimme wie aus der Ferne zu ihr. »Deine Krankheit ist ansteckend, und es ist besser, sie setzen sich diesem Risiko nicht aus.« Er hielt ihr den Spucknapf erneut hin.

Henrike hustete Eiter, der faulig stank. Nachdem es mit dem Husten immer schlimmer geworden war, hatte ihre Großmutter Schattenbilder von ihr gemacht, unten im Damenkabinett. Es war Henrike nicht gelungen, während der gesamten Expositionszeit über aufrecht zu sitzen. Die Schattenbilder zeigten, dass die Tuberkulose noch nicht auf andere Organe übergegangen, aber ihre Lunge übersät von hirsekorngroßen Knötchen, den Tuberkeln, war, die sich jederzeit im Körper verteilen konnten.

Wenn Blut im Auswurf ist, wird es lebensbedrohlich!, hatte Henrike ihre Großeltern sagen hören.

Sie brauchte eine Weile, um den nächsten Satz überhaupt herauszubekommen. »Muss ich sterben, Großpapa?«

Ihr Großvater streichelte ihr die schwitzende Hand. »Rike, du bist stark, halte durch.«

Henrike blinzelte und meinte, Tränen in den Augen ihres Großvaters zu sehen. Entkräftet erhob er sich und öffnete das Fenster. Sie wusste seine ausweichende Antwort zu interpretieren: Sie würde sterben.

»Mir ist so kalt«, flüsterte sie mit heiserer Stimme und versuchte, die Bettdecke noch enger um ihren Körper zu ziehen. Sie würde also sterben, der Gedanke war unfassbar.

Richard legte eine zweite Decke über sie. »Deine Lungen brauchen viel frische Luft.«

Henrike spürte, wie sich ihre Lungenflügel bei jedem Atemzug schmerzhaft zusammenzogen. »Habe ich jemanden angesteckt?«, wollte sie noch wissen, bevor sie starb. Der nahende Tod änderte alles. Jede Leichtigkeit, jeder schöne Gedanke war wie weggeblasen. Jede Minute wurde kostbar.

»Bei allen anderen Familienmitgliedern ist der Tuberkulin-Hauttest negativ ausgefallen. Auch das Dienstpersonal und die Reichenspurners sind gesund«, Richard streichelte ihre Hand, »mach dir also keine Sorgen.«

Henrike schlief wieder ein und träumte von Jean-Pierre, noch ein Albtraum. Er war es gewesen, der sie und ihr Vorhaben verraten hatte. Im Angesicht des Todes sah sie zwar nicht mehr scharf, aber ihr Gehirn schien sich noch einmal anzustrengen. Jean-Pierre war in sämtliche Details, Orte und ihre Absichten eingeweiht gewesen, und er hatte für den Rektor gearbeitet.

*

Als Henrike das nächste Mal aufwachte, saß ihre Großmutter an ihrem Bett. »Meine Kleine, ich bin bei dir«, sagte sie.

Henrikes ganzer Körper glühte. Sie sah zwar unscharf, aber dass ihre Großmutter gerade tausend Ängste ausstand, konnte sie immerhin noch erkennen.

Henrike ließ die Fiebermessung über sich ergehen, jede Bewegung schmerzte. Ihre Großmutter nannte ihr Fieber »hektisch«, was hohe Abendtemperaturen und starke morgendliche Abfälle bis zu drei oder gar vier Grad bedeutete. Auch sie trug heute wieder Handschuhe und einen Mundschutz.

Die Zeit, in der ihre Großmutter sie umzog und das Bettzeug wechselte, kam ihr wie eine Ewigkeit vor. Stündlich wurde gelüftet, und täglich wurden die Böden und Wände gescheuert sowie desinfiziert. Jeder Auswurf wurde in einem Spucknapf oder einem Leinentuch aufgefangen und unschädlich gemacht, indem er entleert oder abgekocht und desinfiziert wurde.

»Ich kann den Tod kommen spüren«, murmelte sie, während ihre Großmutter ihr Wadenwickel gegen das Fieber anlegte.

Viviana schwieg länger und sprach erst weiter, nachdem sie sie wieder zugedeckt hatte. »Wolltest du nicht Ärztin für die menschlicheren Menschen werden?«

Henrike lächelte benommen in Erinnerung an die Begeisterung, die die Heilung der menschlicheren Menschen in ihr ausgelöst hatte. Auch hatte sie die Schuld, die sie wegen Fräulein Vogel auf sich geladen hatte, wettmachen wollen. Ich hätte mich niemals in Jean-Pierre verlieben dürfen!, war ihr nächster Gedanke. Sie begann zu weinen. Über den Tod, die Krankheit und die zerstörerische Kraft der Liebe.

»Hast du von Professor Rieger nicht auch gelernt, welch große Macht der Geist über den Körper hat?«, fragte Viviana. Ihre belegte Stimme verriet, dass sie weniger zuversichtlich war, als sie vorgab.

Henrike wischte ihre Tränen nicht fort. »Schon, aber ...« Sie kam nicht dazu auszureden, weil ihre Großmutter sogleich heftiger fortfuhr: »Du musst gesund werden wollen, dann haben die Tuberkelbazillen keine Chance!«

Henrike hatte große Angst vor dem Sterben an sich, aber noch unerträglicher war der Gedanke, tot zu sein. Früher hatte sie nie groß über ihn nachgedacht, weshalb die Todesangst nun umso gnadenloser über sie herfiel.

»Fräulein Oppenheimer hat dir einen Brief geschrieben, und Isabella erkundigt sich täglich nach dir und schickt Blumen. Sieh nur!« Viviana wies auf einen Strauß Chrysanthemen auf dem Tisch neben der Tür. »Sie würde dich gerne besuchen, was ich ihr vorerst aber noch nicht erlauben kann. Das Ansteckungsrisiko ist zu groß.«

»Enrike«, hörte sie. »Ich muss dich sehen! Du musst gesund werden.«

Henrike glaubte zu fantasieren, bis ihre Großmutter sich erhob und ans Fenster trat.

»Enrike, wie geht es dir?«, rief er erneut mit verzweifelter Stimme. »Bitte lasst mich zu ihr.«

Henrike richtete sich mühselig auf. »Jean-Pierre?« Nach allem, was er ihr angetan hatte, wollte sie ihn nicht einmal mehr auf ihrer Beerdigung sehen. Er war ein Lügner und Betrüger. Seine Zuneigung war nur geheuchelt gewesen, damit er sie im Auftrag des Rektors aushorchen konnte. Ihre Bank am Main war Heuchelei. Das so schwülstig vorgetragene »*Je t'aime*« ebenfalls, und wie sie gemeinsam bei den Kreuzmüllers gewesen waren, als hätte er Spaß daran gehabt, mit ihr zusammenzuarbeiten. Alles Lug und Trug!

Viviana schloss das Fenster und senkte die Stimme. »Seit einem Monat kommt er fast jeden Tag, um dich zu sehen. Aber die Ansteckungsgefahr ist zu groß.«

»Bitte lass ihn nicht rein!« Henrike sackte erschöpft ins Kissen zurück. Sie schloss die Augen und spürte, wie das letzte bisschen Kraft aus ihrem Körper wich. »Er ist ein Wolf im Schafspelz.« Es tat ihr so schrecklich weh, dass sie ihn verachten musste und nicht länger lieben durfte.

»Richard und ich, wir lieben dich. Wir sind stolz auf dich und auf das, was du getan hast. Bleib bei uns. Bitte!«, flehte Viviana.

*

Ein Hustenkrampf riss Henrike aus dem Schlaf. Sie wollte nach dem frischen Leinentuch greifen, aber jemand hielt ihr mit Schutzhandschuhen einen Spucknapf hin.

»Süß Liebchen«, hörte sie eine hohe, zarte Stimme hinter einem Mundschutz sagen.

Henrike würgte Auswurf in rundlichen Klumpen in den Napf, sie konnte ihre Umgebung kaum noch erkennen.

Der Besucher schlug wohl ein Buch auf. Seiten raschelten.

Du kanntest mich, o kleiner Engel, wieder,
Gleich als ich in den Garten kam?

Henrike war sich nicht sicher, ob ihr ihr Gehirn einen Streich spielte. Aber dass gerade Fausts Worte aus der berühmten Gartenszene vorgetragen wurden, würde sie selbst noch auf dem Weg ins Jenseits erkennen.

Und du verzeihst die Freiheit, die ich nahm?
Was sich die Frechheit unterfangen,
Als du jüngst aus dem Spital gegangen?

Aus dem Spital gegangen? Im Original hieß es aus dem Dom gegangen. Hörte Henrike jetzt Stimmen von Engeln? Aber der Schemen beim Tisch mit den Chrysanthemen besaß weder Flügel, noch war er pummelig oder kindlich. Er passte zu einem Mann von zarter Gestalt, der nun weitersprach. Henrike wusste nach der ersten Zeile schon, dass er Gretchens Worte aus Goethes *Faust* zitierte.

Ich war bestürzt, mir war das nie geschehn;
Es konnte niemand von mir Übels sagen.
Ach, dacht ich, hat er in deinem Betragen
Was Freches, Unanständiges gesehn?
Es schien ihn gleich nur anzuwandeln,
Mit dieser Dirne gradehin zu handeln.

Gesteh ich's doch!
Ich wusste nicht, was sich
Zu Eurem Vorteil hier zu regen gleich begonnte;
Allein gewiss, ich war recht bös auf mich,
Daß ich auf Euch nicht böser werden konnte.

Henrike keuchte Gretchens Abschiedsworte: »Die Nacht bricht an.«

Leidenschaftlich erwiderte Professor Rieger:
O schaudre nicht!
Lass diesen Blick,
Lass diesen Händedruck dir sagen
Was unaussprechlich ist: Sich hinzugeben ganz und eine Wonne
Zu fühlen, die ewig sein muß! Ewig!
Ihr Ende würde Verzweiflung sein
Nein, kein Ende! Kein Ende!

Fieberschweiß klebte ihr zwischen den Wimpern, als sie versuchte, den Professor anzusehen. »Gretchen starb.« Nach diesen Worten hustete sie einmal mehr eitrigen Auswurf in den Napf.

»Der Tod war nicht mehr als das Symbol von Gretchens Befreiung«, sagte Professor Rieger. »Heute würde sie anders als durch den Tod von ihrer Sünde befreit werden.«

»Sie sehen doch, dass es mit mir zu Ende geht.« Bis auf den stechenden Brustschmerz konnte Henrike ihren Körper kaum mehr spüren. So war es, wenn der Tod langsam kam.

Professor Rieger trat nun ans Bett. »Ich sehe eine Tuberkulöse, die aufgeben will.«

»Aufgeben muss!«, entgegnete Henrike mit einem Anflug längst vergangener Willensstärke. Sie war nicht sicher, ob er noch verstand, was sie sagte. Denn das Sprechen fiel ihr schwer.

»Sie meinen wirklich, Sie haben es fünf Jahre mit Wärterin Ruth ausgehalten, heimlich meine Lehrbücher studiert und große Geheimnisse gehütet, um jetzt einfach so aufzugeben? Was soll ich dann den menschlicheren Menschen nur sagen?« Er beugte sich über Henrike, als wolle er sie küssen. »Wir brauchen Sie!« Sein Mundschutz blähte sich aufgrund seiner vehement ausgesprochenen Worte.

Henrike war sich nicht sicher, ob sie im Folgenden noch »Süß Liebchen« hörte, wie Faust sein Gretchen genannt hatte. Sie zitterte vor Kälte, vor Fieber, vor Todesangst und dachte an einen letzten Wunsch, den ihr der Professor noch erfüllen könnte. »Bitte schaffen Sie diese schreckliche … Dreh…, Drehmaschine endlich in den Keller.«

Professor Rieger nickte und verabschiedete sich. In der Tür schaute er sich noch einmal nach ihr um, sie konnte seinen intensiven Blick auf sich spüren. Dann verließ er die Dachkammer.

Es ist schön, ihn noch einmal gehört zu haben, dachte Henrike. Er war ihr ein herausragender Lehrer gewesen.

Schreie drangen durch das geöffnete Fenster hinauf. »Enrike, ich muss dich sehen!« Bestimmt waren sie in der gesamten Hofstraße zu hören.

Henrike wollte wütend zurückschreien, dass er ein mieser Verräter sei, aber dafür fehlte ihr die Stimme.

»Enrike, bitte werde wieder gesund. Ich kann dir beistehen!«, rief er heiser hinauf. »Warum schickst du mich fort?«

Warum verschwand er nicht endlich wieder nach Paris, damit sie in Ruhe und ohne Herzschmerz sterben konnte? Verschwinde! Geh zu deiner Françoise, oder wie auch immer deine wahre Liebe heißen mag!

In die wütenden Gedanken hinein schmeckte sie plötzlich Blut, das sie bei ihrem nächsten Hustenkrampf auf ein Leinentuch hustete, damit sie es betrachten konnte. Es war zwar dunkel in der Kammer, und sie sah nicht mehr gut, aber die Farbe des Auswurfs konnte sie noch erkennen.

»Großmama?« Nun war es so weit! In ihrem Auswurf befand sich Blut. Henrike dachte an die Irrenabteilung im Spital, an die hoffentlich gesunde Anna Gertlein, an die Liebe ihrer Großeltern und an ihre Eltern, die sie bitter enttäuscht hatte und die sie zu gerne noch einmal gesehen hätte.

29

Ende August 1900

»Meine Damen, wir haben uns heute hier im Gemeinschaftsraum versammelt«, begann Konrad Rieger feierlich, als stünde er vor den Herren des Oberpflegeamts und nicht vor den ruhigen Damen, »weil ich Ihre Hilfe benötige.«

Er sprach ernst und weniger fröhlich als sonst, weil Henrike mit dem Tod rang, was ihn sehr belastete.

»Was können wir tun?«, fragte Frau Kreuzmüller mutig. Seit ihr Ehemann sie vergangene Woche zum ersten Mal besucht hatte, ging es ihr etwas besser. Konrad erinnerte sich noch sehr genau an die Begegnung. Weil Herr Kreuzmüller der einzige Besucher an diesem monatlichen Besuchstag gewesen war, hatten sie den Gemeinschaftsraum nutzen dürfen. Konrad hatte Heinz Kreuzmüller hineingeführt, ihnen von Wärterin Ruth einen Tee bringen lassen und das Wiedersehen der Eheleute während der ersten Minuten begleitet. Immer öfter nutzte er die Besuchszeiten, um den Angehörigen gerade der depressiven Frauen ihre Aufgabe im Gesundungsprozess zu verdeutlichen.

Heinz Kreuzmüller hatte seiner Frau von Jochen berichtet und von den Zeitungsartikeln, an denen er gerade schrieb, damit keine bleierne Stille zwischen ihnen entstand. Dora Kreuzmüller hatte nicht viel geantwortet, aber als Konrad sie am Ende in ihren Saal zurückbegleitet hatte, hatte sie sich nicht mehr hinter ihrem Pony versteckt, sondern sich das Haar hinter die Ohren gestrichen und ihm leise verraten, dass sie vielleicht bald ihren Sohn Jochen wiedersehen würde.

Konrad erinnerte sich gerne an diesen besonderen Besuch, allerdings fragte er sich, was den plötzlichen Umschwung in Herrn Kreuzmüllers Verhalten bewirkt hatte. Nächste Woche stand Besuch für die Patientin Eisele an, den er ebenfalls therapeutisch zu begleiten gedachte.

»Unsere Hilfe?«, klagte just in diesem Moment Frau Eisele, während ihr Fuß auf und ab wippte. »Wir werden nur Ärger mit Wärterin Ruth bekommen, wenn wir dabei was falsch machen.«

Frau Hahn und Fräulein Weiss schüttelten den Kopf.

»Es geht um Ihre Reservewärterin Henrike Hertz«, bekräftigte Konrad. Er hoffte, dass seine Gebete erhört werden würden und sie nicht starb. Bis auf Frau Löffler, die abseits saß, schauten die Frauen zumindest auf, als sie Henrikes Namen hörten.

»Wo ist sie hin?«, wollte Fräulein Weiss vorsichtig wissen.

»Wir waren ihr sicher zu traurig«, mutmaßte Frau Eisele.

Die anderen Frauen nickten zum Zeichen der Zustimmung. »Zu traurig.«

»Fräulein Henrike ist nicht aus freien Stücken gegangen«, erklärte Konrad und sah in der Erinnerung seine begabte Henrike eitrigen Auswurf husten. »Rektor Pauselius hat ihr den Zutritt zum Spital verboten, weil Fräulein Henrike Mut zeigte und sich für ihren Traum einsetzte.«

»M-u-t?«, wiederholte Frau Eisele, als höre sie das Wort zum ersten Mal.

»Aber dafür sollte man nicht bestraft werden«, wandte Fräulein Weiss nach einigem Zögern ein. »Oder doch?«

Bei aller Sorge um Henrike bemerkte Konrad auch die Entwicklungen seiner Patientinnen. Eine positive Regung und die Sorge um andere Menschen waren große Fortschritte für depressive Menschen. »Da bin ich genau Ihrer Meinung. Mut zu zeigen, ist Stärke und hat eine gehörige Portion Respekt verdient.«

Die Frauen tauschten unschlüssige Blicke.

»Manchmal dauert es etwas länger, Mut zu finden. Auch Fräulein Henrike brauchte eine Weile, bis sie sich entschloss, einen Antrag auf Hörerschaft zu stellen.« Für Konrad war es auch eine Frage des Respekts seinen Patienten gegenüber, ihnen Zeit zur Genesung zu geben. Jeder Mensch hatte sein eigenes Tempo.

»Die Reservewärterin hat anfangs gezögert?«, erkundigte sich Frau Kreuzmüller verwundert.

»Das hat sie, ja. In Bayern gibt es ein Immatrikulationsverbot für Frauen, das Fräulein Henrike bekämpfen wollte.«

»Werden wir sie nie wiedersehen?«, fragte Fräulein Weiss bang.

»Sie ist krank und sehr geschwächt, sie hat den Glauben an das Leben verloren. Aber wenn wir ihr Mut machen würden ...«

»Wie können wir ihr denn Mut machen?«, fragte Frau Weidenkanner ungläubig.

Die Erkenntnis, dass einem Mut fehlte, war der erste Schritt auf dem Weg, wieder Mut zu finden. »Mit unserem Gesang«, eröffnete Konrad seinen Patientinnen.

Die Frauen schauten verdutzt drein. Einige schüttelten den Kopf. Da betrat Sina Weber, die selbst Konrad öfters mit »Gräfin von Weikersheim« ansprach, vornehmen Schrittes den Gemeinschaftsraum. »Haben Sie gerade von Gesang gesprochen, Herr Professor?«

Konrad bat sie zu sich, dann wandte er sich wieder den ruhigen Frauen zu. »Das schönste Geschenk, das wir Ihrer Reservewärterin machen können, ist, gemeinsam ein Lied einzustudieren und es ihr vorzusingen.«

Die Frauen schauten sich nervös an. Konrad ließ ihnen Zeit. Nach einer Weile erhob sich eine zarte Stimme aus dem Gemurmel. »Das Jagdlied vielleicht?« Die Stimme gehörte Fräulein Weiss.

»Das Jagdlied ist gar nicht so schlecht«, fand nun auch Frau Kreuzmüller, die, seitdem sie die Familienfotografie weggeschmissen hatte, schon seit Monaten nicht mehr wusste, wohin sie mit ihren unruhigen Fingern sollte.

»Das ist eine ausgezeichnete Idee!«, bestätigte Konrad. »Dann lassen Sie uns gleich mit dem Üben beginnen«, schlug er vor, damit es sich die Frauen nicht doch noch anders überlegten. Während er den Text der ersten Strophe aufsagte, erhob sich Frau Löffler und schlurfte zur Tür. »Frau Löffler, Sie wollen uns schon verlassen?«

Die Patientin blieb stehen, wandte sich um, schaute ihn apathisch an und setzte dann ihren Weg zurück ins Bett fort.

Konrad wusste von Sina Weber, dass Henrike und Wärterin Ruth um den Aufbau des Chores gewettet hatten. Sie war damals zufällig im Flur gewesen, als Henrike die Wärterin zum Handschlag gedrängt hatte. Aber dass Henrike die Wette gewann, war nur einer der Gründe, warum er sich für den Chor einsetzte. Das gemeinsame Singen war auch eine wunderbare Möglichkeit, den Patientinnen ihr Selbstvertrauen zurückzugeben. Respekt, Verständnis und Freiheit im Mindestmaß – war Konrads Maxime für den Umgang mit Kranken. Fast ärgerte es ihn, dass ihm der Einfall mit dem Chor nicht selbst gekommen war. Es lag doch auf der Hand! Und nebenbei wäre es ein besonderes Vergnügen, Wärterin Ruth singen zu hören, das war nämlich ihr Wetteinsatz gewesen. Vielleicht würde die verlorene Wette ihr grobes Wesen ja auf indirekte Weise mäßigen, ohne dass eine Belehrung mit erhobenem Zeigefinger notwendig war. Und dass sie schwer zu belehren war, wusste er nur allzu gut, denn er hatte es oft genug versucht. Zuletzt, nachdem Jean-Pierre Roussel ihm berichtete, dass Ruth einer der Patientinnen Eisbäder im Keller des Spitals angedroht hatte. Aber rauswerfen konnte und wollte er die Wärterin deshalb nicht. Denn keine Wärterin wollte in der Irrenabteilung des Spitals arbeiten. Entließe er sie, käme niemand nach.

Konrad begann »Auf, auf zum fröhlichen Jagen« zu singen. Wie immer, wenn er sang, bot er eine eindrucksvolle Vorstellung, als stünde er auf einer Bühne, umringt von begeisterten Zuhörern. Er sang laut, bewegt und mit ausgebreiteten Armen.

Nacheinander stimmten die Frauen mit ein. Er sang laut genug, dass sie sich hinter seiner Stimme verstecken konnten. Sie boten ihm eine Mischung aus Getuschel, Summen und gemurmelten Einzelwörtern. Die Gräfin von Weikersheim dirigierte so elegant, als wäre dies ihr Beruf. Am Ende der zweiten Strophe nahm Konrad sich vor, von nun an regelmäßig mit den Frauen zu üben. Sie sangen die ersten drei Strophen, dann merkte er, dass seine Sängerinnen müde wurden.

»Vielen Dank, meine Damen«, sagte er und freute sich darüber, dass beim letzten Durchgang sogar Frau Weidenkanner ihre Lippen bewegt hatte. Damit hatte er fünf von sechs der ruhigen Damen im Chor. Die größte Herausforderung stand ihm jedoch noch bevor: Frau Löffler. Sie würde das Zünglein an der Waage sein.

Konrad hoffte, dass Henrike die Anstrengungen ihrer Patientinnen im Todeskampf spüren konnte.

Sie durfte einfach nicht sterben.

30

September 1901

Viviana fühlte sich unwohl in der Wohnung in der Eichhornstraße, die vor allem Antons Reich darstellte. Am liebsten hätte sie darüber geweint, wie weit ihre Tochter und sie sich voneinander entfernt hatten. Ella zog sich schon seit Jahren von ihr zurück und schien selbst dann unerreichbar für sie zu sein, wenn sie wie in diesem Moment nur eine Armlänge voneinander entfernt am Salontisch saßen. Vivianas Blick glitt über das polierte Pianoforte, über den Sekretär mit dem Stapel Magazine darauf und schließlich wieder zu ihrer Tochter. Ella sah krank und unglücklich aus, so hübsch sie sich auch zurechtgemacht hatte. Weil Viviana wusste, dass es nach Henrikes Geständnis noch einmal prekärer geworden war, über Krankenbehandlung und medizinische Sachverhalte zu sprechen, schlug sie vorläufig erst einmal nicht vor, Ella zu untersuchen. Was sollte sie nur tun, wenn jetzt auch noch ihre Tochter erkrankte!

Viviana war bemüht, sich ihre Sorgen um Richard nicht anmerken zu lassen. Sie wollte stark sein. Trotz ihrer Bestrahlungen wuchsen seine Geschwüre wieder, er nahm mehr von den Opiaten ein. Heute Morgen hatte sie die Expositionszeit das erste Mal auf eine Stunde erhöht und eine doppelt dicke Vaselineschicht auf die Bestrahlungsstellen gerieben. Nach der Prozedur hatte sie lange im St.-Kilians-Dom gebetet, nein, gefleht. Für Henrike und für Richard. Es war ein Schock für sie gewesen, als Richard ihr die neuen Schattenbilder seines Unterleibs mit den großen Metastasen gezeigt hatte. Danach hatte er sie in seinen abgemagerten Armen gewiegt.

Viviana wartete die Stundenschläge der Standuhr ab, bevor sie sagte: »Henrike geht es etwas besser, ihr könnt sie von nun an besuchen. Mit allen gebotenen Vorsichtsmaßnahmen natürlich.«

Ella hielt den Blick weiterhin gesenkt. »Endlich.« Sie begann, vor Erleichterung zu weinen.

Seitdem Henrike Blut gehustet hatte, waren viele Monate vergangen. Es grenzte an ein Wunder, dass sie noch lebte. Viviana ergriff Ellas kalten Hände und umschloss sie mit den ihren. Früher hatten sie sich zur Beruhigung stets umarmt und einander gestreichelt.

»Es ist an der Zeit, dass ihre Mutter nun wieder für sie da ist«, betonte Viviana.

Langsam hob Ella das verweinte Gesicht. Ihre Züge waren fahl, und das Haar an ihren Schläfen war in den zurückliegenden Monaten ergraut. Sie erhob sich vom Salontisch und trat ans Fenster. »Du hast das Versprechen gebrochen, das du mir und Anton einst bei Henrikes Geburt gegeben hast«, sagte sie, den Blick hinab auf die Straße gerichtet.

Viviana erinnerte sich noch genau an die Tage, in denen Ella im Wochenbett gelegen hatte. Ich verspreche euch, eure Tochter nicht für die Medizin und die Frauenbewegung zu begeistern.

»Ich hatte keine andere Möglichkeit, um Henrike zu schützen. So konnte ich sie wenigstens lenken. Sie hätte es sonst auf ihre Art und alleine getan«, rechtfertigte sich Viviana, wusste aber selbst, dass dies an der Sache selbst nichts änderte. Sie hatte ein Versprechen gebrochen, das stand außer Frage, und ein schlechtes Gewissen deswegen.

Ella legte erneut die Hand auf ihren Bauch. »Du verstehst es immer noch nicht«, sagte sie leise und erinnerte Viviana mit ihrer klanglosen Stimme an die tuberkulöse Henrike und die vielen Grombühler, die in ihren engen Mietswohnungen gegen die Volksseuche ankämpften.

»Ist es wieder akut mit deinem Magen?« Viviana erhob sich und trat zu ihrer Tochter ans Fenster. »Hast du immer noch Schmerzen?«

Ella wich zwei Schritte zurück und bedeutete ihr mit der Hand, nicht näher zu kommen.

»Ein Magendurchbruch kann tödlich enden. Bitte lass dich wieder behandeln.« Viviana war Ärztin und sollte zuschauen, wie ihre Tochter an einem Magengeschwür zugrunde ging?

»Es ist nichts«, beschwichtigte Ella sie, nahm die Hand vom Bauch und straffte sich. »Es geht hier gerade um dein Versprechen und nicht um meinen Magen.«

»Es tut mir leid«, sagte Viviana.

»Und um die Vergangenheit«, fügte Ella nach einigem Zögern noch hinzu. »Um dich und mich, Mutter und Kind.«

Viviana war wie vor den Kopf geschlagen. Was hatte sie als Mutter falsch gemacht, dass Ella davon heute noch Bauchschmerzen bekam? Sie hatten lustige Geburtstage mit Ella gefeiert, waren mit ihr mehrmals mit der Eisenbahn verreist. Viviana konnte sich an keinen einzigen Streit in der Vergangenheit erinnern, nicht einmal wegen Anton waren sie bisher aneinandergeraten. Auch wenn sie bis heute nicht verstand, wie Ella sich in den steifen Ingenieur überhaupt hatte verlieben können. Sie hatte sich für ihre Tochter immer einen aufgeschlossenen modernen Mann wie ihren Richard gewünscht.

Viviana wollte Ella in den Arm nehmen, aber die entzog sich ihr erneut und verließ den Salon.

»Was genau meinst du?«, fragte Viviana nach, die ihrer Tochter in den Flur gefolgt war, wo sie auf Anton trafen, der sich sofort schützend vor Ella stellte.

»Was ist hier los?«, verlangte er zu wissen. »Geht es um Henrike? Ist sie doch noch ...« Anton hielt die Luft an.

»Ist sie nicht«, sagte Viviana gleich, ohne den Blick von Ella zu nehmen, die am Ende des Flures angekommen war. »Ihr könnt sie ab jetzt besuchen. Zum ersten Mal haben wir heute auf Henrikes Röntgenbild Narbengewebe gesehen.« Auch Anton sah man die zurückliegenden sorgenvollen Monate an. Er war sichtbar gealtert und zeigte nicht mehr den alten Eifer. Schon einen Tag nach dem Eklat im Palais hatte er den Vorsitz des Bürgerkomitees für die Errichtung des neuen Prinzregenten-Denkmals abgegeben. Das Strafgeld, zu dem er als männlicher Erziehungsberechtigter von Henrike verurteilt worden war, hatte die Familienkasse hart getroffen. Ganz Würzburg wusste davon. Viviana verstand Antons Enttäuschung, aber auf seiner Seite war sie deswegen noch lange nicht.

»Was bedeutet das Narbengewebe?«, wollte Anton wissen, was er vermutlich nur zu fragen wagte, weil sie unter sich waren. Im Beisein anderer hätte er sich bei ihr nicht nach medizinischen Sachverhalten erkundigt. Ella zog sich ins Schlafzimmer zurück.

»Wenn Gewebe vernarbt, ist das ein Zeichen dafür, dass der Körper die Oberhand über die Tuberkulosebazillen gewinnen kann«, erklärte Viviana ihrem Schwiegersohn. »Henrike leidet an chronischer Tuberkulose. Deren Verlauf ist anders als bei der akuten Form, viel langsamer. Die Bakterien sitzen bei Henrike vor allem in den Lungenspitzen.« Wie oft hatte Viviana diesen Satz in den vergangenen Wochen schon zu ihren Patienten und deren Angehörigen sagen müssen. »Aber selbst wenn es zur Narbenbildung kommt, können die eingekapselten Tuberkulosebakterien überleben und erneut ausbrechen. Sogar noch viele Jahre später«, fügte Viviana noch hinzu. Das sollte Anton auf jeden Fall wissen. Die Wahrheit war zumutbar.

Er nickte beklommen. In diesem Moment stand er zum ersten Mal nicht als Eisenbahnbeamter, als pflichtbewusster Bürger oder Ehemann vor Viviana, sondern als Mensch.

»Aber bitte geh jetzt!«, mahnte er, als er sich wieder gefasst hatte. »Ich werde Richard noch ausführlicher dazu befragen.«

Viviana wich nicht zurück. »Ich möchte bitte noch mit Ella reden.«

»Bitte gehe jetzt, Viviana!« Da war er wieder, der Ton des Eisenbahnbeamten, des pflichtschuldigen Bürgers mit dem bayerischen Krawattenschal. Er wies zur Tür. »Ella braucht jetzt Ruhe.«

Im ersten Impuls wollte Viviana aufbegehren, aber der Konflikt zwischen ihnen war schon so weit gediehen, dass sie die Fronten nicht noch mehr verhärten wollte. Sie wusste, dass sie ihr Versprechen gebrochen hatte. Sie trug Mitschuld an dem Chaos und hätte ihre Enkelin vielleicht dazu zwingen müssen, mit ihren Eltern zu reden, oder sie gar vom Juliusspital fernhalten müssen. Schließlich war sie diejenige gewesen, die Henrike überhaupt erst über die Möglichkeit, einen Antrag auf Hörerschaft beim Ministerium zu stellen, informiert hatte.

Wie zum Beweis seiner Überlegenheit in dieser Situation ruckte Anton die Direktorenbrosche an seinem Krawattenschal zurecht. Dann öffnete er ihr die Wohnungstür.

Im Türrahmen wandte Viviana sich noch einmal um. Mit bebenden

Lippen sagte sie: »Trotz allem hat Henrike ein Recht darauf, ihren eigenen Weg zu gehen. Die Zeit ist reif dafür.«

»Wann die Zeit reif ist, entscheidest also du?«, antwortete Anton in einem solch abfälligen Tonfall, als wären die gesamte Frauenbewegung, jahrelange Bemühungen um Abendschulen, Abiturbildung und Hörerinnen-Erlaubnisse an ihm vorübergegangen. Wieder dachte sie an das Versprechen, das sie gebrochen hatte.

Viviana ging zu Fuß in die Hofstraße zurück. Sie brauchte frische Luft und machte einen Umweg durch das Pleicher Viertel, das sich von einem Armenviertel zu einer beliebten Wohngegend für Universitätsprofessoren entwickelt hatte.

Anton ist dreist und blind obendrein!, dachte sie. Ihr Weg durch die Pleich, wie das Viertel im Volksmund genannt wurde, führte sie auch in die frühere Mühlgasse. Viviana hielt vor dem Haus an, in dem sie viele Jahre mit Magda Vogelhuber gewohnt hatte, und schaute zum Fenster ihrer ehemaligen Wohnung hinauf. Dort oben in der kleinen Wohnung mit dem einarmigen Stuhl war Ella aufgewachsen. Viviana hörte sie in ihrer Erinnerung wieder singen und lachen. Ella, welchen Schmerz verbirgst du vor mir?

31

Oktober 1901

Ich glaube, Henrike hat gerade ihre Appetitlosigkeit besiegt«, verkündete Isabella erleichtert. »Ist das nicht wundervoll?«

Viviana lächelte, als ihr Isabella in Schutzhandschuhen und mit Mundschutz auf einem Silbertablett eine Auswahl von Pralinen präsentierte. »Feinste Pralinen, die mir mein Vater von seiner Reise aus Belgien mitgebracht hat. Bitte, Frau Winkelmann-Staupitz, probieren Sie ruhig eine. Henrike hat eben nicht nur eine, sondern sogar zwei gegessen.«

Viviana legte Mundschutz sowie Schutzhandschuhe ab und griff nach einem Stück weißer Schokolade in der Form einer Muschel, auf dem zuoberst eine Haselnuss thronte. Richard öffnete das Dachfenster, horchte nach draußen und ließ, nachdem es ruhig blieb und kein liebeskranker Verehrer nach Henrike rief, das Dachfenster geöffnet. Wann immer ihr Name unter dem Fenster erklang, presste Henrike sich die Hände vor die Ohren und verkroch sich unter ihrer Bettdecke.

Vorgestern allerdings war Viviana kurz davor gewesen, den jungen Mann zumindest in den Salon zu lassen, aber Isabella hatte sie im letzten Moment gewarnt. Sie wusste, dass Henrike ihn nicht sehen und seine Anwesenheit im Palais um jeden Preis verhindern wollte.

Insgeheim liebt Henrike den französischen Studenten noch, vermutete Viviana, sonst würde sie weniger emotional auf ihn reagieren. Erst gestern hatte ihre Enkelin ihn einen teuflischen Magier, einen Mephistopheles genannt.

Viviana setzte sich auf die Bettkante zu Henrike und zog sich ihre Handschuhe wieder über. »Trotzdem musst du es mit der Schokolade langsam angehen«, mahnte sie ihre Enkelin, während ihr die Süßigkeit auf der Zunge zerschmolz. Die weiße Schokolade war köstlich. »Dein Magen war viele Monate lang nichts Festes mehr gewöhnt.« Henrike war so stark abgemagert, dass ihre Venen nun direkt unter der Haut lagen und sich verfolgen ließen. Aber langsam gewann sie wieder an Kraft. Die langen Liegekuren zur Ruhigstellung der Lunge zeigten Wirkung. Tuberkulose zu heilen, bedeutete vor allem, dem Körper genug Ruhe zu geben, sich selbst zu heilen. Henrikes hektisches Fieber legte sich allmählich, auch kehrte ihre Stimme langsam zurück. Aber all das war noch kein Grund, um wirklich Entwarnung zu geben. Die Tuberkulose war eine der hinterhältigsten Krankheiten überhaupt!

Richard trat hinter Viviana und legte seine Hände auf ihre Schultern. Ungeachtet der Schutzhandschuhe konnte sie sie kaum noch spüren, so dünnknochig waren sie geworden.

»Hätten Sie etwas dagegen, wenn ich in den nächsten Tagen hier übernachte? Dann könnte ich mehr bei Henrike sein und ihr vorlesen.

Es gibt da diesen neuen Prosaband von einem Dichter namens Rilke, *Geschichten vom lieben Gott*. Er gilt als der neue Stern am Literaturhimmel«, berichtete Isabella und schaute Viviana und Richard bittend an.

»Bellchen hilft mir, gesund zu werden.« Henrike strengte das Sprechen immer noch an. »Bitte erlaubt es, Großmama und Großpapa.«

»Das würde Sie auch etwas entlasten.« Isabella schlug ihre Beine unter dem vornehmen Glockenrock übereinander. »Verzeihen Sie, wenn ich so direkt bin. Aber Sie sehen beide sehr mitgenommen aus.«

Viviana nickte, wusste aber, dass das nicht an ihrem ärztlichen Tagespensum während der Seuchenzeit lag, sondern an den Sorgen, die sie quälten.

»Es wäre schön, wenn Sie Henrike vorlesen würden, Isabella«, sagte Richard. »Aber bitte nur unter Einhaltung der seuchenhygienischen Vorschriften. Vielleicht können wir es dann nächste Woche schon mit einer Freiluft-Liegekur unten im Garten probieren.«

»Dann würde sie wenigstens nicht den ganzen Sommer verpassen. Das wäre wunderbar.« Isabella aß noch eine Praline, dann legte sie sich den Mundschutz wieder an. »Damit sind wir jetzt schon zu viert im Kampf gegen deine Tuberkulose«, sagte sie und wandte sich wieder Henrike zu. »Jetzt hat die Krankheit endgültig keine Chance mehr!«

*

Im gleichen Umfang wie es Henrike mit jeder Woche besser ging, ging es Richard schlechter. Viviana spielte sogar mit dem Gedanken, die Expositionszeiten der Bestrahlung auf neunzig Minuten zu erhöhen. Richard war nicht mehr imstande, Hausbesuche zu machen. Er hatte gerade noch Kraft genug für drei oder vier Patienten pro Tag in der Praxis im Erdgeschoss des Palais – sofern Viviana ihm das Stethoskop hielt.

Immer öfter musste sie sich dazu zwingen, an etwas Positives zu denken, um gegen ihre Tränen ankämpfen zu können. Sie ging zur Tür, die vom ersten Obergeschoss über eine breite Treppe in den Garten führte, und beobachtete, wie Henrike dort auf einem Liegestuhl die frische Luft tief in ihre kranken Lungen einsog. Seit vier Wochen war sie täglich im Freien, und es tat ihr sichtlich gut, der engen Dachkammer wenigstens für ein paar Stunden zu entkommen. Viviana hatte sogar überlegt, sie auf eine Freiluft-Liegekur in eine der Heilstätten am Meer zu schicken. Aber es war nicht der horrende Preis, die solch eine Kur kostete, der sie daran hinderte, sondern der Umstand, dass Isabella dann nicht länger an der Seite ihrer Enkelin wäre. Seit Isabella Henrike besuchte, planten sie sogar schon wieder, die Hauptstädte Europas zu bereisen. Isabella hatte viel dazu beigetragen, Henrike ihren Lebensmut zurückzugeben.

Viviana war ihr unendlich dankbar für diese Unterstützung. Sie mochte Isabella, die stets freundlich und liebevoll im Umgang mit Henrike war und sie aufmunterte. Sie schien die gemeinsamen Mahlzeiten im Palais außerdem sehr zu genießen. Zuletzt war sogar einmal Herr Stellinger, Isabellas Vater, beim Abendessen dabei gewesen, bevor er auf eine längere Reise nach Sizilien aufgebrochen war. Mit Isabella konnten Viviana und Richard auch Erwachsenengespräche führen, fast als wäre sie ihre zweite Tochter, die ihnen nie vergönnt gewesen war.

Das Dienstmädchen meldete Damenbesuch für Henrike. Viviana empfing Freifrau Auguste Groß von Trockau und Klara Oppenheimer. Sie führte die Frauen vom Frauenheil-Verein zunächst in den royalblauen Salon, ließ ihnen Tee servieren und berichtete von Henrikes Gesundheitszustand, wobei sie jedes Mal, wenn sie den Namen ihrer Enkelin nannte, in den Garten wies. »Trotz der voranschreitenden Vernarbung des löchrigen Lungengewebes«, erklärte sie den Frauen, »ist die Krankheit noch nicht überstanden.« Viviana betreute nicht wenige Patienten, bei denen der tuberkulöse Prozess nach langen Monaten des anscheinenden Stillstandes dennoch stetig fortgeschritten war und schließlich zum Tode geführt hatte.

Wie viel Zeit bleibt mir noch mit Richard?, sinnierte sie gleichzeitig und drohte über diesem Gedanken, den Gesprächsfaden zu verlieren.

»Wir wollten Fräulein Henrike unsere Genesungswünsche überbringen«, ergriff Klara Oppenheimer das Wort.

Auf Viviana machte das ungeduldige Fräulein den Eindruck, als wäre es am liebsten sofort in den Garten gegangen, anstatt sich noch lange mit Teetrinken aufzuhalten.

»Fräulein Henrike war, wenige Wochen, bevor die LOUISE aufflog, bei uns und schlug uns eine Zusammenarbeit vor. Sie ist eine herausragende Kämpferin für die Rechte der Frauen!«, sagte Klara Oppenheimer begeistert. »Viele Frauen unseres Vereins und sogar auch einige Herren waren sehr angetan von ihren Artikeln. Unglaublich, dass sie das alles alleine geschafft hat. Sie schreibt sehr klar und dennoch poetisch und hat ganz nebenbei auch noch Goethes Ehre gerettet, was seine Einstellung zu Frauen betrifft.«

Auguste Groß von Trockau nippte ein paarmal am Tee, sagte aber nichts. Viviana wollte gern wieder zu Richard, der oben im Schlafzimmer lag und sich ausruhe.

»Viele Frauen erkundigen sich nach Fräulein Henrike, seitdem herausgekommen ist, dass sie die anonyme Herausgeberin der LOUISE ist. Zuletzt wurde sogar die Frage laut, ob es nicht doch noch eine nächste Ausgabe geben könnte, unter männlicher Herausgeberschaft«, sagte Klara Oppenheimer, und Viviana gewann zunehmend den Eindruck, als ob das erfrischende Fräulein in Gedanken schon einen Schritt weiter wäre, nämlich bei der inhaltlichen Ausgestaltung der Artikel für die nächste LOUISE.

»Henrike muss erst wieder gesund werden, das ist gerade das Allerwichtigste«, machte Viviana klar. Gleiches galt für Richard. Dann dachte sie an Anton und Ella, die Henrike zwar besuchten, aber nicht mehr so herzlich wie früher mit ihr umgingen.

»Natürlich. Gesund werden«, bestätigten beide Frauen kurz nacheinander. Mit spitzen Fingern stellte Auguste Groß von Trockau ihre Teetasse auf die Untertasse zurück.

»Ich schließe Fräulein Henrike täglich in meine Gebete ein«, gestand Klara Oppenheimer und schaute erneut ungeduldig zur Tür Richtung Garten.

»Außerdem ist es so, dass Henrikes Eltern keine weiteren Aktivitäten für die Frauenbewegung erlauben«, sagte Viviana den Besucherinnen.

»Und wie war das damals mit Ihren Eltern, Frau Winkelmann-Staupitz?«, fragte Auguste Groß von Trockau wie aus dem Nichts.

Viviana verschluckte sich fast am Tee, denn ihr Kampf für die Rechte der Frauen hatte ihre Familie einst entzweit. Dann aber dachte sie, dass ihre Eltern tot waren. Ihre Mutter seit mehr als fünf Jahren, ihr Vater schon seit Dekaden.

Klara Oppenheimer lächelte Viviana vertrauenswürdig an. »Wir sind auch wegen Ihnen hier, Frau Winkelmann-Staupitz.« Sie ließ ihren Satz zwei Teeschlucke lang wirken.

»Ich bin viel zu alt für den Kampf um Frauenrechte, und gerade nehmen mich meine Familie und meine Patienten völlig in Anspruch.«

»Wir überlegen, mit welchen Worten sich die bayerische Frauenbewegung an den Prinzregenten Luitpold wenden könnte«, eröffnete ihr Auguste Groß von Trockau. »Wir hatten die Gelegenheit, einen Sekretär des Prinzregenten bei der Grundsteinlegung des neuen Denkmals im März darauf ansprechen zu können, und seine Antwort ermutigte uns.«

Viviana hatte schon einiges von dem neuen Denkmal gehört, das an der Ostseite des Zentralbahnhofs gebaut wurde. Inzwischen kam es ihr fast schon so vor, als stünde Würzburg bei der Errichtung von Luitpold-Denkmälern mit dem Rest des bayerischen Königreichs im Wettstreit. Die Würzburger sprachen von dem Denkmal als einem »Architektonischen Monument«, das ewig an die glorreiche Regierung des allgeliebten Prinzregenten erinnern sollte. Dafür wurde ein bronzenes Luitpold-Standbild gegossen, das von einer Säulenrotunde umgeben sein würde. Die Grundsteinlegung war mit einem mehrtägigen Festprogramm zum achtzigsten Geburtstag des Prinzregenten im März gefeiert worden, während den Frauen des Vereins auch der besagte Kontakt gelungen sein musste.

Viviana wusste, wie schwer es war, an Vertraute des Prinzregenten heranzukommen. Und es war ein kluger Schachzug gewesen, dies im Rahmen einer gelassenen Festivität wie der im vergangenen März zu versuchen. Viviana und Richard hatten sich damals eine Stunde freigenommen, um den Empfang am Zentralbahnhof mitzuverfolgen. Zu diesem Zeitpunkt waren sie noch voller Hoffnung gewesen, Richards Krankheit im Griff zu haben. Es war für Monate ihre einzige freie Stunde geblieben. Und Viviana hatte in dieser Stunde nicht die meiste Zeit nach dem blaublütigen Besuch Ausschau gehalten, sondern nach Ella, die sie ebenfalls in der Zuschauermenge wusste.

Anton war stets einer der größten Verehrer des Prinzregenten gewesen, weil dieser die bayerischen Eisenbahnen bei jeder Gelegenheit für ihre Schnelligkeit und Pünktlichkeit pries und deren Ausbau vorantrieb. Vivianas Gedanken flogen in die Eichhornstraße, wo sie ihre Tochter hinter Antons Schulter immer kleiner werden sah, bis sie schließlich im Schlafzimmer verschwand. Mit unruhigen Händen schenkte sie ihren Besucherinnen Tee nach.

»Wir haben vor, einen Brief aufzusetzen«, führte Klara Oppenheimer weiter aus, als Viviana sie wieder anschaute, »der den Prinzregenten endlich zur Abschaffung des Immatrikulationsverbotes bewegen soll. Ihr Sachverstand, Frau Winkelmann-Staupitz, und Ihre Erfahrung wären uns dabei sehr hilfreich.« Klara Oppenheimer reichte Viviana mit den Worten: »Ich darf doch?«, ein Schreiben, das als »Entwurf« bezeichnet und an den Prinzregenten höchstselbst gerichtet war. »Wir akzeptieren selbstverständlich, dass Sie den Frauenkampf der nächsten Generation überlassen möchten, aber vielleicht könnten Sie uns noch bei der Formulierung dieses einen Schreibens behilflich sein.«

Viviana war hin- und hergerissen. In ihrer aktiven Zeit hatte sie Dutzende von Briefen an Ministerien, Ämter und Universitäten geschrieben. Aber sie brauchte jetzt Zeit für Richards Bestrahlungen und Henrikes Pflege und die der anderen Kranken. Und überhaupt wollte sie nicht mehr von Richards Seite weichen. Jede Minute mit ihm war kostbar.

Viviana las den Entwurf dennoch. Die Frauen des Frauenheil-Vereins baten den Prinzregenten darin um eine Audienz, in der sie ihm die Anliegen der bildungshungrigen Frauen Bayerns ans Herz legen und für Frauen sprechen wollten, die sich unabhängiger von ihren Vätern, Brüdern und Ehemännern machen wollten.

»Wir sind kurz vor dem Ziel«, sagte Auguste Groß von Trockau.

»Dieser Brief kann so vieles bewirken«, bestärkte Klara Oppenheimer und lächelte so herzlich, dass Viviana ihr Lächeln erwidern musste. »Wenn wir jetzt das Richtige tun, erreichen wir das, wofür Sie, Louise Otto-Peters und Hunderte andere Frauen bereits vor fünfzig Jahren gestritten haben.«

Viviana sah sich als junges Mädchen, das voller Hoffnung gewesen war, ein Medizinstudium beginnen zu dürfen. Sie sah sich als junge Frau und Ehefrau an Richards Seite. Trotz aller Errungenschaften der Frauenbewegungen, wozu auch die Zulassung von Hörerinnen an den bayerischen Universitäten zählte, konnte sie nicht glauben, dass sie die Aufhebung des Immatrikulationsverbotes für Frauen noch miterleben würde.

»Gut, ich will es tun«, willigte sie schließlich in der Hoffnung ein, die Beschäftigung könne sie vom Tod ablenken. »Aber geben Sie mir einige Tage Zeit.« Sie wollte sich darum kümmern, wenn Richard schlief.

»Vielen Dank, das ist sehr großzügig von Ihnen«, sagte Auguste Groß von Trockau, die ihre Sitzposition, seitdem sie auf dem royalblauen Kanapee Platz genommen hatte, nicht verändert hatte. Und Fräulein Oppenheimer fügte hinzu: »Danke von Herzen. Und jetzt schauen wir nach Henrike, ja?«

Viviana führte die Frauen in den Garten und reichte allen beiden einen Mundschutz und ärztliche Handschuhe als Vorsichtsmaßnahme. Es war ein goldener Oktobertag.

Henrikes Augen leuchteten vor Freude auf, als sie die beiden Frauen kommen sah. Sie setzte sich in ihrem Liegestuhl auf und stellte ihren Taschenspucknapf neben sich ins Gras.

Viviana war im Palais geblieben, beobachtete die Frauen aber von der Tür aus. Ob ihnen tatsächlich eine Audienz gewährt werden wird?, überlegte sie, während sie zusah, wie Henrike ihre Beine von der Liege schwang und sich den Frauen zuwendete. Auguste Groß von Trockau bot ihr ihren Arm als Gehhilfe an, noch bevor Klara Oppenheimer dazu kam. Es war ein rührender Anblick: die etwas spröde

Freifrau, die tuberkulöse Henrike und die frische Klara Oppenheimer. Eigentlich eine Mannschaft, die sich gut ergänzte. Fehlte nur noch Anna Gertlein, von der Viviana wusste, dass sie Henrike ebenfalls ans Herz gewachsen war. Ein paarmal hatte Henrike sie schon nach der Wärterin gefragt, aber Viviana hatte nichts Neues von ihren Grombühler Patienten über Anna Gertlein in Erfahrung bringen können.

Viviana beobachtete, wie die beiden Frauen – Henrike zwischen sich – ein paar Schritte taten. Henrike bewegte sich mit der für eine Lungenkranke typischen leicht vornübergebeugten Haltung. Die Frauen lachten, sogar Auguste Groß von Trockau blickte fröhlich drein. Braungoldene Blätter segelten von den Kastanienbäumen des Gartens zu Boden.

Viviana wandte sich ab. Sie wollte den Briefentwurf an den Prinzregenten ins Damenkabinett bringen. Auf dem Weg dorthin kam ihr Isabella entgegen, die vom Personal mittlerweile ohne vorangehende Nachfrage bei der Herrschaft eingelassen wurde.

»Nachschub vom Chocolatier für das kranke Huhn«, sagte sie und freute sich wie ein kleines Mädchen, das gleich heimlich naschen würde. Sie hielt Viviana eine edle Pralinenschachtel vor die Nase, die wie eine Schatztruhe zurechtgemacht war.

»Gerade sind zwei Fräulein vom Frauenheil-Verein bei Henrike.« Viviana deutete in den Garten. »Klara Oppenheimer und Freifrau Groß von Trockau.«

Isabella trat neben Viviana. »Was wollen die beiden von ihr?«

»Sich von ihrer Genesung überzeugen.«

»Sollten wir Henrike nicht noch etwas länger schonen?«, fragte Isabella besorgt. »Die beiden könnten sie zu sehr aufregen. Henrike darf doch zudem nichts mehr mit der Frauenbewegung zu tun haben.«

»Ich dachte, der Besuch würde Henrike freuen. Sie hat mir vor ihrer Krankheit vor allem von Fräulein Oppenheimer sehr begeistert erzählt, die gerne Medizin studieren würde und gerade auch einen Antrag auf Hörerschaft an der Alma Julia gestellt hat.«

»Ich gehe zu ihnen«, entschied Isabella. »Und schaue, dass die beiden Rike nicht zu sehr aufregen. Ja?«

»Danke, Isabella«, erwiderte Viviana. »Außerdem müssen wir nach wie vor vorsichtig wegen der möglichen Ansteckungsgefahr sein. Ich würde es mir nie verzeihen, wenn Sie oder die Frauen vom Frauenheil-Verein sich infizieren würden.«

»Natürlich«, entgegnete Isabella schon auf dem Weg die Treppe in den Garten hinab. Mit einem Lächeln auf den Lippen stellte sie sich den Gästen vor, dann zog sie ihren Mundschutz und die Schutzhandschuhe aus der Rocktasche.

»Schau doch mal, Bellchen«, schwärmte Henrike mit noch nicht gänzlich wiederhergestellter Stimme, »dank Fräulein Klara und der Freifrau sind meine ersten Schritte gar nicht mal so wackelig.«

Nach diesen Worten wandte Viviana sich endgültig von den Frauen im Garten ab. Zumindest ihre beste Freundin war ihrer Enkelin über dem Eklat mit der LOUISE nicht abhandengekommen. Isabella gehörte mittlerweile schon fast zur Familie. Viviana wusste, dass Herr Stellinger seine Tochter oft allein im großen Haus in der Ludwigstraße ließ. Diesen Umstand hatte sie Isabellas wegen schon öfters bedauert, aber heute dachte sie in diesem Zusammenhang auch das erste Mal an Ella. Aufgrund der vielen Notfälle ihrer Patienten hatte sie für ihre Tochter auch nicht immer so da sein können, wie sie es gerne gehabt hätte.

32

Ende Oktober 1901

Anna lief in die Spitalskirche. Bis ihr Fünf-Uhr-Dienst begann, blieben ihr noch zwanzig Minuten. Vorne am Altar brannten Kerzen, die intensiv nach Bienenwachs dufteten. Darüber hing ein Bild der heiligen Maria, unter deren Augen sie um Beistand flehen wollte. Ihr Wintermantel war inzwischen so abgenutzt, dass sie statt ihm einen leichteren Überwurf trug. Eine kürzlich verstorbene Wärterin hatte ihn ihr auf dem Sterbebett vermacht, ebenso den einfachen Hut mit der hübschen Blumengarnitur, den Anna wie einen Schatz hütete.

Sie setzte sich in die vorderste Bankreihe und machte das Kreuzzeichen. Sie fror erbärmlich. Das letzte Mal war sie in der Kirche gewesen, als ihre Mutter noch gelebt hatte. Ihre Mutter hatte ein Leben lang auf Gott vertraut und war dennoch früh gestorben. Zwei und vier Jahre nach ihr dann auch Annas Geschwister. Das lag nunmehr zehn Jahre zurück. Seitdem war Anna auf sich allein gestellt und aus ihrem Heimatdorf bei Hannover fortgegangen, wo sie alles fortwährend an ihre tote Familie erinnert hatte. Sie war gen Südosten gereist und irgendwann in Würzburg angekommen, wo man Wärterinnen für das Spital gesucht hatte. Auch wenn sie nur einen Hungerlohn für ihre Arbeit erhielt, konnte sie damit doch überleben und vielleicht sogar anderen Kindern ihr Schicksal ersparen, indem sie dabei half, Kranke gesund zu pflegen. Ihren Vater hatte sie nie kennengelernt.

Anna fühlte sich elend. Die Tuberkulose hatte bereits Tilly, Bärbel und Dorit dahingerafft. Sie faltete die Hände zum Gebet und hob den Kopf. »Heilige Maria, vergib mir meine Sünden und lass mich nicht sterben!« Zumindest so lange nicht, bis sie beim Oberpflegeamt etwas für die Wärterinnen des Juliusspitals hatte erwirken können. Zudem wollte sie eine Krankenpflegeschule ins Leben rufen, die verantwortungsvolle und fachlich gute Wärterinnen ausbildete. Henrike hatte sie ermutigt, dafür zu kämpfen, sie war ihr Vorbild.

Anna senkte den Kopf und ließ die Schultern hängen. Ihre Mutter hatte ihr einmal beim Abendgebet erzählt, dass sie Gott manchmal spüren könne, dass er in ihr sei und durch sie wirke.

Anna ging zum Altar und betrachtete die heilige Maria. So verharrte sie lange und wiederholte ihre Bitte mehrmals, unterbrochen von Hustenanfällen. Ihr Taschentuch war ganz feucht, als sie fertig war.

Anna erhob sich und spürte neue Kräfte in sich wachsen. Sobald es ihr wieder besser ginge, wäre sie auch endlich bereit, vor die Herren des Oberpflegeamts zu treten.

33

November 1901

Zur Mittagsstunde eines sonnigen Wintertages schnappte sich Conrad Röntgen seinen Mantel, Gehstock und Zylinder und verließ das Physikalisch-Metronomische Institut in München. Trotz der Sonne war es eisig draußen, eigentlich viel zu kalt für Mitte November. Am Morgen hatte es zum ersten Mal geschneit.

In der Äußern Prinzregentenstraße eins angekommen, stürmte er in den Salon. Bertha saß in ihrem Sessel neben dem Ofen und las in einem Buch. In der Küche hörte er die Haushälterin mit Tellern klappern. Der Duft einer Hühnersuppe, die mit viel Sellerie und Karotten gekocht wurde, wehte ihm entgegen. Hühnersuppe war Berthas Lieblingsspeise. Sie half ihr nach tagelanger Bettlägerigkeit, wieder zu Kräften zu kommen.

Von der Haushälterin erfuhr Conrad, dass Josephina noch bis zum Abend in der Stadt unterwegs wäre.

Conrad legte seinen Zylinder ab und kniete sich neben seine Frau. »Wie geht es dir, Bertle?« Zärtlich streichelte er ihre Wange. Über Berthas Schoß war eine dicke Wolldecke ausgebreitet, obwohl der Ofen den Salon ordentlich wärmte.

Bertha seufzte als Antwort. Er fühlte sich schuldig ihr gegenüber. Seit sie wegen des Direktorenpostens nach München gekommen waren, hatten sie kaum einen schönen Tag gehabt. München war viel anonymer als Würzburg, die Luft in der Stadt sehr stagnant, und es war schwierig, neue Bekannt- oder gar Freundschaften zu knüpfen, sofern man sich nicht regelmäßig auf Empfängen und Festen sehen ließ.

»Hast du Schmerzen?«, fragte er seine Frau.

Bertha schüttelte den Kopf und ließ ihr Buch in den Schoß sinken. »Was treibt dich um diese frühe Zeit nach Hause?«

Conrad lächelte, damit sie sich keine Sorgen um ihn machte. »Hast du Kraft genug, um mich auf einen kurzen Ausflug zu begleiten?«, fragte er aufgeregt, wie vor einem Experiment, dessen Ausgang ungewiss war.

»Willy, was ist passiert? Hat die Tuberkulose es bis ins Institut geschafft?«

»Nein, nicht die Tuberkulose«, beruhigte er sie. »Darf ich dir aufhelfen?«

Sie nickte nachdenklich.

Conrad half ihr hoch und beim Ankleiden. Die Haushälterin bat er, die Hühnersuppe erst am Abend zu servieren. Zur Sicherheit nahm er die Wolldecke für Bertha mit, und alle beide setzten sich eine dicke Pelzmütze auf den Kopf.

Als sie schon im Zweispänner saß, verstaute er schnell noch seine Überraschung für sie auf dem rückwärtigen Gepäckträger.

Kurz darauf fuhr die Kutsche zum Englischen Garten, dem Volksgarten am Westufer der Isar.

»Sag mir doch, was passiert ist«, bat Bertha besorgt. Ihre Hände steckten in Fausthandschuhen.

»Hab noch etwas Geduld.« Er legte die Wolldecke über ihren Schoß.

»Aber mitten am Tag? Und kannst du denn das Institut so lange alleine lassen?«

»Gleich sind wir da, Bertle«, beruhigte er sie, woraufhin sie sich an ihn schmiegte. »Gleich, meine Liebe.«

Als sie die Isar überquerten, dachte Conrad, dass sie wieder mehr Zeit auf dem Land verbringen sollten, er sehnte sich nach den Alpen. Aber die Sehnsucht nach mehr Ruhe und Ausbruch aus dem Alltag war nicht der Grund, weswegen er Bertha den kleinen Ausflug zumutete. Erneut erkundigte er sich nach ihrem Befinden.

»Es ginge mir besser, wenn du mich endlich einweihen würdest«, entgegnete sie ihm.

Conrad lächelte über ihre Antwort. Als eigensinniges, ungeduldiges Mädchen hatte er sie kennen- und lieben gelernt. Als Siebenundzwanzigjährige hatte sie sich von niemandem, nicht einmal mehr von ihrem Vater sagen lassen, dass der um viele Jahre jüngere Student des Maschinenbaus an der Züricher Universität nicht der Richtige für sie sei. Berthas Eltern waren Wirtsleute gewesen und hätten sich eher einen handfesteren Mann gewünscht, keinen Gelehrten, von dem man nicht wusste, ob er mit seinen Studien eines Tages überhaupt Geld verdienen würde. Eine Wirtstochter wollte schließlich gut ernährt werden. Ähnlich unzufrieden mit seiner Wahl waren auch Conrads Eltern gewesen. Conrad selbst hatte in den fünfunddreißig Jahren seiner Ehe allerdings keinen einzigen Tag daran gezweifelt, die richtige Frau geheiratet zu haben. Die Kutsche kam zum Stehen.

»Ein Spaziergang hinauf zum Monopteros?«, fragte Bertha verwundert. »Ich weiß nicht, ob ich das heute schon schaffe.«

Der Monopteros – ein beliebter Aussichtspunkt bei den Münchnern – war ein filigraner, nach griechischem Vorbild erbauter Rundtempel, der nun, eingebettet in eine sanfte Hügellandschaft, vor ihnen stand.

»Der Monopteros interessiert uns heute nicht.« Conrad half Bertha aus der Kutsche. Er musste an Herrn Arrhenius denken, als er den Schlitten vom Gepäckträger der Kutsche holte, und lächelte über das, was Herr Arrhenius ihm in einem Telegramm mitgeteilt hatte – der Grund für Conrads Freude. »Komm Bertle!«

Er nahm seine Frau bei der Hand und ging langsamen Schrittes, damit es nicht zu anstrengend für sie wurde, einen der flacheren schneebedeckten Hügel mit ihr hinauf. Mit der anderen Hand zog er den Schlitten hinter sich her. Im Englischen Garten war die Luft schon viel klarer als vor dem Institut oder in der Äußeren Prinzregentenstraße. Wenn es Bertha wieder besser ging, wollte er mit ihr unbedingt in die Alpen, wo kein mehrstöckiger Jugendstilbau, kein Kunstmuseum oder der Lärm der elektrischen Verkehrsbahnen die Schönheit des Lebens und der Natur verdeckten.

»Wir brauchen mehr frische Luft in unserem Leben, es wird Zeit«, sagte er und nahm Bertle noch fester bei der Hand.

Es hatte ein Telegramm aus dem Ausland gebraucht, um ihm dies bewusst zu machen. Am liebsten wäre er sofort aus der Stadt aufs Land gezogen, in ein kleines, stilles Haus, irgendwo, wo sich niemand hin verlief.

Auf der halben Höhe des Hügels angekommen, setzte er Bertha zuhinterst auf den Schlitten und nahm dann vor ihr Platz, um die Lenkung zu übernehmen. »Halte dich gut fest an mir.« Es war nicht ihre erste Rodelpartie, aber vielleicht ihre befreiendste. In seinen Jugendjahren war er leidenschaftlich gern gerodelt. Die letzte Partie lag fünf Jahre zurück. Conrad schob den Schlitten mit den Beinen an. Es ging los. Ein eisiger Wind fuhr ihnen ins Gesicht und zerrte an ihren Pelzmützen.

»Mehr frische Luft«, hörte er Bertha hinter sich sagen. Sie lachte, und er fiel in ihr Lachen mit ein. Sie dachten einmal nicht daran, wie weit das Institut von der Wohnung entfernt lag oder an ihre schwindenden Kräfte, weil Lenard einen bedrohlichen Schatten auf ihr Leben warf. Conrad war erst sechsundfünfzig Jahre alt, aber seit er mit der Erfindung der X-Strahlen ein berühmter Mann geworden war, hatte er sich immer öfter wie ein Achtzigjähriger gefühlt.

Als der Schlitten den Hang hinabglitt, dachte er an seine Würzburger Freunde, vor allem an Albert von Kölliker, der die letzte Rodelpartie in der Rhön vor fünf Jahren initiiert hatte. Conrad wollte Weihnachten nicht in München, sondern lieber in Würzburg verbringen. Er nahm sich daher vor, die Boveris über die Feiertage zu besuchen und dann auch bei den Köllikers vorbeizuschauen. Und er plante, Richard Staupitz, von dessen gesundheitlichen Problemen ihm Albert von Kölliker geschrieben hatte, einen Brief mit herzlichen Besserungswünschen zu senden. Er hatte ihn als einen besonnenen Menschen kennen- und schätzen gelernt, der für seine Überzeugungen eintrat, und dem seine Familie sehr am Herzen lag. Sie waren beide eher ruhige Menschen.

Als der Schlitten zum Stehen kam, kniete Conrad vor Bertha im Schnee nieder.

»Brichst du wieder zusammen?« Bertha wollte schon hochkommen, aber Conrad bedeutete ihr, dass es ihm gut ginge und sie sich wieder hinsetzen solle.

Noch auf Knien, wie damals für seinen Hochzeitsantrag, holte er das gefaltete Schreiben aus seiner dunkelblauen Anzugjacke unter dem Mantel hervor. Zur Sicherheit las er es selbst noch einmal.

»Bertle, wir haben es geschafft«, sagte er und reichte das Telegramm seiner Frau, das nun von der Sonne beschienen wurde.

Bertha las es mehrmals hintereinander. Conrad war sicher, dass sie nach ihrer jüngsten Nierenkolik immer noch Schmerzen hatte, als sie das Schreiben wieder zusammenfaltete und sagte: »Lass uns noch mal rodeln, Willy!«

Conrad zog den Schlitten dieses Mal bis ganz nach oben auf den Hügel, Bertha bestand darauf. Sie überblickten den Südteil des eingeschneiten Englischen Gartens, in dem es heute angenehm ruhig war. Nur wenige Menschen unternahmen bei dieser Eiseskälte freiwillig einen Spaziergang.

Erneut setzte sich Bertha hinter ihn auf den Schlitten. Als sie den Hügel schneller als beim ersten Mal hinabrauschten, konnte Conrad nicht mehr an sich halten. Ganz entgegen seiner sonstigen Art schrie er seine Freude in den Wintertag hinaus: »Mir wird der Nobelpreis für Physik verliehen!« Conrad sog die kalte Luft ein, und obwohl es in seinen Lungen brannte, fühlte er sich seit dem Erhalt des Telegramms aus Stockholm wie befreit. Die jahrlange Enge in seiner Brust löste sich mit jedem Meter auf, den der Schlitten durch den Schnee rauschte. Zwei Herren blieben stehen und starrten sie mit offenen Mündern an. Es war Conrad egal!

In dem Telegramm hatte ihm Herr Arrhenius, der dem Preiskomitee der Königlich Schwedischen Akademie der Wissenschaften angehörte, streng vertraulich die Entscheidung der fünf schwedischen Physik-Professoren telegrafiert und Conrad zur Preisverleihung am 10. Dezember nach Stockholm eingeladen. Dort würde er für die epochemachende Entdeckung der X-Strahlen, für die wichtigste Erfindung der Physik zum Wohle der Menschheit geehrt werden, hatte Herr Arrhenius betont. Die Wissenschaftswelt war also doch nicht aus den Fugen geraten! Der Preis war ein richterlicher Freispruch, der Conrad vom Verdacht, einem anderen Wissenschaftler seine Entdeckung gestohlen zu haben, befreite. Sollte ihm jemals wieder eine Entdeckung von ähnlicher Relevanz gelingen, würde er sie der Welt anonym zur Verfügung stellen. Das schwor er sich in diesem Moment.

Auf den letzten Metern ihrer Schlittenfahrt fühlte sich Conrad so erleichtert, dass er sogar überlegte, persönlich zur Preisverleihung am 10. Dezember nach Schweden zu reisen und sich unter die Menschenmenge zu mischen. Er drückte seine Hände fest auf Berthas. Dabei konnte er ihren Ehering am Ringfinger der rechten Hand spüren, den wohl bekanntesten Ehering des Kontinents. Mit dem Schattenbild ihrer Hand hatte er damals eine Reise angetreten, die ihn in das Innere des menschlichen Körpers und zu den menschlichen Abgründen der Gier und des Größenwahns geführt hatte. Und was er mit dem Preisgeld aus Stockholm anstellen wollte, fiel Conrad in diesem Moment auch ein. Er sah die Mitglieder seiner Krocketgruppe und den Tisch mit den Likörgläsern vor sich. Er wusste ziemlich genau, wo das Geld viel mehr Nutzen bringen würde als in München.

34

Januar 1902

Mit jeder Taste, die sie anschlug, wollte Ella ihren Schmerz an das Pianoforte abgeben. Sie verschmolz mit der Musik von Mozarts *a-Moll-Sonate*, die eines der persönlichsten Stücke des Komponisten war. Tieftraurig hatte er es nach dem Tod seiner geliebten Mutter fertiggestellt.

Ella gab sich dem Rausch der Musik hin. Ihre Finger glitten über die Tasten. Sie spielte das Stück heute schon zum fünften Mal. Einzig für die Musik brachte sie noch Kräfte auf. Sie schwitzte, und das Haar fiel ihr offen auf die Schultern. Seit Monaten war Anton in seiner Arbeit versunken, in die Auswertung der Verkehrsergebnisse und die Kreditlisten des Oberbahnamts Würzburg. Ella sah ihn kaum noch. Seit Monaten kam er erst spätabends heim und verließ die Wohnung in aller Früh, wenn es draußen noch dunkel war.

Bei den Silvesterfeierlichkeiten vor zwei Wochen hatte er vor Freunden so getan, als sei alles in Ordnung zwischen ihnen. Er wollte nicht, dass jemand ihre Ehekrise bemerkte. Seitdem Henrikes Geheimnis aufgedeckt worden war, war Anton nicht mehr derselbe. Aber schon lange davor hatte Ella sich vor ihm verschlossen. Nun tat er es ihr nach.

Sie war fest davon überzeugt, dass die Medizin an allem schuld war. Seit sie denken konnte, war das so gewesen. Nun war es sogar so weit gekommen, dass ihre Familie wegen der Medizin auseinanderfiel. Henrike hatte sie bitter enttäuscht.

Während sie und Anton sich durchs Leben quälten, jubelte Würzburg. Seit Professor Röntgen der erste Nobelpreis für Physik verliehen worden war, war die Stadt in Feierlaune. Denn der Physikprofessor hatte die fünfzigtausend Kronen Preisgeld der Universität Würzburg gestiftet. Ella hatte gehofft, dass die frohe Botschaft Anton milder stimmen und aus seiner Höhle herauslocken würde, in die er sich zurückgezogen hatte. Nach dem Prinzregenten war Professor Röntgen wohl der Mensch, den Anton am meisten bewunderte. Die »Affäre Röntgen«, die Anton gewissenhaft verfolgt hatte, war beendet.

Mit der linken Hand erschuf Ella gerade einen Rhythmus aus pausenlosen Sechzehnteln, und beim Allegro Maestoso des ersten Satzes der *a-Moll-Sonate* bäumte sie sich leidenschaftlich auf. Sie fühlte Zweifel, Schmerz, Liebe, Enttäuschung und Mutlosigkeit zugleich.

Seit einer Woche saß sie täglich am Pianoforte. Der lyrische zweite Satz spendete ihr Trost, auch wenn ihr die Fingersehnen vom stundenlangen Spiel schon schmerzten. Jahrelang hatte sie die *a-Moll-Sonate* nicht mehr gespielt. Der Notensatz war ein Geschenk ihrer Großmutter Elisabeth, die ebenso zerrissen wie Ella gewesen war, so leidenschaftlich, verzweifelt und oft auch traurig.

Als Ella die letzten Takte spielte, schien die Morgensonne schon durchs Fenster. Sie blieb noch eine Weile vor dem Instrument sitzen. Dann erhob sie sich vom Instrumentenhocker und verließ den Salon.

Im Flur kam ihr das Dienstmädchen entgegen, aber Ella schickte es weg und bat darum, im Ankleidezimmer nicht gestört zu werden. Sie wollte allein sein.

Im Ankleidezimmer öffnete sie den Schrank. Unentschlossen betrachtete sie den Bestand an Tageskleidern. In Gedanken war sie bei Henrike. Ihr letzter Besuch am Krankenbett war distanziert verlaufen. Abwesend griff sie nach einem blassgrauen Kleid. Es rutschte ihr vom Bügel und auf einen kleinen Koffer auf dem Schrankboden. Er war aus dunklem Leder mit runden Ecken. Ein breiter Riemen mit einem kunstvoll geschmiedeten Verschluss hielt ihn zusammen. Er hatte einst ihrer Großmutter gehört, die sie in diesem Moment wieder aufrecht auf dem royalblauen Kanapee sitzen und leise vor sich hin weinen sah. Ella hatte nie ihr Versprechen gebrochen und jemandem von Elisabeths Tränen erzählt. Sie vermisste sie.

Als Elisabeth Winkelmann beerdigt worden war, hatte lange ein Schwarm Krähen über ihrem Grab gekreist. Ella erinnerte sich an den Ablauf dieser traurigen Tage, als sei es erst gestern gewesen. Am Sterbetag war die Familie noch harmonisch vereint an Elisabeths Totenbett zusammengekommen. Ella hatte ihre Mutter bei der Organisation der Beerdigung unterstützt und die Absprachen mit dem Geistlichen übernommen, weil Viviana zu Patienten gerufen worden war. Am nächsten Tag hatte der Notar das Testament verlesen. Ella war vom Notar dieser Koffer mit dem kunstvollen Verschluss übergeben worden. Die ersten Tage nach dem Tod ihrer Großmutter hatte sie nicht gewagt, ihn zu öffnen, weil sie dabei ja doch nur wieder geweint hätte. Danach hatte sie den Koffer wegen ihres Aufenthalts im Spital und wegen ihrer Sorgen um Henrike schlichtweg vergessen.

Nun zog sie das Gepäckstück aus dem Schrank. Ihr Herz schlug noch immer in Sechzehntelnoten. Sie öffnete die kunstvolle Schnalle und klappte den kleinen Koffer auf. Sie fand eine schwere Schreibgarnitur aus hellem Marmor darin, in die in goldenen Buchstaben *Bankhaus Johann G. Winkelmann* eingeprägt war. Die Tinte des Füllers war eingetrocknet. Ella besaß kaum Erinnerungen an ihren Großvater, den Bankdirektor. Nur eine einzige Begegnung war ihr im Kopf geblieben. Damals hatten er, ihre Mutter und sie sich in Sankt Gertraud in der Pleich getroffen. Ella war knapp vier Jahre alt gewesen. Ihr Großvater hatte sie die ganze Zeit über liebevoll angelächelt. Er musste ein gütiger Mann gewesen sein.

Ella nahm eine alte Taschenbibel aus dem Koffer und ein in Leinen verwahrtes Komplettset reinweißer Meißener Porzellantassen samt Tellern und Untertellern mit den gekreuzten Schwertern auf dem Grund. Ella hatte ihre Großmutter in ihrem Zimmer im Palais oft daraus trinken sehen, bevor sie geweint hatte. In einer unscheinbaren Schatulle fand sie reichlich Goldschmuck, Ohrringe mit Rubinen und Ketten. Einen so wertvollen Schmuck hatte Ella nie besessen. Eine Kette mit einem Anhänger in Form einer Orchideenblüte, die weniger prunkvoll als der Rest des Schmucks wirkte, stach ihr besonders ins Auge. Der Verschluss war noch intakt. Ella legte sich die Kette an.

Danach durchsuchte sie den Koffer weiter. Bald kam ein ockerfarbenes, nicht beschriftetes Kuvert zum Vorschein. Vorsichtig zog sie das Schreiben, das auf teurem Büttenpapier verfasst worden war, aus dem Umschlag und entfaltete es. Das Signet des Bankhauses prangte in der rechten oberen Ecke. Das Datum lautete auf den 11. Oktober des Jahres 1855 und war unterschrieben mit einem einzigen Namen. VALENTIN. Valentin war der Bruder ihrer Mutter, Ellas Onkel. Sie hatte ihn nie kennengelernt, wusste aber, dass er sich erhängt hatte.

Sein Schreiben begann mit: »Mein Leiden wird niemals ein Ende nehmen.« Noch während sie die ersten Zeilen las, erhob sich Ella gerührt. Sie las jeden Satz doppelt und meinte, Valentins Stimme sprechen zu hören: Die Stimme eines jungen Mannes, der so verzweifelt gewesen war, dass er den Tod als einzigen Ausweg gesehen hatte. Ella bemerkte zudem, dass fast alle Sätze, in denen der Name ihrer Mutter auftauchte, mit einem Ausrufe- oder einem Fragezeichen endeten. Wieder und wieder las sie die betreffenden Sätze. Erst schüttelte sie vor Unglauben den Kopf, dann nickte sie, dann wieder wollte sie weinen oder ihren Schmerz in ein Kissen flüstern. Am Ende zitterte sie am ganzen Körper. Denn der Brief zeigte ihr mehr als tausend Worte, was sie zu tun hatte. *Danke, Onkel Valentin.*

Die Standuhr schlug neun. Flüchtig steckte sie sich das Haar auf, legte Rouge auf und zog ihr blassgraues Tageskleid an. Danach verließ sie aufgeregt die Wohnung. Draußen schneite es, und in der Nähe sang jemand ein Loblied auf Professor Röntgen. Neben dem Eingang der Harmonie war ein denkmalgroßes Blumenarrangement mit Dankensworten an Professor Röntgen aufgebaut. Sie eilte in die Hofstraße.

Im Palais wurde Ella sofort eingelassen und fand Viviana, Richard und eine Frau, die sie nicht kannte, in der Küche am Tisch vor, an dem eigentlich das Personal aß. So etwas würde Anton nie dulden. Zwischen ihnen standen Dampfnudeln, und es roch nach Vanillesoße. Als kleines Mädchen hatte Ella das Gericht geliebt, Magda hatte es ihr und Bruno öfters zubereitet. Sie blieb – halb vom Türrahmen verdeckt – im Flur stehen.

»Ich verstehe einfach nicht, warum uns der Prinzregent eine Audienz verweigert. Der Brief war herausragend formuliert, klar in seinen Argumenten und dem höfischen Sprachduktus angepasst. Das fand sogar Auguste«, sagte die fremde Frau, die aus der Runde herausstach, weil sie als Einzige nicht unglücklich wirkte.

Ella sah ein jahrzehntealtes Flugblatt vom einstigen Dorotheen-Spektakel neben der Schale mit den Dampfnudeln liegen, vergilbt und mit krummen Ecken.

Ihre Mutter erwiderte vehement: »Wir dürfen trotzdem nicht aufgeben, Fräulein Klara. Und ich hätte vielleicht auch schon eine neue Idee.« Ella sah die Augen ihrer Mutter aufflammen.

Sie schienen sie nicht zu bemerken.

»Aber wenn uns der Prinzregent nicht anhört, kann es doch niemals gelingen? Die Ignoranz der Männer ist zum Verrücktwerden«, antwortete Fräulein Klara erregt. »Ich hoffe, Sie verzeihen mir meine rohe Ausdrucksweise, Richard.«

»Und ich hoffe, Sie stecken nicht sämtliche Männer in eine Schublade.« Richards Antwort war kaum zu verstehen. Ella war entsetzt über seinen gesundheitlichen Zustand. Er sah noch abgemagerter und fahler aus als bei ihrem letzten Besuch. Es schien ihm sogar schwerzufallen, die Gabel in der Hand zu halten.

»Ganz sicher nicht!«, antwortete Fräulein Klara im Brustton der Überzeugung.

Richard bemerkte Ella als Erster. »Ella, setz dich zu mir«, bat er.
»Verzeiht meine Störung zur Mittagszeit.« Ella nickte Fräulein Klara zu. »Ich möchte Mutter sprechen.«

Mit schweren Schritten kam Richard zu ihr. Ella konnte es kaum mit ansehen, wie sehr er bemüht war, seine Krankheit vor ihr zu verbergen.

»Ich freue mich, dich zu sehen«, sagte er und drückte sie vorsichtig an sich.

Im nächsten Moment war auch Viviana bei ihr.

»Bitte komm mit nach draußen, Mutter«, sagte Ella und bat ihren Vater mit einem Blick um Verzeihung. »Allein.«

Viviana blickte ihre Tochter verwundert an, verließ aber daraufhin die Küche und kam nach einer Weile winterfest gekleidet wieder zurück. Auf ihrem Kopf saß ein Hut aus Seidensamt mit Federgarnitur. Sie trug Lederstiefel und eine Mantille.

Gemeinsam verließen die beiden Frauen das Palais, dann führte Ella ihre Mutter die Hofstraße hinab und am St.-Kilians-Dom vorbei. Die neue, elektrische Straßenbahn rauschte an ihnen vorüber. Von der Schönbornstraße aus waren die Gebäude, die wie immer Beklemmung in Ella auslösten, schon zu sehen.

Sie eilte auf das Juliusspital zu, als wolle sie die »Elektrische«, wie alle die hochmoderne Straßenbahn nannten, einholen. Auf der Höhe der Marienkapelle ging sie nochmals schneller und spürte dabei Valentins Brief in ihrer Rocktasche. In der Eile hatte sie nur einen einzigen, dünnen Unterrock angezogen.

Erst vor dem Portal des Spitals stoppte sie, ihre Mutter holte schwer atmend auf. Das Schneetreiben wurde dichter.

»Möchtest du, dass ich dich bei der Einweisung auf die Magenstation begleite?«, fragte Viviana. »Eine gute Entscheidung, dass du ...«

Aber Ella schüttelte den Kopf. Ihr brannte der Magen, aber sie biss die Zähne zusammen und trat unter den verwunderten Blicken ihrer Mutter vor den Spitalspförtner. Der Mann kannte sie schon, seitdem sie ein kleines Kind war, und ließ sie deshalb ohne große Erklärung und ohne Besucherbillett ein. Ella fragte sich, ob das bei Henrike auch der Fall gewesen war. Kurz verließ sie der Mut. Am liebsten wäre sie jetzt in eine Kutsche gestiegen und vor der Konfrontation mit ihrer Mutter geflohen. Aber es musste sein. Sie sehnte sich nach ... sie griff nach der Hand ihrer Mutter.

Jeder Schritt auf den Springbrunnen im Innenhof zu kostete sie Überwindung. Vivianas Blick lag länger auf der Spitalsapotheke.

»Ich ... ich wollte dir sagen ...«, begann Ella zögerlich.

»Liebes, was ist? Was möchtest du mir sagen?«, fragte Viviana besorgt.

Ella atmete tief ein und aus. Dann sagte sie: »Das Spital hat dich mir genommen.« Dieser Gedanke raubte ihr schon seit so vielen Jahren den Schlaf. »Seitdem du Ärztin werden wolltest, war dein Leben voller Sorgen, Demütigungen und Anfeindungen.« Ella spürte, wie ihre Mutter die steife Hand aus der ihren ziehen wollte, aber Ella ließ sie nicht los.

»Dein Schmerz war auch mein Schmerz. Und als ich in ein Alter kam, indem ich begriff, dass es eigentlich nie aufhören wird, war es kaum mehr auszuhalten.«

»Aber ...«, Viviana benötigte einen Moment, um sich zu fangen. »Aber auf mich hast du als Kind immer so fröhlich gewirkt«, erwiderte sie schließlich.

»Fröhlich war ich nur nach außen hin. Ich wollte dich aufmuntern, wenn du niederschlagen warst, weil sie dich als Ärztin nicht akzeptierten. Für dich habe ich Fröhlichsein gespielt.«

Ihrer Mutter traten Tränen in die Augen. »Deswegen hast du dich bewusst gegen die Medizin und die Frauenbewegung entschieden?«

Ella nickte. »Dieses Leid wollte ich meinem Kind ersparen.«

»Ella, meine Ella. Ich wusste nichts von deinem Schmerz.«

Ella holte Valentins Brief aus ihrer Rocktasche. »Großmama hat es vielleicht geahnt und mir deswegen diesen Brief vermacht. Er handelt von der Verzweiflung am Leben und gesellschaftlichen Erwartungen, aber auch von Ehrlichkeit.«

Viviana las den Brief, und Ella konnte sehen, wie sehr er ihre Mutter erschütterte. Valentin schrieb darin, dass er es nicht mehr aushielt, in der Öffentlichkeit, aber vor allem vor seiner Familie mit einer Maske vor dem Gesicht leben zu müssen. Er wollte er selbst sein, er wollte Männer lieben dürfen. Nachdem Ella seinen Brief gelesen hatte, war ihr klar geworden, dass sie sich ihrer Mutter endlich anvertrauen musste. Valentin hätte sich vermutlich gerne jemandem anvertraut, es wie sie aber nie gewagt. Vielleicht hätten ihm Gespräche geholfen, seine Verzweiflung zu überwinden. Wenigstens innerhalb der Familie mussten sie ehrlich zueinander sein und sich sagen dürfen, was sie bedrückte.

»Valentins Zeilen haben mir die Augen geöffnet«, gestand Ella.

Viviana ließ den Brief sinken.

»Ich habe gespürt, was Henrike spürt«, fuhr Ella fort und hielt ihre Mutter weiter fest an der Hand. »Vom ersten Tag an habe ich ihre heimliche Begeisterung für das Spital gespürt. Ich hatte quälende Albträume, dass sie deinen Weg gehen wird, Mutter. All die Demütigungen und Anfeindungen, die du erfahren hast, wollte ich ihr ersparen. Deswegen hatte ich dich einst auch zu dem Versprechen gedrängt, Henrike nicht für die Medizin zu begeistern.«

»Warum hast du mir nicht früher erzählt, dass es dich so bedrückt?«, fragte Viviana unter Tränen.

»Ich wollte dich nicht enttäuschen, denn das hatten andere schon zur Genüge getan. Wegen mir solltest du nicht auch noch unglücklich sein.«

Sie nahmen sich in die Arme.

»Ich wünsche mir absolute Ehrlichkeit fortan«, sagte Viviana.

»Es tut mir leid, dass ich nicht früher darüber mit dir gesprochen habe«, gestand Ella und steckte den Brief in die Rocktasche zurück.

Sie gingen durch frisch gefallenen Schnee zum Torgebäude. Erst als sie das Spital wieder verlassen hatten, begann Viviana erneut zu sprechen.

»Wenn ich meinen Weg in der Medizin nicht hätte gehen können, wäre ich als Mutter und Frau unglücklich gewesen. Ein Leben lang. Ohne die Medizin wäre es mir gegangen wie Valentin. Ich wäre nicht ich gewesen, sondern hätte mich unvollständig gefühlt, wie mit nur einem Bein oder nur einer Hälfte des Herzens. Und genau das habe *ich* bei Henrike gespürt. Aber ich möchte mein Verhalten damit nicht rechtfertigen. Ich sehe ein, dass ich falsch gehandelt habe, indem ich sie heimlich unterstützte. Ich liebe dich Ella, und du warst mir immer das Wichtigste im Leben. Deshalb verspreche auch ich von nun an absolute Ehrlichkeit. Die Vergangenheit kann ich leider nicht mehr rückgängig machen.«

»Dann ändere die Zukunft und hilf mir mit Henrike«, bat Ella. »Sie ist das Wichtigste in *meinem* Leben.« Die Schneeflocken auf ihren heißen Wangen taten Ella gut. Und trotzdem hatte sie ein schlechtes Gewissen. Denn sie wusste, dass sie ihre Mutter, die schon genug Sorgen wegen Richard hatte, mit ihrer Bitte zusätzlich belastete.

Viviana nickte beklommen. »Ich helfe dir«, sagte sie, aber das Feuer, das Ella vorhin am Küchentisch noch in den Augen ihrer Mutter gesehen hatte, war erloschen. Gedankenversunken kehrten sie in die Hofstraße zurück.

Bevor sie das Palais betraten, löste Ella die Orchideenkette vom Hals und legte sie ihrer Mutter um. »Ich weiß, dass es meine Geburt war, die dich und Großmama entzweit hat. Das tut mir leid. Du hast Großmutter wegen mir nie mehr so erleben dürfen wie ich. Liebevoll und verletzlich. Die Kette gehörte ihr. Nimm sie.«

»Du warst nicht der Grund für unsere Probleme«, widersprach Viviana. »Mein Verhalten war es.« Ihre Finger legten sich auf den Schmuck. »Wollen wir jetzt zu Henrike gehen? Sie vermisst ihre Eltern.«

Hand in Hand betraten sie das Palais. Seitdem es ihr etwas besser ging, bewohnte Henrike Valentins früheres Zimmer im dritten Obergeschoss des Stadthauses. Das Zimmer war mit einem breiten Bett, einer hübschen Kommode, auf der ein Blumenstrauß in voller Blüte stand, einem Bücherregal und einem Frisiertisch neu eingerichtet worden. Fast wirkt es, als wäre Henrike hier eingezogen, dachte Ella traurig. Ihre Selbstsucht hatte ihre Tochter von sich fort und aus der Eichhornstraße getrieben.

Isabella saß am Krankenbett ihrer Freundin und wandte sich ihnen zu. »Rike ist gerade eingeschlafen«, sagte sie ihnen leise.

Ella betrachtete ihre kranke Tochter. Sie trat ans Bett, Viviana konnte ihr gerade noch einen Mundschutz und Schutzhandschuhe reichen.

Henrike lag auf dem Rücken, die Decke bis zum Kinn hochgezogen. Unter der Decke ragte das abgetragene Schultertuch mit den Fransen heraus, das Ella sonst immer an ihrer Mutter gesehen hatte. Sie besuchte ihre kranke Tochter nicht zum ersten Mal, aber heute betrachtete sie sie zum ersten Mal seit langer Zeit wieder genauer. Heute wollte sie nicht an ihren eigenen Schmerz denken.

Henrike sah abgemagert aus, die Krankheit hatte ihre Gesichtszüge verändert. Sie war ein selbstbewusstes, starkes Mädchen, aber die Tuberkulose ließ sie unendlich verletzlich aussehen. Ella band sich den Mundschutz um, zog die Handschuhe an und beugte sich über Henrike. Deren Brustkorb hob und senkte sich regelmäßig.

»Wird sie wieder ganz gesund?«, fragte sie Viviana, ohne den Blick von ihrer Tochter zu nehmen.

»Ganz bestimmt«, antwortete Isabella zuversichtlich von hinter ihrem Mundschutz hervor. »Ich habe es Henrike doch versprochen.«

Viviana trat zu ihnen. »Fräulein Isabella war seit dem Ausbruch der Krankheit bis heute an Henrikes Seite. Ohne sie ginge es Henrike nicht so gut.« Sie nahm Ellas Hand.

»Danke, Fräulein Isabella«, brachte Ella betreten heraus. Denn eigentlich wäre das ihre Aufgabe gewesen. *Sie* hätte ihrer Tochter Mut machen sollen, anstatt nur still und sorgenvoll an ihrem Krankenbett zu sitzen. Sie war ihr in der Not keine gute Mutter gewesen.

Isabella und Viviana verließen das Zimmer.

Ella war so unendlich froh, dass Henrike lebte. Wie hatte sie nur so selbstsüchtig sein können? Rückblickend verstand sie sich selbst nicht mehr. Sie setzte sich auf die Bettkante und streichelte Henrikes Hand. Am liebsten hätte sie sie nie mehr losgelassen und ohne Mundschutz geküsst.

Als es draußen dunkel wurde, erwachte Henrike.

Sie blinzelte mehrmals. »Mama, bist du es? Du weinst ja.«

»Es tut mir so leid, dass ich so lange so kalt zu dir war«, gestand Ella.

Henrike setzte sich umständlich im Bett auf. »Ich würde dich gerne umarmen. Zieh dir dafür aber deinen Mundschutz noch mal fester.«

Nachdem Ella dies getan hatte, hielt sie Henrike lange fest, danach redeten sie. Ella gestand, wie still und kalt es zu Hause geworden war. Sie sprachen auch über Ehrlichkeit.

»Darf ich morgen wiederkommen?«, fragte Ella hoffnungsvoll, weil Henrike mehrmals gähnen musste.

Henrike nickte, wurde dann aber unruhig. »Mama, darf ich dich etwas fragen?«

Ella nickte. Sie wollten keine Geheimnisse mehr voreinander haben.

»Liebst du einen anderen Mann«, wollte Henrike wissen und schaute sie gebannt an, »einen, der dich besser versteht als Papa?«

Für einen Moment war es still, weil Ella überlegte, wie sie es am ehrlichsten ausdrücken könnte. »Nein, ich liebe keinen anderen Mann«, sagte sie und sah in Gedanken eine Kutsche aus der Stadt hinauf zum »Letzten Hieb« fahren. Henrike hatte aber damit recht, dass Anton sie schon lange nicht mehr verstand. Längst nicht so gut wie …

»Du könntest heute hier übernachten«, schlug Henrike erleichtert vor. »Die anderen Zimmer auf der Etage sind eingerichtet und noch frei. Wir können einen Leseabend machen.« Sie rieb sich die Augen.

Ella schüttelte den Kopf. »Erst mal erholst du dich noch etwas, bevor wir die Nacht durchlesen. Und außerdem möchte ich heute Abend mit deinem Vater sprechen. Es ist an der Zeit.«

35

Juni 1902

Henrike stand auf der steinernen Mainbrücke, beschattete ihre Augen mit der Hand vor dem Sonnenlicht und schaute zur Festung am Marienberg hinauf. Das imposante Bauwerk trotzte allen Zeiten und Moden, und Henrike meinte schon, die süßen Trauben an den Weinhängen des Marienbergs zu schmecken. Der Tag war hell, warm und voller Farben. So bunt und lebhaft hatte sie Würzburg gar nicht in Erinnerung.

Als Tuberkulöse hatte sie sich wie auf einer einsamen Insel gefühlt. Sie mochte das Palais, aber zuletzt hatte sie jeden Grashalm und jede Fliege im Garten gekannt. Die Tuberkulose hatte ihr eineinhalb Jahre ihres Lebens geraubt. Eineinhalb Jahre hatte sich die Welt weiterbewegt, ohne dass sie daran teilgehabt hatte.

Der Main rauschte unter der alten Steinbrücke hindurch, auch das war ein Geräusch der Stadt, das sie vermisst hatte. Henrike konnte die Kraft des Flusses spüren. Wie einen Duft aus Isabellas Parfümflakons sog sie die frische Luft ein. Es roch nach Fisch und Algen. Sie hakte sich bei ihrer Freundin ein, und gemeinsam gingen sie Richtung St.-Kilians-Dom. Ein warmer Wind blies durch ihre Kleider und zog an ihren strohblumenbesetzten Hüten.

»Du bist wieder gesund. Das sollten wir feiern!«, jubelte Isabella.

»Ich werde vielleicht nie wieder ganz gesund sein, Bellchen«, gab Henrike zu bedenken, und ihr Blick glitt über die steinerne Brüstung der Brücke und folgte der Fließrichtung des Flusses. Wer wusste schon, was die Zukunft noch für sie bereithielt. Sie senkte die Stimme. »Wer einmal tuberkulös war, kann nie sicher sein, ob sich nicht doch noch irgendwo einige Bakterien verkrochen haben und sich nur tot stellen.« Ihre Großeltern hatten ganz offen mit ihr darüber gesprochen. Fortan würde sie ein Hustentuch bei sich tragen, das sie sofort zur Hand nehmen musste, sobald sich ein Halskratzen ankündigte. Sogar bei Festen, und wenn sie dünne, figurbetonte Batistkleider trug, war das notwendig. Henrike fuhr mit der Hand über die kleine Ausbuchtung ihres rosafarbenen Glockenrocks, den sie farblich passend zu den Gerberas an ihrem Hut ausgesucht hatte.

»Das wird nicht passieren!«, war Isabella überzeugt und führte Henrike auf ihrem Spaziergang weiter über die Brücke.

Obwohl es Freitagvormittag war, hatte Isabella sich wie für einen Sonntagsausflug zurechtgemacht und erinnerte Henrike an die Frauen in Modemagazinen. Sie trug ein Kleid mit mehreren Lagen Plissee am Oberteil, den Armen und oberhalb des Rocksaums. Die Sonne ließ ihr blondes Haar leuchten, das sie in leichten Wellen aus der Stirn und nach hinten zu einem Dutt frisiert trug. Ihr Hut war winzig, kaum zu sehen. Ein Affront gegen die viel geliebte, ausladende Hutmode der Zeit. Isabella strahlte eine Zuversicht aus, die Henrike guttat und sie mitzog.

Beschattet von der Statue des heiligen Kilian, der in einer der Brückennischen überlebensgroß über die Passanten wachte, überprüfte Henrike ihre Haltung. Mit dem heutigen Tag wollte sie das letzte bisschen der steifen, leicht vornübergebeugten Haltung ablegen, die den Tuberkulösen zu eigen war. Sie reckte die Brust, straffte gleichzeitig die Schultern und hob das Kinn. Zuletzt legte sie sich die kunstvoll geflochtenen roten Haare auf den Rücken zurück. »So recht?«, fragte sie ihre Freundin und lächelte über ihre kleine Übereinkunft, heute ihre strahlensicheren Korsetts zu tragen. Darin fühlte sie sich zwar eingezwängter als in ihren anderen Korsetts, aber der Schutz und der Spaß waren es ihr wert.

Isabella nickte zufrieden, trat in der gleichen Haltung wieder neben Henrike, und zusammen schritten sie die Brücke hinab. Es fühlt sich so gut an, sich sicheren Schrittes zu bewegen, dachte Henrike dabei. Es beweist mir die Kraft meines Körpers, an der ich viele Monate gezweifelt habe.

Sie kicherten über die Herren, die beiseitetraten, um sie passieren zu lassen, und dabei nicht den Blick von ihnen abzuwenden vermochten.

Nach wie vor verging kaum ein Tag, an dem Henrike nicht an Jean-Pierre dachte. Sie verstand sich deswegen selbst nicht mehr. Ihr Verstand sagte ihr, dass ein Verräter nicht der richtige Mann für sie sei, aber ihr Herz hing trotzdem noch an ihm. Viele Monate hindurch hatte er sich regelmäßig unter ihrem Fenster heiser geschrien. Enrike! Zuletzt wäre sie fast noch schwach geworden. Doch dann hatte sie sich den keifenden Rektor Pauselius vorgestellt, und wie er Jean-Pierre für seine Spitzeldienste Geld gab, irgendwo in einem düsteren Hinterzimmer der Universität. Da war sie dann doch wieder vom Fenster zurückgetreten und hatte vor Verzweiflung geweint. Aber daran wollte sie jetzt nicht mehr denken! Die Genesung war wie der Beginn eines neuen Lebens für sie, eines ohne Männer.

»Was hältst du davon«, fragte sie, »wenn wir den besonderen Tag im ›Hirschen‹ mit einem festlichen Stück Torte feiern?« Sie zeigte am Vierröhrenbrunnen vorbei auf das vornehme Kaffeehaus. Im »Hirschen« wurde der beste Orangentee der Stadt serviert und vorzügliche Torten.

Isabella war begeistert und klatschte vor Freude in die Hände. »Gerne!« Sie tauchte ihre Finger in das plätschernde Brunnenwasser und bespritzte ihre Freundin.

Das ließ Henrike nicht auf sich sitzen. Wie ein Unschuldslamm näherte sie sich dem Brunnenrand, schöpfte dann in einer blitzschnellen Bewegung eine Handvoll Wasser und schüttete es über Isabellas Oberteil, sodass die teuren Plissees völlig durchnässt waren. Zwei ältere Frauen, die einen Nackthund an der Leine ausführten, ereiferten sich über sie.

Isabella und Henrike lachten, dann liefen sie Hand in Hand zum Kaffeehaus. Schon seit Großmutters Zeiten wurde der »Hirsch« von den unterschiedlichsten Menschen aufgesucht. Von Künstlern, von Studenten, von steifen und lockeren Würzburgern jeden Alters. Die Wände des Kaffeehauses wurden von schweren, dunkelroten Stofftapeten geschmückt und mehreren davorstehenden großen Pflanztöpfen mit wildem Wein. Sie fanden den letzten freien Tisch vor einem Rundbogenfenster, mit Blick auf den Vierröhrenbrunnen, auf den die Domstraße zulief.

Die Korbstühle waren sehr bequem, aber das strahlensichere Korsett wurde Henrike langsam unbequem, es rieb unter den Achseln. Aus dem Nebenraum, wo Billardtische standen, drangen Stimmen zu ihnen, und auch an den Nachbartischen unterhielt man sich angeregt. Henrike war so froh, endlich wieder mittendrin im Getümmel zu sein, dass sie am liebsten gleich eine ganze Torte bestellt hätte. Es war der erste Tag ihres neuen Lebens.

Isabella bestellte Champagner. Danach wollte Henrike einen Orangentee und endlich ein ordentliches Stück Torte. »Ich sterbe fast vor ...«, sie korrigierte sich: »Ich vergehe fast vor Hunger.« Vom Sterben wollte sie erst einmal nichts mehr wissen. Sie entschieden sich für zwei Stückchen Prinzregententorte mit vielen Lagen Biskuit und Schokoladenbuttercreme.

Isabella hob ihr Champagnerglas. »Auf die Gesundheit.«

»Darauf, dass wir beide lange gesund bleiben«, betonte Henrike und legte ihren Hut ab. Früher war ihr ihre Gesundheit sogar noch selbstverständlich gewesen, als ihre Mutter mit einem Magengeschwür ins Spital eingeliefert worden war.

»Bellchen!«, sagte Henrike, nachdem sie ihr Champagnerglas geleert und einen genussvollen Schluck vom Orangentee genommen hatte. »Ich finde, dass es an der Zeit ist, dass wir endlich Paris besuchen. Ich möchte Notre-Dame aus Victor Hugos Roman sehen und ins ›Café de Flore‹ gehen, wo es angeblich Literaten aus ganz Europa hinzieht.«

Isabella nickte sofort. »Vater würde uns die Reise bestimmt bezahlen. In Paris könnten wir einkaufen wie die Königinnen.«

»Nein, nein«, widersprach Henrike und bemerkte, dass Isabella zum Billardzimmer hinüberschaute.

»Eine Reiseeinladung ist das Mindeste, was ich dir als Dankeschön zurückgeben kann.« Henrike drückte die Freundin, kurz darauf brachte die Bedienung ihre Tortenstücke. »Danke noch einmal, von Herzen. Du bist das beste Bellchen, das es auf der Welt gibt«, betonte Henrike und nahm die Kuchengabel auf, in deren breit auslaufenden Griff ein Hirschkopf eingeprägt war.

»Ich habe es gerne getan«, versicherte Isabella. »Dafür sind beste Freundinnen schließlich da.«

Sie aßen mit Appetit. Nur einmal tastete Henrike beim Essen nach ihrem Hustentüchlein. »Paris muss im Frühjahr besonders schön sein. Ich habe gelesen, dass dann die Laune der Pariser am besten ist, weil sie wieder ins Freie hinauskönnen«, schwärmte sie. »Die Parks und Plätze sind dann bis spätabends voll mit Menschen. Stell dir das nur vor, Bellchen, du und ich mittendrin im Trubel!« Henrike sehnte sich nach Lebendigkeit und geschäftigem Treiben.

Isabella zog eine Augenbraue hoch. »Und du bist sicher, dass dir dein Vater das erlauben wird, Rike?«

Anstatt zu antworten, stopfte Henrike sich wenig damenhaft ein übergroßes Stück Torte in den Mund. »Bestimmt nicht«, sagte sie, nachdem sie die Hälfte des Tortenstücks vertilgt hatte. Seit einem Monat wohnte sie wieder in der Eichhornstraße, weil sie als geheilt galt und nicht mehr pflegebedürftig war. Aber ihr Vater war so gut wie nie zu Hause. Und wenn er dann einmal da war, war er mit seinen Verkehrsergebnissen beschäftigt. »Aber gerade interessiert ihn nichts, was mit mir oder Mama zu tun hat.«

»Aber mit deiner Mutter läuft es wieder besser?«, fragte Isabella.

Henrike nickte gedankenversunken. »Seit unserer Aussprache ist sie nicht mehr so traurig.« Dass ihre Mutter und sie wieder miteinander sprachen, freute Henrike sehr. Beim Schein einer Kerze hatte Ella ihr von ihren Ängsten erzählt, wovon die größte Henrikes Zukunft galt. Die Vorstellung, dass ich als Ärztin genauso schlimme Demütigungen wie Großmama ertragen muss, hat bei Mama ein Trauma ausgelöst, das zur Teilnahmslosigkeit anderen gegenüber, zu Gemütsdepressionen und Schreckhaftigkeit geführt hat, diagnostizierte Henrike insgeheim und dachte ans Juliusspital. Sie senkte den Blick. Das Singen für und mit den ruhigen Frauen hatte ihr immer Spaß gemacht. Und wenn sie dafür einmal zu erschöpft gewesen war, hatte sie von Wärterin Annas Stärkungstrunk im Kräuterboden getrunken. Während ihrer Krankheit hatte sie oft an Anna Gertlein gedacht und sich gefragt, wie es ihr in diesen schweren Zeiten wohl erging. Eine Tuberkuloseepidemie in einem Krankenhaus miterleben zu müssen, mit Hunderten Sterbenden und Todkranken um sich herum, war noch einmal etwas ganz anderes, als sich im heimischen Garten in aller Ruhe auskurieren zu können.

Isabella griff nach Henrikes Hand. »Denkst du wieder an die schlimme Zeit?«

»Ich dachte an Anna Gertlein, der du ja mal beggenet bist, damals im Redaktionskeller.« Henrike war sich nicht sicher, weswegen Isabella zusammenfuhr, ob es der Gedanke an den staubigen Redaktionskeller, in dem sie sich wahrscheinlich infiziert hatte, war, oder weil die Dame am Nebentisch ihren Korbstuhl sehr nah an Isabellas Stuhl geruckt hatte.

Isabella nieste, dann fragte sie: »Hat sie dich mal besucht, während du krank warst?«

Als Henrike enttäuscht den Kopf schüttelte, beugte Isabella sich ihr entgengen und fragte leise: »Vielleicht hast du ihr ja sogar deine Krankheit zu verdanken?«

Henrike konnte Anna Gertlein trotzdem nicht böse sein. Erst einige Sekunden später verstand sie, was Isabellas Vermutung zur Gänze bedeutete: Anna konnte sie nur angesteckt haben, wenn sie selbst tuberkulös war.

Zwei prickelnde Gläser Champagner wurden an ihren Tisch gebracht. »Aber die haben wir nicht bestellt«, stellte Henrike gegenüber der Bedienung richtig, während Isabella schon zum Billardzimmer schaute. Dort erschienen zwei Herren im Türrahmen und prosteten ihnen zu. Sie mussten ungefähr in Jean-Pierres Alter sein. Aber Isabella schob das Glas höflich lächelnd beiseite, worüber sich Henrike wunderte. Denn ihre Freundin flirtete sonst ausgesprochen gerne.

»Wie sieht es eigentlich mit dir und den jungen Herren aus? Du hast mir lange nichts darüber erzählt«, fragte Henrike sie mit irritiertem Blick zum Billardzimmer, wo sie ein junger Herr mit Pfeife im Mund unverhohlen anschaute. »Ich kann mir nicht vorstellen, dass du in den letzten Monaten niemand Interessanten getroffen hast, Bellchen.« Henrike konzentrierte sich wieder auf ihre Freundin. »Nun sag schon.«

Isabella lehnte sich in ihrem Korbstuhl vor und sagte in geheimnisvollem Tonfall: »Ich wollte es dir eigentlich erst später erzählen, damit du nicht traurig wirst, wegen deiner enttäuschten Liebe.«

»Dieser Verräter!«, schimpfte Henrike sofort. »Den will ich nie wiedersehen. Der hat wahrscheinlich gehofft, dass ich ihm seinen Verrat vergebe, wenn er mich am Krankenbett besuchen kommt. Pahh! So was von egal ist der mir.« Nachdem er seine Kontaktversuche unter dem Fenster schließlich aufgegeben hatte, hatte sie nichts mehr von ihm gehört. Vermutlich war er wieder in Paris und tröstete sich dort mit seiner Françoise, für die er Würzburg früher schon monatelang verlassen hatte!

»Dafür, dass er dir egal ist, fluchst du aber immer noch sehr leidenschaftlich über ihn«, stellte Isabella fest und schaute ernster.

Henrike wusste, dass ihre Freundin recht hatte. Wenn irgendwo jemand mit französischem Akzent sprach, wurde sie schon aufgeregt. Manche Menschen treten dir auf den Fuß und entschuldigen sich. Andere treten dein Herz mit Füßen und merken es nicht einmal, dachte sie bitter. Sie hatte Jean-Pierre ihre beiden größten Geheimnisse anvertraut, die LOUISE und ihre Arbeit mit den menschlicheren Menschen. Doch er hatte sie auffliegen lassen, und nichts war schlimmer als Verrat.

»Erwin von Isenburg und ich, wir lieben uns«, offenbarte Isabella und riss Henrike mit dieser Verkündung aus ihren finsteren Gedanken.

»Ein Mann aus dem Hause der von Isenburgs, die die Schokoladenfabrik besitzen?« Henrikes Augen weiteten sich. Und das Pärchen war zudem schon so weit, dass es sich gegenseitig seine Liebe gestanden hatte? »Bellchen, das ist ja wunderbar. Ich gratuliere dir.« Das Signet der von Isenburgs hatte auf vielen Schokoladenschachteln geprangt, mit denen Isabella Henrike während ihrer unendlich vielen Liegestunden bei Laune gehalten hatte.

»Die von Isenburgs waren sogar schon zum Diner bei uns. Und Vater war auch anwesend, stell dir das mal vor. Er mag Erwin.«

Sie lachten.

»Dann wirst du bald heiraten?«, fragte Henrike und dachte dabei, dass sie vermutlich als alte Jungfer sterben würde. Wer wollte schon eine Tuberkulöse haben, noch dazu eine aufrührerische. Die Sache mit der Liebe war erledigt für sie!

»Im nächsten Frühjahr ist es so weit«, gestand Isabella.

»Oh, Bellchen, ich freue mich für dich.« Henrike umarmte Isabella um den Tisch herum. »Der Mann, der dich bekommt, ist ein echter Glückspilz.«

»Verzeihen die Damen, dass ich Sie störe.«

Henrike löste sich von Isabella und wischte sich schnell die Freudenträne aus dem Augenwinkel. Sie schaute auf und in die strengen Züge der Auguste Groß von Trockau.

»Es freut mich zu sehen, dass es Ihnen wieder gut geht«, sagte die hochgewachsene Freifrau, wobei sich die vielen Fältchen um ihre farblosen Lippen vertieften und wieder entspannten.

Henrike und Isabella erhoben sich aus ihren Korbstühlen.

»Schön, Sie zu sehen, Auguste«, begrüßte Henrike sie.

»Fräulein Klara und ich hatten gehört«, sagte die Freifrau, »dass es Ihnen in den letzten Wochen wieder schlechter ging und Besuche deswegen unerwünscht seien. Umso mehr freut mich Ihr heutiger Anblick, Fräulein Henrike. Sie sehen sehr gut aus.«

Henrike war verwirrt. »In letzter Zeit ging es mir nicht schlecht. Eigentlich geht es seit Wochen bergauf«, korrigierte sie. »Wer hat Ihnen das denn erzählt?«

Auguste Groß von Trockaus Blick streifte Isabella, die aber gerade zu einem Herrn, den sie kannte, blickte und ihn begrüßte.

»Wie dem auch sei.« Die Freifrau konzentrierte sich wieder auf Henrike. »Fräulein Klara würde Sie gerne besuchen. Sie ist inzwischen als Hörerin an der Alma Julia für Medizin-Vorlesungen zugelassen.«

Es ist schön, dass es wenigstens Fräulein Klara vergönnt ist, Vorlesungen zu hören, dachte Henrike sofort.

Die Freifrau senkte ihre Stimme. »Sie kennen die aktuelle Planung Ihrer Großmutter bezüglich des Prinzregenten?«, formulierte sie neutral.

Henrike hatte mitbekommen, dass Großmutter ihre Thesen vom Dorotheen-Spektakel in dicke, leere Bücher geschrieben hatte, die sie herumreichte, um Unterschriften darin zu sammeln. Viviana wollte beweisen, dass Hunderte von Frauen die Aufhebung des Immatrikulationsverbotes unterstützten. Sie war wieder aktiv geworden.

»Ich kann nicht länger am Kampf der Frauen teilnehmen«, erklärte Henrike. Sie dachte an ihre Mutter, und welche Sorgen sich diese gemacht hatte, als Henrike noch hatte Ärztin werden und heilen wollen.

Als sie ihre Schuld an den menschlicheren Menschen abzutragen versucht hatte.

»Schade, dass wir ganz auf Sie verzichten müssen, Fräulein Henrike«, sagte Freifrau Auguste Groß von Trockau, nickte zum Abschied und verließ dann steif und geradeaus das Kaffeehaus.

»Sagen Sie Fräulein Klara, dass ich sie gerne in den nächsten Tagen sehen würde!«, rief Henrike ihr noch hinterher. Die Freifrau nickte, drehte sich aber nicht mehr zu ihr um.

»Rike, sei bitte vorsichtig bei dieser Frau«, mahnte Isabella. »Ich bekomme eine Gänsehaut, sobald sie den Raum betritt.« Sie rieb sich die Arme, als würde sie frieren.

»Komm, lass uns gehen«, schlug Henrike vor, um nicht länger an die Frauenbewegung denken zu müssen. Sie nahm ihren Hut vom Fensterbrett und hielt auf die Tür zu. Sie brauchte frische Luft, und außerdem konnte man mit dem strahlensicheren Korsett nicht sehr lange sitzen. Bestimmt hatte sie schon blaue Flecken unter den Achseln und an den Oberarmen, wo es beständig rieb.

»Lass uns mit der ›Elektrischen‹ fahren«, schlug Isabella vor.

»Gute Idee.« Henrike setzte ihren Hut auf. »Und danach zeigst du mir den Blumenteppich vor dem Physikalischen Institut für Professor Röntgen.«

Für die elektrische Straßenbahn wurden noch die alten, offenen Pferdewagen verwendet. Insgesamt sechzehn Sitzplätze und zwei Stehplätze gab es in jedem Wagen. Henrike schaute sich zunächst die Rollenstromabnehmer auf dem Fahrzeugdach an, die am Fahrdraht entlangstrichen, auf diese Weise Strom aufnahmen und ihn zu den elektrisch betriebenen Anlagen des Fahrzeugs leiteten. An Kreuzungen, so berichtete Isabella, nachdem sie eingestiegen waren und die Bahn losgefahren war, rutschten die Rollenstromabnehmer allerdings regelmäßig aus dem Fahrdraht, woraufhin der Fahrer sie erst wieder anbringen musste.

Henrike gefiel die Fahrt ausnehmend gut. Sie spähte in jede Seitenstraße, und kaum eine Hausmadonna blieb ihrem durstigen Blick verborgen. Sie dachte an Klara Oppenheimer und beschloss, dem netten Fräulein zu schreiben und es auf einen Spaziergang durch den Ringpark einzuladen. Sie stellte sich vor, dass eine Freundschaft zwischen ihnen möglich wäre.

Kurz nachdem die Elektrische den Dominikanerplatz verlassen hatte und in die Juliuspromenade einbog, traute Henrike ihren Augen nicht. Die Bahn fuhr die nächsten Meter vor dem mächtigen Gebäude des Juliusspitals langsamer, sodass Henrike das Torgebäude des Spitals gut in Augenschein nehmen konnte. Zwei Menschen bannten dort ihren Blick: ein Mann und ein Kind, die gerade im Begriff waren, das Krankenhaus zu verlassen. Es waren Heinz und Jochen Kreuzmüller. Sie zeigten dem Pförtner ein Billett, vermutlich ein Besucherbillett, und vor dem Spital zündete sich der Mann sofort eine Zigarette an. Henrike lächelte in Gedanken an Frau Kreuzmüller und steckte der traurigen Patientin in ihrer Vorstellung zärtlich den viel zu langen Pony hinter die Ohren.

*

Henrike brachte ihrem Vater die neue Ausgabe der *Dampflok* an den Sekretär. Sie hatten sich noch nicht wieder ausgesöhnt, aber immerhin sah er nicht mehr durch sie hindurch, als wäre sie Luft. Ihre Mutter unterließ keinen Versuch, sich mit ihm auszusprechen, bisher aber erfolglos. Zuletzt hatte Ella gemeint, dass ihr Vater noch mehr Zeit zum Nachdenken bräuchte.

Die meiste Zeit verwendet er eh darauf, grübelte Henrike in diesem Moment vor dem Sekretär, den Gesichtsverlust, den er meinen »politischen Entgleisungen« zu verdanken hat, mit uneingeschränktem Einsatz zu jeder Tages- und Nachtzeit wiedergutzumachen.

Weil ihr Vater auf die ihm gebrachte Zeitung nicht reagierte, fragte sie ihn vorsichtig nach den aktuellen Geschehnissen beim Oberbahnamt und den gesteigerten Verkehrsbedürfnissen Bayerns, damit er sich endlich mit ihr unterhielt.

Dann stand erneut die alte Henna, das Stubenmädchen aus dem Palais, kurzatmig im Salon. »Bitte kommen Sie, die Herrschaften, bevor es zu spät ist!«

Anton warf Henrike einen unseligen Blick zu, der ihr deutlich machte, dass er längst nichts vergessen oder gar vergeben hätte. Vielleicht hatte er noch nicht einmal damit begonnen.

»Nicht schon wieder«, stöhnte er und schlug betont desinteressiert an Hennas Nachricht die *Dampflok* auf.

Ella gesellte sich aufgeregt zu ihnen. »Was ist passiert?«

»Es geht ihm gar nicht gut.« Das Stubenmädchen war genauso aufgelöst wie bei seinem letzten Auftritt im Salon der Familie Hertz. Es wischte sich die Tränen von den Wangen und atmete flach und schnell.

Wie im Chor fragten Ella und Henrike: »Richard?«

Henna trat von einem Bein aufs andere. »Die gnädige Frau sagt, dass es um ihn so schlimm steht wie nie zuvor.«

»Wird er sterben?«, brachte Ella kaum hörbar heraus.

»Die gnädige Frau will es nicht wahrhaben. Aber ich denke …«

»Seit wann hat das Personal über den Gesundheitszustand der Herrschaft zu befinden?« Anton erhob sich und richtete seine Direktorenbrosche.

Henna murmelte eine Entschuldigung, kam aber nicht bis zum Ende, weil sie erneut in Tränen ausbrach.

»Großpapa stirbt nicht!«, behauptete Henrike, als würde dies in ihrer Macht liegen. Jetzt, wo sie gesund war, durfte er nicht sterben. Er hatte sie gepflegt, stundenlang an ihrem Bett gesessen, und jetzt, wo sie wieder mehr Zeit füreinander hatten, für Gespräche, für Diskussionen, sollte er sterben? Für Henrike war Richard ein brillanter Diskussionspartner, ohne seine Hilfe wären ihre Artikel in der LOUISE weniger zielgerichtet, weniger strukturiert und klug ausgefallen. Außerdem liebte sie ihn. Er hatte so viel für ihre Großmutter aufgegeben, es nie bereut und war glücklich mit ihr geworden. Er hatte so vielen Menschen das Leben gerettet, und nun sollte er das seine verlieren? Ihrem Großvater standen hundert Leben zu!

Ella schaute Anton bittend an. »Ich möchte zu meinem Vater.«

»Und ich zu meinem Großvater«, beeilte sich Henrike anzufügen. »Großmutter braucht jetzt unseren Beistand.«

»Ich komme nach«, sagte Anton und setzte sich wieder vor seinen Sekretär zurück. »Erst muss ich noch den Monatsbericht bis zum Ende durchgehen.«

Ella war die Enttäuschung über Antons Reaktion deutlich ins Gesicht geschrieben. Würden sie jemals wieder zueinanderfinden?

*

Eine Viertelstunde später saßen Ella und Henrike an Richards Bett. Henrike hatte die Köchin in den Ringpark geschickt, damit diese sie bei Fräulein Klara entschuldigte, mit der sie um diese Zeit eigentlich verabredet gewesen wäre. Der Tag hatte mit so viel Sonnenschein und Optimismus begonnen.

Henrike und Ella saßen am Bett, Ella hielt Richards magere, schweißnasse Hand, während Viviana völlig aufgelöst hinter ihnen im Raum auf und ab ging. »Wir könnten die Strahlendosis noch einmal erhöhen«, sagte sie verzweifelt. »Wir haben noch nicht alles versucht!«

Richard fieberte. »Keine Erhöhung mehr, bitte.«

»Großvater, du darfst nicht sterben!« Henrike beugte sich über ihn. Seine Augen waren halb geschlossen, er konnte die Lider nicht mehr offen halten. Am liebsten hätte Henrike weggeschaut, so lange, bis ihr todkranker Großvater wieder gesund wäre. Aber sie wusste nur zu gut, dass dies ein kindlich naiver Wunsch war.

Henrike nahm die Hochzeitsfotografie von der Frisierkommode und betrachtete sie mit Tränen in den Augen. Der Mann auf der Fotografie war ein anderer Mensch. Von dem jungen Mann, der seine Ehefrau verschmitzt anschaute und voller Energie war, war kaum noch etwas übrig.

Ella wandte sich an Viviana. »Bestrahlungen, Mutter?« Sie erbleichte. »Etwa mit den Strahlen von Professor Röntgen?«

»Wenn wir die Expositionszeit auf einhundertzwanzig Minuten erhöhen würden, hätte er vielleicht noch eine Chance. Bitte helft mir, ihn davon zu überzeugen.« Viviana raufte sich die Haare. »Bitte erlaube es, Liebster«, flehte sie auch Richard an.

Henrike hatte ihre Großmutter noch nie so verzweifelt gesehen.

»Das Fleisch, es hängt mir von der Härte der Strahlen schon in Fetzen von den Hüften.« Richard wollte sich im Bett aufsetzen, vermochte es aber nicht. »Bitte keine Strahlen mehr, Vivi.«

»Es ist noch nicht zu spät.« Viviana war wie von Sinnen. »Sind Verbrennungen nicht besser als der Tod?«

Henrike stellte den Rahmen mit der Hochzeitsfotografie auf die Kommode zurück und übernahm Richards Hand, denn ihre Mutter war aufgestanden und hinter Viviana getreten. Beruhigend strich sie ihr über den Rücken.

»Ich hasse den Krebs!«, brach es aus Viviana heraus.

Krebs? Henrike und Ella tauschten einen entsetzten Blick aus. Warum hatten sie davon nichts mitbekommen?

»Du gibst nichts auf, wenn du mich in Ruhe sterben lässt«, krächzte Richard, Henrike konnte ihn kaum noch verstehen.

»Vater hat recht.« Ella führte die am ganzen Leib zitternde Viviana ans Bett zurück. Es wurde dunkler im Zimmer, weil sich draußen eine Wolke vor die Sonne schob.

»Lass uns in meinen letzten Minuten ...«, Richard musste mehrmals umständlich Luft holen, bevor er weiterreden konnte, »... nicht streiten, ja? Ich möchte über die Liebe reden.«

Henrike sah, dass ihre Großmutter etwas erwidern wollte, aber kein Wort herausbekam. Richard lag mit halb offenem Mund da und brachte seine Augen nicht mehr auf, sosehr er sich auch anstrengte.

In diesem Moment begriff Henrike, dass er gleich sterben würde.

»Sollten wir nicht den Pfarrer für die Letzte Ölung rufen?«, fragte Ella vorsichtig.

»Nicht den Pfarrer.« Richard bekam den Kopf einen Zentimeter vom Kissen hoch. »Euch möchte ich bei mir haben.«

Henrike verließ kurz das Zimmer, ließ sich von Henna eine Kerze anzünden und trat mit dieser zurück ins Schlafzimmer. Sie stellte das Licht neben die Hochzeitsfotografie auf die Frisierkommode, dann begab sie sich an die linke Seite ihrer Großmutter. Es fiel ihr schwer, die Tränen zurückzuhalten. Sie legte ihren rechten Arm um die Hüfte ihrer Großmutter, Ella ihren linken. So hatten sie Viviana in ihrer Mitte, die nach wie vor am ganzen Leib zitterte.

»Ich ... liebe dich ... Vater«, sagte Ella und ergriff seine Hand. Zwei Schluchzer durchschnitten ihren Satz.

»Unsere Ella. Du warst und bist das allerschönste Geschenk für uns.« Er röchelte. »Weißt du noch, wie ich dir bei unserer ersten Begegnung gezeigt habe, wie sich eine Ameise mit ihren Fühlern orientiert?« Er hob seine Hand ziellos wie ein Blinder, um ihr über den Kopf zu streichen. Henrike führte sie ihm, und Ella beugte sich ihm entgegen. »Von da an warst du in meinem Herzen, Papa.«

»Pass auf Henrike und Viviana auf. Du bist die Vernünftigste von euch dreien. Die, die ...«, ihm ging die Luft aus.

Die Frauen umfassten einander noch einmal fester, während Richard neue Kraft zum Sprechen sammelte. »Du warst immer diejenige«, fuhr er schließlich fort, »die ihre Leidenschaften am besten unter Kontrolle hat.«

Ella erwiderte seinen Versuch zu lächeln unter Tränen.

»Wo ist dein Anton?«, wollte Richard wissen.

»Er kommt bestimmt gleich«, antwortete Ella und machte etwas Platz für Henrike, damit diese noch näher an ihren Großvater herantreten konnte.

Henrike streichelte Richards Hand. Es war ihr sehr unangenehm, dass ihr Vater fehlte. Richard war ihm stets mit Respekt und Höflichkeit begegnet.

»Rike, unser Sturm«, flüsterte Richard, weil ihn das weniger anstrenge, »der sich nicht mal von der Tuberkulose wirklich bremsen lässt. Komm ganz nah zu mir, meine Kleine.«

Henrike ging in die Hocke und schmiegte ihr Gesicht an Richards Unterarm. Wie kann es ohne ihn weitergehen?, dachte sie verzweifelt. Er gehört ins Palais, er gehört zu Hunderten von Kranken in Würzburg. Er ist auch ein Teil des Juliusspitals, wenn auch die Zeit seiner Ausbildung schon lange zurückliegt. Aber vor allem ist er mein geliebter Großpapa!

»Bewahre dir deinen Mut«, flüsterte Richard. »Deinen Mut und deine Neugier.« Bei den letzten Worten stöhnte er vor Schmerzen, sodass Henrike vor Schreck zurückzuckte. Aber er winkte sie noch näher heran, bis knapp über seinen Mund.

Fast berührten seine Lippen ihre Ohrmuschel, als er sagte: »Du wirst die beste Ärztin für psychisch kranke Menschen im Königreich Bayern werden. Da bin ich mir ziemlich sicher.«

Henrike hielt ihn eng umschlungen, sie wusste keine andere Antwort darauf außer: »Ich liebe dich, Großpapa.« Sie spürte seine kraftlosen Hände auf ihrem Rücken, er konnte kaum noch greifen.

Ella zog Henrike sanft nach oben.

»Vivi, meine Vivi«, kam es vom Bett. »Leg dich neben mich. Ich möchte neben dir einschlafen.«

Wie betäubt kam Viviana seinem Wunsch nach.

Henrike beobachtete, wie ihr Großvater den Arm um ihre Großmutter und diese ihren Kopf auf seine Brust legte. Ihre steife Hand schob sich in seine. Richard öffnete die Augen, für einen kurzen Moment leuchteten sie auf, und er lächelte noch einmal. So wollte Henrike ihren Großvater in Erinnerung behalten.

»Bitte lass mich nicht allein, Liebster«, flüsterte Viviana.

Aber Richard antwortete nicht mehr.

36

Februar 1903

Jean-Pierre eilte am Pförtner des Juliusspitals vorbei und zeigte im Laufen sein Billett vor. Auf der Aufgangstreppe im Curistenbau nahm er gleich drei Stufen auf einmal. Im zweiten Obergeschoss strauchelte er und stolperte in den Flur hinein, rappelte sich aber sogleich wieder auf und rannte weiter. Vorbei an den Krankensälen, vorbei an der Oberwärterin und einem Patienten mit einem blutdurchtränkten Verband um den Hals.

Vor der Irrenabteilung angekommen, klopfte er an die Tür. Es war weiß Gott nicht das erste Mal, dass er zu spät zur Vorlesung kam und die Wärterin zusätzlich bequemen musste. Er hatte Probleme, und außerdem war seit Monaten dieser Widerwille in ihm, mit Professor Rieger im gleichen Raum zu sein.

Es dauerte eine Weile, bis Wärterin Ruth ihm öffnete. In den Pariser Irrenhäusern gab es noch weit mehr grobschlächtige Frauen von ihrem Schlag, dachte er jedes Mal bei Ruths Anblick. Zwei der Unreinlichen waren bei ihr und murmelten Zusammenhangloses. Auf seine Frage nach der Vorlesung wies die Irrenwärterin auf den Gemeinschaftsraum.

Bei dem Gedanken an Professor Rieger, den er einst für sein umfassendes Wissen und seine unkonventionelle Art bewundert hatte, geriet Jean-Pierre schon seit Längerem in Rage. Am liebsten hätte er seinen Kontrahenten zur Rede gestellt und an die Wand genagelt oder auf die Drehmaschine gesetzt und diese dann bis auf vierzig Umdrehungen in der Minute gekurbelt. Für einen Moment bedauerte er, dass die Maschine fortgeschafft worden war.

Weil er Professor Rieger nicht mehr ertrug und zuletzt deshalb zu viel Stoff im Prüfungsfach Psychiatrie versäumt hatte, stand sein Studium nun endgültig auf der Kippe. Unwirsch fuhr er sich durch die Haare. Nach wie vor wollte er ein guter Arzt für die Irren werden, aber um dieses Ziel zu erreichen, standen ihm nunmehr das Leben und das Lehrpersonal der Alma Julia im Weg.

Mit steifer Miene betrat er den Gemeinschaftsraum. Wie üblich saßen die Studenten und der Professor in einem Stuhlkreis beisammen – Professor Rieger mit übereinandergeschlagenen Beinen auf zwölf Uhr. Jean-Pierre nahm auf dem letzten freien Stuhl Platz, auf sechs Uhr, genau gegenüber seines Kontrahenten. Ihm war, als schritte er zum Duell.

Professor Rieger bedachte ihn mit einem irritierten Blick, während er in die Runde sagte: »Ich sprach also gerade über den Patienten Seybold, der zweiunddreißig Jahre jung und ein verheirateter Bildhauer aus Karlstadt ist. Bei einem Zusammenstoß erlitt Herr Seybold Frakturen der inneren Schädelwand und eine Verletzung der linken Inselgegend, was ihn zu einem vortrefflichen Objekt für die psychiatrische Überprüfung von Intelligenzstörungen macht. Ich nenne das Vorgehen bei dieser Überprüfung das ›Erstellen eines Inventars der menschlichen Intelligenz‹, und ich erwarte, dass Sie nach drei praktischen Übungen, die auf diese Vorlesung folgen, auch dazu imstande sein werden.«

Jean-Pierre holte das Schreibzeug aus seiner Tasche und breitete es auf dem Schoß aus. Ich nenne das Vorgehen ... wiederholte er dabei die theatralischen Worte des Gelehrten in Gedanken, ohne den Professor dabei anzuschauen. Rieger war ein Schauspieler, immer auf Aufmerksamkeit bedacht und selbst psychisch krank! Welcher gesunde Mensch trug schon breit gestreifte Anzüge, noch dazu in dieser schreienden Farbkombination. Früher hatte Jean-Pierre das originell gefunden, heute dachte er, dass es eine Masche war, um Frauen auf sich aufmerksam zu machen. Frauen wie Henrike. *Verdammte merde!*

Ziellos blätterte er seine Aufzeichnungen durch, nur um den Streifenmann nicht länger anschauen zu müssen. Auch das noch! In der Eile hatte er das falsche Schreibheft eingepackt. Er hielt seine jüngste Mitschrift vom praktischen Kurs über pathologische Anatomie in den Händen. Auch zu diesem Kurs war er zu spät erschienen.

»Um das Inventar der Intelligenz eines kranken Menschen zu erstellen, ist es essenziell, zunächst alle früheren intellektuellen Fähigkeiten des Patienten zu erfassen. Georg Seybold war vor dem Unfall ein vielseitig gebildeter Mann und besaß eine gute Schulbildung. Laut Aussage seiner Ehefrau hatte er zudem ein ausgeprägtes musikalisches Talent, spielte Orgel und sang im Chor nach Noten. Was die geselligen Künste angeht, war er ein überdurchschnittlicher Karten- und Schachspieler. Er fertigte Grabsteine an, war also auch ein Mann mit handwerklichem Geschick.«

Jean-Pierre schaute sich im Kreis der Zuhörer um. Die wenigsten Studenten kannte er noch, sie waren fast alle jünger als er. Sie verehrten Rieger, das konnte er an ihrem Eifer erkennen, und wie sie mit glühenden Blicken an seinen Lippen hingen. So blauäugig hatte er sein Studium auch begonnen. Aber seit Jahren wurde er regelmäßig aus dem Studium gerissen, seit zwei Jahren war alles immer komplizierter geworden. Vor zwei Jahren hatte er den wichtigsten Menschen in seinem Leben nach Würzburg geholt, damit er nicht immer wieder so lange von Henrike getrennt war. Damit er nicht immer wieder nach Paris musste.

»Die Intelligenzdefekte von Georg Seybold haben sich nach dem Unfall nur allmählich entwickelt, sie waren nicht mit einem Mal da«, erklärte Professor Rieger.

Jean-Pierre grinste höhnisch über den Bleistiftstummel hinter Riegers Ohr, noch so eine Masche.

»Das spontane Sprechen funktionierte nach dem Unfall immer schlechter, nur mit großer Anstrengung konnte Patient Seybold noch bis zwölf zählen. Große Buchstaben erkannte er überhaupt nicht mehr, und bis heute ist es nicht möglich, dem Kranken wieder das Singen nach Noten beizubringen.«

Auch wenn Jean-Pierre den Blickkontakt mit Professor Rieger mied, sah er den zarten Mann mit dem grauen, ungewöhnlich kurzen Haar ganz klar vor sich. Wie stolz Rieger damals ins Palais geschritten war, um die kranke Henrike zu besuchen. Lächelnd und verliebt wie ein junger Mann hatte er das Palais danach wieder verlassen. Ein verheirateter Professor, der seinen weiblichen Studenten nachsteigt, was für ein Skandal! Wäre nicht Henrike die davon Betroffene gewesen, hätte Jean-Pierre den Tageszeitungen die entsprechenden Informationen zugespielt. Er verstand einfach nicht, warum man ihm verwehrt hatte, sie zu besuchen. Inzwischen wusste er zumindest, dass es ihr wieder besser ging. Und dass sie ihn nie wiedersehen wollte, weil Rieger sich zwischen sie gedrängt hatte. Weil Rieger sie bezirzte.

»Meine Inventur beginnt mit der Wahrnehmung«, konstatierte der Professor. »In der Fachsprache nennen wir die Wahrnehmung auch Perzeption. Wir unterscheiden die optische Perzeption, die akustische, die Perzeption den Tastsinn betreffend sowie des Geruchs- und des Geschmackssinns. Zur Betrachtung dieser fünf Sinnesgebiete kommt schlussendlich noch die Berücksichtigung des Gemeingefühls. Die Perzeption ist die erste von sechs Fähigkeiten, aus der wir Schlüsse über die Intelligenz eines Menschen ziehen. Wie lauten nun die anderen fünf Fähigkeiten, wer kann sie uns nennen?«

Jean-Pierre hielt den Kopf über seine Mitschriften der Anatomie gesenkt. Aus dem Augenwinkel heraus sah er die Arme seiner Kommilitonen eilfertig in die Luft schießen. Früher hätte er den Vorlesungsstoff gekannt, bevor Professor Rieger ihn überhaupt vorgetragen hatte.

»Die Apperzeption«, kam es von neben ihm. Auf vier Uhr ergänzte jemand: »Das Gedächtnis für frühere Reminiszenzen und jenes für frische Eindrücke.«

»Die unmittelbare Nachahmung«, sagte ein anderer.

»Die Äußerung intellektueller Vorgänge, die durch innere Assoziation ablaufen.« Bei der nächsten Antwort hörte Jean-Pierre schon nicht mehr richtig hin. Vor seinem inneren Auge sah er Rieger über die Antworten jeweils zufrieden lächeln.

Um keinen Preis wollte er aufschauen. Wenn er in die liebestollen Augen von Rieger sah, spränge er ihm vielleicht an die Gurgel. Es ärgerte ihn, dass die anderen Studenten Riegers Masche nicht durchschauten, dass sie nicht so klar sahen wie er selbst! Das lag wohl am Alter.

Jean-Pierre tat so, als suche er in seinen Aufzeichnungen etwas Wichtiges. Er fand eine nicht beschriftete Zeichnung eines Feuchtpräparates, das eine Aussackung der linken Herzvorderwand infolge mehrerer Herzinfarkte zeigte. Daran konnte er sich immerhin noch erinnern, ganz war sein Lerngedächtnis also noch nicht vom Liebeskummer ausgelöscht. Der Anatomie-Professor hatte in jener Vorlesung gezeigt, wie man Organe in eine Glycerin-Formalbasis einlegte, damit sie form- und farbecht konserviert werden konnten. Neben dem kranken Herzen hatte Jean-Pierre Henrikes Gesicht skizziert. Hilflos versank er in dessen Anblick und in ihrem kupferroten Haar, das sie auf seiner Skizze wie Feuer umfloss.

Seinen Seufzer darüber bekam er erst mit, als die anderen Studenten auffällig in seine Richtung schauten und schmunzelten. »Das klingt nach wahrer Sehnsucht, die Perzeption betreffend«, erklärte Professor Rieger der Runde gleichsam amüsiert.

Das ist doch die Höhe, jetzt macht sich der liebestolle Professor auch noch über mich lustig! Jean-Pierre spürte, dass er rot anlief. Seine Wangen brannten, als hätte er einen Streifschuss erlitten. Ruckartig hob er den Blick.

»Was genau ist denn so sehnsüchtig an der Perzeption?«, fragte Professor Rieger und schlug seine Beine in anderer Richtung übereinander.

Er sitzt da wie eine Frau, fand Jean-Pierre. »Sagen Sie es mir, Sie sind der Professor!«, entgegnete er harsch, obwohl er wusste, dass ihm dieser Ton nicht zustand.

Unter den anderen Studenten setzte ein Raunen ein, Jean-Pierre erntete irritierte Blicke. Auf dem Flur schrie jemand wie von der Tarantel gestochen.

Professor Rieger erhob sich und trat in die Mitte des Stuhlkreises. »Psychologisch gesehen ist die Sehnsucht etwas Kognitives, wie die Wahrnehmung.«

Was weiß so ein alter, fast fünfzigjähriger Mann wie Rieger schon von Sehnsucht!, dachte Jean-Pierre bitter.

»Sehnsucht ist viel mehr als nur ein Gefühl, es ist ein komplexes Konstrukt«, erklärte der Professor unbeeindruckt von Jean-Pierres Launen. »Wir sehnen etwas herbei, das wir sehr wahrscheinlich nie haben können. Sehnsüchte haben mit Utopien zu tun. Wenn das Ersehnte wahrscheinlich wäre, sprächen wir von Verlangen oder einfach nur von Wünschen. Zwischen Wunsch und Sehnsucht liegen Welten.«

Ob der Professor bei Henrike am Krankenbett von Sehnsüchten oder von Verlangen gesprochen oder ihr den Unterschied gar praktisch gezeigt hatte? Jean-Pierre wurde schwindelig. *Merde! Merde!* Und nochmals Scheiße!

»Wenn Sehnsüchte nur Utopien sind, welchen Sinn machen Sie dann?«, fragte der Student neben Jean-Pierre.

»Eine wichtige Frage, Herr Luchs.« Professor Rieger trat vor Student Luchs, schaute dabei aber Jean-Pierre an. »Die Sehnsucht hat eine außerordentlich wichtige Funktion.«

Jean-Pierre sah, wie der Blick des Professors auf die gezeichnete Henrike mit dem wallend roten Haar fiel. »Sehnsüchte sind Wegweiser für das Leben, die uns zur Reflexion anregen können. Jeder Mensch sollte Sehnsüchte haben«, vernahm Jean-Pierre die letzten Worte, die Rieger fast schon zärtlich ausgesprochen hatte.

Demonstrativ und in großen Buchstaben schrieb er das Wort »WUNSCH« über die Skizze, die Henrike zeigte, dann schaute er herausfordernd auf. Sie ist Wunsch, nicht Sehnsucht!, wollte er damit verdeutlichen.

Rieger wandte sich irritiert von Jean-Pierre ab. »Wir sollten Sehnsüchte hinterfragen«, nahm er seine Ausführungen wieder auf. »Warum sehnen wir uns nach der großen Liebe, zum Beispiel? Oder nach einem Aufstieg als Wissenschaftler oder nach so viel Geld, dass wir uns damit alles kaufen können?«

Jean-Pierre war todunglücklich. Viel zu lang schon versuchte er, sich seinen Wunsch, mit Henrike zusammen zu sein und zu bleiben, auszureden. Sie ist Wunsch und nicht Sehnsucht!, hämmerte es in seinem Kopf. Er sprang auf und verließ den Gemeinschaftsraum ohne Entschuldigung.

Im Flur versuchte er, sich zu sammeln, aber es gelang ihm nicht. Deswegen stürmte er auf die Abteilungstür zu, wo er Wärterin Ruth, deren Schultern breiter waren als die seinen, fast umstieß.

Professor Rieger kam ihm nach. »Was ist nur mit Ihnen los, Jean-Pierre?«, rief er. »Sie können doch nicht einfach zu den Vorlesungen kommen und gehen, wie Sie wollen! Außerdem steht die Demonstration einer Patientin noch an. Ich werde Frau Kreuzmüllers Heilungsfortschritt in Form eines Gesprächs demonstrieren.«

In meiner Sondersituation darf ich machen, was ich will!, war Jean-Pierre überzeugt. Er war ein freier Franzose und erwachsen. Rieger machte ja auch, worauf er Lust hatte. Zum Beispiel die Frauen anderer begehren, und das, obwohl er verheiratet war. Jean-Pierre starrte den Ehering seines Kontrahenten an. Rieger war um einen ganzen Kopf kleiner als er, und doch fühlte er sich ihm unterlegen.

»Seit Monaten schon sind Sie unkonzentriert, schlecht gelaunt und verpassen wichtige Demonstrationen. Sie waren einmal mein bester Student! Wann werden Sie das wieder?«, fragte der Professor.

Das traurige Fräulein Weiss trat auf den Flur. Sie schaute die Männer unschlüssig an und überlegte lange, bevor sie fragte: »Wissen Sie, wann Reservewärterin Henrike wiederkommt?« Sie zupfte am Bund ihres ungebleichten Kittels.

»Nie mehr!«, antwortete Jean-Pierre, bezogen auf Professor Riegers Frage, während der Professor gleichzeitig ein »bald« auf die Frage seiner Patientin entgegnete. Er schickte Fräulein Weiss fort, die daraufhin in Richtung der anderen ruhigen Frauen, die im Türrahmen ihres Krankensaales standen, den Kopf schüttelte.

»Sie wissen ganz genau, was los ist, Professor Rieger«, zischte Jean-Pierre. Er schämte sich nicht mehr für seinen Ton. »Sie sind ja inzwischen ein guter Freund der Familie Winkelmann-Staupitz geworden. Weiß man dort, dass Sie Enrike verführen?«

»Ach von daher weht der Wind, ich verstehe.« Professor Rieger trat einen Schritt von Jean-Pierre zurück und verschränkte die Arme vor der Brust. »Ich denke, die Sache mit Fräulein Henrike haben Sie schon selbst verbockt. Warum mussten Sie auch den Zuträger für den Rektor spielen?«

»*Moi, moi* …« Jean-Pierre, der sobald er unsicher wurde, Französisch sprach, geriet ins Stottern. »Ich, ich …«

»Soll ich Ihnen noch die psychiatrische Definition von Verrat vortragen?«

Jean-Pierre schüttelte ungläubig den Kopf. »Aber wieso Verrat?«

»Sie sind ziemlich verwirrt. Ich empfehle Ihnen, sich einmal etwas länger freizunehmen. Danach sehen Sie hoffentlich wieder klarer.«

»Das kann ich nicht!«, fuhr Jean-Pierre auf. Es war einfach zu dumm, dass der Professor seine komplizierte Situation kannte, die er aus Paris hierher importiert hatte. Nun, da sie sich als Kontrahenten gegenüberstanden, bereute er seine frühere Offenheit ihm gegenüber. Sein Feind kannte seine größte Schwäche. »*Mais pourquoi* Verrat?« Aber warum Verrat?

»Das Schreiben damals, das an Wachtmeister Krachner ging und den Hinweis enthielt, wer die Herausgeberin der LOUISE war, stammte doch von Ihnen. Jetzt tun Sie doch nicht so unschuldig«, verlangte Rieger.

Jean-Pierre schaute den Professor mit großen Augen an. Hatte er das gerade richtig übersetzt? »Wie können Sie das glauben, *Monsieur le Professeur?* Wie könnte ich ... « Er liebte Henrike, und sie hielt ihn für einen Verräter?

»Schließen Sie mir auf, Professor!«, verlangte er plötzlich panisch. »*Ouvrez la porte!*« Öffnen Sie die Tür!

»Es ist nicht wichtig, was *ich* glaube!«, sagte Professor Rieger noch, dann ging er in den Gemeinschaftsraum zurück.

*

Ein Tag ohne Richard war kein Tag. Er war ein graues, sinnloses Loch, in dem sie zu versinken drohte. Richards Tod hatte eine unsägliche Leere in Viviana hinterlassen. Sie fühlte sich wie dauerhaft betäubt. Um ins nächste Geschoss des Palais hinaufzusteigen, benötigte sie eine halbe Stunde. Alles im Haus erinnerte sie an Richard und ihre gemeinsame Zeit. Überall hatte er Spuren hinterlassen. Seitdem er gestorben war, ließ sie die Vorhänge tagsüber nicht mehr öffnen.

Richard war im Familiengrab der Winkelmanns beigesetzt worden. Mehr als fünfhundert Menschen hatten ihm das letzte Geleit gegeben. Weihnachten ohne Richard war eine einzige Qual gewesen. Zum Glück war Viviana während der Festtage zu Kranken ins Grombühl und auch in das Sander-Viertel gerufen worden. Sie vergrub sich in ihrer Arbeit und sammelte neben ihren Aufgaben als Ärztin auch noch die Unterschriften für die Abschaffung des Immatrikulationsverbotes.

Viviana setzte sich an die lange Tafel im großen Salon und schlug das Unterschriftenbuch auf. Es war ihr vor zwei Tagen von ihrer Vertrauensperson in Bamberg zurückgesandt worden. Auf den ersten fünf Seiten hatte sie ihre zwölf Thesen über das Frauenrecht auf Bildung aufgelistet. Als sie diese vor so vielen Jahren im Hof des Spitals vorgetragen hatte, war Richard an ihrer Seite gewesen. Es war der Beginn ihrer Erfüllung gewesen, die mit seinem Tod geendet hatte.

Erstens: Der erste herrliche Zustand des Menschen, Mann wie Frau, war die Vollkommenheit des Verstandes. Am Beginn der Zeit wusste der Mensch alles, irrte nie und war frei von Vorurteilen. Durch den Sündenfall aber verlor er diese Glückseligkeit. Um diese Glückseligkeit der Menschheit für den Mann wie für die Frau auch nur annähernd wiederherzustellen, muss ihr Verstand gebildet werden. Beim Mann wie bei der Frau. Bildung dient also Gottes Ehre, zu unseres und unseres Nächsten Besserung. Für den Mann wie für die Frau.

Viviana ließ den Kopf auf das Unterschriftenbuch sinken. Seit dem Abschied, seit dem Blick in das Grab mit Richards Sarg besaß sie keine Tränen und auch keine Stimme mehr.

»Kann ich der gnädigen Frau etwas bringen?«, fragte Henna vom Flur aus. Sie wagte nicht, sich der Trauernden zu nähern.

Viviana hob den Kopf vom Buch, schaute das Stubenmädchen aber nicht an. »Nehmen Sie sich frei für den Rest des Tages. Und morgen auch. Ich benötige nichts mehr.«

»Wenn es doch noch etwas gibt, gnädige Frau, wissen Sie ja, wo Sie mich finden. Soll ich Ihnen noch Licht machen?«

»Nein, Henna. Danke.« Das Stubenmädchen pflegte tageweise eine bettlägerige Verwandte im Mainviertel und übernachtete dort auch. Der Köchin hatte Viviana gestern schon freigegeben. Ein paar Scheiben Brot konnte sie sich auch selbst belegen. Sie wollte allein mit ihren Erinnerungen sein. Es genügte, wenn Henrike und Ella nach ihr sahen.

»Auf Wiedersehen, gnädige Frau.« Henna musste schon mit ihrer gepackten Tasche im Flur gestanden haben. Die Haustür wurde geöffnet und wieder zugezogen.

Viviana erhob sich und wankte ins Damenkabinett. Dort, wo früher ihr Schreibtisch und danach die Röntgen-Apparaturen gestanden hatten, war alles freigeräumt. Wütend, weil die Röntgen-Strahlen doch nicht den erhofften Erfolg gebracht hatten, hatte sie die Apparaturen abgebaut und in die Ecke gestellt. Der Anblick des Funkeninduktors und der Ionenröhre hatte ihr erst nach Richards Tod vor Augen geführt, was sie ihm mit den langen Expositionszeiten zugemutet hatte. Ihr war inzwischen klar, dass die harte Bestrahlung und die viel zu langen Expositionszeiten zu seiner Erschöpfung und den Schmerzen, die der Krebs verursacht hatte, beigetragen hatten. Die Strahlen waren nicht ungefährlich, sie hatten Richards Oberhaut verbrannt, und ihre eigene Hand würde wohl für immer steif bleiben.

Viviana schloss den schmalen Spalt zwischen den Vorhängen im Damenkabinett, dann ging sie zum Unterschriftenbuch zurück. Sie blätterte auf die zweite Seite, die Buchstaben waren im Dunkeln kaum zu erkennen:

Zweitens: Gelehrsamkeit schickt sich sehr wohl für Frauen, weil sie fähig sind, darin etwas Tüchtiges zu leisten. Denn Seele und Verstand haben kein Geschlecht. Wer die Wahrheit schätzt, muss zugeben, dass die Gelehrsamkeit imstande ist, zu des Menschen Glückseligkeit beizutragen, und die Verachtung der Gelehrsamkeit zeigt sich darin, dass Frauen davon ferngehalten werden.

Auch Richard hatte ihre zwölf Thesen auswendig gekannt. Wieder drohte sie die Verzweiflung zu übermannen. Schnell blätterte sie die Seiten mit den restlichen Thesen um und kam zu den Unterschriften. Fräulein Klara und die Freifrau Groß von Trockau hatten unterschrieben, ebenso Fräulein Danziger, die erste Hörerin, weiterhin die Boveris und auch Professor von Kölliker. Allein in Würzburg waren mehr als achthundert Unterschriften zusammengekommen. Nürnberg kam auf die gleiche Anzahl, und in Bamberg hatten sogar mehr als eintausend Frauen unterschrieben. Als Nächstes wollte Viviana das Buch ihren Kontaktfrauen in München schicken. Sie brauchten noch viel mehr Unterschriften für ihr Unterfangen. Auguste Groß von Trockau kannte viele Frauen, die ähnlich dachten wie sie, und hatte auch weitreichende Kontakte in die Universitätslandschaft hinein, die ihnen bestimmt weitere zweitausend Unterschriften einbrächten. Oft waren es gebildete Eltern, die sich für die Zukunft ihrer Töchter mehr vorstellten als nur den Haushalt und die Sorge um Mann und Kind.

Viviana schlurfte in die Mansarde hinauf, wo sie ihr Schreibzeug verwahrte, seitdem sie das Damenkabinett zum Röntgenlabor umfunktioniert hatte. Sie würde weitere Unterschriftenbücher mit ihren Thesen füllen, am besten ein Dutzend parallel, damit sie ihr Verlangen gegenüber dem Prinzregenten auch entsprechend gewichtig zum Ausdruck bringen könnten. Anton hatte damals über die Frauenbewegung gesprochen, als wäre sie chancenlos. Von Beginn an war Viviana vom Gegenteil überzeugt gewesen.

Mit steifen Bewegungen lud sie sich aus einer Kiste ein paar Bücher auf den Arm. Und noch einmal zwei Stück und noch zwei obenauf. Ihr Schwiegersohn war feige und oberflächlich. Dass er nicht einmal rechtzeitig an Richards Sterbebett gekommen war, machte ihn nur noch unsympathischer. Wenn Viviana an Anton dachte, sah sie oftmals den Prinzregenten über ihm schweben. Seitdem Luitpold die Audienz der Frauenbewegung abgelehnt hatte, war der Herrscher in Vivianas Gunst ebenfalls deutlich gesunken.

Auf dem Rückweg durch den Flur stoppte sie vor Henrikes einstiger Isolierkammer. Mit dem Fuß schob sie die angelehnte Tür auf und spähte hinein. Auf dem Tisch neben der Tür stand noch die leere Blumenvase. Früher hatte Isabella wöchentlich frische Rosen, Chrysanthemen oder Tulpen gebracht. Der Stuhl, auf dem abwechselnd sie, Richard und Isabella gesessen hatten, stand unverändert neben dem Bett. »Du bist überall in diesem Haus, Liebster«, flüsterte sie.

Sie stieg in das zweite Obergeschoss hinab, wo sich ihr Schlafzimmer befand. Es dauerte eine Weile. Die ehemals geblümten Vorhänge hatte sie gegen schwarze austauschen lassen. Schwarz war auch die einzige Kerze, die im Haus brannte. Sie stand auf der Frisierkommode und beschien das Bild des verschmitzt dreinschauenden Richard am

Tage ihrer Hochzeit. Viviana sprach jeden Morgen ein Gebet davor. Im Schlafzimmer war sie Richard am nächsten, hier hatten sie die innigsten Stunden verbracht.

Viviana wusste nicht, was aus den Praxisräumen werden sollte. Man ließe sie gewiss nicht mehr lange alleine praktizieren. Eigentlich hätte ein entsprechendes Schreiben der Stadtverantwortlichen schon längst eintreffen müssen. Vielleicht waren diese aber auch nur höflich und warteten das Trauerjahr ab. Sie konnte sich nicht vorstellen, eines Tages keine schwarze Kleidung mehr zu tragen.

Sie stellte die Bücher ab und ging ins Erdgeschoss des Hauses, wo die Praxis war. Auf dem Weg hinunter pausierte sie immer wieder fassungslos. In der Praxis gab es das Untersuchungszimmer mit der Patientenliege, daneben den kleinen Warteraum und auch ein Operationszimmer, in dem Viviana ihre erste Blinddarmoperation erfolgreich durchgeführt hatte. Richard hatte ihr dabei assistiert. Das meiste praktisch-medizinische Wissen hatte sie von ihm gelernt.

Sie sackte auf einen Stuhl im Wartezimmer und fixierte die Zeichnung des menschlichen Skeletts, die Richard eigenhändig erstellt und aufgehängt hatte. Gerade einmal vier Jahre hatte er als Allgemeinarzt praktiziert, als diese Zeichnung entstanden war. Er hatte die Umrisse des erwachsenen menschlichen Körpers gezeichnet und ihr daran den Verlauf der Hauptarterien gezeigt. Seinen Erklärungen waren Abfragen gefolgt. Den ersten Belohnungskuss für eine richtige Antwort hatte sie von ihm für die Arteria poplitea, die Kniekehlarterie, bekommen.

Als Viviana sich unter dem Rascheln der schwarzen Seide ihres Trauerkleides wieder erhob, wusste sie nicht, ob sie Richards Zeichnung nur eine Stunde oder einen halben Tag lang angeschaut hatte. Sie ging in den großen Salon im ersten Obergeschoss des Palais zurück.

Hinter nur halb geöffneten Vorhängen setzte sie einen Brief an die zwei Frauen vom Frauenheil-Verein auf. Auch bereitete sie weitere Unterschriftenbücher vor, in die sie ihre zwölf Thesen vom Dorotheen-Spektakel schreiben wollte, bevor sie sie verschickte. Im Begleitschreiben an Fräulein Klara und die Freifrau erläuterte sie ihnen den aktuellen Stand ihrer Aktivitäten. Falls sie dann starb, könnten diese ihre Sache fortführen.

Ohne Richard war ihr Leben nicht lebenswert. Viviana war nur allzu bereit, ihn endlich wiederzusehen. Der Sensenmann durfte sie holen kommen.

37

Februar 1903

Jean-Pierre lief zur Gendarmerie-Station. Abwechselnd erschien ihm Professor Riegers und Henrikes Bild vor Augen. Ihm wurde heiß und kalt dabei. Besser, er konzentrierte sich allein auf die Fakten. Rektor Theobald Pauselius hatte vor nunmehr drei Jahren den Hinweis auf die Identität der geheimen Herausgeberin der LOUISE brieflich erhalten. Das hatte Jean-Pierre damals sogar mitbekommen, aber nie länger darüber nachgedacht. Theobald Pauselius hatte die Angelegenheit mit Henrike längst zu den Akten gelegt. Ihr Schicksal hatte den Rektor genauso wenig gerührt wie das seiner Mitarbeiter. Jean-Pierre hatte für den Universitätsersten Briefe und Artikel vom Französischen ins Deutsche übersetzt und seine Härte am eigenen Leib zu spüren bekommen, war aber auf den Zuverdienst aus dieser Arbeit angewiesen. Inzwischen mussten sogar zwei Menschen von seinem geringen Lohn satt werden.

Einigermaßen gefasst betrat Jean-Pierre die Königlich Bayerische Gendarmerie-Station, die aus einem großen Saal voller Schreibtische bestand. Ein Hund bellte, jemand schrie, und überhaupt redeten alle durcheinander. Viel anders als in der Irrenabteilung ging es hier auch nicht zu.

Er musste nur den Namen des Rektors und dessen angeblichen Auftrag erwähnen, um sogleich zu Wachtmeister Krachner vorgelassen zu werden. Der Rektor war ein geachteter Mann, die Nennung seines Namens machte Eindruck.

Wachtmeister Krachner schaute zwischen hohen Aktenbergen hindurch zu Jean-Pierre auf. Dabei hielt er ein Käsebrot in der Hand, während er mit der anderen einen Zettelberg durchblätterte. Neben seinem Schreibtisch lehnte ein Gewehr.

»Rektor Pauselius erbittet die Ansicht des Hinweisschreibens damals im Fall von Fräulein Hertz«, trug Jean-Pierre vor, obwohl der Rektor mitnichten darüber informiert war, was Jean-Pierre hier trieb. Aber das rührte Jean-Pierre kein bisschen.

»Aktennummer?«, fragte Krachner.

Jean-Pierre kannte die Aktennummer nicht. »Es ging um die anonyme Herausgeberschaft der Frauen-Zeitung LOUISE«, antwortete er ausweichend.

Erst jetzt fasste ihn der Wachtmeister genauer ins Auge, ließ den Zettelwust sein und lehnte sich in seinem Lederstuhl zurück. »Ich erinnere mich. Aktennummer dreihunderteinundachtzig aus dem Jahr 1900.«

»Vom Februar des Jahres 1900.« Jean-Pierre ließ seinen Blick über die Aktenberge auf dem Schreibtisch gleiten. Nur halb so hoch türmte sich in seinem Studentenzimmer die ungelesene Fachliteratur auf. Seit Monaten vernachlässigte er auch die Chirurgie-Vorlesungen von Professor Schönborn.

»Weswegen wünscht der Rektor, Einsicht zu nehmen?«, wollte Krachner wissen. »Nach so langer Zeit?«

Jean-Pierre antwortete mit einer Gegenfrage, weil ihm so schnell keine passende Begründung einfiel. »Konnten Sie überhaupt ermitteln, wer der damalige Hinweisgeber war?«

Wachtmeister Krachner begann, den linken Aktenstapel durchzusehen, ohne dabei das Käsebrot aus der Hand zu legen. In aller Ruhe durchblätterte er Folianten und Pappmappen. Jean-Pierre wäre ihm am liebsten zur Hand gegangen oder hätte ihm zumindest das Käsebrot abgenommen, damit er schneller vorankam.

Irgendwann fand Krachner doch noch die richtige Akte.

Er las hier und dort nach, überlegte, aß und schaute irgendwann wieder zu Jean-Pierre auf. »Ja, hier steht es. Das Hinweisschreiben ließ keinerlei Rückschlüsse auf den Absender zu. Wir konnten nichts machen«, sagte er, biss dann in seine Schnitte und kaute erst einmal stoisch. Damit war die Sache für ihn wohl erledigt.

Jean-Pierre hatte das Hinweisschreiben vor drei Jahren nicht mit eigenen Augen gesehen, weil der Rektor nur aufgeregt damit herumgewedelt und cholerisch geschrien hatte. Noch am selben Tag, an dem das Schreiben eingetroffen war, war Pauselius dem Hinweis nachgegangen und zum Redaktionskeller gefahren.

»Und wozu will Rektor Pauselius denn nun Einsicht, sagten Sie, Herr ... ?« Am Schreibtisch schräg gegenüber kam es zu Handgreiflichkeiten.

Jean-Pierre war kurz abgelenkt, bevor er antwortete: »Mein Name ist Roussel, und ich bin Mitarbeiter des Rektorats.« Er verneigte sich ein wenig zu ehrerbietig, aber er wollte unbedingt an das Hinweisschreiben kommen. »Wahrscheinlich, weil inzwischen Hinweise aufgetaucht sind«, log er zweifach, denn Mitarbeiter war er auch nicht mehr, »und deswegen würde der Rektor sich sehr freuen, wenn ich ihm das Schreiben noch heute bringen dürfte. Der Fall ist doch abgeschlossen aus Ihrer Sicht, *n'est-ce pas?* Sie brauchen es nicht mehr.«

»Bahnoberamtsdirektor Hertz hat die damals festgesetzte Strafzahlung geleistet.« Wachtmeister Krachner aß sein Käsebrot erst auf, bevor er weitersprach: »Die Identität des Verfassers war für uns auch nicht von Vorrang, weil kein Zweifel an der Schuld von Fräulein Hertz bestand.«

Jemand lud krachend ein Gewehr.

Für Jean-Pierre war diese aber außerordentlich vorrangig! Nur wenn er Henrike beweisen könnte, dass nicht er der Hinweisgeber war, besäße er bei ihr noch eine Chance. »Dem Herrn Rektor ist die Sache sehr wichtig. Er sagte, er würde sich für Ihr, für Ihr ...«, Jean-Pierre suchte fieberhaft nach dem passenden deutschen Wort für das, was man in Frankreich *concession* nannte, und tatsächlich fiel es ihm ein. »Er würde sich für Ihr Entgegenkommen erkenntlich zeigen«, versprach er großspurig. Zwar wusste der Rektor auch davon nichts, aber auf diese Art verschaffte sich Theobald Pauselius durchaus Gefälligkeiten. Wie sagte man auf Deutsch: Eine Hand wäscht die andere. *C'est ça!*

Kurz darauf hielt Jean-Pierre die Mappe mit dem Hinweisschreiben in den Händen. Eilig verließ er die Königlich Bayerische Gendarmerie-Station. Nicht nur Henrike, sondern ganz Würzburg schien einer ungeheuerlichen Täuschung aufgesessen zu sein. Niemals hätte er Henrike verraten, im Gegenteil! Wenn sie ihm so eifrig und glücklich von ihren Plänen mit der LOUISE und dem geheimen Redaktionskeller erzählt hatte, hatte er sich vor allem Sorgen um sie gemacht. Sie hatte ein gefährliches Spiel gespielt, weswegen er sie auch am liebsten aufgehalten hätte. Viel lieber hatte er sie geküsst, als sie in ihrem gefährlichen Tun zu bestärken. Wenn er sie aber aufgehalten hätte, hätte sie ihn für einen Feigling, einen *lâche*, gehalten. In Paris wollte keine Frau einen Feigling lieben, und in Würzburg war das sicher nicht anders.

38

Februar 1903

Wenn Ella an ihren Vater dachte, war sie nicht nur traurig, weil er gestorben war und zuletzt unter schlimmen Schmerzen gelitten hatte, sondern lächelte auch immer öfter. Sie hatten schöne Stunden miteinander verbracht, das durfte sie über seinem Tod nicht vergessen. Zwar war Richard nicht ihr leiblicher Vater gewesen, aber sie hatte ihn stets als solchen betrachtet.

Richard war oft gelassener als Viviana gewesen. Bei ihm hatte sie es gewagt, auch einmal traurig, trotzig oder frech zu sein, wie es Kinder eben nun einmal waren. Kein Kind konnte ausschließlich fröhlich und genügsam sein.

Am Marktplatz bestieg Ella eine Kutsche. »Zum ›Letzten Hieb‹ bitte«, wies sie den Kutscher an.

Sie waren um vier Uhr verabredet, ihre letzte Begegnung lag schon Monate zurück. Mit einem Ruck fuhr die Kutsche an.

Ella erinnerte sich noch gut, wie sie Richard das erste Mal begegnet war – er hatte in seiner Sterbestunde davon gesprochen. Damals, auf dem Dorotheen-Spektakel im Innenhof des Spitals, hatte er eine goldene Maske getragen und war ihr deswegen sofort aufgefallen. Als Fünfjährige hatte sie nicht der Trubel der Feiernacht fasziniert, sondern einzig Richards leuchtend goldene Maske vor dem Gesicht. Schon bei ihrer ersten Begegnung hatte er ihr Herz gewonnen, weil er für sie eine Ameise auf Futtersuche imitiert hatte. Bald darauf hatte er ihr die Fühler des Insekts in dreihundertfacher Vergrößerung unter dem Mikroskop gezeigt. Er war immer für sie da gewesen. Anders als ihr leiblicher Vater. Paul Zwanziger war ein leidenschaftlicher und weithin bekannter Steinbildhauer gewesen, der kurz vor Ellas Hochzeit bei einem Unfall ums Leben gekommen war. Bei einem Auftrag in Florenz war er vom Gerüst gefallen und hatte sich dabei das Genick gebrochen. Wenn Paul davor in Würzburg gewesen war, hatten Ella und er gemeinsam die Türme der Stadt bestiegen. Ihr Vater hatte für jeden ein Lächeln übrig gehabt, aber innerlich litt er bis an sein Lebensende an gebrochenem Herzen. Sogar noch in Florenz musste er seinen italienischen Kollegen von seiner großen Liebe Viviana Winkelmann erzählt haben, die so schön wie eine Madonna sei.

Die Kutsche fuhr durch die Rottendorfer Straße und über eine Brücke, unter der just in diesem Moment eine Eisenbahn durchrauschte. Anton hatte diese Brücke einst projektiert, wusste Ella. Es ging langsam bergauf. Die frische Luft und die Distanz zur Stadt würden ihr guttun. Zudem hoffte sie auf einen Rat von dem einzigen Menschen, der sie wirklich verstand. Auf halber Höhe des Hügels ließ Ella sich absetzen und ging das letzte Stück zur Ausflugsgaststätte zu Fuß. Frische Luft streichelte ihre Wangen. Sie ließ ihren Blick über das blassgrüne Gras gleiten und zum Himmel über dem Hügelkamm. Hierher war ihre Familie schon gekommen, bevor Richard zu ihnen gehört hatte. Hier oben gab es den besten Apfelstrudel der Stadt und zuckersüßen Most. Nur einmal wandte Ella sich Richtung Stadt zurück, die im Grau des Winters zu ertrinken schien. Die Bäume und Weinberge waren kahl. Sie sehnte den Frühling herbei.

Die Holztische, die im Sommer Dutzende Besucher anlockten, standen heute zusammengeklappt vor dem Felsenkeller des »Letzten Hieb«. Es war Winter und viel zu kalt, um draußen zu sitzen.

Ihre Verabredung erwartete sie schon am Eingang.

»Ella!«, rief er und klang dabei glücklich wie ein kleiner Junge, obwohl er in wenigen Tagen seinen dreiundfünfzigsten Geburtstag feiern würde. Oft sah Ella in ihm noch immer den Lausbuben, der Bruno Vogelhuber früher gewesen war.

Ella lief auf ihn zu und nahm ihn in den Arm. Es war ihr egal, was die anderen Gäste über sie dachten. Bruno trug seinen grauen Filzhut, ein Hemd mit einer Fellweste darüber und seine Bauernstiefel, an denen Matsch klebte. Er roch ein wenig nach Kuhstall. Ihr Kinderfreund war Bauer und bewirtschaftete einen Hof in Dettelbach, unweit von Würzburg. Ella war mit Bruno aufgewachsen wie mit einem Bruder. Ihm hatte sie ihre Ängste und Geheimnisse anvertraut, seitdem sie sprechen konnte. Bruno war der Sohn von Magda Vogelhuber, bei der sie in den ersten Jahren ihrer Kindheit gewohnt hatten.

Bruno empfing sie mit den Worten: »Schö, dass mir uns wieder sehn.« So etwas Nettes hatte Anton schon seit Ewigkeiten nicht mehr zu Ella gesagt.

»Schön, dass gekomme bist«, entgegnete sie und verfiel in seiner Gegenwart in den Dialekt ihrer Kindheit. Ein paar Worte wusste sie noch. Ihre Mutter hatte sie stets zum dialektfreien Sprechen angehalten, weil ihr dann das Lesen von Büchern leichterfallen würde. Viviana hatte immer gehofft, dass Ella einmal das Abitur ablegen würde, weil sich bis dahin ganz sicher die Zeiten und die Zulassungsbestimmungen für Frauen geändert hätten. Mit Bruno hatte Ella heimlich Fränkisch gesprochen. Frängisch.

»Most, wie immer?«, fragte Bruno und führte Ella zu »ihrem« Tisch in der Ecke des Felsenkellers. Der Kamin im Raum knisterte und strahlte wohlige Wärme aus.

»Most und Apfelstrudel mit viel Puderzucker obedrauf«, erwiderte Ella und zog ihre Seidenhandschuhe aus. Der Zucker stand außer Frage, wenn sie zusammen mit Bruno aß. Als Kinder hatten sie für ihr Leben gerne genascht.

Bruno lächelte. »Des is fei wirklich wie sonst a.« Sie setzten sich und bestellten. Es waren nur wenige Gäste da. Ihre Bestellung wurde schon bald an den Tisch gebracht. Der Strudel duftete herrlich nach gebackenen Äpfeln, Zimt und Rosinen. Als Kinder hatten sie den vielen Puderzucker ab und an auch mit der Zunge vom Strudel geleckt, wenn ihre Mütter nicht hingeschaut hatten. Als Ella zuletzt so verzweifelt gewesen war, hatte Bruno es wieder getan, um sie aufzuheitern, was ihm auch gelungen war.

»Wie geht's dir und dei Vieh?«, fragte Ella nach dem ersten Bissen. In Brunos Anwesenheit traute sie sich ganz ungeniert und mit Appetit zu essen.

Bruno erzählte ihr von seinen Kälbern und von der neuen Milchkuh, die er »Gabi, die Rennkuh« getauft habe. Dann legte er seinen Filzhut auf den Tisch. Sein Haar war noch grauer geworden seit ihrer letzten Begegnung, und trotzdem schaute er noch immer wie der Lausbub von einst.

Ella lächelte über Gabi, die Rennkuh, und stellte sich vor, wie eine dicke Milchkuh über die Felder lief. Sie hatte noch nie eine Kuh rennen gesehen, gewöhnlich waren diese Tiere eher langsam unterwegs oder lagen träge und schwanzwedelnd auf der Weide. Als Nächstes erfuhr sie, dass es Brunos Enkel inzwischen besser ging, der wie Henrike an der Tuberkulose erkrankt war. In Dettelbach hatten sie sogar den Bürgermeister an die tückische Krankheit verloren.

Ella ihrerseits berichtete ihm von Henrike und ihren Problemen mit Anton, von seinen ständigen Abwesenheiten. Bruno hatte ihr schon zu Beginn ihrer Eheprobleme geraten, nicht vorschnell aufzugeben. In der Stadt waren Scheidungen inzwischen keine Seltenheit mehr, auf den Dörfern hielt man es deutlich länger miteinander aus.

Er war überzeugt, dass dies an der guten Luft lag, aber auch an der Tatsache, dass die Eheleute bei der Führung eines Hofes aufeinander angewiesen waren – finanziell wie auch bei der nur gemeinsam möglichen Erledigung der anfallenden Arbeiten.

Bruno hat mehr als nur den fränkischen Dialekt von seiner Mutter übernommen, war Ella überzeugt. Magda Vogelhuber war eine Kämpferin gewesen und eine herzensgute Frau mit rauer Schale. Als Säugling hatte Ella Magdas Milch getrunken, während ihre Mutter in der Spitalsapotheke gearbeitet und die Vorlesungen der großen Ärzte im Spital belauscht hatte.

»Warum tut sich dei Anton so schwer, seim Kindle zu vergebe?«, fragte Bruno und schob sich genüsslich ein großes Stück Apfelstrudel in den Mund. Oft genug fielen die Mahlzeiten auf dem Hof karger aus, das wusste Ella. Die Familie Vogelhuber kam gerade einmal so über die Runden. Aber Bruno wollte nie Geld von Ella annehmen. Lediglich den Apfelstrudel und den Most ließ er sie bezahlen.

»Henrike hat mit ihrer Rebellion Antons guten Ruf und damit seine Position bei der Eisenbahn gefährdet. Aber des allein is es ned.« Ella hatte noch eine zweite Vermutung. »Ich glaub, dass er ned verstehe kann, warum Henrike sich so sehr für die Frauenbewegung eingesetzt hat. Er würd sich nie für was einsetze, das er für aussichtslos hält.«

»Dei Anton hält die Bewegung der Fraue für aussichtslos?«, fragte Bruno zurück und hielt ihr zum Anstoßen das bis an den Rand gefüllte Mostglas hin.

»Aber ja mei!«, war Ella überzeugt. Sie prosteten und tranken, während das Feuer im Kamin knisterte.

»In den Zeitungen steht in der letzte Zeit öfters a mal was über Fraue, die jetzt an die Universidäd dürfe.« Bruno nahm einen Bissen nach dem anderen. »Vielleicht gibst dei Anton des a Mal zum Lese.«

Ella kaute nachdenklich auf einer Rosine, denn Bruno hatte gerade vorgeschlagen, dass sie Anton bekehren sollte. Dabei wollte sie sowohl Henrike als auch Anton von der Frauenbewegung fernhalten. »Du kennst mei Albträum«, erinnerte sie Bruno. »Ich will ned, dass Henrike das erlebe muss, was meine Mutter durchgmacht hat«, Ella korrigierte sich, »und heut noch durchmacht.« Sie dachte an so unangenehme Begebenheiten wie die mit Professor von Leube im Spital. Er hatte sich Viviana gegenüber verächtlich verhalten. »Es hat nie aufgehört«, sagte sie traurig, und auf diese Worte hin rumorte es unangenehm in ihrem Magen.

»Ich will dich ned beunruich«, sagte Bruno mit kleinen Blätterteigstücken in den Mundwinkeln. »Mir müsse ned darüber rede.«

Sie hatten schon viel über Ellas Ängste gesprochen, über den Schwur ihrer Mutter bei Henrikes Geburt, und wie sehr sie, Ella, Henrike ein Leben voller Anfeindungen und stetem Kampf ersparen wollte. Eine Weile aßen sie stumm ihren Strudel und tranken Most, bis Ella das Thema von selbst wieder aufgriff. »Ich bin a weng überrascht, dass du glaubst, die Bewegung könnt Erfolg habe.«

Bruno lächelte verschmitzt. »Ich bin unner Fraue aufgewachse. Mei Mutter Magda, mei Schwesterle Wenke, du, Viviana … die viele Witwe in der Pleich. Ich trau euch Fraue scho so einiches zu. Und schließlich habt ihr so jemand wie mich großgezoche.« Er zwinkerte ihr zu, dann verschlang er das letzte Stück seiner Strudelportion.

»Du warst wirklich forsch!«, erinnerte Ella sich gespielt streng. »Kei Laib Brot war vor dir sicher, so hungrig warst du oft. Und auf kei Baum im Viertel bist ned klettert.« Allerdings hatte es nicht viele Bäume in der armen Pleich gegeben. Die Häuser hatten so eng beieinandergestanden, dass nicht einmal in den Höfen viel Platz für Grünes gewesen war. Im Hof hatte das gestanden, was Ella als kleines Mädchen von Bruno als »Klo« kennengelernt hatte und was von Viviana dann in die etwas vornehmere »Toilette« unbenannt worden war.

»Kannst du dich noch an des Bild erinner, des mir zusamme gemalt ham, nachdem mir beschlosse ham, zu heirate?«, fragte er. »Mir warn ned a mal sechs Jahr.«

»Mir wollte den Erwachsene zeige, welche Tiere mir uns nach der Hochzeit anschaffe wolln. Mir malte Elefante und Affe, die Zitronenplätzchen esse sollt«, erinnerte Ella sich wehmütig. Mit Bruno war damals alles so einfach gewesen. Sie dachte auch oft an Nannette von Marcus und deren Ehemann, Professor von Marcus, die sie oft mit

Plätzchen gefüttert hatten und so etwas wie Großeltern für sie gewesen waren. Beide waren seit Jahrzehnten tot. Familie war unendlich kostbar. Sie durfte die ihre nicht verlieren.

»Kennst du die Geschicht vom Säer aus der Bibel?«, fragte Bruno. Als Kinder hatten Bruno und sie sich oft Geschichten erzählt, wenn sie nicht einschlafen konnten. Anton und Ella waren ordentliche Katholiken, aber den Sämann kannte sie nicht. Sie schüttelte den Kopf.

»Mei Lisl hat sie mir mal erzählt, und die Lisl hat sie von der Pfarrersfrau.« Liselotte war Brunos Ehefrau, die für die Kälber auf dem Hof verantwortlich war.

Bruno begann: »Früher hats in jedem Dorf an Säer gäbe, der sich um die Aussaat gekümmert hat, damit alle im Dorf von dene Frücht satt wern. Der Säer hat sich arch angstrengt. Der hat gewusst, dass Rückschläge zum Läbe dazuköhrn. Des Säen war kei leichte Aufgab. Nach der erste Aussaat sind die Rabe komme und ham alles aufgfresse, doch der Säer hat sich ned eischüchter lass. Die Dorfleut warn immer hinter ihm gstanne. Also hat er einfach noch a mal gsät, aber beim zweite Mal sind die Körner in der Sonne verdorrt. Und noch a mal warn all sei Anstrengunge umsonst. Irgendwann kam der Tag, wo alle Raben satt warn und auch des Wetter für die Saat verdrächlicher war. Des war der Tag, wo sei Same endlich gkeimt ham, gwachse sind und bald Früchte gtrage ham, und des ganz Dorf is satt gworde.«

Ella war verwirrt. »Aber ...«

Bruno sah ihr die Verwirrung wohl an. Denn er erklärte: »Hät der Sämann ned das Dorf hinter sich ghabt, hät er nach des erste Jahr aufgegebe und niemand wär satt gworde. Die Unterstützung der andere hat ihm Kraft gegäb, auch im Folgejahr wieder zu säen. Am End habe alle was davon ghabt, denn alle hatte wieder was zu esse.« Er leckte sich die Lippen.

Ella schaut Bruno mit großen Augen an.

»Manch Schlacht kann man ned allein gwinne«, sagte Bruno weiter, »aber als ganzes Dorf ...«

Ella blieb still.

»Mei Lisl arbeitet, solang sie denk kann. Sie freut sich über die Kälbli, sie, nicht ich sucht unsere Zuchtviecher aus. Warum sollte reiche Frauen ned auch arbeite dürfe? Des find mei Lisl a.«

»Der Kampf ist gefährlich, Bruno! Ich will ned, dass man mei Töchterle wehtut«, entgegnete Ella und trank auf den Schrecken hin einen großen Schluck Most.

»Ich glaub, was dei Mädle mehr wehtut, ist der Rückzuch von ihrm Vater!«, sagte Bruno nach einer längeren Pause. Er selbst war ohne Vater aufgewachsen und hatte als Kind in so mancher Nacht deswegen geweint. Sie hatten sich dann stets in den Arm genommen.

»Wenn mei Lisl und ich uns streit, manchmal auch nur wegen Fürzle, dann gehen mir in den Stall, und jeder darf a mal gegen die Stallwand trete oder schreie. Danach ist wieder Frieden, oder wenichstens hören mir uns wieder zu.«

Wenn Bruno das sagt, klingt es so einfach, dachte Ella.

»Du und dei Anton, ihr müsst euch endlich zusammenraufe.«

»Aber wie soll das gehen, wenn er nie da ist! Heiliges Blechle!«, protestierte sie. In ihrem Fall war es einfach aussichtslos.

»Weisst du, was mei Mutter dazu gsacht hätt? Der Schwache rennt vorm Problem wech! Der Kluge schaut es an.«

»Anton, schwach?«, murmelte Ella und stocherte mit der Kuchengabel im letzten Rest Strudel. Ihr Anton hatte es, gerade weil er nicht schwach war, bis an die Spitze des Oberbahnamtes geschafft. Beruflich gesehen, ja, da war er ihr Held. Aber das war nur ein Teil ihres Lebens.

»Wenn er vor euch wechläuft, dann lauf ihm hinnerher. Dann hast du wenichstens alles versucht. Und ich weiß ja, wie schnell du lauf kannst«, fügte Bruno nun wieder mit einem spitzbübischen Lächeln an. In der Pleich waren sie gerne mal um die Wette gelaufen.

Jetzt fand auch Ella ihr Lächeln wieder. »In diesen Röcken laufen?« Sie zeigte auf ihren mit mehreren Lagen Spitze verzierten Tagesrock. Unmöglich könnte sie auch wegen des eng geschnürten Korsetts Wettläufe veranstalten.

»Also wenn des so is, würd ich dir sogar mei neue Rennkuh, die Gabi leihe«, sagte Bruno, und nun mussten sie beide lachen.

Bruno strahlte über das ganze Gesicht, im seinem Innersten war er immer ihr Lausbub Bruno geblieben, ihr Freund durch dick und dünn.

Ella bestellte eine zweite Portion Apfelstrudel. Danach kam ihr Gespräch auf weniger heikle Themen. Noch ein paarmal an diesem Nachmittag brachte Bruno sie zum Lachen. Er tat ihr gut. Ella war sich nicht sicher, ob sie das von Anton jemals wieder würde behaupten können.

Außerdem hatte sich aus ihrem Gespräch mit Bruno eine neue Unsicherheit für Ella ergeben, die sie nicht weniger beschäftigte als ihre Erwartungen an ihren Ehemann. Hätten sie als Eltern Henrike den Kampf für die Rechte der Frauen doch nicht verbieten sollen?

39
Ende Februar 1903

Er musste Henrike unbedingt beweisen, dass er kein Verräter war. Seit Stunden schon lauerte Jean-Pierre vor dem Haus in der Eichhornstraße, den Blick konzentriert auf den Eingang gerichtet.

Am frühen Nachmittag verließ Henrike dann endlich an der Seite ihrer Mutter die Wohnung. In der rechten Hand hielt sie ein Sträußchen Hyazinthen. Wenn es kalt draußen ist, sieht sie am schönsten aus, fand er. Dann schimmert ihre helle, feine Haut wie Porzellan, und der Hauch von Rot auf ihren Wagen lässt sie unwiderstehlich aussehen.

Jean-Pierre zögerte nicht länger, sondern lief auf die Frauen zu. »Ich möchte endlich mit dir sprechen, Enrike«, drängte er und nickte Henrikes Mutter zu. »Guten Tag, Madame Hertz. Ich bin Jean-Pierre Roussel, Student an der Alma Julia.« Eigentlich durfte er sich gar nicht mehr als Studenten bezeichnen, denn er war so selten in den Vorlesungen, dass sie ihn zu den Prüfungen gar nicht mehr zulassen würden.

»Guten Tag, Herr Roussel«, grüßte ihn Ella Hertz freundlich zurück. Henrike jedoch zog ihre Mutter von ihm fort. »Komm, Mama!«

»Enrike, warte!«, bat er und kam ihnen nach. »Ich habe dich nicht verraten. *Crois-moi, s'il te-plaît!* Du musst mir glauben!«

»Bitte gehen Sie«, bat Henrikes Mutter immer noch höflich, aber bestimmter. »Und respektieren Sie den Wunsch meiner Tochter.«

Jean-Pierre ahnte, dass Henrike ihre Mutter in ihre heimlichen Treffen in der Pfarrkirche des Stifts Haug und seinen angeblichen Verrat eingeweiht hatte. Und dennoch verhielt sich Frau Hertz weniger wütend ihm gegenüber als ihre Tochter.

Jean-Pierre zog das Hinweisschreiben aus seiner Tasche und hielt es ihnen geöffnet und mit auffordernmdem Blick entgegen. Der Hinweisgeber war sehr klug vorgegangen. Er hatte gedruckte Buchstaben einzeln ausgeschnitten und auf das Briefpapier geklebt.

DER GEHEIME REDAKTIONSKELLER ZUR HERAUSGABE DER FRAUEN-ZEITUNG LOUISE BEFINDET SICH IM HINTERHOF DER PETRINISTRASSE 7, GROMBÜHL.

Henrike schaute zwar nicht hin, aber Jean-Pierre erklärte ihr dennoch: »An jenem Tag erhielt der Rektor dieses anonyme Schreiben mit dem Hinweis auf den Ort der Redaktion im Grombühl. Es stammt nicht von mir. Wenn ich dich hätte verraten wollen, hätte ich es Rektor Pauselius auch einfach sagen können. Meinst du nicht?« Jean-Pierre blickte in Henrikes tiefblaue Augen, die ihm einen eiskalten Blick zuwarfen. »Es war jemand anders, ich hätte das niemals tun können. *Jamais!*« Der wahre Verräter war noch immer irgendwo da draußen. Und es war nicht ausgeschlossen, dass er es erneut auf Henrike abgesehen hatte.

»Du hast diese Buchstaben ja vielleicht aufgeklebt, weil du den Verdacht so am besten von dir ablenken konntest«, entgegnete Henrike in anmutiger Haltung und wandte sich zum Gehen.

Jean-Pierre konnte nicht länger an sich halten: »Ich liebe dich, Enrike. Deswegen würde ich dich niemals verraten. Im Gegenteil. Ich habe stets versucht, dich vor den Gefahren deines Tuns zu warnen.«

Kurz zögerte Henrike, dann hakte sie sich bei ihrer Mutter ein und ging mit ihr davon. Ella Hertz drehte sich noch einmal nach ihm um.

»Schön, dass du wieder gesund bist, Enrike!«, rief er ihr noch hinterher. Er hatte sich in sie verliebt, weil sie selbstbewusst war, fordernd und auch manchmal widersprach. Doch in diesem Moment verfluchte er die Charaktereigenschaften, die ihn so sehr für sie eingenommen hatten.

Sehnsucht ist der Wunsch nach etwas, das man nicht haben kann!, ging es ihm durch den Kopf. Er wartete noch eine Weile, bis sie ihn nicht mehr sehen konnten, dann folgte er ihnen.

*

Henrike lief vor dem royalblauen Salon auf und ab und strich wütend ihr Haar auf den Rücken zurück. »Ich finde es einfach unverschämt, dass er mich nicht in Ruhe lässt!«

Ella versuchte, ihre Tochter zu beruhigen. »Du musst ihn ja nicht wiedersehen, Rike.«

»Beim nächsten Mal rufe ich die Gendarmen!«, verkündete Henrike aufgebracht. In den besseren Vierteln patrouillierten die Gendarmen tagsüber mit Gewehren und in der Nacht mit bissigen Hunden. »Die ganze Sache mit der Liebe ist eine einzige Lüge!«, war sie überzeugt und wollte sich gar nicht mehr beruhigen. Jean-Pierre wollte ihr nur wieder nah sein, damit er sie im Auftrag von Rektor Pauselius über die neuesten Entwicklungen und Fortschritte der Frauenbewegung aushorchen konnte. Wenn er log, funkelten seine schwarzen Augen besonders verführerisch. Das hatte sie schon längst festgestellt. Darauf fiel sie nicht mehr herein!

»Für einen Lügner ist er ganz schön beharrlich«, gab Ella vorsichtig zu bedenken, dann kam Viviana zu ihnen.

Noch vor der Tür zum Salon übergab Henrike ihrer Großmutter das Sträußchen Hyazinthen, das sie fast zerdrückt hatte vor Empörung. »Wir wollten schauen und fragen, wie es dir geht«, versuchte sie es in friedlicherem Ton, aber so schnell ließ sich ihr Groll auf Jean-Pierre nicht abschütteln. Dabei tat ihr ihre Großmutter in dem hochgeschlossenen, schwarzen Trauerkleid und mit den geschwollenen Augen unendlich leid.

Beim Betreten des Palais war Henrike aufgefallen, dass Richards

Gehröcke noch wie eh und je am Haken hingen. Und noch immer war es fast dunkel im Haus. Sie drückte ihre Großmutter fest an sich. Damit Jean-Pierre ihr nicht einmal mehr in Gedanken näherkam, entschied sie, ihn nicht mehr beim Vornamen zu nennen. Von nun an wäre er Monsieur Roussel für sie! Vielleicht könnte sie ihn dann endlich vergessen. Viel lieber dachte sie sowieso an ihren Großvater Richard. Sie vermisste ihn sehr, manchmal redete sie sogar mit ihm.

»Die große Liebe trifft man nur einmal im Leben«, sagte Viviana so verträumt, wie sonst nur Ella sprach.

»Oder nie!«, besiegelte Henrike das Gespräch über die Liebe.

Es war wohl gut gemeint, aber ihre Großmutter sah todtraurig aus, als sie erwiderte: »Schön zu sehen, Rike, dass du auch deinen alten Dickkopf wiederhast.«

Henrike senkte den Blick. »Tut mir leid, Großmama. Bei allem anderen stimme ich dir ja zu, aber was die Liebe angeht, da bin ich einfach eine Ausnahmeerscheinung.« Sie hätte besser bei ihrer Schwärmerei für den alten Goethe bleiben sollen.

Viviana wandte sich an Ella. »Schön, dass du mitgekommen bist. Weiß Anton davon?«

Ella rang nach einer Antwort, und auch Henrike wusste nicht, was sie sagen sollte. Zeitweise verschwand ihr Vater tagelang in eine andere Stadt auf einen Kongress, zum Generaldirektor oder zu seinen Eisenbahnen in Kitzingen.

»Ich habe Besuch«, sagte Viviana und deutete auf die Salontür, »wollt ihr dazukommen?«

»Stören wir nicht, Mutter?«, fragte Ella.

Viviana öffnete die Flügeltüren des royalblauen Salons.

»Fräulein Henrike.« Klara Oppenheimer erhob sich und kam auf sie zu. »Sie sehen so strahlend aus. Schön, Sie so schnell wiederzusehen.« Wenn sie allein wären, so hatten sie beim jüngsten Spaziergang beschlossen, wollten sie sich fortan duzen. Aber in Gesellschaft behielten sie erst einmal noch die höfliche Anrede bei.

Henrike erwiderte das freundliche Lächeln und vergaß darüber sogar kurz Monsieur Roussel. Auf ihrem letzten gemeinsamen Spaziergang im Ringpark hatte Klara Henrike von ihrer jüdischen Familie erzählt und sogar die Medizin-Vorlesungen erwähnt, die sie besuchen durfte, weil sie das Lehrerinnenexamen abgelegt hatte. Es war als Abiturersatz anerkannt, und es war ein schönes Gefühl, zwei so unterschiedliche Freundinnen wie Isabella und Klara zu haben. Mit jeder gab es andere Themen zu bereden.

Mit Isabella konnte Henrike von der Ferne träumen, und gerade half sie dabei, Isabellas Hochzeitsfest zu planen. Im Juli, in vier Monaten, würde es so weit sein und Isabella heiraten. Henrike hatte nie mehr Zeit mit Isabella verbracht als in diesen aufregenden Wochen vor der Hochzeit. Es galt, Kleider anzuprobieren, Schleifen, Blumenschmuck und Dekorationen auszuwählen, Sitzordnungen auszutüfteln und Hunderte von Details für den Ablauf der Festivität festzulegen. Alles Dinge, die eine Braut eigentlich mit ihren Eltern besprechen sollte. Damit Isabella jedoch wegen ihrer schon lange verstorbenen Mutter und ihrem ewig abwesenden Vater am schönsten Tag ihres Lebens nicht traurig wäre, bemühte sich Henrike mit Kräften, ihrer Freundin eine umso eifrigere Brautfreundin zu sein. Eine Hochzeit war Grund zur Freude, insbesondere dann, wenn sich das Brautpaar aufrichtig liebte. Nun musste sie doch wieder an Monsieur Roussel denken.

»Darf ich Ihnen meine Mutter vorstellen?« Henrike führte Klara Oppenheimer vor Ella, die noch im Türrahmen stand und das Geschehen distanziert verfolgt hatte. Henrike war aufgefallen, dass ihre Mutter seit einigen Tagen besonders nachdenklich war und sogar länger in der Bibel las als sonst.

Ella nickte Klara Oppenheimer freundlich zu, meinte aber plötzlich, die Runde lieber nicht allzu lange stören zu wollen.

»Wir sprachen gerade über Würzburg«, sagte Viviana und nahm mit Klara Oppenheimer auf dem Kanapee Platz, während Ella sich nicht von der Tür fortbewegte, »über Politik und die geplanten Feierlichkeiten für den nächsten Besuch des Prinzregenten.«

Henrike hatte bereits gehört, dass der Prinzregent zur Einweihung seines Denkmals die Stadt besuchen wollte. Die Feierlichkeiten sollten am 12. März, dem Geburtstag des Prinzregenten, stattfinden.

»Es sollen gleich zwei Festtage werden«, wusste Klara Oppenheimer zu berichten. »Im Rathaus spricht man sogar schon von den ›Prinzregententagen des Jahres 1903‹, die alles überbieten sollen, was Würzburg jemals aufgeboten hat, um seinen Prinzregenten gebührend zu feiern.«

Henrike ging zum Fenster und schob den Vorhang etwas beiseite, während Klara Oppenheimer weiter berichtete: »Geplant sind Feierlichkeiten für das Volk und Brunnen, aus denen Wein fließt. Für den Prinzregenten soll es ein Bankett in der Königlichen Residenz geben, wo er vor zweiundachtzig Jahren geboren wurde.«

Henrike war noch nie auf einem Bankett gewesen, und den Prinzregenten hatte sie auch noch nie gesehen. Sie schaute aus dem Fenster. Draußen wurde ein Pianoforte über die Straße getragen. Sie winkte ihre Mutter zu sich, denn das Instrument war ein wirklich nobles Teil, aber Ella wollte sich weiterhin nicht von der Tür wegbewegen.

»Zu dem Bankett«, erzählte Klara Oppenheimer, »sind einhundert hochrangige Würzburger Gäste mit Begleitung geladen, die der Prinzregent höchstselbst ausgewählt hat. Man munkelt im Frauenheil-Verein, dass sich sogar der scheue Professor Röntgen die Ehre geben wird. Unter Tausenden jubelnden Würzburgern soll der Prinzregent in einer offenen Kutsche durch seine Geburtsstadt gefahren werden, begleitet von fünfzig fränkischen Bürgerstöchtern.«

»Es hätte Großvater zugestanden, das greise Alter des Prinzregenten ebenfalls zu erreichen«, sagte Henrike mehr zu sich selbst als an die anderen gerichtet und wandte sich vom Fenster ab. »Hat der Prinzregent jemals jemandem das Leben gerettet, so wie Großvater? Warum darf er dann älter werden?«

Auf diese Aussage hin verstummte auch Klara Oppenheimer. Sie legte schweigend einige Bücher aus dem Koffer auf den Tisch. Irgendwann hielt sie es aber nicht länger aus und nahm erst behutsam, dann wieder leidenschaftlicher das Wort auf: »Insgesamt dürften es jetzt mehr als sechstausend sein, Frau Winkelmann-Staupitz.«

»Mehr, als wir zu träumen gewagt haben«, entgegnete Viviana, und Henrike dachte, dass ihre Großmutter allen Grund hatte, sich darüber zu freuen, ihre Freude aber offensichtlich nicht zeigen konnte.

Henrike ahnte, dass das Gespräch gleich auf die nächsten Aktivitäten der Frauenbewegung kommen würde. Um ihrer Mutter zu beweisen, dass sie mit der Frauenbewegung nichts mehr zu tun hatte, schaute sie demonstrativ und desinteressiert nach draußen. Immer seltener dachte sie an Anna Gertlein und den zarten Professor Rieger. Das immerhin gelang ihr.

»Sechstausend, wovon?«, fragte Ella zögerlich.

Henrike verfolgte aus dem Augenwinkel, wie Klara, erst nachdem ihre Großmutter ihr mit einem Nicken die Erlaubnis gegeben hatte, eine Antwort gab. »Sechstausend Unterschriften von Damen und Herren aus dem Königreich Bayern, die die Abschaffung des Immatrikulationsverbotes für Frauen fordern.«

»Wollt Ihr sie dem Prinzregenten mit der Post schicken?«, fragte Henrike, ohne groß nachzudenken. Ganz vermochte sie es also doch nicht, sich aus dem interessanten Gespräch herauszuhalten. Sie war einfach zu impulsgesteuert.

»Das eben wissen wir noch nicht«, erklärte Klara Oppenheimer und verfiel in angestrengtes Nachdenken. »Auguste glaubt nicht mehr an den Erfolg schriftlicher Gesuche.«

»Warum übergeben Sie dem Regenten die Bücher eigentlich nicht persönlich?«, fragte Henrike, weil es ihr spontan eingefallen war, aber schon im nächsten Moment schlug sie sich die Hand vor den Mund. Jetzt war endgültig Schluss! Sie würde sich kein weiteres Mal in das Gespräch einmischen! Sie presste die Lippen fest aufeinander, damit sie auch ja geschlossen blieben.

»Weil der Prinzregent uns keine Audienz gewährt. Seine Absage war klar und deutlich!«, erwiderte ihre Großmutter ungehalten.

»Ein brillanter Einfall, Fräulein Henrike!«, sagte Klara Oppenheimer jedoch ganz begeistert. »Genau das sollten wir tun. Und dabei überreichen wir ihm gleich die ersten Anträge weiblicher Studentinnen auf Immatrikulation. Mir würden auf Anhieb drei Damen einfallen, die das Studium sofort und unbedingt aufnähmen.«

»Wie meinen?« Vivianas Blick lag länger auf Henrike.

»Wenn der Prinzregent zur Einweihung des neuen Denkmals anreist, drängeln wir uns einfach mit einem Lächeln zu ihm durch«, erklärte Klara Oppenheimer fast schon siegessicher.

»Das war nur so dahingesagt«, murmelte Henrike, weil sie bemerkte, dass ihre Mutter unruhig wurde. Gleichzeitig dachte sie aber auch an ihren Vater, und dass er alles dafür tun würde, um diese Überraschung für den Prinzregenten zu verhindern. Anton mochte keine Überraschungen, brachten sie ihn doch nur aus seinem sorgsam geplanten Konzept.

Klara Oppenheimers Augen leuchteten vor Begeisterung. »Fräulein Henrikes Idee wäre wirklich einen Versuch wert.«

Henrike erwartete einen vorwurfsvollen Blick vonseiten ihrer Mutter, aber Ella war ganz auf Klara Oppenheimer konzentriert, die nun vorschlug: »Ich würde mich auch dafür anbieten.«

»Es wäre eine Aktion mit erheblichem Risiko, sind Sie sich dessen bewusst?«, fragte Viviana. »Die Gendarmerie könnte Sie abführen. Ihre Möglichkeiten als Lehrerin wären dann ein für alle Mal dahin. Und Ihre Hörerin-Zulassung sowieso.«

Henrike wollte nicht, dass sich Fräulein Klara in Gefahr begab. Im Gegensatz zu ihr standen der Lehrerin noch viele Zukunftstüren offen. Henrike hingegen würde mit dem Stigma der Aufrührerin leben müssen. Die Reichenspurners gaben sich alle Mühe, dass die bessere Gesellschaft ihre Rebellion nicht so schnell vergaß. Das wusste Henrike von Isabellas Vater. Und wer wollte schon mit einer Frau leben, die bei jedem Hustenanfall todbringende Bazillen verteilen könnte? Jean-Pierre Roussel wollte – aber das auch nur, weil er irgendwelche Hintergedanken hatte.

»Frauen dürfen nicht länger Menschen zweiter Klasse sein, und um diese Ansicht durchzusetzen, bin ich bereit, fast alles zu tun!« Klara Oppenheimer erhob sich wie zu einer Rede. »Wenn wir dem Prinzregenten die Unterschriften übergeben, fordern wir gleich das volle akademische Bürgerrecht für Frauen. Wir fordern die gleichen Zutrittsbedingungen zum Studium, wie sie für Männer gelten, und die gleichen Studienrechte.«

Henrike beobachtete, wie ihre Großmutter zu jeder Aussage von Klara Oppenheimer nickte.

»Nicht jede Frau will studieren«, warf Ella zaghaft ein.

»Nicht jede Frau muss studieren!«, entgegnete Klara Oppenheimer leidenschaftlich. »Aber jede interessierte Frau sollte die Möglichkeit dazu haben.«

Ella wandte sich ab.

»Wir gehen jetzt besser«, sagte Henrike und ging zu ihrer Mutter.

»Auf Wiedersehen, Fräulein Oppenheimer, auf Wiedersehen, Mutter«, verabschiedete sich Ella daraufhin.

Henrike führte sie in den Eingangsbereich, wo Henna ihnen ihre Mantillen brachte. »Das hätte ich fast vergessen, Fräulein Henrike.« Das Stubenmädchen überreichte ihr einen Zettel, auf dem ihr Name stand. »Den hat vorhin der französische Herr für Sie abgegeben. Ich musste ihm versichern, Ihnen den Zettel wirklich zu geben. Ich weiß ja, dass er Hausverbot hat.«

Henrike nahm ihn mit spitzen Fingern entgegen. Mit einem Schlag war ihr glühend heiß. Damals, als er in der Kutsche ihre Hüften umfasst hatte, hatte sie die Wärme seiner Hände mit jeder Faser ihres Körpers gespürt. Wie perfekt er sich doch vor ihr verstellt hatte! Es tat immer noch weh. Mit bösem Blick starrte sie lange auf den Zettel.

»Es schien sehr wichtig zu sein«, sagte Henna noch.

Nur dem treuen Stubenmädchen zuliebe stopfte Henrike sich den Zettel in die Rocktasche zu ihrem Hustentuch. Sie wollte jetzt schnellstmöglich weg hier, sie hatte schon wieder viel zu viel bei der Frauenbewegung mitgeredet.

*

Als die Standuhr im großen Salon neun schlug, verließ Henrike ihr Zimmer. Ihr Vater war bereits zu Bett gegangen, weil er in aller Frühe nach Aschaffenburg musste, wo wieder einmal ein Verkehrskongress stattfand. Er bliebe über Nacht fort.

Henrike sah ihre Mutter allein am Tisch im Salon sitzen und nachdenken. Auf baren Füßen ging sie am Salon vorbei und in die Küche. Dort trank sie ein Glas Wasser. Plötzlich spürte sie ein kratzendes Gefühl im Hals, sodass sie ihr Hustentüchlein aus der Tasche des Schlafrocks zerren musste. Im letzten Moment bekam sie das Tuch gerade noch vor den Mund gepresst. Ihr Puls schoss nach oben. So lange hatte sie nicht mehr gehustet, so lange hatte sie nicht mehr an ihre hinterhältige Krankheit denken müssen.

Ella war sofort bei ihr. »Ist alles in Ordnung?«

Der Husten blieb aus, es kam nur ein Krächzen. Allmählich beruhigte sich Henrikes Puls wieder. »Das Wasser war wohl zu kalt.«

»Du erkältest dich noch, Rike. Zieh dir ein paar Wollstrümpfe über.« Ella zeigte auf Henrikes nackte Füße.

Auf dem Boden lag auch der Zettel, den die alte Henna Henrike im Palais übergeben hatte. Henrike musste ihn zusammen mit dem Hustentuch aus der Tasche gezogen haben.

Ella hob das Papier auf und legte es auf den Küchentresen.

Zuerst beschaute Henrike es wie eine ekelhafte Spinne mit langen, haarigen Beinen. Dann entfaltete sie es doch und breitete es auf dem Küchentisch aus. Ihre Finger glühten dabei.

Die Buchstaben auf dem Papier waren sehr sauber ausgeschnitten. Sie las:

DER GEHEIME REDAKTIONSKELLER ZUR HERAUSGABE DER FRAUEN-ZEITUNG LOUISE BEFINDET SICH IM HINTERHOF DER PETRINISTRASSE 7, GROMBÜHL.

Henrike berührte jeden einzelnen Buchstaben, als wolle sie ihn nachmalen. Es sah ganz so aus, als ließen sich die Buchstaben zwei unterschiedlichen Schriftarten zuordnen. Das Wort GEHEIME gehörte zu einer Schriftart, die ein feiner Linienschatten umgab, die Buchstaben liefen in einem geschwungenen Bogen aus. Die zweite

Schrift, die beim Wort HERAUSGABE überwog, wies dagegen schmale Kapitälchen mit kurzen Serifen aus. Auffallend war auch die weit unter der Zeile auslaufende Schräglinie des Buchstabens R, die sonst kein anderer Buchstabe aufwies.

Seitdem Wachtmeister Krachner der Familie die Unterschiede der Buchstaben selbst bei Schreibkugelmodellen erklärte hatte, besaß Henrike ein gutes Auge für die Feinheiten der Typografie.

»Wie es aussieht, sind es Buchstaben aus Zeitungen.« Ella nahm das Hinweisschreiben auf und betrachtete es genauer.

»Kennst du die Schrift, Mama?«, wollte Henrike wissen.

Ella schüttelte den Kopf.

Henrike ging mit dem Papier in den Salon. Ella folgte ihr im Nachthemd. »Wenn die Buchstaben den üblichen Würzburger Zeitungen entstammten, würden wir sie sicher wiedererkennen.«

Vor dem Sekretär stoppte Henrike und verglich die Buchstaben des Hinweisschreibens mit denen der zuoberst liegenden Ausgabe der *Dampflok*. Größer konnte der Unterschied kaum sein. Die Buchstaben des Eisenbahn-Magazins waren dick und fett, ganz anders als jene auf dem Hinweisschreiben. Beide Schriften auf dem Papier in Henrikes Hand zeichneten sich durch schmale Linien aus. »Die Buchstaben könnten von einer besonderen Drucksache oder einem Plakat stammen«, vermutete sie, während ihre Mutter über den Stapel von Antons Zeitungen strich.

Wenn ich nur wüsste, wie ich meinen Eltern helfen könnte!, dachte Henrike verzweifelt. Der sehnsüchtige Blick ihrer Mutter ließ sie wieder an Monsieur Roussel denken, und wie er ihr gesagt hatte: Ich liebe dich, Enrike. Warum tat er ihr das an? Warum schaffte er es immer noch, sie vollkommen durcheinanderzubringen? Warum ging er nicht endlich wieder nach Paris zurück?

Henrike faltete das Hinweisschreiben wieder zusammen. »Wollen wir noch ein paar Gedichtzeilen von Rilke lesen?«

Ella nickte aufmunternd. »Gerne.«

*

»Das Singen ist so eine schöne Sache«, schwärmte Konrad Rieger und beschrieb Frau Löffler mit blumigen Worten und nicht zum ersten Mal, wie gut ihm Musik täte, und dass er manchmal gar nicht aufhören wolle zu singen.

Frau Löffler war die Einzige aus dem Saal der Ruhigen, die ihr Bett wie so oft nicht verlassen wollte. Die anderen Frauen hatten sich für die Chorprobe bereits im Gemeinschaftsraum eingefunden. Sie hatten eigenständig zu üben begonnen, worauf Konrad sehr stolz war. Ihr Gesang drang durch den Flur bis in den Saal der Ruhigen. »Frisch auf, zum fröhlichen Hetzen, fort in das grüne Feld, wo man mit Garn und Netzen, das Wild gefangen hält.«

Mit jedem Montag, an dem Konrad für die Chorprobe vom Schalksberg ins Spital gekommen war, war der Widerstand der Frauen gegen das gemeinsame Singen geschwunden. Einzig Frau Löffler war nicht einmal zum Betreten des Gemeinschaftsraumes zu bewegen, sobald Musik darin erklang. Sie saß apathisch auf ihrem Bett und befingerte den Zipfel ihrer Bettdecke. Der Chor war inzwischen bei der dritten Strophe des Jagdliedes angekommen. »Frühmorgens, als der Jäger in grünen Wald 'neinkam.«

Wenn Konrad seine traurigste Patientin schon nicht auf direktem Weg für die Musik begeistern konnte, würde es ja vielleicht etwas bringen, ihr von Henrike zu erzählen. »Henrike ist wieder gesund, und sie würde sich sehr freuen, uns alle zusammen singen zu hören«, sagte er ihr. Er wollte die Patientin nicht drängen, ihr aber zeigen, wie wichtig ihm die Sache war. Seit Jean-Pierres Eifersuchtsszene wollte Konrad den Kontakt zu Henrike erst einmal begrenzen, damit nicht noch Gerüchte über eine Affäre mit ihr aufkamen. Konrad liebte seine Ehefrau, wie man seine Ehefrau eben liebte. Bei Henrike war das anders. Er verspürte kein körperliches Verlangen nach ihr, schätzte aber den Umgang mit ihr sehr. Er bedauerte es auch, dass sie sich endgültig vom Juliusspital, von den menschlicheren Menschen und der Medizin losgesagt hatte. Konrad schaute auf.

Frau Löfflers Gesicht blieb so ausdruckslos wie immer, als wäre sie Henrike noch nie begegnet. Konrad vergaß an keinem Tag, wie hingebungsvoll Henrike sich der seelenkranken Menschen angenommen hatte. Die wenigsten Irrenwärter besaßen ein so großes Herz wie sie. Das galt auch für seine Klinik am Schalksberg. »Kennen Sie die Chor-Wette, Frau Löffler?«, fragte er und besann sich als letzten Versuch auf eine ganz andere Strategie. »Zwischen Wärterin Ruth und Reservewärterin Henrike?«

Bei dem Namen »Ruth« war Frau Löffler kurz zusammengezuckt.

»Henrike hat gewettet, alle depressiven Frauen, also auch Sie, Frau Löffler, für den Chor begeistern zu können. Und wenn mir das stellvertretend für Henrike gelingen und sie davon erfahren würde, käme Henrike vielleicht wieder ins Juliusspital zurück. Oder es würde sie dazu ermutigen, weiterhin für ihre Träume zu kämpfen. Henrike wollte eine Ärztin mit Herz werden. Verstehen Sie?«

Frau Löffler regte sich weiterhin nicht, aber Konrad hatte das Gefühl, dass er vom Flur aus beobachtet wurde. Er wandte sich um und sah Jean-Pierre Roussel im Türrahmen stehen. Der Student schien die Situation schon eine Weile zu beobachten, so konzentriert, wie er dastand. Konrad beachtete ihn nicht weiter, erst wollte er Frau Löffler zum Singen bewegen. Tridihejo di hejo, di hedi hedio, war im Gemeinschaftsraum zu hören.

»Sollte der Chor mit allen depressiven Frauen tatsächlich zustande kommen, muss Wärterin Ruth in der ersten Reihe des Chors mitsingen, was sie auf keinen Fall will«, erklärte Konrad und konnte sich bei dieser Vorstellung ein Lächeln nicht verkneifen. Viel mehr als ein kurzes Amüsement zählte für ihn jedoch, dass die Wärterin vielleicht sogar Gefallen am Singen finden und nicht mehr nur Missmut und Groll bei ihrer Arbeit empfinden könnte.

Aber die Aussicht auf Ruth als Sängerin ließ Frau Löffler ebenso unberührt. Sie legte sich hin und zog sich die Decke bis ans Kinn.

»Guten Tag, *Monsieur le Professeur*«, sagte Jean-Pierre in einem freundlicheren Tonfall als bei ihrer letzten Begegnung. Die Liebe hatte Konrads einst begabtesten Studenten launisch und unberechenbar gemacht. Bevor Jean-Pierre sich nicht mehr um sein Studium gekümmert hatte, hatte Konrad ihm sogar durchgehen lassen, dass er sich für Freud und die Psychoanalyse begeisterte. Sigmund Freuds Schriften lagen in Konrads *cloaca maxima* obenauf, und nirgendwo anders gehörten sie auch hin! Es gefiel ihm, dass Jean-Pierres Wut auf ihn anscheinend verraucht war.

»Darf ich?«, fragte Jean-Pierre und trat vor Frau Löffler.

Konrad ließ ihn gewähren.

»Guten Tag, Frau Löffler«, sagte Jean-Pierre mit weicher Stimme, was Konrad zuversichtlich stimmte. Denn Jean-Pierre hatte in den zurückliegenden Demonstrationen immer viel Gespür im Umgang mit den Patienten bewiesen.

Jean-Pierre zog ein Paar Klangstäbe aus hellem Holz hinter seinem Rücken hervor. Konrad las die Initialen »FR« darauf. »Das ist eine Spezialanfertigung vom Schreiner und ein Geschenk für François.« Er hielt Frau Löffler die Klangstäbe vors Gesicht.

Apathisch starrte sie die Hölzer an. Selbst wenn es Messer gewesen wären, hätte sie wohl nicht anders reagiert und wäre liegen geblieben.

Jean-Pierre begann nun, den Rhythmus des Jagdliedes auf den Hölzern mitzuschlagen, und summte die Melodie dazu, während der Chor sang: »Die Vögel in den Wäldern sind schon vom Schlaf erwacht.«

Da hob Frau Löffler die rechte Hand und näherte sie so langsam den Hölzern, als stünde die Zeit still. Schließlich berührte sie die Klanghölzer ganz vorsichtig, als könnten sie zerbrechen. Sie waren hübsch poliert.

Jean-Pierre übergab der Patientin das Instrument. Sie hielt die Klangstäbe eine Weile in der Hand, während Jean-Pierre weitersummte. Da wagte Frau Löffler einen zögerlichen Schlag.

Konrad verschlug es die Sprache. Für Frau Löffler, die oft tagelang regungslos im Bett lag, war das ein großer Fortschritt.

Jean-Pierre half ihr, sich aufzusetzen, dann verschwand er aus dem Raum. Konrad ahnte, was er vorhatte. Wenn Frau Löffler nicht zum Chor kam, musste der Chor eben zu ihr kommen.

Während Frau Löffler zum Chorgesang weitere Schläge mit den

Klanghölzern wagte, betraten die anderen Frauen singend den Raum: »Frisch auf, zum fröhlichen Hetzen, fort in das grüne Feld.«

Jean-Pierre positionierte die Frauen nahe der Tür und mit etwas Abstand zum Bett von Frau Löffler. In der ersten Reihe standen Frau Kreuzmüller, Fräulein Weiss, Frau Weidenkanner, Frau Eisele und Frau Hahn. Dahinter hatten die vermeintliche Gräfin von Weikersheim, die fallsüchtige Corinna Enders und Frau Kessler Aufstellung genommen. Ihr Gesang klang weder glatt noch ausgefeilt, aber hoffnungsfroh. Frau Löffler klopfte nicht ganz im Rhythmus des Liedes mit, sie begleitete ihr eigenes Lied, aber das war egal.

»Was is'n des für a Durcheinannner?«, erboste sich Wärterin Ruth im Flur und trat in den Türrahmen. Als sie Konrad entdeckte, hielt sie inne. Mit missmutigem Gesichtsausdruck betrachtete sie die singenden Patientinnen.

»Frühmorgens, als der Jäger in grünen Wald 'neinkam«, sang Jean-Pierre daraufhin leidenschaftlich und bedeutete der Wärterin, doch endlich hereinzukommen und ihnen zuzuhören.

Die nächste Liedzeile übernahm er sogar als Solist und lächelte Ruth mit Genugtuung an. »Da sah er mit Vergnügen das schöne Wildbret an.«

Fräulein Weiss' Stimme, die bei den ersten Proben noch so zart und verletzlich dahergekommen war, klang nun voll und klar. Zudem sang das Fräulein lauter, seitdem die Wärterin den Krankensaal betreten hatte.

Als die dritte Strophe beendet war, applaudierten Jean-Pierre und Konrad begeistert. Konrad dachte auch an Jean-Pierre, und dass Arbeit schon immer die beste Möglichkeit gewesen war, sich vom Liebeskummer abzulenken. Darauf musste sich der junge Mann wohl besonnen haben.

Wärterin Ruth wollte gerade wütend davonstapfen, als Konrad ihr den Weg verstellte. »Wie Sie sehen, sehen Sie den Chor unserer ruhigen Damen, und ich finde, sie haben herrlich gesungen!«

»Damit haben Sie die Wette verloren!«, ergänzte Jean-Pierre stellvertretend für Henrike.

»Da ham doch nur fünf von de Ruhige mitgsunge!«, begehrte Wärterin Ruth missmutig auf. »Die Löffler hat ned a mal die Lippe bewegt!«

»Von Singen war einst auch nicht die Rede«, wusste Konrad. »Es galt, alle sechs Frauen zum Mitmachen im Chor zu bewegen, und Frau Löffler hat unser Lied soeben wunderbar mit den Klangstäben begleitet. Finden Sie nicht?«

Wärterin Ruth schielte noch einmal zu Frau Löffler, die auf ihrem Bett saß und immer noch leise die Klangstäbe schlug. Zum ersten Mal verschlug es der Wärterin die Sprache.

Konrad beeilte sich zu sagen: »Ich freue mich, dass wir Sie bei unserem ersten Auftritt als Sängerin begrüßen dürfen, Wärterin Ruth.« Er streckte ihr die Hand entgegen wie einst Henrike, als sie die Wette besiegelt hatte. »Sie erinnern sich doch noch an Ihren Wetteinsatz?«

Die Wärterin brummte etwas, das Konrad geflissentlich überhörte. »Willkommen in unserem Chor«, verkündete er nicht ohne Schadenfreude.

Widerwillig und mit gefletschten Zähnen schlug Wärterin Ruth schließlich ein. Immerhin wusste sie, wann sie verloren hatte.

40

März 1903

Ella musste gleich los. Die Eisenbahn nach München verließ den Zentralbahnhof um sechs Uhr dreißig. Sie küsste die friedlich schlafende Henrike zum Abschied auf die Stirn und versank eine Weile in deren Anblick. Henrike ist Anton unglaublich ähnlich, vor allem, was ihre Sturheit betrifft, aber auch äußerlich. Sie besitzt Antons weit auseinanderstehende Augen und das gleiche kupferfarbene Haar. Was sie noch gemeinsam haben, ist ihre Art zu lieben. Beide sind viel zu schnell enttäuscht, sie wollen ganz oder gar nicht lieben.

Henrike war ihr größtes Glück, und Ella hatte etwas gutzumachen an ihrer Tochter. Auch Anton schuldete Henrike etwas. Als Gutemorgenüberraschung legte sie zwei Fahrscheine auf das Nachtkästchen neben dem Bett. Mit Isabellas Vater war abgesprochen, dass er Henrike und Isabella auf seine zweiwöchige Reise nach Paris mitnehmen würde. In vier Wochen sollte es so weit sein.

Träum weiter süß, wünschte Ella ihrer Tochter in Gedanken.

Sie wollte sich gerade erheben, als Henrike blinzelte.

»Mama, wo willst du hin?« Ihre Stimme klang noch tief und belegt vom Schlaf.

»Ich fahre mit der Eisenbahn nach München«, entgegnete Ella. Sie hatte schon viel zu lang gezögert, die Initiative zu ergreifen. Bruno hatte recht damit, dass sie alles versuchen musste, um ihre Ehe zu retten. Vielleicht half bei Anton im übertragenen Sinn ja nur ein Schlag auf den Kopf.

Henrike rieb sich den Schlaf aus den Augen. »Zu Papa?«

Ella nickte. Sie wollte nicht so lange warten, bis Anton zu den bevorstehenden Prinzregententagen aus München zurückkehrte. Sie hielt die Kluft, die sich zwischen ihnen aufgetan hatte, keine Stunde länger aus. Seit Monaten hatte er sie nicht mehr in den Arm genommen und schlief mit dem Rücken zu ihr ein. Vor jedem ihrer Gesprächsversuche floh er ins Oberbahnamt. Stets gab es eine neue Gleisanlage, eine Verladestelle oder Halteplätze, für deren Projektierung er sich unersetzlich hielt. Am wenigsten, fand Ella, ist Anton für seine Familie ersetzbar. Das wollte sie ihm sagen.

Henrike kam hoch und schaute in Richtung Ankleidezimmer. »Soll ich dich begleiten?«

Ella griff nach ihrem Schirm und setzte sich den Reisehut auf, Antons Geschenk zu ihrem zehnten Hochzeitstag. »Du bist doch heute Nachmittag mit Isabella verabredet. Das kannst du nicht absagen. Sie wäre sehr enttäuscht.«

Henrike ließ sich wie ein Sack Korn ins Bett zurückfallen. »Ich hoffe, dass der Münchener Schneider Bellchen überzeugen kann. Sie tut sich so schwer damit, das richtige Brautkleid zu finden.«

Auch die Ungeduld hat Henrike wohl von ihrem Vater, dachte Ella und lächelte traurig. »Zeig ihr die Fahrkarten nach Paris«, riet sie und wies auf die Fahrscheine, »vielleicht bewirkt ja das etwas.«

Henrikes Miene hellte sich augenblicklich auf. »Du hast sie schon ausstellen lassen? Oh, danke, Mama!« Aber Henrikes Freude hielt nur kurz an. »Du und Papa«, sagte sie und senkte den Blick auf ihre Bettdecke mit dem Rosenmuster, »... könnte es sein, dass ihr euch trennt, dass ihr nie mehr zueinanderfindet?«

»Ich, ich ... will ihn nicht verlieren«, sagte Ella leise und strich über die winzigen Porzellanknöpfe an Henrikes Nachthemd, in das die Initialen EPH eingestickt waren. Sie fühlte sich Henrike noch mehr verbunden als früher.

»Aber so weitermachen wie bisher, können wir auch nicht.« Ella vermutete, dass Anton ihre Initiative nicht gutheißen würde, dass in den Ehen ihrer Bekannten allein der Mann sich das Recht herausnahm, den Zustand einer Partnerschaft zu kritisieren. Anton würde sich ihre Entfremdung niemals eingestehen, was aber genau dazu führte, dass sie sich noch mehr verloren. Eheprobleme waren in Antons Leben nicht geplant, ebenso wenig wie Henrikes Träume vom Medizinstudium. Und alles, was nicht von ihm geplant war, warf Anton aus der Bahn.

»Papa hat sich nicht einmal über die Einladung zum Bankett des Prinzregenten gefreut«, erinnerte Henrike sich, und ihre Züge verdunkelten sich. »Er ist einer der hundert Auserwählten. Ich verstehe ihn nicht mehr. Kann ich denn irgendetwas tun?«

»Entziehe ihm deine Liebe nicht, das kannst du tun«, antwortete Ella und erhob sich.

Regentropfen klopften gegen das Fenster. Kurz lauschten sie ihnen gemeinsam.

»Gute Reise, Mama. Ich hoffe so sehr, dass Papa wieder zu uns findet.«

»Einen anderen Ausgang kann ich mir nicht vorstellen«, sagte Ella, winkte noch einmal und verließ dann Henrikes Zimmer und die Wohnung.

Als Ella das Erste-Klasse-Abteil nach München bestieg, summte sie den ersten Satz Andante con variazioni von Beethovens *Klaviersonate Nr. 12* vor sich hin. Mit dieser Komposition hatte der große Meister erstmals einen neuen, experimentellen Sonatenaufbau gewagt. Der erste Satz begann nachdenklich, sehnsüchtig, vorsichtig und auch melancholisch, genauso wie Ella sich fühlte. Das Thema wurde melodisch mehrfach variiert. Dann zog das Tempo an, was Ella Mut machte. Sie wollte endlich auch etwas Neues wagen. Nur für die nächsten Stunden gedachte sie, die Führung in ihrer Ehe zu übernehmen. Ella wollte Anton dabei helfen, seinen Zug auf das Gleis zurückzusetzen, und deshalb für wenige Tage seine Lokomotive sein.

41

März 1903

Gedankenverloren hörte Henrike den Geräuschen der Regentropfen zu. Hoffentlich ginge in München alles gut mit ihren Eltern. Sie hatte ein mulmiges Gefühl. Ihr Vater war ein verdammt sturer Mensch. Sie seufzte tief. Sie vermisste ihn. Sie vermisste seine strengen Anweisungen ihre Haltung betreffend, seine fortwährenden Planungen und seine nicht enden wollenden Schwärmereien über die Verkehrsbedürfnisse im Königreich.

Seit einigen Tagen schon war Henrike selbst zum Planen übergegangen. Jeden Morgen durchdachte sie den Tag, Stunde für Stunde, genauso wie ihr Vater es zu tun pflegte. Seit sie zu alt für die Töchterschule war und sie nicht mehr ins Spital durfte, war es alles andere als einfach, den Tag mit sinnvollen Betätigungen zu füllen. Beim Lesen verschwammen ihr nach einigen Stunden die Buchstaben vor den Augen. Vielleicht sollte sie sich eine dieser neumodischen Brillen besorgen, die man mit Bügeln hinter den Ohren befestigte, um noch länger lesen zu können. Wenn sie las, dachte sie wenigstens nicht an Monsieur Roussel.

Zum Frühstück ließ sie sich nur etwas Obst bereiten. Ebenso konzentriert wie ihr Vater, wenn er in seiner *Dampflok* das Kreuzworträtsel löste, ging sie ihren Plan für den Tag durch. Mittag mit Großmama, zwei Uhr Anprobe mit Isabella. Danach wollte sie noch zu Fräulein Klara, die schon seit Tagen aufgeregt war wegen ihres großen Auftritts mit den Unterschriftenbüchern.

Das Dienstmädchen half ihr beim Schnüren des Korsetts und steckte ihr das Haar auf. Gegen zehn hielt Henrike es nicht mehr länger in der Eichhornstraße aus. Auf dem Weg zum Palais ließ sie sich durch die Stadt treiben. Die Straßen wurden für die Prinzregententage geschmückt. Auf dem Marktplatz wurde ein Blumenbouquet in Form und Farbe des Wittelsbacher Wappens gepflanzt. In fünf Tagen begannen die Feierlichkeiten.

Henrike machte einen Umweg am Spital vorbei und überlegte, ihre Bücher vom Kräuterboden zu holen und Anna Gertlein vielleicht aus der Ferne zu sehen, tat es dann aber doch nicht. Ihre Eltern wollten das nicht, und außerdem hatte sie Hausverbot. Sollte sich Rektor Pauselius gerade im Spital befinden und sie sehen, nicht auszudenken, was für ein Geschrei er veranstalten würde.

Lange wandte sie ihren Blick trotzdem nicht von dem Krankenhaus ab. Das Juliusspital stand stolz und erhaben da, ein beeindruckender Bau. Oben links befand sich die Abteilung für weibliche Irre. Ob Monsieur Roussel gerade dort war?

Bloß nicht an den Verräter denken!, ermahnte Henrike sich und ging nun auf direktem Weg zum Palais.

Dort empfing sie Henna mit sorgenvollem Blick. »Die gnädige Frau ist nicht mehr hier.«

Henrike stürmte ins Haus und lief die Treppe hinauf. Erst im Schlafzimmer stoppte sie. Die schwarze Kerze neben dem Hochzeitsbild brannte noch, aber ihre Großmutter war nicht da. Henrike sah auf die Fotografie und sprach in Gedanken ein kurzes Gebet für ihren Großvater.

Das Stubenmädchen war ihr gefolgt und schaute nun ins Zimmer. »Sie ist nicht zum Herrgott gegangen, wie Sie aufgrund meiner Worte wohl geglaubt haben, Fräulein Henrike, sondern in den Ringpark«, erklärte sie schwer atmend. »Wegen eines Verletzten.«

Henrike wollte schon erleichtert ausatmen, aber das Stubenmädchen schaute weiterhin besorgt drein. »Was ist noch, Henna?«, verlangte sie zu wissen.

Allzu zögerlich rückte Henna mit der Sprache heraus: »Es geht um Fräulein Klara im Ringpark.«

Henrike erstarrte zur Salzsäule. Je schneller sie atmete, desto mehr engte sie ihr Korsett ein. »Ist Klara verletzt?«

Henna nickte bang. »Jemand hat Steine nach ihr geworfen, als sie im Ringpark spazieren ging.«

»Steine geworfen?« Klara war das netteste Fräulein der Welt. »Wer sollte das tun?«

Henna zuckte mit den Schultern. »Die gnädige Frau wies mich an, dass ich Sie, Fräulein Henrike, hier festhalten soll, falls Sie in Ihrer Abwesenheit einträfen.«

»Aber ich muss zu Fräulein Klara, ich muss ihr beistehen!«, widersprach Henrike.

Henna wagte es nicht, sich ihr in den Weg zu stellen. »Die gnädige Frau sagte genau diese Reaktion voraus. Sie wollte, dass Sie trotzdem hier auf sie warten.«

Henrike stürmte die Treppen hinab. »Tut mir leid, Henna, aber ich muss wissen, wie es Klara geht. Und ich werde Großmama erklären, dass Sie alles versucht haben, um mich hier festzuhalten. Sie weiß aus eigener Erfahrung, wie schwer das ist. Sie nimmt es Ihnen bestimmt nicht übel.«

»Ich hoffe, das Fräulein stirbt nicht!«, rief Henna ihr noch hinterher und presste sich ein Küchentuch vor die Brust.

Henrike stürmte zum Paradeplatz. Dort bestieg sie eine Kutsche und drängte den Fahrer, so schnell er konnte, in den Ringpark zu fahren. Der Ringpark war auf dem Gelände des ehemaligen Mauer- und Wallrings rechts des Mains entstanden und umgab dort das alte Würzburg – daher auch der Name – gleich einem Ring.

Wo der Parkstreifen die Münzstraße kreuzte, erhaschte Henrike durch das schwer einsehbare Dickicht aus Sträuchern und Bäumen hindurch einen kurzen Blick auf eine Menschentraube. Dann versperrten ihr auch schon wieder Blätter und Blüten die Sicht auf das Geschehen, nachdem der Frühling dieses Jahr schon sehr früh nach Würzburg gekommen war. Henrike bat den Kutscher zu warten und lief zu der Menschenansammlung.

Schaulustige gruppierten sich um Viviana und die blutüberströmte Klara Oppenheimer. Eine Frau, die Henrike nie zuvor gesehen hatte, erzählte aufgeregt: »Der zweite Stein hat das Fräulein schließlich umgehauen.«

Beim Anblick der verletzten Klara zog es Henrike das Herz zusammen. Klaras Gesicht und ihre Bluse waren blutverschmiert. Neben ihr auf dem Boden lagen ein riesiger Stein und Großmutters große Ledertasche, die bei keiner Untersuchung fehlte.

»Schwarz vor Augen«, murmelte Klara Oppenheimer. »Nur Schwärze. Wie im Grab.«

Sie ist verwirrt, dachte Henrike sofort. Klara spricht sonst nie von Gräbern.

Viviana presste eine Kompresse auf die Kopfwunde, die aber bald blutgetränkt war. Henrike tauschte einen kurzen Blick mit ihrer Großmutter, aber für Tadel oder Entschuldigungen blieb keine Zeit. »Bist du mit der Kutsche gekommen?«, fragte Viviana.

»Der Kutscher wartet dort.« Henrike zeigte zur Ecke Münzstraße, ohne den Blick von Klara zu nehmen. Die würgte, als müsse sie sich im nächsten Moment übergeben. Henrike beugte sich zu ihr hinab und streichelte ihr beruhigend die Schulter. »Großmutter ist da, sie hilft dir. Alles wird gut.«

Klara schaute sie an, als würde sie Henrike zum ersten Mal sehen. »Meine Großmutter?«, fragte sie verwirrt.

Behutsam setzte Viviana die Kranke auf, Dreck klebte an ihrem Rock. Sie sah aus wie nach einem Kampf. Der Boden im Park war noch schlammig vom morgendlichen Regen.

»Mein Schädel zerspringt«, brachte Klara hervor, gefolgt von einem Stöhnen. Mit ihren blutigen Fingern tastete sie nach der Wunde am Kopf. Ihr Haar war blutverklebt und hatte sich aus dem Knoten gelöst.

Viviana hielt Klaras dreckige Finger von der Wunde fern, dann wechselte sie die vollgeblutete Kompresse. »Sie haben alles beobachtet?«, fragte sie nebenbei die Frau, die bei ihnen stand und, seitdem Henrike dazugekommen war, nahezu ohne Punkt und Komma geredet hatte.

»Ich ging nur wenige Schritte hinter ihr«, berichtete die Frau aufgelöst. »Fast wäre ich getroffen worden. Nicht auszudenken!«

»Haben Sie gesehen, wer die Steine geworfen hat?« Viviana benötigte eine Weile, um die wackelige Verwundete auf die Füße zu bekommen. Henrike half ihr dabei, Klara zu stützen.

»Weiß Gott, nein!«, beteuerte die Frau theatralisch. »Die Steine kamen aus dem Gebüsch geflogen«, beschrieb sie nun auch den hintersten Umstehenden mit wundersamen Worten ihre Eindrücke. Es klang, als lese sie einen Schauerroman vor. »Als seien sie direkt von Gott gesandt.« Sie zeigte auf einen Forsythien-Strauch voller gelber Blüten.

»Eine Vorwarnung?«, rief jemand.

»Gegen den Müßiggang?«, ein anderer.

»Gott hat uns ein Zeichen gesandt!«, meinte daraufhin wieder die Zeugin.

»Hören Sie sofort auf damit!«, verlangte Viviana, sodass sogar Henrike über ihren groben Tonfall erschrak.

»Hierbei handelt es sich um einen Wurf von Menschenhand. Ansonsten müsste man meinen«, Viviana schaute kurz in Richtung der wichtigtuerischen Augenzeugin, »Gott bezwecke mit dem Wurf so wenige Meter von Ihnen entfernt auch etwas für Sie.«

»Eine Unverschämtheit!«, erboste sich die Frau. »So mit einer ehrenhaften Bürgerin Würzburgs zu sprechen.« Einige Umstehende pflichteten ihr bei. Klaras Wimmern war darüber kaum mehr zu vernehmen.

»Wer sind Sie überhaupt?«, begann die Frau zu zetern. »Wo bleibt ein richtiger Arzt?«

Viviana achtete nicht weiter auf die Vorwürfe, aber Henrike zerriss es das Herz. Würde das denn nie aufhören? Und wer träte nun an Klaras Stelle vor den Prinzregenten, um ihm die Unterschriftenbücher zu übergeben? Sofort verteidigte Henrike ihre Großmutter. »Meine Großmutter ist die beste Ärztin der Stadt, damit Sie es wissen!«, sagte sie den Versammelten und reckte das Kinn. »Ich bin stolz auf sie.« Ihre Großmutter hatte sie sogar von der schrecklichen Tuberkulose geheilt.

»Komm, Rike. Wir haben Wichtigeres zu tun.« Viviana führte die taumelnde Klara in Richtung Kutsche davon.

Aber Henrike war noch nicht fertig. So viele Jahre hörte sie nun schon die alten Vorurteile, dass Frauen nicht heilen könnten. Sie setzte noch einmal an: »Und sollten Sie hier, wie Sie allesamt zum Gaffen gekommen sind, einmal auf Ihrem Spaziergang umkippen und Hilfe brauchen, meine Großmutter würde Sie retten, ohne zu zögern!« Henrike wandte sich stolz ab, griff noch nach der Ledertasche ihrer Großmutter und schritt mit erhobenem Kopf davon. Sie half, Klara in die Kutsche zu hieven. Hatte ihre Großmutter gerade kurz gelächelt?

»Mein Kopf zerspringt gleich«, stöhnte Klara wieder.

»Es wird bald besser«, sagte Henrike voller Hoffnung, dass ihre Freundin überleben würde.

Viviana umfasste Klara in der Kutsche mit beiden Händen und lehnte sie an sich. Henrike bemerkte erst jetzt, dass ihre Großmutter ebenfalls von oben bis unten mit Blut beschmiert war. Sie gab dem Kutscher die Anweisung, zum Palais zurückzukehren.

»Das war ein Anschlag!«, sagte Viviana, nachdem sie eine Weile stillschweigend gefahren waren.

Henrike bekam es mit der Angst zu tun. Ihr fiel niemand ein, der Klara mit Steinen bewerfen würde. Die Lehrerin war zu allen Menschen höflich, selbst zu den Gegnern der Frauenbewegung und Polizeibeamten. Klara war immer gut gelaunt, immer entgegenkommend und niemals neidisch, und Henrike verstand beim besten Willen nicht, wie jemand Klara nicht mögen konnte.

»Vielleicht war es ja jemand, der wusste, was wir mit Klara als der neuen Gallionsfigur der Frauenbewegung planen?«, sinnierte Viviana und blickte dabei aus dem Fenster der Kutsche. »Jemand, der uns aufhalten will.«

Henrike dachte sofort an Monsieur Roussel, aber als sie die verletzte Klara, so behutsam es ging, aus der Kutsche hoben, verwarf sie diesen Gedanken wieder. Woher hätte er von Klaras Vorhaben wissen können? Nur der engste Kreis war eingeweiht!

Sie bereiteten Klara ein Notbett im leeren Damenkabinett, weil sie es nicht bis in die Mansarde hinaufschafften. Henna half dabei, zwei Matratzen aufeinanderzulegen, damit Klara sich schnell hinlegen konnte. Henrike hielt ihrer Freundin die Hand, während ihre Großmutter die Operationsgerätschaften aus der Praxis im Erdgeschoss holte.

Zurück im Kabinett erklärte sie Henrike: »Klara könnte eine Gehirnerschütterung erlitten haben. Als ich ihr am Unfallort in die Augen leuchtete, wurden ihre Pupillen in beiden Augen nicht gleichmäßig kleiner. Das ist ein Anzeichen für erhöhten Druck im Kopf. In ihrem Gehirn könnte sich eine Schwellung oder Blutung gebildet haben.«

»Oh, nein!«, entfuhr es Henrike verzweifelt. Das klang gar nicht gut. Das Gehirn war die Lebensader des menschlichen Körpers.

Viviana erklärte Henrike weiter: »Benommenheit, Schwindel, Kopfschmerzen, Übelkeit. Alles Symptome, die neben den Pupillen auf eine Gehirnerschütterung hindeuten. Wie schwer diese ist, kann ich noch nicht sagen.«

»Wirst du mit den Röntgen-Strahlen in ihr Gehirn schauen?« Henrike wies auf das Stativ in der Ecke, an dem früher die Ionenröhre befestigt gewesen war. Klara durfte nicht sterben!

Viviana überlegte eine Weile, bevor sie sagte: »Die Apparatur ist nicht mehr vollständig. Die Ionenröhre habe ich dem Juliusspital geschenkt, und den Funkeninduktor nutzt jetzt das Physikalische Labor in der Domerpfarrgasse.«

Henrike konnte sich denken, warum ihre Großmutter sich von den Gerätschaften getrennt hatte. Vermutlich hatte sie den Glauben an die Röntgen-Strahlen verloren.

»Es wird Tage dauern, bis wir einen Termin im Röntgenzimmer des Spitals bekommen«, sagte Viviana und seufzte.

Henrike war wie vor den Kopf geschlagen. »Obwohl du die Ärzte beschenkt hast?«

»Ich bin eben nur eine Frau, meine Anliegen sind ihnen weniger wichtig als die eines männlichen Kollegen.« Viviana klang bei diesen Worten todtraurig, sie räusperte sich. »Nach Richards Tod wird es wohl noch schlimmer werden.«

So direkt hatte ihre Großmutter ihre Enttäuschung noch nie ausgesprochen, sondern sich in demütigenden Situationen, die sie und ihre berufliche Leistung herabsetzten, stets stark und unberührt gezeigt. Henrike zog Viviana an sich und umarmte sie fest. Die ständigen Anfeindungen konnten niemanden kaltlassen, nicht einmal eine so kühne Heldin wie ihre Großmutter.

»Ohne Richard geht nichts mehr«, weinte Viviana leise.

Henrike wiegte sie, dann richtete sie ihr Augenmerk wieder auf die Patientin. »Klara braucht dich jetzt, Großmama.«

Viviana wischte sich die Tränen mit dem Ärmel ihres Trauerkleides weg und straffte sich. »Natürlich.«

»Wird sie ein Fall für den Schalksberg?«, fragte Henrike vorsichtig. Wenn es in ihrem Gehirn blutete, könnte sich das auf ihre Psyche auswirken.

»Das kann ich jetzt noch nicht sagen. Erst einmal nähe ich die Platzwunde.« Viviana zählte einige Gerätschaften auf, die sie gleich benötigen würde. »Und du wirst mir assistieren. Richard und ich haben uns, sooft es ging, gegenseitig assistiert.«

Henrike spürte alle Farbe aus ihrem Gesicht weichen. »Ich habe noch nie ...«, stotterte sie. Sie hatte menschlichere Menschen zum Singen animiert, die Betten und Wäsche aller Patienten gereinigt und sich von Wärterin Ruth einschüchtern lassen, aber von chirurgischen Eingriffen hatte sie keine Ahnung.

Viviana schaute sie herausfordernd an. »Möchtest du noch immer Ärztin werden?«

Henrike nickte beschämt, ohne ihrer Großmutter dabei in die Augen zu schauen. »Nichts sehnlicher als das«, flüsterte sie so leise, als stünden ihre Eltern in der Nähe. »Aber ich versuche, nicht daran zu denken.«

»Dann wirst du mir jetzt die Gerätschaften reichen und unsere Patientin festhalten.« Viviana bereitete Klara auf die Operation vor, betäubte sie mit Chloroform und begann dann mit der Wundreinigung.

Vor Aufregung wurde Henrike ganz heiß. »Ich will es versuchen.«

*

Eine halbe Stunde später war die kleine Operation geschafft. Nach der Reinigung hatte Viviana die Wundränder erst einmal gerade geschnitten, weil diese unregelmäßig waren. Das darauffolgende Vernähen der Wundränder verhinderte, dass schädliche Bakterien in die Wunde eindringen konnten. Henrike hatte ihrer Großmutter dafür die in Karbolsäurelösung gereinigte Nadel und den Faden gereicht und Blut von der Wunde getupft. Jeder von Vivianas Handgriffen war so schnell und sicher erfolgt, als hätte sie schon Hunderte Stirnwunden genäht. Niemals hatte ihre Großmutter gezögert oder etwas korrigieren müssen. Ganz anders war es Henrike ergangen. Sie hatte sogar gezittert, als sie Klara zur Beruhigung gestreichelt hatte.

Henrike schlurfte so erschöpft in den großen Salon, als hätten sie die ganze Nacht durchoperiert. Klara schlief mit einem frischen Verband um den Kopf.

Viviana trat neben sie: »Du hast dich nicht schlecht geschlagen für eine Anfängerin.«

Henrike konnte sich nicht einmal über dieses Lob freuen, so erschöpft und zugleich überwältigt war sie von ihrer ersten Assistenz bei einer medizinischen Operation.

»Anna Gertlein wäre stolz auf dich gewesen«, sagte Viviana müde. »Du wärst nicht nur für die Arbeit in der Irrenabteilung geeignet.«

Henrike zögerte, ihr Mund war wie ausgetrocknet. »Anna wäre?«

»Du wusstest nicht, dass sie gestorben ist?«, fragte Viviana leise. »Ich habe sie im Leichenzimmer liegen sehen. Sie starb an offener Lungentuberkulose.«

»Diese verdammte Seuche!«, fluchte Henrike und spürte gleichzeitig, wie ihr Tränen in die Augen traten. Sie selbst hatte die offene Lungentuberkulose überlebt. Ob das auch daran lag, dass sie unterschiedlichen Welten entstammten, wie Anna einst behauptet hatte? Hatte ihr das nötige Geld dafür gefehlt, sich von einem Arzt behandeln zu lassen? Anna war eine hervorragende Wärterin gewesen, mit viel Geduld und Empathie für ihre Patienten. Sie war es auch gewesen, die Henrike das erste Mal zu den menschlicheren Menschen gebracht und später ihren Wunsch zu studieren unterstützt hatte. Trotz der angeblich unterschiedlichen Welten. Zu gerne hätte Henrike miterlebt, dass Anna beim Oberpflegeamt etwas für die Wärterinnen des Juliusspitals erwirkt hätte. Warum war das Leben nur so ungerecht? Sie nahm sich vor, für Anna in der Marienkapelle eine Kerze anzuzünden.

Henrikes Blick fiel durch die offen stehende Tür zum Kabinett wieder auf Klara. »Was können wir tun, damit wenigstens Klara wieder gesund wird?«

»Erst einmal nur abwarten«, sagte Viviana. »Und beten. Ich werde an ihrem Bett sitzen bleiben und sie immer mal wieder aufwecken. Um ganz sicherzugehen, dass sie nicht unbemerkt bewusstlos wird. Und dann kümmern wir uns um einen Termin im Physikalischen Labor in der Domerpfarrgasse. Es ist wichtig, neben den Blutungen und Schwellungen im Hirn auch Knochenschäden ausschließen zu können.«

»Ich verstehe das einfach nicht!« Henrike zog sich die blutigen Schutzhandschuhe von den Fingern und feuerte sie auf den Boden neben den Stapel Fachzeitschriften. »Nur wenige Tage bevor Klara für die bayerische Frauenbewegung vor den Prinzregenten treten soll, wird sie angegriffen. Wäre es denn möglich, dass sie von Spionen Seiner Königlichen Hoheit unschädlich gemacht werden sollte?«

Viviana schaute nachdenklich zum Damenkabinett. »Ich würde einen Spion im Auftrag höchster Kreise nicht ausschließen.«

»Am liebsten würde ich gleich zur Gendarmerie-Station laufen und den Prinzregenten und seine Spione anzeigen!«, ereiferte sich Henrike trotz ihrer Kraftlosigkeit. Die Begegnung mit Wachtmeister Krachner war ihr in denkbar schlechter Erinnerung, aber für die Vergeltung, für Klara, würde sie dem Mann wieder gegenübertreten.

»Lass uns nichts überstürzen. Am besten du ruhst dich erst einmal aus«, schlug Viviana vor. »Du bist völlig durchgeschwitzt und erschöpft. Ich schicke Henna zu Klaras Eltern, damit diese informiert werden.«

Henrike schaute zur Wanduhr. Es war zwölf Uhr. »Kannst du mich um halb zwei wecken? Um zwei Uhr ist Isabellas Anprobe.« Nach den nervenaufreibenden Stunden als medizinische Assistentin ihrer Großmutter war Henrike eigentlich nicht mehr nach schönen Kleidern und Vorfreude auf große Feste.

»Wollt ihr den Termin nicht lieber verschieben? Du bist völlig erschöpft, Rike.« Viviana führte Henrike in Valentins ehemaliges Zimmer, in dem sie auch die letzten Monate ihrer Krankheit verbracht hatte. Dort war noch alles unverändert, sogar ein Spucknapf stand noch auf dem Tisch.

»Bellchen absagen, das kann ich ihr nicht antun«, erwiderte Henrike nur todmüde und fiel ins Bett. »Sie hat so viel für mich getan. Davon will ich ihr nun etwas zurückgeben. Wir sind doch beste Freundinnen.«

*

»Ich habe ein wirklich gutes Gefühl.« Isabella öffnete die Flügeltüren des Salons und stellte Henrike ihren Gast vor, der wie ein Soldat an der langen Tafel bereitstand.

Meister Hermannsdörfer war ein kleiner, untersetzter Mann mit käsiger Haut und weißem Haarkranz und, wie er betonte, extra aus München angereist. Er hoffe sehr, es dem Fräulein Stellinger recht machen zu können, betonte er. Meister Hermannsdörfer behauptete, bislang noch keine Braut enttäuscht zu haben.

Henrike dachte müde, dass er nicht der Erste mit dieser Überzeugung war. Auf der langen Tafel hinter dem Schneidermeister lagen Stoffproben verteilt. Spitze, Brokat, Damast und die unterschiedlichsten Seiden schimmerten im elektrischen Licht um die Wette. Henrike kam sich vor, als wäre sie im Kaufhaus Rosenthal.

Isabella ließ sich das beauftragte Brautkleid reichen und begab sich damit hinter die spanische Wand, die sie eigens für die Anproben ihrer Brautkleider hatte anfertigen lassen. Zwei Dienstmädchen folgten ihr, um ihr ins Kleid und beim Schnüren desselben zu helfen. Sie durften das edle Stück nur mit Handschuhen berühren.

Nach wie vor erschöpft, schaute Henrike sich im Salon um. Allein die Anprobe wurde gleich einer Vorfeier vor der eigentlichen Hochzeit zelebriert. Von der spanischen Wand, vorbei am Vertiko mit dem Bildnis ihres Vaters darüber, bis hin zur Tafel hatte Isabella einen weiß-goldenen Teppich ausrollen lassen. An dessen Ende war ein riesiger Sessel für Henrike aufgestellt worden. Mit einem stillen Seufzer nahm sie auf ihm Platz. Hoffentlich wird Klara wieder gesund, ging es ihr durch den Kopf. Als sie vor ihrem Weggang noch einmal nach ihr geschaut hatte, hatte sie immer noch geschlafen. Beruhigend war, dass ihre Großmutter bei Klara war. Es war ein einzigartiges Gefühl gewesen, helfen zu dürfen.

»Die Braut ist bereit«, verkündete Isabella hinter der spanischen Wand, dann schritt sie über den weiß-goldenen Teppich. Dabei blickte sie lange auf das Porträt ihres Vaters an der Wand. Sie flüsterte ihm etwas zu, das Henrike nicht verstand. Der Schneidermeister verneigte sich tief vor Isabella und kam erst wieder hoch, als sie am Ende des Teppichs vor Henrike angekommen war.

Isabella war die schönste Braut, die Henrike jemals gesehen hatte. Und trotzdem vermochte Henrike sich nicht so für ihre Freundin zu freuen, wie sie es gerne getan hätte. Zu jedem Lächeln, zu jeder gut gelaunten Antwort musste sie sich zwingen. Isabella hingegen war bester Laune, sie beschrieb Henrike das Kleid, das sie trug, in den blumigsten Worten. Doch Henrike war mit ihren Gedanken wieder bei der Operation und bei Klara, die mit einer Gehirnerschütterung im Palais lag. Ein klein wenig war sie auch stolz auf sich, weil sie beim Anblick der klaffenden Stirnwunde nicht umgekippt war. Doch ihre Sorgen um Klaras Gesundheit und wegen des hinterhältigen Angriffs auf die bayerische Frauenbewegung überwogen. Wenn sie nur den Spion oder sogar die Spione Seiner Königlichen Hoheit schon enttarnt hätten! Wenn sie doch endlich ganz von der Frauenbewegung fortkäme!

»Mein Haar werde ich mir toupieren und mit entsprechenden Haarteilen füllen lassen und dann je nach Tageszeit mit einem anderen Hut bedecken. Meister Hermannsdörfer?« Isabella klatschte auffordernd in die Hände. »Bitte reichen Sie mir den Hut für die Trauzeremonie.«

Henrike beobachtete, wie der Schneidermeister aus einer koffergroßen Schachtel einen Hut vom Durchmesser eines Wagenrades zum Vorschein brachte.

Isabella war begeistert. »Zur Trauung im St.-Kilians-Dom werde ich den größten Hut tragen, den Würzburg jemals gesehen hat.« Ihr Lachen hallte durch den Salon, und Henrike versuchte erneut, die Vorfreude ihrer Freundin zu teilen. Sie bemühte sich um ein Lächeln.

Isabella bekam den Hut auf das Haar drapiert, ihr Gesicht verschwand im Schatten der übergroßen Krempe.

Henrike war nun doch ein wenig befremdet. Ihr eigener Vater würde ihr solche »Mode-Eskapaden«, wie er so etwas nannte, nicht erlauben. »Wie willst du deinen Bräutigam mit diesem riesigen Hut denn vor dem Altar küssen?«, fragte sie etwas geniert, weil ein älterer Herr anwesend war.

Der Schneidermeister beschaute daraufhin seine Stoffproben und begann, die Hutschachteln zu ordnen, die ohnehin schon gut sortiert nebeneinanderlagen.

Isabella kicherte vergnügt und setzte sich neben Henrike auf die Sessellehne. »Ich könnte ihn einfach unter meinen Hut ziehen«, flüsterte sie Henrike zu und zog sie zu sich heran, als sei Henrike ihr Bräutigam vor dem Altar. »Schau so.«

Henrike ließ sich wie für einen Kuss bis auf eine Handbreit vor Isabellas Lippen heranholen. »Dann könntet ihr euch auf jeden Fall ungesehen küssen«, erwiderte sie. »Das wäre doch was!« Jetzt musste auch sie lachen und an Monsieur Roussel denken, an seine Küsse, die plötzlich bitter schmeckten, weil sie ihn in ihrer Vorstellung mit Rektor Pauselius in dunklen Hinterzimmern Pläne gegen die Frauenbewegung schmieden sah.

Isabella nahm Henrike bei den Händen. »Leidest du arg wegen meiner Hochzeit?«

Henrike überlegte, ob sie ihrer Freundin von den Geschehnissen des Vormittags berichten sollte, zumal sie Isabella nur allzu gerne von ihrer ersten Operation erzählt hätte, entschied sich dann aber doch dagegen, weil sie Isabella bei der für sie so wichtigen Anprobe nicht die Laune verderben wollte. Henrike versuchte, sich für die nächsten zwei, drei oder sogar vier Stunden zusammenzureißen. So lange hatten zumindest die letzten Anproben gedauert. Inzwischen hatte Henrike sogar schon einen siebten Sinn für enttäuschte Schneidermeister entwickelt. »Ist schon gut. Ich dachte nur gerade ... es war nichts weiter als eine kurze Verwirrung beim Blick in die Vergangenheit«, antwortete sie und bemühte sich einmal mehr um ein Lächeln. »Du hast damit nichts zu tun, keine Sorge.«

Henrike konnte sehen, wie ihre Freundin erleichtert aufatmete, der teure Stoff hob und senkte sich über ihrer Brust. Henrike schaute sich das Hochzeitskleid nun endlich genauer an. Es war ein Traum aus Spitze und cremefarbener Atlasseide, wie der Schneidermeister nun mit getragenen Worten erläuterte.

Es war auf jeden Fall anders als alle Kleider, die Isabella in den Wochen davor probiert hatte und die das doppelte Volumen Stoff besessen hatten. Das neue Brautkleid floss beinahe gerade geschnitten an Isabellas Hüfte und ihren langen Beinen hinab. Es ließ sogar die Formen ihrer Oberschenkel erahnen, was in Würzburg bestimmt für Aufruhr sorgen würde. Die Schleifenschärpe betonte Isabellas hohe, schmale Taille, der keine Praline etwas anhaben konnte. Die nur an den Schultern leicht gerafften Keulenärmel waren zauberhaft anzuschauen, das Licht brach sich mannigfaltig darin. An den Unterarmen war die Atlasseide mit der gleichen Spitze überzogen, wie sie auch die Unterseite der Schleppe aufwies. »Du bist wunderschön darin, wie eine Prinzessin. Komm, geh den Teppich noch einmal entlang«, bat Henrike.

Isabella tat das mit Vergnügen. Sie strahlte und schwang dabei reizvoll die Hüften. Der Schneider klatschte lautlos Beifall, ihm kamen gar Tränen der Rührung ob seiner gelungenen Kreation und der perfekten Trägerin dafür. Wieder und wieder verneigte er sich vor Isabellas Schönheit und ihrer Grazie.

»Als elegant und reizvoll würde ich das Kleid beschreiben«, sinnierte Henrike im Sessel. Kurz darauf dachte sie aber schon wieder an die verwundete Klara, und wie sie ihrer Großmutter die in Karbolsäurelösung getränkte Nadel zum Vernähen der Wundränder gereicht hatte.

Isabellas sehnsüchtiger Blick ruhte erneut auf dem Porträt über dem Nussbaumvertiko. »Meinst du, dass es Papa gefallen wird?«

»Es sollte deinem Bräutigam gefallen«, entgegnete Henrike. »Und vor allem dir selbst. Es ist schließlich deine Hochzeit und nicht die deines Vaters.« Aber natürlich wusste sie, dass Isabella Angst davor hatte, dass ihr Vater sogar zur Hochzeit seiner einzigen Tochter zu spät kommen könnte. Henrike winkte ihre Freundin zu sich und nahm sie in den Arm. »Du siehst viel schöner als alle Frauen aus, die ich jemals gesehen habe«, sagte sie ihr und wiegte Isabella in den Armen. Kurz versuchte sie sich vorzustellen, wie sie selbst wohl einmal als Braut aussehen würde. Aber es gelang ihr nicht im Geringsten. »Du bist auch schöner als alle Modelle in irgendwelchen Magazinen«, fügte sie noch hinzu. »Würzburg wird begeistert sein. Und auch ein klein wenig schockiert.« Sie lächelte bewegt. Genau das wollte Isabella erreichen.

»Du weißt gar nicht, was mir deine Worte bedeuten«, sagte Isabella gerührt und löste sich aus der Umarmung. »Wirklich schöner als die Modelle in den Magazinen?« Mit großen Augen und erwartungsvoll schaute sie Henrike an.

»Ich beweis es dir. Warte kurz.« Henrike sprang auf, ging zu Isabellas Freude mit gespielt ausladendem Hüftschwung über den Teppich und lief dann in Isabellas Zimmer.

»Ich lasse derweil Champagner bringen. Ich habe mein Brautkleid endlich gefunden!«, rief Isabella ihr hinterher.

Dass die Entscheidung für das Brautkleid nun gefallen war, erleichterte Henrike unendlich. Sie betrat Isabellas Zimmer, das ganz anders als ihr eigenes war, es war der Salon einer Dame von Welt. Henrike wurde jedes Mal ganz ehrfürchtig, wenn sie ihn betrat. An einer Stelle stand ein kunstvoll geschnitzter Konversationstisch im französischen Stil mit Blüten und Schmetterlingen darauf, dazu die passenden Armlehnstühle. Gegenüber befand sich der Damenschreibtisch mit vergoldeten Beschlägen und so schmalen Schubladen, dass keine Männerhand hineinpasste. Auf dem Schreibtisch lag noch die vergoldete Zuckerschaufel von Tiffany, die Isabella so sehr mochte und mit der sich auch schon Henrike Kandis in ihren Orangentee geschaufelt und Angst gehabt hatte, sie könnte Goldstaub mittrinken. Das Kanapee mit dem zarten Holzrahmen schien im Vergleich zu dem im royalblauen Salon des Palais knapp über dem Boden zu schweben vor Leichtigkeit. Ein Spiegel und champagnerfarbene Vorhänge komplettierten den Raum. Wer Isabellas Reich betrat, wusste gar nicht, was er zuerst bewundern sollte.

In zwei weiteren Zimmern waren Isabellas Himmelbett und ihre Ankleide untergebracht. Henrike machte dort Licht. Allein schon die Ankleide besaß die Größe von Henrikes Zimmer in der Eichhornstraße. Sie trat vor die Regalfächer des Kleiderschrankes, in denen Isabella ihre Magazine aufbewahrte.

Isabella besaß eine beeindruckende Sammlung von Modemagazinen, von der Henrike während ihrer Liegekuren im Garten des Palais durchaus profitiert hatte. Die Magazine hatten Titel wie *Le Petit Echo de la Mode,* das Isabella – soviel Henrike wusste – abonniert hatte und auf dem Postweg bezog, oder *La Novelle Mode* und *The Designer.* Sogar eine Zeitschrift mit dem orientalischen Namen *Harper's Bazar* war darunter. Isabella war ordentlich, sämtliche Ausgaben eines Jahres lagen in einem Fach sortiert aufeinander. Erst das *Bazar*-Magazin, daneben das *Echo,* dann die *Novelle Mode* und der *Designer.* Danach kamen Kleider und Stiefeletten, Hüte und eine beeindruckende Sammlung von Duftflakons.

Henrike nahm das zuoberst liegende Exemplar aus dem Regal und blätterte es auf der Suche nach einer attraktiven blonden Frau, die Isabella ähnelte, durch. Die abgebildeten Modelle trugen Kleider, die so viel kosteten wie hochkarätiger Schmuck. Im ersten Magazin fand sie kein passendes Modell. Im zweiten sah es schon besser aus. Auf der Titelseite des *Echo* prangten vier Mannequins, die ihren linken Arm elegant in die Hüfte stützten. Ihre Taillen waren so schmal und so weit oben, wie es medizinisch gesehen gar nicht möglich war. Henrike stellte sich den nackten Frauenkörper mit seinen Knochen und Organen vor. Ob man Vorlesungen im Fach Chirurgie oder Innere Medizin hören müsste, um mehr vom menschlichen Körper und seinem Aufbau zu erfahren? Ein paar Fakten über den Aufbau des Schädels hatte Henrike schon von ihrer Großmutter während Klaras Operation erhalten. Sie würde ihr gerne wieder assistieren.

Plötzlich hielt Henrike inne. Die Buchstaben auf dem Titelblatt des *Echo* kamen ihr seltsam bekannt vor. Sie besaßen eine sehr eigentümliche Form. Jeder Buchstabe lief in einem geschwungenen Bogen aus und war von einem feinen Linienschatten umgeben. Aufgeregt zog sie gleich ein Bündel von *Harper's Bazar* aus dem Regal; die Schrift des *Designer* und der *La Novelle Mode* war anders. Doch die des *Harper's Bazar* ließ sie unmittelbar an das Hinweisschreiben denken. Die Buchstaben hatten Kapitälchen mit kurzen Serifen, und die Schräglinie des R lief weit unterhalb der Zeile aus. In Henrikes Vorstellung schob sich das Schriftbild des Hinweisschreibens über das der Modemagazine. Der anonyme Verräter hatte sich für sein Schreiben also der Buchstaben aus Modemagazinen bedient! So viel stand fest. Das allerdings erleichterte die Identifikation nur geringfügig.

Isabella!, durchfuhr es Henrike. Sie war schließlich nicht wegen der Frauenbewegung hier, sondern um Isabella bei der Auswahl ihres Brautkleides zu helfen. Die Freundin wartete sicher schon auf sie. Henrike konzentrierte sich wieder auf die Suche nach einer blonden Frau, die Isabella ähnlich sah. Sie blätterte ein paar Seiten weiter, und da zeigte sich die gesuchte Blondine auch schon. Wieder stutzte sie. Über dem Kopf des abgebildeten Mannequins war das bedruckte Papier herausgeschnitten worden. Henrike bekam eine Gänsehaut. Aufgeregt blätterte sie weiter, nahm neue Hefte zur Hand und prüfte auch diese. Beim Jahrgang 1897 wurde sie in der März-Ausgabe schließlich fündig. Auch hier waren die Überschriften fein säuberlich ausgeschnitten worden.

»Das kann nicht sein!« Henrike bekam plötzlich keine Luft mehr. Doch auch anderen Ausgaben des *Harper's Bazar* waren Buchstaben entnommen, wie sie schnell bemerkte. Sie schaute eine nach der anderen durch, immer schneller und wütender, bis das erste Regalfach, dann das zweite und das dritte leer waren und die Magazine wild verstreut um sie herum auf dem Boden lagen.

Sie schnappte nach Luft, als Isabella sich von hinten an sie schmiegte. Eine Weile waren nur das Rascheln von Atlasseide und ihr eigener heftiger Atem zu hören.

Isabella hielt zu beiden Seiten Henrikes zwei gefüllte Champagnerschalen in den Händen. »Was hältst du von einem Brautstrauß aus Rosen, Chrysanthemen und Freesien? Die würden das Kleid perfekt ergänzen.« Sie führte Henrike eine Champagnerschale vor den Mund.

Henrike aber ergriff eines der Magazine, öffnete es und hielt es Isabella hin, sodass ihre Freundin die Fehlstellen sehen musste. »Du warst das?«, fragte sie mit erstickter Stimme.

Isabella glitten die Gläser aus den Händen und landeten auf dem Teppich.

»Warum hast du das getan?«, wollte Henrike wissen, nachdem die Freundin kein Wort herausbrachte.

Isabellas Augen wurden feucht, Henrike konnte sich darin spiegeln. »Ich habe es für unsere Freundschaft getan«, sagte Isabella leise und zärtlich, als spräche sie etwas Selbstverständliches aus.

Für einen Moment glaubte Henrike, nicht richtig gehört zu haben. »Für unsere Freundschaft?« Der Boden unter ihren Füßen begann zu wanken.

Isabella wollte sie stützen, aber Henrike wich vor ihr zurück. Wie kann das gut für unsere Freundschaft sein? »Du hast die Frauenbewegung aufgehalten und damit meinen Traum zerstört, einmal studieren und Ärztin werden zu können!« Fassungslos schüttelte sie den Kopf und dachte als Nächstes, dass Monsieur Roussel dann doch kein Verräter war. »Wie konntest du das nur zulassen?«

Isabella schluchzte erst, dann weinte sie in ihre Hände.

Henrike hatte nie zuvor eine weinende Braut gesehen. »Sag es mir, Isabella!«, verlangte sie ohne Mitleid.

Isabella hob den Kopf. Augenblicklich schlug ihr Gesichtsausdruck von betroffen in wütend um. »Die Frauenbewegung war nie gut für dich, Rike! Du hast doch nur noch von dieser Wärterin, von Professor Rieger und den Irren gesprochen. Du hast unsere Freundschaft darüber vergessen.« Isabella lief rot an. »Nur deswegen habe ich es getan, um dich vor deinem Eifer zu schützen! Und um unsere Freundschaft zu bewahren. Und am Ende hatte ich zudem Angst, dass du selbst noch irre wirst.«

»Fräulein Stellinger?«, rief der Schneidermeister aus dem Flur. »Darf ich Sie bitten, mit der Anprobe fortzufahren? In München erwartet man mich am Abend zurück.«

Isabella bewegte sich nicht vom Fleck. »Verschwinden Sie!«, rief sie. »Verschwinden Sie einfach!«

Henrike hatte ihre Freundin noch nie zuvor so unhöflich erlebt. Was wusste sie sonst noch nicht von ihr? »Warum hast du mir deine Bedenken nicht mitgeteilt?«

»Du warst so gefangen in deinem Traum, dass ich mit Worten niemals dagegen angekommen wäre«, antwortete Isabella.

Du hättest es wenigstens versuchen müssen! Henrike zerrte die Bahnfahrscheine, die ihr ihre Mutter am Morgen geschenkt hatte, aus ihrer Rocktasche. »Paris ist für mich gestorben!«, verkündete sie, schwenkte die Fahrscheine vor Isabellas Augen hin und her und stopfte sie schließlich wieder in die Rocktasche zurück.

»Bitte nicht!« Isabella griff auf dem Boden nach ihrem Champagnerglas und warf es an die Wand, wo es zersplitterte. »Du bist die Einzige, die ich habe.«

Henrike schüttelte enttäuscht den Kopf. Das war zu viel. Womöglich war Isabella sogar noch der Spion des Prinzregenten! Oder jemand, den sie beauftragt hatte, weil sie selbst sich nicht die Hände schmutzig machen wollte. Von jeher waren Isabella Dreck und Staub zuwider gewesen. »Und Klara im Ringpark? Warst das auch du?«

Isabella leugnete auch das nicht. »Sie hat es verdient!«

Henrike wusste nicht, ob sie weinen oder schreien sollte. Isabella war einer der wichtigsten Menschen in ihrem Leben, sie hatte ihr vorbehaltlos vertraut. Im Hintergrund hörte sie, wie die Haustür zugezogen wurde.

Isabellas schönes Gesicht verzerrte sich zu einer Fratze: »Ich wollte es nicht mit ansehen müssen, wie deine geliebte Klara euch alle in ihren Bann zieht!«

Henrike fand keine Worte mehr für das, was Isabella nicht nur ihr angetan hatte. Zuerst hatte Wachtmeister Krachner ihre Großeltern verhört, als wären sie Schwerverbrecher. Die LOUISE war aufgeflogen, und Henrike hatte Jean-Pierre mit falschen Vorwürfen überschüttet. Und nun lag, um dem Ganzen die Krone aufzusetzen, auch noch Klara verletzt im Palais, und niemand konnte sagen, ob sie jemals wieder klar würde denken können.

»Ich will dich nie wiedersehen!«, sagte Henrike mit zitternder Stimme. »Deine Hochzeit wirst du ohne mich feiern müssen. Freundschaft geht nur mit Vertrauen. Und du wusstest, dass Verrat für mich das Allerschlimmste ist!«

Wie betäubt verließ Henrike das Haus und stolperte hinaus auf die Ludwigstraße. Ihr erster Impuls war, sich in die tröstenden Arme ihrer Großmutter zu flüchten, denn Ella war noch in München. Aber ihre Großmutter hatte schon genug mit Klara um die Ohren, zudem ging es ihr alles andere als gut. Also kehrte Henrike in die Eichhornstraße zurück. Dort warf sie sich auf ihr Bett und weinte, wälzte sich hin und her und schlief schließlich vor Erschöpfung ein. Sie träumte von Jean-Pierre Roussel, und wie er ihr »*Je t'aime*« zuflüsterte.

Henrike wachte gegen Mitternacht vom Läuten der Türglocke auf und horchte in den Flur hinaus, wo das Dienstmädchen gerade Ella begrüßte.

Henrike stürzte ihrer Mutter entgegen. »Endlich!« Sie umarmte sie.

Ella machte sich los und schaute Henrike aus geröteten Augen an. »Wir werden für ein paar Tage ins Palais ziehen«, sagte sie nur.

Da erst dachte Henrike wieder an die Probleme ihrer Familie. »Weg von Papa? Das auch noch?«, fragte sie bestürzt.

»Es tut mir leid, aber es geht nicht anders.« Ella nickte betreten. »Ich habe Anton aber zugesagt, während des Besuchs des Prinzregenten noch öffentlich an seiner Seite aufzutreten. Danach will er mehr Abstand.«

Henrike verstand. Ihr Vater wollte nicht als verlassener Mann vor dem Prinzregenten dastehen.

Ella wies das Dienstmädchen an, am nächsten Vormittag die Koffer für sie und ihre Tochter zu packen. Sie wollte fort sein, bevor Anton übermorgen für die Prinzregententage zurückkehrte.

In der Nacht schliefen Henrike und Ella eng aneinandergeschmiegt in Henrikes Bett. Henrike wollte am liebsten nie mehr aufstehen. Das Unglück ihrer Mutter zerriss ihr das Herz. Sie selbst war ohne beste Freundin, ohne Vater, ohne die Medizin. Und ohne die Liebe. *Sans l'amour.* Sie versank in der Erinnerung an ihren ersten Kuss in der Pfarrkirche des Stifts Haug. Jean-Pierres Küsse waren wie Medizin gegen jede Art von Unbill und gegen jeden traurigen Gedanken gewesen.

42

März 1903

Klara Oppenheimer konnte sich an ihren Unfall im Ringpark nicht mehr erinnern. Vier Tage nach dem Angriff litt sie weiterhin unter Schwindel, Müdigkeit und Kopfschmerzen. Hinzu kamen depressive Verstimmungen, Angst, Konzentrationsstörungen und Gedächtnislücken. Viviana pflegte sie noch immer im Palais. Henrike und Ella halfen ihr, wo es nur ging. Täglich, während der frühen Abendstunden, wurde die Verletzte von ihren Eltern besucht. Sie waren damit einverstanden, dass ihre Tochter bis zur endgültigen Diagnose unter der ärztlichen Aufsicht Vivianas blieb.

»Sie wird auf keinen Fall die schwierige Aufgabe mit dem Prinzregenten erfüllen können«, erklärte Viviana Auguste Groß von Trockau im großen Salon.

Ella hatte sich zurückgezogen, sobald die Freifrau im Haus erschienen und das Gespräch auf die Frauenbewegung gekommen war. Henrike behauptete, nur deswegen noch im Salon zu sein, weil sie bei Klara sein wolle, falls diese Hilfe benötige.

Viviana entging nicht, dass ihre Enkelin, die sich nicht von Klaras Sessel fortbewegte, der etwas abseits vor dem Fenster stand, dennoch aufmerksam mithörte.

Schon eine Stunde saßen Viviana und die Freifrau im großen Salon beieinander, während draußen die Festivitäten der Prinzregententage begannen. »Fräulein Klara ist äußerst geräuschempfindlich, und große Menschenmassen würden ihren Zustand bedrohlich gefährden. Niemals kann sie auf dem Festzug und im Gedrängel den Prinzregenten ansprechen und ihm die Unterschriftenbücher übergeben.« Nach diesem Satz wandte Viviana sich zu ihrer Patientin und Henrike um. Das kranke Fräulein schien mit seinen Gedanken an einem fernen Ort zu sein.

Henrike fing Vivianas Blick auf und kam zu ihnen. »Wird sie je wieder lächeln können?«, fragte sie bang.

»Und ihr Gedächtnis zurückerhalten?«, erkundigte sich Auguste Groß von Trockau mit ebenfalls gedämpfter Stimme. Gestern hatte Klara die Freifrau nicht mehr erkannt.

Viviana wusste es nicht. »Wir müssen die Durchstrahlung abwarten.« Wegen der Festtage mussten sie sich bis zu ihrem Termin im Physikalischen Labor in der Domerpfarrgasse noch einmal länger gedulden. Die Röntgenbilder würden die endgültige Diagnose liefern.

»Es besteht immer noch die Möglichkeit, dass ihr Hirntrauma vergeht und sie wieder ganz gesund wird«, versuchte Viviana, die Runde etwas aufzumuntern, wie es früher Fräulein Klara so oft getan hatte.

Mit dem Unfall hatte das Fräulein auch ihr ansteckendes, offenes Lächeln und ihre leidenschaftliche Art verloren.

Auguste Groß von Trockau räusperte sich hinter vorgehaltener Hand. »Wie lange wird es denn dauern, bis sie wieder ganz gesund ist?«

»Einige Wochen, schätze ich.« Wieder blickte Viviana zu Klara im Sessel am Fenster. Henrike war wieder bei ihr und erzählte ihr etwas, das Viviana nicht verstand. »Sofern die Durchstrahlung keine größeren Verletzungen ans Tageslicht bringt«, ergänzte sie ihre Ausführungen noch um die kleine, aber entscheidende medizinische Tatsache.

»Ich verstehe«, sagte Auguste Groß von Trockau und sprach ein Gebet.

»Würden Sie für Fräulein Klara einspringen, Freifrau?«, fragte Viviana, nachdem das Gebet beendet war.

Die Freifrau überlegte ihre Antwort keine Sekunde lang. »Grundsätzlich schon. Aber was uns wirklich helfen würde, wäre eine Persönlichkeit mit mehr Sympathiewerten, als ich sie besitze.«

Viviana und die Freifrau sahen sich eine Weile schweigend an.

Viviana hatte verstanden, was die Freifrau meinte, ohne es ausgesprochen zu haben. »Ohne Richard …«, setzte Viviana kopfschüttelnd zu einer Antwort an, als die Türglocke geläutet wurde.

Klara hielt sich die Hände vor die Ohren, woraufhin Henrike sie abschirmte und ihr vorschlug, etwas zu lesen.

»Ich habe einen Gast zu unserem Gespräch geladen.« Freifrau Auguste Groß von Trockau erhob sich steif. »Ich dachte, dass wir gerade jede Unterstützung gebrauchen können. Verzeihen Sie meinen diesbezüglichen Alleingang, Frau Winkelmann-Staupitz.«

Bis morgen Ersatz zu finden, ist unmöglich!, dachte Viviana nur, dann zog der Gast ihre Aufmerksamkeit auf sich.

»Die Damen.« Professor von Kölliker verneigte sich vor der Runde. »Ich wünsche Ihnen einen guten Tag.«

Viviana bemühte sich um Haltung. Sie wusste, dass Professor von Kölliker Vorträge für den Frauenheil-Verein hielt und dass er in dem Würzburger Unterschriftenbuch, gleich im ersten Exemplar, unterschrieben hatte, aber darüber hinaus … noch dazu als Mann? Andererseits hatte sie Auguste Groß von Trockau als eine Frau mit guter Menschenkenntnis kennengelernt. Als einer der wenigen von Richards einstigen Fachkollegen war Albert von Kölliker zu Richards Beerdigung gekommen. Professor Röntgen hatte eine handgeschriebene Beileidskarte geschickt.

Viviana und die Freifrau nahmen wieder Platz.

»Setzen Sie sich bitte zu uns, Professor.« Viviana wies auf den Stuhl neben der Freifrau. Das Dienstmädchen brachte Kaffee und Tee und schenkte ein.

»Auguste war so frei, mich unter dem Siegel der Verschwiegenheit in Ihre Pläne einzuweihen«, eröffnete Professor von Kölliker. »Und ich hörte von der schrecklichen Attacke im Ringpark. Ich hoffe, dem Fräulein Oppenheimer geht es wieder besser?« Er drehte sich im Stuhl nach ihr um.

»Etwas«, antwortete Viviana zögerlich. Sie wusste, dass Albert von Kölliker und Richard sich gut verstanden hatten. Richard hatte oft gescherzt, dass sie vor allem ihr leidliches Krockettalent miteinander verbinden würde.

»Ein Commotio cerebri?«, fragte er. Eine Gehirnerschütterung?

»Mindestens, ja«, war Viviana überzeugt.

Albert von Kölliker kam ohne Vorrede auf den Grund seines Besuchs zu sprechen. »Verzeihen Sie, wenn ich mich in Ihre Planungen einmische, aber warum wollen Sie den Prinzregenten unbedingt während des Festzuges durch die Stadt ansprechen?«

Auguste Groß von Trockau antwortete: »Weil Seine Königliche Hoheit uns dann nicht so einfach festnehmen lassen kann. All die jubelnden Menschen um uns herum, da dachten wir …« Sie zögerte und sann erneut darüber nach.

»Da dachten sie, dass er ihnen dann am ehesten zuhört«, führte Henrike vom Sessel aus weiter aus und ließ das Buch, aus dem sie Klara eben noch vorgelesen hatte, sinken, weil ihre Freundin eingeschlafen war. »Klara hatte bestimmt schon einen Plan, wie sie es machen könnte. Und sie hätte alle begeistert.«

»Lassen Sie uns die Kontaktaufnahme mit dem Regenten noch einmal Schritt für Schritt durchgehen«, bat Professor von Kölliker und nickte Henrike aufmunternd zu. »Der Prinzregent wird in der Kutsche durch die Stadt gefahren. Wollten Sie auf die Kutsche springen oder die Pferde anhalten?«

»Na ja ... wir dachten, wir würden auf die Kutsche aufspringen können«, antwortete Viviana. »Genauer sind wir den Plan noch nicht durchgegangen. Und seit dem Angriff auf Fräulein Klara haben wir uns nicht mehr damit befasst, ihn zu konkretisieren.«

»Klara ist flink«, ergänzte Henrike gleich noch. »Bestimmt wäre sie mit einem einzigen Satz auf die Kutsche gesprungen.«

»Hmmm, verstehe.« Professor von Kölliker schaute jede Frau im Salon, auch Klara Oppenheimer mit dem Kopfverband, länger nachdenklich an. Dann fragte er: »Sie wissen von dem Bankett im Kaisersaal der Königlichen Residenz?«

Sie nickten vereint.

»Auf dem Bankett könnte der Prinzregent zumindest nicht von Ihnen wegkutschiert werden. Bei dem Festzug sehr wohl.« Albert von Kölliker trank Kaffee, dann fügte er beinahe entschuldigend an: »Nur mal praktisch gedacht, meine Damen.«

»Du hast recht, Albert«, bestätigte Auguste Groß von Trockau, von der Viviana wusste, dass sie mit zahlreichen angesehenen Herrschaften der Stadt, die der Frauenbewegung aufgeschlossen gegenüberstanden, vertrauten Umgang pflegte. »Trotzdem wissen wir immer noch nicht, wer nun vor den Regenten treten soll. Und wie wir überhaupt Einlass zum Bankett erhalten können. Nur wer auf der Einladungsliste steht und das Einladungsschreiben mit dem Siegel des Prinzregenten vorweisen kann, erhält Zutritt zum Kaisersaal der Königlichen Residenz.«

Albert von Kölliker erhob sich von der Tafel und ging zum Fenster, wo Klara Oppenheimer im Sessel saß.

»Ich erinnere mich an eine junge, leidenschaftliche Frau«, sprach er mehr zu den Passanten draußen als zu den Damen im Salon. »Mit ihrem Mut und ihrem unbändigen Willen für die bildungshungrigen

Frauen Bayerns einzutreten, lehrte sie einst sogar die Kollegen Virchow und von Rinecker das Fürchten. Gott habe beide selig. Ich wünschte, die beiden könnten diese Frau heute noch heilen sehen.«

Viviana erhob sich und trat neben Albert von Kölliker. Ihr war schon beim ersten Satz klar gewesen, dass er von der jungen Viviana Winkelmann sprach. Sie, er und Klara Oppenheimer schauten nun aus dem Fenster. Kurz dachte sie an den Tag ihres Dorotheen-Spektakels zurück. Professor von Kölliker hatte ihr damals das Diagnostizieren zugetraut, er hatte an ihre medizinische Befähigung geglaubt. Zu seinen Lebzeiten hatte Richard über den Anatomen gesagt, dass er als Wissenschaftler und als Mensch eine Ausnahmeerscheinung sei.

Mit seiner stattlichen Gestalt, die sein Alter Lügen strafte, wandte Albert von Kölliker sich nun Viviana zu. »Sie sind erfahren und vor allem mutig genug, einem Regenten noch dazu vor so vielen Würzburger Ehrengästen entgegenzutreten.«

Viviana hörte, wie ihre Enkelin die Luft scharf einsog. Sie starrte die Fensterverstrebungen an. Das Dorotheen-Spektakel liegt so lange zurück, dachte sie, so viel Kraft wie damals besitze ich heute nicht mehr.

Albert von Kölliker nahm seinen Blick nicht von ihr, als er sagte: »Dem Sekretär des Prinzregenten, der die Einladungen zum Bankett ausstellen ließ, ist leider entgangen, dass ich seit gewisser Zeit Witwer bin.«

»Sie meinen ...«, setzte Viviana an. Sie und Richard waren auf der Beerdigung von Maria von Kölliker gewesen.

»Ja, das meine ich. Meine Einladung lautet auf mich und meine Damenbegleitung.« Mit einem spitzbübischen Lächeln bot er ihr seinen angewinkelten Arm an. »Es wäre mir eine Ehre, Frau Winkelmann-Staupitz.«

Viviana schaute erst zu Auguste Groß von Trockau, dann zu Henrike. Beide nickten ihr zu. Sie zögerte dennoch.

»Das wäre die Lösung!«, sagte Klara Oppenheimer mit einem Mal und griff nach Vivianas Hand.

»›Nüt gwagt, nüt gwunne‹, würden wir Schweizer sagen«, fügte Albert von Kölliker mit charmantem Dialekt seinem Angebot noch hinzu.

»Du hast den großen Professor Virchow das Fürchten gelehrt, Großmama?«, wollte Henrike beeindruckt wissen. »Wirklich den großen Virchow?«

»Ohne Richards Unterstützung wäre das vermutlich schiefgegangen damals.« Ein zärtliches Lächeln lag um Vivianas Mundwinkel. Sie schaute zum Himmel über der Hofstraße und spürte, dass sie zu Ende führen sollte, was er und sie einst mit dem Dorotheen-Spektakel begonnen hatten. »Ich will es versuchen.«

»Das trifft sich gut.« Albert von Kölliker schaute nun wieder aus dem Fenster. »Denn ich wollte Sie schon längst einmal mit meinem guten Freund Conrad bekannt machen. Früher hatte ich mir oft gewünscht, dass Sie Richard an den Krocketsonntagen einmal begleiten würden.«

Viviana schluckte. Mehrmals hatte Richard versucht, sie zur Teilnahme an der Sonntagsentspannung im Garten des Physikalischen Instituts zu überreden. Jetzt bereute sie die verlorenen Stunden ohne ihn bitter. Für mehr Zeit mit ihm hätte sie sogar den unhöflichen Professor von Leube in Kauf genommen.

Albert von Kölliker riss sie aus ihren trüben Gedanken, indem er weitersprach: »Jedenfalls, Conrad Röntgen wird Ihr zweiter Tischnachbar sein.«

*

Bereits eine geschlagene Stunde wartete Henrike schon in der Eichhornstraße und ließ das Haus, in dem ihre Familie wohnte, nicht aus den Augen. Während die Menschen in Feierlaune an ihr vorbeiströmten, stand sie steif und gar nicht fröhlich da. Ganz Würzburg war auf den Beinen, aus den Brunnen floss Wein. Man pries den Prinzregenten in Gesprächen, man bejubelte ihn auf Plätzen, Hüte flogen, und man dichtete und besang ihn. Anekdoten wurden geboren oder aufgefrischt wie die, dass man Luitpold von Bayern das Jagdjahr über im ganzen Königreich antreffen könne. Vom Spessart über Ingolstadt bis ins Allgäuer Gebirge hinein. Dabei schenke er an seinem Geburtstag allen Kindern, die ihm begegneten, eine Semmel mit Wurst und jedem Kind ab dem dritten Schuljahr einen Schoppen Bier.

»Papa, zeig dich endlich!«, bat Henrike, den Blick fest auf die Salonfenster gerichtet. Seitdem sie mit ihrer Mutter ins Palais gezogen war, hatte sie ihren Vater nicht mehr gesprochen. Wenigstens kurz wollte sie ihn sehen. Er musste nun jede Minute die Wohnung verlassen, wollte er noch pünktlich am Diner der besseren Gesellschaft in den Schrannensälen teilnehmen.

Henrike dachte an den Besuch von Professor von Kölliker an diesem Vormittag und an Isabella. Ihr war elend zumute. Noch brannte Licht im Salon, dabei war es höchste Zeit. Aber vielleicht ginge ihr Vater lieber gar nicht mehr los, als dass er zu spät käme.

Sehnsüchtig dachte sie an die gemeinsamen Wochenendspaziergänge sowie ihre erste Eisenbahnfahrt, die ihr Vater mit ihr unternommen und ihr dabei die Gleisanlagen und den Aufbau der Stationen erklärt hatte. Damals war Henrike gerade einmal vier Jahre alt gewesen und hatte auf dem Schoß ihres Vaters gesessen. Es war seltsam, sich ihre Eltern als jung verliebte Menschen vorzustellen.

»Verliebt«, sprach sie leise vor sich hin, und ihr Herz machte einen Satz. Sie bedauerte unendlich, dass sie Jean-Pierre zu Unrecht des Verrats beschuldigt hatte. Vermutlich war er nun endgültig nach Paris zurückgegangen. Die Frauen dort waren hübsch, wenn man den Modemagazinen Glauben schenkte. Und er bräuchte die schicken Damen nur mit seinen schwarzen Augen zu betören, damit sie ihm sofort zu Füßen lagen.

Noch immer schaute Henrike vom Salonfenster zum Hauseingang. Minute um Minute verstrich, aber Anton erschien nicht. Enttäuscht wandte Henrike sich von jenem Ort ab, an dem sie aufgewachsen war.

Gute Nacht, Papa, sagte sie in Gedanken und ging zurück in die Hofstraße. Sie musste sich nun beeilen. Um sieben Uhr wurde das Abendbrot aufgetragen. Und Henrike wäre nicht Antons Tochter gewesen, hätte sie nicht darauf geachtet, pünktlich zu sein.

43

12. März 1903

Seit den frühen Morgenstunden saß Viviana im großen Salon und ging im Licht einer Kerze ihre Ansprache durch. Der zweiundachtzigste Geburtstag des hochverehrten Prinzregenten, der 12. März, fiel auf einen Donnerstag. An einem Donnerstag war Richard beerdigt worden. Schon seit zwei Uhr morgens, der Geburtsstunde des Prinzregenten, waren im Stundentakt Salutschüsse vom Festungsberg zu hören. In diesen Minuten müsste der Prinzregent in Würzburg eintreffen. Die Einweihung seines Denkmals war für zwei Uhr Nachmittag geplant, danach geleitete ihn der Festzug durch die Ludwigstraße zur Königlichen Residenz. Viviana hatte dem Personal im Palais freigegeben, damit es dem Regenten zujubeln konnte.

Lieder erklangen in der Hofstraße, die Viviana sogar bei geschlossenen Fenstern hören konnte. Wann hatte sie das letzte Mal gejubelt? Ihr Blick schweifte zu Klara Oppenheimer, deren Zustand unverändert war. Stundenlang saß sie nachdenklich im Sessel, mit dem großen Verband um ihren Kopf.

Viviana vernahm, dass Ella nervös immer wieder treppauf, treppab lief. Immer wieder kam sie auch in den Salon. »Die Würzburger sind sehr aufmerksame Leute. Sie werden im Bankettsaal schnell bemerken, wie es zwischen mir und Anton steht«, befürchtete sie und fühlte sich sichtlich unwohl bei dem Gedanken.

Viviana hätte ihrer Tochter am liebsten geraten, dem Ehemann diesen letzten Gefallen zu verwehren, aber das Problem war, dass Ella ihren Anton immer noch liebte. Und Anton Ella? Viviana wusste es nicht. »Es ist sehr nett von dir, dass du das noch für ihn tust«, sagte sie daher nur.

Gegen vier Uhr am Nachmittag traf Henrike im Palais ein und berichtete vom Festzug und vom Prinzregenten. Sie beschrieb die Stimmung der Würzburger als überschwänglich, diese hätten ihren Regenten herzlichst empfangen und Spalier vom Zentralbahnhof bis zur Residenz gestanden.

Viviana ging ins Schlafzimmer hinauf. Langsam wurde es Zeit, sich zurechtzumachen. Am Vormittag hatte Henna bereits ihr Kleid aufgebügelt.

Henrike gesellte sich zu ihr. »Der Prinzregent war von Dutzenden Bewaffneten umringt. Auf dem Festzug wärt ihr vermutlich gar nicht zu ihm durchgekommen«, berichtete sie. »Zum Glück habt ihr umgeplant. Professor von Kölliker ist brillant!«

Viviana setzte sich vor die Frisierkommode und versank im Anblick ihres Hochzeitsbildes. Die schwarze Kerze beleuchtete das Bild. Ihre Liebe zu Richard war einmalig. Nie wieder würde sie glücklich sein. Sie löste die Haarklammern und begann, ihr Haar zu bürsten.

»Im Gegensatz zu Professor von Kölliker wirkt der Prinzregent wie ein uralter Mann, er schien mir ziemlich eingerostet zu sein«, erklärte Henrike ihr im Überschwang ihrer Jugend. »Bestimmt bist du ihm mit Argumenten überlegen, Großmama!« Henrike übernahm das Bürsten für sie.

»Weißt du«, setzte Viviana zu einer Erwiderung an, »es geht nicht nur um Argumente. Es ist genauso wichtig, auf welche Art und Weise man sein Anliegen vorträgt. Wenn der Gesprächspartner im Unrecht ist, sollte man ihm immer die Möglichkeit geben, sein Gesicht zu wahren.«

Henrike nickte beeindruckt.

»Außerdem hat der Prinzregent viele Minister und Sekretäre um sich versammelt, die sich für ihn den Kopf zerbrechen.« Noch vor gar nicht allzu langer Zeit hätte Viviana die blauäugige Einschätzung ihrer Enkelin, dass sie dem Prinzregenten argumentativ überlegen sei, großmütterlich liebevoll belächelt. Aber seit Richards Tod fiel ihr selbst das schwer. »Es wird nicht leicht werden.«

»Aber Großmama, hinter dir stehen Tausende von Frauen und nicht nur ein paar steife, alte Minister!« Henrike bürstete fester. »Die Unterschriftenbücher füllen zwei große Koffer. Und sogar ein paar Männer sind auf unserer Seite. Das muss einfach gut gehen.« Trotzdem zitterten Henrike die Hände. Sie wünschte, Jean-Pierre würde sie in den Arm nehmen und ihr Mut machen.

Viviana hatte schon viele Minister gesehen, aber vor allem hatte sie ihnen geschrieben. Im Kampf für das Recht der Frauen auf Bildung hatte sie sich auch an Bürgermeister und Universitätsrektoren gewandt. Dem Prinzregenten war sie bisher aber noch nie begegnet. Viele Menschen verehrten ihren »Vater Luitpold« als einen Mann von stiller Bescheidenheit. Ein Charakterzug, der auch ihr an ihm gefiel. Politisch betrachtet, kam ihr Luitpold recht bescheiden vor. Im Wesentlichen ließ er seine Minister regieren.

Viviana seufzte und griff nach Henrikes warmer, zittriger Hand. Ihre eigene fühlte sich so kalt an, als käme sie jede Sekunde der Tod holen. Aber sie wollte nicht schon wieder über den Tod sprechen, deswegen kam sie auf Henrike zurück. »Rike«, sagte sie, »hast du Isabella die Chance gegeben, ihr Gesicht zu wahren oder ihr Vergehen wiedergutzumachen?«

Henrike schüttelte den Kopf und machte sich los. »Isabellas Verfehlungen wiegen einfach zu schwer!«, war sie überzeugt.

»Jetzt klingst du härter als Pfarrer Leuchtenthal!«, entgegnete Viviana.

»Großmutter!«, entsetzte Henrike sich. »Schau dir Klara doch an! Das ist unverzeihbar.«

»Und wenn Klara Isabella vergeben würde?«, fragte Viviana sanfter.

Die Frage hing eine Weile in der Luft, Henrike begann, an den Nägeln ihrer rechten Hand zu kauen. Im Zimmer über ihnen, das hörten sie gut, ging Ella nervös auf und ab.

Viviana steckte sich ihr Haar zu einem festlichen Knoten auf dem Oberkopf zusammen. »Du wirst deinem Vater immer ähnlicher«, sagte sie und erhob sich vorm Spiegel. »Anton tut sich genauso schwer, etwas zu vergeben.«

Henrike schaute sie zerknirscht an, aber anstatt etwas zu erwidern, wechselte sie das Thema. »Die Freifrau und ich werden dir vor der Königlichen Residenz beistehen. Mama versteht, dass es für mich nur um Beistand und nicht um die Frauenbewegung geht. Nur deswegen hat sie es erlaubt. Und weißt du was? Zur Feier des Tages ziehe ich das Batistkleid an, das sie mir einst aus München mitgebracht hat. Bist du bereit für den großen Auftritt? Der Kaisersaal muss beeindruckend sein.«

Viviana ließ sich von ihrer aufgeregten Enkelin in das festlichste ihrer Trauerkleider helfen.

»Willst du sogar heute Abend Schwarz tragen?«, fragte Henrike vorsichtig.

»Natürlich!«, entgegnete Viviana sofort und schroffer, als sie es beabsichtigt hatte. Das Trauerjahr war noch nicht vorüber, und wahrscheinlich würde sie nie wieder eine andere Farbe als Schwarz tragen. Bisher konnte sie sich noch nicht einmal graue Kleider an sich vorstellen, von einem blauen oder bordeauxroten, wie Ella es für diesen Abend gewählt hatte, ganz zu schweigen.

»Ich meinte nur, weil es so ein besonderer Abend werden wird. Mit dem Regenten und Professor Röntgen, der ja auch da sein wird«, erklärte Henrike kleinlaut. »Ihn hast du doch lange Zeit bewundert. Es wird ein Festabend, leuchtender und prächtiger als Weihnachten.«

»Über meine Trauerkleidung diskutiere ich nicht, auch nicht mit Professor Röntgen!«, erwiderte Viviana entschlossen. Außerdem hatten die Röntgen-Strahlen Richard nicht helfen können. Kurz vor seinem Tod hatte ihm die Haut wegen der Stärke der Bestrahlung in Fetzen vom Leib gegangen. Die Strahlung konnte äußerst gefährlich sein, worauf viel zu selten hingewiesen wurde.

»Komm jetzt«, forderte sie ihre Enkelin auf, »wir wollen die Koffer noch einmal auf Vollständigkeit durchgehen.«

Stillschweigend prüften sie den Inhalt der Gepäckstücke, die Viviana im Damenkabinett verwahrte. Die Koffer enthielten die Unterschriftenbücher und Immatrikulationsanträge dreier ungeduldiger Fräuleins.

*

Pünktlich um halb sechs hielten zwei Kutschen vor dem Palais. Ella stieg zu Anton, und Viviana zu Albert von Kölliker in die Kutsche, nachdem der sie vornehm die Treppe des Palais hinabgeführt hatte.

Anton war erst gar nicht ausgestiegen. Vielleicht, dachte Viviana bitter, weil er das Palais noch nie gemocht hat. Aber wie kann er eine so aufopferungsvolle und liebenswürdige Frau wie meine Ella nur so behandeln? Viviana konnte Anton einfach nicht verstehen. Für sie würde Ella ewig ihre Schmetterlingstochter mit dem Kinngrübchen sein, die sie beschützen wollte. Ella trug ein Festkleid, auf dessen bordeauxrotem Seidengrund braune und goldfarbene Blumenmuster lagen. Der Kragen und die Ärmel liefen in Tüllspitzen aus. Ella hatte ihr Haar am Hinterkopf zu einem vornehmen Chignonknoten zusammengerollt und diesen mit bernsteinbesetzten Kämmen feststecken lassen. Lange vermochte Viviana den Blick nicht von ihrer rührend schönen wie traurigen Tochter zu lösen.

Als die Kutsche mit Anton und Ella um die Ecke fuhr, traf Auguste Groß von Trockau ein. Sie half Henrike dabei, die bereits ebenfalls für den Abend gekleidet war, die Koffer in die Kutsche zu wuchten. Es war vorgesehen, dass der Professor die Gepäckstücke mit dem Hinweis auf eine anstehende Reise im Kaisersaal unterstellen lassen würde. Von Kölliker war Ehrenbürger Würzburgs, nach ihm war eine Straße benannt worden, und der Prinzregent hatte ihn in den persönlichen Adelsstand erhoben. Er zählte zu den erfahrensten Wissenschaftlern des Königreichs. Mehr als fünf Jahrzehnte hatte er der Universität und dem Juliusspital ergeben gedient. Ihm würde man die Mitnahme von zwei Koffern auf ein Festbankett gewiss nicht verwehren.

»Ich hoffe«, sagte Albert von Kölliker Viviana auf der kurzen Fahrt zur Residenz und richtete noch einmal seine weiße Halsschleife, »dass wir heute Abend Geschichte schreiben werden. Wenn ich schon nicht mit einer großen Entdeckung wie einst Kollege Virchow mit seiner Cellular-Pathologie in die Geschichte eingehe, dann vielleicht als Begleiter von Frau Winkelmann-Staupitz am großen Tag der Frauenbewegung.« Er ließ seinen Worten ein verschmitztes Lächeln folgen, genau wie Richard früher.

Er redete mit so viel Selbstironie, dass Viviana lachen musste und sie ihre steife Haltung ihm gegenüber aufgab. »Egal, wie es ausgeht«, sagte sie ihm. »Ich bin Ihnen von Herzen zu Dank verpflichtet.« Ihre Hände waren nach wie vor kalt.

»An diesem besonderen Abend würde ich gerne nur Albert für Sie sein«, sagte er etwas schüchtern. »Im Kaisersaal wird es zu nicht mehr als ein paar höflichen Floskeln und oberflächlichem Geplänkel kommen. Da tut etwas Persönliches gut. Richard und ich, wir duzten uns auch.«

»Viviana«, stellte sie sich vor. Das Feingefühl, mit dem der weise Mann sie behandelte, war wohltuend.

Im nächsten Moment zog die hell erleuchtete Residenz ihre Aufmerksamkeit auf sich. Hunderte von Fackeln wiesen den Kutschen den Weg über den Vorplatz zur Einfahrt. Blaue und weiße Flammen züngelten in den Abendhimmel. Das Militär paradierte in Uniformen und mit flatternden Fahnen.

»Das Schloss über den Schlössern«, sagte Albert beeindruckt. Die Königliche Residenz ließ selbst so weit gereiste und versierte Geheimräte wie Albert von Kölliker staunen. Salutkanonen donnerten.

Die Kutsche fuhr in das Vestibül des Schlosses ein, das so groß war, dass ein Achtspänner dort problemlos wenden konnte. Den Treppenaufgang zum Schloss säumten Orangenbäumchen.

Der Andrang der Kutschen war so groß, dass sie eine Weile warten mussten, bis ihre Kutsche an die breite Treppe heranfahren durfte. Ihr Einladungsschreiben mit dem Siegel des Prinzregenten wurde überprüft und mit den Namen auf der Geladenenliste abgeglichen. Kurz verweilte der Blick des Sekretärs auf Vivianas ungewöhnlichem Kleid. Selten sah man Witwen im Trauerjahr feiern, und schon gar nicht an der Seite eines Mannes, das war ihr bewusst. Albert von Kölliker lenkte den Sekretär mit einem Witz im Züricher Dialekt ab. Erst jetzt durften sie aussteigen. Die erste Hürde war damit genommen!

Albert von Kölliker wies den Kutscher an, ihnen die Koffer hinterherzutragen. Während sie das fünfschiffige Treppenhaus hinaufschritten, gestand Albert Viviana, dass er aufgeregt sei. Sie lächelte, damit waren sie schon zwei, so unterschiedlich sie an diesem Abend auch auftraten. Er, hochgewachsen und würdig in Frack und Zylinder.

Albert war ein sportlicher Mann, der selbst mit seinen über achtzig Jahren kein bisschen gebrechlich oder altersschwach wirkte. Viviana ging dagegen etwas gebeugt in ihrem hochgeschlossenen schwarzen Trauerkleid. Um die Feierlichkeit zu würdigen und dem Prinzregenten Achtung zu zollen, hatte sie wenigstens etwas Silberschmuck angelegt.

Wenn sie mit ihrem Anliegen heute Abend nicht erfolgreich wäre, würde sie den Frauen Bayerns niemals wieder in die Augen schauen können. Kurz wurde Viviana schwarz vor Augen, sie hatte heute noch nichts gegessen, weil sie den ganzen Tag über schon so aufgeregt gewesen war. Sie hakte sich bei Albert ein, er schritt wie ein Fels neben ihr her.

Auf dem Umkehrpodest der Treppe warf sie einen bewundernden Blick auf das Fresko über ihr, das die Erde mit seinen zum Zeitpunkt der Erstellung des Deckengemäldes im achtzehnten Jahrhundert bekannten vier Erdteilen zeigte. Den Mittelpunkt jedes Erdteils bildete eine Frauengestalt, die auf einem für ihren Erdteil typischen Tier ritt. Europa bändigte einen Stier. Heute Abend werde ich die Stärke dieses Tieres brauchen, dachte Viviana verzweifelt.

Auf dem Weg zum Kaisersaal durchschritten sie den Weißen Saal, wo der Prinzregent, wie jedes Würzburger Kind in der Schule lernte, getauft worden war. Ein Raum ohne Vergoldungen und bunte Farben, dafür mit einer monumentalen Stuckornamentik bis in das Gewölbe hinauf. Viviana nickte dem Oberpflegeamtsdirektor des Spitals und seiner Gattin zu, nachdem die beiden sie länger, als es der Höflichkeit entsprach, betrachtet hatten. Gewiss hatten sie sie hier nicht erwartet. Der Weiße Saal führte auf die drei wuchtigen Flügeltüren des Kaisersaals zu. Der Einzug des Prinzregenten sollte Schlag sieben stattfinden.

An den Arm von Albert von Kölliker geklammert, betrat Viviana den Kaisersaal, der der prunkvollste Repräsentationsraum der Königlichen Residenz war. Etwas Eindrucksvolleres hatte sie noch nie gesehen – ihren ersten Blick in das Innere des menschlichen Körpers ausgenommen. Ihre erste Sektion hatte Richard ihr ermöglicht. Als er ihr das Gehirn des Toten gereicht hatte, war sie ohnmächtig geworden.

Viviana zwang ihre Gedanken zurück ins Hier und Jetzt ohne Richard. Für die Frauen Bayerns musste sie stark sein. Richard hätte es nicht anders gewollt.

Auf dem Marmorboden des Kaisersaals war jeder Schritt zu hören. Große Glaslüster erhellten den Raum taglichthell, ihr Lichtschein wurde von den Spiegeln an den Wänden noch vervielfacht. Sie sah Wappen, Fresken, Engel, lebensgroße Stuckfiguren und Gold, wohin sie nur schaute. Rot-gelb-blaue Marmorsäulen trugen das große Gebälk der ovalen Kuppel, ja, sogar den gesamten Raum. Um sie herum drängten sich teuer gekleidete, glitzernde Menschen. Ein Bankettdiener bot an, sie zu ihren Plätzen zu bringen. Das viele Licht blendete sie, zu lange hatte sie im Palais im Dunkeln gelebt.

Der Kaisersaal war ein lang gezogener Raum, dessen große Bogenfenster den Blick in den Hofgarten der Residenz freigaben. Zwei lange und zwei kürzere Tafeln waren an den Längs- und Breitseiten des Saales unter kunstvollen Fresken aufgestellt. Auf dem Kuppelfresko rechter Hand kniete der Vertreter der Kirche vor dem Kaiser, auf dem Fresko linker Hand kniete Kaiser Barbarossa vor dem Würzburger Bischof, damit ihm dieser seine Beatrix von Burgund antraute. Die Kirche kam nicht ohne den König aus, der König nicht ohne die Kirche. Der Mann nicht ohne die Frau, und die Frau nicht ohne den Mann, fügte sie gedanklich hinzu.

Viviana sah sich und Richard als junges Paar vor dem Altar stehen. Am liebsten wäre sie jetzt auf der Stelle umgedreht und nach Hause zurückgefahren, aber dafür hielt Albert sie zu fest. Langsam, aber sicher wurde sie noch verrückt vor Trauer und Einsamkeit. Seit Monaten lebte sie nur noch in ihren Erinnerungen. Ihre Hände wollten einfach nicht warm werden.

»Kommen Sie, Viviana.« Albert hakte sie noch einmal fester unter. Auf dem Weg zu ihrem Platz nickte er mehrfach Bekannten zu. Sämtliche Herren trugen Frack mit weißer Halsbinde und Zylinder. Ihr schwarz-weißes Einerlei wurde von den farbenfrohen Kleidern der Damen und den opulenten Blumengestecken auf den Tischen kontrastiert.

Ihre Plätze für diesen Abend befanden sich an der langen Tafel, die nahe der Flügeltür aufgestellt worden war. Viviana beschämte es, dass sie auf Professor Röntgens höfliche Begrüßung hin vor Aufregung keinen Ton herausbekam. Der Professor trug als Einziger keinen schwarzen, sondern einen dunkelblauen Frack, der ihm ausgenommen gut stand. Er war groß und schlank und wohl der einzige Mann, der ohne Begleitung gekommen war. Aber dafür standen die Gesprächspartner schon Schlange hinter seinem Stuhl. Viviana erkannte auch Rektor Pauselius unter den Gesprächswilligen, dem die Züge entgleisten, als er sie im Kreis der angesehenen Professoren ausmachte.

»Ist Bertha unpässlich?«, fragte Albert seinen Freund.

»Kurzfristig, ja«, antwortete Conrad Röntgen mit einem kurzen, ängstlichen Seitenblick auf die Herren hinter ihm, die nur zu gerne mit ihm ins Gespräch kommen wollten.

Viviana suchte ihre Tochter und ihren Schwiegersohn, konnte sie aber nirgends entdecken. Es waren einfach zu viele Menschen im Saal, und das viele Licht blendete sie. Draußen donnerten Salutschüsse. Der Zeremonienmeister gab seinen Bediensteten letzte Anweisungen. Niemand nahm Platz, bevor der Regent nicht auf seinem Stuhl saß.

Auf der Suche nach Ella kreuzte sich Vivianas Blick mit dem von Professor von Leube. Er wandte sich sofort von ihr ab. Heute sah sie ihn zum ersten Mal ohne seinen Arztkittel mit den Goldknöpfen.

Viviana sprach kurz mit Professor Rieger und auch mit Herrn Stellinger, während Albert von Kölliker ihr nicht von der Seite wich. Auch Professor Röntgen stand bei ihr, während immer neue Gesprächspartner an ihn herantraten. Dann wurde geläutet, und der Zeremonienmeister bat die Gäste an ihre Plätze. Als Viviana Ella und Anton entdeckte, wurde gerade das elektrische Licht der monumentalen Kristalllüster gelöscht.

Fanfaren ertönten, und der Einmarsch Seiner Königlichen Hoheit wurde angekündigt. Ein Lichtstrahl beschien ihn, als er in soldatischer Haltung zum Thronstuhl am Ende des Saales trat. Der Prinzregent trug eine Uniform in Blau mit rotem Stehkragen und goldgeflochtenen Epauletten. Unter dem rechten Arm hielt er eine Pickelhaube mit goldenen Beschlägen und weißem Federbusch. Seine militärische Karriere vom Artilleriehauptmann bis zum Generalfeldmarschall war tadellos verlaufen. Auch das wurde in Würzburgs Töchterschulen gelehrt. Noch vor den zahlreichen Orden und der schweren Ordenskette fiel Viviana sein langer weißer Bart auf, der ihn weise wirken ließ. Das schüchterte sie ein, sie bewunderte weise Menschen. Für ihre Ansprache wäre es jedoch hilfreicher, wenn sie ihn nicht als weisen Regenten, nicht als Oberbefehlshaber des Militärs und Vorsteher der Ministerialverwaltung, sondern als Menschen, als Luitpold sehen würde, von dem sein Volk wusste, dass er sich im Winter das Eis auf den Kanälen im Park von Nymphenburg aufhacken ließ, um zu baden.

»Er ist ein gutmütiger Mensch«, hörte Viviana Professor Röntgen zu ihrer Linken sagen. Albert und der Physik-Professor umgaben sie wie Schutzmauern. Doch selbst im Halbdunkel bemerkte sie, dass sie von allen Seiten begafft wurden wie Jahrmarktsattraktionen. Aufgeregt betrachtete sie die dem Prinzregenten im Gleichschritt folgenden, bewaffneten Offiziere. Mit grimmigen Mienen stellten sie sich in einer Reihe hinter der Tafel des Prinzregenten auf. Der Zeremonienmeister kündigte die Begrüßungsrede an. Das erste von insgesamt sechs Gläsern eines jeden Tischgedecks wurde mit Champagner gefüllt.

Mit erhobenem Glas richtete der Prinzregent das Wort an seine Gäste. Er sprach laut und deutlich, aber vor allem ruhig. Er bedankte sich für »sein« Denkmal an der Ostseite des Zentralbahnhofs und für den Überschwang »seiner« Würzburger beim Festzug. Er lobte die Schönheit der Würzburger Bürgerstöchter und hieß schließlich die Versammelten, namentlich Bürgermeister Steidle und seinen Ehrengast aus München, Professor Conrad Röntgen, aufs Herzlichste willkommen.

Albert erklärte Viviana leise, dass Conrad Röntgen auf einem Platz in der Menge und neben Albert bestanden hatte, obwohl der Prinzregent ihn lieber neben sich sitzen gehabt hätte.

Erst wurde dem Prinzregenten der Stuhl zurechtgerückt und sein Federhelm entgegengenommen, dann durften die Gäste Platz nehmen. Kaum dass Viviana saß, tastete sie mit dem Fuß unter dem Tisch herum. Der erste Koffer war noch da, der zweite Koffer stand vor Albert von Köllikers Beinen.

Der Prinzregent ließ das Bankett mit einem Tusch eröffnen und rief danach zu einem friedlichen, amüsanten Abend auf. War das etwa eine Aufforderung in ihre Richtung, sich tunlichst ruhig zu verhalten? Viviana wurde unruhig. Hatte jemand ihr Vorhaben verraten? Sie spürte Albert von Köllikers Blick auf sich, auch er schien plötzlich nervös zu sein. »Ich kann das nicht«, murmelte Viviana. »Nicht ohne Richard.«

»Bestimmt schaut er Ihnen von oben zu«, sagte Albert von Kölliker leise, er war kaum zu verstehen. »Wie meine selige Maria.«

Viviana sah Richards Gesicht vor sich, und wie er sie verschmitzt anlächelte. Sie atmete tief durch und beschloss, erst nach dem Essen vor den Regenten zu treten, weil niemand gerne beim Essen gestört wurde. Aber auf keinen Fall durfte sie zu spät sprechen. Es würde knapp werden, vermutlich blieben ihr nur wenige Minuten, denn man konnte nie wissen, wann der Prinzregent die Veranstaltung offiziell für beendet erklärte und den Kaisersaal wieder verließ.

Albert von Kölliker stellte Viviana den Gästen an der gegenüberliegenden Tafelseite vor: Professor Theodor und Marcella Boveri. Seine Zoologie-Vorlesungen seien hochgelobt und auch der Grund, erklärte Albert, dass seine Frau zu ihm gefunden hätte. Viviana war erleichtert, Tischnachbarn zu haben, die sie nicht anschauten, als sei sie hier fehl am Platz. Richard hatte ihr von den anregenden Gesprächen mit den Boveris an den Krocketsonntagen erzählt.

Im Folgenden erfuhr sie, dass die ehemalige Professorin aus den Vereinigten Staaten von Amerika inzwischen eine glückliche Mutter war, aber weiterhin die Arbeiten ihres Mannes unterstützte. Professor Röntgen stellte ihr Marcella Boveri als die beste Krocketspielerin nördlich der Alpen vor.

Der Zeremonienmeister kündigte den ersten Gang an. Es gab eine

Kraftbrühe vom oberbayerischen Weideochsen, die ihnen von den Bankettdienern wie von einer perfekt synchronisierten Einheit serviert wurde. Die silbernen Tellerhauben wurden von weiß behandschuhten Händen zeitgleich im gesamten Saal angehoben. Das Essen wurde auf Porzellangeschirr serviert, auf dessen Grund das Wittelsbacher Wappen gemalt war. Jeder Teller war ein Kunstwerk, von den einzigartig darauf angeordneten Speisen ganz zu schweigen.

Das Tischgespräch kam auf Biologie. Sie sprachen über die einzigartige alpine Pflanzenwelt. Albert von Kölliker bekannte sich als Liebhaber sämtlicher Enzianarten, und Conrad Röntgen brach eine Lanze für Braunellen, die er in Münchens Randgebieten allerdings noch vergebens suchte. Marcella Boveri berichtete begeistert von der jüngsten Vorlesung über die Entwicklung von Seeigeln, die sie beim Frauenheil-Verein gehört hatte. Sie tranken Würzburgs besten Wein, aber Viviana nippte nur an ihrem Glas. Immer wieder schaute sie zu den Offizieren vor.

Nach dem ersten Gang trug der Bürgermeister, der zur Linken des Prinzregenten saß, Lobesworte vor und pries Würzburg als Stadt der Wissenschaften. Der Vorsitzende des Organisationskomitees für die Würzburger Prinzregententage saß zur Rechten des Prinzregenten und las ein Gedicht vor, das die Verbundenheit zwischen München und Würzburg zum Ausdruck brachte.

Viviana rührte den Saibling aus dem Main mit Kräuterschaum kaum an, obwohl sie eigentlich Hunger für zwei hätte haben müssen. In Gedanken wiederholte sie ihre Ansprache inzwischen schon zum zehnten Mal. Wenn sie doch wenigstens hin und wieder mit ihrer Tochter einen Blick tauschen könnte, dann würde es ihr vielleicht besser gehen. Aber Ella saß mit dem Rücken zu ihr an der gegenüberliegenden Tafel vor der Fensterfront und Anton so steif neben ihr, als hätte man ihn auf dem Stuhl festbetoniert.

Als dritter Gang wurde Rehpastete serviert. Seine Königliche Hoheit berichtete über seine geliebten Saujagden im Spessart und unterhielt seine Gäste mit Berichten von ebendiesen.

»Verzeihen Sie bitte, wenn ich so eine stumme Tischnachbarin bin«, entschuldigte Viviana sich bei Albert von Kölliker. Sie meinte plötzlich, ein gewisses, schweres Lilienparfüm zu riechen. Das bedeutete, dass Frau Reichenspurner, die sie aus Henrikes Erzählungen kannte, nicht weit sein konnte.

Albert von Kölliker schaute sie so besorgt an wie früher ihr Vater. »Man muss nicht reden, nur damit etwas gesagt wird«, antwortete er ihr.

Viviana sah, wie Professor Röntgen neben ihr auf diese Antwort hin zustimmend nickte. Gerade hatte er einige Herren, die von der Tafel am Fenster herübergekommen waren, um mehr Zurückhaltung gebeten. Richard und ich haben oft geschwiegen, ohne dass es jemals unangenehm geworden wäre, dachte Viviana versunken.

Nachdem die Teller des dritten Ganges abgeräumt waren, spielte eine Militärkapelle den Bayerischen Infanteriemarsch, was die Bankettgäste, überwiegend überzeugte Franken, mit tosendem Applaus quittierten. Der Prinzregent verlieh Orden und schwärmte den Würzburgern auch von »seinen« Bayerischen Staatseisenbahnen vor. Anton wurde nach vorne gebeten. Luitpold schüttelte ihm die Hand, und er bekam die Verdienstmedaille der Bayerischen Krone angesteckt. »Das Oberbahnamt Würzburg hat einen wesentlichen Teil dazu beigetragen«, verkündete Luitpold, »dass die größten Einnahmen für das Königreich aus dem Betrieb seiner Eisenbahnen stammen.« Er verkündete den bahnbrechenden Betrag von 182 Millionen Goldmark. Lange schüttelte er Anton die Hand.

Davon hat Anton immer geträumt, war Viviana überzeugt. Aber nun schien er sich nicht darüber zu freuen. Sein Lächeln wirkte gekünstelt, seine Dankesworte sogar für Antons Verhältnisse gestelzt.

Nach dem Reh wurde fränkischer Sauerbraten mit Klößen und Rotkraut serviert. Viviana bekam auch davon nur einen Happen hinunter. Als sie länger zu Ella schaute, bemerkte sie, dass es ihrer Tochter ähnlich ging, die gleich ihr lustlos in der einzigartigen Genusskreation herumstocherte. Sie beobachtete Anton und Ella eine Weile. Sobald dieser meinte, dass seine Frau es nicht bemerken würde, schaute er Ella öfter an als seinen Orden.

»Was ist mit Ihrer linken Hand?«, fragte Professor Röntgen. Gerade noch hatten die von Isenburgs den Physiker in ein Gespräch zu verwickeln versucht.

Viviana ließ die Hand mit der Gabel sinken. Mit Daumen und Zeigefinger hatte sie eine Methode gefunden, die Gabel wie auch andere Instrumente gut halten zu können. »Steif von zu viel Bestrahlung. Ich habe einen Selbstversuch unternommen, weil ich Richard damit von seiner Krebserkrankung heilen wollte.« Warum sollte sie die Dinge beschönigen? Sie war zu alt für oberflächliches Geplänkel.

Als Professor Röntgen so schnell nicht antwortete, betrachtete sie die Hinterköpfe der Bankettgäste, die mit dem Rücken zu ihr saßen. Die vielen verschiedenen Frisuren, in Knoten gelegt, nach hinten gekämmt oder in Locken aufwendig aus dem Gesicht frisiert, verschwammen ihr vor den Augen. Auch Ellas Chignon mit den Bernsteinkämmen wurde unscharf.

»Ich kann mir nicht vorstellen«, hörte Viviana Professor Röntgen nach einer Weile doch noch sagen, »eines Tages ohne meine Frau zu sein.« Seine Worte gingen fast vollständig im Geräuschpegel der Gespräche und dem Klappern von Besteck unter. Die Boveris gegenüber waren in ein Gespräch mit dem Oberpflegeamtsdirektor des Juliusspitals vertieft.

Viviana schaute Professor Röntgen ernst an. »Fast ein Jahr ist sein Tod jetzt her, aber es schmerzt, als wäre es erst gestern gewesen.«

Conrad Röntgen erwiderte ihren Blick. Ihr war, als sage er ihr nur mit den Augen: Ich verstehe Sie.

Sie wechselten kein weiteres Wort über seine Strahlen. Sie tranken Wein, während Albert von Kölliker vom Hürlimann-Bier schwärmte. Nach dem fünften Gang öffneten die Bankettdiener die Fenster in den Hofgarten, weil es sehr warm im Saal geworden war. Endlich verflog das schwere Lilienparfüm. Viviana hatte die komplette Familie Reichenspurner längst erblickt.

So geschäftig es auch bei den zwei folgenden Gängen zuging, so aufgeregt und voll stolzer Freude die Bankettteilnehmer auch waren, der Prinzregent blieb ruhig. Viviana beobachtete ihn und seine Offiziere immer wieder. Huldigungen wurden wiederholt, Gratulationen ausgesprochen, Professor Röntgen von Neugierigen zu Geplänkel genötigt. Militärmusik ertönte mit Pikkoloflöten und einer Lyra.

Als die Dessertteller abgeräumt waren, sah es für Viviana so aus, als würde der Prinzregent müde und wollte sich zurückziehen. Es war an der Zeit zu handeln! Wie hastig sich ihr Brustkorb zum Atmen hob und senkte, war selbst in ihrem hochgeschlossenen Trauerkleid gut zu erkennen. Stell dir Luitpold den Menschen vor!, mahnte sie sich in Gedanken.

Mit hämmerndem Herzen erhob sie sich. Im allgemeinen Trubel beachtete man sie zunächst nicht. Ein kühler Wind fegte durch die Fenster in den Saal hinein, als sie an jene Stelle vor der Tafel des Prinzregenten gelangte, an der als Zierelement ein Stern aus hellem Marmor in den Schachbrettfußboden eingelassen war und Anton zuvor seine Verdienstmedaille entgegengenommen hatte.

Beim nächsten Schritt auf den Regenten zu, versperrte der Zeremonienmeister ihr den Weg. »Sie wünschen?«

Viviana straffte sich. »Ich möchte Seine Königliche Hoheit, den Prinzregenten, in einer wichtigen Angelegenheit persönlich sprechen.«

»Während des Banketts sind Audienzen nicht erlaubt«, gab der Zeremonienmeister unbewegt zurück. »Bitte stellen Sie einen schriftlichen Antrag.«

Der Audienzantrag der Frauenbewegung ist bereits abgelehnt worden!, hätte sie am liebsten geantwortet, was ihre Chancen, vorgelassen zu werden, aber nur verschlechtert hätte. Und sie wusste, dass allein in der Ruhe die Kraft lag und nicht im überstürzten Handeln. Sie ging zu ihrem Sitzplatz zurück und zog den ersten Koffer unter dem Tisch hervor.

»Soll ich mit vorkommen?«, fragte Albert von Kölliker.

Viviana schüttelte den Kopf. Ansonsten heißt es wieder, dass Frauen nicht in der Lage dazu sind, allein vor einen Prinzregenten zu treten. Es kostete sie viel Kraft, den ausladenden ersten Koffer bis auf den Marmorstern vor die Tafel des Prinzregenten zu ziehen.

Dieses Mal kam der Zeremonienmeister nicht selbst, sondern schickte einen Offizier mit Langgewehr. Allmählich verstummten die Gespräche im Saal. »Man sagte Ihnen doch bereits, dass Sie Ihre Audienzanfrage schriftlich stellen sollen!«, wiederholte der Bewaffnete schon ungehaltener.

Unbeeindruckt öffnete Viviana den Koffer. Ihr Blick glitt über die drei Studienanträge und über das Dutzend Bücher darunter, die mit Hunderten von Unterschriften gefüllt waren. Sie hörte Rektor Pauselius schimpfen. Am besten achtete sie gar nicht weiter darauf. Stuhlbeine schrammten über den Marmor, und der Rektor erhob sich. Er kam näher, seine Stimme wurde lauter. Viel Zeit blieb Viviana nicht mehr. In Gedanken bat sie die Herzogin des Frankenlandes um Beistand. Du schaffst das, Vivi!, hörte sie Richard sagen. In dem Moment, in dem sich der Offizier auf den Rektor konzentrierte, ergriff Viviana die sich ihr bietende Chance. Ihr Magen knurrte, als sie blitzschnell das Buch mit den Würzburger Unterschriften vor den Prinzregenten legte, der in ein Gespräch mit dem Bürgermeister vertieft war.

Viviana holte tief Luft, dann setzte sie an: »Ich möchte Ihnen von achttausend bayerischen Frauen und Männern berichten, Eure Königliche Hoheit.« Sie vollführte einen formvollendeten Hofknicks. Doch als sie sich wieder erhob, wurde ihr schwarz vor Augen, und die Sinne schwanden ihr.

*

»Das darf doch nicht wahr sein!« Henrike beugte sich gefährlich weit über das steinerne Geländer der Promenade, das sich auf der ehemaligen Bastion im Hofgarten der Königlichen Residenz befand. Der Hofgarten stieg hangartig an, wodurch sie und Auguste Groß von Trockau ungefähr auf der gleichen Höhe des gut einhundert Meter entfernten Kaisersaals standen. Als wäre die Promenade gebaut worden, damit man von ihrer Position aus die Geschehnisse im Kaisersaal mitverfolgen konnte.

»Was sehen Sie?«, verlangte Auguste Groß von Trockau zu wissen.

Henrike presste sich das Opernglas fest vor die Augen. »Großmama ist vor dem Tisch des Prinzregenten umgekippt!« Sie sah die Menschen im Kaisersaal ungefähr so groß wie Insekten.

»Heilige Mutter Gottes!«, murmelte Auguste Groß von Trockau.

Henrike kniff die Augen zusammen. »Jetzt liegt Großmama regungslos auf dem Boden. Professor von Kölliker untersucht sie gerade.« Henrike konnte nicht erkennen, ob ihre Großmutter die Augen geschlossen hatte, ob sie starb. »Hoffentlich geht es ihr gut«, sagte sie bang.

»Mit Albert ist einer der erfahrensten Ärzte bei ihr«, versuchte Auguste Groß von Trockau sie zu beruhigen, aber Henrike konnte am Zucken ihres rechten Augenlids sehen, dass die Freifrau nicht mehr von einem positiven Ausgang der Sache überzeugt war.

Im Donner der Salutschüsse starrten sie weiterhin zum Kaisersaal hinüber. Dort sah Henrike gerade ihre Mutter zu Viviana eilen. Sie beugte sich über sie und nahm ihre Hand. Der Prinzregent saß unverändert an seinem Tisch, unterhielt sich aber nicht mehr mit dem Bürgermeister. Im Saal war es unruhig geworden, die Bewaffneten hatten sich gefechtsbereit vor ihrem Herrscher verteilt.

»Ich muss etwas tun!« Henrike ließ das Opernglas sinken und begann, vor dem steinernen Geländer auf und ab zu gehen.

»Von hier aus können wir gar nichts machen!«, erwiderte die Freifrau.

Henrike schüttelte den Kopf. »Ich muss zu Großmama!«

»Der Zutritt ist streng überwacht, nur geladene Gäste werden eingelassen«, erinnerte Auguste Groß von Trockau sie und begann, ein Gebet zu sprechen.

In das Gebet hinein sagte Henrike verzweifelt: »Es muss doch eine Möglichkeit geben, in den Kaisersaal zu kommen!« Sie stoppte abrupt und richtete das Opernglas wieder auf die Geschehnisse in der Residenz. Mit Entsetzen sah sie, wie Rektor Pauselius gegen den Koffer mit den Unterschriftenbüchern trat. »Ich könnte den Rektor zermalmen«, fauchte sie. Wie sehr ihr dieser Mann doch zuwider war! Das konnte sie sich einfach nicht länger mit ansehen. Sie drückte Auguste Groß von Trockau das Opernglas in die Hand und rannte los. Ihr Kleid war viel zu eng für große Schritte, am liebsten hätte sie es hier und jetzt ausgezogen. Mit kurzen, aber flinken Schritten lief sie die Stufen hinab und an den Beeten und Gehölzen mit ihrer frühlingshaften Blütenpracht vorbei.

Die Freifrau folgte ihr nur halb so schnell. Henrikes Mantille und ihr halb offenes Haar flatterten im Wind. Auf welche Weise kann ich nur in den Saal gelangen?, grübelte sie beim Laufen. In ganz Bayern war heute Abend wohl kein Ort so gut bewacht wie die Königliche Residenz in Würzburg.

Im Schein von blauen und weißen Flammen erreichten Henrike und eine Weile danach auch Auguste Groß von Trockau das streng bewachte Vestibül. Besonders vor der breiten Treppe, die im Innern der Residenz in den Kaisersaal hinaufführte, wurde alles streng bewacht. »Die Bankettüren sind bereits geschlossen. Es wird niemand mehr eingelassen. Auch nicht mit Einladung.«

Henrike wandte sich verzweifelt zu der Freifrau um. Die stand schwer atmend da, faltete die Hände und begann erneut zu beten. Henrike sah ihrem Gesichtsausdruck an, dass sie den Herrgott gerade um ein Wunder bat.

»Fräulein Henrike!«, rief da jemand mit sehnsüchtiger Stimme.

Henrike dachte sofort an Jean-Pierre. Wenn der sie jetzt an den Wachen vorbei und die Treppe hinaufführen würde, ginge es ihr gleich besser. Aber den Worten fehlte jeder französische Akzent und das typische »Enrike«. Sie wandte sich um.

Im Frack und mit viel zu großem Zylinder kam Karl Georg Reichenspurner die Stufen herab. Die Militärs machten ihm Platz, stellten sich danach aber sofort wieder in Position und versperrten ihr den Weg.

»Ihr Kleid …«, er schaute an ihr hinab, »es ist wunderschön. Sie sind wunderschön«, sagte er. Seine Augen glänzten, und er roch nach dem Lilienparfüm seiner Mutter. Henrike wünschte sich insgeheim, Jean-Pierre stünde anstelle von Karl Georg vor ihr. Sie wollte sich schon abwenden, weil sie sich an das unangenehme Diner mit den Reichenspurners und an den Eklat, der diesem gefolgt war, erinnerte.

Aber dann entschied sie sich anders. Karl Georg war ihre einzige Chance, in den Kaisersaal zu gelangen.

»Ich brauche Ihre Hilfe«, sagte sie. Die Reichenspurners würden toben, sähen sie ihren Sohn mit einer politischen Rebellin zusammen, die den tadellosen Ruf ihrer Familie beschmutzte.

»Wenn es mir meine Eltern nicht verboten hätten, hätte ich Sie schon längst wieder besucht«, sagte er mit leuchtenden Augen.

Henrike entging die Verärgerung in seiner Stimme nicht.

»Manchmal ist mir so eng bei ihnen«, wagte er ihr anzuvertrauen.

Henrike kannte keinen Mann seines Alters, der sich derart von seinen Eltern bevormunden ließ. »Das kann ich gut verstehen.« Seine Offenheit gefiel ihr. Sie deutete auf die Stufen. »Karl Georg, würden Sie mich in den Kaisersaal begleiten?«

Karl Georg senkte den Blick. »Mein Vater würde das nicht gutheißen. Und Mutter noch weniger.«

»Wie wäre es, wenn Sie Ihren Eltern mal zeigen würden, dass Sie für sich selbst entscheiden können?«, fragte sie und lächelte ihn offen an.

Karl Georg schaute auf und erwiderte ihr Lächeln verliebt. »Ich wage es«, sagte er nach längerem Zögern und bot Henrike den Arm. »Es wäre mir eine Ehre, die schönste Treppe Bayerns gemeinsam mit Ihnen hinaufzuschreiten.«

»Jetzt müssen wir nur noch die da davon überzeugen«, Henrike deutete auf die Militärs des Prinzregenten, »dass sie uns hinauflassen.«

»Das ... ist mei..., meine Verlobte«, druckste Karl Georg vor den Bewaffneten herum. »Wenn ..., wenn sie das Bankett verpasst, dann lösen meine Eltern die Verlobung.«

»Und?«, fragte einer der Bewaffneten.

»Das wäre unser Ende!«, beteuerte Henrike und biss sich sogleich auf die Zunge, weil sie sich vorschnell und ungebeten ins Gespräch eingemischt hatte. Diese mit Orden behängten Offiziere sahen es bestimmt nicht gerne, wenn eine Frau das Wort ergriff. Es wäre weit besser, Karl Georg spräche weiter, was er zu ihrer Überraschung auch tat: »Kennen Sie die Tragödie von Romeo und Julia?«, fragte er. »Wenn wir jetzt nicht gemeinsam hinaufdürfen, wird uns das gleiche Ende wie dem berühmten Liebespaar von Shakespeare ereilen, nämlich der Tod.« Er schloss die Augen und fasste sich mit der freien Hand ans Herz.

Henrike schaute ihn fasziniert an. Karl Georg besaß Talent fürs Theaterspielen!

»Wir sterben vor Liebe«, schwor er, und sie konnte nur nicken angesichts von so viel Hingabe.

Tatsächlich gaben ihnen die Bewaffneten den Weg nach oben daraufhin frei. »Aber Ihre Mantille lassen Sie hier, sonst sieht jeder gleich, dass Sie zu spät kommen.«

Keinen Wimpernschlag später zog Henrike ihre Mantille von den Schultern und warf sie Auguste zu, die ihr verschwörerisch die gedrückten Daumen entgegenhielt. Für die Verhältnisse der Freifrau war diese Geste geradezu ein Feuerwerk an Emotionen.

Mit jeder Stufe wuchs Henrikes Aufregung. Karl Georg neben ihr hatte ein seliges Lächeln im Gesicht. »Es ist wie im Traum mit Ihnen«, sagte er.

Sie durchschritten den Weißen Saal. Vor der Tür in den Kaisersaal holte er noch einmal tief Luft wie vor einer Mutprobe.

»Das haben Sie gerade eben sehr gut gemacht, Karl Georg«, meinte Henrike aufrichtig.

»Danke, dass Sie sich für uns eingesetzt haben.« Mehr als achttausend Frauen hatten unterschrieben, ihnen allen hatte er damit geholfen. Er strahlte über das ganze Gesicht.

Als ihnen die Tür zum Kaisersaal geöffnet wurde, wollte Henrike ihm noch mit einem literarischen Zitat Mut machen, aber er war schneller: »›Am Ende wird alles gut werden, und wenn es noch nicht gut ist, dann ist es noch nicht das Ende‹«, zitierte Karl Georg den irischen Schriftsteller Oscar Wilde. Als wüsste er, dass sie die Residenz nicht in Feierlaune betreten hatte. Vielleicht hatte er ja ihren schnellen Puls am Handgelenk gespürt.

Als Dankeschön hauchte Henrike ihm einen Kuss auf die rotfleckige Wange. Hinter dem unbeholfenen Beamten verbarg sich ein angenehmer Mensch, und Henrike war überzeugt, dass Karl Georg bald ein nettes Mädchen finde würde, das besser zu ihm passte als sie. Sie sehnte den magischen Mann mit den geheimnisvollen schwarzen Augen herbei. Doch sie hatte gehört, dass Jean-Pierre endgültig seine Zelte in Würzburg abgebrochen habe. Ich liebe ihn noch immer, dachte sie in diesem Moment und biss die Zähne zusammen. So sehnsüchtig wie sie gerade musste sich Goethe gefühlt haben, als er ihr Lieblingsgedicht *Willkommen und Abschied* schrieb. »Der Abschied, wie bedrängt, wie trübe! Aus deinen Blicken sprach dein Herz. In deinen Küssen welche Liebe, O welche Wonne, welcher Schmerz!«

Gemeinsam betraten Henrike und Karl Georg den Festsaal. Es war gut, dass er noch einige Schritte neben ihr herging und sich nicht gleich von ihr entfernte. Was er mit diesem augenscheinlichen Protest gegen seine Eltern wagte, bestärkte sie bei ihrem eigenen Vorhaben.

Henrike hatte noch nie so einen prachtvollen Saal betreten. Überall Gold, Spiegel und lebensgroße Stuckfiguren. Die mächtigen Bogenfenster mit Blick in den Garten und die einmalige Überwölbung des Saales raubten ihr den Atem. Vermutlich war der Saal so hoch wie alle Stockwerke des Palais zusammengenommen. An den Hälsen der versammelten Damen glitzerten Diademe, die Schuhe der Herren waren blank poliert.

Bis zur Mitte des Saales ging Henrike an Karl Georgs Arm. Dann kam Herr Reichenspurner und zog seinen Sohn von ihr weg, als sei sie immer noch hochgradig ansteckend.

Karl Georg lächelte Henrike noch einmal an, sie las ein »Danke« von seinen Lippen ab. An der Tafel bei seiner Mutter angekommen, machte er sich von seinem Vater frei und sagte etwas zu ihm, was den alten Herrn verdutzt innehalten ließ.

Henrike richtete ihren Blick wieder nach vorne und setzte ihren Weg durch den Saal nunmehr alleine fort. Vor dem Prinzregenten standen die Offiziere wie eine Mauer. Ihre Großmutter saß vorne auf einem Stuhl neben dem Kamin, ihre Mutter und die Professoren Röntgen und von Kölliker waren bei ihr. Viviana sah erschöpft und schwach aus, aber wenigstens hatte sie das Bewusstsein wiedererlangt und lag nicht mehr reglos auf dem Boden.

Als Henrike an ihrem Vater vorbeischritt, brannte es schlimm in ihrer Brust. Anton hatte sich demonstrativ von ihr abgewandt. Sie ahnte, dass er sie, wenn sie ihrer Großmutter jetzt half und an deren Stelle mit dem Prinzregenten sprach, nie mehr lieben würde.

Vor Aufregung zitterte sie am ganzen Körper. Sie hörte geflüsterte Beschimpfungen, die wohl ihr und ihrer Großmutter galten. Trotzdem ging sie weiter. Sie schaute nicht mehr nach links und rechts. Jemand griff nach ihr, aber Henrike machte sich frei. Sie fixierte den marmornen Stern auf dem Boden vor der Tafel des Prinzregenten und stellte sich vor, dass Jean-Pierre ihre Hand hielt wie damals, als sie gemeinsam Herrn Kreuzmüller in seiner Wohnung besucht hatten. Der Batist ihres engen Kleides spannte sich über ihrer Brust, und sie fragte sich, ob sich ihr Hustentüchlein unter dem dünnen Rock am Oberschenkel abzeichnete. Zur Sicherheit strich sie über ihre Rocktaschen.

Vor den Offizieren angekommen, versank sie mit wachsweichen Beinen in einem Hofknicks. Ihr halb offenes Haar fiel ihr dabei auf die Brust. Bestimmt wäre das Auftreten der Freifrau formvollendeter gewesen.

Als Henrike wieder hochkam, stand der Prinzregent plötzlich neben seinen Uniformierten. Sie setzte zum Sprechen an, bekam aber keinen Laut heraus. »Ich bitte um die Ehre«, versuchte sie es erneut, »mit Ihnen sprechen zu dürfen, Eure Königliche Hoheit.«

Schlagartig wurde es still im Saal, weil der Prinzregent keinen Befehl zum Abführen gab. Alle Aufmerksamkeit richtete sich nun auf Henrike. »Mein Name ist Henrike Hertz«, sagte sie unsicher. Fieberhaft legte sie sich den nächsten Satz zurecht. Was hätte sie dafür gegeben, eine Rede vorbereitet und einstudiert zu haben.

»Die Tochter von Anton Hertz, meinem Direktor des Oberbahnamtes Würzburg?«, fragte der Prinzregent. Auf sein Zeichen hin hielten die Uniformierten still, und er trat vor sie.

Henrike wollte schon nicken, aber der Prinzregent hatte noch nicht ausgeredet. »Jenes Fräulein, über das mir zugetragen wurde, dass es entgegen dem bayerischen Gesetz eine aufrührerische Zeitung herausgab?«

Sie nickte nicht beschämt, sondern ein bisschen stolz und war zugleich verblüfft, was für ein gutes Namensgedächtnis der Prinzregent in seinem hohen Alter noch besaß.

»Sie haben zwei Minuten, Fräulein Hertz«, gestand Luitpold ihr zu.

Henrike wurde der Hals trocken, und sie konnte das Blut in ihren Ohren rauschen hören. Wie sollte sie nur beginnen? Ihr Blick sprang zu ihrer besorgten Mutter und ihrer geschwächten Großmutter.

Viviana nickte ihr aufmunternd zu, Ella schaute sie nur verwirrt an.

Henrike war hin- und hergerissen. Sie hatte sich nicht wieder in die Frauenbewegung einmischen wollen, ihren Eltern zuliebe.

»Die erste Minute ist gleich vorbei«, hörte sie jemanden sagen. Henrike meinte, dass die Stimme Herrn Reichenspurner gehörte. Der Einwurf irritierte sie, und wieder schaute sie zu ihrer Mutter, deren Gesichtsausdruck nun von verwirrt zu ernst wechselte. Nickte sie ihr gerade kaum merklich zu? Auch Professor Röntgen schien vorsichtig zu nicken.

Henrike nahm das als Zustimmung. »Die Entdeckung der Röntgen-Strahlen vor sieben Jahren erregte weltweit Aufsehen«, leitete sie ihre Rede mit einer Begebenheit ein, über die sie während ihrer Krankheit in einem Wissenschaftsmagazin ihrer Großmutter gelesen hatte. »Fast unbeachtet blieb die wenige Monate darauf gemachte Entdeckung, dass auf eine fotografische Platte gelegte Uransalze diese mittels unsichtbarer Strahlung schwärzen können. Die Strahlen, die dafür verantwortlich waren, nannte man die Becquerel-Strahlen.«

»Soll das hier der Versuch einer Nachhilfestunde in Physik werden? Von einer Frau?«, brüskierte sich jemand. »Sie stehlen die wertvolle Zeit Seiner Königlichen Hoheit! Wie ist sie überhaupt hier hereingekommen?«

Henrike beachtete Rektor Pauselius nicht weiter, sie sah stattdessen kurz zu ihrem Vater. Anton saß mit gesenktem Kopf an der Tafel und hielt sich die Hände vors Gesicht. Mit schwankender Stimme fuhr sie fort: »Diese Becquerel-Strahlen machte eine polnische Forscherin in Paris zum Thema ihrer Doktorarbeit auf dem Gebiet der Physik. Ihre Forschungsergebnisse über die sogenannte Radioaktivität präsentierte sie vor mehreren Akademien. Vor fünf Jahren wurde dieser Frau der hoch dotierte *Prix Gegner* verliehen. Die französische Académie des Sciences unterstützte ihre Arbeiten und die ihres Mannes sogar finanziell. Marie Curie ist heutzutage vielen bildungshungrigen Frauen ein Vorbild. Ohne sie wüsste die Welt heute kaum etwas über Polonium, die neuen radioaktiven Substanzen und deren Strahlung.«

Henrike spürte den wachen, klaren Blick des Prinzregenten auf sich, als sie fortfuhr, obwohl ihre Sprechzeit bereits abgelaufen war: »Es gibt Hunderte von Frauen, die sich in Physik, Chemie, Medizin, Theologie und sogar in der Jurisprudenz weiterbilden wollen.« Vor dem nächsten Satz schaute sie zu ihrer Mutter, die besorgt in ihre Richtung blickte. »Eure Königliche Hoheit, wir wollen mehr wissen«, fuhr Henrike fort, »mehr als das, was wir in Abiturbüchern lesen können oder was uns an Töchterschulen vermittelt wird.«

»Frau Curie hätte das ohne ihren Mann niemals geschafft! Er war die intellektuelle Triebfeder der beiden!«, ertönte da eine Stimme hinter ihrem Rücken.

Henrike fuhr herum. Die meisten Herren im Saal nickten zustimmend, die einzigen Ausnahmen stellten Professor Röntgen und Professor von Kölliker dar, die noch immer bei ihrer Großmutter standen.

Professor von Leube trat nun neben Henrike, verbeugte sich tief und formvollendet vor dem Prinzregenten und sprach mit der unfehlbaren Sicherheit, mit der er auch seine Diagnosen zu verkünden pflegte: »Sicherlich haben die meisten Herren hier die bekannteste Schrift zu diesem Thema gelesen, die Fräulein Hertz wohl entgangen ist. Ich spreche von der Untersuchung des Münchener Professors Theodor von Bischoff mit dem Titel *Das Studium und die Ausübung der Medizin durch Frauen.* Darf ich weiter ausführen, Eure Königliche Hoheit?«

Der Prinzregent führte erst jetzt seinen Blick von Henrike zu Oliver von Leube, der sich verhielt und bewegte, als sei er inmitten eines Hofstaates aufgewachsen. Es hieß, der Magenarzt habe jüngst einem Prinzen ein Schloss am Bodensee abgekauft.

»Von Bischoff wies erstens nach, dass der weibliche Schädel der Form nach vor allem dem kindlichen Schädel ähnelt. Außerdem wog er 391 männliche und 253 weibliche Gehirne aus Bayern«, verkündete Professor von Leube in dem gleichen charmanten Ton, mit dem er seine Studenten für sich einnahm.

Henrike fühlte sich klein neben dem galanten Professor mit Schloss, und ihr Mut sank.

»Von Bischoff konnte zeigen, dass das weibliche Gehirn im Durchschnitt 134 Gramm leichter war als das männliche, was die Unterlegenheit des weiblichen Geschlechts endgültig beweist. Das Maximum des Hirngewichts wurde stets nur bei Männern gemessen. Somit können wir sicher sein, dass die Beschäftigung mit dem Studium und der Ausübung der Medizin die besten und edelsten Seiten der weiblichen Natur verletzt«, sagte er sanfter, als streite er gar nicht, und lächelte dabei den Frauen im Saal zu. »Das weibliche Gehirn berücksichtigt mehr das Äußere, mehr den Schein als das innere Wesen. Bei Frauen beherrscht das Gefühl die Vernunft und nicht andersherum, wie es für die Wissenschaft aber notwendig ist.« Im nächsten Moment wurde Professor von Leubes Stimme wieder härter, während er sich nun erneut dem Prinzregenten zuwandte: »Ich spreche mich hiermit gegen die Ausbildung weiblicher Ärzte aus!« Seine Hand fuhr mahnend in die Höhe. »Denn eine solche würde das sanitäre Wohl des Staates im Frieden wie im Krieg auf das Äußerste gefährden, Eure Königliche Hoheit!« Wieder verbeugte sich Professor von Leube formvollendet vor dem Regenten.

»Ich habe diesen angeblichen Hirnbeweis auch gelesen.« Viviana meldete sich nun zu Wort und kam auf wackeligen Beinen neben Henrike. »Und wissen Sie, Eure Königliche Hoheit, was das eigentlich Interessante an der Untersuchung ist?«

Henrike konnte spüren, wie die Hand ihrer Großmutter, die an die ihre stieß, zitterte, als sie sagte: »Die meisten Frauen sind kleiner und wiegen weniger als Männer. Setzt man aber das Gewicht ihrer Gehirne ins Verhältnis zu ihrer Körpermasse, ergibt sich ein ganz anderes Bild. Dann haben Frauen anteilig mehr Gehirn als Männer.«

Henrike war verblüfft angesichts des Scharfsinns ihrer Großmutter. Professor von Leube wich alle Farbe aus dem Gesicht, als hätte er etwas Schlechtes gegessen.

Viviana schaute dem Regenten ruhig und konzentriert in die Augen und fuhr fort: »Der Bedarf an weiblichen Vertrauenspersonen ist besonders in der Medizin groß. Ich habe den Werdegang vieler kluger Frauen verfolgt, die in die Schweiz gingen, um dort zu studieren, und ich kann Eurer Königlichen Hoheit versichern, dass sich zwischen Frauen und Männern, was den Fleiß und die Befähigung zum wissenschaftlichen Arbeiten angeht, kein Unterschied feststellen lässt.«

Viviana nahm Henrike bei der Hand, und gemeinsam machten sie noch einen Schritt auf den Prinzregenten zu. »Meine Enkelin und ich, wir möchten Sie im Namen von achttausend Frauen und Männern aus Bayern bitten, das Immatrikulationsverbot für Frauen an den bayerischen Universitäten aufzuheben.«

»Die Aufhebung würde zu Sodom und Gomorrha führen, zur völligen Emanzipation des Weibes!«, ereiferte sich Rektor Pauselius. »Lächerlich!«

Henrike hörte, wie die Tür am Ende des Raumes zuschlug. Sie war sich sicher, dass ihr Vater gerade den Festsaal verlassen hatte.

Albert von Kölliker und Conrad Röntgen trugen nun den zweiten Koffer mit den Unterschriftenbüchern herbei. Professor von Leube zog sich zurück, als Viviana ein Buch nach dem anderen aus dem Koffer nahm und es auf die Tafel vor den Prinzregenten hinlegte. Zwei Dutzend waren es insgesamt. Luitpold zog sich eines der Bücher heran und begann, still darin zu lesen.

Henrike fühlte sich viel stärker mit ihrer Großmutter an ihrer Seite. »Im ganzen Königreich haben Menschen für das vollständige akademische Bürgerrecht für Frauen unterschrieben«, sagte sie dem Prinzregenten, der, seitdem sie zu sprechen begonnen hatte, nicht ein einziges Mal auf die Uhr geschaut hatte.

»Gleichzeitig möchten wir Sie um die Immatrikulation der drei ersten Studentinnen an der Königlich Bayerischen Julius-Maximilians-Universität zu Würzburg bitten«, übernahm Viviana. »Nicht als Hörerinnen, sondern als vollwertige Studentinnen mit dem Recht, alle Prüfungen ablegen zu dürfen.« Viviana holte die Anträge aus dem Koffer. »Bei den wissbegierigen Frauen handelt es sich um Fräulein Grete Ehrenberg und Fräulein Margarete Räntsch, die hiermit ihr Medizinstudium beantragen.« Viviana legte die Papiere vor den Prinzregenten zwischen die Bücherstapel. »Das Fräulein Barbara Heffner wünscht, an der Naturwissenschaftlichen Fakultät immatrikuliert zu werden.«

Der Prinzregent war gerade dabei, die jedem Buch vorangestellten zwölf Thesen durchzugehen, die Viviana einst für ihr Dorotheen-Spektakel einer Schrift der berühmten Ärztin und Frauenrechtlerin Dorothea Erxleben entnommen hatte. Nun sah er auf und blickte Viviana und Henrike nachdenklich an. Es war still im Saal.

Da vernahm Henrike das Rascheln eines Kleides. In bordeauxrote Seide gekleidet trat Ella nun zu ihnen. Auch sie knickste vor dem Prinzregenten und nannte ihm ihren Namen. Ella sprach laut und deutlich und mit sicherer Stimme: »Gestatten Sie, es sind nicht drei, sondern vier weibliche Studenten, die die Immatrikulation beantragen, Eure Königliche Hoheit.« Sie schluckte vor Aufregung. »Meine Tochter Henrike Hertz ist die vierte. Henrike möchte Ärztin für irre gewordene Menschen werden.«

Henrike traute ihren Ohren nicht, Tränen schossen ihr in die Augen. Sie war überwältigt. Hatte ihre Mutter sie tatsächlich als Studentin an der Alma Julia vorgeschlagen und ihr damit das Einverständnis für einen medizinischen Werdegang erteilt? Mit pochendem Herzen beobachtete sie, wie Ella ein viertes Papier zu den anderen Immatrikulationsanträgen legte. Darauf machte Henrike die Unterschrift ihrer Mutter und das Siegel des Familienanwalts aus. Es war also amtlich?

Ella stellte sich neben Henrike, sofort fanden sich ihre Hände. »Hätte der Sämann nicht das ganze Dorf hinter sich gehabt, hätte er vermutlich nach dem ersten Jahr aufgegeben und niemand wäre satt geworden«, flüsterte Ella Henrike ins Ohr. Henrike verstand den Sinn ihrer Worte nicht, freute sich aber, ihre Mutter nun auf ihrer Seite zu wissen.

»Die Menschen, die wir als Irre ausgrenzen, sind nur menschlichere Menschen«, erklärte Henrike dem Prinzregenten. »Ich möchte von Herzen dabei helfen, sie zu heilen.« Wenn es eine Königsfamilie gab, deren Mitglieder mit den krankhaften Störungen des Denkens, des Fühlens und des Handelns geschlagen war, dann waren es die Wittelsbacher. Zunächst war Luitpolds Neffe, König Ludwig II., auf Neuschwanstein für regierungsunfähig und irre erklärt worden und kurz darauf auch Ludwigs jüngerer Bruder Otto, für den Luitpold bis heute die Regierungsgeschäfte führte.

»Zusammen könnten Männer und Frauen viel mehr erreichen«, fügte Viviana hinzu und wünschte sich, dass Richard noch hätte miterleben können, dass Ella und Henrike mit ihr gemeinsam hier standen und kämpften. Einer ihrer Träume war damit wahr geworden.

Der Prinzregent nahm nun eine soldatische Haltung ein und verkündete: »Ich muss mich zurückziehen.« Er klemmte sich seinen Helm mit dem Federbusch unter den Arm und schritt gefolgt von seinen Offizieren aus dem Kaisersaal. Verwirrt schauten Viviana und Henrike zum Zeremonienmeister.

Nachdem der Prinzregent durch die goldverzierte Tür in den Seitenflügel der Residenz verschwunden war, erhob sich Stimmengewirr.

»Es sind immer die gleichen Unruhestifter!«, rief jemand.

Ein anderer meinte: »Eine Schande für Würzburg! Dabei sollten die Prinzregententage friedlich verlaufen.«

»Bitte seien Sie ruhig!«, verlangte Frau Professor Boveri.

Henrike überhörte die meisten missgünstigen Worte. Sie schaute sich nach ihrem Vater um, dessen Platz an der Tafel vor dem Fenster leer war und dies auch blieb.

Der Zeremonienmeister verlangte mehrmals Ruhe, die allerdings nur allmählich eintrat. Als sich ein Herr, den Henrike nicht kannte, erhob und wütend auf sie zustürmen wollte, traten ihm die Professoren von Kölliker und Röntgen entgegen.

»Wir müssen uns alle beruhigen!«, forderte der Physik-Professor, und augenblicklich verstummte auch der letzte Bankettgast. Die meisten Gäste konzentrierten sich wieder auf die goldverzierte Tür, durch die der Prinzregent jeden Moment zurückerwartet wurde.

»Vermutlich hat Seine Königliche Hoheit die Residenz schon längst verlassen«, sagte Professor von Leube der Runde irgendwann. »Diesen Zirkus werde ich mir nicht länger antun. Komm, Nathalie!« Er zerrte seine perlenbehangene Frau vom Stuhl und hoffte wohl, dass weitere Gäste ihm folgen würden. Aber niemand erhob sich, um gleich ihm den Saal zu verlassen.

Ungeduldig trat Henrike von einem Bein aufs andere. Sie erinnerte sich an ihre ersten Tage in der Irrenabteilung des Spitals, an ihre erste Lektüre des Leitfadens über psychiatrische Krankheiten, an Professor Rieger, und wie er sie am Krankenbett ermutigt hatte und wie sie zuletzt ihrer Großmutter bei der Operation von Klaras Stirnwunde assistiert hatte. Sie hatte davon geträumt, mit Jean-Pierre zusammen als Psychiater-Ehepaar arbeiten zu können. Sie konnte ihn einfach nicht vergessen, sogar in dem Moment, in dem sie vor den Prinzregenten getreten und nicht gleich vor die Tür gesetzt worden war, hatte sie an ihn gedacht.

Sie warteten eine geschlagene Stunde, bis die goldumrandete Tür wieder geöffnet wurde. Die Herren Professoren Röntgen und von Kölliker gingen auf ihre Plätze zurück. Viviana, Ella und Henrike senkten ergeben die Köpfe, als der Prinzregent zu seinem Thronstuhl am Ende des Saals trat. Er wurde von seiner Leibgarde flankiert.

»Es tut mir leid, meine Damen«, verkündete er.

Henrike glaubte, den Boden unter ihren Füßen beben zu spüren. Viviana neben ihr schloss die Augen vor Enttäuschung. Ella begann, sich zur Beruhigung über die Unterarme zu streichen.

»Es tut mir leid, dass ich Sie eine Stunde warten ließ.« Er räusperte sich. »Allerdings kann ich hier und jetzt noch keine endgültige Entscheidung über Ihre Anfrage fällen. Ich werde mich in den nächsten

Wochen zum Immatrikulationsverbot noch ausgiebiger beraten müssen. Sie hören von mir.«

Es war keine Absage, die Abschaffung des Immatrikulationsverbotes war also möglich. Nach einem »Vielen Dank, Eure Königliche Hoheit« fielen Henrike, Ella und Viviana sich in die Arme.

Der Prinzregent beendete das Bankett mit einem Toast: »Ich wusste von meinem ersten Tag an, dass Würzburg etwas ganz Besonderes birgt.« Er prostete seinen Gästen zu. »Und Fräulein Hertz?«, sagte der Prinzregent.

Henrike erschrak bis ins Mark.

»Ich wünsche, dass Sie Ihrem hochverdienten Vater nie wieder Schande bereiten. Egal, wie ich mich entscheiden werde.«

Henrike lächelte traurig und nickte.

Der Zeremonienmeister verkündigte das Ende des Banketts, und der Prinzregent verließ den Kaisersaal. Als die goldverzierte Tür wieder geschlossen wurde, wandten sich auch Viviana, Ella und Henrike zum Gehen.

Hintereinander schritten sie aus dem Saal. Viviana ging vorneweg, Ella folgte dahinter, Henrike verließ als Dritte den Saal. Sie achtete nicht auf die Gäste, die ihren Ausmarsch mit abschätzigen Blicken quittierten. Was sie aber sofort hörte, war ein kleiner Applaus. Unter den wütenden Blicken seines Vaters erhob sich Karl Georg Reichenspurner, applaudierte und öffnete ihnen mit einem anerkennenden Nicken die Flügeltüren in den Weißen Saal.

Kurz lächelte Henrike ihn an, dann sah sie wieder nach vorne und der Zukunft entgegen, im Schloss über den Schlössern, und überlegte, Jean-Pierre einen Brief zu schreiben. Bestimmt kannte Professor Rieger dessen Adresse in Paris.

44

Mai 1903

Anton Hertz saß an seinem Sekretär und blätterte zerstreut die neueste Ausgabe der *Dampflok* durch. In der Ecke des Sekretärs lag seine Verdienstmedaille der Bayerischen Krone unter der Tagespost. Seit dem Bankett in der Residenz vor zwei Monaten hatte er sie sich nicht mehr genauer angesehen. Die Wanduhr schlug sechs Uhr.

Statt auf den Orden blickte er immer wieder auf die Fotografie über dem Sekretär, die seine Familie zeigte. Er konnte sich nicht erklären, warum sich Ella ihm gegenüber immer mehr wie eine Fremde verhalten hatte und warum Henrike diesem irrsinnigen Traum hinterherjagte, Medizin studieren zu wollen. Wenn der Prinzregent die Aufhebung des Immatrikulationsverbotes ablehnte, worauf es sehr wahrscheinlich hinauslief – wie ihm seine Vertrauten, die in Wittelsbacher Kreisen verkehrten, anvertraut hatten –, würde ganz Würzburg über die Tochter von Direktor Anton Hertz lachen. Das könnte er kein zweites Mal ertragen. Anton schüttelte den Kopf angesichts so viel Starrsinns, als es an der Tür des Salons klopfte.

Er zögerte mit dem »Ja, bitte«, denn er wollte niemanden sehen. Er benötigte mehr Zeit, um seine Gedanken zu ordnen. Wieder und wieder hatte er über Ella, über Henrike und über Viviana und deren Auftritt in der Königlichen Residenz nachgedacht. Die Tageszeitungen hatten ausführlich darüber berichtet. Wieder und wieder kam er zu dem gleichen Ergebnis: Er konnte ihnen nicht verzeihen, dass sie ihn nicht als Familienoberhaupt akzeptierten.

»Herr Hertz?«, riss ihn da eine Stimme aus seinen Gedanken.

Anton wandte sich um und war überrascht, Isabella Stellinger zu sehen, die dem Dienstmädchen nicht einmal die Zeit gelassen hatte, sie anzukündigen.

»Ich muss mit Ihnen sprechen, Herr Hertz!«, sagte sie in einem Ton, der keinen Aufschub duldete. »Henrike redet nicht mehr mit mir, ich bin unerwünscht in ihrem Leben. Bitte hören Sie mir wenigstens zu.«

Durch Isabella Stellinger war Henrike als Herausgeberin der LOUISE aufgeflogen und des Spitals verwiesen worden. Eigentlich müsste ich dem Fräulein dankbar sein, dachte Anton. Dessen Verrat hatte den aussichtslosen Hirngespinsten seiner Tochter zumindest für eine Weile ein Ende bereitet.

Er bedeutete dem Dienstmädchen, ihn mit dem Fräulein allein zu lassen. Er hatte noch nie mehr als Höflichkeiten mit ihr ausgetauscht, zumal sich etwas anderes auch nicht gehörte. Sie war eine junge Frau, er ein reifer Mann.

Wenn Anton zurückdachte, waren ihm neben den kindischen Schattenbildern vor allem Isabellas elegante, teure Kleidung und ihre modischen Eskapaden in Erinnerung geblieben. Heute allerdings war sie überraschend unauffällig gekleidet. Er überlegte, woran das liegen könnte. Zuletzt hatte er über die Stellingers gehört, dass die Hochzeit Isabellas mit dem Sohn des Schokoladenfabrikanten von Isenburg abgesagt worden war. Ob die Familie finanzielle Probleme hatte? Möglich wäre es, war Anton zum Beispiel von den Röhrenhohlziegeln, mit denen Herr Stellinger angeblich viel Geld verdient hatte, doch nie restlos überzeugt gewesen.

»Ich kann seit Monaten nicht mehr schlafen«, sagte Isabella in seine ingenieurtechnischen Überlegungen über Hohlziegel im Allgemeinen hinein. Anton schaute wieder auf. Die Schlaflosigkeit erklärt zumindest ihre Augenringe, dachte er, aber was hat dieser Umstand mit mir zu tun? Er schlug seine *Dampflok* zu. »Wie kann ich Ihnen helfen, Fräulein Isabella?«

»Henrike wäre eine gute Studentin«, sagte sie. »Das sollten Sie wissen.«

Anton erhob sich. Hatte Fräulein Stellinger nicht alles darangesetzt, seine Tochter vom Studieren abzuhalten? »Ich verstehe nicht ganz.«

»Ich habe von Henrikes Auftritt vor dem Prinzregenten in der Zeitung gelesen. Aber nicht erst da habe ich begriffen, dass mein Verhalten falsch war. Ich war selbstsüchtig und eine Närrin!«, trug Isabella vor.

Er sah Tränen in ihren Augen glitzern. Anton widerstand dem väterlichen Impuls, sie tröstend in den Arm zu nehmen, wie er es früher so gerne mit Henrike getan hatte, wenn sie geweint hatte. »Sie waren keine Närrin, Henrike ist eine!«, entgegnete Anton und fegte in einer ungewohnten Gefühlsaufwallung die *Dampflok* vom Sekretär.

Isabella kam zu ihm, nahm das Magazin vom Boden und legte es auf den Sekretär zurück. »Henrike ist verdammt klug und mutig!«

Anton trat einen Schritt von Isabella zurück. »Warum kämpft sie dann wie Don Quichote gegen Windmühlen?«

»Ich denke nicht, dass sie für eine Sache kämpft, die aussichtslos ist. Mit Ihrer Tochter an der Spitze hat die bayerische Frauenbewegung eine echte Chance, Direktor Hertz. Immerhin hat der Prinzregent ihr Anliegen nicht abgelehnt.«

Das Studierrecht für Frauen zu erkämpfen, dachte Anton verbittert, daran sind schon ganz andere als mein Mädchen gescheitert und haben sich dabei mehr als eine blutige Nase geholt. Viviana zum Beispiel.

»Sie unterschätzen Henrike«, sagte Isabella.

Anton wollte schon »Niemals« antworten, als er einen Moment innehielt und den Vorwurf überdachte. Hätte er einen Sohn, den man als klug und mutig bezeichnete, wäre Anton sehr stolz auf ihn gewesen. Aber eine mutige Tochter, die es zu verheiraten galt? Sie war mutig, das wollte er ja gar nicht bestreiten, und klug sowieso. Glaubte er den Ausführungen der Zeitungsredakteure, war es seiner Tochter tatsächlich gelungen, die Aufmerksamkeit des Prinzregenten für eine ganze Viertelstunde zu erhalten. Anton hatte den Herrscher immer bewundert, aber nicht einmal als sein Oberbahnamtsdirektor war es ihm gelungen, den Regenten mit seinen Ausführungen fünfzehn Minuten lang zu fesseln. Über fünf Minuten hinaus hatte er es nie gebracht. Vielleicht hatte er Henrike bislang ja tatsächlich unterschätzt.

Isabella griff in ihre Tasche, holte ein Stethoskop heraus und hielt es Anton hin. »Würden Sie Henrike das Stethoskop geben und ihr sagen, dass ich an sie glaube – unabhängig davon, wie der Prinzregent entscheiden wird? Frau Winkelmann-Staupitz hat solch ein Gerät in ihren Anfangsjahren ebenfalls gute Dienste geleistet.«

Anton war verblüfft, wie viel Isabella über Vivianas Vergangenheit wusste. Anscheinend hatte seine Tochter ihr mehr anvertraut als ihm. Er schaute auf und weigerte sich, das Stethoskop entgegenzunehmen.

»Henrike wird ihr Ziel erreichen!«, erklärte Isabella und wischte sich mit dem Ärmel – ganz entgegen ihren früheren Manieren – Tränen von den Wangen. »Die menschlicheren Menschen haben ihr genug Ansporn für ihren Kampf gegeben. Aber durchhalten kann sie nur, wenn ihr Vater ihr dabei zur Seite steht. Henrike braucht Sie, Herr Direktor Hertz!«

Henrike brauchte ihn? Anton war verwirrt. Wenn sein Mädchen angeblich so stark war, wofür brauchte es ihn dann noch?

Isabella legte das Stethoskop auf die *Dampflok* und sagte kaum hörbar: »Kein Kind und auch keine junge Dame sollte ohne Vater aufwachsen. Bitte denken Sie darüber nach.« Ohne seine Antwort abzuwarten, verließ sie den Salon.

Anton war wie vor den Kopf gestoßen und musste sich erst einmal den Gehrock aufknöpfen, damit er wieder besser Luft bekam.

45

Oktober 1903

Die tief stehende Herbstsonne tauchte die Gesichter der Anwesenden in ein golden schimmerndes Licht. Im Innenhof des Juliusspitals war ein Festtisch aufgestellt, hinter dem der Universitätssekretär saß. Neben ihm standen der Rektor und die Professoren. Einzig ein schmaler Gang, der zum Festtisch führte, war noch frei. Den Rest des Innenhofs füllten Studenten und deren Familien sowie Universitätspersonal.

Mit einem missmutigen Gesichtsausdruck trug Rektor Pauselius seine Festrede vor, in der er die Historie der Universität und ihren hervorragenden Ruf lobte. Er zählte ruhmreiche Wissenschaftler auf, die an der Alma Julia studiert hatten. Nicht ein einziges Mal schaute er zu den weiblichen Studenten.

Henrike konnte dem Rektor ansehen, wie sehr ihm die Entscheidung des Prinzregenten missfiel. Sie dachte zurück. Petitionen einiger Hörerinnen, das Studierverbot aufzuheben, und heftige öffentliche Diskussionen hatten die weitere Entscheidungsfindung des Prinzregenten zur Abschaffung des Immatrikulationsverbotes begleitet. Zusätzlich waren Stellungnahmen der bayerischen Universitäten angefordert worden. Mehr als sechs Monate lag der Besuch des Prinzregenten in Würzburg nun schon zurück. Aber nur wenige Tage war es her, dass Henrike die Eignungsprüfung bestanden hatte, die der Regent in seinem Schreiben an das Kultusministerium zur Auflage für das Frauenstudium gemacht hatte. Die Vorbildung weiblicher Studenten musste dem des Abiturs entsprechen. Wochenlang hatte Henrike für die Prüfung gelernt, wobei ihr das Studium von Großmutters Medizin-Journalen während ihrer Tuberkuloseerkrankung sehr zugutegekommen war.

Sie blinzelte im Licht der Sonne, die ihr die Wangen streichelte. Sie verspürte keine Wut oder Abscheu mehr gegen Rektor Pauselius. Inzwischen bemitleidete sie ihn eher, weil er trotz aller Ehren und Titel nicht dazu in der Lage war, die Chance zu erkennen, die gebildete Frauen einer modernen Gesellschaft boten.

Während die Studenten für die Einschreibung in alphabetischer Reihenfolge der Anfangsbuchstaben ihrer Nachnamen aufgerufen wurden, lächelte Henrike abwechselnd ihre Großmutter und ihre Mutter an, die zu ihrer Linken und Rechten standen, wie zuletzt bei ihrer Ansprache vor dem Prinzregenten im Kaisersaal. Über den Auftritt der drei Winkelmann-Frauen, wie sie von der Presse genannt wurden, auf dem Bankett des Prinzregenten war in fast allen Würzburger Tageszeitungen berichtet worden. Nicht immer waren sie schlecht dabei weggekommen.

Heute war ein friedlicher Tag. Henrike sah an den Spitalsgebäuden hinauf. Patienten und Wärterinnen schauten aus den großen Fenstern in den Innenhof hinab und verfolgten die Feierlichkeit. Henrike meinte, unter den vielen Zuschauern Hertha von der Station der Hautkranken und Frieda Schober von der Chirurgie zu erkennen, und winkte ihnen kurz zu. Sie erwiderten ihren Gruß. Dann schaute sie zum zweiten Stockwerk des Curistenbaus hinüber. Mehr als sieben Jahre war es her, dass sie erstmals über dessen Flur in die Irrenabteilung gegangen war. Wie es den seelenkranken Frauen wohl ging?

Ihre Mutter strich ihr beruhigend über den Rücken, denn Henrike wurde zunehmend nervöser. Gerade wurden die Studenten, deren Nachnamen mit »E« begannen, aufgerufen. Grete Ehrenberg schritt vor den Festtisch, wobei sie von so manch Anwesendem mit offenem Mund angestarrt wurde. Fräulein Ehrenberg wirkt bewundernswert selbstsicher, dachte Henrike und nahm als Nächstes die Universitätsmatrikel auf dem Tisch fest in den Blick. Wer sich dort eintrug, galt offiziell als an der Alma Julia immatrikuliert. Das Mitgliederverzeichnis lag aufgeschlagen auf dem Tisch und trug das Wappen des Fürstbischofs Julius Echter von Mespelbrunn auf dem lederüberzogenen Deckel. Es war zu Beginn der Veranstaltung herumgezeigt worden. Henrike nagte nervös an ihrer Unterlippe. Was wäre, wenn sie auf dem Weg zum Festtisch stolperte? Ohne Mama und Großmutter wäre ich sowieso schon längst vor Aufregung umgefallen!, war sie überzeugt. Am selben Abend, an dem sie vereint vor den Prinzregenten getreten waren, hatten sie die ganze Nacht noch beisammengesessen. Henrike hatte sich bei ihrer Mutter dafür bedankt, ihr die Unterstützung der Frauenbewegung doch noch erlaubt zu haben. Ella hatte ihr daraufhin die Geschichte des Sämanns erzählt, zum Amüsement der Runde in bestem Fränkisch. Frängisch. Henrike wollte den Dialekt unbedingt lernen, er war Teil ihrer Wurzeln.

Als Henrikes Namen endlich aufgerufen wurde, schlug ihr das Herz bis zum Hals. Ihren Namen zusammen mit ihrer Matrikelnummer zu hören, löste in ihr ein überwältigendes Gefühl des Erfolges und der Freude aus. Feierlich strich sie sich das bronzefarbene Kleid mit dem Hustentüchlein in der Tasche glatt und legte sich das halb offene Haar hinter die Schultern.

Kurz zögerte sie noch, denn es war nicht ihr Erfolg allein. So viele Frauen und auch einige Männer in Bayern hatten das volle akademische Bürgerrecht gemeinsam erkämpft. Aber vor allem hatte es eine Vorkämpferin dafür gebraucht, die schon vor Jahrzehnten von der Medizin zu träumen begonnen und sich diesen Traum von niemandem hatte ausreden lassen. Viviana Winkelmann hatte die Saat gesät. Zum ersten Mal seit Langem trug ihre Großmutter kein schwarzes, sondern ein dunkelblaues Kleid, das ihr hervorragend stand.

Henrike nahm ihre Großmutter bei der Hand. »Ich möchte, dass du mich nach vorne führst.«

Vor Rührung füllten sich Vivianas Augen mit Tränen. Fast verträumt schaute sie zum Tisch mit dem schweren Matrikelbuch.

Woran sie wohl denkt?, grübelte Henrike. An ihre Zeit auf dem Kräuterboden, als sie noch Helfnerin in der Spitalsapotheke war?

Mit der Frage: »Großmama, kommst du?«, holte Henrike sie in die Gegenwart zurück. Viviana nickte, dann hakte sie sich bei ihrer Enkelin ein. Henrike wünschte, ihre Großmutter hätte sich damals schon immatrikulieren dürfen.

Anders als bei allen anderen Studenten setzte nun Gemurmel ein. Bei einem Studenten der Naturwissenschaftlichen Fakultät hatte einmal das Krächzen einer Krähe die andächtige Stille durchbrochen, aber ansonsten war es ruhig geblieben. Im Gleichschritt gingen Henrike und Viviana zum Festtisch. Das Getuschel schwoll weiter an, denn eigentlich sollte jeder Student unbegleitet gehen. Henrike spürte Hunderte Blicke auf sich und ihrer Großmutter. Ihr wurden die Beine weich. Aber Viviana drückte beruhigend ihre Hand, woraufhin Henrikes Gang wieder fester wurde. Bald kostete sie sogar jeden Schritt aus.

Am Festtisch angekommen, befragte der Universitätssekretär sie zunächst nach ihrem Geburtsort und dem Stand der Eltern.

»Würzburg«, antwortete sie und fügte trotz aller Freude mit gesenkter Stimme hinzu: »Mein Vater Anton Hertz ist Direktor des Oberbahnamts Würzburg.« Nach wie vor wohnten sie getrennt von Anton im Palais. Er hatte schon lange nichts mehr von sich hören lassen. Doch der Sekretär ließ Henrike keine Zeit, ihren Gedanken nachzuhängen. Sie musste ihm noch ihr Alter und ihr Studienfach angeben. »Medizin.« Henrike drückte Vivianas Hand. »Ich möchte heilen wie meine Großmutter. Sie ist mein Vorbild.«

Der Universitätssekretär nickte, dann hatte er auch ihr Studienfach in das dicke Buch eingetragen. Als Letztes notierte er mit dem heutigen Datum noch Henrikes Aufnahme an der Universität.

»Es ist geschafft!«, sagte sie ihrer Großmutter voller Stolz. »Ich, Henrike Hertz, bin an der Königlich Bayerischen Julius-Maximilians-Universität zu Würzburg im Studienfach Medizin eingeschrieben.«

Freudentränen liefen über Vivianas Wangen. »Eine Winkelmann-Frau mit vollem akademischem Bürgerrecht. Mein Traum ist wahr geworden.«

Vor Freude wäre Henrike am liebsten in die Luft gesprungen. Der Kampf der Frauenbewegung war nicht umsonst gewesen, und Klara ging es ebenfalls wieder besser. Auf ihren Röntgenbildern waren keine Verletzungen mehr zu erkennen gewesen. Langsam kehrte sogar ihr Erinnerungsvermögen wieder. Henrike führte ihre Großmutter den schmalen Gang neben ihre Mutter zurück.

Noch eine weitere volle Stunde verging, bis auch der letzte Student am Festtisch seine Angaben gemacht hatte und die Universitätsmatrikel zugeschlagen wurde. Für einen Moment war es still, nicht einmal die Krähen wagten ein Krächzen.

Dann glaubte Henrike, ihren Ohren nicht zu trauen. Stimmen erklangen, die ihr seltsam bekannt vorkamen. Und dann entdeckte sie sie, die menschlicheren Frauen zusammen mit Professor Rieger. Sie stellte sich auf die Zehenspitzen, damit sie sie besser sehen konnte.

Professor Rieger dirigierte auf seine ihm eigene dramatische Art. Henrike musste sich an Ella festhalten, damit sie nicht vorschnell zu den Frauen hinüberlief, die sie vermisst hatte und die ihr ans Herzen gewachsen waren. »Das sind sie«, sagte sie überwältigt, und so wie ihre Mutter nickte, wusste Ella, dass Henrike ihre Sängerinnen aus der Irrenabteilung meinte. »Und sie singen unser Tridihejo.«

Die fallsüchtige Corinna Enders sang mit, und Henrike konnte die feste Stimme von Sina Weber deutlich heraushören. Aus voller Kehle schmetterte sie: »Die Vögel in den Wäldern, sind schon vom Schlaf erwacht.« Dann waren da noch Frau Kreuzmüller, Fräulein Weiss, Frau Weidenkanner, Frau Eisele, Frau Kessler und Frau Hahn. Frau Kreuzmüller hatte ihr Haar zu einer Schnecke auf dem Oberkopf zurechtgesteckt und den Pony bis über die Augen gekürzt. Es stand ihr hervorragend.

Beim Refrain der ersten Strophe setzte Fräulein Weiss zu einem Solo an. Ihre Stimme war laut und kraftvoll und berührte Henrike sehr. Frau Löffler, hinter dem Tisch, schlug die Klangstäbe, und sogar Wärterin Ruth stand in der ersten Reihe mit dabei. Zwar sang sie mit einem eher miesepetrigen Gesichtsausdruck mit, aber Henrike meinte, ihren Fuß ganz leicht im Takt der Melodie mitwippen zu sehen. Oder war es doch nur Wunschdenken? Wie hatte Professor Rieger das nur hinbekommen? In diesem Augenblick lächelte er Henrike zu, und sie lächelte zurück. Ihr Chor sang wunderschön, und die Frauen hatten Spaß dabei.

Nach der dritten Strophe ließ Professor Rieger den Taktstock sinken. Applaus brandete auf, am heftigsten klatschte Henrike Beifall. Sie war gerührt und glücklich zugleich. Dann löste sich die strenge Ordnung der Feierlichkeit auf. Rektor Pauselius zog sich als Erster zurück. Henrike nutzte den Moment, ihre Mitstudentinnen Fräulein Ehrenberg, Heffner und Räntsch zu beglückwünschen. Da traten Klara Oppenheimer und Freifrau Auguste Groß von Trockau zu ihr.

»Ich werde ebenfalls das volle akademische Bürgerrecht beantragen«, sagte Klara, und sogar die spröde Auguste Groß von Trockau nahm Henrike kurz in den Arm. Henrike genoss es. So schnell würde sich die Freifrau nicht mehr zu so großen Emotionen hinreißen lassen. Trotz ihrer spröden Art war sie Henrike ans Herz gewachsen.

Zum Abschluss der Feierlichkeit sang der Chor in entspannter Atmosphäre noch das Frankenlied »Wohl auf, die Luft geht frisch und rein, wer lange sitzt, muss rosten«, diesmal dirigiert von – Henrike traute ihren Augen kaum – Fräulein Weiss.

Auch Albert von Kölliker beglückwünschte Henrike. Seit einigen Wochen trafen sich der Anatomie-Professor und ihre Großmutter regelmäßig im Palais bei einer Tasse Darjeeling und diskutierten die neuesten Meldungen aus medizinischen Journalen, was Henrike sehr freute. Viviana arbeitete an einem Artikel über den Schutz vor Röntgen-Strahlen, den sie an ein medizinisches Journal zur Veröffentlichung schicken wollte. Sie hatte die ungewöhnliche Idee, die Körperteile, die nicht bestrahlt werden sollten, mit einem Material zu schützen, durch das die Strahlen nicht hindurchdrangen. Viviana hatte in den frühen Morgenstunden noch probiert, ob dünne Bleiplatten als Schutzschilde funktionieren könnten.

»Das Leben ist eine einzige Entdeckungsreise«, sagte Professor von Kölliker, und die Boveris nickten auf seine Aussage hin, »und für die einzigartigen Jahre des Studiums gilt das umso mehr. Genießen Sie jeden Tag davon, Fräulein Hertz, auch wenn das Lernen manchmal anstrengend sein wird.«

Auch Jenny Danziger sprach Henrike ihre Glückwünsche aus und ging dann zu den anderen weiblichen Studenten.

»Ich möchte kurz zu meinen Frauen schauen«, sagte Henrike ihrer Familie und ging zum Chor vor. Auf dem Weg dorthin gratulierten ihr sogar zwei männliche Kommilitonen. Auch an Professor von Leube kam sie vorbei. Der Magenarzt und sie beschauten sich zunächst wie zwei Duellanten, dann lächelte Henrike ihn an. »Ich freue mich auf Ihre Vorlesungen über die Innere Medizin«, sagte sie. »Ich möchte viel von Ihnen lernen. Da man sagt, dass der Magen das zweite Gehirn ist, sind Ihre Vorlesungen von besonderem Interesse für mich.«

Für einen Moment war Professor von Leube sprachlos, fast verwirrt über so viel Zuspruch. »Wir werden sehen«, sagte er, »ob Sie mit Ihren Kommilitonen mithalten können. Ich werde Sie genau beobachten, Fräulein Hertz. Und erwarten Sie ja keine Sonderbehandlung!« Er nickte ihr knapp zu und wandte sich dann wieder anderen Studenten zu.

Henrike hielt weiter auf den Chor zu und bemerkte dabei, wie ihr die fallsüchtige Corinna Enders freudig entgegenschaute, Fräulein Weiss ein klein wenig lächelte und Frau Kessler auf sie zeigte, als erscheine ihr in diesem Moment die heilige Maria. Ob sie wohl wieder der Meinung war, Henrike hätte ihr etwas gestohlen?

Henrike schenkte den Patientinnen der Irrenabteilung ihr schönstes Lächeln und beglückwünschte sie zu ihrem stimmungsvollen Gesang. »Eine schönere Begleitung zur Immatrikulation hätte ich mir nicht vorstellen können.«

Fräulein Weiss berichtete ihr von ihrer Entlassung, und dass sie weiterhin zu den Übungsstunden des Chores ins Juliusspital kommen würde. Sie strebte das Lehrerinnenexamen an.

Frau Kreuzmüller drängte sich mit ihrem Sohn und ihrem Mann zu ihr durch. Aus dem traurigen Jochen war ein sympathischer junger Mann geworden, fand Henrike. Und noch etwas ließ sie lächeln. Jochen trug ihren früheren Glücksbringer, die Dreimarkmünze mit dem Konterfei von König Otto I. von Bayern, an einer Kette um den Hals.

»Ich wurde vor einem Monat entlassen und lebe mich langsam wieder zu Hause ein«, erzählte Frau Kreuzmüller und drückte die Hand ihres Mannes. »Im Chor möchte ich weiter mitsingen.«

»Danke«, sagte Herr Kreuzmüller zu Henrike.

Henrike nahm Frau Kreuzmüller in den Arm. »Herzlichen Glückwunsch zur Entlassung.« In diesem Moment erschien ihr das Gesicht von Fräulein Vogel aus dem Ankleideraum im Kaufhaus Rosenthal vor dem inneren Auge, und Henrike meinte, dass die Frau zufrieden die Augen schlösse.

Professor Rieger trat zu ihnen, und Henrike musste über seinen Bleistiftstummel, den er sich hinters Ohr geklemmt hatte, schmunzeln. »Ich wünsche Ihnen alles erdenklich Gute für den Beginn Ihres Studiums.« Er schüttelte ihr die Hand so kräftig wie ein Vater seinem Sohn. »Ich hoffe, Sie werden am unendlichen Wissen nicht genauso verzweifeln wie ich, wenn Sie erst einmal studiert haben. Da steh ich nun, ich armer Tor.«

»Habe nun, ach! Philosophie, Juristerei und Medizin, und leider auch Theologie ...«, erwiderte sie auf sein Zitat. Am liebsten hätte sie ihn umarmt, hatte ihr origineller Mentor ihren Chor doch erst zum Erfolg geführt.

»Ich freue mich, mit Ihnen nun ganz offiziell die neuen psychiatrischen Krankheitsbilder besprechen zu dürfen, Henrike.« Er verbeugte sich galant vor ihr, wie damals, als er sie vor der Tür zur Irrenabteilung aufgelesen hatte.

»Ich wünschte, die Vorlesungen gingen gleich morgen los«, antwortete sie, dann wandte sie sich wieder den Patientinnen zu. Es war ungewohnt, die Frauen aus der Irrenabteilung nicht in ungebleichten Kitteln, sondern in ihren bürgerlichen Kleidern zu sehen, die sie für den Auftritt tragen durften.

Henrike sprach auch mit Fräulein Weiss und erfuhr so weitere Neuigkeiten aus der Irrenabteilung. Frau Weidenkanner drehte ihren Würfel in der Hand. »Ich bin stolz auf Sie alle«, sagte Henrike zu den Frauen.

Wärterin Ruth brummte etwas, das Henrike nicht richtig verstand, aber zumindest keine Beschimpfung war. Diesmal war es wohl »ned die Höh«! Die Wärterin verließ den Innenhof.

»Enrike!«, hörte sie plötzlich und sah in ihrer Vorstellung sofort Jean-Pierre in Paris an der Seine spazieren gehen. Ob ihr Brief ihn überhaupt erreicht hatte?

»Enrike«, hörte sie wieder. Der Tag ist so aufregend, da darf man sich schon einmal einbilden, Stimmen zu hören!, gestand sie sich zu. »Enrike!«

Sie fuhr herum und sagte dann zu Fräulein Enders, das sie nur ungerne loslassen wollte: »Ich komme bald wieder.«

Sie ging Jean-Pierre entgegen. War er es wirklich? Wie hingezaubert war er wieder da. Bald darauf standen sie voreinander.

Sehnsüchtig glitt ihr Blick über seine Gesichtszüge. Über die breite, kühn geschwungene Nase, die dicken Brauen und seine hohen Wangenknochen. Am liebsten hätte sie sein Gesicht berührt.

»Du hast es geschafft, Enrike. Du bist offiziell Studentin der Medizin, bravo!«, gratulierte er. »Aber davor habe ich mir viele Sorgen um dich gemacht.«

»Aber warum bist du hier und nicht in Paris?« Beim nächsten Atemzug schalt sich Henrike auch schon für diese Frage, nicht dass er noch auf die Idee käme, gleich wieder nach Paris zurückzureisen.

»Ich war nicht in Paris, aber dein Brief hat mich trotzdem erreicht. Professor Rieger hat ihn mir übergeben.« Seine unergründlichen schwarzen Augen hielten sie fest, als er sagte: »Darf ich dir meinen jüngeren Bruder François vorstellen?«

Erst jetzt fiel Henrike auf, dass Jean-Pierre jemanden an der Hand hielt. Vorher hatte sie nur Augen für ihn gehabt.

Sie erkannte sofort, dass François ein besonderer Bruder war. Zu ihrer großen Erleichterung war damit das Rätsel um Françoise endlich gelöst. Sie musste sich damals verhört haben, als er den Namen das erste Mal erwähnt hatte.

François besaß einen ebenso dunklen Teint wie Jean-Pierre, und auch dessen dunkle Haare und Augen, aber er war deutlich kleiner im Wuchs und stämmiger. Im Profil war sein Gesicht so flach wie das asiatischer Menschen, die hin und wieder ins »Hotel Kronprinz« zu Professor von Leube kamen. François lächelte Henrike mit halb offenem Mund an.

»François geht es in Würzburg besser. Hier muss er nicht versteckt oder weggesperrt werden«, bemerkte Jean-Pierre. »Lange war ich unsicher, ob ich dich nicht zu sehr schockieren würde, wenn ich dir von ihm erzähle.«

»*Je suis* Henrike«, stellte sie sich vor. »Schön, dich kennenzulernen, François.« Sie versuchte, dem jungen Mann zu sagen, wie sehr es sie freute, ihn kennenzulernen, aber ihre dürftigen Französischkenntnisse brachten sie schnell ins Straucheln. François lächelte sie nur weiter an. Isabella hätte jetzt mit ihren Sprachkenntnissen brilliert.

Henrike ließ es zu, dass François sie fest umarmte, obwohl Jean-Pierre ihm sagte, dass sich das nicht gehöre. Sofern sie das richtig verstand. Für die menschlicheren Menschen machte sie gerne einmal eine Ausnahme.

Aus Jean-Pierres schwarzen Augen sprach Aufregung und Wärme zugleich. »Und du, Enrike, bist ein weiterer Grund, hierzubleiben.«

Ihr schlug das Herz wieder genauso heftig wie vorhin bei der Eintragung ins Matrikelbuch. Sie war verliebt. Immer noch.

»Ich möchte mich bei dir dafür entschuldigen, dich fälschlicherweise verdächtigt zu haben«, sagte sie, sobald François sie wieder losgelassen hatte, obwohl sie sich schon schriftlich bei ihm entschuldigt hatte.

Jean-Pierres Gesicht verfinsterte sich. »Du kannst sehr hart sein, Enrike.«

»*Jean-Pierre a pleuré!*«, rief François. Jean-Pierre hat geweint.

»Ist schon gut, kleiner Bruder.« Verlegen wuschelte Jean-Pierre seinem Bruder durchs Haar. »Das will Enrike gar nicht wissen.«

»Doch, will sie«, sagte Henrike so leise, wie sonst nur ihre Mutter sprach. »Sie will noch viel mehr über dich wissen.« Sie schaute Jean-Pierre tief in die Augen.

»Vielleicht nächste Woche bei einem Spaziergang oben am Schalksberg in den Weinbergen?«

Henrike nickte überschwänglich und beobachtete, wie er etwas aus einer Tasche zog, die ihm über der Schulter hing. »Die hier wollte ich dir noch geben. Du kannst sie in nächster Zeit sicher gut gebrauchen.« Er übergab ihr einen Stapel Bücher.

»Mein Leitfaden und die anderen Bücher vom Kräuterboden!«

»Ja, kurz vor Annas Tod, als es mit ihrem Husten schlimmer wurde, bat sie mich, die Sachen vom Kräuterboden zu holen und sie dir zu geben. Niemand sonst wagte es noch, sich ihr zu nähern. Außerdem meinte sie, sobald du an der Alma Julia immatrikuliert seist, soll ich dir das hier geben.«

Sobald ich immatrikuliert bin? Henrike war gerührt, dass Anna so fest an sie und die Frauenbewegung geglaubt hatte. Die Wärterin von der Magenstation hatte ihre Neugier auf das Juliusspital erst entfacht. Anna war so wechselhaft wie Aprilwetter gewesen und hatte die Kraft heftiger Herbststürme besessen. Henrike war ihr dankbar für die gemeinsame Zeit.

Jean-Pierre hielt ihr eine Flasche hin, die Henrike sofort wiedererkannte. »Annas Stärkungstrunk! Den werde ich gebrauchen können«, gestand sie mit ihren Gedanken schon bei den kommenden Jahren, die neben dem Besuch der Vorlesungen das Studium vieler Medizinbücher erfordern würden, vermutlich nächtelang. Professor von Kölliker musste es schließlich wissen.

»Und wenn dir jemand begegnet, so wie du ihr damals, sagte Anna noch zu mir, jemand, dem das Wohl der Patienten wirklich am Herzen liegt, und der wie du dazu bereit ist, für seine Sache zu kämpfen, soll dieser jemand ihren Traum verwirklichen«, berichtete Jean-Pierre weiter.

»Die Gründung einer Pflegeschule für das Wartpersonal.« Henrike erinnerte sich noch gut. Sie schaute zum Himmel und versprach: »Liebe Anna. Ich werde für dich hier unten die Augen offen halten, und wenn mir eine so talentierte, hingebungsvolle Frau wie du begegnet, werde ich ihr gerne einen Schluck aus deiner Flasche anbieten, Pfefferminztee-Schwesternschaft mit ihr trinken und ihr von der Notwendigkeit einer Pflegeschule erzählen. Ganz gemütlich, irgendwo zurückgezogen. Vielleicht auf dem Kräuterboden.«

Henrike ließ es zu, dass Jean-Pierre die Bücher und die Flasche in seine Tasche zurückpackte und ihre Hand nahm. Er war der Mann mit den wärmsten Lippen der Welt, könnte sie schwören, obwohl sie noch keinen anderen Mann geküsst hatte. Er verstand die menschlicheren Menschen wie sonst nur Professor Rieger. Auch dafür bewunderte sie ihn.

»Es wird Zeit.« Viviana und Ella kamen zu ihnen. »Hennas Braten wird sonst kalt.«

Sofort lösten die Verliebten ihre Hände, dabei sehnte Henrike in Gedanken längst einen Kuss herbei. Am liebsten hier und jetzt, oder auf dem Kräuterboden. Wie war noch einmal das geheime Klopfzeichen gewesen, um eingelassen zu werden?

»Möchten Sie unser Gast sein, Monsieur Roussel?«, fragte Ella.

Jean-Pierre schaute etwas verlegen auf seinen Bruder.

»*Faim, faim!*«, verkündete François und leckte sich hungrig die Lippen. Hunger, Hunger!

»Selbstverständlich sind Sie beide eingeladen«, sagte Viviana.

»Ist dir das auch recht, Enrike?«, versicherte Jean-Pierre sich.

Henrikes Herz schlug noch einmal heftiger. »Ja, natürlich«, sagte sie nur. Nach dem kurzen Wiedersehen gerade eben hätte sie es sowieso keine ganze Woche ohne ihn ausgehalten.

Gemeinsam gingen sie zum Portal des Spitals. Der Wind blies goldenes Laub durch den Innenhof.

Bevor sie das Krankenhaus verließen, wandte Henrike sich noch einmal um. Die anderen gingen schon einmal voraus. Ihr Blick glitt über die Springbrunnen im Hof und zur Apotheke, über die vielen Fenster des Pfründnerbaus, dann zur Irrenabteilung und endete bei den Krähen am Himmel. Ihr standen stürmische Zeiten bevor, als Frau, als weiblichem Studenten und später als Ärztin. Mehrere Atemzüge lang hielt sie inne, dann verließ auch sie das Spital und holte zu ihrer Familie auf der Juliuspromenade auf.

Sie sah ihn sofort inmitten Hunderter von Menschen. Er trug seinen besten Gehrock und den Krawattenschal mit den blauen und weißen Rauten und der gelben Umrandung. Er stand auf der anderen Straßenseite und schaute abwechselnd zu ihr und zu Ella. Sein kupferrotes Haar leuchtete unübersehbar in der Herbstsonne.

Henrike drängelte sich zu ihrem Vater durch, ihre Mutter folgte ihr. Viviana, Klara Oppenheimer, Auguste Groß von Trockau und Jean-Pierre mit François ließen sich in Richtung Marktplatz treiben.

»Entschuldigung! Entschuldigung!«, bat Henrike die Passanten um Verzeihung wegen ihrer Hast. Dann stand sie endlich vor ihm.

Ihr Vater reichte ihr eine lederne Tasche. »Ich dachte, die könntest du vielleicht für deine Bücher gebrauchen.«

»Ist das eine Arzttasche?« Überwältigt betrachtete Henrike das Geschenk und strich über das glatte, braune Leder und die Klappbügel. »Sie ist wunderschön. Sogar mit Messingbeschlägen und Metallfüßen wie bei Großmamas Tasche.«

Henrike öffnete sie und schaute hinein. »Ein Stethoskop?« Sie holte es heraus und legte es sich um den Hals. Es sah nach einem sehr teuren Modell aus.

»Isabella schenkt es dir für einen guten Start an der Alma Julia«, sagte Anton. »Sie war bei mir und hat mich zum Sendboten für ihre Entschuldigung gemacht. Und mich daran erinnert, wie wichtig ein Vater für so ein wildes Mädchen wie dich ist.«

Henrike war sprachlos. Isabella hatte von ihrem Vater viele Geschenke, nur nicht Zeit und Liebe erhalten. Womöglich wollte sie verhindern, dass es Henrike ähnlich erging.

Isabella und sie hatten eine schöne Zeit miteinander gehabt, aber Vertrauen war die Basis für eine Freundschaft, und Isabella hatte ihr Vertrauen gründlich missbraucht. Henrike war noch nicht bereit, ihrer einstmals besten Freundin so schnell zu verzeihen, obwohl ihr die Absage von deren Hochzeit leidtat. Sie verstand nun auch, warum ihr Vater vor allem Zeit gebraucht hatte, wo sie doch so ungeduldig war.

Ella trat neben Henrike und hatte nur noch Augen für Anton.

»Ich möchte nicht länger ohne euch sein«, sagte er. »Es hat eine Weile gedauert, bis ich so einiges verstanden habe. Und du, Henrike, bist auch nicht mehr mein kleines Mädchen, sondern eine mutige junge Frau.« Antons Hand wollte schon nach der Taschenuhr in seiner Weste greifen, ließ es dann aber doch bleiben. Stattdessen zog er Ella an seine rechte Seite. »Ich liebe dich«, sagte er ihr.

Henrike war einmal mehr überwältigt. Ihr Vater hatte noch nie in der Öffentlichkeit Zärtlichkeiten zugelassen, doch jetzt machte er ihrer Mutter mitten auf der Straße und in ihrer Gegenwart eine Liebeserklärung.

Sie schmiegte sich an seine linke Seite. »Sind wir wieder eine Familie?« Aus großen Augen schaute sie zu ihm auf.

Als Antwort drückte er sie fester an sich und gab ihr einen Kuss auf die Stirn.

Henrike ließ sich von ihren Eltern zum Festessen ins Palais führen. Ihre Arzttasche hielt sie dabei fest in der Hand und hörte zu, wie ihre Mutter ihrem Vater sagte, sie wolle ihm endlich ihren Jugendfreund Bruno vorstellen, der auch zum Festessen eingeladen sei. Henrike wollte bei der Gelegenheit noch mehr von Magda, Brunos Mutter, erfahren. Ihr hatte einst das Tuch gehört, das über Viviana den Weg zu ihr gefunden hatte und sie auf ihrem Weg zur Ärztin in stürmischen Zeiten weiterhin begleiten würde.

Der Immatrikulationstag ist ein Tag, der Frauen und Männer feiert, war Henrike überzeugt. Und zwar jene Männer, die auch die weibliche Zukunft sehen. Gemeinsam können wir mehr erreichen. In den Wissenschaften, in der Liebe und im Leben. Und sogar in der Politik.

Sollte Henrike eines Tages Mutter einer Tochter sein, würde sie ihrer Kleinen von diesem Traum erzählen.

NACHWORT

Kaum eine Entdeckung hat die Wissenschaften derart beeinflusst und wurde von allen Schichten der Bevölkerung so bejubelt wie die Röntgen-Strahlen. Sie hießen zunächst X-Strahlen und wurden von ihrem Erfinder Wilhelm Conrad Röntgen auch nie anders genannt. Nicht einmal bei der Bekanntmachung des vermeintlich gegen Tuberkulose wirksamen Tuberkulin-Impfstoffes durch Robert Koch im Jahr 1890 waren Presse, Wissenschaft und Volk so überwältigt und kollektiv positiv gestimmt. In medizinischer Hinsicht leitete die Entdeckung der Röntgen-Strahlen in Würzburg den invasiven Blick in den menschlichen Körper ein. Dass die Strahlen beim Volk so schnell beliebt wurden, könnte damit zusammenhängen, dass sie eine der stärksten menschlichen Eigenschaften bedienten, nämlich die Neugier. Wie wir heute auch, wünschten sich die Menschen am Ende des 19. Jahrhunderts, bislang vor ihnen Verborgenes sehen zu können, wie zum Beispiel die Geheimnisse der Seele. Angeblich strahlensichere Korsetts, »Röntgenduschen« mit epilierender Wirkung für Damenbärte und Schattenbilder als Freundschaftsbeweise – das alles hat es in den euphorischen Jahren nach der Entdeckung der Strahlen tatsächlich gegeben. Zum Unwillen ihres Erfinders.

Conrad Röntgen war ein introvertierter, bescheidener Mensch und ein mit Genauigkeit und Selbstlosigkeit gesegneter Wissenschaftler, den der Ruhm, der mit seiner Entdeckung einherging, an seine persönlichen Grenzen brachte. Nur widerwillig wurde der öffentlichkeitsscheue Röntgen zum Medienstar. Alles Oberflächliche, Titelgehabe und Prunkvolle war ihm zuwider. Lieber forschte er im Stillen, variierte Versuchsaufbauten und hielt seine wöchentliche Vorlesung zur Experimentalphysik. Conrad liebte seine Ehefrau Bertha hingebungsvoll, nannte sie »sein Bertle«. Die Röntgens führten eine **zärtliche Ehe**. Bertha starb 1919, nachdem Conrad sie jahrelang gepflegt hatte. Nach ihrem Tod wurde er ein anderer Mensch. Er zog sich von den universitären Verpflichtungen in sein Landhaus nach Weilheim zurück, von dem wir ihn in der »Rodelszene«, in der er die Nachricht von der Nobelpreisentscheidung seiner Frau überbringt, träumen lassen. Übrigens war er tatsächlich ein **begeisterter Rodler**, Alpin-Wanderer und Schokoladen-Gourmet. Die Krockenachmittage im Institutsgarten der Röntgens mit den Spitalsprofessoren und der Familie Boveri sind legendär, was wir gerne aufgegriffen haben. Conrad Röntgen starb 1923 im Alter von fast 78 Jahren an Krebs. Das Physikalische Labor, in dem er seine Entdeckung »zufällig« – wie er gerne betonte – machte, kann bis heute in Würzburg besichtigt werden und ist einen Besuch wert. Gleiches gilt für das Röntgen-Museum in der Geburtsstadt des Physikers, in Lennep (heute ein Stadtbezirk von Remscheid).

Alles andere als selbstlos und introvertiert war Philipp Lenard, der Röntgen als **Räuber seiner Entdeckung** beschuldigte – so wie im Roman erzählt. Philipp Lenard war ein unglücklicher Wissenschaftler, der als »Physiker der verpassten Gelegenheiten« in die Geschichte einging. Die Hetzkampagne gegen Röntgen war beispiellos in der damaligen Zeit. Noch in zwei weiteren Fällen durchlitt Lenard das wissenschaftliche Pech – wenn man es so ausdrücken will –, bedeutende Vorarbeiten für eine spätere große Entdeckung gemacht, das Entscheidende dabei aber nicht gesehen oder nicht die richtigen Schlüsse daraus gezogen zu haben. Seit der Veröffentlichung der Entdeckung der X-Strahlen hetzte Lenard gegen Röntgen. Wie im Roman beschrieben, stand es 1901 tatsächlich zur Debatte, den **Nobelpreis für Physik** zumindest zwischen Röntgen und Lenard aufzuteilen. Von den neunundzwanzig Vorschlägen, die bei der Akademie in Stockholm zur Nominierung für den Physik-Nobelpreis eingingen, entfielen elf auf Röntgen und einer auf Lenard. Bis auf Conrad selbst hatten sämtliche deutschen Physiker Röntgen vorgeschlagen. Lenard kam beim Nobelpreis aber dennoch zum Zug, und zwar im Jahr 1905, als er für seine Arbeiten über Kathodenstrahlen geehrt wurde. Später wurde Lenard antisemitisch, NSDAP-Mitglied und zum Vertreter einer »arischen Physik«. Bis er 1947 starb, giftete er unter anderem auch gegen Albert Einstein und beschimpfte dessen Allgemeine Relativitätstheorie als »Judenbetrug«. Lenard und Röntgen sind sich niemals begegnet.

Eng befreundet mit dem Entdecker der Röntgen-Strahlen war der **Schweizer Albert von Kölliker,** der nach seinem Amtsantritt im Jahr 1847 als Universitätsprofessor bis an sein Lebensende in Würzburg blieb, was ungewöhnlich war. In Bezug auf die Röntgen-Strahlen ist von Kölliker für zweierlei bekannt. Bei dem ersten und einzigen öffentlichen Vortrag Röntgens über seine Strahlen vor der Physikalisch-Medizinischen Gesellschaft im Januar 1896 entstand eines der berühmtesten Röntgenbilder: Alberts Hand mit dem charakteristisch großen Ring am Finger. Noch berühmter ist nur noch das Bild, das die Hand von Bertha Röntgen zeigt. Es ist das allererste Röntgenbild eines menschlichen Körperteils überhaupt. Conrad fertigte es noch während der Erforschung der Strahlen an, gleich nachdem er diese entdeckt hatte und bevor die Öffentlichkeit davon erfuhr. Die zweite Sache, für die von Kölliker im Zusammenhang mit den Röntgen-Strahlen oft genannt wird, trug sich ebenfalls während des bereits erwähnten Vortrags zu und betrifft die Namensgebung der Strahlen. Albert von Kölliker schlug nämlich vor, die X-Strahlen in Röntgen-Strahlen umzubenennen, was frenetisch bejubelt und damit beschlossen wurde. Fortan waren es die »Röntgen'schen Strahlen«, wie sie damals sagten. Der allseits beliebte Schweizer Professor starb 1905 mit 88 Jahren an einem Lungeninfarkt. Er gilt als der **Begründer der mikroskopischen Anatomie.** 1897 wurde von Kölliker vom Prinzregenten geadelt und durfte sich seitdem »von Kölliker« nennen. Albert von Kölliker ist der einzige Professor aus Band zwei unserer Juliusspital-Saga, der bereits im ersten Band (»Das Juliusspital – Ärztin aus Leidenschaft«) an der Seite unserer Heldin Viviana wirkte. Deswegen und wegen seines feinen Humors ist er uns von den Professoren der Würzburger Alma Julia besonders ans Herz gewachsen. In Gedanken haben wir viele interessante Gespräche mit ihm geführt, auch über Schweizer Schokolade.

Wilhelm Oliver von Leube war *der* **Magenarzt Deutschlands.** Von überallher reisten die Menschen nach Würzburg, um sich in seiner

Privatklinik im »Hotel Kronprinz« oder im Juliusspital von ihm behandeln zu lassen. Von Leube wird von Zeitgenossen als sympathisch, patientennah und als Herr mit höfischem Benehmen beschrieben. Der Verkauf der Leube-Rosenthal'schen Fleischsolution muss sich, wie im Roman erzählt, gut entwickelt haben, denn 1902 erstand der Professor wirklich ein Schloss am Bodensee, in das er sich in seinen letzten Lebensjahren zurückzog. Der bei seinen Patienten beliebte Arzt starb 1925. Seine Ablehnung gegenüber der Frauenbewegung ist fiktiv.

Konrad Rieger war der vermutlich **skurrilste Arzt in der Geschichte des Juliusspitals**. Seine *cloaca maxima* ist genauso belegt wie seine geliebten Bleistiftstummel, die neu zusammengehefteten, außergewöhnlich dicken Bücher und seine Identifikation mit dem verzweifelten »Faust« von Goethe. Der Irrenarzt war ein echtes Original, das auch für seine romantischen Verstimmungen, seine Literaturkenntnisse und seine hinreißende Unterhaltsamkeit bekannt war, einerseits. Andererseits konnte er auch sehr halsstarrig und empfindlich sein. Sein Lebenswerk war die moderne, selbstständige Klinik am Schalksberg, die Krankenhaus und wissenschaftliches Institut in einem war. Im Juliusspital wurden seit dem Klinikneubau am Schalksberg lediglich noch die weniger schweren Fälle von Geisteskrankheit in jener Abteilung aufgenommen, in der unsere Henrike freitags als Reservewärterin arbeitet. Die Unterteilung der psychiatrischen Patientinnen in »die Unreinlichen« (Demenz), »die Ruhigen« (Depression), »die Fallsüchtigen« (Epilepsie) und »die Manischen« (Manisch-depressive Erkrankungen) war damals üblich.

Konrad Rieger verstarb im Alter von fast 84 Jahren im Jahr 1939. Sein Grab auf dem Würzburger Hauptfriedhof haben wir während der Arbeit am Roman besucht und uns bei ihm mit einer Blume in leuchtender Farbe für die **Inspiration und unterhaltsamen Recherchestunden** bedankt, die er uns beschert hat.

Die Psychiatrie entwickelte sich im 19. Jahrhundert erheblich weiter. Im Lauf des Jahrhunderts behandelte man Geisteskranke immer seltener wie unwürdige Wesen, Kriminelle oder Sozialübel, die man aus der Stadt treiben musste. Man begann, sie als Kranke *in* der Stadt zu kurieren. Noch bis Mitte des 19. Jahrhunderts geschah dies vor allem durch **körperliche Züchtigung**: durch mechanische Zwangsmittel wie den Drehstuhl, durch Eisbäder und Riemen aus Ochsenleder. Behandlungen mit Medikamenten, wie es heute üblich ist, gab es damals kaum. Medikamente wurden, wenn überhaupt, vor allem zur Züchtigung verabreicht. Oft waren dies Brech- und Ekelmittel. Die Heilung bzw. Linderung der Krankheit hoffte man, durch einen geregelten Tagesablauf, durch viel frische Luft und die passende Beschäftigung zu erreichen. Viele Geisteskranke, vor allem diejenigen, die aus besseren Familien stammten, wurden aber weiterhin vor der Öffentlichkeit versteckt und nicht ins Krankenhaus gegeben – so wie im Fall von Jean-Pierres Bruder François. In die Schaffenszeit von Konrad Rieger fällt auch der Beginn der Psychoanalyse, eine psychologische Theorie, die von Sigmund Freud begründet wurde, die Konrad Rieger jedoch ablehnte. Unsere Patientinnen sind überdurchschnittlich lange in der Irrenabteilung des Spitals. Den Zeitraum von mehreren Jahren brauchten wir, um deren persönliche Entwicklung und die des Chores über den gesamten Roman hinweg erzählen zu können. In der Realität war die Verweildauer der Patienten kürzer. Irrenabteilungen in Krankenhäusern waren ja keine Verwahr-, sondern Heilungsanstalten.

Im 19. Jahrhundert stellte man jeden, der sich dazu bereit erklärte, als **Irrenwärter** ein. Niemand wollte diese Tätigkeit ausführen, was dazu führte, dass man Prostituierte und Menschen aus dem Zucht- oder Arbeitshaus, wie unsere Roman-Ruth, anstellte. Aber nicht nur in den Irrenabteilungen, sondern auch in allen anderen medizinischen Abteilungen war die **Ausbildung von Wärterinnen** nur selten geregelt, was unsere Roman-Anna ändern will. Für den Beruf als Wärterin im Juliusspital waren keine Vorkenntnisse nötig. Jede Frau konnte Wärterin werden, männliche Wärter wurden nur in der Irrenabteilung eingesetzt. Die Tätigkeit einer Wärterin war ähnlich wie die der heutigen Pflegeberufe trotz ihrer gesellschaftlich großen Relevanz schlecht bezahlt und sehr anstrengend. Stets bestand die Gefahr der

Ansteckung mit todbringenden Krankheiten, was in einer Zeit, in der im Vergleich zu heute weniger Immunisierungen möglich waren, noch bedrohlicher war. Erst ab 1907 kamen Ordensschwestern (vergleichbar mit den Diakonissen an der Berliner Charité) als Wärterinnen an das Juliusspital. Eine (staatlich) **anerkannte Pflegeschule**, die medizinische und pflegerische Grundkenntnisse vermittelte, wie es Anna Gertleins Traum war, entstand erst Jahre später.

Apropos Träume. Mit Viviana an ihrer Seite kann unsere Henrike ihren Traum vom Frauenstudium letztendlich verwirklichen. Nach einem langen Kampf und zahlreichen Abweisungen von Petitionen hob Prinzregent Luitpold das **Immatrikulationsverbot für Frauen** an bayerischen Universitäten schließlich im September 1903 auf. Die erste offizielle Hörerin an der Universität Würzburg war, wie im Roman dargestellt, Jenny Danziger. Die ersten drei weiblichen, ordentlich immatrikulierten Studenten (damals sprach man – allen voran die Gegner des Frauenstudiums – nicht von Student*innen*, sondern von *weiblichen Studenten*) hießen Grete Ehrenberg, Margarete Räntsch und Barbara Heffner. Unsere fiktive Henrike Hertz haben wir den dreien einfach an die Seite gestellt. Sie steht stellvertretend für die bildungshungrigen Frauen jener stürmischen Zeit, die mutig gegen die männliche Bevormundung (in der Wissenschaft) kämpften. Die Aufhebung des Immatrikulationsverbotes für Frauen war keine Einzelleistung. Man schrieb Zeitungsartikel, traf sich in Frauenbildungs-Vereinen und verfasste Hörerin-Gesuche. Unsere Henrike scheitert zunächst an den (von Männern gemachten) Grenzen ihrer Zeit, ähnlich wie ihr ist es vielen mutigen Zeitgenossinnen ergangen.

Die ersten weiblichen Studenten hatten es nicht leicht. Sie wurden **bestaunt wie Zirkuspferde**, galten als hässlich, verschroben und als Störfaktoren, zumindest wenn sie sich betont schlicht oder gar männlich kleideten. Trugen sie im Hörsaal hingegen modisch weibliche Kleidung, galten sie als unzüchtig und auf Männersuche. Belegt ist zum Bespiel eine Beschwerde eines Studenten beim Dekan darüber, dass durch **zu große Damenhüte** der Ausblick auf den Professor verstellt würde. Ein Zeugnis vermutlich auch dafür, dass die Herren der damaligen Zeit eine gewisse Gewöhnungsphase an kluge Frauen brauchten, die widersprachen und forschen wollten.

Mit der **Aufhebung des Immatrikulationsverbotes** war der Kampf für das Frauenstudium aber noch nicht ganz gewonnen. Denn Frauen konnten sich auch nach 1903 nicht so unkompliziert wie Männer immatrikulieren, dazu war immer noch ein Sonderantrag bei der Universität notwendig. Eine noch weit größere Hürde stellte auch nach 1903 die Erlangung des Abiturs für Frauen dar. Abiturwissen war Zulassungsvoraussetzung für ein Studium. Auch nach 1903 hatten Frauen keinen Zutritt zu normalen Knaben-Gymnasien. Sie erwarben ihr Wissen zumeist in privaten Gymnasialkursen, wie Viviana sie in ihrer Sonntagsschule anbot, und durften nur die Prüfung am Gymnasium ablegen. Das waren sogenannte **Externen-Abiture**. Private Gymnasialkurse gab es nur wenige, und selbst die Erlaubnis zur externen Ablegung der Prüfung musste erst umständlich errungen werden und war keine Selbstverständlichkeit. Zur Zeit der Aufhebung des Immatrikulationsverbotes war es in Würzburg Frauen nicht möglich, das Abitur abzulegen.

Ob der langwierige Kampf an den **durchschnittlich kleineren Gehirnen von Frauen** lag, wie es der Münchner Professor von Bischoff mit seiner »These vom Hirnbeweis« damals glauben machen wollte? Ganz gewiss nicht! In der Finalszene im Kaisersaal der Würzburger Residenz lassen wir Viviana und Professor von Leube über diese These diskutieren. Der Anatom von Bischoff hatte tatsächlich ein durchschnittlich geringeres, absolutes Gewicht weiblicher Gehirne ermittelt und daraus die geistige Unterlegenheit der Frau geschlussfolgert. Seinen Wägungen zufolge waren Frauenhirne um 134 Gramm leichter als Männerhirne.

Bei Untersuchungen anderer Wissenschaftler, die das Frauenhirn ins Verhältnis zum gesamten Körpergewicht setzten, also das relative Hirngewicht ermittelten, lag der **Mann nicht mehr vorne**. Amüsant ist, dass man nach von Bischoffs Tod sein Gehirn gewogen haben und es leichter gewesen sein soll als das durchschnittliche Frauenhirn. Das zu lesen, war nur einer von vielen Momenten, die uns während unserer Recherche für die Romanreihe zum Schmunzeln brachten.

Die Medizin am Ende des 19. Jahrhunderts unterschied sich stark von dem Wissen, auf das unsere Professoren Mitte des 19. Jahrhunderts in Band eins unserer Juliusspital-Saga zurückgreifen konnten. In der Chirurgie revolutionierten Asepsis (Herstellung von absoluter Keimfreiheit) und Antisepsis (Vernichtung von vorhandenen Keimen) Operationen und Wundheilungen erheblich. Deutlich **mehr gesundete Menschen verließen das Krankenhaus**, womit Spitäler allgemein mehr Akzeptanz fanden und nicht mehr als *Wartesaal des Todes* galten. Krankenhäuser ein *Wartesaal des Todes* – das wäre für uns heute unvorstellbar.

In der zweiten Hälfte des 19. Jahrhunderts wurden **Bakteriologie und Hygiene die neuen Leitwissenschaften** der Medizin. Forscher wie Robert Koch entdeckten Bakterien, die zum Beispiel für die Cholera, Malaria, Pocken und für die Pest verantwortlich sind. Und als Folge dieser Entdeckungen forschte man nach antibakteriellen Therapien. Insbesondere Emil von Behring, der im gleichen Jahr wie Conrad Röntgen den Nobelpreis erhielt, entdeckte körpereigene Gegengifte gegen Krankheiten, die die Basis der heutigen Impfstoffe zum Beispiel gegen Diphterie und Tetanus wurden. Serumtherapien retteten vielen Menschen das Leben. Ein wirksamer **Tuberkulose-Impfstoff** wurde erst 1921 von den Franzosen Albert Calmette und Camille Guérin entwickelt.

Und die Auswirkungen der ersten Röntgen-»Durchstrahlungen«? Waren fatal, was man oft erst Jahre später bemerkte. Die Röntgen-Bestrahlungen der Pionierjahre waren hart, im wahrsten Sinne des Wortes, die Dosen viel zu hoch. Zudem wurde ohne jeglichen Schutz für Personal und Patienten geröntgt. Vermutlich aufgrund der **so großen Begeisterung** über die neuen medizinischen Möglichkeiten wurden die ersten Stimmen, die auf die Gefahren allzu harter und andauernder Bestrahlung hinwiesen, überhört. Viele der **Röntgenpioniere starben** in den ersten drei Jahrzehnten des 20. Jahrhunderts an den Spätfolgen ihrer Arbeit mit den Strahlen. Die Veränderung, die Viviana aufgrund der Bestrahlung an ihrer linken Hand beobachtet (Hautschäden, Taubheit und Steife), sind typische Frühfolgen zu harter Bestrahlung. Auch bei ihr überwiegt am Anfang die Begeisterung darüber, dass die zelltötenden Eigenschaften der Strahlen für therapeutische Zwecke im **Kampf gegen Richards Krebszellen** geeignet scheinen. Bleischürzen, wie sie heute beim Röntgen Pflicht sind, wurden erst ab 1920 eingeführt, Dosierungsempfehlungen einige Jahre früher.

Insgesamt lässt sich über die Medizin in der zweiten Hälfte des 19. Jahrhunderts sagen, dass sie sich nach der großen Entdeckung der Cellular-Pathologie von Rudolf Virchow rasant weiterentwickelte. Ähnlich schnell wie die Medizin ab 1850 veränderte sich auch Würzburg, das Jahrhunderte zuvor fast wie in einem Dornröschenschlaf gelegen hatte. Würzburg wurde endlich entfestigt und erhielt den Ringpark, in dem unsere Roman-Klara mit Steinen angegriffen wurde und der bis heute bei Spaziergängern beliebt ist. Neue Stadtviertel wie das Grombühl entstanden, und die elektrische Straßenbahn löste Pferde-Omnibusse ab. Übrigens wurde die historische Klara Oppenheimer die erste zugelassene Kinderärztin in Würzburg. Als Jüdin hatte sie Jahre später schlimm unter dem Naziterror zu leiden. Sie wurde deportiert und starb 1943 im Konzentrationslager Theresienstadt.

Bevor wir an der ÄRZTIN IN STÜRMISCHEN ZEITEN arbeiteten, war uns nicht bewusst, wie sehr das Würzburg des ausgehenden 19. Jahrhunderts durch seine Bewunderung für den **Prinzregenten Luitpold** geprägt war und wie sichtbar dies heute noch im Stadtbild ist. Brücken, Straßen und Denkmäler, wie im Roman beschrieben, sind dem skandalfreien Regenten gewidmet, der aufgrund seiner Volksverbundenheit einen hohen Sympathiefaktor besaß. Auch das 1912 begonnene, neue Universitätskrankenhaus, das Luitpold-Krankenhaus, wurde nach dem in der Residenz geborenen Herrscher benannt. In der Geschichte gibt es wenige Herrscher, die wie Luitpold erst im fortgeschrittenen Alter von 65 Jahren ihr Amt antraten.

Zeitlebens weigerte sich Luitpold, sich König von Bayern zu nennen, solange sein wegen Geisteskrankheit regierungsunfähiger Neffe

Otto, der in der Thronfolge vor ihm stand und den er vertrat, noch lebte. Otto starb erst 1916 – vier Jahre nach Luitpold. Luitpold prägte die Epoche der »Prinzregentenzeit« in ganz Bayern. Eine Zeit, in der Kunst und Kultur blühten und die die Bayern zur Ruhe kommen ließ, auch um das eine oder andere Stück **Prinzregententorte** zu essen.

BIBLIOGRAFIE

Für die Inhalte von Henrikes LOUISE haben wir uns mit leichten Änderungen aus Artikeln von Frauenrechtlerinnen bedient, die in: Neue Bahnen – Organ des allgemeinen Deutschen Frauenvereins erschienen sind. Konkret waren das:

Schmidt, Auguste: Die deutschen Universitäten und das Frauenstudium, Ausgabe 23, 1898, S. 251 ff.
Mensch, Ella: Was ist Goethe für die moderne Frau?, Ausgabe 18, 1899, S. 203 ff.

Die Lehrinhalte Konrad Riegers entstammen im Wesentlichen:

Rieger, K.: Beschreibung der Intelligenzstörungen in Folge einer Hirnverletzung nebst einem Entwurf zu einer allgemein anwendbaren Methode der Intelligenzprüfung, Druck & Verlag der Stahel'schen Univers. Buch- & Kunsthandlung, 1888.
Rieger, K.: Leitfaden zur Psychiatrischen Klinik, Kgl. Universitätsdruckerei von H. Stürtz, 1889.
Rieger, K.: Die Castration in rechtlicher, socialer und vitaler Hinsicht, Verlag von Gustav Fischer, Jena, 1900.

Die Ausführungen von Oliver von Leube zur Magensonde basieren auf:

Leube, W.-O.: Die Magensonde. Die Geschichte ihrer Entwicklung und ihre Bedeutung in diagnostisch-therapeutischer Hinsicht, Verlag von Eduard Besold, Erlangen, 1879.

Die erste *Vorläufige Mitteilung Über eine neue Art von Strahlen* von Wilhelm Conrad Röntgen, die wir Albert von Kölliker im ersten Kapitel zitieren lassen, wurde veröffentlicht in:

Röntgen, W.: Eine neue Art von Strahlen (Vorläufige Mitteilung), Aus den »Sitzungsberichten der Würzburger Physik.- medic. Gesellschaft«, Verlag und Druck der Stahel'schen K. Hof- und Universitätsbuch- und Kunsthandlung, Ende 1895.

Die sogenannte These vom Hirnbeweis, die im Finale im Kaisersaal der Residenz zur Sprache kommt, entstammt:

von Bischoff, Theodor L.W.: Das Studium und die Ausübung der Medicin durch Frauen, Literarisch-artistische Anstalt (Th. Riedel), 1872.